甜水

周伯印 著

陕西新华出版

太白文艺出版社·西安

图书在版编目（CIP）数据

甜泉 / 周伯印著. -- 西安：太白文艺出版社，
2025. 1. -- ISBN 978-7-5513-1952-2

Ⅰ. I247.5

中国国家版本馆CIP数据核字第2024W7V074号

甜泉
TIANQUAN

作　　者　　周伯印

责任编辑　　何音旋　薛　伟

封面设计　　郑江迪

版式设计　　悠乐华文化传媒

出版发行　　太白文艺出版社

经　　销　　新华书店

印　　刷　　三河市腾飞印务有限公司

开　　本　　710mm×1000mm　1/16

字　　数　　430千字

印　　张　　30.5

版　　次　　2025年1月第1版

印　　次　　2025年1月第1次印刷

书　　号　　ISBN 978-7-5513-1952-2

定　　价　　88.00元

一

总有一个地方让你魂牵梦萦，这个地方或许就是一个村子吧！

这里就来讲一个村子的故事，村子的名字叫甜泉水村。

二十世纪八十年代之前，这里生活着的乡亲种下小麦就等着来年的丰收，冬天则没什么事，乡亲们把这段清闲的日子叫"冬闲"。

冬闲是给娃娃接亲的好时节，走过一村一庄，时常会听到响亮高亢的接亲唢呐声。除此之外，大部分的日子里，乡亲们会卧在热炕上睡懒觉，等着过年。

甜泉水村在云岭脚下、秦东河畔。如今已是公元一九九〇年，土地分到各家几年了，大多数村民都还在分到的地里拼生活。

时令已经入冬，甜泉水村鸡叫三遍，它怀中的乡亲还打着响鼾。当了一辈子公家人的田成业睡不着了，他在城里养成的早起活动活动胳膊腿的习惯催着他从热炕上爬起来。

田成业悄悄钻出被窝，轻轻穿好衣服，下了火炕，披上铁路工作服外套，拉开门闩，前脚迈出门槛还没着地，炕上的婆娘冷不丁问了句："弄啥去啊？"

田成业脸上赶忙堆上笑，转过头说："把你给吵醒了。"

虽然天还黑着，婆娘也看不见他殷勤的表情，田成业还是很和气地说道："我睡不着了，到外边去转转。"

婆娘在火炕上翻了下身，脸朝向窗户，嘴里嘟囔道："冷飕飕的，有啥转的？我看你是心中有事起得早。"田成业双手边关门边笑着说："你就是我的透视机，我这心里有个啥事你都看得清清的。"说完关上门，没等婆娘回话，人已出了院门。

冬日的清晨，天还没有完全放亮，田成业独自走在寂静的乡道上，看着朦胧中熟悉的环境，一幕幕往事浮现在眼前……

田成业小时候爱睡懒觉，经常耽误上学，为这没少挨老爹田富人的打。田成业挨了打，号哭着去他爹东家那的私塾蹭着学识字，时间久了邻里就有意见。有的邻里碰见田富人就说："田二，你家成业哭声大得很，不如送去唱戏算咧！"田富人知道邻里嫌娃早上吵人睡不成懒觉，也不好跟人红脸，只好打个哈哈了事。

田成业上学起不来已成了田富人的心病。他想，不能因为娃起不来哭闹影响了邻里关系，但也不能不管，耽误了娃的学业。田富人总结自己这辈子不如人，就是吃了没文化的亏，他把宝全押在田成业身上，哪怕自己当牛做马吃猪食都行。

田富人和婆娘杏花说："咱们邻居家翠翠和成业常在一起玩耍呢，你给翠翠她妈说说，让翠翠早上把成业叫一下，女孩子叫他他就不好意思睡懒觉了。"杏花想想，这还算是个好主意，出门去了翠翠家。

从那以后，每天早上翠翠就喊田成业起床。田成业被翠翠"成业成业"地叫着，哪还能睡得着？慢慢地，田成业的哭声没了。

新中国成立后，私塾改成了学校，田成业和翠翠便一道上了学。几个调皮的同学就说王翠翠想当田成业的媳妇呢！翠翠不怕，想当就想当，咋咧？田成业反倒觉得不好意思，就让翠翠以后不要叫他了，他能起早。翠翠伤心地哭了，说成业不是个男子汉。

后来田成业上了高中，翠翠在家种地。每次田成业从县中学回来，翠翠就找借口不出工，总想跟田成业说说话。每次翠翠找田成业，他也不拒绝。这一来二往，村里就传开闲话了。田富人怕成业分心荒了学业，就给儿子说："你是咱家的盼头，等上了大学，成了公家人，还愁说不下一个媳妇？"

田成业觉得父亲说的有道理，就管着自己尽量少回家。翠翠也明白，田成业要是考上大学，成了公家人，自己是攀不上人家的。翠翠是个懂事的女子，就算自己心里真有这个人，也不能误了他的前程呀！她把自己的念想，深埋起来。

田成业学习挺好，但当时能考上大学的人太少了，他和大多数同学一样，高考落榜后只能回村种地了。

听到田成业没考上大学，最高兴的就是翠翠。她跑到田成业家，想和他好好说说话，可田成业根本就不想见人。他那时是多么痛苦，翠翠看在眼里，想分担一些，也不知道该咋做。当然她也为暗自庆幸田成业没考上大学的念头后悔呢。她知道，自己有多高兴，田成业就有多难受！

田成业睡了三天，心绪慢慢平复下来。他知道自己这辈子和爹妈一样，将要与这片黄土地打交道了。现在这个样子，爹妈肯定比自己更难受。再说了，自己已经长大，也该为父母分点担子了。田成业想到这，从炕上起身，叫他爹田富人给队长说一声，明天就上工。

冬天到了，征兵开始了。田成业心想，自己上不了大学，当兵保家卫国是义务，也可以出去见见世面。天遂人愿，田成业真被选上了。田富人和杏花不想让自己这个宝贝疙瘩去当兵，可一想娃出去可以见世面，说不定还能有大的出息，于是不再反对。临走前，田成业对田富人说："爹，你找个媒人，把翠翠给我说下。"

田富人没想到儿子会提出这个事，一时没了主意，倒是杏花脑子灵活点，赶紧说："他爹，这是好事，你快找人说话去。"

田成业和王翠翠的事就这样定下了，两家大人、两个娃都觉得这事好。

田成业走后，翠翠难受了好多天，她觉得成业把她的心也带走了。

田成业十九岁离开甜泉水村，当了一名铁道兵，凭着能吃苦、人憨厚，之后转了干部。这个消息传到甜泉水村，最激动的不是田成业的老爹田富人，而是跟田成业从小一块儿长大，即将成为田成业婆娘的王翠翠。

田成业在部队上被提成干部，成了公家人，翠翠家怕田家毁亲，就对田富人下了急话，叫成业春节回家完婚。田富人却有些后悔，觉得成业与翠翠订婚有点太急了，但还是叫人写信把王家的要求说了，完了还不忘劝儿子把这事了断算了。没过几天，田富人收到儿子的回信，说过几天他就回来。

田成业回到甜泉水村，第一件事就是娶了王翠翠。后来田成业转业到地方铁路建设单位，把翠翠也带到了城市。

前年，田成业因长期在铁路上从事隧道施工，身体吃不消，提前退了休。他在农村长大，觉得还是乡下住着清静，对身体康复也好，就和翠翠回到了甜泉水村。田成业有退休金，日子过得很滋润，村里人都羡慕。田成业在铁路上干了一辈子，不干点事老犯心慌，回村后也就常帮人收收庄稼，看看门，邻里关系处得很好。转眼在村子里住了一年多，田成业感觉自己的精神头比在城里还好，他觉得甜泉水村这地儿是个养人的好地方……

二

阴历十月初一快到了，这天对乡下人来说是一个重要的节日——寒衣节。寒衣节是给自己过世的亲人送过冬衣物的节日，田成业觉得也该给爹妈坟头添把土，送点纸钱。想到这，从村南山边转回来的田成业，让翠翠早早给他打了两个荷包蛋当早饭，他要上街买些烧纸去。乡上的街道离田成业家不远，他买完香蜡纸表，就急急往回赶。

正往回走着，忽然听到有人喊他："成业，走得这么急，是弄啥去啊？"

田成业被这一声惊了一下，回过头见是村支书孙有福。孙有福说："成业，你这几天有空到我屋来一下，我有事跟你商量呢。"田成业忙接了话说："有福叔，我闲着呢，咱乡里乡亲的，有啥事你就说。"

孙有福把长长的旱烟锅在棉鞋边上磕了磕，背着双手边走边说道："那好，你先忙你的，我不打搅你了。"

孙有福在新中国快成立那会儿加入了地下党组织，新中国成立没几年就接任了甜泉水村的支书，还特意把自己三个儿子的名字大锁、二锁、三锁相继改成了建国、建社和建业。如今他当甜泉水村的支书已三十多年了。这么多年，孙有福深得村里人的拥戴。

如今甜泉水村的人，对孙有福都有一种报恩的情结，田成业也不例外。

田成业当兵那年，要不是孙有福说"成业是给国家办事去"，田成业说不定就是两腿黄泥一辈子。

就田成业回乡养老这件事，如果孙有福不点头，就不会有田成业现在的遮雨立脚地。

田成业想着孙有福给自己家办的这几件事，觉得得赶紧找个机会去看看有福书记。

寒衣节过后，甜泉水村的古庙会快到了。

小时候农村没什么娱乐活动，田成业老跟着大人去看戏，慢慢成了个戏迷。上初中时，田成业已能把《三对面》《赵氏孤儿》《大登殿》等戏的内容说得清清楚楚，唱得有板有眼。这就是文化的浸透力，不需要你去宣传，它会自动地扎根于你的生活之中。正如秦东人常说的："八百里秦川坦坦荡荡，上千万乡党齐唱秦腔；吃啥都不如一碗扯面香，没有辣子嘴里还嘟嘟囔囔。"

可这会儿田成业没有听戏的心思，他给婆娘翠翠说："娃他妈，你晌午去买点礼当，我晚上要用呢！"

"你咋不自己去？就知道给我安排差事。"翠翠嘴上不情愿，人却准备着出门。

自从嫁给田成业，翠翠就成了这个家的掌柜的。倒不是她手揽得宽，是田成业主动让的权，为这田成业没少被同事开玩笑。田成业知道是自己不愿管。时间长了，田成业成了女人堆里说的模范丈夫。

翠翠边换鞋边问："买些啥，娃他爸？"

"你看着买吧，要不你就按'大四色'买吧。"田成业说的"大四色"，是农村走亲戚比较重的礼。乡下人给娃说媳妇，要给亲家拿大四色小四色。大四色有猪肉礼吊子一个、上等布料一份、加上名烟名酒；这小四色有挂面、白糖、糕点和罐头。那时人们日子都过得苦，一年到头吃肉就是过年这一回，因此谁家的礼吊子膘厚板油多，超过三指宽，那是相当体面的事。当然社会进步了，这礼品也在变，但不能少于四样。翠翠知道乡下的讲究，心想让买这么重的礼，一定有重要的事，就赶紧去办了。

孙有福这几天确实忙着庙会的事，这是甜泉水村一年中除了夏收秋种的第三件大事。

甜泉水村的庙会，在秦东县历史最长，名声最大。这秦东县原是唐王朝皇室的御猎苑。相传有一年深秋唐太宗李世民狩猎秦东，在山林中穿行整整一个上午，连一只山鸡野兔也没见着。李世民此时人困马乏，想停下来歇会儿脚。谁知就在这个当口，一只麂鹿跃进了李世民的视野。他急忙策马搭弓，一支支箭矢向麂鹿飞去，只见麂鹿左突右躲，一会儿就影隐山林。李世民口干舌燥，心情沮丧，懊恼之时，随从却齐齐跪地，给他道喜。李世民不解，随从忙说："陛下你看身后。"李世民掉转马头，看到自己的箭矢落地之处，成了一汪汪泉眼。李世民觉得这是佛爷显灵，忙命人在此建庙祭祀。甜泉水村群众吃的水就是当年的泉水，盛着这一汪汪甜泉的井就是御井了。

没有分田到户时，农闲庄稼人没什么事干，这赶庙会是唯一的精神享受，因此各村都很重视本村的庙会。甜泉水村庙会在秦东名声、规模最大，每年订戏时孙有福要专门向公社书记汇报，让书记出面请县秦剧团来。这几年地分到了户，村子里的事少了许多，加之村民选了村主任和小组长，乡上有事找村主任的时候多，孙有福反倒清闲了不少。原本不打算管庙会的事，让年轻人去办算了，可乡党委贾书记给孙有福指示，要把庙会办好，最好把庙会办成一个物资交流会，还说头天晚上开戏时他还要到现场讲话呢。

孙有福不能不重视贾书记的要求，他让小儿子孙建业给村主任杨根良捎了话，晚上开个会，村党支部和村民委员会的成员参加。

冬日里白天很短，还不到下午六点，天已黑下来了。此时的甜泉水村被浸在炊烟中，安详地躺在云岭脚下。只有村边的秦东河，还没有被冻破嗓子，在夜色中低唱。忙了一天的村民这时才放下手里的活，急急地往家赶，家里婆娘和娃等着当家的回来吃饭呢。

田成业按在城里养成的习惯，早早吃了饭，等天黑下，路上人少的时候，拿着翠翠给他准备的礼当出了门。村里的狗看见人影就叫唤，田成业生怕邻里们出门来看动静。好在村民已习惯了自家狗没事乱叫，在屋里喊一声，狗就安然下来了。田成业深一脚浅一脚地走着，他觉得自己越来越不像话了。本想着养老闲适度日，有能力为乡邻做点事也算是一种报答。可如今拿着礼当去看孙有福，这事是不是弄得太俗气了些？更何况自己是回到出生的地方。可他想归想，脚还是向有福书记家的方向迈着。

孙有福一家正围着八仙桌吃晚饭。小儿子建业陪着父亲；两个孙子联农、联商抢着菜，不时让他爷有福评理；儿媳妇麦苗照应着这爷孙三代，适时添菜添饭。大家都吃得差不多时，麦苗把锅里的饭菜给自己盛上，搬个板凳坐在门口才开始吃饭。

田成业看见麦苗在门口，就问："我有福叔在不？"麦苗在明处，没看清在黑处的田成业，正想问你是谁呢，就听见他爹孙有福说："你成业哥来咧，你还不知道把人让进来。"

麦苗赶忙把田成业让到屋里，转过身去收拾吃饭的摊子。孙有福起了身，把旱烟锅在桌腿上磕了磕，指指他身边的凳子说："成业，来，坐这。你来就来咧，还带啥东西。"田成业欠了欠身子，把手上的礼当往桌子上一放，坐下说道："有福叔，我在外工作了三十多年，也没个整端时间来跟你说说话，现在好了，咱爷儿俩以后有的是时间谝闲传。"

孙有福吸了口旱烟，用大拇指按了按烟锅，说："城里人上完班就闲下了，咱乡下人一年到头就闲不下，大大小小、琐琐碎碎，每天都有事要干。"

田成业忙接了话说："就是的，我爹我妈忙了一辈子，苦了一辈子，就没享一天的清福。"

孙有福放下烟锅，"唉"了一声，说道："你爹你妈都是实诚人，就是命苦些，还好他们有你，也算没白受苦。"

田成业听孙有福这么一说，心中感恩的情愫又生了出来，他忙接了话说："有福叔，我爹妈在世时你很关照他们，我成业能有今天也得感谢你。我现在回了村，你有啥事只要我成业能办的尽管说。"

田成业来看孙有福目的就是报恩还愿，礼当一放，他就想着咋脱身走人，可又觉得时间太短怕有福书记说自己心不诚，就多说了会儿话。孙有福见儿子建业收拾完了吃饭的桌子，就问田成业："成业，你还有啥事没？"

田成业想了想没什么事了，有福书记是不是有什么事，催着自己走呢！他忙起了身，回话道："没啥事，我就是来看看你。"话还没说完，孙有福开了口说："你没啥事，我有个事想和你商量一下。"

田成业这才想起前一阵孙有福请他帮订戏的事，赶忙推让着说："有福叔，我是爱看戏，可这订戏我就是外行了，我打打你的下手还行。"

孙有福好像没听见田成业说什么，插话道："成业，等会儿村上要开个支部、村委会，你也参加一下。你是党员，到时候也发发言。"

田成业想，为着订戏的事，还开这么大的会？就对孙有福说："有福叔，这事你定了就行了，没那么多的过场！"

"话不能这么说，庙会唱戏这事不是小事。咱不多说了，跟我开会去。"孙有福披上自己的羊皮袄，和田成业很快消失在黑夜里。

秦地关中的冬天，西北风是个主角。它在每一个深夜没完没了地扯着嗓子吼着，云岭北坡被它吼得一片枯黄，树叶也成了它演出时散落的彩花。人们已厌倦了它的歌声，把头深深地埋在被窝里，享受着火炕的温暖。

田成业和孙有福是最后到会的。二人推开村委办公室门时，村党支部的支委和村委会的成员已到齐了。大家围在两个炭盆前，有的抽着旱烟，有的卷着纸烟，有的闲谝着，屋子里充满了浓重的烟气。

看到孙书记进门，大家不由自主地站了起来，象征性地点点头。孙有福脱掉身上的羊皮袄，走到村主任杨根良身边的座位上，从腰间抽出旱烟锅，在烟袋里使劲揉搓着。杨根良看看支书，觉得孙书记没有开腔的意思，就说："人都到齐了，咱现在开会。"

"根良，我有个人要给大家介绍一下。"村主任话音刚落，孙有福就开了腔，"今天开会，我自作主张叫来了成业。成业是在外面工作了一辈子的人，可他还是咱甜泉水村的人。他是党员，也当过领导，世面比咱们在座的都见得大，参加咱们村的支部、村委会也是应该的。"

孙有福讲完话，就吧嗒吧嗒地抽起烟来。会场静了一下，随后大家就你一句我一言地表了态。等大家说完了，杨根良说："有福叔讲得很在理，如今咱村回来的老党员不少，都是见过大世面的人。咱村的发展，他们是一支好力量，也是咱们村的福气，是不是成业哥？"

田成业冷不丁听到杨根良叫他，习惯性地站了起来，显得很不自然。他没想到孙有福会这么郑重其事地介绍他，心里一点准备也没有，也不知道说什么，只好一个劲地点头。

田成业的脑子乱了，他觉得这一声成业哥好像从很遥远的地方传来，把他的思绪勾回到自己上高中时。

三

田成业高中那会，杨根良的大哥刚学会走路。有一天，田成业看见杨根良的大哥在街道上摇摇晃晃地走着，觉得挺可爱，就在小孩头上摸了一下，站在一边的邻居开玩笑地说道："成业，不能摸娃的头，不然就长不高了。"田成业忙收回手，可这事还是让杨根良的母亲朱大梅知道了。

杨根良的父亲杨继业他舅杨壮壮一生未娶，先抱养了杨继业的一个姐姐宝莲，可眼见自己人一天一天地老下去，觉得有个男孩给自己料理后事更体面些，就把宝莲的弟弟杨继业也过继来给自己养老送终。

杨继业结婚那天，杨壮壮把自家养的年猪杀了，叫了自乐班唱了一天戏，请全村的人免费吃了一顿，就算正式把这个外甥收了做儿子。杨继业和朱大梅两口子从此正式成了甜泉水村的社员。杨壮壮收了儿，社员们也借机想要耍杨壮壮，就你一杯我一杯地劝杨壮壮，给他道喜。不善言辞的杨壮壮也像变了个人，腰也挺直了些，酒喝得特别爽快。

在后院给弟弟杨继业主事的宝莲眼见她爹杨壮壮醉了，就过来劝大家，借机把喝得差不多了的杨壮壮叫到一边，黑着脸说："爹，你喝这么多当是你能行呢！别把正事耽搁了！"

"啥正事？今儿这事就是正正经经的事，还有啥正事？"杨壮壮喝得正高兴着，听女儿这么一说有点脑子发木，随口说了这么一句。

杨宝莲气就上来了，她提高嗓门责怪道："爹，你是没长脑子，我前儿个给你说的事，你忘了？"杨宝莲在气头上，觉得她这个爹没点正形，说话就没大没小了。

杨壮壮经女儿一提醒，才想起他和女婿侯春来商量的事，酒劲一下减了大半，忙对宝莲说："你看我这脑子！那春来人呢？"

杨宝莲没好气地对她爹说："到公社去了，说是要开会。我看还是你去请下孙有福，让继业往后在村上好活人些。"

杨壮壮半张着嘴说："那春来不回来了？我去请孙有福人家要不答应，咱不就丢人了！"杨宝莲觉得她爹说得也在理，可春来确实抽不开身，她放缓了语气说道："咱丢啥人了？咱把路走到，免得他往后说怪话。"

杨壮壮觉得自己确实脑子不够数。他女儿宝莲也没上过学，可这脑子比一般人要灵醒，不仅找了个在公社当干部的男人，而且让她男人心甘情愿搬到杨家门上来照养自己，你就得好好想想宝莲不是一般的女子。

请来吃席的人差不多都走了，只有杨家门户里的人帮着收拾席棚和桌凳。杨壮壮拿了些礼当，按女儿宝莲的意思去找孙有福书记。

孙有福看见杨壮壮来了，就知道是啥事，却装着不明白。杨壮壮脸红红的，压压嘴里的酒气，憋了半天才说："有福书记，听建业说你最近身子不美气？"孙有福咳了下说道："也没啥，就是嗓子不太好，有些咳嗽。"杨壮壮憋着红脸说："那还是上心点，身子骨要紧。"

孙有福动了下身子，眼都没抬说："我这身子骨扛得住这点小毛病——你的事都办完了？"杨壮壮忙应道："办完了，你给咱帮大忙了，我女子——"

杨壮壮话没讲出口，他觉得自己脑子就是缺点啥，心里直后悔把女儿说出来，就马上改口说："女子宝莲在家操心呢，我就过来看看你，顺便有个事跟书记说一下。"

杨壮壮等着孙有福的态度。孙有福听杨壮壮提起他女儿宝莲，不由得就想到侯春来，他清楚杨壮壮是想不到来他这里的。他干咳了几下，把旱烟锅放下，说："壮壮，你有啥事说就行了，你我不是外人。"

杨壮壮有点受宠若惊，没想到孙有福会把他当自家人，就赔着满脸的笑说："晚上我想叫继业两口子到各家认认门，免得见了面白搭话。"孙有福吸了口旱烟说："这应当。"杨壮壮把屁股在板凳上挪了挪，红着脸说道："我想请你把娃带一下。"

孙有福听到这就有点不舒服，可他还不能表现出来。他慢慢拿起旱烟锅，边装旱烟边说："是这，我身子毛病还没好，晚上就叫建国去吧。"

杨壮壮心想，孙书记要不是身子不好，说不定会亲自去呢！孙建国是孙有福的大儿子，去也可以，毕竟代表着孙书记，他脸上还是很有光。杨壮壮觉得自己这事办得不错，就起身道谢，出了孙有福的家门。

到了吃晚饭的时候，孙建国带着杨继业两口子挨家挨户地磕头答谢。田富人看见孙建国带着杨继业两口子来了，忙招呼两个人到家里坐一下。孙建国说还有几家呢，天也不早了，就让杨继业两口子给田富人行礼。田富人忙说："行了行了！"杨继业两口子也就象征性地弯了弯腰。田成业那时就十来岁，站在他爹后面，觉得挺好玩。后来听他爹讲，杨继业两口子没有磕头答谢的也就只有他们家。

后来，杨继业生了杨根良他大哥和杨根良兄弟俩。杨壮壮看着两个孙子，乐得嘴就没合拢过。

农村的娃都是疯大的，村子里大大小小的小孩放了学就像鸟群一样，呼啦啦一会儿往东一会儿往西，难免有个磕碰。田成业摸了杨根良大哥的头，就像是捅了马蜂窝。朱大梅领着杨根良大哥找到田成业他妈杏花，说："我娃的头也是你田家人摸的？"还说了好多难听话。临走时，她指着杏花的脸说："叫你家田二把娃教养好，不然叫你家成业往后操心着！"

杏花一句话也没说，田富人躲在家里连头都没敢露，这一切田成业全看在了眼里。他已经是大小伙子，这种事他能看懂，他们家在甜泉水村是做不起人的。也就从那时起田成业下定决心，得给他爹他妈争这口气。

朱大梅拿田富人家开了刀后，杨壮壮的孙子就很少有人敢惹。跟田富人家情况差不多的人家，就千叮万嘱自家的娃娃不要和杨家的娃娃在一起耍，慢慢村子里的娃娃就分成了两个阵营，这两个阵营没少给甜泉水村制造事端。

杨根良一声"成业哥"勾起了田成业的记忆。就在他的脑子胡思乱想着的时候，孙有福说了话："成业，你表个态，根良问你呢。"

田成业想，既然来了，就听听吧！孙有福让他说两句，田成业犹豫了下，还是接了孙有福的话说道："那好，看我能不能给咱村上帮上个啥忙。"田成业本来还想说点客套话，没想到杨根良开了口，说："那现在就开会吧！"

田成业只好把话咽了回去，觉得今天真不应该去孙有福家，更不应该来参加这个会。

村委办公室浓重的烟气熏得田成业有些头晕。田成业想推开一扇窗子，外面吼叫着的西北风让他的手又缩了回来。会召开的时间并不长，田成业啥也没听清，啥也没记住。听杨根良说这会就开到这，大家起身向门外拥的时候，他才缓过神。他拉拉衣襟，起身出门时，才发现村委办公室里只剩下他和孙有福两个人。田成业忙问了句："有福叔，咱走吧？"孙有福把手里的旱烟锅在地上磕了磕，说："成业你不用等着我，我这烟瘾大，耽误你时间呢！"

田成业心想，孙有福以为自己在等他。他也不好捅破这层窗户纸，就顺手替孙有福拿起了羊皮袄。

孙有福接过羊皮袄，披在身上抖了抖，对田成业说："成业，你明儿个跟我到乡上去一趟，把今天订戏这事，还有这庙会日程安排，向贾书记汇报一下。这事就这样说下了，明儿吃过早饭咱就到乡上走一趟。"

这下田成业不答应也没办法了，他保持着沉默，孙有福也没有再问，两个人就这样融在了黑夜里。

田成业被黑夜和吼叫着的西北风包裹着，步子迈得很艰难。他的思绪如同这风一样，胡乱地刮着，没个头也没个尾。他开始怀疑自己回村养老的决定。

正胡思乱想着，冷不丁有个人影挡住了他。

"成业哥，是我。"说话的是小组长周青松。

田成业自己忍不住就笑了起来，指着周青松说："青松啊，你把你老哥差点吓到南山去了。"

甜泉水村的人过世了，都埋在云岭的北坡上，云岭在村子以南，村里人也管那叫南山。周青松知道把田成业吓住了，忙赔着不是。

田成业笑过了，思想上也放松了，就问青松："你在这干啥？"

周青松说："我也是刚开会回来，在路边方便了一下，就碰见哥你咧。"刚才开会田成业就没上心，谁参加他都没看清，青松自己一说，他才明白自己跟青松是前后脚出的门。

"成业哥，你也老了。我爹在时，常提起你，说你在外面干大事呢！"周青松开了口。

"干啥大事，就是比你爹在家种地强些，你爹苦啊！现在你大了，他却走了，啥福都没享着。"田成业说完，觉得周青松像是哭了，想给娃说几句安慰话，可一时又想不出，就轻轻拍着周青松的肩说："娃，咱回。"

四

周青松他爹叫周甜泉，虽说比田成业大几岁，可两人脾性对路，算是发小。周甜泉家是甜泉水村的世族，听说是唐王李世民御猎苑的看护人，这事谁也说不清；倒是周家在甜泉水村住的年代最长这一点，大家都认可。田成业小时听他爹田富人讲，这甜泉水村的地都是周家的，周甜泉的堂叔周世康是甜泉水村的大地主，还是田成业他爹的东家。后来快解放的时候，他把地主动交了公，还让自己的两个儿子到边区参加了共产党。

新中国成立前周甜泉家有七口人，虽然比不上堂叔周世康家日子好过，但也有十来亩地，吃饭倒是没犯过愁。新中国成立后，牲口土地都入了社，劳动记工分，到年底分粮。田富人家两口子干活，不仅能挣下口粮钱，还能分红。周甜泉家人口多，劳力少，分了口粮还得给队上交钱，日子过得还不如田富人家。那时候田成业和周甜泉年纪相当，两个家庭生活条件相差不大，两个娃娃从光屁股开始就喜欢在一起玩耍，两家的关系因娃也就更近了些。

周甜泉家日子过得紧，往往是没到冬天，粮食就不够吃了。田成业就经常把刚蒸出来的馍，夹一点肉臊子，偷着拿给周甜泉吃。有时候玩到要吃饭了，还把周甜泉领到自己家去吃饭。

对日子过得紧巴的周甜泉家来讲，最怕的就是过年。

秦东的农村，从腊月到正月，是相当清闲的一段日子。深冬的田地里没有什么活要做，寒冷的天气阻拦了人们的走动，各家各户只有一件大事，那就是准备着过年。大人们劳作了一年，穷也罢，富也罢，年还得过，钱多少还得花。这是娃们盼了一年的最高兴的时候，就等着吃些带油水的东西，穿想了一年的新衣服。

周甜泉家也不例外。腊月初八的前一天，周甜泉的父母总会让儿子装些玉米，到镇上用石磨推些腊八豆（黄豆大小的玉米粒）。晚上，周甜泉的母亲把事先煮好的黄豆、白萝卜丁、红萝卜丁同磨好的腊八豆，放在大锅里煮。娃们都睡了，可为了把腊八粥煮熟，把味调好，让娃们一大早就能吃上热乎的腊八粥，周甜泉的父母得忙到后半夜。当然同他们一起熬夜的还有甜泉水村众多的父母，因为初八这天早晨，邻里还要互送腊八粥，谁家的腊八粥做得好，谁家腊八粥里放了肉臊子，那是相当体面的一件事。腊八这天家里最兴奋的就是周甜泉，因为他有一项让姊妹都很羡慕的事，那就是去田成业家送腊八粥，这意味着他是全家第一个吃到田成业家有肉臊子腊八粥的人。

田成业碰到周青松，不由得暗自思量，思绪就回到了自己小时候。风还在耳边高唱着，田成业和周青松虔诚地听着，谁也没有再开口。

村子里的狗开始狂叫的当口，周青松对田成业说："成业哥，我到家了，要不要我送送你？"田成业说："青松你回吧，我能看清路。"周青松走出去几步又回转身，犹豫了下，还是开口说："成业哥，我有句话不知道该说不该说。"出于辈分的关系，周青松管田成业叫哥。

"你说，咱又不是外人，只要老哥能给你帮上忙，你爹也会高兴的。"田成业心想，青松家有什么事他是很乐意去做的，毕竟娃娃们日子过得还有些紧，他要是能帮衬点，躺在南山上的那个发小周甜泉知道了肯定会高兴的。

周青松知道田成业把话听岔了，忙说："成业哥，不是我有事，是今天晚上开会的事。"田成业心就没在会上，也就没听出个什么名堂，听青松一讲，他还真想听听有什么事，问道："青松你说说，老哥想听听。"

周青松看着天空，慢慢说道："成业哥，你回来时间不长，村子里的事不是你想的那么简单。你要是接支书这个担子，可得多留心些，要当好咱村的支书得费些神呢！"

田成业没想到青松会说这个事，自己也没想到还有这么个事，他在风里打了个寒战。他想孙有福不会有这个意思吧，可又想想这段时间孙有福说的话、办的事，又觉得青松说这话不是没点道理，自己把有些事想得太简单了。

田成业叫青松先回，自己摸黑朝家走去。他想，明天无论如何也不能跟孙有福去乡里。

时令已是深冬，没有了多少威严的太阳艰难地在山后向上爬着，天东边便有了点鱼肚白。甜泉水村像一个婴儿，被淡淡的烟雾盖着，睡得很香。公鸡已唱了很长时间的歌，狗儿们也练了好长时间的嗓子，牛羊叫着说自己肚子饿了。女人们正在生火做饭，青烟被冰冷的空气压迫得抬不起头，在村间的街道上游荡着。孩子们已集中到学校，琅琅地背诵着课文。只有男人们还赖在火热的炕头上，等到日上三竿，等到孩子们早上放了学，女人们把饭菜放了桌子上，才会离开被窝。

田成业早起的习惯已养成了多年，天再冷，到点了就睡不着。他真羡慕乡亲们的瞌睡，为这他白天经常给自己增加劳动和活动强度，可不管干多少活，出多少汗，晚上还是只能睡五六个小时。他有时候在想，是不是乡亲们脑子简单，凡事都不太琢磨，大事小事很少放在心上，所以睡得安稳呢？

田成业今天起得早是他有很重要的事要做。

孙有福没有因田成业没陪他去乡里而生气，反而对田成业更加看重了。村里庙会的事，基本上由村主任杨根良操持着，唯有订戏这一出，孙有福没有放手。他去乡上向书记汇报后，戏就订下了。村里人都说今年的戏是贾书记订的，请的是县秦剧团。女人们这时候都跑回娘家一趟，一为看看父母，二来传达庙会唱戏的消息。这在缺少精神文化生活的农村，重要性不逊于年初二走舅家。

孙有福从乡上汇报回来的第二天找到田成业，让他当庙会的总管，田成业说这事他从来没经过，怕弄不好。孙有福说那你就给咱管唱戏的后勤吧。田成业还没来得及回话，孙有福已背着手走了。

田成业算是接下了这个差事。他是个认真的人，既然答应了，就要把事谋算好，不能出差错。剧团的人马提前一天就到了，他们要装扮戏台，田成业就提前开始"上班"了。

他让孙有福把周青松和几个年轻点的壮劳力派给自己，老早就把锅灶架好。这戏唱得好不好，演员的功力很重要，伙食也是重点。你不给人家吃好，人家不卖力，好嗓子也出不了好腔调。田成业也觉得孙有福把这事交给他，是看得起他的一个方面。田成业在城里生活了半辈子，乡下招待人的规矩也忘得差不多了，每一顿饭菜都是青松帮他安排的，说白了他也就是管管账，有时候为了在菜的搭配上体现一下营养均衡，他才会指点一下。

乡里人把过事请人吃饭叫"吃席面"。戏团人吃的第一顿饭是小席。田成业从前只觉得城里人家有个事，那是相当累人的，讲究多，排场大。自从他回乡静养后，发现这乡下也讲究颇多。乡亲们手头都比较紧，可这形式都得走，只能让实质内容档次低点。因此这过事做席面就分了小席和大席。戏团还没正式演出时就吃小席。这小席其实也不小，只是把大席最后的"八大碗"撤掉了，其他的内容都没少。乡下人把过事的席面当脸面，谁家的事过得好，那肯定是这家的席面做得好。

田成业觉得这安排饭菜也是一门学问。自己在城里上班时，最看不起的就是那些安排饭菜伺候人的差事，如今觉得能把这事弄好，比做正事还难，这真应了"民以食为天"的古训。演员们都很满意周青松安排的小席，时不时嘴上溜出一句："这甜泉水村能行人不少，看看人家给安排的饭菜！"虽然田成业从不对别人的夸奖上心，但听着心里还是很热乎，很是感激青松。

剧团到后，孙有福就陪着团长和几个台柱子吃饭。听到演员对安排很满意，团长和台柱子给他戴高帽子也就很乐意接受。他觉得田成业给他撑了脸面，心里有些话想对田成业说说。晚饭过后，孙有福给团长说对不住，自己有些事得先回去一下，有啥事找周青松就行了。完了他拉住团长的手说："明天贾书记要来看戏，这事还得托老弟给上上心。"团长腆着隆起的肚子，涨红脸说："没麻达，书记放心就是了。"

孙有福连点了好几下头，他年纪大了，不然会弯下腰感激团长的。

五

孙有福走到院中，没急着去找田成业。他从腰上取下旱烟锅，一手握着烟袋，一手把烟锅伸进烟袋中用劲揉搓着。觉得旱烟锅里塞满烟叶了，他便慢慢把烟锅拿出来，用嘴角夹着玉石烟嘴，划着一根火柴放在烟锅上，嘴吧嗒吧嗒地猛吸几口，完了用大拇指按按点着的旱烟，才向伙房走去。

田成业刚刚与青松定好明晚的酒席，这次主客虽还是剧团的人，但重点是乡上的贾书记。田成业心想，村上请贾书记来看戏，顺便安排顿饭也在情理之中，可这一桌席面最多也就坐八个人，那剧团的演员咋安排呢？毕竟剧团的人才是主客啊！

田成业找到周青松，说了自己的顾虑。虽说周青松要年轻得多，可对农村的事比田成业在行。听了田成业的话，周青松想都没有想一下，对田成业说："成业哥，你想得对着呢，前几天剧团的人刚来，吃得好些，那是让人家给咱把戏唱好。明天晚上就要挂灯唱戏了，人家演员要把嗓子养养，吃饭讲究个荤素搭配，清淡适宜。"说到这，周青松话头一转，继续说道："明晚，贾书记来咱村才是不一般的事。人家啥场面没见过，啥事情没经过？能来那是给咱村面子！"

田成业想，这是给甜泉水村面子，也是给孙有福面子。他回过神，想对青松说两句什么，这时候就听背后有人喊他："成业！"

田成业转过头，见是孙有福来了。

孙有福把旱烟锅从嘴上拿下来，嘴角流着口水说："我就是来看看席面的事。"

田成业接了孙有福的话问道："是明儿个贾书记那桌席面？青松都操办好了。"

孙有福抬眼看看周青松，他猛然觉得这个后生与以往有些不同。孙有福自从当上小队队长，就觉得周甜泉一家很温顺，有时候周甜泉老实胆小的样子，让孙有福心里时不时还会生出同情。后来他当了支书，跟周甜泉打交道的机会少了，只是经常听说周甜泉的婆娘还挺要强，老是与人家争争吵吵。而眼前的周青松除了长相随了他爹以外，性格和做事一点也没学他爹。虽说孙有福与周青松在一个小队，但由于自己是支书，队里的事很少参与，他所知道的小队的事大多是小儿子孙建业传给他的。

孙有福心中一个念头油然而生。他想看看这个后生到底强在哪里，便说："成业，你在城里住的时间长了，有青松这个帮手我就放心了。"

田成业忙接了话说："就是的，没青松在，我还真不知道会把事弄成啥样呢。"

周青松似乎没做什么考虑就开了腔："有福叔，明天晚上的席面我成业哥都安顿好了。"孙有福顿了会儿，像是犹豫了，但还是把剩下的话说了出来："青松，成业在城里住的时间长了，对咱乡下待客的事不如你，这书记来了咋个规格，你说给我听听。"孙有福说完把旱烟锅塞到嘴里，低着头等周青松给他汇报。周青松想了想，然后说道："明天晚上挂灯，演员们我安排了五桌素席，主要是些不常吃的蔬菜，每桌四个菜一个匙子汤。戏唱完后半夜饭我叫厨子每桌炒四个热菜，上些蒸馍，再熬些小豆稀饭。"孙有福也没管周青松说完没有，就打断周青松的话说道："好着呢，唱戏的就怕开腔前吃荤动酒。"

周青松看孙有福没有再说的意思，就接着说："贾书记这边按接待标准安排了桌席面，菜单子我拉了一个，有福叔你过过目。"孙有福说道："我眼神不好了，青松你就给我念一下。"

周青松向电灯下面走了几步，田成业这才发现孙有福一直站着，灯影子把孙有福已略驼了的背拉成了张很大的弓。田成业忙搬了个凳子，把孙有福扶坐下，这次孙有福倒没多说什么。

周青松看孙有福坐下了，就照着菜单子念了一遍。念完田成业和周青松的目光都投在了孙有福的脸上，他们在等孙有福表态。

孙有福听完了，收起烟锅起了身，对田成业说了句"我先回了"，就没下文了，对周青松列出的菜单子没有表态。

田成业把孙有福送出门，转过身问青松："青松，这是啥意思呢？"周青松没有回答田成业的问题，说："成业哥，咱也回去睡吧，明儿个就这样安顿。"

田成业像是明白了，又像是不全明白。心想，有青松呢，应该不会出什么大岔子。

甜泉水村的庙会是秦东县最大的庙会，刚刚从"大锅饭"里走出来的手艺人们都起得很早，在戏台四周用石头和木棍占领属于自己的摊位。来得早的地方就宽展些，来得晚的就满脸堆笑，给来得早的人说上几句好话，乞求人家给让点地方。

陈宋良是甜泉水村出了名的勤快人，搭戏台那天就给自己选了块地方。尹世文也是甜泉水村的名人，只是他与好吃懒做胡折腾联系得比较紧。好在婆娘东娥饭做得好，特别是秦东父老都爱吃的凉皮。干部驻村那阵儿，队里时常会把饭派在他家，尹世文的肚子就跟着享了些福。在村里见了人那腰杆也像是更直了些，好像他是驻村干部一样。分田到户后，地里那点活不愁干，东娥就在街上摆了个凉皮摊子，生意那是相当红火。跟庙会是乡下手艺人生活的重心，自己村过庙会更是近水楼台。东娥叫自己的老汉尹世文早点占个地方，尹世文就没当回事。他想那么大个场子，哪能全占完了，再说他尹世文还丢不起那个人，叫人看见他占地方会笑死的。

开戏的那天下午，尹世文从自家后院找了几块好看的木头，准备到戏台前占个地方。尹世文平时农活干得少，把几个不太重的木头放在架子车上就有点喘。他在原地缓了口气，走到院门外伸头看看，街道上没人，就拉着车子往戏台子方向赶。这农村唱戏是件大事，农闲的人们没什么事要做，走五里十里去看戏那是件让人愉悦而从不觉得累的事。尹世文没想到戏还没唱，来看搭戏台的人倒不少，加上这几年做小生意的人像是春雨过后的竹笋，噌噌地往外冒。

等他磨蹭到戏台下，除了留着看戏的区域，四周摆摊的地方已被占完了。尹世文这才意识到事情的严重性。不要看他平日在人面前像个人样子，可婆娘东娥的话是最高指示，从来都不敢顶半句嘴，尤其是给他指派的活，尹世文从来都不敢怠慢。今日这事多重要，就是自己要那么点脸面，把时间耽误了。这找不下个地方，东娥不把他收拾到位才怪呢！尹世文想到这，脸面就装进口袋里了。他目光周游一圈，觉得能挤出点地方给他的人只有陈宋良了。

陈宋良本来姓宋，住在云岭深山中一个叫大甘河的村子里，有一女一子，日子过得如那云岭溪水一样，平静而清闲。他从来都没想到自己快四十的人了还要找个爹，而且是自己心甘情愿地去给人家当儿。

山里人日子过得清静而闲适，可生产和生活上要用的东西还得从山外买，且这些东西都得背回来，来回五六十里的山路得走两天，那个苦只有山里人家才知道。为了不让自己的下辈人再受这苦，陈宋良答应给甜泉水村的陈有寿当儿，就在自己名字前加了个"陈"字。陈有寿也是当长工出身，是孙有福的堂兄，只是从小孙有福的大伯养不起这个儿，就给了陈姓人家。终身没说下个媳妇的陈有寿是孙有福的一块心病，他放出话说给陈有寿收个儿。后来陈宋良给陈有寿当了儿，孙有福心里好像也安生了些。因此这陈宋良虽说是个外来户，可村子里的人都挺尊重他，就连杨根良见了他也是哥长哥短的叫得很响。陈宋良明白村里人为啥对他好，也知道自己的地位和身份，做人那是相当谦和，无论碰到谁都老远就搭上话，举手投足都是尊重。

尹世文想挤点地方，找陈宋良那是找对了。陈宋良本来占的地方就宽展，护场子的人也没管。尹世文堆着满脸的笑找他要地方，他自然不好回绝。当然他也有些私心，他那个宝贝儿子小安就在尹世文他弟弟所带的班上读书呢，他所有的希望都寄托在儿子身上，很想让尹世文的弟弟多关照一下。想到这些，陈宋良给尹世文让些地方高兴还来不及呢！

冬日里太阳下山快，下午六点还不到，天就黑下了。乡里人早早就吃了晚饭，提着自己家的小木凳三五成群往戏台底下赶，都想找一个看戏的好位置。

大村大镇有个固定的戏台，小村子唱戏就在空地上临时搭台。看戏人只能自己备凳子，在戏台前的空地上自己寻地方。来得早的占据了台口正前方的位置；来得晚的只能站在凳子上围在边上看；再来晚的人就没办法了，只能往里面挤。这一挤里面的人就有点受不了，心想还是站起来吧，这一站就如点燃了鞭炮，里面坐着的人受不了挤压，也站了起来。这时候就是重新占领有利地形的机会，那些来得晚的人趁机往里挤，原来处在有利位置的人也不甘心丢掉自己的好位置，人们挤作一团。这时候戏是唱不下去的，要让人们安静下来，民兵就成了主角。只要大喇叭里喊："民兵连长，把秩序维持一下！"那些早就准备好的民兵，便会手拿长长的竹竿，在台口从前往后敲打拥挤成一团的人群。看戏的人则把凳子放在头上，抵挡着砸向自己的竹竿，同时寻找位置坐下去。一般不到十分钟，看戏的人会重新安坐在台口下。

六

晚上开戏，镇上的贾旺书记要来，这唱戏经常出现混乱的场面，不能把领导们放在台口下。

演员们已经吃过了饭，这阵子正往脸上涂脂抹粉。晚上的戏有两部，分别是折子戏《拾玉镯》和本戏《大登殿》。这两部戏都是贾书记选的，当时孙有福想把这三天四晚上的戏都让贾书记给指示一下，贾书记说："这是你村唱戏，看村民爱看啥就选啥行咧。"孙有福说："让书记你来选这个戏也是村民的意思。"贾书记心里挺温暖的，就选了庙会头天晚上的戏。

孙有福很在意这次贾书记来看戏，他没看演员们准备得咋样，直接走到戏台乐队的后面，看着给贾书记准备的位子，对周青松说：“这凳子摆的位置还行，就是低了点，前面乐队会把视线挡住，你想办法把凳子垫高一些。”

周青松站在文武场面的位置上看了看，说：“那是这，我找些砖，弄上些木板，在乐队后面搭个台子。”

孙有福满意地说：“这样好，你赶快弄吧。”

周青松回话道：“行，有福叔你陪贾书记，这事我马上办。”

孙有福重新回到席桌上时，田成业被安排在席桌的最下首。这位子很特别，八仙桌席面的最下首，右面就是席桌的最高位子。这贾书记的右边孙有福陪着，左边的最下首就是田成业，杨根良紧挨着孙有福，反倒离贾书记远了些。

孙有福说：“贾书记，我给你介绍下，这个成业是从城里退休回来的，也算是见了些世面。今儿个这饭、这戏都是他管着，不知道你称心不？”

贾书记忙站起来，微微转了下身说：“没想到你们村走出去的人还想着回来，好事好事。你这甜泉水村还真是个养人留人的地方。”

吃完饭，这群最后来的观众坐在比乐队高出一截的专席上时，乐队的锣鼓随即响了起来。

这一夜起，甜泉水村随着那一声鼓响，将会沉浸在三天的快乐中。

这三天，人们等了整整一年。

这三天，甜泉水村人会不会兴奋得过了度呢？

不说那么多了，能快乐着就先享受一下吧，不要让过多的思绪影响了快乐的气氛。

甜泉水村庙会结束的第二天，天气就变了。

不过这次下的不是雨，而是雪。这雪下得人心情爽快。男人有了睡懒觉的理由，孩子们有了娱乐项目，连各家烟囱里飘出的炊烟都像是喝高了，没个主心骨地在田地里荡着。雪是在夜里下的，田成业知道。

田成业这段时间觉睡得不太好，谁家狗叫一下，猫搭一声，他就醒了，而且得半个小时才能回到梦中。晚上雪落下的时候，起初是糁子雪，比食盐大些的雪粒飘落在各家门前拢起的玉米秆堆上，弄出沙沙的声响。这细微的声响打断了田成业的梦，让他怀疑家里是不是有了老鼠。他小时根本不怕这小东西。周末和节日放假时这群乡下的孩子没什么好玩的，就经常用家里的铁桶打井水，往老鼠洞里灌，看着那些让人生厌的家伙一个个喘着粗气爬出洞来，他们的笑声能穿透半个村子。可自从退休回乡后，他碰见老鼠心里就有点怕，想到这家伙还能传染出血热，心里更是毛得很。他回村不久，村子里就有几个人得了这病，都躺在南山的黄土里了。

听到沙沙的声响，田成业就起了身，手里拿起早就准备好的半截砖头，循着声响走去。走到窗台前，才发现这声响在院子里。轻轻推开门，发现下雪了，这声响是雪粒发出来的。

田成业此时有一种冲动，他想冲到院子中间，闭上双眼，仰面迎着那点点冰冷的雪粒。他觉得自己好像回到了小时候，那心中生生外冒的青春活力鼓动着他，用火热的心去感知冰冷的白雪。他想享受那种久违了的感觉；他想大声地吼两句秦腔；他想迎着风，迎着雪，什么也不想，漫无目的地疯一阵……他想回到那虽然贫苦但却无忧无虑的童年啊。

想着想着，田成业的脚就想往外迈。翠翠不知啥时候醒了，冷不丁说道："你把门开那么大，想把人冻死啊？"

田成业能感觉到婆娘的脸色很难看，赶忙老实地回到了炕头上。故意挤了挤翠翠，见她再没说啥，他知道没事了。娶了翠翠，是田成业一生仅有的几次果断正确的决定之一。虽然村里、单位里曾经有好多人问田成业："你咋不找个城里的呢？"田成业心想，要是找个城里的，哪还能经常惦记一下那可怜可亲的父母，哪还能一辈子吃上对自己胃口的好饭呢？想到这，田成业又挤了一下翠翠，这一挤翠翠就有点生气了。

"你这个人是不是病咧，这么冷的天不好好睡觉，也不让人家睡，早上你做饭！"翠翠说着用脚把田成业往外推。田成业忙说："再推就掉到炕底下去了。好了，睡吧。"

　　说是睡吧，田成业的眼皮怎么也合不拢。他的目光游离在被雪映得有点明亮的屋顶上，耳朵聆听着雪的歌唱，脑子里浮现出小时候打雪仗、堆雪人、滑雪的场景，心里那个热乎，咋能睡着呢！屋子里又安静了下来，只有窗外的雪粒还在发着响声。

　　不知谁家的公鸡叫了一声，这就是乡人们的闹钟。男人们听见了也当没听见，翻个身把头往被子里缩缩，又呼呼地睡了。只有女人们要做饭，起得早些，一边催着娃娃快去上学，一边推门到院子里去抱做饭的柴火。

　　天总算亮了。田成业掀开被子，下了热乎乎的火炕，径直走到雪地里。他望着漫无边际的白雪，头脑也清醒了许多，一脚踩下去，听着清脆的咯吱声，就有了想奔跑的冲动。他学着小时候双脚后跟并拢，走着鸭子步，身后就留下一溜像拖拉机轮胎轧过的印迹，似乎找到了那种童年的快乐。

　　感受着这纯洁的气息，田成业有点弯曲的腰一下挺直了许多。风不大，但他能感到雪花飘到了脸上，好像听到了水滴落在烧红的铁上面的声响。田成业有点醉了，他想吼几句秦腔。想到这，他疾走了起来，他得走到村南的坡梁上，那里空气清凉，那里四野安静，那里离村庄稍远，那里能够让自己尽情抒怀。

　　雪还在下，地上的雪虽然不是很厚，但要走上村后的山梁，得一步一步踩实。天很冷，可田成业的心里热乎乎的，身后的脚印把村子赶进这雪雾中，田成业的秦腔就向四野漫去。

　　　后帐里转来了诸葛孔明。
　　　有山人在茅庵苦苦修炼，
　　　修就了卧龙岗一洞大贤。
　　　恨师兄报君恩曾把亮荐，
　　　深感动刘皇爷三顾茅庵。
　　　下山来我凭的神枪火箭，
　　　直烧得夏侯惇叫苦连天。
　　　曹孟德率大兵八十三万，

他一心下江南要灭孙权。
江南地文要降武将要战，
一个个议事厅议论不安。
孙仲谋砍去了公案半片，
哪一家若言降头挂高杆。
有一个小周郎奇才能干，
差鲁肃过江去曾把亮搬。
过江去我也曾用过舌战，
三两句说得他闭口无言。
南屏山祭东风草船借箭，
把曹兵八十万一火皆燃。
为江山我也曾南征北战，
为江山我也曾六出祁山。
为江山我也曾西城弄险，
为江山把亮的心血劳干。
……

　　田成业唱的是秦腔《葫芦峪》中诸葛亮祭灯那一段，这戏里祭灯的事就发生在秦东县。人们都觉得这段戏让人听得心里难受，可田成业喜爱秦腔，更喜欢这段戏，每次情不自禁哼出的就是这段戏。他没有感到有什么悲伤，倒觉得这段戏是对诸葛亮一生的总结，是奉献，是成就，是自豪。要说伤感也就最后几句，是壮志未酬的遗憾，但对田成业来讲，是感动，是激励。田成业每每唱完这段戏，想到这些，眼里就会泛出点泪花来。他有时候想，是不是自己老了，变得多愁善感了？

　　田成业想着这些，浑然不觉自己在雪地里，要不是有人跟他搭话，他还沉浸在自己的思绪中呢！

　　来搭话的人有点面生，田成业一时想不起来是谁。他回村快一年了，组里的人都认识，村里的人也认得差不多了，可面前对着他打招呼、微笑着的人他却认不出来。他努力地翻寻着自己的记忆，似乎有了点印象，但马上又消失了。

田成业还愣着的时候，这个人主动说起了话："成业，你记得我不？根良他姑父，宝莲的老汉春来。"田成业猛地想了起来，忙带着歉意说："是春来老哥啊，哎呀，你看我这眼神，没把你认出来。"

田成业往侯春来跟前走了两步，说："老哥你的样子都是三十多年前的记忆了。你这是……？"侯春来接了田成业的话说道："跟你一样，在城里养下这臭毛病。真应了那句老话，前三十年睡不醒，后三十年睡不着。"

田成业微笑着说："老哥你也退休了？"侯春来没思索就说："退了。"说完侯春来从口袋里掏出一包没开封的红岭山烟，说："成业你抽不？抽就拿上，都是娃们给买的。我说我不抽这，你们是乱花钱。你听娃们咋说的：'你不抽，乡下那么多叔呀哥呀的都抽呢，拿着给他们抽。'"

田成业笑着说："娃们真懂事啊，我也没学这，留着给会抽的人吧。"侯春来收回烟。田成业试探着问道："春来老哥，我听有福叔说你是从县组织部部长位子上退的，县里还给你分了房子，条件好得很！"侯春来装好烟，顺着田成业的话说："好是好，可娃们都没在身边。再说你那个老嫂子在农村住习惯了，老觉得住县城里心慌，说还是乡下好，这不就搬回来了。"

这两个陌生的，刚刚熟悉起来的人，全然忘记了身在茫茫的山野里。他们谈话的气氛似乎融化了冰雪，使藏在雪雾里的甜泉水村也慢慢清晰起来。

"多美的景致，多祥和的村庄，多么可爱、多么勾人的家乡啊！"田成业自言自语起来。侯春来听到耳里，情绪也被调动了起来，他也说道："是啊，多么好的地方，多么可爱的乡亲，就是穷了点。"

侯春来的话让田成业有些伤感，心中油然产生了"拭灯无意思，踏雪没心情"的感觉。他知道自己吃甜泉水村的水长大，对这块养大了自己的故土，他还只是停留在童年的记忆之中，还真没想着为这个村子做些什么。就像一个母亲含辛茹苦养大自己的孩子，虽然母亲没有想着要孩子报恩，也不需要孩子报恩，可当子女的就不能主动为母亲做些什么吗？

田成业刚才唱戏的热乎劲浸入了冰冷，他对侯春来说："是啊，看来是我们这些人给这个母亲做些什么的时候了。你说呢，春来老哥？"

侯春来不愧是当过组织部部长的人，反应相当快。他觉得田成业说得对，只是这话从他这个部长嘴里说出可能更恰当些，田成业已经说出了口，那他这个部长总不能说这想法是自己的。想到这，侯春来觉得自己还像是上着班，人退了，心还没退休，心里给自己说："把心态要调整好啊。"

心里这样想着，嘴上可不能这么说，他对成业说："对着呢，你想得比我远啊。是这，回家吃饭吧，找个时间咱哥俩把这事好好唠唠。你看，雪有点大了。"

可不是，雪什么时候大了起来，他们都没觉察。可爱的村子又被飞雪藏了起来。

七

腊月到了，这是一年中最为重要的月份。是乡人最为期盼和最为闲适的月份。这是田成业回村的第二个腊月。

腊月初八家家户户都要做腊八粥，这不仅仅是一顿饭，更是邻里情感的一种载体。虽然富有富做法，穷有穷做法，但谁都不会嫌弃谁的腊八粥不好吃。这一天村子里也是一团和气，平时拌过嘴、打过架的人家，也会热情地请你品尝他们家的腊八粥。

腊月初十前后，家家户户都要清扫一番，乡人把这叫"扫灰钱（灰尘）"。盖了砖房的人家会买些油漆，把门窗用油漆刷扮一新，再用南山里的新竹，扫尽沉积了一年的灰钱，完了在街市上买些年画张贴起来，又似新房一样。那些日子过得紧巴的人家，墙是土墙，炕是土炕，地面就是原本的黄土，窗子上装着几根木棍。这样的人家也要清扫一翻，只是油漆换成了白土。这白土也是黄土的一种，就是颜色浅了些。这些人家用南山的新竹扫尽尘土，用白土泥水把墙刷新，等泥水干了，满屋都漾起了白土的清香。土炕的周围用旧报纸糊上后，有的人家还会剪些红纸条给炕贴个红边。如此，房子也变成新的一样了。

田成业当兵走的时候，村子里只有在外吃商品粮的几家住着砖碹门窗的房子。如今回来，村子里住砖碹门窗房子的人家还是少数，多出来的几户人家，都是生产队还在时偷着做些小生意的。

当然，田成业现在住的也是砖房，并且是"一砖匝"，乡人给全部用砖砌成的房子起了这个名，在人面前提起盖的是"一砖匝"，那是相当体面的一件事。就这田成业当时都觉得有些扎眼，把儿子要给他盖小二层楼板房的心意挡住了。他想，回村了，就得跟乡邻融合起来，他总觉得太扎眼的房子会让乡邻与自己产生距离感。再说，他回乡是想着这方水土，想着南山那两座掩埋了双亲的坟茔。他觉得这辈子没让父母享一点清福，等到自己退下来了有时间了，父母都已走进了黄土。他回村住着，毕竟离南山埋着的父母近些，起码看到那两座坟茔，就会觉得父母还在身边，吃穿住他是不在乎的。

当然乡下纯净的空气也是他所向往的，他觉得城里不仅空气没乡下的清新，就连渭川河里的水，也没以前清澈了。田成业也是带着这样的一种心情回乡，这种心情应该是闲适和散漫的，是安静和平淡的。可当眼前这个留存着童年清苦又美好的记忆的甜泉水村重新回到自己的眼前时，那种美好的回乡心情似乎撒上了一层细末般的黄连。想到这，他不由自主地哀叹了一声。

这天是腊月二十三，乡人把这天叫小年。甜泉水村人这一天有一项重要的仪式——祭灶。对乡人来说，这是个很重要的日子。

傍晚时分，甜泉水村的每户人家都忙着一件事——烙灶饦。灶饦是锅盔的一种，是为灶王爷专门制作的。大人们烙灶饦的时候，孩子们都围在锅边。他们闻着面粉烤出的香气，口水时不时会滴到灶台上。

天黑定，大人们搬出自己家的小方桌，摆上红枣、核桃等，点燃香火，面向自己家锅灶的方向跪下，恭敬地献上灶饦，祈告灶王爷能够"上天言好事，回宫降吉祥"，自己家来年不再少吃挨饿。祈告完毕，大人们在每个灶饦上掰一小块，撒在自家的院子里，就算是灶爷带走的干粮，剩下的就是饿着的孩子们的美餐了。

田成业对这个讲究记忆很深，小时候等着吃灶饦的情景，他每每想起来就嗓子发涩，鼻子发酸。如今日子过得天天可以吃灶饦，就越发让他珍惜现在的好日子。翠翠按讲究给灶爷准备了来回七天的灶饦，可两口子哪能吃完这么多的灶饦，田成业就让翠翠留够自己吃的，心想着把多出来的明天给青松家送过去。

过了腊月二十三，乡下的年味就越来越浓了。娃娃们都放了假，好像身体里有用不完的劲，三五成群一会儿跑到了麦田里，一会儿疯到了村子里，叽叽喳喳叫个不停。这很容易让人联想到他们是一群鸟，不知疲倦地吵闹着，大人们不叫是不会回家吃饭的。田成业吃过早饭，拿上婆娘收拾好的灶饦，向周青松家走去。

田成业向村子中间走去，那座已显得很是破旧的土房子，是那么熟悉，他童年的多少身影留在了这座房子里。他在想，他同周甜泉睡过的炕不知还在不在啊！他的思绪不由自主地飘向了远方，要不是谁家娃娃放鞭炮，他还缓不过神来呢。

路不远，熟悉的房子已在眼前，他听到青松两口子的声音，心中不知为何生出一点痛楚来。房子依旧，可熟悉可亲的人儿却都不在了，这难免让他神伤。他想，如果周甜泉还在，在这闲适的冬日里，两人沐浴着暖暖的阳光，摆一张小方桌，沏一壶茶，丢着方（丢方，秦东民间一种如围棋的智力游戏），那该是一幅多么让人心旷神怡的景象啊！可如今这已成了奢望，这也是田成业回村后感到寂寞的一个原因吧。

周青松出门取烧柴，看见田成业站在门口，忙笑着打招呼道："成业哥，这冷的天，咋站在外面不进屋呢？"说话的当口，他拉着田成业就进了家门，对婆娘桃花说："成业哥来咧，快给倒些开水，顺便把咱家刚蒸的馍拾几个。"

田成业说："我刚吃过饭，饱着呢。"

青松说："刚吃咧没事，你再尝尝家里蒸的萝卜粉条包子。"田成业这才知道青松家在蒸年馍，第一锅刚蒸好，桃花正下笼呢。

乡下人过年一个重要的礼节是走亲戚。在缺吃少穿的年代，走亲戚的礼当大多是自己亲手制作的，其中蒸的年馍是普遍且重要的礼当。那时节白面很稀贵，乡人们为了蒸出来的年馍白一点，经常把点燃的硫黄放在蒸笼里，漂白本来并不很白的馍馍。当然，蒸很多年馍，过年待客做饭会省事些，为年间留出更多游玩的时间，这是忙了一年的庄稼人给自己安排的少有的闲适时光。等过完了年，也就是过了正月初五，地里有些农活就要他们去干了，不然杂草会一天一个样疯长，欺负着田里的庄稼，到了夏收季节，打不下粮食，那这一年就算是白忙活了。

田成业挡不住青松的热情，拿了个刚出笼的包子吃起来。青松一边往灶膛搭着柴火，一边问："成业哥，你当了一辈子公家人，现在回来能住惯不？"

田成业边吃边说："咋能住不惯！喝了快二十年甜泉水村的水，吃了将近二十年这方土地里打的粮食，骨子里的血、身上的肉都是在这打的基础，改不了，忘不了的，不是有句古话'江山易改，禀性难移'嘛！"

周青松往灶膛里添了把柴火，转过脸说："我看也就你还能记着、想着咱这个穷得不像样子的老家。"田成业笑着说："叶落归根，游子思乡，咱这的人都有这毛病，不光是你老哥有这个思想，前几天我还碰到春来哥和建国哥了。"

听到侯春来和孙建国都回了村，周青松好像没有丝毫惊讶，他没抬头，继续给灶膛里添着柴火，不紧不慢地说："他们回来那跟你还不一样，人家是觉得城里待着心慌，回来散心来了，住不了几天还会回城里去的，哪像你住下就没走的意思。"

田成业觉得青松说的也有些道理。他回村快两年了，很少碰到侯春来。至于孙有福的大儿子孙建国，他还没碰见过，只是听婆娘翠翠跟村子里的婆娘闲谝时，说原来出去吃商品粮的人现在回来得勤快多了，其中就提到退居二线的孙建国。

孙建国是孙有福三个儿子中最成器的一个，排行老大。虽然孙有福在甜泉水村当支书，名望很高，但只要提起他这个儿子，孙有福脸上就会堆起笑容。在他的内心里，当支书那是给集体干事的名头，是可以随时去掉的，当解放后甜泉水村第一个大学生的爹，才是最体面最荣光的事。

提起甜泉水村能供娃们上大学的人家，新中国成立前那只有周世康家。人家是地主，有自己的私塾，孩子们从小就学文弄墨，而大部分的人家能让娃娃认几个字已是不容易的事了。后来解放了，是周世康识时务，早早让自己上过大学的老大和正在上高中的老二去了边区。虽然周世康的两个儿子很争气，一个在秦东县政府当职员，一个在省城大院公干，但在孙有福的眼里都算不了什么。他觉得自家老大解放后能上大学，那是甜泉水村的一个历史标志，周世康家那两个在县府和省城公干的儿子是没法与自家这个儿子比的。

田成业之前就知道孙建国在省城公干，但不知道具体做什么事。自从他回乡后，这两年才断断续续听说了点，那还是因为孙建国时不时会开个车回来看孙有福，这在甜泉水村可是件大事。

田成业吃完了手上的包子，觉得虽然馅里没肉，但比城里的包子味道好，就又拿了一个吃起来。这时候他婆娘翠翠进了门，还没等青松两口子招呼，就开腔责怪道："好你个老田啊，我做的饭你不好好吃，到娃们这混吃来了。"当然脸上布满着笑容。

周青松见是翠翠嫂子来了，拿过一个小木凳放门里面，说："老嫂子来了，今日我家蒸馍，正好我成业哥过来就尝尝，你也尝下。"听自己男人说翠翠嫂子来了，桃花把和面的双手在围裙上擦了擦，在馍筐里拣了个样子好点的包子递给翠翠，说："嫂子你尝尝。"

翠翠接了桃花递过的包子，有点生气地说道："我以为你成业哥说到你家来看下就回去了，原来在这吃年馍呢。"数落完田成业，翠翠带着埋怨的口气说："桃花，蒸馍你也不给老嫂子说一声，叫我来给你打个下手，看把你两口子忙的。"翠翠说着就挽起袖子干起活来，桃花拉都拉不住。田成业看到这，就说："你让你老嫂子过把瘾吧，她二十多年都没在过年时蒸过馍了。"

周青松两口子听到这，笑了起来，那笑声伴着蒸馍的麦香升腾起来，温暖得让人感觉不到这是深冬季节。

八

除夕，这是甜泉水村的乡亲们守岁团圆的日子。这一天不管你在天涯还是海角，总得匆匆往家赶；即使不能回到家中，也得给家里写封信捎个话，问问老娘、老爹身体可好。

田成业的儿子老早托人带话回来，说：老爸你今年来城里过年吧，乡下太冷，你孙女受不了。田成业知道，孙女还是很想回乡下来，虽然天气确实冷了些，可娃到了乡下就高兴得要疯了，逗着小猫，欺负着小狗，把鸡赶上墙，撵得鹅儿嘎嘎乱叫，死气沉沉的院子总会热腾起来。乡下成群的娃娃没什么家庭作业，放假了就是一个"疯"字，孙女跟着这帮不很熟悉的伙伴，不出三分钟就混熟了。唯一让孙女怕的是乡下的气候和环境，孙女一时还适应不了，等回了城里身上总会出小疙瘩，痒得受不了，用手挠，很快身上像长了癞子一样。这时候最心疼的就是孙女的妈了，长在城里的儿媳妇看娃娃难受的样子，就发誓不再回乡下来了。要回也只让国栋一个人回，女儿是不能带了。

可到了春节，田成业的儿子跟他爸想法一样，根在甜泉水村，他娘他爸都在乡下，不回去不像话。每每这个时候，田成业的儿媳妇还是很通情达理的，回就回吧，除夕回，初一走。

今年儿子最终没再说春节回来不回来，田成业想到儿子让他去城里过年，这意思可能就是不回农村过年了，让田成业还是有点伤感。儿子不回来，这年过得还有啥意思。婆娘翠翠看出了田成业的心思，就说要不到城里去住几天。田成业一听心里火就上来了，可他是自控力强的人，心中虽然不痛快，可嘴上话很软，说："你要去你去，我在这还要上坟烧纸呢。"

知道娃们不回来了，田成业一个人忙着贴对联、挂灯笼，不时会叫婆娘出来看看正不正。翠翠在锅灶上也忙活得够呛，可她还得听田成业的指挥，她知道这个人今天不太心宽。

田成业贴好了对联，挂起了红灯笼，从板凳上下来，给门上贴秦琼敬德。小时候田成业最爱干这活，那种高兴劲儿是一年中仅有的几次之一。那时候日子过得紧，他爹田富人买门神总要等到除夕下午三四点才去，因为那些做生意的人知道，过了除夕这些门神就没人要了，放一年不被老鼠磨了牙，也会受潮长了霉，那就亏大了。田富人这时候去，给多少别人也不会计较。田成业记得他们家的门神是最晚上岗的。

不过那时候田富人请的门神很好贴，稍微弄点面糊，秦琼敬德就老老实实地在门上待一年。到了下一年新桃换旧符时，田成业还要端盆水，给二位老门将洗洗，他们才会下岗休息。

田成业觉得现在的东西都弄得很中看，就是不经用。这门神也一样，用的是双面光纸，可就是很难糊上门。好不容易糊上去，正月还没出就发白了。稍微有点风，那两位门神大人就飞走了。不过这门神还得年年贴，田成业觉得这样喜庆些。过年了，要是门上窗户上院子里不变点颜色，那就少了许多喜庆的气氛。

田成业正忙着呢，听到门口有人按喇叭。他转身才发现有辆吉普车停在了门前，车上下来的这群人让田成业一下子有了过年的高兴劲儿，原来是儿子一家回来了。国栋叫顺路送他的朋友一块儿进家门，朋友说不用了，他也得回家过年去。国栋就给朋友招了招手说："今天太麻烦你了。"

孙女琳琳叫着爷爷喊着奶奶跑进院子，田成业两口子被孙女叫得心花怒放。儿子国栋和儿媳唐静从车上取下大包小包的礼当，叫了老两口一声。翠翠忙接过儿媳手中的东西，就进屋准备洗手的热水去了。

　　这时孙女琳琳看见爷爷正贴门神，就嚷着要贴，田成业高兴地说："好！好！"然后背着手，看贴得端正不端正。儿子站在他后面，说院子收拾得很好，以后要经常带娃回来住住。田成业没说什么，招呼着孙女向左向右向上向下贴好门神，他不图什么，只要逢年过节娃们能回来一下就行咧，他知道现在城里做事很辛苦，能理解儿子的难处。他看着孙女笑得那么灿烂，听着翠翠和儿媳欢乐的谈笑声，心里就像是灌满了蜂蜜。他这一辈子很克制自己的喜怒哀乐，娃们不回来他心里不舒服，娃们回来了他心里很高兴，可表面上他还是显得很平静，这可能是因为他什么苦都吃过，什么事都经过了吧。

　　门神贴好了，翠翠一边为娃们整理着床铺，一边对田成业说："你还是早点去上坟吧，娃们都饿了，早点回来早点吃饭。"田成业这才回过神，忙说："好好，这就去。"

　　儿子国栋拿好香蜡纸钱准备出门，田成业说等等，他回屋看看供桌和挂起的中堂。他转身进了自己住的地方，把老爹老妈的黑白遗照放在中堂下方，静静地注视了会儿才出了门。这时孙女琳琳缠着也要去，这让儿子国栋犯了难，他知道乡下规矩多，像除夕上坟女性是不能去的，虽然娃娃还不满十岁，可也不能叫村子里的人说不懂规矩。他想给娃娃解释一下，可又不知道咋说。田成业看出儿子的心思，就说让娃娃去吧。国栋知道老爸虽然在城里生活的时间不短，但对乡下的讲究还是很重视的，这次的举动让他有些吃惊。不过也不必想那么多了，看着娃娃那个高兴劲儿还有啥可说的？再说现在都是一个娃娃，要按这老讲究，他们这一代去世了，就没人惦记着了，更不要奢望逢年过节有个人来看看了。

　　孙女琳琳在前面跑着跳着，田成业和儿子国栋走在后面。不时会碰到村子里的熟人，田成业总要把儿子给乡亲们介绍一番，国栋就开口爷、叔、婶地叫个不停。说心里话，这是国栋怕回乡的一个原因。

　　田成业爷孙三代人走上了云岭北坡，那两座土坟离他们越来越近，坟头上的柏树长得很挺拔，远远看去像是有人站在那里。柏树的脚下还有些积雪，孙女琳琳蹦跳着冲过去，伸出小手抓了一把，嘴里喊着"下雪啦！打雪仗啦！"手里那个小雪团就向田成业砸去。国栋见状大声说："琳琳你像啥样子，哪能对爷爷这样？！"田成业忙拦住儿子，走到坟边，俯下身也抓了一把雪对国栋说："这是今年的第一场雪，也就你爷爷奶奶的坟上才留下这么一小点，这是等着娃娃来看他们呢！"

听田成业这么说，国栋觉得自己总是说忙，这一年回来看老爸也就一两次，其实抽个空回来的时间还是有的。他平时在城里陪着媳妇上街，伴着小孩玩耍，是想不到乡下的二老的。只有到了清明、端午、中秋和春节，因为唐静要带着小孩回岳母家，他才觉得自己也是一个孤单的人。他起初也是经常跟着媳妇去岳母家的，只是去的次数多了，他方才觉得，自己好像还是个外人。这并不是媳妇对他不好，也不是岳父岳母对他不热心，而是大家聚在一起的时候他基本上找不到能够融入的话题，他就像是个听众一样，听他们谈笑着。

时间长了，他就找些借口赖着不去，这时唐静就说："那你就在家里打扫一下卫生吧。"国栋说："行，你就放心逛去吧。"他觉得自己在家擦玻璃、拖地板、收拾孩子的玩具、开着电视听音乐倒是自由自在的。收拾完了，他偶尔也会给爸妈写封信，问身体好着没，天冷不冷热不热，有什么事没。他知道也没什么事，可心里还是想爸妈能说有些事，特别是需要他做的事。可老爸老妈总是那几句话：都好着，没什么事，你照顾好自己。只有这时候，国栋才觉得应该回乡下去看看，他觉得刚出生时剪断的他与母亲之间的脐带是生理上的，而精神上的脐带不管他长多大，都是剪不断的。

田成业看见儿子盯着坟头的松树发愣，就问了句："娃，你想啥呢？"国栋这才回过神，忙说他看爷爷坟头的柏树呢。

是啊，这深冬的云岭北坡，枯黄一片，北风吹来，黢黑的柿子树和衰败的野草野花被冻得瑟瑟发抖，窃窃私语着。动物们都躲进了自己的洞里，多数的鸟儿都去了南方，只有成群的白脖子乌鸦还留在这里，蹲在仅有一些树木的坟茔中，啊呜啊呜地叫着，等着捡吃人们给先人送来的祭品。

纸钱在风中很快燃尽了，只留下了一堆纸灰。田成业领着儿子孙女行了三叩首的礼，用燃着的蜡点了根香，递给孙女琳琳说："娃，拿着，咱们回家过年。"

此时，天已经暗下了，甜泉水村被湮没在了烟雾中，远处已经有人家放起了爆竹。

九

年，过年，是绝大多数中国人的身份符号。在这古老的秦地关中，年的味道更为浓郁。毫不夸张地说，回家过年，感受除夕那种温馨的气息，可以除去人们一年的苦累和烦恼。

除夕夜，深冬的甜泉水村让人感到是那么温暖。家家户户门前那盏盏红红的灯笼，似乎将这个村庄连成了一个整体，把街道上的冰冷气息驱赶到了村外，整个村子就像是一个炭火通红的炉子，让人感觉不到身处隆冬腊月。

田成业调着从城里带回来的如意牌小彩电，寻找着春节秦腔晚会。孙女琳琳说要看春节联欢晚会，刚说完就被她妈唐静制止了。田成业这才想到今晚这电视得让给孙女，忙说："唱戏的频道找不到，还是看春节联欢晚会吧。"孙女琳琳高兴地跑过去，抱住田成业就亲了下，嘴里还不停地表扬田成业，说："爷爷是咱们家我最爱的人。"还说等自己有了工作，挣了钱给爷爷买台更大的电视。听到这，国栋就说："琳琳，那你给你奶奶就不买了？"琳琳忙说："给爷爷买电视还不是奶奶和爷爷都能看。再说了，奶奶想要什么有爷爷买啊！"这时唐静就问琳琳："奶奶要什么为啥是爷爷买呢？"琳琳没等她妈话音落地，就说："每次你买东西，都是我爸付钱啊。"

话刚说完，屋子里就笑成一团了。

这时候有人在院子里喊："成业哥在家没？"还没等田成业应声，那人已进了屋子，原来是尹世文。

国栋下午上坟去的时候见过尹世文，忙让了个凳子，说尹叔你坐，随手递了根从城里带回来的红岭山烟。尹世文脸上浮现出笑容，接过香烟，嘴里说了两遍"这烟好"。说完拿着这根两三角钱的纸烟端详了会儿，自语道："这烟好是好，就是有点不过瘾。"顺手把烟夹在耳朵上，然后像是在自己家里一样，点上自己的旱烟锅子，吧嗒吧嗒地抽了起来。国栋心想：这大年三十，都在家守岁，尹叔咋还来串门？

田成业和翠翠心里当然明白乡亲们除夕不在家守岁的原因。

二十世纪八十年代末的甜泉水村，有电视的人家很少，而且大多是十四英寸的黑白电视机，收到的电视台只有两个，一个中央台，一个省台，群众都习惯上叫四频道和八频道。台少不说，为了能看到电视节目，还得让人不停地调整户外天线。遇到有风的天气，绑在树梢上的天线随风而舞，电视也就一会儿是雪花，一会儿是人影，大多数情况下，人影都是扭曲的。即便这样，看电视的人也没什么怨言，大家心里很明白，能让大家伙进屋来看电视，主人已是给了相当大的面子了。

以前尹世文看电视都是去侯春来家。那时候侯春来在与甜泉水村相邻的乡当书记，住在村里的杨宝莲，下地的活有时候还要干，可狠毒的太阳才不管你老汉是干啥的、有多体面，照样狠劲地晒，时间不长，杨宝莲就很少出现在庄稼地里。村子里的女人们当然羡慕得要死，看人家，不被太阳晒，花钱也很松活，才不靠那点工分挣口粮呢！

杨宝莲不太下地干活，在家没啥事做，也不愁吃不愁穿，想找个人说话倒很难。这时候在京城的儿子回来看他爹妈，觉得老人把自己拉扯大，抚养他到这个地步很不容易，就自己掏腰包给老妈买了甜泉水村第一台电视机。

电视机买回来的那天，整个甜泉水村跟过年一样，好多人为了第一时间看到电视图像，中午饭都没吃。平时生怕出力气的尹世文那天特别卖力，爬上杨宝莲家后院的大槐树，把室外电视天线绑在了树梢上，向左向右地转着，寻找着那诱人的电波信号。当看电视的人大喊一声"好，就是这个位置"时，尹世文好像刚从河里捞出来的人，汗水如雨般洒落个不停。

那天晚上全村老少都聚到了杨宝莲家，由于人太多，只好把电视搬到了户外，乡亲们就很自觉地围在电视前面，等着电源一接，那个神奇的盒子里出人影呢。尹世文是功臣，当仁不让地坐在中间，一边抽着呛人的旱烟，一边夸着自己的身手多么不凡。

那段时间杨宝莲家好热闹，杨宝莲的心情也很好，晚饭老早一吃，就把电视搬到院子里，等着大家来凑热闹。可天有不测风云，下雨了，大伙却丝毫没有要离开的意思，杨宝莲怕把电视淋坏了，就关了电，把电视往屋里收拾。这时人群中不知道谁喊道："宝莲姨，你把电线收了就行咧，机子我们来给你搬。"原来大伙的想法是进屋看，杨宝莲这时候就有些不情愿，可碍于面子，没说啥，就这样大家伙都进了屋。

第二天，杨宝莲差点被气晕过去，满屋子的烂泥不说，有的人还在屋檐下撒了尿。本来就很爱干净的她，这才意识到，电视带给自己的快乐和痛苦一样多。从那天以后，杨宝莲不再主动把电视往外搬了。她老早吃完晚饭，闭了门，灯开着，却不开电视。邻里们到了院子里，看人家窗子上没有淡淡的荧光，就知趣地走了。尹世文原来出过力，每次去只要电视开着，他敲门，人家还给开一下。可进门才发现，除了他以外，看电视的都是杨家门户里的。久而久之，尹世文也觉得不好意思，就很少去杨宝莲家看电视了。

后来村子里相继又添了几台电视，同以往一样，刚开始大伙还去凑一下热闹，慢慢地主人家也受不了，大伙也觉得不好意思，就又都各回各家，早早地睡了。田成业回村后，带回的是彩电，这让大伙激动了一阵子，没多久同样的尴尬又出现了。这次倒不是田成业给大伙脸色看，是邻里们觉得实在过意不去。

田成业回村后，还是很乐意大家到家里来，他也很想跟大家把关系处得好些。为了让大家看好电视，他专门留出一间房子，这倒让大伙有些过意不去。

今日是除夕，儿子回来了，一家人团圆在一起，为了增加些过年的气氛，田成业才把电视搬到了卧室里。

尹世文第一个来，田成业不惊讶，他知道这个人是尿大管（遇事不在意），家事从不过问，一切全听婆娘的，这点倒叫田成业心里还产生了羡慕感。没过多久，周青松的儿子也来了，田成业就问："你妈咋没来？"周青松的儿子周鹏头都没抬，伸手就去抓盘子里的瓜子和花生，不知道啥时候嘴里还填上了糖块，话语不清地嘟囔了句，田成业也没听清楚。尹世文一手托着旱烟锅，另一只手摸着周鹏的头，嘴里就冒出了一句："这碎尿，聪明得很，将来肯定是个人精。"

田成业也觉得娃挺聪明，心里也疼爱得很，可他没像尹世文那样说周鹏。这时候孙女琳琳看见周鹏两手抓满了花生糖果，还想往口袋里装，就喊叫起来，说："不许你吃我家的东西！"这一喊并没有把周鹏吓住，这小子反过来说了句："我吃我叔家的。"把在场的人都逗笑了。

这时候门外传来声音，问："是不是周鹏不听话？"原来是青松的媳妇桃花和邻家的儿媳进了门。桃花看见尹世文在炕边坐着，就要笑着说："尹叔，你来看电视，我东娥姨呢？"尹世文知道娃们是要笑他，可他又舍不得这秦腔晚会，就和田成业找了个话头，聊起来了。

屋子里很快就挤满了人，电视台的晚会也正式开始了，琳琳被她妈哄到了自己的屋子里，大伙的秦腔晚会就看得安生多了。翠翠给盘子里添了些糖果，也坐了下来。

邻里看电视很投入，一个个脖子抻得像抢食的公鸡。国栋和媳妇在自己的房间准备着红包，等明天让他爹田成业发给自己的娃娃。他知道如果他拿钱给爹妈，二老是不会要的，二老有自己的退休金，加上身体也没啥毛病，钱是不缺的。他准备了红包拿给二老，等于帮二老操了一份心，也算尽了一点孝啊。媳妇唐静也很赞成，这倒不是因为红包还要回到自己娃娃手里，主要是每年初二走娘家，国栋除了给她的双亲准备厚礼"大四色"之外，还给每位老人准备了一个大红包，这一点在她几个姊妹中间，那是相当体面的。

这时候电视里的丑角戏把邻里逗笑了，大家没顾及此时已是深夜，笑得很自然，笑得很开心。即使这样，国栋一家还是睡着了。

此刻，甜泉水村安静了许多，人们围坐在一起，不管是在自己家里，还是在别人家里，都在平和地等待着新年的到来。不管将要过去的一年是好是坏，是顺心还是窝心，重要的是，明天是新的一年，有着他们好多好多美好的向往、好多好多的期盼啊。

<h2 style="text-align:center">十</h2>

甜泉水村沉浸在欢乐的气氛之中，甜泉水村的乡亲们陶醉在节日的闲适之中。这群被捆绑在祖辈不知耕种了多少年的土地上的人，面朝黄土，背对烈日，辛勤劳作，一年到头很少有几个轻松悠闲日子过。即便这样，土地和老天爷也很少给面子，地里产的粮食除去公购粮外，很难吃到年终。乡人们对于这么艰苦的日子，也并没有产生多大的怨气，生活过得是那么平静，就像甜泉水村南面的云岭山，除了一年四季换几件衣服外，模样是没什么变化的。也如同身边流淌着的秦东河，随意地流淌，从来没什么大的风浪。只有过节的这几天，田里的农活比较少，家里也不愁粮吃，人就清闲了一些，男人们睡懒觉不会有婆娘唠叨，孩子们也不需要给牲口打草，难得有个清闲的女人们走门串户叽叽喳喳地说些闲话。

这种闲适的日子直到正月初五，乡人们把这一天叫"破五"。这天家家户户要燃放爆竹，还要吃一顿平时不太吃的饺子，这一天的主题就是与自己逝去的亲人告别。

田成业本来是很少抽烟的，可抬头看中堂下父母的遗像时，儿子国栋摆放在供桌上的红岭山便映入了他的眼帘。看到打开的纸烟，田成业眼前浮现起他爹田富人蹲在门口抽旱烟的情景。在他的印象中，他爹是不抽烟的，酒倒是能喝些，可喝上几盅就会上头。不知从什么时候起，田成业猛然发现他爹开始抽那种很呛人的旱烟了，他影影忽忽记得父亲是他去县城上了高中才抽起旱烟的。

田成业上高中了，就离开了自己家那两间偏厦房。他背着母亲给浆洗过的用了不知多少年的棉花套被子，住在自己上课的教室里。那时离学校较远的学生都住在教室，白天上课的时候，学生们从家里带来的被褥摆放在教室后面的桌子上，花花绿绿，新旧参差，垒到半个山墙高；到了晚上，课桌拼成一张大床，几十个学生挤在一起，即使是深冬也会很暖和。当然女生们有特殊性，无论条件多么艰苦的学校，还是要给女生准备几间宿舍的。

田成业的母亲杏花是个很爱干净、很能干细活的女人，从田成业记事起，不管穿在身上的衣服多旧，自己盖的被子再破，都被他母亲洗得一尘不染，补丁被规整地修剪成各种图案，乡人们无不夸杏花手巧。每年田成业放了假，杏花就开始拆洗田成业从学校带回来的被子。她会从皂角树上摘下新长的皂角，然后高高举起棒槌一点一点地捣成碎末，均匀地涂抹在被面和里子上，慢慢规整地叠成与井口边青石大小一般的长方形。这时密密的棒槌印从左到右均匀地展开，如水波一样。田成业小时候看着母亲洗衣服，总觉得母亲像是在绣花；看着母亲沉默认真，不再是整天训斥父亲的样子，觉得她像是变了一个人。

不过，小时候田成业见惯了母亲责难父亲的场景，在心里他是同情父亲的。这个整日没白没黑忙碌的男人，始终也弄不明白汗水为什么换不来好日子。每当田成业上学要走的时候，父亲是那么忧伤和无助，唠叨的母亲看着寡言的父亲，也只好背过身擦擦在眼眶里滚动的泪水，不太情愿地回到成分不好的娘家，给田成业借点学费回来。虽然这些事情的发生都是在田成业不在家的时候，但慢慢长大的田成业还是能够觉察出这个家的难处，他也慢慢地不再那么年少轻狂，一种叫作自卑亦叫作自尊的东西在心里开始发芽生长了。从那时起田成业觉得自己长大了，完成了人生的第一次蜕变。这次蜕变他能够深切地感觉到，而且是那么深刻、那么清晰。

田成业的思绪回到了现实，他想起来了，是那个时候，就是他深切感受到自己成长的时候，他发现不抽烟的父亲开始抽烟了。他还记得，父亲没有孙有福那么金贵的旱烟锅，而是把自己写完的作业本慢慢地撕成两指宽的条条，在每一次母亲的唠叨声中，父亲手中那写满数学方程式的纸条，慢慢地被揉搓成一个细长的漏斗。细碎的旱烟末从父亲有力的大拇指和食指间飘落，是那么自然，仿佛父亲的思绪都被那细碎带走了，脸上似乎看不出被母亲责难时的难堪，皱纹也舒展了些。当漏斗的开口被父亲揉搓封闭后，火柴点燃，浓烈的烟雾肆意地飘着，融进漏斗的所有不愉快都化成了那缕青烟消失了。

田成业的成熟，应该是当他能够容忍父亲抽旱烟时开始的，也是由母亲为自己浆洗被子时那密密的棒槌印和额头那细密的汗水催生的，田成业对这种成为大人的感觉没有丝毫的喜悦，小时候盼着长大的念头在这一刻被粉碎了，他多么想把自己的思绪停留在童年，可这已是奢望了……

突然，街道里响起了密集的爆竹声。

翠翠把灶头收拾停当了，来到正屋的中堂前，这时田成业的视线才从烟盒上收了回来。

翠翠觉得田成业情绪有些低落，就说道："娃娃不回来，你觉得挺失落；娃娃们回来了，也没见你高兴起来，这一走倒是有情绪了。要不正月过完，我们回城里去住住？"

田成业没有生气，反倒被逗笑了。国栋的媳妇和自己的婆娘拉家常，说的全是什么趁年轻多玩几年，生养小孩太累，只是没办法才跟公公婆婆住在一起，比自己带娃娃方便些。虽然说的是城里的事，这事也没发生在国栋身上，可田成业还是觉得现在的小孩欠教育，不念着父母把自己拉扯大的辛苦，净想着自己方便安逸。当然，现在农村也有这事，老人们一个一个地为儿女们操办完婚事，自己一生省吃俭用攒的那点积蓄也就随之消失了，这时候儿女们提出分家单过，做父母的也没办法。到老了，好点的儿女还每月给点钱花花，多半平时根本想不到自己的父母，只管着自己的小家庭，田成业很是看不惯。在这点上他倒是很欣赏孙有福，三个儿子不管是在外干事的，还是在家务农的，在孙有福面前那都是相当孝顺，娶的媳妇一个个也都很本分，从不搬弄是非。

当然，田成业大多数时间里还是过得挺顺心，他内心从来没为什么事操过重心。只是回村后这段时间，脑子里时常会不自觉地想起一些事，特别是看到某一物某一人，总会让自己想那么一阵子。当重新回到现实中的时候，他唯一的感慨就是活着真好，他能感觉到人们应该是越活越好了，要说最大的遗憾就是他的父母没能活到今天。

吃过饭的田成业这会儿没一点睡意。自从到了乡下，他中午休息的习惯也没了，总喜欢在田边地头溜达溜达，他觉得地里葱绿的麦子最能醒神，田野中央就是自然吸氧间，他有时候觉得独家独院地住在田地中间，那该是怎样惬意。

出了自己家的院门，已有些暖意的阳光洒在田成业的身上，他闲适地迈着方步，向着自己觉得惬意的地方走去。路上除了追逐的孩子们，很少看到大人的身影，偶尔遇到几个人，不是在路边打麻将就是在下棋丢方，相互间只是象征性地打个招呼，接下来就是臭手臭棋的奚落声。这种声音在城市和乡下是通用的，那些围在边上看热闹的人不一定敢上场，但通俗、简洁、有力的评论却是敢说的。田成业本来是会下棋丢方的，但只要他一上场，围观的人就会少些，评论声也几乎消失了，这倒让田成业觉得有点孤单。不过这并不是田成业跟村民的距离拉大了，只是人们觉得跟在外干过事的人不能那么粗俗罢了。有时候晚上人们三五成群凑到田成业院子里去看电视，喊着："成业哥（成业叔），把你好烟都拿出来。"这时候田成业丝毫感觉不到烦，反倒觉得很高兴。每每遇到这种场景，他就觉得这是回乡所要的那种感觉。

田成业很快走到了村外，走到了那块曾经属于他家的自留地边，这块地从新中国成立后基本上就属于他家耕种，虽然中间生产队也动过几次地，但不管咋样，田富人求人下话，这块地就没离开田成业家。因为是自留地，田富人把这块地当成了自己的第二个娃娃，到了冬天总要把积攒了一年的农家肥拉到地里，均匀地摊撒开。等到瑞雪降落，来年开春，麦子绿得旺得很是让乡邻眼红。如今田成业家在村上已没了户口，那块地早已分给了乡邻，唯有地头那棵田富人栽种的柿树牵挂着田成业，看到它，田成业总觉得是自己的父亲在那站着。

初春、阳光、清爽的空气和已经松软的土地，让田成业有种陶醉的感觉了。

十　一

远处传来翠翠的喊叫声，田成业没有急于答应，听着婆娘"哎——成业，哎——老田……"地叫着，心中说不出的高兴，他喜欢听翠翠这样叫他。循着喊声，田成业慢腾腾地走着。

当他出现在翠翠的视线里时，抱怨和责怪的话语就飞了过来："哎，田成业，你真过得清闲自在啊！饭一吃、碗一放，到处转悠，家里的事你真就不管了！"看着可爱的翠翠站在路边生气的样子，田成业笑着说："你这个人，家里有啥事把你急成这样了？"翠翠见田成业听见自己喊叫他不答声，就想骂两句，可她还是缓了缓情绪，然后端着脸说："你说，勇良的事你管不管？"翠翠说出这话的时候，田成业才发觉婆娘眼里已噙满了眼泪，看来是真出了什么事。田成业想着，忙上了田垄，问道："勇良出了啥事？慢慢说，别把你急出什么病了。"翠翠抬高声音说道："勇良叫公安带走咧！"说完翠翠终于忍不住了，五十多岁的人了，眼泪还是掉了下来。

勇良全名叫王勇良，是翠翠的弟弟，田成业的小舅子。提起勇良，田成业心里就不大舒服。

翠翠的父母当年从河南逃难来到甜泉水村，在村后的刘家沟安了身，容身的那孔窑洞还是借孙有福家的。那时候翠翠的父母靠给人帮工、乞讨度日，活得很是艰难。后来解放了，翠翠家也就纳编成了甜泉水村的一员，有了两间茅草房和三分自留地，日子才真正过得像个样了。翠翠初中毕业时，她爹妈才生了勇良，生了勇良也耗尽了她爹妈的气力。勇良刚上一年级，二老相继躺到南山休息去了。那时田成业已被提了干部，看着心爱的翠翠带着勇良孤苦地过活，心都碎了，他和父母商量后让翠翠把勇良安顿到自己家，这样也算有个依靠，勇良上学也就安心了。

翠翠随田成业到了城里，田富人和杏花就管着勇良的生活，可这毕竟不是自己的儿子，是打不得骂不得。勇良上了初中，也慢慢懂事了，寄人篱下的感觉就生了出来，他觉得上学太苦，再说上了高中又能咋样，就他这样的成绩，考大学连预选都过不了，还不如早点回来靠自己的劳动挣工分养活自己。心中有了这个念头，那学还能上得下去吗？田富人把勇良的念头给田成业两口子如实做了汇报。翠翠当然是一万个不赞成。田成业说那你回去一趟，把勇良说说，顺便给爹妈带些衣服回去。

翠翠从城里回到了甜泉水村，同村的姐妹们那个羡慕劲让翠翠心里那个满足，她长这么大，村子里的人还从来没有这么高看过她们家。翠翠看着姐妹们高兴的样子，就拿出带的礼物——一人一盒搽脸的雪花膏。姐妹们虽然都说我们这手呀脸呀的抹这些东西都可惜了，可还是个个伸手抢走了。翠翠到了家，给田富人两口子问了好，便拿出带回来的衣裳让二老试试。杏花就在身上比画，高兴地直夸翠翠有眼光，会挑东西。田富人在一旁卷着纸烟，看这婆媳俩在那试衣裳，脸上不自觉地浮现出淡淡的笑容，这可能是田富人活到今日最舒心的时刻。他田二的名字村子里已很少有人叫了，他已经能够感觉到成业带给他的光荣。

河口镇中学离甜泉水村不到二里路，勇良中午都是回家吃饭，今天放学看到姐姐回来了，他很是高兴。姐姐看着弟弟高兴的样子，想着弟弟孤单地生活在甜泉水村，心疼还来不及呢，哪还能责怪。不过翠翠对于勇良不想上学的念头还是要开导开导的，她不拿别人比，就拿自己心爱的丈夫成业比。她给勇良说："你看你姐夫，要不是好好上学，哪能吃上公家粮？姐姐哪能随着进了城？你要是不好好上学，就跟咱爹妈一样，在这乡下过一辈子苦日子。"
勇良不假思索就说："姐，我不能跟我姐夫比，我天生脑子就笨，不是上学的料。再说咱村上这么多人，有几个出去吃商品粮的？！"

就翠翠让勇良问住了，她一时答不上弟弟的话，就说："你还小，吃不下这种地的苦，还是把高中念完再说，我总得给爹妈有个交代。"勇良就急了，对翠翠说："我现在已经长大了，你就不要管我的事了。"

就这样，十五岁的王勇良成了甜泉水村的劳动者。既然成了劳力，能够挣工分，住在田富人家勇良就觉得不自在。他重新把爹妈留下的两间草棚收拾了一下，就成了甜泉水村人口最少的一户人家。翠翠也没什么好办法，只能张罗着快点给勇良说个媳妇。王勇良二十三岁那年，翠翠给勇良成了个家，媳妇是邻村的，名字叫巧姑，虽说没上过几天学，听人讲针线活做得很上手。小两口没什么负担，日子当然过得还算舒心。

后来，翠翠同成业回了村，离弟弟近了，心中越发有了歉疚，她觉得亏欠弟弟的太多了。虽说勇良结了婚，有了自己的小孩，可在翠翠的面前还是个小伙娃。看着弟弟一个人在甜泉水村混到今日这光景，翠翠心里生疼生疼的，可她除了给些钱外，也没什么好的办法帮勇良。

让翠翠没有料到的是，这个已经有三个娃娃的弟弟，经常跟人上气斗狠，这正月还没出，跟街上下棋的人言语不和，动了手，伤了人，被派出所叫去了。

十　二

初春的阳光很是柔和，田成业心中有事，走得急，到派出所门口的时候身上还是出了一层细汗，他能感到贴身的秋衣沾在身上那种极不舒服的感觉，如同他现在的心情一样。

　　田成业脱下身上厚重的羊皮夹袄，顿感轻松了。突然，身后的刹车声引得他回了头。一辆北京吉普车停在派出所门口，扬起的灰尘如一团烟气围在吉普车的四周，即便这样，田成业还是认出这车是乡党委贾书记的车。田成业回转头向院子里走去，生怕车上的贾书记看见自己。他知道乡下人家谁都不愿意到派出所来，来了八成是丢人事，况且今日这事田成业也确实觉得心里不自在。他倒不是怕丢人，主要是他回村当初的那种闲适的心情被勇良搅乱了。他只是想尽快把这事了结了，不想让更多的人知道，勇良毕竟是自己的小舅子，事闹大了，自己脸上当然不好看。更主要的是勇良年纪轻轻还要活人呢，落下个不好的名声，会影响他一辈子，弄不好娃们将来在村子里也抬不起头。

　　贾书记在车上，他是看到田成业才叫司机停的车，他刚从县里开会回来，心里也平静不下来。

　　贾旺书记在河口镇当书记已八年了，每次到县里开会，县委书记和县长都说河口镇的工作是走在秦东县前列的，每年还会给镇上发一个年度工作先进集体的锦旗，可这并不能让贾书记心宽起来。

　　今天到县里去开会，从省城水利局调到县上任职的吴江山书记与大家第一次见面。

　　会议如往常一样，吴书记简单介绍完自己后，对全县经济工作的重点进行了分析，就完成这些任务对各级党委和党员干部提出了比较明确的要求后就散会了。贾旺书记已经很熟悉，也很习惯这种会议，散会了同领导同志打个招呼，同邻近要好的同事寒暄几句，就各自回了。贾旺书记看着跟吴书记打招呼的人少了，就上去自我介绍道："书记，我是贾旺，河口镇的党委书记，还望吴书记百忙之中多到河口镇检查指导工作。"吴书记好像认识贾旺一样，他说："你在河口镇的情况老书记都给我讲了，工作搞得不错，能力素质很强，你不来找我，我还有事要跟你说呢。是这，你中午不要回镇里了，咱们一起吃个饭。"

　　对于五十出头的贾旺来说，县里的一把手刚来就请自己吃饭，他能感觉到身边的同事脸上生出了羡慕之色，心里油然升腾起了一丝激动，他已经好久没有这样的感觉了。

吴书记请贾旺吃饭是有事要说。顺便请省城水利局来送自己的老张吃午饭。

简单吃完便饭，送走了老张。贾旺跟着吴书记上了县委办公楼。秘书小刘已经打开了会客室的门，沏好热茶就退了出去。

会客室就他们俩，吴书记先开了口，他说："老贾，今天中午留下你是有件事要先给你打个招呼。"贾旺已有准备，接了话说："书记你说。"

"省城群众现在很苦啊！"吴江山说道，"特别是去年夏天，雨水少，吃水都用上消防车了，有的地方甚至一桶水卖到五元钱，为吃水有的市民还打起了架。"贾旺听到这，有点不解地问道："省城不是有'八水绕大兴'之说吗，不缺水吃吧？""你这个老贾，你没到省城去过？城市在扩大，人口在增长，现在这八水有四水平时基本上没水，剩下的四水水量也小了。"

吴书记说到这，站起来在客厅里来回走着。贾旺坐在沙发里有点不自然，他刚想站起来，吴书记望着他说道："现在咱市上当务之急是解决省城的吃水问题，市领导给省里汇报了，省里也下了决心开工秦东河引水工程，我到秦东县就是为水而来。引走秦东河的水，对于秦东这个经济发展落后、依靠农业生产的县来说，难免会有些人想不开、有怨气。为此，市里成立秦东河引水工程移民征地工作领导小组，我是副组长，直接负责移民安排和工程用地征用工作。这个领导小组负责总协调，具体工作还得由下设的办公室来抓。"

说到这，他看了看贾旺，加重语气说："秦东河水库是引水工程的枢纽，工程主要在河口镇境内，移民和征地任务重，你在河口镇主事多年，人熟情况明，办公室主任这个担子，县里初步考虑了一下，由你来担。"贾旺听到这，脑子里基本上没一点头绪，他不知道怎么来应对这个职位。当然将要从事的工作，难度是他现在无法预见的，眼下就得给吴书记一个态度，这才是最难的。

贾旺有些犹豫，但也只是一晃的工夫，他知道推是推不掉的，倒不如先应承下来，事嘛，车到山前必有路。贾旺站起来，理了下衣服说："吴书记你定就行了，我坚决按照县委的要求去做。"吴书记要的就是这句话，对他来说，来秦东县并不轻松，能有个给自己分担压力的人，是他现在所急需的，老贾答应得很干脆，应该是个好开头。

他笑着对贾旺说："水库工程预计三年时间，我请示了市里，考虑到工程的重要性，办公室主任享受副处级待遇，老贾你可是秦东县级别最高的乡镇党委书记了。"

这个倒是贾旺没有想到的，虽然这个职务来得有点曲折，可毕竟真的落在了自己身上，想想要在一个县城里解决个县处级的难度，他还是打心眼里感谢吴江山对自己的看重。贾旺又一次表了态，这次他自己都能感觉到这是为自己的职务晋升在表态。

吴书记也很高兴，他说："今天是给你打个招呼，你先有个思想准备。你还有啥要说吗？"

贾旺说："没了，书记你还有啥指示？"

吴江山笑着说："以后不要老提指示，你比我年长，咱多商量把事办好就行。既然没啥事那你就回吧。"

贾旺快到镇政府门口，看见田成业往派出所走，让司机停下车，推开车门就开了腔。

"这不是成业嘛，走得那么急，有啥事？"田成业听到贾书记的声音，回头还没答话，站在派出所院子里的勇良就大声喊道："姐夫！我在这！快想办法把我弄出去。"

田成业僵在了那里，他知道自己的脸色肯定很难看，但还是先给贾书记回了话。贾旺也进了派出所的院子，所长陈群力和办案民警小刘听到院子里的喊叫声也出来了，看到贾书记，他们脸上都堆起了笑容，忙说："书记有啥事，派个人来就行了，还劳你过来一趟。"

贾旺说"我没事"，然后看着田成业问道："他是你妻弟？犯啥事了？"没等田成业开口，所长就汇报上了，田成业本来也不想说这事，就在边上听着。书记听完了，对所长说："人伤得严重不严重？"办案民警说："人在医院包扎着，应该不是很严重，但得录个口供。"田成业看着戴着手铐的勇良那个可怜劲，心头的不快散去大半。他谢了贾书记的过问，然后让勇良好好配合派出所，他自己去镇卫生院把伤者看看，争取得到人家原谅。贾旺和田成业出了院门，问道："听说有福书记这段时间身体不好，是咋回事？""是哮喘，老毛病了。"田成业回答道。

贾旺叹息一声，然后说道："这个老人啊，身子一天不如一天了，你捎个话，我抽空去看看他。"田成业赶忙说："行，我回去就给有福书记说。"

十　三

正月过完了，甜泉水村御井边的槐树吐出了新绿，女人们借着春日阳光，在井边浆洗着家人一冬天的衣服，男人们在自己家的责任田里为已经起身的小麦除着杂草，一年的忙碌就这样祥和地蔓延开来。

周青松扛着翻地的镢头，婆娘桃花牵着生产队分给自己的秦川枣红犏牛，有说有笑地向自家的责任田走去。两口子随身带的收音机里正放着秦腔戏：

前面走的是高文举，
后边紧随张梅英。
高文举偷眼把她看，
张梅英后面观貌容。
观丫鬟好像梅英姐，
观状元好像高学生。
这才是柳叶弯眉杏子眼，
连自己人儿也认不清。
高文举打坐花亭上，

张梅英提衣跪流平。

……

这出戏名叫《花亭相会》，是秦东乡亲们很爱听，听了很受用、心里很舒坦的一出戏。周青松两口子下地干活，听着收音机，有说有笑，就有乡邻要笑了，说："桃花啊，得是你家青松昨日个逞能咧，把你美够了得是啊？"桃花就笑着说："就是的。"一句话把在地里干活的乡邻们惹得笑破了天。

这幸福的两口子很快到了自家的地头。桃花把拴牛的木桩打好，让牛自个儿寻着草吃。青松脱下棉衣，搓了搓双手，准备翻田头的地，没承想刚才还欢笑着的桃花突然大叫起来："青松，青松，你看！"喊叫声伴随着哭泣声传了过来。

周青松撂下手里的镢头，急急忙忙赶了过去，当他来到桃花身边的时候，眼前的一幕让他也呆在了原地。他简直不敢相信自己的眼睛，咋会出这样的事啊？自己地里栽种的已经挂果的猕猴桃树，根部的树皮不知啥时候被人剥了。

甜泉水村依着云岭，地大多在山上，每个人只有三分平地。这三分平地是秦东平原的边沿，水能浇灌，平整、好耕作，村民都指望着这地打粮食。分田到户那年，周青松的父亲还在，那时候他已育有一子，一家五口人分了一亩五分平地，他没有和邻里一样在这块肥地里种一些小麦、一些苞谷，而是在地里栽起了树。

周青松在良田里种的三百棵果树名叫猕猴桃，甜泉水村的乡亲们把这种树的果子叫毛桃，是云岭山里的一种野果树。后来经过培育，得以大面积栽种。起初周青松心中没底，也犹豫了好长时间，他是个很要面子的人，不是怕田里没收成打不下粮食饿肚子，他担心的是村子里有些人笑话自己不务正业。很自然的，周青松的这种举动让乡邻觉得很是好笑，基本没几个人看好。

说起周青松在地里栽树的事，周山泉起了不小的作用。周山泉是周世康的小儿子，同周青松的父亲周甜泉是同辈，排行第九。他两个亲哥很早被父亲送到了革命队伍中，现在都在外公干，且都有一定的地位，给周世康面上争了不少光，也让这个地主少受了好多罪。周山泉由于年纪小，加上家里的成分问题，就没上成大学。在外公干的大哥说要不先当民办教师，等有机会进修就可以转成公办了。周山泉觉得这是个好事，可看到年老的父亲，他不忍心父亲孤单终老，就留在了甜泉水村。

包产到户的第二年，周山泉的大哥已是省城人事局的局长，那时正好举办科技干部培训会，老家秦东县农科所所长也在其内，座谈的时候两个老乡就搭上了话。听说局长老家还有人在，所长就说："现在所里培育了一种新品种猕猴桃，产量高，市场销路宽，一亩地收入上千元钱，比种粮食那要强十倍，如果想种就来拿苗子，不懂栽种技术来找我就行了。"

周山泉得到这消息后，想着他现在只有半亩地，没办法种，就想到了自家侄儿周青松。

周山泉知道，搞种植这东西，是要文化的，还得有些敢闯的魄力。他看着周青松长大，觉得自家门户里农村后生就数青松有出息，就把农科所送来的树苗给了青松，说："娃你把这树栽上，技术、销路九爸给你找人，好了算你的，弄砸了九爸给你担一半。"青松说："九爸，不让你担这个风险，我明儿就去栽树。"

冬日里乡人们都闲下了，周青松这阵儿却忙着在地里挖树坑，坑挖得很大很深。桃花在家给牛起圈，她一车一车地把起出来的粪土运到田里，一个树坑一车肥。周青松明白这个道理，庄稼一枝花，全凭肥当家，现在手头紧买不起化肥，就把这农家肥多上些，让树苗有足够的肥力旺盛地生长，快一点给自己结出农科专家说的"金果果"。他已经和他的桃花在炕头上合计好了，真要有那么好的收入，两年就可以盖上三间"一砖匜"了。

真还就应了天道酬勤，青松两口子的汗水没有白流。田成业回村当年，青松的果园就挂果了。到秋天下（摘）毛桃，青松把他九爸周山泉接到了地头，笑着说："九爸，你坐着，你喝着茶看我下毛桃，我知道你对这片果园的心比我还重。"

周山泉看着结了果的毛桃树，高兴得嘴就合不拢。田成业和翠翠也来帮着下果子，看着周山泉悠闲的样子，翠翠笑着就开了口说："山泉啊，你是给娃当爸来了，咋光知道在地头喝茶呢。"周山泉哈哈笑着说："老嫂子，你不知道，是娃把我接来的，我也想到地里去，娃们不让。"翠翠听周山泉这么一说，转头对田成业说："你在这陪着山泉弟，我到地里去。"田成业也是来凑热闹的，看着人手挺多，就跟山泉拉起了家常。

从省城来的大汽车在田头等着装果子，司机也闲着没事，很快就跟周山泉和田成业混熟了。说起这水果，司机说："这东西现在城里人爱吃，说什么维生素含量高。咱就弄不明白，不吃饭光吃这猴子吃的东西管啥用。"

农科所所长给周山泉科普过，他对司机说："老弟，你不知道，这东西里维生素 C 含量高，能增强人的抗寒能力。你看你穿这么多还嫌冷，我哥俩夹袄都脱了。"田成业知道毛桃维生素 C 含量高，多吃的好处是增强免疫力，这是儿子国栋告诉他的。他在心中笑山泉，这么大年纪了还爱显摆。

周山泉也不是显摆，他是真为青松高兴。娃能有今天，他是帮了不少忙，可青松这娃聪明、懂事、能吃苦，周山泉就爱这样的后生，更何况这是自己门户里的侄娃子。周山泉的娃们都进省城读书工作去了，他两口子住在农村就越显孤单，平时心慌的时候，就想找个人说说话。青松像是知道了他的心思，晚上没事的时候就经常来拉拉家常，这种树的事就是闲聊间说定的。

如今周青松地里的树大了，加之雨水也好，肯投入，亩产已达到了两千斤，跟省城果品公司原先商定好合同价每斤五毛钱。青松一算，这一亩半地纯收入将近千元，比种小麦强了七八倍。甜泉水村的乡亲们算是开了眼界，没想到这地里种南山的野果子，比种粮收入强那么多。平时相好对劲的乡邻就经常到青松的果园看看，时间长了觉得种果树也没那么难，就到县农科所买了树苗，也务起了果树。

甜泉水村务果树的人多了，周青松就成了大忙人，乡邻们公认他是种毛桃的把式，有啥不懂的或有什么困难就要请他去给看看。周青松也很乐意给大伙帮这个忙，他从没觉得这是件累事烦事，忙完了心里反倒很舒坦。也曾有人给他提过醒说："青松，同行是冤家，你帮人家务树，是抢你的生意呢。"青松当然明白这个理，可他还是愿意给大伙帮这个忙。自从包产到户，每家也就一亩平地，全村生产出来的果子也就十来车货，那么大个省城，这点果子进了城就如一滴水入了海，销路是不缺的，现在缺的是土地。甜泉水村依着云岭，平地很少，要真正把果子种出个名堂来，这点地是不行的。

周青松心里已经有了主意，只是现在还不成熟，不好跟大伙说。他想如今这毛桃的收益大家都看到了，想种的念头也生了出来，听农科所所长说还要在秦东县推广种植，肯定需要很多种苗，如果能掌握育苗的手艺，肯定比直接买树苗强。只是眼下这技术还没学到手，而且还得把果园里的果子照应好，他家的砖房和娃娃们将来上好学校都得靠这"金蛋蛋"呢。

桃花有想盖房的心思已很久了，晚上孩子们睡了，她总会拿出折子看看，算算总数，嘴里念叨着还差的钱数，那种期盼的眼神和表情，总能惹得青松心里好感动。也就是这个时候，青松就想把桃花抱在怀里，两个人就那样依偎着，仿佛就在已经建成的新房里，安静地享受着自己创造出来的好日子，那是一种什么样的满足感啊！青松直直地看着桃花，每当此时，他觉得自己的媳妇是那么可爱，那么让人心疼。

可现在成全他们美好生活的果树被人害了，这两口子的心在流血。桃花已瘫在了地上，青松扶着，刚强的他眼眶还是泛出了泪花。

听到哭声的邻里很快围拢了过来，大家七嘴八舌地讨论着，有人说："这是哪个挨刀子的干的？也太缺德了。"但说完了又能起什么作用呢？看着青松两口子难受的样子，邻里只能说几句安慰的话，也就各自散了。这些善良的人知道，他们围在这里，青松两口子的心里会更难受。

村主任杨根良也来到了果园里，他看了看果树，对青松说："青松，你把桃花先送回家吧。我看这被残害的树有三十多棵，是这，你到镇派出所报个案，让他们来看看。"桃花见村主任来了，就停了哭泣，背身往回走了。

周青松感谢杨根良能来。他们俩是同学，也是发小，只是由于上一辈人相处得不美气，让这两个后生既熟悉又陌生。杨根良也曾试图改善他们俩的关系，可总是话到嘴边难出口。周青松平日见到杨根良也很谦和，可要多说几句也就不知道说什么好。两个人都觉得他们之间好像有点什么或是缺点什么，可都想不出是什么。

周青松送走了杨根良，却并没有去报案，他此时想起了父亲周甜泉说的一句话："赢官司少打，哑巴亏多吃。"他原先不太明白父亲这句话的意思，等真正融入这个村子，真正走入农村生活之中时，他觉得父亲这话是有道理的。而且在日复一日中，他好像也习惯了这条家训，不自觉地会按照这个理去行事，尽管在心里还有些不情愿。是啊，在这片生养自己的故土，邻里祖祖辈辈生活在这里，抬头不见低头见，上一辈人的恩怨，甚至会影响到下辈人。如果找出了这个残害果树的人，邻里的关系就很难处了，两家天真无邪的娃娃们，也会因这事成为陌路。这样一想，青松心里的难受劲舒缓了很多，他甚至觉得残害果树的人这会儿心里或许也受着煎熬。不是都说以德报怨，我这算不算呢？他想。

算了，不想那么多，现在要紧的是明天到农科所去一趟，看这些树还有救活的办法没有。

十 四

刚强一世的孙有福病了，虽说是老毛病犯了，可这次没有像往年一样，一开春就会减轻。孙有福自己也觉得今年这个冬天不太冷，可这哮喘的老毛病却重了很多。

儿子建业眼见老爹的病一天天重了，就把自己家的架子车收拾停当，在车厢里铺了床褥子，对他爹说："爹，我把架子车收拾好了，我扶你，咱还是到医院去看看。"孙有福侧躺在炕上的身子没有动，他不能平躺着，那样就会咳嗽得更厉害。他向儿子摆了摆手，意思是"不用了"。

乡下人的日子还过得比较苦，甜泉水村也不例外。虽然现在粮食的产量提高了许多，但多数的村民手头上的钱还是很紧，只要碰上花钱的事，村民们只能卖些打下的粮食救急。

孙有福当了三十多年的村支书，这日子过得还是很清苦，如同大多数的乡人一样，如果碰上个大病，只能在自家炕上将养。有人就开了个苦涩的玩笑，说：城里的人大多生在医院，去世大多也在医院；乡下人基本上生在炕头，离世也都在炕上。看起来城里人生得体面，死得也比较舒坦，可要跟乡下人比，还是少了些福气。原因就在于乡下人在自己家的炕头上离开人世，更符合传统和礼制，更能体现寿终正寝的本意。

孙有福能够感觉到自己的病到了什么程度。他不愿意去医院，是考虑到万一挺不过去，也要死在自家的炕头上。

这段时间来看孙有福的人很多。人病了，腿脚就受了管束，只能长时间待在炕头上，那个心慌劲比打针吃药还难受。有亲朋好友来看看，说说话，病人的心情会好很多，亲戚之间的情感也就深了些。正如俗话说的："感情要长久，亲戚得常走。"孙有福家的亲戚都来看了孙有福。与乡下普通人家不同的是，来看望孙有福的人中除了自家的亲朋外，还有相邻村子派的代表。镇上有些干部平时跟孙有福比较对路的，也以私人的名义来看了孙有福。

快到清明了，院子外面的小麦已快到膝部了，孙有福生病在炕，觉得这日子有炕头一天，世事百变的感觉。他叫儿子建业把躺椅搬到门口，找了个向阳的地方，静静地坐在那，看着可亲可恋的甜泉水村的景致，呆呆地，有什么响动，他都不愿收回自己的目光。

孙建业和媳妇麦苗这段时间也没出门干活。老爹病了，得有人照看；再说，来看孙有福的人也得招呼。乡下人来看病人，两样东西是必不可少的：挂面和鸡蛋。挂面是用机器轧制，在阴凉处风干后切成筷子般长，用纸包成柱状的干面条，为了放得久，面里加入了比较多的食盐，这就有了乡人们常说的谚语：挂面调醋——有盐（言）在先。乡人们把挂面作为礼当，是因为挂面是由较白的小麦面做成的，说白了吃挂面就等于吃到了白面，这在乡下是相当体面的饭了。把鸡蛋当作礼当，是因为乡下人家大多会养些鸡，平时攒些鸡蛋，能换回平时用的油盐酱醋，拿去看病人，是自家产的，省钱有营养，也比较体面。

孙建业用小本记着谁来看他爹、带的什么礼当，将来这些人情是要还的，人家拿了些什么，到时候带的东西不如人，会惹人嫌的。虽说孙有福病了，孙建业夫妇心里很难受，可对于两个孙子联农、联商而言，爷爷生病那就跟打雷下雨一样，是很自然也很平常的事，心里和脸上看不出有什么难受劲，倒是这段时间有挂面吃，隔三岔五地还会吃到荷包蛋，两人还挺开心。孙有福已经有些浑黄的双眼，被快近中午的阳光晃得眯成了一条缝，麦苗下好了一碗挂面，里面卧两个荷包蛋，孙子联农把饭端到了院子里，放在孙有福面前的小方桌上，说："爷你吃饭吧。"

孙有福早饭就没吃多少，这会还感觉不到饿，就把孙子联农叫过来，说："娃你先吃吧，爷这阵不饿。"联农像是等着这话，孙有福的话音刚落，饭碗已到了联农的手里，娃娃蹲在台阶上，大口大口地吃了起来。孙有福的目光从田野里收了回来，看着孙子的吃相，心里有股说不出的滋味，只觉得喉咙堵得慌，就猛烈地咳嗽起来。在屋里正忙的建业急急赶到院子里问他爹咋了。

孙有福猛咳了会儿，气稍有些顺了，对建业说："你把我扶到炕上去。"

这几年，孙有福眼看着有些人家日子过得宽裕起来。就拿尹世文家来说吧，媳妇东娥靠在甜泉水村街边摆地摊起家，一个不起眼的凉皮，也卖出了一座砖瓦房。春节刚过，他俩来看孙有福，顺便说要到县城去开个店，让村委会给出个证明，还办什么营业执照。尹世文两口子走了，孙有福问建业办个执照要多钱，建业说："没个几千元，开不了店。听村里说，世文家是咱村上的第一个万元户。"

听到这，孙有福还是有些吃惊，上万元，他在村上主事了这么多年，谁家有个上千元钱，那都相当惹人羡慕了，真没想到这尹世文家卖凉皮能挣下这么多钱。孙有福活到这把年纪，算是真的开了眼。

孙建业眼见别人家日子过得是芝麻开花节节高，就想在自家地里也种些毛桃树，可孙有福没说赞成也没说反对，孙建业就打消了这个念头。等周青松的毛桃树挂果了，收入也在那摆着，村子里有些邻里也栽了树，孙建业就背着孙有福，在浅山的坡地里栽了一亩毛桃，还请周青松给修剪了枝，去年也挂了果，只是天旱得很，果子有些小，就这纯收入也快上千元。

孙有福当然明白儿子不与自己商量种树的心思，他眼见儿子种成了果树，心里还是很宽展，为这他也对周青松有了不错的感觉，真觉得后生可畏啊！他时不时还会给儿子建业说："往后多向青松学学。"

当然这些都是家事，整个甜泉水村的未来，才是孙有福忧心的。他已上了年纪，也早有卸下支书这个担子的念头，可他在这村里数来数去就没找下个称心的人选。贾旺书记问起杨根良入党的事，孙有福明白这是个啥意思，他从镇上回来的第二天，就召开了支部会，发展了杨根良。

上个月，贾旺书记来看了孙有福。那辆帆布吉普停在孙有福家门口的时候，这个老人还在院子里转悠。看见贾旺书记来了，孙有福脸上布满了笑意，他招呼着贾书记坐下，让建业给书记把茶沏上，还拿出自己不抽的金猴香烟，让贾旺点上。贾旺能看出孙有福是真的高兴，他觉得自己来得还算及时，就让司机把带的东西放到屋里，自己跟孙有福在院子里唠了起来。

孙有福的情绪很好，咳嗽也少了许多，他觉得贾书记能专程来看他，那是给了他很大的面子，自己在甜泉水村辛苦这么多年也是很值得的。当然他有时候觉得自己也俗气得很，可享受着这份殊誉，还是难以掩饰自己内心的舒坦。

贾旺书记看着孙有福舒心的样子，开了口说："老书记，你是我的老哥了，老弟给你提个要求，你可要应承下。"

"书记你有话就说。"孙有福说。

"老哥，今日不谈工作，是私事。你为甜泉水村操心了一辈子，身子骨还是很紧要，村里的事就让村主任多担些，你抽空到医院好好去看看，我给医院院长打了招呼，你随时去，他随时给你检查。"贾旺说完便看着孙有福。

孙有福很是感谢贾书记对他的关照，想到自己这身子骨大不如前，叹了口气说："我这毛病得的时间长了，医生也没办法，将养将养就能挺过去。真要挺不过去，也没办法，快七十五的人了，也真不该还担着村子里的担子。"

孙有福说到这，看着远处地里已经起身的小麦，缓缓地、有点不舍地说："我这老人思想也跟不上这改革的步伐，今儿个就算我正式给你说了，村支书这个担子还是选个新人，最好是年轻人。"

贾旺书记听到这，忙说："老哥咱说好了今天不谈公事，你咋就又扯到这上面来了？就是你要卸下这个担子，也得你给推荐个人选不是，毕竟甜泉水村的情况我没你熟。"

孙有福还是听出了名堂，想着贾旺书记是专程来看他，他很高兴，嘴上说着不说公事，却把这公事说得这么清。当然这也不能怪人家书记，这话头还是自己提出来的，何况自己早有了这个念头。

想到这，孙有福就对贾旺书记说："你先把我的要求应承下来，至于谁合适，容我想想。"

"好。"贾旺只说了一字，就起身了。

孙有福知道书记这是要走，就对建业说："给贾书记装些柿饼。"转身对贾旺继续说道："咱这村里也没个啥稀罕的，你就拿上，给娃娃们吃。"

贾旺忙说："好着呢好着呢，咱甜泉水村的柿饼也是咱秦东县的特产，家里人都爱吃。"说着就大方地收了回礼，上了车。

看着贾旺书记的车走远了，孙有福又咳嗽了起来，这之后，病一天天就重了起来。有一天娃娃们扶着孙有福在院子里晒太阳，看着地里旺盛的小麦，孙有福想：明年的麦子还会这么好吗？

十　五

　　田里的小麦快抽穗了，路过甜泉水村的人，都夸甜泉水村的人勤快，庄稼种得好。

　　甜泉水村的人心里也甜得跟吃了蜜一样，他们知道，这种庄稼就是种门面，务农的人，不会种庄稼那是很丢脸的事。去年冬天老天爷心情好，就没阴下几天脸，雪下得很金贵。人常讲："冬天麦盖三层被，明年枕着馒头睡。"这一冬天没下几场雪，庄户人家心里就发了急。好在甜泉水村坐落在秦东河边，老天不照顾，河水也能解地渴，甜泉水村的庄稼依旧长得很好。

　　还没包产到户那阵，甜泉水村所有的平地是一整片，田里零零散散栽种的白杨树，是小队的地界。那时候种地，一个小队是个集体，翻地、下种、施肥、除草、收割都是统一的，管护得好，庄稼绿油油的；没管护好，庄稼就长得有些发黄，当然也是一片全黄。如今包产到了户，大块的田地分割成了宽窄不一的条块，谁家地里肥施得多，经管得好，庄稼就会葱绿一片，长势也好，往往就高出一截。没好好经管的田地，庄稼就长得很消瘦，地里的杂草长得比庄稼还高。路过的人，搭眼看看地里的庄稼，就能分辨出哪户人家是务庄稼把式。

　　甜泉水村的庄稼让路人很是眼红，尹世文却觉得脸红。这个平时尻大管的家伙，脸面还是要的。人家地里的庄稼长得都很健康，很长脸，而他田里的庄稼，草长得比小麦还高，小麦明显比人家地里的庄稼矮了半头。更让尹世文挂不住脸的是，他家地里的小麦特别黄，在那片平地里，越发显眼，没少被路过的人指指点点。

　　庄稼长成这样，尹世文心里还是很急的。虽说媳妇东娥很会摆摊，挣下的钱比在地里辛苦刨下的收入还多，可尹世文内心还是抹不去那句"家有黄金一斗，不抵薄地一亩"的古训。他自己种地的手艺不高，可现在只要你愿意花钱，就有人给你打理。更为重要的是，媳妇东娥觉得还是自家地里打下的粮食吃起来地道保险，那些吃凉皮的老主顾，只要说今日这皮子蒸得好，那用的肯定是自家地里打下的麦子磨的面。正因为这，在县城忙着装修的东娥，还是准了尹世文的假，让老汉回家把地里的杂草拔拔，即使现在除草已有些来不及了。

尹世文看着自家田里的庄稼，生怕遇见个熟人，生怕人家知道这块与众不同的麦地是他家的。可他看着地里的杂草，还是狠了狠心，走进了自家的那块田地，小心地清除着田里的杂草。人到了田中，尹世文反倒觉得心里踏实了很多，有熟人在路上跟他打招呼，他也不觉得有什么丢人的，大大方方地回应着，完了继续拔田里的杂草。有时候尹世文脑子里会生出些很奇怪的想法，他觉得在田里出力干活，就是没把地种好，也不丢什么人，反倒是婆娘东娥出摊做生意这事，尹世文总觉得怪怪的。特别让尹世文受不了的是，婆娘东娥凡是赶会摆摊做生意，总要让他出一次力，用自家的架子车把那些锅碗盆碟拉到会场去。如果这时遇见个熟人，尹世文觉得自己的脸面烧得跟火炉一样。他自己都感觉到，自己的脸肯定很难看，可嘴里还得挤出问候的话语，为这尹世文没少和东娥拌嘴。

这生气归生气，难受是难受，可尹世文每次还是执行了婆娘安排的任务。他知道婆娘东娥也不容易，白天出摊做生意，晚上熬夜蒸皮子，为了能多换回几个回头客，还得自己拌糟做醋，焙烤辣椒。

凉皮，这是秦东父老最为喜欢的面食之一。一碗凉皮、一个肉夹馍，这代表了多数秦东人心中向往的好日子。可要把这凉皮做得地道可口，这调料很是关键，其中最为重要的两样就是醋和辣子。

对于大多数村人来说，那点地就不经种。以前在生产队时，地还是那些地，就觉得整年间忙个不停，地里产的粮食还不够一年吃。如今这地分到了户，却觉得不够种了，没几天地种完了，没几天田里的庄稼收完了，这一年大把大把的时光就闲得没事做。这时候有些头脑和手艺的人就做起了小生意，东娥就是最早开始摆凉皮摊子的。这秦东人有句丑话，说是秦东这地方的人啊，弄啥事都跟南山的猴一样——一个耍球都耍球。话是很丑，可这说的是实情。东娥跟会摆凉皮摊子，起初看样的人还不多，可如今各村各乡都张罗过庙会，挂的头衔都是"物资交流大会"，其实也就是给大家伙搞个热闹，真正有什么物资交流的，也就是些像东娥这样摆饭摊的。

摆饭摊的人多了，吃客们就有了比较，俗话说得好：人比人得死，货比货得扔。这吃饭的人就是怪，哪人多就越往哪挤，当然，这东西吃得可口那还是第一位的。东娥的生意做得好，回头吃客很多，时间长了，大家就认这老尹家的凉皮，吃完了就都说好。你要是再问问这老尹家的凉皮好在哪，这吃客用手抹着嘴说："醋好，辣子好。"

东娥蒸凉皮的手艺与人家差不多，为了多引几个回头客，她从不在市场上买现成的醋和辣子。她想着做生意不能萝卜快了不洗泥，得讲诚信、重卫生，更重要的是不能把人吃下毛病来。如果真的把人吃坏了，砸了自己的门面，没了生意事小，更重要的是乡邻们抬头不见低头见，以后咋活人呢！在这一点上，尹世文很赞成东娥，也正因为这，尹世文在外面还要些脸面，但在家里东娥让干啥，他从来不翻嘴。

秋天到了的时候，甜泉水村的山坡上，成片的柿子树红成了一团。红红的树叶，在秋风中不时会飘下几片，懒洋洋地、悠闲地撒落在刚下种的田里。熟透的柿子个个有张橙黄的脸，在有些暖意的阳光下，慢慢变红变软。那时人们吃的粮食还不太多，可这漫山的柿子却很少有人喜欢吃。乡人们觉得，柿子果属火，吃多了上火，还会伤胃。虽然人们很少吃柿子，可这柿子做成的醋乡亲们却很是喜爱。当然，要做出醇美的柿子醋，那不是件容易的事。

尹世文家没有柿子树，东娥做醋要用熟透的柿子，还得去给有柿子树的邻家打个招呼。东娥把摘回家的柿子去蒂捣烂，和上自家磨麦子留下的麸皮，加上每次做完醋留下的醋酵母，先在太阳下面晒几日，待这些醋糟变成了赤黑色，便装入瓷瓮中，用手压实了，然后用浓面汤封住瓮口。太阳好的天要把瓷瓮搬到院子里，暖暖的阳光有利于醋的发酵。面汤糊过的瓮口被阳光晒裂了，还得用干净的面汤再糊上。晚上要用瓮盖扣着，不能进一点生水。这样日复一日，这瓮缸里的醋精慢慢地发酵着，时间要等半年之久。当然这些活都是东娥在操心料理，有时候累得实在受不了，她也想过让老汉尹世文帮一把，可又不大放心，生怕有个闪失，这大半年的工夫浪费了事小，这没醋了生意做不成事大啊。

等一缸缸的醋发酵好了，东娥就会搬出专门渗醋的瓦罐，将高粱秆取下一截，一头留个节，另一头不留，用刀从没留节的那头劈开秆皮，取下秆芯，从留有小洞的瓦罐里面插入取了芯的高粱秆，然后将发酵好的醋糟放入罐中，加上凉开水，醇香的陈醋就会从高粱秆中流出。出醋的日子，村子里的人家都能闻到醋香，乡邻知道东娥家的醋好，也知道人家的醋是为了卖凉皮用，也就不好去买。聪明的东娥也知道邻里的心思，会给各家送些，当然大头还得留着摆摊用。

东娥做的凉皮好吃，还有一样就是辣子好。秦东的父老都爱吃油泼辣子，要说凉皮好吃，也就是一勺油泼辣子的事。东娥卖凉皮，醋好，辣子更好。每年秋天，东娥把上等的辣子用细线绑成串，挂在屋檐下阴干。用的时候将干辣椒去蒂，用剪刀剪成小节，除去辣椒籽后，放入热油锅中烤焙。等红色的辣椒变成暗红色，并散发出淡淡的辣香时停火，等热气散尽，将锅中的辣椒放入碾槽中，人坐在凳上，双脚蹬着碾磙，那一节节的辣椒，就变成了诱人的辣面。辣面中加少许花椒、大香、茴香和陈皮粉，将烧开的菜油浇在辣面上，"吱吱"的声音冒出的时候，油泼辣子的香味也就蹿进了鼻孔，这才是地地道道的油泼辣子。这就是人们爱吃老尹家凉皮的缘由。

老尹家的凉皮好吃，那是东娥操心费神换回来的，这些辛苦尹世文是第一个感受到的，他很是感激婆娘。如今儿子已经上了县上最好的中学，东娥也从地摊搬进了门面房里，他本想到县里去打个下手，可心中还是放不下这一亩来地。现在独自收拾这庄稼地，他内心里觉得亏欠婆娘东娥的很多，他边拔着地里的草，边在心里下了决心，等地里的活干完了，他就到县城给媳妇帮忙去，这样心里会好受些。

田成业自从把娃他舅勇良从派出所接回来后，就不大愿意出院门。他觉得勇良这事，邻里问起来他不好说，当然知趣的人家也不会哪壶不开提哪壶。如今这事已过了几个月，田成业遛弯的习惯又恢复了，这天看见尹世文在地里拔草，就开了口，问道："世文，这地是你的？不是听人说你把地承包出去了？"

尹世文听有人喊他，就回了头，见是田成业，有点惊喜地回话道："没有，这地是咱农民的根，有这点地，看不出有多大用，要没了这地，心里反倒空荡荡的。"田成业觉得尹世文平时大大咧咧的，没个正形，今天说这话倒是让他心里小惊了一下，他想：东娥生意做大了，成了这甜泉水村数一数二的富裕户，还犯得着种着这点地？更让他感到不一般的是，没富的尹世文整天没个正形，如今有了钱，这尹世文倒是有了城府了。

田成业想到这不由自主下了地，对正在地里拔草的尹世文说："老哥这会儿也闲着没事，陪你老弟拔拔草。我跟你一样，对这地，对这地里的庄稼，见了有一种亲近感。"

尹世文脸上笑开了花，受宠若惊地说："成业哥，你来，你来，咱正好搭个伴。你不知道，我正心慌着呢。"

田地里的笑声飞向了四野，甜泉水村似乎也笑了。

十　六

田成业给尹世文出了半天工，觉得胳膊腿灵便了许多，他心想，这人还是要多走动走动，整天待在这屋里，会生锈的。他想清明快到了，山坡上的油菜花已占领了四野，山脚下都能听到蜜蜂们演奏的交响曲，特别是淡淡的油菜花香，随着下山的轻风，把整个甜泉水村都淹没了。人们似乎也被这股弥漫着的清香抚弄得很舒坦，脸上都挂满了笑容。

没什么事的田成业走出了村庄，顺着缓缓爬升的小路，悠闲地、漫无目的地走着。他已经将自己融入自然之中，心神也随着山风飘向了四野。这种闲适的感觉，足以刷去田成业这段时间心中的难处和不快。

即使这样，田成业还是时不时会想到勇良的事。从派出所接回勇良，最后还自己掏腰包结了医药费。他原本想让勇良记住这个教训，可勇良那个家哪来的钱，问了四邻，人家都觉得你姐都不愿帮你这个忙，哪个还敢把钱借给你？田成业看在眼里，也是痛在心头，他想勇良没借到钱，也许会长些记性，这也是他原本的想法，田成业暗地里把钱送到医院，算是摆平了这件事。

当然，他悠闲地走在山坡上，脑子里还浮现出前几天碰到侯春来的情景。

农谚讲：清明前后，点瓜种豆。甜泉水村的地里大多种了冬小麦，山坡上秋收撂下的闲地种上了油菜，到了清明前后，人们大多会在田垄路边散乱地点上几窝南瓜。田成业前几天也到镇上的集市买了些南瓜和向日葵种子，在院子的闲地上点种起来，他没想着能有多大的收成，主要是为了孙女回来后喜欢。看着满院的向日葵，特别是看着金黄的南瓜花招惹着小蜜蜂爬进花房，孙女琳琳就会带着小伙伴小心翼翼地挪到花边，在小蜜蜂还陶醉在花香中的时候，猛地收紧花口，小蜜蜂就只能在花房中歌唱了。孩子们听着花房中蜜蜂着急的嗡嗡声，就会开心地笑破整个村庄。

当然，蜜蜂被折腾累了，也会安静下来。孩子们慢慢打开花口，已经累坏了的蜜蜂，看到了外面的光亮，似乎也精神了许多，敏捷地爬出花房，嗡嗡叫着飞回了家，孩子们又会开心地笑起来。

田成业把院子的菜地侍弄平整，把后院茅房里的粪土放在挖好的坑里，每个坑里放三四粒种子，然后盖上一些细土，用脚踩踩，只等着种子发芽了。

田成业在院子里忙着，嘴里不自觉地就哼出了几句秦腔：

焦赞传孟良禀，太娘来到——
太娘到了，请到帐中——
要到帐中。

听到田成业在院中哼着《辕门斩子》，在屋里摆弄针线活的翠翠也跟着唱。

田成业听到翠翠接了戏，禁不住脸上浮现出了笑容。他觉得这就是人们常讲的夫唱妇随吧，这种感觉真好啊。

田成业暗笑着，嘴里并没有停下唱戏：

提起来小奴才，

把人的肝胆气坏。

儿有令命他巡营瞭哨，

小奴才大着胆私把亲招。

有焦赞和孟良禀儿知晓，

你的儿跨战马前去征剿。

……

田成业越唱心越宽，越唱声越大，这原味秦声就爬过了墙头，到了院外，正好撞上了骑车路过的侯春来。

听到声响的侯春来下了车，推着车子进了田成业的院子，看见田成业边种菜边唱戏，就笑着说："成业啊，你心宽得很。"

田成业见是侯春来，忙停了手上的活、嘴里的戏，笑着说："春来老哥，啥风把你给吹来了？来，快坐下。"

田成业自己压了几下井把，清澈的井水就流了出来。侯春来看见了，就接过井把，压了起来。田成业冲洗着手，对着屋里的翠翠喊道："屋里头的（秦东地区对妻子的一种称呼），给春来哥倒杯茶来。"

田成业洗完了手，婆娘翠翠也端出了茶。这退了休的两个公家人，接了茶水，坐在院子里就拉起了话。

这时候田成业才知道，侯春来也搬回了村里，现在在村子住的时间比在城里的时间长多了。这回了村，侯春来也算是这河口镇最大的干部了，贾旺书记还专门来看过侯部长，顺便还给安排了一项工作，让侯春来出任镇老年协会的会长。侯春来说他离开乡里时间太长了，人大多不太认识，还是让乡里退下来的同志担任为好。贾旺觉得侯春来说得也在理，就说："侯部长，那你还是要挂个名，就当个名誉会长咋样？"侯春来这回没有推辞，算是应承下了这件事。

当然这名誉会长也不是好当的，说白了还是为了好办事。侯部长出面，老年协会好多事顺畅了许多，这协会的工作也就开展得红红火火。不到半年时间，会员已经发展到上百人，听说相邻镇的退休干部也想加入河口镇老年协会。

虽说是个名誉会长，可大大小小的事，会长还得向他报告。如今协会里成立了一个秦腔自乐班，眼下就缺个组长，侯春来今天听到田成业的唱腔，就想起那个下雪天，他们俩回村第一次见面的情景，猛然觉得这个组长让田成业当再好不过了。

侯春来喝了两口茶，开口说道："成业，你这是从哪弄的西湖龙井啊？这东西好。"田成业满脸堆着笑说："也就你老哥能喝出个名堂来。是国栋出差带回来的，我说准备当礼当送人算了，但国栋说这茶要上百块钱呢，留着自己喝吧。"侯春来用羡慕的口吻说："那你就送给老哥算了，如今你老哥回了村，这茶都没人送了。"说完两个人笑了起来。翠翠在屋里开了口，说："你两个老青年说啥事？高兴成这样，别笑出毛病来了。"田成业止住了笑，批评似的对婆娘翠翠说："你会不会说话啊？快给咱把饭做上，我跟春来哥喝两口。"

侯春来并没有推托，说了声"好，我今天就破回戒。"。

田成业问："咋了，老嫂子还管得挺严？"

"不是的，是这不允许。"侯春来说完指了指心脏。

田成业忙说："那咱就以茶代酒。"

"那哪行啊，咱兄弟几十年都没碰过杯了，喝两口，死不了的。"说完两个人又笑了起来。

翠翠看着这俩老青年有说有笑的，猛然想起侯春来的婆娘杨宝莲。她想春来今晚上在她家吃饭，家里就剩下宝莲一个人，不如把宝莲叫过来一起吃算了。

想到这，翠翠出了门。

甜泉水村就两条街道，前面一条街是一条乡村公路，杨宝莲住在后街，路不远，翠翠很快就到了。她已经很久没到这个院子里来了；确切地说，她当姑娘那阵，是没有什么资格来这院子里的。如今来到这，心里确实还是有些压力，要说是紧张也许更恰当些。

翠翠站在院子里，定了定神，冲着屋里喊道："宝莲姐在不在啊？"屋子里没有人答应，但有响动，翠翠能听见。过了会儿，杨宝莲站在了门口，也是快六十岁的人了，衣服穿得很得体，头上顶着一块天蓝色白格的手帕，与白皙的脸面很是相配。

翠翠怔了一下，她想杨宝莲一辈子都待在甜泉水村，可这模样哪像是在乡下生活的人。这时候杨宝莲满脸堆笑开了口，说道："是翠翠，站在院子里弄啥？快进屋。"

翠翠忙应了声，把自己的来意讲了下。杨宝莲带着责怪的口气说："你春来哥这人，忙了一辈子公家事，现在退了回了村，还没过几天清静日子，又忙老年协会的事。咱也弄不懂，也管不了，由他去了。算了不说他了，你等我一下，前天娃们回来带回些火腿，拿上让那两个老家伙吃去。"

晚饭很快就准备好了，田成业搬出自己的小方桌，开了院子的电灯，四个人就围桌坐下。杨宝莲提醒侯春来少喝点酒，田成业也说要不喝些茶，侯春来坚持要喝两盅，还说："以前为了工作是没办法，现在是咱俩兄弟喝几十年的感情酒，心情不一样，心情不一样啊。"

饭桌上的气氛很是融洽，三杯酒下了肚，侯春来就把邀请田成业出任自乐班组长的事说了出来。没等田成业开口，翠翠就说："好，这下算是有唱戏的地方了，也省得整天闲在家里找碴。"

田成业不好再说什么，但他明白，场面上的事他是不大合适的。他从小受的苦太多，为了走出甜泉水村，给他父母脸上争点光，心里承受和积压的东西太多，也就很是内向，或许也是自卑吧！虽说在铁路上工作了几十年，可真要站在人群面前说两句，还是有些怯场，他觉得他这辈子只能陶醉在自己的世界里。

此刻这个场面，不能搅坏了这个氛围。田成业勉强说道："春来哥，你的好意我领了，明儿个我去转转，看看戏班子里的人认可不。"

侯春来感觉田成业这是答应了自己的设想，认真地说："我说就定了，这事你就当给哥个面子。"

田成业不能再说什么了。

"吃饭吧，不然菜都凉了。"翠翠招呼道。

十　七

清明时节雨纷纷，路上行人欲断魂。

古老的秦东，千百年来毫无悬念地印证着这句人人会背的古诗。清明刚过，天便阴起了脸，已柔和了很多的春风轻轻吹着，还是能让人感觉到一丝丝寒意。不过，这点寒意已不能阻挡春的脚步。甜泉水村村民种的油菜已快过花期，桃花、杏花已化成了新泥，滋养着枝头新生的果子。秦东河边的柳树已吐了柳絮，随风而舞；垂入河中的枝条弄得河水有些发痒，不时还会随着轻柔的春风发出断断续续的笑声。

也就在这不经意之间，天空中飘起了雨，白白的如雾，细细的如丝，没有主心骨地随风起舞着。这般情景，弄得生机盎然的万物也安静了起来，沐浴在雨中，随你春风摆弄。

甜泉水村自然也浸没在了这烟雨之中，静静地。连平日见人就搭腔的狗儿也享受着宁静，看见路过的村人，也只是抬眼瞧瞧。村人们被这缠绵的细雨困在了家里，也就有了打牌下棋瞎转悠的理由。倒是田成业觉得这种闲适的感觉扰得人心里发慌，他本想到老年协会去听听戏，可想到去自乐班当组长的事还没答应人家，也只好窝在家里，看看电视、拾掇院落，打发时光。

有人在敲院门。

田成业急急忙忙出了屋子。

门口，杨根良的堂弟杨根娃和穿着一身白孝衫的孙建业站在雨中。这点雨对庄户人家来说，那算不了雨，杨根娃和孙建业都没戴雨帽，能看得出，他们已在雨中走了很长时间，杨根娃头发上已落了一层白白的雨霜。

见门开了，杨根娃低沉着声音说："成业哥，昨儿个夜里老书记走了，我带着建业来请你，帮忙把老书记的后事给安顿了。"一旁的孙建业没等杨根娃说完话，就跪了下去。

田成业惊讶着，急忙扶着孙建业说："建业你快起来，我这就过去。"

孙建业哭泣着说："那就麻烦成业哥了。"田成业刚要说话，站在边上的杨根娃说："成业哥，还有十来家没去请呢，那你先忙着，我和建业走了。"

孙有福走了，对于田成业来说在意料之中，但走得这么快、这么突然，还是有点让人接受不了。他这段时间还想着去看看孙有福呢，就是勇良的事，让他一直拖到现在。人走了，他还没去看，这心里就有了点亏欠感。

对于生长在甜泉水村的乡民来说，他们同秦东每一个乡民一样，一生中最为重大的事有三件：盖房、娶儿媳、安埋老人。这是一个乡人在村子里，乃至于相邻村庄里长门面的象征。孙有福阳寿七十五，这在甜泉水村已是高寿，甜泉水村的人把寿终正寝的人去世了叫"喜丧"，这白事也就当作喜事办。人去了，这当儿女的就得谋划这事咋办。在农村，老人在世的时候，或许少吃少穿，可人去了，儿女们还是要操办一下。说是给逝去的人办事，还不如说是给自己挣门面。

孙有福走的时候，他的三个儿子都在身边，已经提前退休的大儿孙建国是连夜从省城赶回来的。孙有福看着炕边站着的儿孙们，目光中有无限的留恋和不舍。他想抬起手，已没了力气，只能动动手指。孙建国像是知道孙有福的想法，急忙探身过去。孙有福用呆滞的目光，看着他这个最有出息的儿子，嘴唇动了动，在场的人都没听见他说的什么。孙建国拉着父亲的手，他感到父亲的手动了一下，那已是孙有福最后的力气了。当孙建国感觉父亲的手慢慢地松开了,他知道他的父亲,这个在甜泉水村最有头面的人走了,他安静地,将父亲的手放在炕上。

这时候哭声已响了起来。这哭声传遍了四野,也传进了邻里的家门,不用说,乡邻们就知道是咋回事了。

亲人们给孙有福穿上老衣,按照乡下的规矩,把孙有福安置在屋里的墙根下,设好灵堂,方便乡亲们来祭奠。

安顿好灵堂,孙有福的三个儿子围坐在孙有福睡了一辈子的土炕上,他们得商量一下咋样安埋自己的老父亲。

孙建国在他这辈人里为大,家里的事本应由他来挑头张罗,可孙建国离开甜泉水村已经三十多年了,他看到的甜泉水村已有些陌生了,他对每一个甜泉水村乡邻的印象也是模糊的,以至于每见到一个乡邻不得不由自己的弟弟孙建业介绍一番。他的二弟孙建社自从娶了媳妇,就奔自己的日子去了,虽然对父母也很孝顺,却也只能是有病来看看,过年来坐坐,在乡邻面前只能说面子上过得去。只有他的三弟孙建业,还有那个村子里乡邻都夸的弟媳妇麦苗,小心地侍候着双亲,从来不会跟父母红脸。孙建国每次从省城回来,看到父母健康心宽,就越发觉得亏欠三弟的太多,他每次除了给自己的父母留下钱外,私下还会给这个弟弟放点钱,这样他心里会好受些。而对孙建业来说,虽然自己的父亲是书记,是甜泉水村最有头面的人,可日子过得还像平常人家一样,手头上经常比较紧张。大哥孙建国留下的钱,总能使他产生一种莫名的感动,他和媳妇麦苗能够感到,大哥是真心对他们好,真心想帮他们。他想父亲走了,这家里的事应该由大哥说了算。

孙有福是甜泉水村的体面人,按农村人的讲究,这"喜丧"也得办得体面些。可孙建国有自己的想法。他的父亲孙有福一生清苦,虽说干了半辈子的支书,可在吃穿上从不讲排场,从不在村人面前显摆自己的身份,如果这丧事办得过于张扬,他逝去的父亲不会答应,上面的领导也会有看法的。他跟两个兄弟说了自己的想法,二弟孙建社家境也很一般,加之婆娘把钱看得紧,忙说:"大哥你考虑得周到,就是就是,咱要是把场面搞得太大,别人会说闲话的。"

　　三弟孙建业一直低着头，他的父亲跟着他生活了这么长时间，应该说没享过一天清福。他最清楚老人的心思，谁不想把光景过得好些。这包产之前是没时间照顾家里，也不能搞特殊化，日子过得跟大多数村人一样清苦，可包产到户后，孙有福心里那个难受劲只有孙建业知道。孙有福当了半辈子支书，把种田的本事也丢得差不多了，也再没什么别的手艺，眼见人家日子一天天地好了，反倒把他这个支书给晾了起来。这个老人到死也没弄清楚，自己到底哪出了问题。当然他内心最痛楚的，是他的小儿子孙建业在他的管教下，是那么本分，以至于弄个啥事都得听他这个老人的。他有时候想，是他这个当支书的老爹把娃害了。这些孙建业心里也是很清楚的，他没能把日子过到人前头，让他父亲脸上无光啊！好在有大哥在外面弄事，这点还是让父亲心里有了一丝安慰。刚才听了大哥说的话，他虽觉得也很在理，可他还是有自己的想法。

　　想到这，孙建业抬起头道："大哥、二哥，咱爹一辈子也算得上是有头面的人，可我知道他老人家心里其实很苦，跟着我一辈子也没享几天清福。人走了，还是要备一副好棺木，戏可以不唱，墓还得用砖箍一箍，他老人家一辈子没住上砖房，我们最后给他盖个砖房吧。"

　　孙建业说完，嗓子干干的，再也说不下去了，不知道什么时候脸上已挂满了眼泪。

　　孙建国也被感染了，他头仰起看着房顶，极力地控制着自己的情感。

　　孙建社低下了头，不知道他是在为自己没有尽到孝道而内疚呢，还是不愿意看到这个让人伤心的场面。

　　孙建国把情绪调整了一下，然后说道："三弟，你说得对着呢，咱不讲那么多排场，可老人家的棺木还是要体面些。"说完，孙建国从随身的包里拿出些钱，递给孙建业，继续说道："这是两千元钱，建业你到山里给咱爹买副松木棺木，在窑上订些砖。今天晚上邻里还要来议事分工，菜和肉多买点，不要让邻里觉得咱们家办事太抠掐。"

　　孙建业手头也没几个钱，他觉得没必要跟自己的大哥客套，那样显得像两家人了，便收了钱，说："大哥、二哥，那我先安顿去了。"

　　孙建国看着走入雨中的小弟，心中不自觉地生出了一些不快，他看着若无其事的二弟，就想说几句，可又咽了回去。

　　孙建社抬起头的瞬间，孙建国看见二弟的眼中也溢满了泪水。

十　八

　　天快暗下的时候，孙家院子里已挤满了人。孙有福高寿，孙家门户里的人和村民们有说有笑，看不出多少悲伤的样子，只是偶尔会从孙家院外传来撕心裂肺的哭声，那是孙家的亲戚来奔丧了。当然这哭声都是女人们的哭声，男人们是不会弄出这么大响动的。哭，是悲痛的表达，也是告诉院里忙着的人们：我来了，你们出来招呼一下。

　　村里帮忙的乡邻都到了，来的时候就把自家的小方桌和板凳带来了，这会儿正在自觉地摆放着。孙家门户里的人招呼着来的客人，按照规矩，把来客安排在相应的位子上。这是很有讲究的，舅家要把大舅安排在上席，姑家要把大姑父安排在上席，不管你来的是他大舅、大姑父本人还是他们的孩子，那都得安排在上席的位子上，这就是讲究，这就是老规矩。在这个问题上，无论贫富贵贱都是一致的，这就是传统的力量。

　　帮忙的乡邻和来孙家奔丧的亲戚到得差不多了，由孙建业陪着在屋里坐着喝茶吃瓜子的村主任杨根良出了屋门。杨根良看了看院子里落座的人们，开口说道："乡邻们，孙书记为甜泉水村操劳一生，没到谁家多吃一口闲饭，没沾公家一点点光，他是咱村上干部的榜样，也是咱甜泉水村的荣光。老书记走了，我们大家心里很是难受，今天建业把大家请来，麻烦大家，就是把老书记的后事安顿好。乡上和邻村还要来人呢，老书记的后事那不光是孙家门户里的事。"

　　孙建业还想说什么，见杨根良发了话，大家动了筷子，就收住到了嘴边的话，跟着杨根良到各个桌子上敬了酒，说了些感谢的话。孙建业能够感觉到，杨根良给足了孙家面子，放在别人，杨根良只是代表村上去一下，放下村上的礼当，说几句客套话就走了，关系确实不一般的会留下吃个饭，今天发言已经是相当给面子了。

　　今天这场面杨根良从前到后张罗着，是他在表明自己的立场，也是在表明他与孙家的关系。孙建业在后面陪着，那就等于孙家这个大户在他的身后陪着，他要让村里的人们感觉到，他杨根良能够走到今天，孙家是跟他站在一边的。

　　来奔丧的、来帮忙的，肚子早就抗议了。杨根良发了话，这会儿也顾不上辈分大小和斯文与否，抢着伸出筷子，争夺着碟子里的那几块猪肉。今天来帮忙的大部分村民，可能已经好久没尝到猪肉香了。也许是吃得高兴，也许这是喜丧，爱喝酒的几个村民划起了拳，"五魁首""四季财""哥俩好"地号叫着，还不时数落着对方："你这个尿人，拳划得不咋样，这酒也喝得不干脆。"

　　杨根良和孙建业看着院子里的人吃开了、喝开了，才转身进了屋。孙建业掀开自己房子的门帘，侯春来、田成业和孙建国已坐在了桌边，不知闲聊着什么。见杨根良从院子里回来了，孙建国起了身，说："根良，你坐这。"

　　侯春来没有动的意思，田成业也就没有动。大家落了座，加上孙家三兄弟，也就六个人，按常理这桌子上应该有八个人才对。杨根良问孙建国："建国哥，这人不够啊。"孙建国有点无措地说："我也不知道该安顿谁，请了春来、成业两位老哥陪我说说话，别人你看着安顿一下吧。"

　　杨根良想推托，侯春来开口说："根良你定一下，你建国哥和姑父在村子里都不太熟。你看应该请谁，你一定，叫建业把人请过来。这时间也不早了，等会儿还要开会呢。"杨根良见姑父发了话，思量了会儿，对孙建业说："建业哥，你去把宋良哥和青松叫来吧。"

　　这八个人落了座，侯春来高兴地发了话："今天我们几个老哥能和队上几个出息的后生在一起吃这个饭，难得啊，我提个议，咱先喝三盅。"

桌子上的气氛很好，杨根良除了跟他姑父侯春来没喝，已经敬了田成业和周青松酒。周青松知道自己已不能喝了，摸着肚子说："春来叔、成业哥，我今天把你们的酒先欠着，等老书记的事安顿好了，我再敬你二位长辈。"说完端起酒杯，起身对杨根良说："村主任，咱两个一搭儿长大，一搭儿上学，一搭儿回村参加劳动挣工分，你比我年长几个月，有什么不对的地方，你尽管言传。咱今天为送老书记最后一程，聚在这不容易，村主任你有头功，我这个四组组长敬你一杯。"

周青松平常稳稳的，不像杨根良那样办事张扬、敢想敢干，可今天喝得有点多，话也就多了点。听完了周青松的话，杨根良也显得有点亢奋。他从来没听过周青松在他面前说这么多话，而且话说得让他心里有些温暖，他甚至觉得，他们俩之间那堵无形的墙轰地倒塌了，紧闭着的胸怀也敞开了，真还有和周青松喝几杯的心思。

看着这两个后生热络地喝酒，侯春来感慨起来，说道："我说啊，咱这甜泉水村就是风水好，这水是仙泉，能养人。以前那群光着屁股疯跑的娃娃，一晃就成了大人，而且挑起了甜泉水村这副担子，老书记功不可没，甜泉水村有希望啊。我在外一辈子，没给村上办一件称心的事，可村上总是照顾我，给宝莲安排轻松活，到年底还分红，我有愧啊。那天回村碰见成业，看着这生养我们的故土，觉得我们亏欠这片土地太多。我也有个想法，跟成业一样回村住下，看能不能给村上帮上什么忙，我们这些从外面回来的人心里会安生些。"

侯春来没喝多少酒，可还是有些激动，屋子里的人能够感觉到，这是他的心里话。他是甜泉水村的女婿，可从来没感觉到甜泉水村的乡党把他当外人，照顾自己在家的婆娘不算，自己的子女也没少沾甜泉水村的光，大儿子能够上大学也是看在他在外工作的份上，可自己又给这个村子做了些什么呢？自从那日与田成业站在南山坡上感慨一番后，侯春来本来还算平静的心像被扔了一块小石头，那激起的涟漪一波波地撞击着他的心房，他真心地想为这个村子做些什么，可又不知道从什么地方着手，也不知道能够做些什么。

侯春来的激动感染了在场的所有人。最为激动的是杨根良，他端起酒杯说："姑父，你和我成业哥能够回乡住在咱甜泉水村，这已是咱村上的荣光了。老书记在世的时候，就说你们这些肯回村的长辈是咱甜泉水村的福分，我今天才算是明白了老书记的心思。我不敢说我是什么能人，往后这甜泉水村的事，你们在外工作过的长辈还得多参与，给我和青松多指点，咱把甜泉水村的日子往人前头过，才对得起祖辈留给我们的这块风水宝地。"

是啊，故土，谁能不牵挂呢？

是啊，故土，她就像是一位母亲，默默地养育着每一个子女，无论你近在身边，还是远走他乡，累了、困了、烦了，她就是你的港湾，从不会拒绝你的归航。

或许，这正是我们应该回报故乡的原因吧！

十 九

甜泉水村的乡亲们把孙有福送到南山后的个把月，收获的时令一步一步地从山坡上悠闲地蔓延下来。从山脚下能够看到梁顶的小麦已经泛出了一片嫩黄，这是从秦东河口冲出来看秦东平原景致的狂风的画作。这风一路从云岭南坡赶来，它手中的画笔，每到一处不是绿意盎然，就是金黄一片。

甜泉水村依山而居，山地比平地还要多，收割山坡上的庄稼是让村民最头大的事。要收割山坡上的麦子就要爬坡，收割好的麦子还要一捆一捆背到地势较为平缓的地方，用架子车一车车运回来。每年到这个季节总会因架子车下坡冲力太大而失控，发生车翻人伤的事，也曾闹出过人命。虽然这个季节忙碌且苦累，但却是甜泉水村乡亲一年中最满足的时光。田成业在自家小院里打了盆水，在一个高凳子上放好磨石，右手在盆中撩着水洒在磨石上。他把从勇良家拿来的已经锈红的镰刀放在磨石上，不紧不慢地前后推着，很快，一身红锈的镰刀刀口就露出了白刃。本来他在这个忙碌的季节就是一个旁观者，但眼见着小舅子勇良那让谁看了都觉得恓惶的日子，他不帮一帮，翠翠就没个心宽的时候。

住在不远处的尹世文也把放了一年的镰刀从墙上拿下来。这个时节是尹世文最怕的时节，煎熬得比为东娥出摊占地方还难受。平地里那一亩多地还好说，收割坡上地里的小麦总会让没多少力气的尹世文下一次地狱。东娥也知道老汉世文体力不咋样，可山坡上的小麦只能靠人力收啊。再说了，她的凉皮生意还得靠这地里打下的麦子呢。

四组组长周青松没有这么着急，上个月他已经忙过了，给地里的猕猴桃树修剪了枝，每棵树都上了一架子车农家肥，他已经在等着秋天收获地里的金果果了！山坡上那点地，对于正值壮年的周青松来说，力气没用几分，庄稼就已经全都收在自家的院子里了。当下让他放不下的是从组里承包来的两亩机动地，这片平地里已经栽满了猕猴桃树苗，县里农科所所长老刘带着三名技术人员，在周青松这地里忙活了大半月，终于嫁接完了树苗。人家没收一分劳务费，周青松只是管了个饭，这让周青松很是过意不去。他知道，这是他九爸山泉的功劳。

这个季节走在甜泉水村，磨刀石与镰刀碰撞的声响不时会从每个院落内传出来。村主任杨根良也已经把家里五把镰刀磨得光亮照人，一边在盆里洗着手，一边对屋里的媳妇金凤说："你把晌午饭做早点，我下午要出去办个事。"

杨根良确实有一件事比现在收自己家田里的麦子还重要，镇党委贾旺书记让他下午去镇里，没说什么事，只是说要早点到。镇党委贾旺书记，当然现在大家已经改口叫移征办贾旺主任，虽然镇党委贾旺书记在群众中叫着那是威风带劲点，可这主任是个副县级的，单位上的人还是爱叫贾主任。杨根良也是个聪明人，在镇里叫贾旺主任，到了村里和群众面前还是叫书记，毕竟群众不知道主任是个啥官衔，可一听书记就知道是说话管用、说事能办的领导，这是他们与村子里的老书记孙有福相比较得来的。

上个月送走了老支书孙有福，贾旺在离开孙建业家时，对杨根良说找个时间让他这个甜泉水村的"二把手"——当然在杨根良的心里应该是"代理一把手"——去趟镇里，说有事要商量。杨根良觉得可能一周内就会安排他去镇里，可谁知这一等就是一个多月。杨根良感觉这一个多月比一年还长，他每天脑子里不断地冒出好多事来，一件一件在脑子里处理着，他在苦思贾旺会和他说什么事，可思来想去也拿不出个准头来，他还是不能断定贾旺要和他说什么。

杨根良收拾好已经磨好的镰刀，搬出用木头做成的躺椅，放在院中的葡萄树下。葡萄树的叶子刚刚冒出来，已经比较热烈的阳光从叶间洒下来，落在杨根良的身上，那个柔和劲只有现在的杨根良才能感受到。他不由自主地调了调躺椅上的挡位，将椅背放得更低了点，原本有点直的身子向后仰了仰，他觉得更舒坦了。

杨根良觉得这是一种很舒坦的姿势，这或许就是他以后会经常有的姿势吧，他可以在这阳光洒落的躺椅上想着这个村的事、这个村的人。

阳光有点刺眼，杨根良把自己的身子抬高了点，稍稍后仰就可以接触到椅背，他忽然觉得这个姿势也是很舒坦的。他就这样微微地靠着椅背，想象着村子里的人来跟他说事，以及各组的组长，特别是周青松来跟他说事，他就这样坐着，那又会是一幅怎样的景致呢？

杨根良和周青松一块长大，小时候周青松没少受他的欺负，上了学他年年是班长，周青松连一个课代表都没当过，但在他心里还是觉着不舒服。究其缘由，那就是自己的文化课不争气，虽然他总是三好学生，周青松就没当过，可每次期末考试周青松总是甜泉水村他们这一拨娃娃中的第一名。他的父亲杨继业和母亲朱大梅没上过学，也不太过问他的成绩，可他那颗少年的心还是感觉到不爽。正由于这个原因，杨根良和周青松虽然都长在甜泉水村，而且在一个小组，但却很少一块上下学，即使玩个打仗的游戏他们俩也不在一个"战壕"里。

初中毕业了，镇上没有高中，他们俩都得到县城边的高中住校，周末才会一起回村。可能是路上能够同行的学生很少，他们总是一前一后地走在回村的路上，半路上别的村的同学到了家，他们还得继续走。离村最后的三公里路只有他们两个人了，这一前一后地走着不说个话，那是一种怎样的感受？这时候的周青松总会给自己找点事干，不是上柿子树摘个被虫子叮了屁股早红的柿子，就是挽起裤管下到秦东河河水充盈的支流西惠渠里，用树枝掏藏在洞里的"夹八"。

不知从什么时候开始，秦东人把螃蟹叫"夹八"。可能是这东西圆圆的背好坚硬，有点像鳖盖，就取了鳖的俗称"王八"的最后一个字；也可能是这东西两个大钳子喜欢夹人，就有了这个听起来好怪的名字。不过在秦东县说起"夹八"，不论老少男女都知道这指的是什么。

杨根良也不清楚周青松是有意还是无意要和自己拉开距离，但有一点他是知道的，他也喜欢搞这些事，只是他搞的时候周青松躲得很远，周青松搞的时候他也不想参与。

这两个气盛的少年直到快要高中毕业的时候，才因一件事让他们十几年来这种紧张不适的气氛得到了缓和，这也为他们在村上长期劳动和生活打下了一点感情基础。

杨根良永远不能忘记那天。那一天高三的同学们就快要毕业了，每个毕业班都在准备照毕业照。杨根良和周青松在一个班里，前面一个班的同学已经上了铁架子，正在被照相师傅摆弄着。周青松和同学们已经排好了队，等着前面的班级照完就上架子，他没有注意杨根良在哪排，他对这个不是很在意，他有和他相好的同学。

快要毕业了，同学们好像有说不完的话，想着将来大家能不能再见面，见个面可能要费骑半天自行车的不容易劲，这些还是一脸娃娃气，但很快就要参加繁重体力劳动的年轻人，胸中翻滚着难以言表的滋味，脸上可能是灿烂的笑容，眼中或许已经盛满了热泪。正当大家沉浸在友情的海洋中时，不知是谁喊了一声"打捶了"，顿时有序的队伍乱成了一团，大家不顾照相师傅和老师的喊声，都朝着打捶的方向拥去。

打捶的一方正是杨根良，另一方那男的周青松不认识，但很明显，与杨根良扭打在一起的这个年轻人不是学生的装扮，头发很长，好像还有点烫过的痕迹，手里还拿着一根木棒。杨根良空着手，脸被擦伤了，已经渗出了殷红的血，他还在尽量地躲闪着那个男人的追打。在这两个人的旁边，一个女同学号着喊着让他们不要打了，这个女同学正是他们班的蒋艳。周青松一看就明白这是怎么回事了。同学们都在看热闹，老师喊着让住手，可没人敢上前去拉架。周青松眼见着自己村的杨根良受了欺负，忽然感觉到这是在欺负甜泉水村的人，他猛地推开挡在自己前面的同学，毫不胆怯地冲了过去，双手向着木棒落下的方向伸过去，只听咔嚓一声，飞向杨根良的木棒打在了周青松的手臂上，折成了两截。跟着冲上来的老师和同学摁住了打人者，杨根良跑出了人群，消失在了校园那片柳树林中……

"吃饭！"媳妇金凤这一声，把杨根良脱了缰的思绪拉了回来了。杨根良回到现实中，媳妇已经把一碗干拌扯面端出了屋，正向躺椅中的杨根良走来。杨根良觉得在躺椅上吃饭不得劲，就起了身，接过老碗，坐在刚才磨镰刀的圈椅上，用筷子搅了搅媳妇已经调好的扯面，挑起一筷子面往嘴里塞。就在这个时候，那刚刚坐过的躺椅咔嚓一声自动向后调了一挡，可能是他自己调的时候没卡到位，椅子又回到了他躺着晒太阳的位置上去了。

这一声让杨根良又想到了木棒打在周青松手臂上的那一声，随之想到的是周青松那曾经骨折过的手臂，不知道有没有落下什么后遗症。

二　十

贾旺有中午休息的习惯，这个习惯已经保持了十几年。

但自从县委吴江山书记给他加了移征办主任的头衔，这半年里，他就没闲下来过，不是到县上去开会，就是到省城去开会。每开一次会，他就越发觉得移征办主任这个差使不好当。省城要吃秦东河的水，修水坝和引水管道是最大的工程，但却不是最难的事，最难的事是征地和安置移民。

征库区的地，要让失地的群众从山里搬出来；搬出来还要征平地，给失地的群众盖房。甜泉水村的孙有福书记安埋的那天，贾旺刚从省城开会回来，一路上吴书记在车上就给他安排了任务。县委书记用他的车直接送贾旺到镇上，放下贾旺，一口水没喝就走了。当然他的指示也撂下了，那就是：麦子割完后，安顿移民需要的地就得征上来。回到镇上已接近正午，安埋孙有福的事贾旺记着。

秦东县人去世了，一般要停放几天以供亲朋吊唁，当然这也是儿孙尽孝道的机会。下葬的当天上午亲戚朋友要送花圈，中午安排大家吃个宴席，下午一两点时才会起灵出殡。贴着落款为镇党委和镇政府的挽联的花圈已早早送去了，当然这个花圈被放在最为显眼的位置。最重要的时刻就是贾旺的到场，他必须亲自讲述写着孙有福生平贡献的悼词，毕竟孙有福是河口镇在职时间最长、年龄最长的村支书。当然，他的出场不仅仅是对孙有福及其家人的重视，还关系着他下一步能不能顺利完成吴书记交给他的征地任务。

那天出席了孙有福的葬礼后，他想找杨根良谈谈征地的事，但他自己也没想好这事怎么张口，就给自己留了点时间，让杨根良一周后到镇上来，可中间县上又安排"三夏"抢收的事，又耽误了一阵。他觉得不能再拖了，甜泉水村山梁上的麦子已经泛黄了，很快平地的麦子也就动镰了，如果错过了这个时节，大家又接着种了黄豆玉米，那不仅仅赔偿的费用要增加，面对爱庄稼如命的农民，那就可能要到秋收后再谈征地的事了。

杨根良放下碗就骑着车子往镇上赶，平时没集的时候，镇上街道就没几个人，现在各家都有地了，原来闲转的人也都收了心在自家的责任田里忙碌着。可这阵子河口镇街上人明显多了起来，这些人大多穿着黑色的夹袄，黝黑的脸上好像从来没见过水，脚上褪了色的军用胶鞋证明他们已经走了很长时间的路。杨根良知道这些人是做什么的，他们是从邻省秦西地区赶来收麦的人，秦东县的人把这群候鸟式的人叫"麦客"。

没包产到户的时候人们都被拴在了家乡那点地上，有活没活、有事没事都在自己的村庄里生活着。自从包产到户，这麦客一年比一年多了起来，起初收割一亩麦子要价两元，到了现今得管饭管住，一亩要价已经涨到了五元钱。这么好的行情，惹得秦东县北麦子黄得较晚点的村民也加入了麦客的队伍中。但村民们真正要请麦客时，庄稼人还是愿意请秦西来的人。这些人远道而来，为了抢到活干，也为了吃到关中婆娘们做的扯面，价钱总是好商量的。

杨根良心中有事，车骑得比较快，谁知道越是心急就越容易出差错，不长眼的车子和他走了神的脑子共同导致了一场车祸，自行车撞上了一个行人。

杨根良毕竟牛高马大，眼疾手快跳下了车，可车子硬生生撞上了别人。等杨根良缓过神才看清撞的是个女人，身旁还有一个扶她的男人，身边两把镰刀和用麻绳捆绑着的铺盖告诉杨根良，这是一对赶场的麦客夫妇。杨根良知道自己骑得比较快，他想应该撞得不轻吧，但被撞的女人并没有呻吟哭喊，而是在自己男人的搀扶下站了起来，用手拍着身上的土，挪动着腿脚看看能不能行走。杨根良本来还想说说被撞的人，这么宽的路，偏偏往我车子上撞，可见了麦客夫妇的举动，气消了大半，随之而来的是人内心深处的怜悯本性，还有些感动。他没想到这对夫妇这么通情达理，也可能人在外面怕三分，觉得只要撞得不严重也不想惹下当地人。

他弯下身询问伤得怎样，顺便从上衣口袋里拿出两元钱塞到男人手里，说道："你带着你媳妇去卫生院看看，我还有事呢，如果有什么大事情你到甜泉水村找我去，你说找村主任就能找到。"

拿了钱的男人很是感激，女人也一脸高兴。杨根良这才看清这是一对比较年轻的夫妻，这是女人脸上那很鲜艳的"红二团"告诉他的。

虽然发生了"车祸"，但处理得还算顺当，并没有耽误多少时间，很快杨根良就到了镇政府的门前。看门的认识杨根良，招了招手，说："杨主任你来咧。"高兴地为杨根良推开了铁槛门。杨根良往门房里看了看，那个他每来一次都要看看的挂钟还在，时间差十分钟一点。镇上青砖青瓦盖成的三排办公用房里已经有人开了门，印着单位名称的白色门帘被风吹着，在门口忽扇忽扇，好像是迎着来办事的人一样。

杨根良到了贾书记的门口，刚放好车子，就有人叫他。杨根良回过头一看，原来是李镇长，他放稳车子就掏烟。李镇长比杨根良大十多岁，放平时就接了烟，今天他没接杨根良递过来的烟，招了招手说："书记等着你我呢。"

贾旺似乎听到门口的动静就开了门，没写任何单位名称的门帘被他用手挑了起来，他招呼着镇长和村主任进屋，往紧挨着的一间房子喊了声："小宋，过来泡点茶水。"

门帘落下，贾旺轻轻掩上门，招呼着还站着的镇长和杨根良坐下。杨根良又一次掏出了烟，给贾书记递了一支。贾旺摆了摆手说："不抽了，你们想抽就抽，我现在要少抽，当然按照医生的劝告最好不抽了。"杨根良听到"医生"两个字，半开玩笑地说："主任你身体咋了？你刚强着呢，能有啥毛病？你可不要让医生把你吓出什么病了。"

贾旺接了话说道："毛病倒是不大，但医生说肺上有一些条纹，是抽烟抽的。其实也没医生说的那么严重，可还是要注意，以后啊我就少抽，要不是征地的事，我就戒了。"

杨根良现在才知道贾旺书记叫他来的缘由，他能听出来，这秦东河水库是要动了。甜泉水村就在秦东河口，群众早在议论这事，说是从坡上到平地，咱们村的地要征一半呢，这以后没地种了，粮食从哪来？从山上搬下来的人还要占咱村的地盖房，这以后咱们就没多少地了。

庄稼人没地种，这是什么事啊！对于世代以耕种为生的村民来说，没了地就像是抽了他们的筋骨，身子没个主心骨了。当然也有高兴的，听说征地还能分点钱。最高兴的就是王勇良，他不想种地，累也就罢了，根本挣不下几个钱来。他的小孩也慢慢长大了，上学虽然学费不多，可这穿衣看病把他打下的一点粮食全给集了，一年到头来就只是饿不着。他盼着征地，能分一笔钱，这可能就是他有生以来第一次有余钱的时候。不管以后日子怎么过，当下最紧要的是把这房子收拾收拾，他这房子破得晚上已经能看到星星了。

对于修成后的秦东河水库，村民们现在还没有想到会影响他们什么。他们看眼前是本能。杨根良当然听到了这些议论，对他来说，最重要的是搞清上面的政策，然后顺顺当当地完成好下达的任务就行了，至于种地这个累人的活，往后可能会离他越来越远了。

贾旺书记拿出镇上研究的方案。当然这个方案也上报了县委和县政府，吴书记点了头，现在拿出来征求杨根良的意见也就是个样子，主要还是让他知道工作内容，商讨商讨可能遇到的困难，以便更好地开展征地工作。

杨根良看了看方案，他关心的就是补偿款。以他的经验，只要补偿款给得够，征地不是一件很难的事。

征地补偿的标准分为两类：库区的坡地每亩征地费为五百元，青苗费按年度庄稼收成折成现金为每亩一百元；平地征地费每亩一千元，青苗费按年度折成现金为每亩三百元。杨根良觉得这个标准还行，只是方案中没有说明征地工作费用。这不是件容易的事，要重新丈量土地，计算确定征地款，村里好歹得成立个班子吧。虽然干部还是有些觉悟的，可毕竟是种地的农民，白白花费这么多时间搞这个事，没点补助和好处，积极性肯定不会高。

杨根良觉得这不是为自己争什么，这是把工作落到实处的必要保障，就对贾旺书记说："这个方案我没太仔细看，你们领导都通过了，我看也没什么大问题。就是这里面没提工作经费的事，现在这人手没个好处怕是难请来弄这事。"

似乎这件事已在镇上的考虑之中，贾书记没开口，李镇长开了腔，他说："根良你考虑得对着呢。这事书记和我已经商量过了，这个费用不便在方案中体现，另有安排。多少现在不好说，肯定不会让大家白忙活。"

听了这话，杨根良忙赔着笑脸说："领导们不要嫌弃我小气，我这也是为了把事弄好。"

贾旺没有责怪杨根良，他说："根良你的考虑是对的，今天叫你来就为这事。你把方案拿回去，尽快召开一个支部会和村委会，先把党员和干部的思想统一起来。还是那句话，麦子收完后坚决不能再种，一个月内一定要把征地指标完成。"杨根良说："没问题，我这就走了，今晚就安排。"

二 十 一

初夏的甜泉水村被翠绿和金黄染成了画，静静地等待着打麦场上一年一度的热火与欢笑。绕着村子缓慢流向远方的秦东河水已经从墨绿变得清澈起来，河中的鱼儿一群一群地从深山中来到甜泉水村平缓宽阔的河滩上，泼刺刺地跳跃着，也在准备着自己一年一度的爱情狂欢。

杨根良从乡政府出来已经快下午六点了，如果是冬天这个时间天已经黑下了，可现在时令是初夏，太阳还在西边的天上挂着。

杨根良慢悠悠地骑着车子，沿着伴他长大的秦东河，向他熟悉和热爱的甜泉水村优哉游哉地前行着。河边大柳树垂下的枝条不时挡在他的面前，放在往常他会自觉不自觉地低下头来绕过这些多情的柳枝，可今天不知道为什么，他愿意让这些枝叶已经很茂盛的柳枝从自己的脸上划过，没有感到丝毫的不适，反而觉得有一丝说不出的快感。这种感觉他好像感受过，让他想想。哦，想起来了，高中校园里，宽敞的操场，周围高高大大的柳树，每年都要挂满青青的柳枝。每到这个时节，他总会折断那新发的枝条，双手轻轻反向扭一扭，那嫩绿的柳条就会整个儿脱下盛装，那光光的枝条这时就成了废物，只有那多情的柳皮留在手中。用指甲将柳皮两端掐齐，放入嘴中，轻轻地吹吹，就是一支会吹出美妙曲子的柳笛了。

　　杨根良很小就会做柳笛,这是每一个农村孩子都会做的玩意儿,当然周青松也会做,这是他们童年生活的一个重要部分。他们没有钱换来一些洋气的玩具,但他们的父母会用身边看似无用的东西给他们做出很多城里孩子羡慕的耍货来,柳笛仅仅是其中的一种。

　　杨根良似乎听到了柳笛传出的美妙声音。他一个人静静地躺在秦东县高中操场边的野草地上,柳枝就在他的身上抚摸着,嘴中的柳笛随着他的呼吸,发出悦耳的声音,在空荡的操场上飘荡着,就好像他现在的处境一样。为了节省回家的路费,杨根良有时周末会留在学校。那时他会慢慢地无目的地在校园的操场上打发着时间,困了就躺在这柳荫下,扭一支柳笛放在唇间。那笛声如一个伙伴陪着他,只要他觉得孤独,笛声就会围绕在他的身边。风中的柳条就像是一个起舞少女的裙裾,在杨根良的脸上拂来拂去,那种痒痒爽爽的感觉只有这个快要长大的少年才能体会。

　　快高中毕业了,平时多情的柳条在杨根良的脸上拂来拂去,他已感觉不到以往的那种美好,随着柳条无休止地挑弄,杨根良渐渐变得烦躁起来。他没法不设想自己将来的处境,如果考不上大学那只能回家种地了。回家种地,是他们大多数同学的宿命,但对于杨根良来说,和邻村桃李村景致一样美的俊女子蒋艳同学说的一句话,更能刺痛他。

　　蒋艳和杨根良一样都是农村娃娃,蒋艳的家在桃李村,在甜泉水村山南。这个坐落在秦东河上游,一个人平均不到一分平地的村子,每家都靠种在山坡上的桃树和李子树生存,这也可能是村名的由来吧。桃李村的桃子是一种红心桃,李子是紫里透红的梅李子。成熟的桃子轻轻一捏就会成为两半,肉红色的果瓤诱惑着每一个剥开它的人。放入嘴中一咬,蜜甜、柔软,你不用去咀嚼,细细地品味、慢慢地下咽就是了。秦东县的人都知道桃李村的桃子好,每年都会用麦子给娃娃们换点回来。桃李村的村民虽然没多少平地,却能在一年中好长时间吃上白面馍馍,就是这些桃子的功劳。当然桃李村的李子也是秦东县的名水果。不管是金黄色的梅李子,还是紫红色的梅李子,熟透时肉瓤都是金黄黄的,脆脆的皮,软软的肉，甜中带点点酸，是女人们的最爱。但是不知从哪个时候传下了古话，秦东县的乡亲们对这李子还是有些成见，娃娃们、婆娘家想多吃点，男人们就会抬出老辈人留下的话：桃养人，杏伤人，李子树下埋死人。这话的意思是说李子吃多了会死人的，但谁也没见过哪个因为李子吃多死了，当然谁也不会没事吃几斤李子去验证老人们留下的这个古训，谁没事跟自己的命过不去呢？

　　蒋艳从小就在甜泉水村上学。虽然都是农民，蒋艳的父母还是有点头脑的。甜泉水村在山外，学校的房子和老师都比桃李小学的好，最主要的是山里的小孩少，娃娃们两三个年级在一起上课，老师也只有一两个，什么课都带，难免影响娃娃们的学习。自从蒋艳入了甜泉水村小学，每年到了桃子李子成熟的时节，同她一个班的娃娃们再也不会赖着自己的父母用麦子换桃子李子。因为每到这时，蒋艳的父亲会用背筐送桃子李子到学校来交给蒋艳的班主任，娃娃们都会分到想了一年的桃李，蒋艳也会收获老师和同学的感激。除了老师给的桃子李子，杨根良和周青松几个和蒋艳玩得好的男生女生，还会在周末去蒋艳的家里，自由自在地在桃林里、李子林里尽情地吃着这些可口的果子。虽然他们吃李子吃了好多，但好像也没有出现什么意外，当然他们的父母知道后还是好好地说了这帮家伙一顿。每到这个时节，幸福和无忧总会挂在这些娃娃的脸上。

　　一年年吃着蒋艳家桃子李子的娃娃们也在一年年地长大，他们从甜泉水村走到了河口镇一中，除了一部分不想读书也实在读不好书的少年早早回村务农外，多数升到了县城里的高中。杨根良、周青松和蒋艳也升到了县中学，这三个年轻人已经长得比他们的父母高了，只是身板还没有他们的父母结实，但这并不能阻挡他们和大人一样干着农活。在这样的岁月里，他们稚嫩的脸上稍稍有了点愁思，心里也有了点莫名的愁绪。

　　杨根良从小学起就是班长，在班干部的位子上干到上高中，虽然现在不是班长了，但习惯了当班干部的杨根良已经形成了大方和果断的性格。蒋艳从小就在外村上学，天生的俊女子，也胆大开朗，这倒和杨根良很相似。他们俩从甜泉水村一路走到县城中学，是不分你我的同学和伙伴。杨根良每次都早早地来到村口的秦东河边，在离村不远的地方徘徊着，他在等着那个美丽熟悉的身影出现，然后沿着清清的秦东河，一路欢笑着去上学。

他觉得自己已经是一个男子汉了，觉得自己有保护蒋艳的义务，虽然别人认为这是他喜欢上了蒋艳，但杨根良并不在乎别人这么说。这个时候他根本没有想是不是将来会和这个美丽的女子走到一起，那还只是一种美好的感觉而已，这种感觉让他总想看见蒋艳的身影，总想看到蒋艳感激的眼神。现在他已经不是班干部了，但在班上他还是"影子老大"，他的个头和管理能力在那摆着，连班长也要和他商量班上的事。他从这里能感觉到同学们对他的抬举，也能够感觉到同学们对蒋艳的好，他觉得自己是很幸福的，除了回到甜泉水村那个不能给他温饱和鲜亮衣服的家中时。

当然还有一种不好的感觉。蒋艳除了对他好外，对周青松也出奇地好。那个不太爱说话的周青松学习成绩总是班上的前几名，从小学开始，蒋艳已经习惯了向周青松请教，当他们俩在一起讨论问题的时候，杨根良就会有一种不愉快的感觉，可他也没有什么理由不让蒋艳和周青松在一起。学习成绩是他的心病，他觉得是当班干部影响了学习，不然他也不会差到没人来向他请教。

周青松也很乐意和蒋艳在一起讨论学习。从甜泉水村走到县城，他唯一的目标就是把学上好，有机会走出农门。他倒没有想到这是自己的荣光，主要还是想为父母减少点负担。看着父母辛苦地背着日头一天天劳作，一天天老去，他不想再让父母为自己说媳妇盖房子作难。考上大学、跳出农门不再是个人的问题，已经是关系到全家能不能走出贫困和父母能不能直起腰杆的事了。每每想到这，周青松就会产生一种无名的悲壮感，他觉得快了，快到自己为支撑这个家尽一份力的时候了。当然他和杨根良一样，偶尔也会觉得蒋艳是个好女子，他为能有这么好的一个女同学而莫名开心。但那也仅仅是一想而已，他没有像杨根良那样想着为蒋艳做些什么，或者在蒋艳面前展现点什么，他还是把心思放在了学习上，即使自己偶尔也会想想蒋艳的好。

杨根良和周青松都觉得蒋艳对自己好，虽然好到什么程度，两个人的感觉是不同的，但那种莫名惆怅或许还带着点痛苦的感觉倒是一样的。有一天晚饭时，蒋艳看着打回来的菜，那一碗白萝卜片，用水煮熟后食堂师傅发善心似的在上面点了点红辣子，白花花的清汤一点红，有点发狠地又像是开玩笑地说："我一定要嫁个吃商品粮的！"

杨根良和周青松没想到蒋艳会说这么一句话，但很快他们俩明白了蒋艳为什么会说这句话。蒋艳说完这句话起身就走了，杨根良看到她用衣袖擦了擦脸，像是流了泪。蒋艳走了，杨根良和周青松也没了话，他们俩往嘴里塞了块馒头，使劲地嚼着，狠狠地咽了下去。他们似乎听明白了，他们心中美好的那种感觉，随着蒋艳说出"要嫁个吃商品粮的"这句话，消失得无影无踪，剩下的只有内心说不出来的难受。

杨根良感觉脸被什么抽打了一下，这时他才回过神来。秦东河还在他的身旁，一根稍粗的柳枝打在了他的脸上，躲闪太猛的他连自行车一起滑下了河堤，狠狠地摔倒在了堤下的土壕里。

他回到现实中，又好像还在走神。他已经忘了晚上还要开会的事，这会儿动都不想动。他想就这样躺在这土壕里，闭着眼，好好地睡一觉。

二 十 二

夏收从甜泉水村南边的山梁上开始了。金黄金黄的颜色从山坡顶的麦田慢慢向山脚蔓延，直到整个秦东大平原泛起金色的麦浪。甜泉水村能下地的男人和女人们，天还不亮就已经吃了早饭，他们要趁着天凉多劳作一会儿，把自己辛苦操心了大半年的庄稼从龙王爷的嘴里抢回来。一把镰刀加上备用的刃片，一顶自编的草帽，一个装满凉开水的瓦罐，然后对着炕头睡着还没到上学时间的娃娃喊一声"饭在锅里，放学回来热一下就能吃了"，就匆匆忙忙地向自己家山坡上的地里赶去。

正是农忙的时候，杨根良却不能下地了。看了医生，说是没骨折，只是脚脖子崴了，想下地是不行了。杨根良也睡不好，他心里好瞀乱，镇上交代的事还没安顿，收割自己家地里的麦子又成了问题。

虽然他是村主任，可日子过得也并不太宽裕。大女子兰兰已经上了初中，他知道这是很关键的时候，就让娃娃在学校吃住。娃娃也已经懂事了，为了节省从县城回家的路费，每两周才回来一次，走的时候也不会主动要钱，家里能给多少就是多少，从不说不够的话。自己是两个丫头，杨根良也不是很称心，但他老杨家有兄弟两个，老人膝下已经有了孙子孙女。杨根良偶尔也想再生一个，可自己是村上的干部啊，特别是当上村主任后，这个念头就越来越淡了。加上媳妇金凤身体瘦弱，他每次办事的时候都不敢用全力，生怕把媳妇哪块儿给折腾坏了。周青松家的鹏娃和兰兰在一级，娃娃们才不管大人们处得好坏，从小就混在一起。男孩子可能还分个团伙，女孩子在村里大多是中间派，处于化解矛盾的地位。当娃娃们互相喊着一块儿去学校的时候，杨根良也曾想起自己和周青松年轻时候上学的情景，那是一段多么美好的时光啊。虽然他们在玩"打仗"时，各自处于不同的阵营，但那都是在玩，玩得都很开心。

杨根良站在院子里，他听声就能知道门外是谁在往地里去了。杨根良喊了声媳妇金凤，金凤手在围裙上擦着，急急忙忙地赶出来，问他有什么事。

杨根良用手抚摸着自己的脚说："我现在下不了地，你这身子骨也不行。山上的麦子已经动镰了，人家都忙下了。你现在去街上一趟，给咱请两个麦客，虽然现在人手紧，可能会贵点，但不能把麦子坏在地里。"

金凤转过身停了下，又回过身，声音很低地问道："要不我叫阳娃来帮下忙？"阳娃是金凤的弟弟，金凤的娘家在平原上，离麦子黄还有阵子。杨根良没立即表态，停了会儿说："还是去请两个人吧。"金凤也没再说什么，"嗯"了一声进屋去了。

　　杨根良踮着受伤的那只脚，挪到葡萄架下的躺椅上。他用手轻轻地按了下红肿的脚脖子，刺痛的感觉忽地蹿入心中。他感觉这种疼痛以前就没有过，倒不是他没有受过伤，他在上学的时候也打过架，淘气上树也摔下来过，伤得比这次重多了，可那时却根本感觉不到有多疼，他怀疑自己小时候是不是神经还没发育好，对疼痛不那么敏感。自从从辛苦的劳作中抽出时间参与村上的事，他身上的力气也似乎在慢慢地减少。一百多斤的麦袋子五年前不用人扶，从地上就能上肩，沿着木梯一次次扛到楼上，如今不仅要人扶一把才能上肩，而且楼已经上不去了。他在楼下用水泥做了两个粮囤，一方面装取方便，另一方面老鼠也糟践得少些。倒是周青松还和以前一样，力气就没减下来一点。杨根良有时候在想，这是不是古话里说的劳心和劳力的区别呢？他知道，老孙书记自从当上甜泉水村支书后，就很少在地里干个整顿活，大多数时间都在大队部开会安排生产。

　　金凤已经出门上街叫人去了。杨根良用手轻轻抚摸着自己的脚，听着院外上山的人声和急促的脚步声，心中丝毫没有从前那种"三夏"大忙的紧迫感。他现在最要紧的是把征地的事快点通知村民，让他们有个思想准备，麦子收了，地就不能种了，不然镇上不好交代。他现在是村主任，可入党还不到一年，老孙支书走后，村委和支部的工作都是他在负责，但这不合乎组织要求。现在要召集村委干部开会还行，召开支委会还得请二组的组长田文喜副书记来主持，自己只能传达上面会议的事项，提出想法和建议。

　　他闭着眼，熟悉的人声一个个被他的耳朵过滤着。他需要的声音出现了，杨根良清了清嗓子，朝着门外喊了声："是不是建业哥上山割麦去啊？"

　　门外的脚步声停下了。

　　话音落地，孙建业进了院子，杨根良想起身没起得来，孙建业已到了他的身边，问道："根良，你这是咋了？"

　　"昨天去镇上开会，回来车子倒了把脚崴了。"杨根良扶着椅子说。

孙建业放下手里的镰刀，蹲下边查看着杨根良的伤边说："唉，你看这大忙天的，出这事！"

杨根良笑着说："没事，现在就那点庄稼，我让金凤去街上请人了。"

孙建业看了看杨根良的伤情说："没伤筋动骨还算好，养几天可能就好了。我现在坡地上已经种成毛桃了，剩下的边角地也没多少，你要帮忙说一声就行。"

杨根良忙说："不了不了，过不了几天平地就要动镰了，都忙忙的。本来这事我得去招呼下，可我这脚不行，你这个会计就给咱忙下。当然现在也没加工分一说，到时想办法给你发些误工费。"

孙建业没能像他大哥孙建国赶上推荐上大学，高中毕业就回甜泉水村了。孙有福觉得这个小儿子没多少体力，就让他帮着自己写写东西。孙建业的字写得很好，而且小时候孙有福还找过村里的老秀才给他教毛笔字，如今甜泉水村过节过事写对联都是孙建业的活。当然他也很乐意，内心也觉得这门手艺是他唯一能得到乡邻认可的东西，这也让他很快就融入农村的劳作队伍之中，不像杨根良和周青松他们还要一段时间去适应。

听村主任说要给自己发误工费，孙建业忙接了话说道："这都是我分内的事，还要什么误工费。"在孙建业看来，村上的事交给自己去干那是再自然不过的了，这可能也有自己跟着父亲耳濡目染的原因，但主要还是现在当个村干部多少都有点所谓的工资，比起一般乡邻来说算是有一份额外的收入，这一点他是很满足的。

杨根良说："你别客气了，这也不是给你搞特殊。你这也忙着呢，我长话短说。昨天我去了趟镇上，贾书记和镇长把秦东河水库征地的方案给我了。我们村山坡上的地有部分要被修大坝占用，平地要征一半出来安顿山上迁下来的村民，今年夏收后地就得撂下，按计划移民新村明年春节后动工，前期征地办手续只有半年时间。我现在腿脚不好，你先给大家出个告示，把征地的区域、时限和补偿标准写在红纸上，村委会和每个小组各贴一份。"

杨根良说完指了指屋内桌上的一张纸，补充道："需要写的东西我给你写好了，你就照着抄好贴出去就行，只是时间紧点，晚上熬个夜，明天早上能贴出去吧？"

孙建业从屋内的小方桌上拿过那张写了半页字的纸，从头看了起来，他怕有哪个字写得不清楚，得问明白，不然拿回家写着写着搞不清的时候又得跑一趟村主任家。他很快看完了，有点不敢相信这是真的，又重新慢慢看了一遍。是真的吗？一亩平地补一千元钱，一亩坡地补五百元钱。他飞快地在心里盘算着，他家四口人，不，应该是五口人，父亲刚刚去世，地还在家里，每人五分的平地就是二亩半，而且他的地都在征地区域内，加上坡上的地，这家里一下子有了五千元钱的收入了。这么多钱不要说他，他那个干了三十年村干部的老父亲，甜泉水村老当家的，也没一次性见过这么多的钱啊！

孙建业还在胡乱地想着，杨根良这时问道："建业哥，你看完了没？"

孙建业回过神，自己的失态杨根良一定是看在眼里了。不过他还是很高兴，这个高兴的心情怎么能压得住呢？可能他的父亲能压住，他是没有这个定力。孙建业接了杨根良的话说道："看完了，都清楚着呢。是这，我那山上边角地里的麦子还有点绿，我这就回去，赶在天黑前写好贴出去。"

杨根良并没有认可孙建业的想法，说："还是明天贴出去。你写好后，给支部几个委员和村委会的成员通知一下，晚上开个会，把镇上和咱们村征地的事通个气。我不能动，天也热起来了，就在我这院落内开。"

孙建业这才明白杨根良坚持明天贴的原因，这个会不开，贴出公示肯定不妥当。虽然方案是镇上定的，但事还得干部一起来抓落实。想到这，孙建业说："那好，我先回去写告示，晌午大伙都要回家吃饭，我骑车通知到每个人，让喝罢汤（吃过晚饭），晚上七点赶过来开会。"杨根良听了孙建业的安排，满意地说："行，那你就给咱多费费心。"

　　孙建业出了杨根良家的院子，媳妇麦苗一直在等着他，脸上挂着不高兴，生气地说："这大忙的天，说个话都快晌午了。"孙建业看见媳妇脸色不好，忙解释说："村上有事呢，公事，不是谝闲传呢。你先去坡上看看麦能割不，能割你一个人先割着，不能割你就回来，我这有急事要办，先回了。"

　　孙建业说着拿着自己的镰刀，转过身快步向家的方向去了。麦苗火不大好发出来，她很不高兴，但还是忍着，嘴里轻轻地嘟囔了一句："看把日子过成啥了，整天还操心大家的事。"不高兴归不高兴，她还是转身向着南坡上走去。这个原来从来不翻嘴的女子，现在时不时也会说出自己心里的不快，这当然是孙有福走后才有的变化。

　　安顿好家事公事的杨根良心稍稍宽了点，这才拿起已经有点凉的茶水喝了口。他已经能够感觉到，这个几十年没什么大变化的甜泉水村可能就要发生大变化了。这个大变化是好是坏他不知道，但肯定会有不少的事情是他预料不到的。这时去街上叫人的金凤进了院子。杨根良问媳妇："你叫的人呢？"

　　金凤边推门边说："在外面呢，是两口子，说是早上吃了，不进来，着急上地里去。"

　　"咋叫了个两口子，没有男的了？"感到很不称心的杨根良问道。

　　"这两口子年轻，好说话，价钱也合适。再说好劳力昨天都被人叫走了。"金凤也不高兴，这应该是男人家去办的事，让她去本就不合适，叫了还不满意，气就上来了。杨根良再没说什么，他自己不能动，现在要屋里人侍候着，还是脾气好点为妙，不然就是给自己找不痛快。

二 十 三

　　几千年来传承下来的人情世故，在人们的心中已经扎得很深。

没上过学的、上过学的，没见过世面的、见过世面的，通过世代家教传承，不需要进入学堂去受教养，也不需要国家花大力气去宣传教育，管你情愿或不情愿，主动或被动，喜欢或不喜欢，每一个人都随着岁月的流逝而顺从了这种文化的浸透，自然地接受了它。

在这种文化的浸透下，我们认识自我、认知社会都是以自我为圆心，以亲疏、远近、利害为半径画着自己的社会圈、情感圈。第一层是自己的家庭，包括父母妻儿；第二层才是兄弟姐妹；再外面则是叔姑、舅姨和堂表姊妹；邻居、伙伴、同学、战友、同事等社会关系成为第四层。如同以自己的故乡为圆心一样，生活在一个乡镇的人，出了这个圈，在外面碰见了都是老乡；出了县，那这个县的人都是老乡；出了省，这个省的人都会成为自己的老乡。这就是我们认知社会和认同自己情感的法则。因此，在我们的日子中，要说最难的事就是保密。每一个知道点消息的人都会告诉自己最亲近的人这个消息，完了还会千叮万嘱地说一声："不要告诉其他人。"他哪会知道，得到这个消息的人也会和他一样，把这个消息告诉自己周围的最亲近者，不用一天的工夫，全村老少都肚里明白，却都装着不知道，这是多么可笑滑稽的一幕啊！

眼下甜泉水村正经历着这一幕。杨根良从镇上回来，村里有在外面上班的人家已经知道了征地的消息，但让乡邻们不理解的是，那个整天把日子过得恓惶的王勇良也提前知道了。

杨根良安排孙建业写告示的当口，田成业拿着自己已经磨好的镰刀向勇良家走去。还是那句话，不是看在婆娘翠翠的面上，他才不会去帮这个不成器的小舅子。田成业走到王勇良那两间没有院墙的草棚前，喊勇良一起去坡上割麦。王勇良已经起床，但没有做割麦的准备，看见他姐夫田成业站在院子里，嬉笑着说："哥唉，进屋坐吧。"

田成业看都没看王勇良，压着心中的怒火说："你还去不去割麦啊，不去我就回了。"说着就要转身，王勇良忙往前冲了两步，拉住田成业的胳膊神秘地说："哥唉，你不要生你小舅子的气成不？我今天有大事要给你说，想着你这以前在外上班的人可能还睡着，就没过去，没想到你起得这么早来操心我割麦的事。"

　　"你还能有什么大事，不要给你姐添堵就行了。"田成业看着喜形于色的小舅子就没好气。唉，不管咋说，谁叫咱看上他姐呢。田成业在心里给自己回了话，遇上这个小舅子也可能是自己的命。

　　王勇良看看往山上去割麦的人，拉着田成业说："哥，咱到屋里说。"

　　田成业就不爱进王勇良这两间草棚。他不是没进过，这个连两个一样颜色饭碗都没有的小舅子的家，他熟悉得跟自己家一样。王勇良屋里的家具那都是自己回乡时淘汰下来的，这几年儿子国栋也经常把淘汰下来的家具、衣服送到乡下来给他这个舅。王勇良也不嫌弃，有时候还会找几件成色样子好看的衣服穿着在村里显摆显摆。有些家里日子过得恓惶的人会说："勇良啊，你那出息的外甥给你送的东西用不完给咱也匀几件咋样？"王勇良总是很得意地说"没问题"，然后就没个下文了。村子里的人都知道王勇良过的啥日子，只是在贫苦的农村，大家都没有笑话谁的意思，只是拉个话头，给对方打个招呼而已。

　　田成业慢腾腾地进了屋。勇良的媳妇巧姑正在催着两个娃娃上学去，见田成业进了屋，忙拿了一个三条腿的矮木凳，说："哥，你坐吧，凳子缺条腿，你小心点。"说完又催娃娃去了。田成业站着不是个事，就勉强坐了。

　　王勇良顺势蹲在田成业的面前，屁股放在一只脚的脚后跟上，搓了搓手，说道："哥，你这次把我高看一眼，一定要支持支持我，这可能是我翻身的最好的机会了。"

　　田成业有些生气，责问勇良："你咋跟我说这话呢？你姐，你姐夫我，啥时候把你看低下了？啥时候不操心你把这日子过到人前面去？我对你是有些不满意，但那也是为你着急。"田成业听到王勇良这么跟他说话，也感觉到自己对王勇良的态度是有点过分。毕竟这个小舅子也是苦命人，没人照管，能娶妻生子已经不容易了，加上巧姑从来不在外面说王勇良的不好，死心塌地跟着王勇良，两相比比，他这个当姐夫的又给这个日子烂包的小舅子做过什么事呢？想到这，田成业心情也舒缓了一些，问王勇良："你说要帮你，是个啥事啊？"

王勇良把屁股放到另一个脚后跟上，向前挪了挪，说道："哥，你听说了没，这几天就要征地了。"

"听说了，说了很长时间了。"田成业没看王勇良，有些不耐烦地回了话。

"最新消息，我在镇上的一个中学同学说的，"王勇良很自豪地说，"镇上已经把征地方案定下了，根良到镇上取的，听说一亩地要补这个数。"王勇良伸出五根手指，直直地竖在田成业的眼前。

"五百？"田成业问道，他想自己的退休金一月也就一百多，这一亩地能给多少。

王勇良心中那股得意和喜悦已经按捺不住了，道："哥，坡地五百，平地一亩一千，听说每亩还有几百块的青苗补偿款。"这个征地补偿方案让田成业有一点意外，不过他想想也觉得合情合理。这地征了，就永远没有了，那上面将会成为一个新村庄，产粮食是不可能的事。甜泉水村平地人均也就三分地，现在征两百亩建移民新村，甜泉水村就没多少能打粮食的好地了，如果镇上给的钱少，征地的难度就会增加。国栋每次回来都说省城就等着秦东河的水呢，看来从省府到县上是下血本也要快点把水引到省城去了。

田成业能够理解勇良的高兴，这五口之家如果地都被征了，得到的钱对于勇良来说应该是个天文数字。只是这地征了，吃饭的粮从哪来呢？田成业回过神，觉得自己想得多了，自己没地现在不也有粮吃吗？当然对于甜泉水村的村民来说，用钱买粮那还是比较远的事，毕竟山坡上还有些产量不高但还能打粮食的土地。

田成业尽力平复着自己的心情，说："勇良，你就是给我说这事吗？"

王勇良接了田成业话说："哥，我是想问你借钱呢！"

"借钱？"田成业有点意外和吃惊，问勇良，"这地征了你不是就有钱了，你还借钱干什么？"

王勇良从灶膛里拉过一截木头，坐在上面问田成业："哥，咱这村子的情况你也清楚，如果这征地款发下来了，大伙拿着钱最想办的是啥事？"

田成业想了想，他看了看勇良，再看看他这两间草棚，随口说道："可能是盖房吧！"

"对着呢！"王勇良手在大腿上拍了下，由衷地对自己姐夫的智商进行了肯定，然后又问道，"这大伙都要盖房，需要最多的是啥？"田成业想了想自己回村后盖房的经过，就说："是砖吧。"

"哎呀，哥，你咋这么厉害呢！跟我想一搭儿去了。不对不对，是你想到我头里去了。"王勇良觉得自己的想法得到他这个在外面工作过的姐夫的肯定，心里是很得意的，但他的话还没说完，他还没说借钱的用途。田成业已经比较清楚勇良的想法，他是想用补偿的钱盖房，而且不是土坯瓦房，他要盖的是跟自己一样的"一砖匝"。田成业也觉得勇良是应该把房子收拾收拾，不然他这脸面在这村里也不好摆。虽然勇良把日子过成这个样子与他田成业没直接关系，但毕竟是自己的小舅子，是自己心爱的翠翠的亲弟弟啊。

田成业没等勇良开口，问勇良："你要收拾房子，需要多少钱？"

勇良知道自己的姐姐和姐夫是好人，是天底下最爱自己的人，他不用讲明，两人就知道自己的难处，他也暗自下过决心一定要把日子过上去，可除了那点地，一年到头累死累活的，也就够吃饱饭，三个娃娃每年过年的新衣都是他姐姐翠翠给置办的。

王勇良听到姐夫愿意借钱，就又伸出自己的手掌，五根手指直直地竖着。

田成业想了想说："五千？"

王勇良"嗯"了一声，说："不过你如果方便，或者你给国栋说说，再给凑五千就最好了。"田成业没想到勇良要借这么多，他想如果按他的标准，建房子最多也就五六千元钱，勇良有补偿款，不应该需要这么多钱。他没弄明白勇良是什么意思，便问道："你盖房花不了这么多吧？"

王勇良认认真真地看了会儿田成业，说："哥，我实话实说吧，房我要盖，但不是现在。我现在急需这笔钱是到咱西边的窑上去订砖。我打听了，咱这秦东河水库一开工，要盖的房子多的是，砖肯定涨价。我已经问清楚了，窑上的会计说如果一次订十万砖还有点让步。我想趁现在订上些砖，等过了春节，这砖肯定一天一个价。后年春节我收拾房子，砖钱弄出来应该不是问题。"

勇良说完盯着田成业，刚才还有点轻佻的态度现在严肃了许多。他觉得这是个商机，本不想给他姐夫说，但思来想去钱也只能从他姐夫这出，不说出个过硬的理由，可能也借不了多少。

田成业听勇良把话说完，心里有种说不出的感动和惊讶。他感动的是勇良真的懂得算账过日子了，惊讶的是这个大胆而且确实有前瞻性眼光的想法，怎么能从这个没读过多少书、大家从来都不太用正眼看的年轻人脑中产生。他在这一瞬间觉得他这个小舅子跟自己站在了一条水平线上，或许还比自己高明一些。他这个只知道上班，每天按部就班生活着的人，从来没想过这些，也没想着用钱挣更多的钱。

二 十 四

夏收本是甜泉水村最忙碌的时候，地里已经金黄的麦子要收回来，秋天收获的玉米和各类豆子要种下去，这是决定一整年收入的紧要当口，今年却成了例外。随着村上会计孙建业那红纸黑字告示的出现，村子里的人们都没心思去地里收麦了，这些长年在地里已经劳苦习惯了的甜泉水村村民，今年大多请了麦客在地里收庄稼。人们串着门子，商讨着晚上将要召开的村民大会。每个人都有自己的想法，每家都有自己的盘算，当然村委也有村委的打算。虽说镇上已经明确了时限、区域和补偿标准，但具体到每个小组、每户人家，情况还是不太一样。

前天晚上村"两委"已经开了会，杨根良把镇上的意思给各小组长和支部的四个支委都通报了，他知道大家最关心什么，他没有先说。支委在这件事上起不了多大作用，杨根良明白土地在各个小组，小组长才是将来具体落实的"捉刀人"。这次要征的地大多在四组，本该周青松先说说自己的打算，可还没等他开口，一组组长胡满堂就张了嘴，说："这征地我同意……"

胡满堂的话还没说完，杨根良开口拦了他的话，说："满堂，这地一定要征，同意也要征，不同意也要征。现在要说的就是有啥困难，有什么需要村上协调的！"

胡满堂看着杨根良讲完话，他把说话的声音压低了一半，好像有点难为情地说道："我主要想说的是，这次征地我们小组涉及得最少，要说这地是在各个小组，不过我觉得这是咱村上的大事，这不能说征谁家的地就给谁家补，那被征了地的人家以后动地的时候还分不？有的小组地征得剩下没多少了，将来会不会分其他小组的地？"

胡满堂提到的动地的事确实是个问题。包产到户以来，其间由于人口增减和地的好坏已经重新分过一次，虽然每个小组都留了五亩平地作为机动地，但还是不能解决人口变动和宅基地用地等问题。

杨根良已经考虑到这一问题，他对大家说："这次征地虽然划了一个区域，但也不是固定的，还有点余地。建新村的地是固定的，但建设新村和水库的工地可以商量。"

二组和三组的组长也说了自己的想法，除了一组组长提到的，他们大多关心的是补偿款能不能及时到手，毕竟钱在当下是最为要紧的事。杨根良一一做了回应。该周青松发言了，他已经想好了要说什么。这地大多在自己的小组，应该是一件高兴的事。周青松一直在想办法让大家过得好起来，他前几年搞的猕猴桃已经有十几家在种了，大多已经见了效益。本来这势头让他很是欢喜，也小有成就感，他能够感觉到，帮助大家搞猕猴桃不仅仅是多挣下了几个钱，更重要的是他和村上，特别是和四组邻里之间关系越来越好了，自己家的院子里时常会聚集起村里的人，外村外组的人见了他也客气得很，从那些人的眼光中能够看出对自己的肯定和赞许。

周青松收回自己的思绪，当下他要讲的应该是一件头痛的事，对他而言可能更为重要吧！他在椅子上活动活动身子，把面前的笔记本往桌子中间推了推，两手下意识地理了理衣襟，开口说道："征地是镇上下达的硬任务，我坚决支持，也有决心把群众的思想工作做好。我现在最为担心的事是青苗补偿是按农作物计算，可当下四组有好多已经种了经济作物。前几年我倡导邻里种毛桃，现在已经有收益了，如果按照现在的补偿标准，我想可能征地有难度。"

周青松说这个话不仅仅是为自己，说心里话，他家的毛桃地在村上已经不是面积最大的了，前年被人害贱了的毛桃地里刚补了小苗，这没多少损失，损失最大的是已经挂果的树，要说通村民不容易。周青松把问题提出来，其他几个小组的组长就半开玩笑半认真地说："青松，你不在乎这个损失，你带个头把树挖了，这事就好办了。"周青松心里就生气了，但他还得压着，得罪了这些家伙是不值得的。他说："我带头可以，如果别人不跟着办咋弄？总不能强行砍了他们的树。"

杨根良还真没想到这个，如果按照周青松说的那样，一亩毛桃收入上千元，现在的补偿标准肯定有困难，他问道："青松，你估算下，咱村上现在种经济作物的有多少亩地？"

周青松很快回答道："可能有二十多亩吧。"

"嗯，好在不是太多。"杨根良松了口气，然后继续说道，"是这，大伙刚才都说了，我就有些事明确一下，征哪个组的地补偿款原则上还是放在哪个组，其他组分这个钱比较勉强，也容易激化矛盾。一组的地征得少，将来把工地上的用地放在那，这个我去镇上协调。青苗补偿这块我去镇上说说，看能不能按地里种的啥来补偿，可能四组的困难最大，青松你多费点心。"

周青松说："没问题，大伙把我推到这个位子上，我想大家不会为难我，但也不能让人家吃大亏。"杨根良听到这，插话道："青松说得对着呢，四组杨家门户里的事我来协调。"

　　杨根良这么一说，周青松很是感激，他最担心的是杨家有人不配合，这下杨根良解了这个结，他心里豁亮了起来，他对杨根良能有这个大义之举产生了敬佩之情。

　　会开得不长就散了，大家的心里应该是高兴的，已经有人唱开了戏。这次唱的是秦东人喜爱的另一个剧种眉户戏名段《张连卖布》：

　　　　我可没说婆娘家生了气嘟囔太大，
　　　　我要钱何用你苦苦劝咱。
　　　　你男人也非是瓷锤瓜娃，
　　　　这几天我学了两把神抓。
　　　　有一日天睁眼鱼龙变化，
　　　　赢他个三五万我立即发家。
　　　　先把那县城里的当铺买下，
　　　　省城里开盐店咱当东家。
　　　　西安城水烟行招牌悬挂，
　　　　西口外的金刚钻大车来拉。
　　　　穿皮袄套合衫坐轿骑马，
　　　　再不过穷光景咱吃香喝辣。
　　　　清早间人参汤先把喉下，
　　　　到午间把燕窝咱拌成疙瘩。
　　　　买一院琉璃瓦高楼大厦，
　　　　置几顷好田地咱广种棉花。
　　　　银子钱装满柜咱任用任拿，
　　　　买丫鬟和相公侍候咱俩。
　　　　有了钱捐功名权势更大，
　　　　当总督坐巡抚布政按察。
　　　　金殿上领圣旨中堂悬挂，
　　　　光绪王他和咱结为了亲家。
　　　　只要我得了运场合赢下，
　　　　管教你享这些富贵荣华。

周青松听声知道是二组组长田文喜，看来这个爱耍钱的文喜同志毛病没改啊，唱个戏也跟自己的爱好相关。周青松心想：这地征了，钱发了，没多少庄稼管护的甜泉水村村民都干啥呢？会不会都学着田文喜去摇宝打麻将耍钱？他想到的，杨根良也曾想到。周青松的担心是觉得乡里人不容易，这征地来的钱也不容易，毕竟是把祖业变卖了，花这钱心疼着呢。杨根良想的是村民有了钱，可能就难管了，毕竟现在甜泉水村几十年没攒下一分家底，还欠着账呢，这手里没把米，谁还听你的？这也是他想着给集体留点资金的原因。会上有人已经提出了村里公布的补偿标准和镇上的标准有出入，杨根良就说了，征地这事预想不到的事多了，有的人愿意，有的人可能不愿意，不留点余地，一旦遇了难事，就没个后路和补救了。

村委开会的第二天，一、二、三组就开了村民大会，周青松没急着开，他让急着征地发钱的积极分子勇良一家家地通知，让大家先想想，推后一天开会。正如他所料，先开会的三个组征地不多，想法还挺多，一边开一边吵，乱哄哄的，最后还是让大家再考虑考虑，过几天再开。

夏收时节的白天比黑夜长，下午七点开会，太阳才走到西边的山头上。甜泉水村四组的老少都聚在村中御井边的大槐树下，树下的石磴和碌碡已被占领，来晚的村民很识相地带着小凳。上了年纪的老人相互在对方的旱烟袋里揉搓着，装着旱烟锅。年轻点的村民已经不习惯这重口味的土烟，大多抽着纸烟，相互远远看见，边打着招呼，边从烟盒里抽出一根烟扔过去，接烟的人手里燃着烟，把扔过来的烟接住顺手夹在耳朵上。开会前喧闹的主角是妇女和娃娃们：娃娃们围着开会的地方捉着迷藏，分帮玩着打仗的游戏，窜来窜去，尖叫着、打闹着；妇女们则拿着针线活，边纳鞋底边闲聊这段时间听来的乡村逸事，奶着孩子的女人也没了矜持，撩起衣襟露出雪白的乳房，将乳头放到娃娃的嘴里，自己和边上做针线的姐妹姑嫂们说着闲话。

秦东河谷凉爽的山风吹过人群，每个人都感到了一阵清爽，白天的燥热减去了大半，人们也安静了点。周青松按时到了井边，把自家门户里和邻里的长辈们问候完，走向井台边上的石礅。

这是规矩，虽然地包产到户后，集体的事大家很少过问和参与，相互之间也没以前那么热乎，但这个石礅还是这个村组的中心，谁是当家的，不论年长年轻，都得给他留着。周青松小时候和杨根良经常在这上面坐着玩，但自从父母说不能随便上这个石礅后，他们轻易也不会坐上去玩。

周青松把村民想要问的问题理了理，写在一张纸上。他明白，让村民们自己先讲，讲到最后意见没法统一，他的经验是先把事情理出来个头绪，一条条过，有少数不同意见的下来单独商量，不然这会就不好开。被征地的人都希望钱全归自己，没征到或者征得少的怕分不到钱，当然还有极个别人不愿意自己的地被征。村民们的思想是很难统一的，周青松先把问题想到，还得想出稳妥的解决办法来。

周青松在石礅上坐定，村民们就安静了下来，连疯跑着的孩子也被家长喊叫安然了。他从上衣口袋拿出几页纸，宣读了四组的征地原则：地是四组的地，补偿款大伙都有份。青苗补偿归被征地的家庭，地里种经济作物的也要按时摞地，青苗补偿根良单独会和镇上协商，一句话，尽量不让大家吃亏。周青松发完言，群众就你一嘴他一嘴地议论开了，有大胆点的妇女喊了一句："青松，钱啥时候发啊？我家等着这钱收拾房子呢！"话音没落，又有妇女喊道："我家还等着这钱给娃娃说媳妇呢！"

周青松知道钱在这个村子每一户人家中的重要性，他等会场安静了点，庄重地说："地摞下，秋收之前应该会把钱发到每家里。"一个妇女半开玩笑地说："那你可要说话算数啊，不然秋后没钱我们到你家吃饭去。"周青松笑了笑说："好，秋收拿不到钱，你就上我家入伙白吃。"说完村民们都笑了。

会散了，村民大多都满意地走了。尹世文急急地走到井台前，周青松见状问道："世文哥，你有啥事？"

尹世文表情不自然地说："青松，你嫂子东娥在县城开了店面，忙着回不来,我家她做主,你是知道的。今天我来开会,只是把你嫂子的意见带来,你嫂子让我问问你,我家那点平地能不能不征?"

侯春来也没走,他是替婆娘宝莲来开会的,听尹世文这么一说,他也开了口,说道:"青松,如果有可能,我说的是可能,你宝莲姨的那点地也留着,我们自己种点啥也方便。"

杨宝莲就一个人的地,如今侯春来也退休了,有点地,种些自己喜爱的菜也是一种消遣。尹世文家有面皮店,自己打的粮自己放心,如今生意做到县城里,粮食确实不够用。不过这都好办,有机动地可以调换。可是,当下有谁能知道周青松的难处呢?他那块育着毛桃苗的两亩机动地才是个大问题,这大夏天的,苗能挪吗?

二 十 五

秦东县的麦子已经开始大面积收割了,镇上的干部都分到各个乡村检查督导工作去了,镇政府院内显得安静了很多,只有杨树上的喜鹊喳喳地叫个不停。乡下人有说法:喜鹊叫,好事到。

河口镇是秦东河出山的第一镇。常年流淌不息的秦东河从整个镇子穿过,充沛的河水浇灌着这个镇子的每一亩平地,整个镇子自古就是打粮食的好地方。新中国成立后,有一家农机制造企业想在河口镇办个厂,结果县里镇里村里都觉得这么好的粮田盖了工厂太可惜,都没松口,结果这个厂子办到与秦东县隔着渭川河的邻县,听经常在一块儿开会的县上领导说,这个厂子现在生意越来越好,已经扩大了一次生产线,一年给邻县贡献的财政收入快顶秦东县一年收入的一半了。听到这个消息,县上的领导没有不叹息的,但河口镇上的老百姓没有一点后悔的意思,挣不挣钱跟他们没多大关系,最紧要的是地在自己的手里,这才是他们最关心的。眼下小麦已经收割得差不多了,接下来就是抢种了。

可现在有一个村子——甜泉水村是不能秋种的。这一点贾旺已经给村主任杨根良讲了，而且他对杨根良的能力也不怀疑，但心里还是想着得抽个时间去看看。不管怎么说，征地已经放在了抢收抢种的前面，这事是关系到他能不能得到县委县政府的肯定，特别是吴江山书记的肯定和赞许的头等大事，他怎么能懈怠呢！

看着在树上叽叽喳喳叫着的喜鹊，贾旺想：你们整天叫个不停，哪来这么多好事。眼下他觉得累人费心的事不少，就没几件事能让人兴奋。贾旺转身用右手掀起挂在自己办公室门上的白门帘，准备进屋看会儿报纸，这时候传来一声清脆的问候："贾书记啊，你在呢！"

贾旺伸出去掀门帘的手放了下来，回头一看，有点意外地说道："这县剧团的台柱子响玲同志怎么来了啊！真是稀客，难怪我这院子的喜鹊叫了快一个月，原来是让我准备迎接你这个贵客呢！"

响玲是秦东县秦腔剧团的台柱子，人长得好看，戏唱得更好，县上年终开大会，经常都要请她晚上去给会议代表唱几段。贾旺在县上当局长的时候就认识响玲，只是响玲不认识他，自从来河口镇工作后，倒是有了机会搭上了话，说起来这还要感谢甜泉水村的庙会。

甜泉水村的古庙会是秦东最有名的庙会。村上好多次都想订县剧团的戏，总是订不上。前几年孙有福书记找贾旺，看能不能出面订上县剧团的戏，贾旺就说他去给看看，能不能成不知道。

经过打听，贾旺的一个同学，在文化局解决不了职务，下派到县剧团当了团长，甜泉水村庙会订戏的事就好解决了。当然，这个不会唱戏的团长只能是管管行政，真正管业务的是剧团的台柱子响玲。为这响玲也有过想法，自己本来很有把握接这个团长，没想到来了个抢饭碗的。这样安排，文化局当然也有理由。响玲是演员，过多的行政事务会影响她练功和演出。最后让她当了剧团的书记，响玲这才稍稍心宽了点。贾旺就是因为给甜泉水村订戏才认识了响玲。

农村改革之后，县上的企业和事业单位也在慢慢地发生着变化。县剧团原来的演出都是上面来安排，现在由县上安排的演出越来越少，原因是城里人不太喜欢看戏了。当然这也有剧团的原因，几十年就那十几本戏，大家看得都有点腻了。加上县电影院开了录像厅，放的大多是香港拍的片子，吸引力更大。如今县剧团的工资虽然还是财政发，但少得可怜，加上还进了不少不会唱戏的闲人，要养活这么多人，光靠县上安排的演出已经不行了。响玲喜欢自己的职业，她不能让这个台子垮了。为了自己，也为了这个剧团，她得放下身段，到县里镇上去找领导，尽量给县剧团多安排点演出。

这次来，她就是找贾旺说这事的。贾旺看着水灵灵大眼睛、身材匀称的响玲，心情立马好了许多。他忙推开门让响玲进屋坐下，喊着小宋过来倒水，顺手打开了房间里的电风扇，一丝清凉在贾旺的办公室里流动了起来。响玲开心地笑着说："书记，你就不要忙活了，我来是想求你点事呢！"

"哎呀，能为你秦东第一美女服务，义不容辞、受宠若惊、心甘情愿啊。"贾旺接连用了三个成语，欢喜的样子像个小孩。

响玲喝了口茶水，看着办公桌后面的贾旺，说道："贾书记，你也知道，现在我们这唱戏的也竞争开了。现在县上给剧团安排的演出很少，镇上的剧团、外县的剧团都在抢戏，县剧团现在人多演出少，能不能吃上饭都是问题。甜泉水村今年庙会上唱戏，你给打个招呼，我们县剧团费用上好商量，最重要的是一定要让县剧团来唱。"

贾旺真没想到，才一年的时间，原来求人才能订下戏的县剧团现在找上门来怕没戏唱。贾旺觉得变化太快，他这整天忙水库上的事，县上发生的变化也没感觉到，只是偶尔回县上和同事聚会，发现在县上企业里的同事都在想着法往机关调，这要放在十年前，机关干部还得求人找关系才能去企业。

贾旺看着有点着急的响玲，一种想帮她的意愿油然而生。他从办公桌后站起来，出门给小宋说了几句话，进屋对响玲说："是这，你在我这休息会儿，咱过会儿一起到甜泉水村去一趟，把你说的这事当面跟村上的干部说说。"

响玲高兴地说："那太好了，这会儿也没啥事，你这个领导带我看看你这镇衙门。"

贾旺哈哈笑了起来，他说："镇上哪来的衙门。自古衙门朝南开，你没看我这门是向东的？这就是给老百姓办事的地方，没那么多讲究和排场。"两个人说着话就出了办公室的门，在院子树荫下散着步说笑着。

树上的喜鹊还在唱着。这时小宋小跑着过来，低声对贾旺说："书记，已经安排好了，现在就过去吗？"

"好，你把司机叫下，我在门口等着，咱们现在就去甜泉水村。"贾旺特别把"甜泉水村"四个字说得很响亮，响玲听见了很是感激，嘴里直说"麻烦你了贾书记"。贾旺说："这事我说了管不管用还不一定呢。"话刚说完，镇里刚刚新换的桑塔纳小汽车已经停在了三人面前。

孙建业把镇上贾旺书记要来的消息给村主任杨根良说了。杨根良脚已经好了很多，虽然还不能走得太快，但已经能走了。他安排孙建业骑着车子把在家的党员都通知到，完了说把田成业也通知上，因为田成业回村的时候把党组织关系也转回村了。

孙建业准备出门去通知开会，杨根良又叫住他，说道："建业哥，你把几个小组长也叫来。"

跑了快一个小时，孙建业回到了杨根良家。杨根良看着满头汗水的孙建业，忙拿起桌上的洋瓷水杯叫孙建业快喝两口。孙建业咕咚咕咚两下就把一杯水喝完了，把空杯子放在桌上，问："村主任，你脚能成不？要不我用车子把你带过去？"

"没事，你跟我一搭儿走过去。村委那边会议室干净着没有？"杨根良问道。

"干净着，我昨天刚收拾过。"杨根良对孙建业的工作热情和谦卑态度很是满意，他慢慢地更愿意和这个老书记的小儿子商量事了。

村上十五个党员和四个小组长都到了村委，天有点热，大家都在村委的大树下站着。孙建业搀扶着杨根良一步步小心地走到村委门口，一组组长胡满堂笑嘻嘻地迎上去，还特意俯下身去看了看杨根良的伤脚，带着点歉意说："你看把我忙的，说抽时间去看看你的，总是没空闲。"

这时田成业和周青松也走到门口，杨根良没理胡满堂，笑着对田成业说："成业哥你还来得快啊！"

田成业接了话说道："我没啥事，建业说开会，我就从屋里走来了。"

周青松看了看杨根良的脚，关切地问道："村主任，你这脚行不行？屋里地里有啥事有啥活就说。"

杨根良笑着说："好得差不多了。"

杨根良刚招呼大家在村委的会议室坐下，贾旺书记的车子就进了院门。司机很在行地按了两下喇叭，杨根良和田文喜忙出了会议室的门。

杨根良不能走快，走在后面的田文喜已经快贴在杨根良身上了。贾旺也知道杨根良把脚崴了，老远就说："根良你站在那不要动了。"然后加快步子到了村委门口。贾旺先给杨根良和田文喜介绍了小宋，然后指着响玲说："这个大美女你们认识吧？"杨根良觉得脸熟，但确实没认出是给甜泉水村唱了两年戏的响玲，毕竟前几年都是孙有福书记在张罗这事，他不太想过多插手，再加上演员化装前后不一样，当然不认识了。

贾旺给响玲说："你在院子和附近转转，我先给村上开会，会开完了我让小宋叫你。"响玲应了声就转去了，贾旺就在杨根良和田文喜的陪同下进了会议室。

杨根良先把村委和村里的党员给书记介绍，他指着田文喜说："文喜副书记你认识，我就不介绍了。"又指向田成业道："田成业，我村出去在外面工作，前几年从铁路上退休回村的老党员。"贾旺点了点头，田成业起身亮了个相。贾旺说："成业，我们见过几次面，老孙书记经常提起你。"

杨根良等贾旺把话说完，接着介绍道："周青松，四组的小组长。"贾旺问："是不是那个搞毛桃的周青松？"周青松起身也亮了个相，说："种毛桃的就是我。"贾旺夸奖道："你现在名气可大了，镇上好多干部都说起过你，今天这是第一次对上号了。"

杨根良介绍完参会的人，转过脸，对贾旺书记说："贾书记，请你给大家讲话吧！"

杨根良带头鼓起了掌，大家就跟着鼓掌。贾旺屁股离开椅子，欠欠身子，然后坐回椅子上，喝了口茶水说："各位村委和党员同志，我很早就想来咱甜泉水村。自从老孙书记走后，我一直在安排时间，看什么时候来村上看看，没想到这一开年市上、县上会开个不停，上周才算是有了空。我叫根良把修水库征地的事给大家明确了，我今天来，一是看看征地工作进展得咋样，需要镇上解决什么困难。"说完他思索了会儿，补充说："再一个就是甜泉水村老书记走了快半年了，村上一直没书记不行。镇上打算让根良接着老书记干，可根良现在还不是正式党员。文喜书记家里娃娃多，老人身体也不好，当下村上的事已经让他有点喘不过气来。我今天来是跟大家通个气，村上尽快召开一次党员大会，选个书记报上来，这样也有利于村上各项工作的开展。我个人的意见是，书记人选最好是一个有文化、有经验、有见识的人。"

贾旺讲完了话，杨根良有点意外。征地的事他预料到了，但选书记这事他还真没想到。他想最好的结果是再拖上大半年，等自己转了正，书记、村主任一肩挑。如今镇上不知道有什么想法，让抓紧选个支部书记，看来他当书记这事还得等等了。杨根良是个明白人，他想既然贾书记这样安排了，他还是先表个态吧。他看着贾旺，说道："请书记放心，征地的事一定按计划完成。选举我们尽快安排时间。"贾旺说了声"好"，然后说今天就这两件事，"三夏"大忙就不耽误大家的时间了。

会散了，贾旺把田成业叫住，然后给杨根良和田文喜说："今天我安排，咱们在镇上面馆吃个饭。成业、根良、文喜，你们三个跟我一起去。"没等三人开口，贾旺对小宋说："你去把响玲找找，咱们现在去镇上。"杨根良这才想起院子里和贾书记一起下车的那个女子是县剧团的台柱子响玲。

二 十 六

秦东河清亮的河水流出峪口，在峪口滚水坝的阻拦下，不情不愿地流入了人工开挖的东西两条干渠。

两条干渠在秦东县的平原部分编织了一张大网，把平原所有的村子、大部分的田地都网在其中。在峪间穿行的秦东河没有丝毫的羁绊，就如不知愁是何滋味的小孩子一样，一会儿疯跑着撞山掏潭，飞溅起的水花就如孩子们额头的汗水，在风中挥洒；一会儿又平静如湖，被风吹起的波纹就如同母亲俯身披散着的头发滑过孩子们累了熟睡时的身躯。水深之处如幽幽深潭，水缓之处则清可见底。河中的鱼蟹自由闲逛，它们每年都会定时从住在深山中的家里，如山民过年赶集一样，成群结队、熙熙攘攘地游出云岭，来到秦东河口平缓、宽阔、清澈的水中，成就自己的爱情故事，然后又回到山中，等待在温暖的河口出生的孩子们归来。

夏收夏种的季节，是大人们最忙的时节，也是秦东河河水最丰沛的当口，更是乡下娃娃们最喜欢最高兴的时候。忙着的大人顾不上管教放了暑假的娃娃，娃娃们就会三五成群地串通起来，拿着家中的脸盆或者竹子编成的小笼子，偷偷地溜出家门，来到秦东河边，跟鱼儿一样，赤条条冲入清澈凉爽的河中，似鱼鹰般在水中扎猛子，潜在水中摸藏在石下的蟹儿，以此来证明自己的水性有多好。

秦东县的乡亲们还没有养成吃鱼的习惯，孩子们摸鱼捉蟹也就是玩玩。这些被孩子们捉住的鱼蟹大多被镇上和县上吃商品粮的城里人以很少的钱收走了。当然就是那一点点钱，孩子们也是高兴的，因为不仅自己开心地玩了水，还换回了几毛钱，这当然是很让他们兴奋的一件事了。

放了暑假的娃娃都回了村。田成业的孙女琳琳在城里也没什么事做，国栋两口子还要上班，娃娃原来在学校可以解决的吃饭问题让田国栋犯难了。正好前几天他爸田成业说："娃娃们放暑假了，你们啥时候带上娃娃回来转转，乡下的桃李快熟了，唐静和琳琳都爱吃，不回来过几天就没了。"田国栋和媳妇唐静一商量，正好让琳琳回乡下住几天，也把自己解放了清闲一阵儿。

琳琳回到甜泉水村，见什么都觉得稀罕。路上过去一群羊，她飞快地冲出去，跟着羊群走一段，羊儿拉下的圆圆粪粒她也会用木棍翻弄一阵。听见猫儿、狗儿的叫声总要闻声寻踪，体形大点的狗狗抓不回来，猫儿被她提着脖子乖乖地进了屋。田成业和翠翠说猫狗脏得很，有跳蚤呢，可就是说不下她。

周青松家的鹏娃和杨根良家的兰兰也放了暑假。他们有时还得给家里养的牛、猪割草，琳琳看见了非得跟着去。上山，穿树林，回来腿上胳膊上划出道道红痕，但琳琳没说一声疼，反倒是吃从山上弄来的山李子吃得心满意足。

田成业和翠翠看着娃娃高兴的样子，心里还生了点同情，这城里的孩子放了假整天关在小笼子里，也真是可怜。慢慢地田成业也不过分说琳琳了，只是要求去哪、跟谁去要说一声，饭点要回来吃饭。琳琳倒是很听话，每次都按照她爷说的做得很好。

虽然农村的娃娃要干些农活，但暑假里还是有很多的时间可以自己玩耍。周鹏和杨兰兰已经和城里来的琳琳混得很熟络，当然他们每年都会见几次，现在都上了初中，见面的机会已经很难得了。暑假里的相见已经让他们兴奋起来了，周鹏不知道从哪弄来了雷管和炸药，跟兰兰跑到田成业家，喊着琳琳逛去。田成业问道："鹏娃，你们准备去哪耍啊？"周鹏当然不能告诉田成业去做什么，就说："叔，我们去李子园换李子。"田成业一听就同意了。

三个孩子从村子向秦东河走去，杨根娃家的老大和王勇良家的彩云也要跟着去。这走一路，串一路，到秦东河边的时候变成了一大群娃娃，当然队伍的指挥是周青松家的鹏娃。他让大家在河边的一棵大柳树下换衣服，男孩子脱了上衣只穿短裤就行了，女孩子大多不用换衣服，她们下河都是穿着衣服的。这时候没有穿短裤的男娃娃就急了，他们趁着大家不注意，急忙脱了衣服，光身子冲入河中，齐腰深的水给他们遮起了羞羞。下河捞鱼捉蟹的事，周鹏没给田成业说，当然给琳琳说了。琳琳从屋里出来的时候提着一个袋子，装着什么周鹏和兰兰也不知道。到了河边，琳琳跑到一块大石头后面，一会儿出来已穿上了粉红底子，上面印着蓝黄小花的泳衣，胳膊和小腿都露着。

兰兰看见了，愣了好一会儿，羡慕的眼神从琳琳的身上滑过，摸着自己身上颜色和花色已经发白的衣服，头不由自主地低了下去。她怕琳琳看出来自己的窘态，急急地跑到正在弄着导火线和炸药的周鹏旁边，帮着往墨水瓶里填炸药。琳琳从石头后面走到周鹏身边，问要不要她帮着干点啥。周鹏头都没抬说："你准备下河捞鱼就是了。"

琳琳的泳装让这群乡下的孩子好奇了一会儿，但很快就投入了他们喜欢的冒险游戏之中。兰兰把用牛皮纸包裹着的黄色炸药拨到一张纸上，周鹏很熟练地把炸药填装在墨水瓶中，用一根同雷管粗细差不多的木棍，从瓶口插进去，转动两下，装上炸药的瓶中就有了一个能够装入雷管的小洞。雷管已经连上了十厘米的导火线，这时周鹏让大家都躲在树后面，自己一个人完成组装工作，在河边抓一把黄泥封了瓶口，这就是一个土制手雷。周鹏拿着自己制造的手雷，来到一处一米多深的小潭边，看着水中的鱼儿不少，就划着火柴点燃导火线的信子。

导火线冒出淡黄色的烟，伴着一股难闻的坏鸡蛋味。周鹏迅速地将墨水瓶投入水中，飞快地跑到琳琳和兰兰藏身的柳树后面。五六秒过后，"嘭"的一声，河水泛起不高的浪花，孩子们一窝蜂似的冲入河中。他们不时地看着水中，然后扎下去，两只脚在水面上扑腾着，水花四溅，等他们浮出水面时，鱼儿已经在他们的手里。他们把捉到的鱼放在水面上的脸盆里，女孩子们扶着脸盆，男孩子们在水中摸被震晕的鱼儿。他们的欢笑声如他们激起的水花一样，哗啦啦地响满整个秦东河谷。琳琳也探着水下了河，她感觉脚下的石头滑溜溜的，身子不由自主地前俯后仰起来。扶着脸盆的兰兰向琳琳这边游过来，抓住琳琳的手，两个人向河中间挪过去。到了周鹏他们摸鱼的地方，她向水中看看，浑黄的水中不时会浮起被震晕的鱼儿。兰兰看琳琳能站住，就忙自己的了，这时琳琳才感觉到河底全是细软的沙子，光脚踩着很是舒服，她看见浮上来的鱼儿，用两手去抓，那鱼儿看似晕了，当两手要抓住时却猛地苏醒过来，光滑的身子会从手中挣脱。大家都有收获，琳琳却抓不到一条。周鹏看见了就游过来，教着琳琳，说看见鱼时，不要去抓身子而要抓鱼头，而且不要急，要轻轻用力，这样就可以抓住了。

琳琳试了试，真抓到了一条，大声地叫着："兰兰你看，周鹏你看，我抓到鱼了！"同伴们都为琳琳抓到鱼而高兴，他们能够感觉到城里孩子抓到鱼的快乐劲儿。在他们眼里很是平凡普通的事，在琳琳的眼里都是稀罕开心的。

孩子们沉浸在耍水的快乐中，而琳琳不仅仅是玩水玩得开心，更主要的是能够在这清澈凉爽的秦东河里捞上鱼儿，这在城里是不可能的事。

玩耍的时间过得很快。孩子们还在河里，大人们却着了急。田成业从勇良家回来，问翠翠，琳琳回来了没有。翠翠说："不是跟鹏娃和兰兰出去了吗？"

田成业一听就急眼了，他说："娃娃们中午吃过饭到现在都快四个钟头了，村子没娃娃们的影子，他们跑哪去玩了？不要出什么事了。"

翠翠一听就急了，说"她爷你快到村里去寻寻，把娃丢了咋给人家唐静交代呢？"田成业想想也不会出什么大事，农村的娃娃大人基本不管，只是到了吃饭的时候才在家门口喊几嗓子，听见叫声的娃娃们就会散开，各自朝家的方向跑去。

田成业出了门先到周青松家，看见桃花在院子里收拾着镰刀，就问道："桃花，你家鹏娃回来了没？"

"没回来，不知道疯着干啥去了，晚上猪还没吃的呢。中午给我说上你那找琳琳去了，你没见？"桃花反问道。

田成业说："见了，说是出去玩，这会儿不知道玩哪去了。

那你忙，我到根良家去看看。"

田成业来到杨根良家，根良躺在葡萄架下的躺椅上，看见田成业进了院子，就起身去迎。田成业疾走了几步，让杨根良坐下，急急地问："根良，兰兰去哪了，你知道不？"

杨根良没一点着急的样子，他说："跟着青松家的周鹏出去了，我也没问，想着也不会干啥坏事吧。"

田成业说："娃娃们都乖着呢，不会干坏事，就是时间有点长，心里放不下。"

杨根良能理解田成业，城里的孩子基本都是独生子女，看得很金贵。虽然这几年乡下也实行计划生育，孩子也少了些，但一般家庭里会有两个。习惯了放养的娃娃们虽然也经常被父母管教，但还是一群群地疯玩。杨根良想了想，说："成业哥，你到河边去看看，鹏娃爱到河里去耍水，可能领着一帮娃娃下河去了。"

田成业听到下河更担心起来，忙说："根良你坐，我去看看。"田成业的担心是有道理的。这清澈凉爽舒缓的秦东河，看似水静波平，但经年累月地冲刷，有的地方被冲出了深潭，虽然站在岸上能够看到水底，但人下去就能淹过头顶，每年夏天总有一两个小孩会在秦东河中出事。他不知道孙女琳琳会不会游泳，就是会游泳也很危险。越想越怕，田成业回了屋，骑上车子往秦东河边赶去。

田成业刚到河边，娃娃还在水中玩着，他着急地喊："琳琳，快上来，你不知道这河里有多危险！"琳琳不情愿地挪着往河边走，周鹏和兰兰也上了岸，其他孩子匆忙地穿了衣服就往家跑去。周鹏和兰兰把盆中的鱼端着，说："叔，你把这鱼拿回去给琳琳用油炸着吃去。"田成业不太喜欢吃鱼，加之孩子们偷着下河炸鱼就是件让大人操心上火的事，就没说要。琳琳拉着她爷的衣服说："我要吃鱼呢。"没办法，田成业只好让琳琳端着盆子坐在车子后面，然后给周鹏和兰兰说："快回去，别叫大人操心。以后这下河摸鱼的事再也不能做了，多危险啊，出了事那不得了的。"

两个孩子应了一声，穿好衣服就往家里赶。当周鹏和兰兰进村的时候，先回村子的孩子已经被父母收拾过了，都正在街上哭呢！

杨根良和周青松都在门口等着自己的孩子，他们生气地看着往回走的孩子，猛然间，他们觉得孩子已经大了。放在往常肯定会打上一顿，可这次他们都没有动粗，只是略带狠劲地说："逛这么晚，还吃饭不？"孩子们知道做错了，低着头，一声不吭地溜回家。

二 十 七

甜泉水村的小麦收割完了，地里留着枯黄的麦茬。邻村的地里已经种下了玉米，黄绿色的小苗一行行地露了头，乡下勤快的人都在地里清除着杂草。

没了多少地种的甜泉水村村民，看着路上去地里干活的乡亲，不由自主从院里拿出锄头，快要出院门的时候才猛然醒悟过来，自己家的地不需要种了。

那闲着的地，那先人们看得比金子还金贵的平地，从这个秋天开始，再也不会长出糊口的粮食。这让上了年纪、经历过饥饿年代的老人难免感到苦楚，但年轻些的村民，几乎没有为失去土地感到难过和可惜的，有的还觉得这地征得太少。当然最为高兴的就是那些不会种庄稼、怕流汗水的懒汉闲人，从此不再背着日头讨生活，还轻轻松松得了这么多票子。这不，钱还没到手，有些人已经开始抽上了带着过滤嘴的金猴牌香烟，还有的人偶尔会在街上给自己买一碗带着几粒猪肉的臊子面，这让过习惯了紧巴日子的河口镇乡民很是羡慕。虽然这变化还不大，但所有甜泉水村的村民已经能够感受到征地给他们生活带来的好处，惹得河口镇上的人都说："你看，咱这街上腰挺得直直的，来回闲转的就是甜泉水村的人。"

周青松也感受到了变化，这是他从亲戚们的表情中感受到的。离县城不远的地里出产着大米的上林村，是周青松他爹周甜泉的舅家，周青松小时候每年跟着他爹去上林村走两次亲戚。他印象中的上林村亲戚，看似热情的脸上总时不时会流露出对爷儿俩的轻慢。半年不见的亲戚来了，周甜泉的舅舅、周青松的舅爷本该有不少话要说，然而几句客套话后，总会找个借口到地里去干活或者到邻家去办事。没有人陪的爷儿俩只好出院门在村子里闲逛一会儿，等着中午吃上一顿久违了的米饭，然后拿上亲戚给回送的一点点大米，走十几里路回到过年才能吃上一点白馍的甜泉水村。有时周青松会看到亲戚把大米已经装到了自己家的布袋里，又会张开袋口，用小碗从布袋中取出一些大米放回到原来的米缸里。那时他还小，不太懂这是在做什么，随着一天天长大，他明白了，他爹周甜泉是为了他能吃一顿米饭，特意领着他去走这个亲戚的。他每每想到这，就想到南山上他爹的坟头去好好哭一场。现在日子好了，但想到这些往事还是很伤感，有时甚至感觉比以前更痛。以前有点抠的上林村亲戚，如今每年很早地就来到甜泉水村他这个外甥孙家，一口一个"你爹人好"，一口一个"咱这是老亲戚"，一口一个"你舅爷我跟你爹，以前亲得很"。这让周青松有点不舒服，但毕竟是自己爹的亲舅，他自然不能怠慢了。

　　从山里出来，在甜泉水村顶了门的陈宋良家，可能是感到变化最大的一家。他的儿子陈小安已经二十五岁了，这个年纪在农村没娶上媳妇已经到了最危急的时候，如果再过两三年还说不下，那可能就要等到谁家有寡妇才能去说了。陈宋良自小长在山里，他不怕吃苦，在地里没明没夜地干，还养着原来生产队分的牛，加上这几年跟着庙会摆着小摊，硬是攒下了几个钱。本来是想给娃娃早早说下个媳妇，可媒人到他家一看，这土坯盖成的三间草棚就没后话了。前两年一家三口咬牙把房盖了，砖碹门窗的瓦房。房盖好了，两口子求人放话给娃娃说下个亲来，到门上来说亲的人不少，可家里没一分钱的家底，已经拿不出彩礼来。陈宋良也曾到孙家门中的兄弟那里去借过钱，可大家日子都过得很紧巴，走一圈下来，借不下几个钱。就这样，娃娃一晃到了二十五岁，两口子的头发这两年都愁白了。征地的消息在河口镇传开后，就有人家主动上门给娃娃提亲。女方家是准备从桃李村搬到甜泉水村的人家，女子比陈宋良的娃娃陈小安小四岁。这把陈宋良两口子高兴的，给来说媒的人又是下臊子面，又是打荷包蛋，女方家提出的条件都答应了。

　　要说从心里高兴到脸上，表现最为惹眼的当数王勇良。王勇良虽然还住在那两间破草棚里，可晚上躺在炕上兴奋得睡不着。三个娃娃都睡了，他就挪到巧姑身边摸索起来。乡下有话：屁股大好生娃。这话在巧姑这不假，勇良一沾她，她就怀上了。忙活完了，勇良准备睡了。这时的巧姑却没了睡意，她贴着勇良，用手捏着勇良的鼻子不让他睡觉。听着草棚外呼呼吹过的下山风，房子上的麦草被风裹挟的呻吟声。巧姑抱住勇良，对着他的耳朵说："勇良，咱把房盖了吧。"勇良很干脆地说："盖，这不已经把砖订下了，前一段时间姐夫和我一块儿去了。除了咱要用的两万砖，姐夫还多订了八万，说是帮人家订的。"巧姑高兴地抱紧勇良，她等这一天可能太久了，把勇良抱得叫了一声，好在娃娃们都睡得很死，没听见勇良的叫声。勇良盖房的心思是有的，但他并没给巧姑说真话。砖确实是田成业和他一块儿去订的，不是十万砖而是二十万块砖，但这砖都在勇良名下，钱除了勇良借的一点外，大部分都是田成业自己攒下的，当然在省城上班的国栋也被勇良逼着出了点血。王勇良幸福地等着来年，等着那会儿涨价的砖给自己带来的美好光景。

　　尹世文家对征地显得不是很上心，他给青松说自己家的地还要种麦子磨面蒸凉皮，至于征地那点钱他倒不是很在意。

　　自从在县城电影院对门开了面皮店，生意如东娥心中想的那样好。现在门店里除了传统的面皮、稀饭外，还加了肉夹馍。

　　秦东县的肉夹馍是大肉（猪肉）夹馍，这区别于省城回坊的牛肉夹馍。肉夹馍做法很讲究，在好吃的秦东肉夹馍中，东娥做的尹家肉夹馍总会引来县城里上班赶集的各种人，他们再急也愿意排队等上十几分钟吃上这么一口。尹家肉夹馍好吃主要还是用心和费功夫换来的。夹馍的小锅盔要前一天用上等的白面粉，加上自己家用醪糟晒制而成的酵头，揉成均匀且表面光滑的面团，用手指在上面轻点一个小坑，能很快回到原状。夏天放在案板上，用打湿的笼布盖好，上面压上蒸馍的笼屉，等待面团发酵起来。如果在冬天，为了让面团发得快点，村人们会给面盆盖上被子放在热炕上。大多数人家做肉夹馍会用发好的面和上适当的碱面做成小锅盔，然后在铁锅或者火炉上烤制而成。东娥不会这样做，因为发好的面比较松软，不筋道。东娥会从面盆中取出面团，加上适当的碱面和干面粉，在案板上反复揉搓，让面团再次变得光滑不粘手，然后分割成一个个能做出小锅盔的小面团，再将小面团揉几下。之后，一只手腕轻轻地压着小面团，另一只手轻轻捏着小面团的边沿，手腕压一次，面团转一点，直到一个圆圆的小锅盔坯成形。放到上下两层的火炉上进行烤制，烤到一面出现蛋黄色，再烤另一面，然后再将两面都成了蛋黄色的小锅盔放入火炉的下层，一个个靠在炉壁上，等上面放置的新面坯两面变成蛋黄色时，下层的小锅盔馍就熟了。稍稍焦黄的锅盔特有的麦香气，会随着炉子打开的瞬间而升腾。排队的人们闻到了，口水不自觉地流下来，等不及夹肉的人就会先买一个小锅盔吃起来。被咬开的小锅盔更加肆意地溢出馋人的面香，加上酥脆的响声，每个排队的人都饿得喉结上下移动着，把满嘴的口水咽到自己的肚子里去。

小锅盔制作很讲究，那夹在锅盔之间的腊汁肉就更讲究了。"萝卜快了不洗泥"的商贩会将买来的生猪肉和调料放在一起入锅，加水煮熟，用刀剁成肉粒，夹在锅盔中就算是成品了。这种吃起来也是很香的，但跟东娥做的肉夹馍还是有区别，这种区别只能通过每个人口中的味蕾来感受，因为没有人能够用语言说出区别在哪。

其实这区别还在功夫上。东娥在制作腊汁肉时，会选猪后臀和带着肋条的肉，后臀瘦肉多点，腰肋肥肉多点。有的人爱肥有的人爱瘦，买肉得想着吃家，不能随自己的喜好来定。买下的肉不去猪皮，切成拳头大的方块，先在清水中煮到水开，肉上的脏东西、血沫会浮上来。东娥不吝惜这一锅肉汤，她会倒掉它，同时还会加一到两次清水将肉冲洗得更干净。然后用纱布包上自己精选的八角、花椒、茴香、生姜、桂皮、陈皮和夏天摘下的干花椒叶，加上葱段和煮过一次的肉一起下到清水锅中，煮到用筷子能轻松扎穿每块肉。这时放入适量食盐煮开再关火，将肉捞出锅放入净盆中。取适量的土菜籽油放入炒锅，烧火，等油冒出淡淡的蓝烟时，放入白糖，使其完全化开，然后将肉块下锅轻翻一次，再倒入酱油，加肉汤漫过肉块，慢火炖至肉块露出汤面，色艳、肉烂、溢香的腊汁肉就做好了。将肉块按照吃家的要求剁碎，取出炉膛中热脆的小锅盔，用刀轻轻沿着小锅盔的边沿切入，小锅盔自然分开，但有三分之一连着，放入剁碎的精心制成的腊汁肉，一个让秦东人馋涎欲滴的肉夹馍就做成了。

镇上贾旺书记讲，东娥家的肉夹馍名声已经传到了省城。人们招待客人时都会从东娥的门店里定制肉夹馍放在招待宴上，吃得省城里来的人连连叫好。

东娥家门店的生意越来越红火，就在隔壁又租了个店面，从她娘家请了一个打锅盔馍的能手，在村上找了爱干净的婆娘蒸面皮，她现在就是把面皮的调料和腊汁肉加工好，剩下最重要的任务就是收钱。以前是干活一天把人累得够呛，现在是收钱把人胳膊收得发酸。但这种劳累是幸福的、满足的，信用社存折上的数字快速增加着。她没有告诉尹世文，她怕这个没正形的老汉在外面胡说。

杨根良的脚好了。他已经叫孙建业买来了五十米量程的皮卷尺，站在要征收的地头背着手，看着孙建业带着四个组长量着每一块要征的地。田成业站在他的身边，双手交握着放在肚子上。按照村上党员的意思和贾旺书记的动员，田成业现在是甜泉水村的党支部书记，虽然他一再推托，但还是没有推掉，翠翠为这生气了好几天，田成业已经自己动手上了好几天的锅灶。王勇良坚定地站在了田成业的一边，他为自己的姐夫能够成为这个村子的书记而自豪。想想他的父辈、他姐夫家的上辈，再想想老孙书记家，王勇良的内心怎么能平静下来呢？怎么能不洋溢着张（张狂骄傲）劲儿呢？

杨根良对这样的安排心里不舒服，但他慢慢也就想通了。现在村子里没个书记也不行。他田成业接了手也好，别人也就不惦记了。想通了的杨根良很好地配合着田成业，他慢慢发觉贾旺书记的安排是高明的。

二十八

　　种上秋粮的秦东县到了一年中最热的时节。能浇上水的平地里大多已经种上了水稻，生出一群群吃人血的蚊子。可能是饿着的缘故，等不到傍晚，这些烦人的家伙就上了人腿，好像不怕巴掌拍似的，将自己长长的吸血针刺入人体，等人们发现的时候，蚊子的肚子已经成了个小小的红球。发现蚊子的村民，高高地举起手掌，狠狠朝自己腿上正在享受美餐的蚊子拍去，伴随着"叭"的响声，蚊子就变成了饼沾在了人们的大腿上，渗出一小片殷红的人血。大多数的村人拍过蚊子是不会去清理蚊子尸首的，这就像人类搞的示众一样，让蚊子曝尸街头，以警告它的同类。但这是徒劳的，过不了一会儿，同样的事情会再次发生，直到大腿上蚊尸密布，人们才会用手去搓搓，让这些可恶的虫子落在地上。

　　甜泉水村是个乘凉的好地方，这还是得益于从村边流过的秦东河。一年最热的时候，从秦东河谷吹出来的晚风却总是凉爽的。闲下来的村民三五成群地来到秦东河口，有的人还拿来了凉席，把还不会行走的娃娃放在席上。大人们有的坐在河边的石头上，有的坐在自己拿来的小凳子上，还有的躺在放着娃娃的凉席上。烦人的蚊子被匆匆出山的凉风吹到县城去了，甜泉水村的乡亲享受着清凉，还不受蚊子的侵扰。半村子的人从傍晚舒服到深夜，其中一半的人会在这河口睡一晚上，第二天早晨才起来回家。

　　田成业和翠翠也早早吃了晚饭，赶到了河口。田成业给自己拿了一把杨树窝（做）成的小木椅，翠翠给自己拿了一张竹凉席。巧姑晚点也会到河口来乘凉，那个最小的娃娃跑累了就要睡觉，翠翠就会让这个小侄子睡在她的凉席上，这样可以给巧姑减轻点负担。闲着的侯春来跟自己的婆娘杨宝莲也来到了河口，两口子什么也没带，和乡邻们打了个招呼后，就沿着河口的小路闲转着，悠闲地享受着清凉的山风。

田成业本想和侯春来聊聊，看着人家两口子转着，就没去"伤脸"（丢脸面）。这时候退休后很少在村上住的孙建国和他婆娘蜡梅走过来，蜡梅问候了成业，就坐在席上跟翠翠说家常去了。孙建国把小凳子放下，坐在了田成业的对面，随手从口袋里拿出过滤嘴金猴烟给田成业递了一根，田成业忙说："建国哥，你知道的，我没学这。"

孙建国才想起安埋他父亲孙有福时田成业好像说过自己不抽烟。孙建国把那根香烟重新装回烟盒中，自语似的说："我也没学，装口袋里让人呢。"说完把烟放进口袋，问起田成业担了书记的担子，事好干着没。

田成业先"唉"了一声，然后说道："建国哥，你也知道，有福叔在咱村上服务了三十多年，给村上集体修梯田、修抽水站、建灌溉渠，咱村上谁家没让有福叔操过心？我不到二十岁离了村，过了五十岁才回来，让我当这个村支书，那是高看我成业了，能顶上有福叔一个小拇指头就算是对得起镇上和村民了。"

孙建国听着田成业说起他父亲的好，感到很是欣慰。孙建国觉得他父亲孙有福除了把他送出去读大学就再没给自己家搞过什么特殊，他的二弟三弟到如今日子过得还比较恓惶。他能感觉到他爹在离开的那一瞬间，心中满是对他两个弟弟的愧疚。当然，孙有福直到离开这个世界可能也没弄明白，穷根子为什么就这么难拔，他这两个很本分勤快的儿子为什么就把日子过不到人前面去。孙建国每次回村，从村民对他的态度上能够感受到他父亲给后辈们攒下的恩德，每每这时，他就觉得他的父亲是一个很了不起的人。可如今他的父亲已经埋在了南山，他有个事不再是给小组长说说就行，还得给村上打招呼，不然事还不好办。

田成业听了孙建国要宅基地的事，停了会儿，看着孙建国说道："建国哥，你这事给根良说了没？"

"还没呢，先给你这个书记说一声。"孙建国话说完等着田成业的答复。

这确实把田成业难住了，自己当书记还不到半年。当初接这个担子的时候他给自己定下了条规矩：凡事尽量按村主任根良的想法办；确实需要自己拿意见时，也得先同根良商量再决定。孙建国想在去县城的国道边盖新房，这个事太重大了，他不能先开口应承这事。

田成业看着孙建国，有点为难地说："建国哥，这事我一个人定不下来。咱这村上刚征了地，去县城路边上的地还没有列为宅基地。你应该是第一个提出这个想法的，是这，你容我和根良商量商量。"

孙建国好像预感到田成业会这么说，顺口说道："成业，你说的在理，我也是这个意思，事情也不急，你们先商量，我等你回话。"说完，他对自己的媳妇蜡梅说："咱先回吧，娃说晚上要给家里打电话呢。"

蜡梅从凉席上起了身，在勇良的小儿子脸上轻轻地拧了下，说："娃蛮（刁野可爱）很，翠翠、成业你们在，我跟你建国哥先回了。"

孙建国没有说空话，他是要回去接儿子孙大亮的电话。孙建国的儿子高中毕业考上了省城农林大学，这个志愿是孙建国给报的。孙建国想法很简单：秦东县是省上的商品粮基地，儿子将来学农回到县上能够大显身手。可等到孙大亮毕业，这土地却包产到了户，大学生也不再由国家计划分配，而成了双轨制，如果当初让儿子报公路学院，很容易分到自己所在的交通系统。可儿子因专业的缘故没办法分到交通系统，只好先分到秦东县畜牧站，虽然都是跟农业沾边，可是学粮食育种的孙大亮没有学给家畜配种啊。孙大亮对他父亲当初的决定生了气，从上班的那天开始就很少回家，孙建国几次去单位上找他，孙大亮都不想见他父亲。没办法，自己也觉得做错了的孙建国，给在省城当公安的大学同学老李捎话，说看能不能在省城给娃娃谋个好一点的差事。说也巧了，省城正在招收合同制警察，虽然是合同制，但想进来的子弟也比较多，孙建国的老同学老李正好负责此事，就说："你明天把娃连同他的简历带省城来。"

孙大亮一米七五的个头，在那个生活还不是很好的年代已经算是比较高的了，虽然专业跟公安上没什么联系，但毕竟是大学生，还有老李这个他爸的老同学关照，一切都很顺利，从此省城的街头多了一名年轻帅气的交通警察。已经当了两年合同制警察的孙大亮把媳妇程雪也活动到了省城，在一个街道办的厂子干了没一年就因为裁人回家了。

没事干的媳妇整天闹着孙大亮，孙大亮只好又硬着头皮找到他爸的老同学老李。老李很为难，可想想跟孙建国大学住一个寝室的关系，决定再帮一次孙大亮。老李想想，现在工厂里都不好干，工资低而且都在喊着人太多，原来争着调到厂子里的干部现在都在往机关活动，也有好多在工厂的警察家属回了家，有的已经自己在做买卖。

老李想到这，给孙大亮说："你就好好干着交警，转不转正现在不好说，但现在警察缺口太大，一时半会儿应该不会裁人，现在除了公安部门，哪都说人太多，尤其是工厂，要不让小雪自己干吧。"

孙大亮知道自己媳妇没主见，听老李这么一说，讪笑着说："自己干？她中专毕业没好好上过班，能干啥？"

老李不假思索地说："我有个同事的媳妇在火车站附近开了个商店，听说生意还行。找地方、办证件都好说，主要是看她想不想干。"

孙大亮回去给媳妇程雪讲了开商店的事，程雪起初真不愿意，可眼下也没个什么事去做，便勉强答应了。孙大亮白天要上班，抽空打电话给在县上的他爸孙建国说："爸啊，我晚上有事要说，你们不要出去，在家等电话。"

孙建国和媳妇回到家，没等一会儿孙大亮的电话就打来了，说准备在省城给媳妇开一个商店，需要一点钱交房租和装修。孙建国心想，儿子如果过得去，一般不会跟自己开这个口。虽然他对于儿媳妇开商店这个营生不是很乐意，但还是应承下，说："需要多少？我过几天去一趟省城捎过去。"孙大亮说："五千元就差不多了，我们自己还有点。如果你们忙就不来省城了，让县上长途车站的司机给捎来就行，有个司机是我高中同学。"孙建国说："我和你妈现在没啥事，正好去省城转转。"孙大亮说："那行，我收拾一间房出来，你们来了多住几天，把省城好好转转。"

省城对于孙建国来说是比较熟悉的，大小雁塔、钟鼓二楼、碑林、城墙、回坊街市……每次去省城开交通系统的会，都是一次参观的机会。他媳妇蜡梅就没这机会了，对于省城她是很陌生的，这也是孙建国一直想带她去一趟的原因。当然，他两口子还有一个最为紧要的任务——动员儿子儿媳给自己生个孙子。跟他一般年龄的人，有的孙子已经上中学了。

早上七点，太阳已经照在了田成业的院子里。家里的压水井坏了，他从御井挑了三担水。水缸已经满上了，剩在桶里的水被他提到院子里，拿用葫芦做成的瓢，一瓢瓢地浇灌着已经长出西红柿和茄子的地，随口就唱起秦腔《打镇台》中王镇的一段唱词：

皮鞭打气得人满腔怒火，七品官在公堂我无法奈何。

李庆若气冲冲公堂打坐，凭总镇欺压我实实可恶。

这一案官司我怎结果，我思前想后我怎发落。

哎，猛想起大宋天子汴梁坐，陈世美秦香莲结为丝罗。

大比年间王开科，辞别了举家人等上京去求科。

作几篇文章真不错，御笔钦点头一个。

披红又插花宫院过，招为了东床驸马身入在朝阁。

湖广省连遭三灾祸，三年六料未见收割。

秦香莲家中难以过，携带上儿女逃出尊祸。

找见了世美宫院坐，不肯相认反踏一脚。

差去了韩琦人一个，要杀香莲除却害祸。

那人不肯行事过，土地庙自刎美名落。

包文正放粮庙门过，香莲把冤枉细对他学。

请来了世美封府坐，连劝几次无法奈何。

铁面无情脸变过，铜铡下边见阎罗。

包文正刚强胜过我，王镇做官太懦弱。

怒而不息公堂坐，开言来叫声李庆若。

唱完了，院子里的菜也浇灌好了。田成业收拾着把桶放回家里，水瓢挂在柱子上，问灶台边忙着的翠翠："饭做好了没？"

"好了，就把你给饿着呢！"

田成业也不再搭翠翠的话，把吃饭用的小方桌搬到院子里，准备吃早饭。吃完饭，他要到根良那去一下，孙建国说的事得跟根良商量商量。

二 十 九

云岭北坡的峪口有河水流出，基本上就会有通向云岭南坡的小道或大道。秦东县境内的秦东河，是云岭北坡最大的河流，古时候叫芒水，此处的峪口自汉朝时就开凿出了通向古蜀国的驿道。听甜泉水村的老辈人讲，村子汉朝时是皇家的上林苑，汉武帝刘彻在这建有五柞宫，后来就病死在这。

唐朝时秦东县也是皇家的狩猎地，唐太宗李世民打猎时，箭落之处泉水自生，这村上的御井就是见证。物换星移人事全非，这些传说已经没有人能够考证，但甜泉水村旁的芒峪古道还在。一辈辈甜泉水村的老人，讲起这古道嘴角上总会生出一堆白沫，不太懂事的孩子们听得全神贯注。在他们稚嫩的记忆中，印象深刻的还是关于唐朝两个皇帝逃难的故事。一个是唐德宗李适，他在当时的都城被叛变的军队所迫，不得不在宦官的裹挟下逃到甜泉水村，在村中吃了一碗麦粥就消失在了村后的芒峪之中，过了一年多才返回都城；第二位是唐僖宗李儇，他被那个一心想考上进士最终也没上榜，却写出《不第后赋菊》——"待到秋来九月八，我花开后百花杀。冲天香阵透长安，满城尽带黄金甲"的农民起义领袖黄巢赶出了都城，同他的先人唐德宗一样来到甜泉水村。听老人们讲，他在村中御井边只喝了一口泉水，就匆匆地逃进了深深的芒峪，等了四年才回到都城。

娃娃们听得入神，老人们讲得神采飞扬。他们不一定真的明白这些故事的真实背景，但他们知道故事就发生在他们的村子里。这故事沿着村后那个日夜不停流淌着的秦东河，去了听起来很是遥远而且行路很难的古渝州。

也正是这个缘故，新中国成立后修建的从首都北京到遥远渝州的国道就从河口镇街上通过，在山脚把甜泉水村一分为二，沿着秦东河谷去了甜泉水村没人去过、听说是四季如春的巴蜀地区。杨根良和周青松小的时候并不关心这条路通往哪里，只是看着每天十几辆的解放卡车拉着大人都抱不住的木头，从秦东河谷中鱼贯而出。司机们出山的第一件事是在河口镇街上吃一碗臊子面。

司机们吃饭的工夫，杨根良和周青松他们就会爬上卡车，用准备好的铁铲将三四厘米厚的树皮铲下来当柴用。司机们看着人群上了车铲树皮，会喊叫几声，当然他们知道不会有人停下来，但喊叫几声显显自己的威风还是挺舒服的。

上车铲树皮的小孩已经长成了大人，山里也没了拉木头出山的卡车。听村里人讲，原来那些木头都做了铁路上的轨枕，如今轨枕已经换成水泥的了，当然就用不了那么多木头了。不过听说最重要的还是深山里已经没有多少大树了，这可能是真正的原因吧。如今没了拉木头的卡车，路上却慢慢多了拉货的卡车。冷清了几年的河口镇街上，开饭馆的又多了起来，只是这一次不仅仅是面馆，巴蜀地区的炒菜、火锅也有好几家了。河口镇街上的村子把沿国道边的地划成了宅基地，好几家已经建好了"一砖匝"的平房，还有几家在挖地基，那些用白灰画了线的宅基地已经接到甜泉水村畔的地边上了。

田成业吃完早饭，太阳已经从院墙头上下到了院子里。他来到村部，杨根良正在给孙建业安排事，他在院子里停了下来，边看着刚栽的两棵白皮松树边等杨根良。杨根良忙完后，看见田成业在院子里，忙说："成业哥，我正交代建业去通知大家，咱上午要开个会。"这时候孙建业出了村部的门，给田成业打了个招呼就骑车出去了。

田成业听根良说要开村委会，就说："那你先开会，我等会儿再来找你。"

杨根良说："本来开个村委的会也行，但我想想这事重大，还是'两委'都来，咱把这事定定。"

田成业心想是不是开个村委的会就行了，这看见了才说是支委会和村委会一起开。其实村委的成员基本上都是支委的人，唯独田成业这个村支书不是村委的人。不过他已经给自己定下了规矩，凡事按村主任根良的意思办，他这支书是个过渡，没必要去较真。想到这，田成业问道："根良，今天开这会主要是研究啥事？"

"成业哥，我本来想给你去说说这事呢，可这几天工夫就申报了十多家了。一两家咱们通个气也就算了，一下子报来了十来家申请要宅基地，这还是第一次。况且咱村现在地被征了那么多，没多少地方划宅基地了，今天开会把这事研究一下。"

杨根良说完，田成业知道会上要说划宅基地的事，他看着杨根良说道："昨天晚上我到河口去乘凉，建国也给我说想要个宅基地。我想还是要跟你说说，没想到今儿你开会就说这事。"

田成业把话说完，杨根良并没有说有什么不妥的地方，只是问田成业："建国哥写申请了没？"田成业说："他只是给我说了声。"

杨根良想了想，说："按程序他得先给村委写个申请上来，没写后面可以补，只是不知道他想在原地方盖呢还是想新批一处？"

田成业说："按常理他应该在自己家的老宅基地上盖，但他说想在国道边上盖。"杨根良再没说什么，他让田成业进屋坐着。

很快村部的院子里就有了人声。杨根良心想，建业跑得真快，当然他明白这些小组长听说商量宅基地的事自然也不会慢。现在申请的人这么多，如果征地补偿款发下来，申请的人可能更多。现在写了申请的人都是些村上的灵虫子（聪明且消息灵通的人），想先把这指标要下来，免得人多了排长队耽误盖房的事。

人到齐了，杨根良先讲了开"两委"会的原因，然后转过头说："下面请田书记说说。"田成业看了看开会的人说道："我和根良想一块儿去了，现在要宅基地的人家多，可咱村上能做宅基地的地方少，大家说说，咋能把这矛盾化解了？"

田文喜基本上都是第一个发言的，这次也不例外。他开了口，说："我的意见是，原来有宅基地的，人口不多，要盖就在原地上盖；人多的要分家批新的，可以由村上规划一下，按照申请的先后，结合家庭人口实际排序审批。"

"如果是翻盖，在原来的宅基地上盖，这没什么问题。主要是批新的。有的组平地多，有的组现在就没多少平地。拿青松在的四组说，征了地现在没剩下多少平地，新宅基地往哪规划呢？"一组胡满堂提出了新问题。

周青松本来也想说这个问题，胡满堂替自己说了，他就没再说什么。杨根良问问剩下的人，大家都觉得最大的矛盾是往哪规划新宅基地。

杨根良问还没有发言的田成业："田书记，你说说有啥建议。"田成业虽然对村子里的情况也熟悉多了，但说到批宅基地搞规划，一时还真没好好想，就说："按大家的意见办吧，只要不违反镇上的规定就行。"田成业说完，杨根良喝了口水。这是跟贾旺书记学来的，不管在什么场合，只要是轮到贾旺书记讲话，他都会先喝一口水，哪怕只是水杯在嘴唇上碰一下。杨根良觉得这个习惯好，他就学会了。他看看大家，说道："现在写申请的十多家里只有两户家里有七八口人，不是手头紧可能早就盖了。现在征地有补偿款，这些人家肯定急着盖房，这正常。剩下申请的人家全是想新批新盖，有的人口是多点，但也有三四口的人家。"

杨根良停了一会儿，带着责怪的口气说："有钱都想盖新房，我也想把我那三间土瓦房翻盖下。可咱村上现在有的小组没多少宅基用地，尤其是四组。我有个建议，大家议议看行不……"

杨根良说到这没急着往下说，而是又喝了口水。眼尖的孙建业忙给根良的杯子里加了点开水，然后看看其他人的水杯，把热水瓶推到需要加水的人前面，自己又做起了记录。

杨根良咽下口中的水，接着说："大家可能都看到了，从咱村中间上山的国道现在货车又多了起来。灵醒人看到了这点，镇政府所在村国道边上的地都被划成了宅基地，有人找我问咱村上能不能给换点地，我直接回绝了，咱现在哪还有给别人换的地。"

杨根良说到这，会议室里的人都点头。有人说："就是的，如果这路边能批新宅基地，咱自己村上还不够呢。"这时没等杨根良说下文，一组的胡满堂开了腔，他说："国道边上的地是我们一组和二组的，其他组的人不应该往这批吧，何况现在是耕地。"

杨根良看了看胡满堂，接着话头说："满堂说的我也想到了。咱村上现在平地少，可用来批宅基地的就更少了，不过现在各家条件不一样，有的手头宽展些，有的可能紧巴点。我们把想盖房的分分类。想在原来旧宅上翻新的算一类，这个容易办；第二类是手头宽展些的，想批新宅基地的；第三类是手头紧想批新宅基地的。"

讲完村里要宅基地的分类，杨根良讲了自己的意见："国道边一组、二组的地规划成宅基地，谁想往那盖，每户交五百元占用费，然后退出旧宅基地，腾退出来的旧宅基地批给手头紧巴但人口较多的人家去用，这样就能解决宅基地不足的问题。耕地变宅基地的事，我已经和镇上讲了，把国道边纳入河口镇整体规划，这地就可以用了，新宅基地占用费归一组、二组自己分配。这是我的想法，大家说说看行不行。"

杨根良提出的建议大家确实没有想到，而且这个建议目前看也是能够解决现实困难的。大家都说好着呢，还是村主任有办法啊。会开到这便结束了，大家就起身又各忙各的去了。杨根良叫住周青松，他有些话要单独跟周青松说。在这之前，杨根良叫住起身出门的田成业说："成业哥，建国哥申请宅基地的事你给他回个话。他要在旧宅基上盖就不用申请了，如果想批新宅基地那还是写个申请好，咱们也好给镇上交代。他要是想盖到国道边，原来的宅基地还是腾退出来吧，不然相互看样，咱这村上的工作就不好弄了。"田成业说了声好，就出了门回家去了。

村部就剩下了杨根良、周青松和孙建业。杨根良坐回到自己的位子上，然后示意周青松也坐下，说道："青松，我知道有点事让你着急上火。前几天我去镇上汇报咱村经济作物青苗补偿的事，镇上很重视，经过商量同意种毛桃的农户秋天收了果子移树，费用镇上解决，如果不能移或者没地方移的，到时看情况再定。你那机动地里的毛桃苗也可以放到秋后再移。"

周青松很感激杨根良能为自己着想，他起身说道："根良，谢谢你为我的事费心。"杨根良也忙站起来。收拾会议室的孙建业觉得这一幕很好笑也不太寻常。这两个人平时就有一点面合心离的意思，今儿这是咋了？

三 十

秋色已经来到了云岭北坡。一阵风吹来，高大的杨树已经有叶子落下，虽然很少，但这预示燥热的夏天要过去了。这是近几年最热的一个夏天，时常伴着酷暑的雷阵雨也只下了两三次，山坡上不能浇灌的玉米和黄豆没等起身就干枯了。这要放在往年会让甜泉水村的乡亲们难受一阵子，可今年就没多少人在乎这山上的庄稼。本身产量就不多，加上乡亲们心思都在征地拿钱这事上，地里的那点收成就显得不再那么重要。只有勤快闲不下来的陈宋良，从御井里挑水上山，浇灌着快要死去的庄稼。院子里纳着鞋底的妇女不时笑话着陈宋良，说："宋良哥，你那点汗水能救活几个玉米苗啊？"陈宋良并不在意地说："闲着也是闲着，就当是尽心呢。"

挑水上山浇庄稼对于甜泉水村的村民来说也不是没经历过，只是一般年份的雨水能让山上的庄稼熬过酷暑，有点收成。山坡上的地虽然多，产的粮食却没有多少。这不太产粮的坡地，在陈宋良的眼里却是好地。他出山顶陈家门之前，从秦东河口进山要走三十多公里，然后沿着国道边蛇身般的山路走走歇歇，半天才能看见自己家的界梁村，基本上没有一块平地，坡地也是在稍缓点的林间开出来的，找一块上亩的平地很难。没出山之前的陈宋良天天在这样的地里耕种，虽然家里有十几亩地，可收获的粮食还不够六口人吃。这种日子他不想再让自己的儿女们去过，才低了头出山来到甜泉水村顶陈家的门。刚到甜泉水村时还有些丢人的感觉，但甜泉水村的村民并没有刁难他，亲热得跟住了几十年的邻居一样，从不把他当外人看，这可能跟陈家本身是孙有福的本家也有关。陈宋良在这比较温暖的环境中也慢慢融入了甜泉水村，虽然日子过得还是紧紧巴巴的，但比起在他出生的界梁村的日子好过多了。如今房盖了，娃的媳妇也说下了，不善言辞、唯唯诺诺的陈宋良脸上常有的愁容便少了不少，挑水上山的力气活并没让他感觉到累，反而觉得踏实和心宽。

没事干的尹世文在村里胡转悠着，他把挑水的陈宋良调笑了几句。陈宋良笑着说："世文，你这人命好福大，遇了个东娥，是在哪求的娘娘烧的香？"

尹世文自得地笑说："今世的姻缘前世里定，不用求神拜佛。你家娃娃小安说不下媳妇看把你急的，这不，说定就定下了，凡事命中有时终会有，命中无时不强求。"

尹世文说完话，院子里做针线活的妇女们都笑了，其中一个说："世文叔还会教导人了，看来你应该跟你兄弟一样去当教书先生，让你种地是把你这人糟蹋了。"尹世文哈哈笑着说："是种地这行道把我糟蹋了！"尹世文把话说完，惹得妇女们和陈宋良都笑开了。尹世文等大家笑过了，有点正经地说："各位家庭妇女，我按照你东娥姨的指示，也就是我婆娘的指示，向你们宣布，谁觉得自己饭做得好，特别是面皮做得好，又想去挣钱的，向我报名，由我审查后到县上我家的店里上班，名额有限，择优录取。"

尹世文的话又把大家惹笑了，笑过之后，有个年轻点的妇女说："世文叔不是在哄瓜娃娃吧？"尹世文端了端脸说："前段你东娥姨把她娘家的几个年轻媳妇招县上去了。我觉得咱村上这地征了，没多少农活要做，想着大伙得有个来钱的活路，就给你东娥姨说：咱村上人手有的是，光用她娘家的人是不是有点偏心？这不，你东娥姨在县上刚又开了家新店，让我回来招兵买马。你们谁想去赶紧回去给你家掌柜的请示，不想去的我就不跟你们谝闲传了。"

尹世文说完转身就要走，几个有点想法的年轻妇女也收拾了针线活准备回家。陈宋良叫住尹世文问道："世文，说正经话，你老嫂子蒸面皮也是好手，你看你那要不要？"尹世文看看陈宋良，本想说老嫂子年龄有点大，可看到陈宋良求着自己的那张脸，又想起他求陈宋良在村庙会上给自己让地方的事，他转过身说："宋良哥，这事老弟做一回主，老嫂子愿意去你让她收拾收拾明天就坐车到县上去，只是你和娃的饭谁给做啊？"陈宋良见尹世文答应了，脸上堆满了笑容说："我做，这家里吃的饭有啥难做的。"尹世文说："好，那你回去跟老嫂子商量去。"陈宋良高兴得把水桶撂在井台上，迈着大步回去了。

东娥在县上的生意做得很顺当。她把县电影院的门店扩了一间后，在县府对面又找下了一间门面，前几天刚刚装修好。门头不再是"秦东面皮"四个字，她想了几天，最后定名为"尹氏秦东面皮"。门店装修的时候，在县城上高三的儿子尹宏轩周末还来帮了几天忙。东娥怕耽搁娃的学习就催他走，还半开玩笑地说："咱这尹氏秦东面皮的'尹'字是我娃宏轩的那个'尹'字，不是你爸那个'尹'字。"说完母子俩都笑开了。看着已经比自己高一头的儿子，东娥觉得这么多年的辛苦都是值得的。为了把家里的日子过到人前头，为了把娃娃送到县上去念书，她自从跟庙会开始卖面皮，没少被村里和娘家的人低眼看。如今做小买卖的人越来越多，乡里的人们头脑也慢慢转变了。现在在乡邻的眼里，东娥已经是能行人了，想跟着她做买卖的人也多了起来。

说起县府门前的店面，还是镇上贾书记来县上开会时，在县招待所吃了她做的肉夹馍后上门来动员的。县电影院门店的生意都有点照顾不过来，贾书记动员她在县府门口再开一店，她就为难起来。贾旺就说："县府门口那地方人流量大，开个店生意应该不会差。开一个新店可以增加你的收入，同时把村上困难人家的闲劳力招些来，也是给你老尹家脸面上贴金的事。"东娥是聪明人，贾旺书记这么一说她就明白了。她说干就干，不到一个月的时间新门店就收拾好了，这才有了尹世文回村招人的事。

　　入了秋的秦东县进入了每年躲不过的连阴雨时段，这雨下得很缠人，断断续续要下半月天。被蹦蹦车碾轧过的路面坑坑洼洼，深深的车辙里已经积满了雨水。披着蓑衣的乡人在路边给自家的牲口割着青草，光着的脚缝不时挤出松软的黄泥。没有养牲口的人都闲在屋里，有的收拾着农具，有的劈着柴火，有的收拾着漏雨的房顶。王勇良家的两间草棚里已摆了四五个盆盆桶桶，这个多雨的时段是他最不喜欢的。已经有点没办法修缮的房子，用新打的麦草补补漏雨的地方，可过不了几天就又会漏雨，索性不管了，看你能漏成什么样子。巧姑上不了房，只好在漏雨的地方摆上脸盆和水桶，过一会儿把收集下的雨水倒到院中，她这样重复着劳作，并没显出不耐烦的样子，这样的日子她已经习惯了。王勇良不愿意待在家里看这恓惶光景，熬过早上，他早早吃了几口午饭就出了门，口袋里装着两个色子，往小组的饲养室走去。

　　小组饲养室里，虽然喂牲口的槽头还在，可牲口都被分到各家去了。在生产队的时候，遇到下雨天、农闲天，没了事的村民吃过早饭就会来这会集。那时候人们手头紧巴，没几个来耍钱的，大家比较喜欢的娱乐是"丢方"。这种娱乐方式听老人们讲是汉朝传下来的，规则很容易，不到一根烟的工夫就能学会，但要下赢人那就不是一两天的工夫能行了。

　　"丢方"就是用木棍在地上画上纵横各八条线，组成一组方格状棋盘，有时候为下得快点，村人们也画五道线，然后对弈一方把小木棍折成三厘米左右的小段作为"方子"，另一方找些一厘米大小的石子或者土蛋作为"方子"。从画好的方格中央开始落子，轮流下子，当方格布满双方的"方子"时，相互各掐掉对方一个"方子"，然后由一方拿起自己的一个"方子"，走直线，而且不能越过自己和对方的"方子"。由自己的四个"方子"组成一个小方格时就拿掉对方的一个"方子"，这样轮流走"方"，直到一方被拿完"方子"。如果一次不能组成"方子"，就只能沿直线走到想组成"方子"的地方，然后轮另一方走，直到最后，方格留下"方子"的一方就赢了。每遇这样的天气，饲养室里会有七八堆人在"丢方"。当然也有些人不"丢方"，他们是来耍钱的。

王勇良没有钱可耍，但他喜欢看耍钱。这阴雨天是耍钱的时候，地里没办法干活，倒给村民找着了玩耍的借口。

吃了中午饭的村民自觉地来到饲养室，各自选着想玩的。会玩、有胆子、有钱的上场子，不会玩、没胆、没钱的就站在边上看。"丢方"的和参与耍钱的人瞧着还不紧张，站在边上看的人既紧张还操心，不时点评着。王勇良找了一根长木棍放在地上，将两个色子放入从陈宋良家借来的小瓷碟上，盖上借来的瓷杯，摇了摇，揭开瓷杯时，他会喊出是"单"还是"双"。那个地上的木棍横在他的面前，朝向他怀里面的一边表示"单"，另一边则表示"双"。他一遍遍地演示着，很快就有人围拢过来，看人聚得差不多了，他会自觉地往边上挪挪，把当"宝官"的位子让出来。所谓的"宝官"就是摇色子组织耍钱的人。

河口镇街上爱耍钱的人也被吸引到了甜泉水村，他们之间已经混熟并习惯了这个地方。手痒了好几天的赌客挤了进来，蹲在地上熟练地摇着色子。一连三次之后，第四次"宝官"没有再揭，而是请大家下注，围拢着的人群开始议论：有的说是"单"，有的说是"双"；有的说一连出了两个"单"，下一个应该还是；有的说已经出了两个"单"，有可能是"双"。随着周围人的议论，已经有人小心地在木棍两侧投下五角、一元的人民币了。"宝官"觉得下注的人不多，很快地揭了第一宝，人群顿时沸腾起来，都在说自己猜对了。"宝官"又一次摇了色子，他这次催着人快点下注，不然就揭宝了。很明显这次比上次下注的人多了些。"宝官"看两边投的钱差不多了又揭了杯子，又是一次叹息和笑声。随着"宝官"一次次揭宝，有的人手中的票子多了起来，有的人手中的票子越来越少。"宝官"在每一次揭宝的过程中，检验着自己的判断。他判断是"双"时，就会将投在"双"边上的钱"卖给"信"单"的人，这样如果确实是"双"，"宝官"就会赢了"单"上的钱，"双"上的钱就由"买家"来赔。"宝官"如果老是猜错，他手中的钱就会赔给赢了的人，等"宝官"的钱输光了，就会另换一个"宝官"。

王勇良看着别人当"宝官",看着围在宝场上的赢钱人,脸上始终保持着笑容。在这热闹刺激的宝场,他忘了那个房顶像筛底的家,他把所有的恓惶忘得一干二净。同他一样的村民当然还有,这大概就是艰苦的日子能够过下去的一个动因吧。

三 十 一

秋天的阴雨还没有停,废弃的饲养室里每天照常聚拢着"丢方""摇宝"的闲人,不想太多事的村人们没有感觉到,原来经常还来这转转,有时还会上手摇两下、丢几下方的杨根良、周青松现在不来了。当然他们并不在意这两个人的消失,因为他们的消失并没有影响这些闲人在这里得到的快乐。

自从当了村主任,杨根良便不再去宝场,不是他不喜欢那地方,只是以他现在的身份不应该去。镇上派出所已经抓了几个村子要钱的,让要得比较大的几个人在河口镇街上亮了相,可职业的要钱人才不管这一套,过几天在饲养室又会看到他们。杨根良有时候想,这些人可能生下来就是要钱的命,你就是杀了他,他去阴间还是要钱的。

这秋雨下得不大不小,路快干了,它就会再下起来。没办法丈量要征的地,没事的杨根良百无聊赖。他让媳妇金凤给自己烧了一热水瓶开水,放在小方桌上,取出上次贾旺书记请吃饭时县剧团响玲送的茶叶,给自己泡好茶,就把收音机打开找秦腔戏。从小看戏听戏长大的杨根良和田成业一样,看一眼台上就能知道唱的啥戏,听一句就会跟着唱下去。

有的人说秦腔不好听,特别是城里长大的人,觉得唱秦腔吵人得很。秦腔的韵味只有熟悉了、听习惯了,把自己的生活同那一板一眼的秦腔曲子糅合在一起后,才会听出来,也才会感受到那唱腔后藏着的悲喜痛快。特别是上了年纪的老人们，没事的时候坐在麦草垛旁，或者坐在院子向阳的台阶上，双眼眯着，似睡非睡的，随着秦腔曲调的顿挫起伏，头会自觉不自觉地摆动。那应该就是喝醉了酒的李白吧，这让常人看不懂的"优雅"，陶醉着这片土地上的一代代人。在他们有点破烂的衣服下，不太讲究干净的身躯里，流动着几千年传承下来的秦腔古韵。杨根良已经沉浸在秦腔里，他慢慢地喝着茶水。剧团响玲送来的这盒茶叶跟他从前在村上邻里过事的场合喝的茶不同，只要用开水冲一下，无须在瓷缸里熬很长时间，喝起来很清淡，但嘴里会留下说不出来的香气。漂在上面的茶叶被开水浸泡后慢慢往下沉，直到相拥着竖在杯底。杨根良一边看着一枚枚茶叶下沉，一边随着收音机里飘出的秦腔轻轻地晃着脑袋。

忙个不停的脑子，现在闲下来了还有点不适应。

杨根良想着这几个月发生的一件件事，觉得这日子过得跟从前大不一样。孙有福书记在的时候，他没这么忙过，也没遇到过这么多重要的事，这几个月遇到的事，没一件不在整个河口镇引起关注，有的甚至还在秦东县上引起关注。虽然很忙，但他觉得很充实也很满足。他习惯了忙，没事做，没会开，没有人来找他，他心里就空荡荡的，而且有点发慌的感觉。

他喝了口茶，没注意媳妇金凤忙啥去了，看着屋檐上一串串往下掉着的雨珠，他忽然想起那对给他家割麦子的秦西麦客小夫妻来。想到这，他好像被电触了下，往桌上放茶杯时把茶水洒在了方桌上。现在他是一个人，好在媳妇金凤不在，如果在的话会不会看出他的失态呢？

今年夏收开始的时候，杨根良伤了脚，加之忙着开会商量征地，就没操心收割地里麦子的事，夏收夏种都是金凤一个人在忙碌，当然还有她从镇上请的那两个麦客。

那天金凤领着两个从镇上叫来的麦客进了门，杨根良才发现是他去镇上开会撞倒的小两口，显然这小两口也认出了杨根良，有点惊讶的样子，愣在了门口。金凤也觉得有点不对劲儿，问杨根良：

"你看啥呢？"

杨根良才反应过来，忙解释说："他们就是我给你说的在镇上撞的那两口子，真是巧了。"

给金凤解释完，杨根良转过脸看着那个小媳妇，问道："你伤得重不？现在好了没有？"

这对小夫妻也缓过了神，小媳妇忙应声道："没什么的，早就好了，你给的钱还没花完。"

小两口为了多挣些钱，在地里忙了一天，天黑下了才回来。两人刚放下镰刀，杨根良指指脸盆架上的脸盆，给那男的说："院子里铁盆里有水，你们快洗把脸。"金凤从灶房里拿出热好的馍馍，调了盘浆水菜，凉拌了在自家院子种的黄瓜和西红柿，然后把用油泼过的红辣子放在桌子中间，探身向院子洗脸的麦客两口子说洗完了就吃饭。正在洗脸的麦客两口子"呜呜"应了两声，金凤又到灶台上把盛好的绿豆稀饭端上来。上了初中的兰兰在学校自习，小女儿婷婷不知道跑到哪去了。金凤抓紧先把大人安顿好，她生怕饿着杨根良，知道他这两天脚扭了心情不好。

收拾完了的麦客两口子进了屋，杨根良和金凤已经坐在桌子边上了。金凤叫两口子坐下，给两人手里递了馍馍，杨根良也拿了一个，指着桌子上的菜说："累了一天，多吃点。"

两口子嘴里"嗯"了一声，就吃开了。他们吃得很快，杨根良手里的馍馍刚吃了一半，小两口已经准备要吃第二个了，看着主人家一个馍只吃了一半，想去拿馍馍的手又缩了回来。金凤看见忙不迭地说："馍馍多着呢，你们尽管吃，下苦力呢，要吃饱。"

杨根良接了金凤的话："不急，慢慢吃，别烫着了。"麦客两口子这次放慢了速度，他们低着头吃饭，不敢再看主人家的眼睛了。

两口子一天收割的麦子肯定没有两个男劳力割得多，这要放别人家，肯定要在价钱上打折扣。他们遇见撞了他们的杨根良，不但没嫌弃他们割得慢，也没有少给钱，这让两口子很是感激。他们把杨根良家的麦子都应承下来，而且说每亩地少一块钱。杨根良说："这不行，你们出来受苦来了，在钱上不能亏欠你们。我家的麦子不多，我给邻里说说，如果有忙不过来的你们就去给帮忙，能多挣些就多挣些。"

杨根良知道，来秦东县的这些麦客大多是秦西的。那个地方也是黄土地，只是多山而且干旱，小麦只能长到二十厘米高，收割时也不用镰刀而是用手拔，一个麦穗也就长十粒左右的麦粒。前几年在秦东县割了麦子回去的麦客，第二年来时经常会把自己的女娃娃带到秦东县来，嫁到这个他们做梦都想生活的地方，然后收些彩礼回去再给自己的儿子说媳妇。杨根良从每年来赶场的麦客的穿着和他们的苦焦脸上，能够看出他们生活的那个地方是个什么景象，再想想有秦东河滋养的甜泉水村，就对自己的家乡有了更深刻的爱恋和自豪感。

吃过饭的麦客两口子主动收拾自己的饭碗。他们自己有饭碗，这饭碗在没揽到活时就会成为他们乞讨的工具，当然就是有活干也怕主人嫌弃，用自己的碗还是方便些。他们虽然很贫穷，但家教还是很好的。听老人们讲，生活在秦西那个地方的人好多都是过往战乱从省城逃去的豪门贵族，他们的身上除了贫穷以外，跟秦东的人没什么区别。

按常理，天没下雨，这些麦客晚上会回到街上去住，第二天再到雇主家干活。毕竟是陌生人，晚上住在雇主家，主人家还是觉得有些不方便。当然，夏收的季节天已经很热了，甜泉水村的村民有时候也会睡在院子里。

杨根良见媳妇送麦客两口子出了门，他犹豫了下，还是问道："明儿还给咱家割不？"金凤说不割了，坡上一亩半今天割完了，平地还有点绿。

杨根良试探着说："你看看咱后院那个养牛的地方空着，人家不嫌弃就住咱家吧。明天起早点去街上揽活，两口子睡到街上也不方便。"

金凤问完两口子，显然他们没有想到主人家这么热心，就跟着回了院子。小媳妇把自己带的铺盖拿到后院收拾住的地方去了，他男人在院子里水盆边放好磨石，用手在盆子里撩了点水洒在磨石上，然后放平镰刀刃，前后推拉着磨了起来。

　　杨根良吃完饭喜欢在路上走走，这脚扭了几天不能动，现在好了点，他就挪着出了院门。夏天的甜泉水村空气中弥漫着淡淡的麦草味，这是一种村人们都熟悉的味道。勤快的人已经在国道上占了地方，把刚刚从南坡上收割回来的麦子摊在柏油路上，让过往的车辆给自己免费碾着，到了傍晚，去掉秆叶，剩下的只有麦糠和麦粒了，然后将它们收拢，先堆放在路边。吃过晚饭，男人们戴上草帽，光着的上身搭一条毛巾，手里提一瓦罐凉开水，条件好的人会在水中放点白糖，来到柏油马路上。

　　这时候车辆已经很少了，从秦东河谷中吹来的下山风也慢慢大了起来。手拿木锨的扬场把式一锨锨把麦粒和麦糠撒向空中。麦糠会划出一道如彩虹般的弧线，随着秦东河谷中冲出来的山风飘向远方，麦粒则会落在彩虹的正下方。这秦东河谷吹来的山风，是大自然的馈赠，给甜泉水村乡邻的馈赠。

　　杨根良也是扬场的把式，他现在腿脚不方便，不然也会上去扬两下。这可是今年的第一场麦子，对于生长在这片土地上的人们来说，没有比庄稼收回来更为高兴的事了。杨根良给忙着的乡亲们打了招呼就往家里挪。他回到院子里时，媳妇金凤已经睡了。这几天全靠她忙活，累得站着都能睡着。杨根良关了前门，到后院解手，也准备睡了。他刚走下后院台阶，听见后院牛棚里住着的小两口还没睡，他自然地放轻了脚步，那小小的牛棚里传出男人特有的低沉的声音，其间还夹杂着女人的哼唧声，两口子可能知道这不是自己的家，也在刻意地压着声响。

　　杨根良心想，这小两口，割了一天的麦子，哪还来的这个狂劲呢？

三 十 二

　　六月里的麦子黄得快，雷雨也比较多，因此大多数村民在小麦没有熟透时就下镰把麦子割回来，一捆捆在场里先晾晒着。等麦捆里的水分蒸发得差不多了，乡人们会把麦捆先堆成麦垛。等田地的麦子收完后，一场场摊开麦垛，用牲口或者小四轮拖拉机拖着碌碡，将麦粒从麦穗上碾下来，然后借着晚上秦东河谷吹来的下山风，吹掉麦糠，收获熬了一个冬天才长成的小麦。生产队时，有小队自己组织"三夏"抢收，很少出现因雨麦子没能收回来，麦子在田里长出芽的情况。现在包产到户后，大家抢收的积极性更高了。

杨根良不能下地收割麦子，好在金凤叫了秦西来的麦客小两口，人也挺实在。虽说平地里的麦子还有些绿，杨根良还是让两口子把麦子都割了回来。

麦客两口子给杨根良家割完麦子的第二天，天下起了雨。从秦西来的麦客特别厌烦这不懂事的雨，没了活路的麦客大多聚在河口镇粮站、供销社的屋檐下，地上铺几张旧报纸，靠在自己的铺盖上，抽着烟，操着一口鼻音浓重的家乡话闲聊着。如果这天不晴，他们一天三顿饭就要到镇上去乞讨，这是他们最为难受的。有善心的人家会收留他们住在闲着的牛棚里，也会给他们管饭。这些下苦的麦客也很厚道，天晴了，他们会以较低的价钱先给收留他们的农户收割麦子。这种淳朴的民风是自然形成的。他们的先祖或许真是落难的王公贵族，从千年帝都的省城逃到了那官家不愿踏足的贫瘠之地。

被杨根良叫来的两口子是幸运的，他们已经和杨根良家比较熟络了。天下了雨，小两口住在杨根良家的牛棚里，男人白天给杨根良家劈柴火，女人帮着金凤做饭和纳鞋底子。

天总有放晴的一天，晴朗的天空中没一丝云彩，蓝得让人眩晕，刚爬起来还没站直身的太阳已经让人感到了它的热度。毕竟是夏天了，放晴了的天，很快就让人出汗了。天晴了，被雨水浸透了几天的麦地还下不去脚，收割麦子还要等到明天。麦客两口子起得很早，他们终于等到了天晴，想早早到河口镇街上找个要人割麦的主家。

杨根良还睡着，金凤在灶房里做着早饭，她看见小两口收拾了东西准备出门，就对女麦客说："吃了早饭吧，让你男人去街上揽活计，你跟我在家等着就行了。"两口子看出金凤真诚的热情，就答应下了。

杨根良前天晚上跟镇上协调甜泉水村征地的几个干部在街上吃了个饭。出于对镇上干部的尊重和热情，他提着自己家里的两瓶西秦酒。他们的晚餐很简单——一碟花生米，一碟猪头肉，一碟面子菜，一碟拌黄瓜。四个菜中，猪头肉在村人们的眼中是猪杂碎，不是正经菜，可下酒还是招人喜爱。而这面子菜，是秦东乡里最为重要的一道凉菜。煮熟的黄豆芽、菠菜、红薯粉条放在碟中堆成山的形状，然后将煮好、红烧好的纯瘦猪里脊肉，用刀切成两毫米厚的长方形肉片，将肉片一片片贴在碟中堆起的黄豆芽、菠菜、红薯粉上。最后在碟顶上放一个用胡萝卜刻成的小花，这面子菜就算做好了。面子菜好吃不好吃，最重要的是浇在上面的汁。将陈醋往小碗中倒一点，再倒一点酱油，放少许盐。在炒锅中放入土菜籽油，油热时放入花椒、八角和桂皮，等油冒出蓝烟，捞出香料，将热油快速倒入小碗，听着"嗞啦"一声。激过的陈醋汁再加入剁好的生姜和葱花末，面子菜的汁就做好了。菜上齐，等杨根良发了话，将那汁浇到面子菜上，大家就动了筷子。

前晚上酒喝得舒服，杨根良起来时，已经快到中午了。金凤准备蒸些面皮吃，就到门中杨根娃家借蒸面皮的锣锣去了。时下，这面皮也不是天天能吃的，这个秦东人爱着的吃食很费面粉，娃娃们已经嚷嚷着要吃好多天了，金凤才下了决心蒸一次。起了床的杨根良上后院解了手，拿着脸盆到灶房水缸里去打洗脸水，抬头见麦客女人在地上洗黄瓜，顺口问道："我家金凤呢？"

麦客女人有点不自在地说："嫂子借蒸面皮的锣锣去了。"

杨根良"噢"了一声，弯腰拿水桶边的葫芦瓢准备打洗脸水。麦客女人见杨根良的脚还有点不利索，就接了脸盆说："我给你打吧。"

杨根良也不好推托，就让麦客女人打洗脸水，自己出了灶房的门，坐在院子里的小凳上。麦客女人很快端着洗脸水出来，俯下身把水放在杨根良面前。她上身宽大白底碎花的衬衫领口大开着，可能是热的缘故吧，里面没有再进行包裹的丰满雪白乳房，在麦客女人俯身的同时，向着杨根良涌了过来。看到这么丰满白净的胸部，再看看那张印着"红二团"的脸，这两种反差很大的肤色在麦客女人的身上显得泾渭分明。杨根良不由自主地偷看着。这时麦客女人起了身，发现杨根良看着自己的胸部，像是犹豫了下，又蹲了下去。杨根良像是做了贼一样，忙收回自己的目光，说："你忙你的去！"他能感觉到此刻自己的脸涨红得跟猪腰子一样。

杨根良觉得自己太失态了，他俯身把两手放入水中，掬了一把水泼在脸上，感觉很凉，这时他才觉得自己的脸在发烧。

"根良，你想啥呢？叫你两声了没听见。"杨根良的媳妇生气地喊着。

听到媳妇金凤的声音，杨根良慌忙收回自己的思绪，他转过身问道："有啥事？喊什么呢！"

"给我把地上绑好的辣子递下。"这时杨根良看见媳妇金凤把地头已经红了的辣子串了起来，准备挂墙上等风干后做人人爱吃的油泼辣子。

他拿起成串的辣椒，递给站在凳子上的媳妇金凤。他看着金凤瘦削的身板，再想想她为这个家不停歇地操劳，就在心里骂起自己来。他觉得自己就不是人，咋能那样想呢！他这么想着，越发觉得对不住金凤了。这个女人跟着他还真没享受过什么，虽然生了两个女娃娃，可按现在的说法，这生儿生女主要取决于男方，怪不得媳妇金凤。再说，他家姊妹多，没分地的时候一家人都挤在三间土墙瓦房里。他大哥结了婚分出去借的还是队上闲置的饲养室。等到他结婚，他爹杨继业和他妈朱大梅把亲戚借了个遍才盖了三间新房，比起老屋也就是门窗多了一圈青砖碹。在新房里结了婚，过了一个月，他就搬回旧屋住了，他下面还有一个弟一个妹呢。虽然这是结婚前说好的，但金凤的娘家和金凤还是有点意见。不过过门就有房住，这一点已经不错了。可金凤和她爹妈没有想到这旧屋一住就是十多年，娃娃都上了初中。

杨根良看着往墙上挂辣椒串的媳妇金凤，说："你下来，你下来。"

金凤不知道杨根良叫她下来干什么，站在凳子上问："有啥事？"

"没事，你下来，我来挂。"金凤看了看站在地上的老汉杨根良，感觉自己的老汉好像变了个人。从她跟杨根良结婚起，很少遇到过她正在忙的时候根良主动说要替她干活，都是她实在忙不过来了，叫根良来帮她。杨根良扶下媳妇金凤，站上凳子，边往墙上挂辣椒串边对金凤说："你后晌去砖窑上，给咱家订五万块砖，把信用社的钱都取出来，如果不够我让建业先给咱垫一点。"金凤冷不丁听老汉杨根良说订砖的事，纳闷道："订这么多砖往哪用？"杨根良从凳子上下来，拍拍手，把凳子放到墙边说："咱家盖房用。"

金凤听杨根良说要盖房，高兴地说："哎呀，总算等到这一天！我现在就去信用社，订砖的钱可能够用，只是这盖房还要木头和瓦呢。"

杨根良说："咱盖到国道边去，盖成跟新村一样的楼板平房，基本不用木头和瓦。明天我抽个空到镇上楼板厂去一趟，那厂长还欠我人情着，楼板可能会便宜点。"金凤没想到要从这旧土房里一下就住到楼板房里，喜悦得使本来干瘦的脸上堆起了褶子。她给杨根良说："我现在就去信用社，中午回来晚，你把早上剩下的饭热热。"

看着金凤开心的样子，杨根良负疚的内心稍稍好受了点。这时他想到征地的事已经落实得差不多了，当下最紧要的就是规划宅基地的事，特别是国道边那两排宅基地。他得去镇上给贾旺书记和李镇长汇报一下，毕竟这是耕地。

三 十 三

甜泉水村没被征收的地里的玉米大多收了，只剩下枯黄的玉米秆。

秋天已经接近尾声，村后山坡地塄上的柿子树叶子在慢慢变红。已经有村民用竹竿在夹柿子，能唱几句戏的在树上边摘柿子边唱着秦腔，拴在柿树下的牛羊安逸地嚼着泛黄的野草。收了秋，种下冬小麦，一年中最闲适的日子就到来了，连房屋顶的炊烟好像也清闲了下来，慢悠悠地飘荡着。

国道边一组、二组田里的玉米收过了，在得到镇上同意后，这些耕地已经变成了宅基地。心急的人家早早把还没熟透的玉米砍了，这些玉米可以煮着吃，也不算浪费。看着这一片片良田都要盖成房子，田成业心里五味杂陈，他有一种说不出的惆怅。

在他上小学中学时，能增产的平地是很金贵的，而且是保护的对象，村民家盖房子不是沿着山边盖，就是盖在边角地或者不太打粮食的地里。如今住在山坡上、山脚下的人家都想着往平地上搬，而且都喜欢沿着公路和乡道盖房子，这一点田成业很不赞成。他觉得就是规划建设新宅基地，最好也不要划在好地上，也不要盖在路边。农村毕竟是农村，相对集中，结合地形，避开良田，躲开马路，三五家住在一起，绿树簇拥着，乡间小路相牵着，住房点缀在庄稼地里，那才叫农村。如今这房都要往路边盖，不说吵、脏，娃娃们出门也很危险。路上汽车还不多，可农用的小四轮和"蚂蚱腿"（手扶拖拉机）多了起来，已经有孩子被这些农用机械撞了，好在还没有出过人命。

田成业在宅基地的规划会上把自己的想法说了。大家也没说赞成，也没说反对，到最后收集意见，国道边的耕地还是被定下作为宅基地。而且态度坚决的是一组满堂组长和二组文喜组长，桃李新村征地，他们两组征得最少，组上的村民都说是组长不行，让他们失了这个生钱的机会。这次国道边的地虽然没有征地价格高，可也有不少的进账，这下一、二组的村民的心里算是平衡了点。

很快国道边的宅基地就划完了，除了杨根良、一组的组长满堂和一些手头宽展的村民在国道边要了宅基地外，唯一让村人看走眼的是王勇良。乡邻们对于王勇良花五百块要下国道边的宅基地感到很意外。这个只有两间破草棚的后生，过日子全靠他姐帮衬，不然吃饭都是问题，就是这么一个家伙，也能拿出五百块"买"

宅基地。后来大家想着想着也就想通了，王勇良日子过得是恓惶，可他有个日子过得宽展的姐夫田成业。

田成业也为勇良"买"宅基地的事感到吃惊，他也是事后才知道的。其实手头宽展些的人都想在国道边盖个房子，这趋势很明显。河口镇街道上做生意的人越来越多了，加之国道上云岭以南和周边省份的大卡车经常从秦东河谷中进出，修车、加水、吃饭都是很好的生意。田成业虽然不赞成把这良田批成宅基地，但看看河口镇街道上盖房的速度，他也明白这地是保不住的。

孙建国看到了这趋势，他让田成业也弄块宅基地。田成业当然也能看清，只是他不想去凑这个热闹。一来他现在是书记，这有点给自己谋私利的嫌疑；二来自己的房好好的，两个人住着宽展得很；三来勇良把钱借走了，也没那闲钱。当然最重要的是第一条，他回乡来已经有了这么个宅基地，村民已经很给面子了，他不能做让乡邻戳脊梁骨的事。可他万万没想到勇良会"买"这块宅基地。勇良的钱都压在砖上了，能盖什么样的房？猴年马月能盖成？这让他真是想不通。

吃过晚饭，田成业问婆娘翠翠有事没。翠翠说："饭吃了能有啥事？你有事就说。"田成业看了看婆娘翠翠，说道："你能不能把你说话的口气放瓤活（温和）点？我去勇良家一趟，你去不？去就出门，不去我独个儿去。"

田成业要去勇良家，口气就有些硬。他心想：我这是去你那不成器的弟弟家，你看看你那啥态度！田成业在心里发着牢骚，抬腿就出了院门。翠翠也觉得把田成业说错了，忙关了门，跟着出了院子，在田成业后面喊叫："你走慢点行不！"田成业放慢了脚步，他感觉翠翠赶了上来，又恢复了原来的速度，就这样两口子前后脚到了勇良家。

刚到勇良家院子，一阵阵煮肉的香气伴随着孩子们开心的喊叫声飘出了家门。田成业和翠翠没打招呼就进了门。门里，勇良的大女儿彩云手里拿着一根没多少肉的猪肋条，正在啃着。那只瘦得不经常回家的黄狗老实地蹲在彩云面前，看着娃娃手中的骨头，舌头在嘴边斜吊着。田成业进门，那狗都没回头，倒是彩云喊着灶台上的巧姑说："妈，妈，我姑父姑姑来了。"巧姑把刚捞出来的两块肉骨头分发给两个小的，说："慢点吃，别烫着了。"然后转过身，用袖子把额头上吊着的头发往耳朵背后捋了捋，说道："姐，哥，你们来了，快坐下。"说着搬过来两个凳面不全的小凳。田成业看见巧姑正在煮肉，感到有点意外。这没到过年的时候，平常日子过得差不多的人家也是偶尔弄点肉臊子放在瓦罐里，吃面条时用小勺在瓦罐里挖一点放到碗底。勇良家没到过年就煮上了肉，这还是他回村来第一次见。

翠翠用手把三个娃娃的头摸了一遍，她觉得老王家这几个娃娃可怜得很，也可爱得很。她经常想，如果她的父母还活着，看到这三个娃娃应该会是满意的吧。她走到锅边，轻轻吹了口气，把从锅里飘出的蒸汽赶到两边，将锅里的肉看得清清楚楚。她也惊讶起来，问身后的巧姑："煮这么多肉，花不少钱吧？"巧姑说："我不知道多少钱，是勇良割回来的。"

田成业和翠翠挺高兴的，娃娃们吃上了肉，贪婪的样子更加可爱。翠翠看着看着，眼中就噙满了泪水，她不知道是高兴还是难受。田成业也觉得娃娃们能吃上肉是好事，但不知道勇良哪来的这么多钱，又是"买"宅基地，又是割肉，令他生出担忧。

想到这他开口问道："巧姑，勇良人呢？"巧姑松了翠翠的手，转身对田成业说："早上就出去了，说是到砖厂上去了，走的时候还说吃饭不要等他。"田成业听说勇良去了砖厂，就给翠翠说："你在这帮巧姑忙，我去窑上看看。"

田成业擦黑到了砖厂。他刚到砖厂办公室门口，就见一大堆做砖的民工围在门口，七嘴八舌地说着"这事出得不小啊，千万别弄出个人命来"。田成业拉着一个看样子有点文化的民工到砖厂边上，然后问道："乡党，这厂里出啥事了？"民工看了看田成业，说："你是吃公家饭的吧。"田成业说："你眼力还挺厉害，你给我说说这出啥事了。"那民工说："早上来了个要砖的，我们厂现在砖有点紧张，人家说他是订下的砖，现在急用，要拉砖。厂长和会计说现在没有砖，让等两个月。结果那人就把大杆上的电给拉了，为这打起来了，人都送镇上医院了。"田成业一听就知道是勇良，给民工说了声"麻烦你了"，就匆匆往镇上医院赶。他想这事先不能让翠翠和巧姑知道，怕她们心里担不了这么大的事。

田成业脚下走得急，没什么感觉就到了镇医院，问医生早上送来的人在哪，医生问："是不是打捶的那几个人？"

田成业想想应该是吧，就说："就是的。"

医生指了指，说最里面那住了两个，隔壁住了一个，对面还有一个。田成业也没回话就急忙进了病房，正好看见勇良一个人在靠外的这间，田成业看勇良还在地上站着，悬着的心算是放下了。他看勇良的左脸上贴了一块大纱布，从头顶包到下巴，急忙问道："这是咋回事？"

勇良好像也没多大痛苦，对田成业说："哥，没事，缝了十来针。"

"十来针还没事？你姐知道了还不被吓死了！"王勇良接着田成业的话说道："哥，是这，原来订砖的时候说得好好的，随到随拉，可我早上叫人来拉砖，他们说这段时间砖有点紧，让过两个月。我已经答应村主任杨根良了，你说急不急人？我跟他们理论了两句，人家牛气得不行。我一生气就把电给断了，这不就打起来了，他们三个人打我一个，也没占啥便宜。"

田成业先让勇良坐下，自己出了房门，到对面和隔壁的病房转了一圈，然后又回到勇良的病房，看着受了伤的勇良说："你这脾气是不是要改改？人家没砖，也不是说不给你，好好商量商量，老是两句话不投机就动手，上次去派出所的事忘了？"

王勇良也觉得为这动气不值得，可他答应了村主任杨根良的事，觉得没办法交代太丢人就急上了火。这时田成业才想起刚才勇良说起了根良，他问勇良："你说说，这事咋和根良扯上了？"

王勇良把脸上的纱布轻轻按了下，然后说道："上个月根良的媳妇金凤去砖厂订砖，人家说现在砖不订了，要一手交钱一手交砖，金凤本来想交一半订金订五万砖，现在要现钱，她钱就不够了。厂里一个嘴长（多嘴）的烧窑工说：'你村上一个叫王勇良的，半年前在这订过砖，订得还不少，现在也没拉，你看看你们关系咋样，可以拿他的砖票来提砖。'"

田成业像是明白了，问根良的砖拉了没有。王勇良摸了下脸上的纱布说道："这不，前几天根良专门跑到我家去了，问我是不是在窑上订下砖了。我想人家都知道了也不好瞒着就说了实话。根良就说：'你给哥帮个忙，能不能匀一万块砖出来？'我心想咱原来是想着用这砖挣钱呢，现在砖有点紧张，每一个砖的价格也涨了五块钱，明年应该会涨得更高。可想想根良是村主任，是抬头不见低头见的乡邻，得罪了也不好。就说我听金凤嫂子说要五万块砖，你说一万块砖够不？结果根良说多了怕我到时用砖不够。我说没事，给他匀两万块砖吧，三天后我就去办，他找人拉就是了。"

田成业终于明白了，觉得这事不妥当，他有点生气地说："那你把事办得稳妥点，免得出什么差错。你现在打了架，这许给根良的砖咋办？"

王勇良不紧不慢地说："哥，这你不操心了。已经协商好了，各看各的病，砖厂兑现承诺，明天根良就去拉砖。"

田成业看着受伤的王勇良，说："那你在这住一晚看看情况，我回去让你姐和巧姑别担心。"

天空已经挂上了明亮的月儿，从秦东河谷吹出的山风已经凉意十足。田成业想着熟悉但现在却有点陌生的王勇良，这个没好好上学的家伙脑子咋能生出这么多环环（主意）呢？

三　十　四

地里没多少秋收的庄稼。周青松让媳妇桃花蒸了些馍和萝卜肉包子，装在提笼里就出了门。

他走在刚刚变干的乡间土路上，布底的鞋子踩在路面上，软软的很是舒服。秋高气爽，高高的天空，蓝得很透，吹来的风夹杂着丝丝凉意。山坡上等待乡人收割的黄豆把起伏的山梁涂得金黄一片，散落在这金黄之间的苍柏显得格外青翠。在苍柏的下面，静静地躺着甜泉水村村民的先人们，他们在高高的山梁上俯瞰着不断变化的甜泉水村，在另一个世界里应该是幸福的，或者还是有点遗憾，遗憾这越来越好的日子自己没能等到。周青松提着馍和包子，边走边向南山看着，那里安埋着自己的父亲周甜泉。看着笼子里的白馍和萝卜肉包子，这美好的秋景，自然添上了一抹难言的哀愁，这或许就是人常说的"子欲养而亲不待"的感觉吧。好在老母亲还在，这让周青松心里生了些许安慰。

周青松边走边想，一会儿工夫就到了他九爸周山泉的家门口。院子的狗摇着尾巴跑过来，周青松摸了摸狗的头，向着屋里喊道："九爸在不？我是青松。"

屋里很快就传出了周山泉的声音，他答应着就出了门，把手中的纸烟紧吸了两口，烟把往院中菜地里一扔，接住周青松手中的提笼，说："你这娃娃，以后不要给我们蒸馍馍了。我和你九娘两个人吃不了多少，在家也没事，想吃啥自己蒸点。你家里忙，别老操心着我们。"

周青松动情地说："九爸，除了我妈，咱自家门户在村上的就你和我九娘几个老人了。我这当小的不常来看看你们，我那两个在外面工作的兄弟能安心干事？"

周山泉高兴地拉着周青松的手进了屋，让青松坐在自己上房的沙发上，拿出儿子给自己捎回来的茶叶，给周青松泡茶。周青松要自己来，周山泉说："娃你坐，我来我来。"

叔侄俩说笑着，周山泉的老伴粉花进了屋，周青松忙站起来问九娘好。粉花一只手端着装着苹果的盘子，另一只手按着周青松的肩膀说："娃你快坐下。"粉花给周青松递了一个苹果，问："你妈、桃花和娃娃都好着没？"

周青松忙说："都好着呢，我九爸给介绍的这个毛桃，现在是我们家的金蛋蛋了，我爹要在世，看到这日子整天都会笑得合不拢嘴。"

听周青松提起他父亲周甜泉，周山泉也有些伤感。他们年纪差不多，只是周青松家这苦巴巴的日子把人劳坏了。周山泉接了话头说："你爹他命苦，你现在把你妈孝顺好。你爹那时在队里有些软弱，难免会遭有些人家欺负，你妈要强，一个女人家跟人家理论没少受气。"

粉花听叔侄俩提起过去的伤感事，就说："你跟娃说说开心的事好不？你们先在这说着话，我到院子把洗的衣服晾上。"说完就出了屋门。

周青松端起泡好的茶水，揭开杯盖，用嘴吹了吹，轻轻喝了一口，过了会儿咽下去，咂吧嘴说："九爸，你这茶好着呢，喝下去了嘴里有香味呢。"

周山泉得意地说："这是你哥给带回来的。"

周青松能够看出周山泉提到自己在外的儿子，脸上透出的自豪劲。他放下茶杯，笑着说："九爸，我今天过来看你，还有点我自己的事想和你商量一下。"

周山泉收了脸上的自得，问："娃你说，啥事，看爸能给你帮上忙不？"

周青松有点为难地说："就是我那毛桃的事。我在机动地的那两亩毛桃苗，夏收的时候村上说要把地腾出来，根良给缓了几个月，说是等到秋后挪也行。我想再麻烦你一次，这挪苗我没把握，能不能让县农科所的所长给咱寻个懂行的，给我指导指导？"

听娃娃说完，周山泉脸上又泛起笑容来了，他说："这有啥问题？我给你省城的五爸打个电话，让他给刘所长说一声，派个人来应该不是个难事。"

周青松听周山泉这么一说，熬煎了几个月的心情平复了下来，他和周山泉说了会儿家常话，起了身说："九爸，那你跟我九娘在，我还得去找地去。苗子挖出来，还得找个地方安顿。"

周山泉也起了身，他想了想说："青松，要不这样，我和你九娘两个人有将近一亩平地，正好不在这次征地范围内，你把苗子挪我这地上来。"

周青松忙说："你和我九娘还要靠这地打粮呢，我再想想办法。"

"还想啥办法，就这样定了，别和你九爸生分了。"

周青松见周山泉态度很坚决，就说："是这，九爸，今年冬里我先处理一批，剩下的先挪到你的地里，可能要占到明年秋里头。这秋夏两季地里产的粮食我按产量给你，这个你得答应下。"

周山泉笑着说："好，好，这个我答应你。"叔侄俩边说边出了门，周青松给他九娘粉花告了别就回去了。周山泉回了屋去找他大哥的电话，他得尽快把专家给联系好，不能把青松的事耽误了。

出了周山泉家，周青松在路上想了想，然后往村主任杨根良家走去。他平常跟杨根良说事都是在会上，私下里很少说话。杨根良给他协调秋后挪毛桃苗，他还没正式地感谢感谢人家。今天上午没啥事，吃饭还早，他想去杨根良那转转，把这礼行走到。

周青松来到杨根良的院门口，金凤正在洗衣服。她看周青松在门口，起了身说："青松来了。"

周青松忙应道："金凤姨忙着呢，我根良叔在不？""在呢，你进屋去吧，我这占着手不招呼你了。"周青松说你忙你忙，就进了金凤家的门。

农村的辈分乱叫着呢，谁也说不清是哪辈人错下了辈分。到了这代人，有的人家小孩子刚出世，已经被人叫爷爷了。杨根良的辈分和周青松他爹周甜泉是一辈，周青松得叫杨根良叔。可自小到上了学，周青松都很少叫杨根良叔。在学校时还小，大家互相叫着名字；回了村，杨根良当小队长、当村主任，周青松见了面就喊队长、村主任，只有在人多处，他躲不开杨根良才会叫声"根良叔"。有了杨根良的高姿态，还给周青松帮了忙，周青松这心理上的障碍也扫除了点。他很少来杨根良家里，金凤也觉得有点意外。不过她男人现在是村主任，周青松是小组长，来家里也很正常，何况现在村上的事有点多。

周青松边往屋里走，边开了口："根良叔在不？"

杨根良听到院子里的声音，知道是周青松，从房子里迎出来，笑着说："青松来了，快进屋里头坐。"

杨根良撩起门帘，让周青松进了屋。这屋里还坐着两个人，一个是孙建业，另一个很眼熟，猛的一下周青松没想起来。那人起了身，脸上挂着笑，自我介绍道："老同学，我是李富民，你把我记着没？"

这一提醒，周青松想起来了。李富民是他们高一同学，高二分班，周青松、杨根良和蒋艳报了理科，李富民报了文科，这就分开了。周青松听说李富民他爸是县信用社的干部，后来李富民接了他爸的班，再后来就没消息了。这一别十几年，要不是李富民自己介绍，周青松真还认不出他。

杨根良放下门帘，招呼着大家坐下。周青松说今儿个没啥事，路过根良叔家门口就进来坐坐，没想到碰到老同学了。

李富民接了话，他说："青松，听根良说你现在种毛桃发达了。有钱别放屋里，万一让老鼠'咔嚓'了咋办？把钱存我信用社。"

杨根良给周青松倒好茶水，然后介绍道："富民现在调到咱镇上信用社当领导来了！"

李富民忙解释："什么领导，副主任，也是个干活的。"

周青松这才知道李富民为啥叫他把钱存信用社。他接了李富民的话，半开玩笑地说："我务毛桃是挣了点钱，可咋也赶不上你这轻松、体面、旱涝保丰收，我们在村上的都是靠力气、靠老天可怜混口饭吃呢！"

杨根良听周青松这么一说，哈哈笑着说："富民，青松说得对，你就不要拿我们乡下人开玩笑了。"孙建业插不上话，就给三个人倒着水，然后坐回自己的凳子上，听着这三个同学拉家常。

十几年没见了，要说的话太多，可说起来不一会儿就没啥说的了。周青松看这阵势，李富民是有什么事呢，就起身说："你们忙吧，我先回去了。这老同学联系上了以后就多来往，有啥好事先往老同学身上靠。"

杨根良见周青松要走，就拦下说："快吃晌午饭了，咱这同学十几年没见了，让金凤给咱弄几个菜，咱们在我家聚聚。"

"在家劳嫂子干啥？我在街上新开的川菜馆订一桌，咱们到街上去吃。都是老同学，就别推辞了，咱现在就走。"李富民说完也起了身。杨根良说："行，你现在到咱河口镇信用社来当领导，我们都不知道，今天这饭我来请，在我家拿瓶西秦酒，咱同学喝点。"

周青松也不好驳了杨根良的面子，就答应了。站在边上的孙建业对杨根良说："根良，你们同学聚会，我就不去了。"

杨根良说："咱们一块儿去，完了李主任还有事要跟你商量。"

凉菜上齐，酒盅添满，没等杨根良发话，李富民抢先说道："根良、青松，还有孙会计，今天咱们有幸聚在一起。我刚调到咱河口镇信用社任副主任，人生地不熟，还需同学们多帮忙。今天这酒是根良拿的，这饭一定由我来请，给老同学一个面子，我就先提这一杯，咱干了。"几个人说了声"好"，第一杯酒下了肚。

这酒下了肚，筷子就上了手。李富民用筷子指着桌上的菜说："这菜叫夫妻肺片，好吃，大家尝尝咋样。"

酒过三巡，在酒精的作用下，这三个多年没见面的高中同学话头就放开了。孙建业没什么嘴要插的，他倒着酒和茶水，听着这三个人说着跟自己没一点关系的事。李富民喝得有点快，也喝得有点多，话也就多起来。他说着说着猛地停了下来，两眼看着杨根良，然后轻声问道："根良、青松，你知道咱班上那俊女子蒋艳现在咋样不？我在县上听说她过得不幸福，你们知道不？"

杨根良和周青松虽然也喝得有点多，但听到蒋艳的名字脑子猛一下清醒了点。这个分别十多年，经常想起，但也就是一瞬间想想的同班同学，他们多么想知道她的情况，但又那么害怕听到她的消息，李富民一句"过得不幸福"，惹得杨根良和周青松如湖面般平静的心像被投下了一块石头，勾起了他们不愿提起的记忆。

三 十 五

秋风从秦东县的西北方吹来，这可能是今年最后一场秋风了。地里的水稻和玉米收割完了。以往用牛耕犁的田地，如今用上了小四轮拖拉机，不到十天就种上了冬小麦。甜泉水村的村民比往年清闲了很多，心情也好了很多。阴历十月初一寒衣节这天，给先人们送过冬衣物钱粮的村民结伴说笑着往山上赶。他们遇见一簇簇苍翠的松柏，那里安埋着去世的先人。村民们就分散在山坡上，在各自先人的坟前燃香焚纸。很稀罕，有的坟地响起了鞭炮，有的人家还在坟前摆上了水果和点心。难怪光秃秃的柿树上栖息着乌鸦和喜鹊，它们等待祭祀的人们离开后，享用坟前的水果和点心。看来甜泉水村村民的日子是过得好多了。

要说甜泉水村村民的日子过得好了，可能有点言过其实，但村民手头宽展起来是真的。前几天杨根良让孙建业在各组的墙上贴了告示，请各位村民按小组顺序到村委会领取征地款。河口镇信用社的李富民主任和两位工作人员现场给大家办理存折，钱当然先存在信用社里。手头紧巴的村民存折拿到手就到镇上把钱取了出来，日子过得宽展点的就把存折收藏在自家的箱底。这一天，不是过节过事，可甜泉水村的村民还是抬出了过年才用得上的锣鼓，欢快地敲击着，宣泄着自出生起就压抑在心头那因贫穷而累积起来的自卑，让相邻的村庄听着甜泉水村的得意和幸福。

所有甜泉水村的村民都是高兴的，唯独没有分到征地款的田成业心里生出了一丝不安。从来都过着紧巴日子的村民们，忽地有了点钱，能不能承受起这来得有点突然的富裕生活？他生怕应了老人们说的：薄地上不得鸡粪，轻马担不住驹。会不会这好日子来得快，也去得快呢？这些祖祖辈辈在这黄土里刨生活的村民，能不能承受起这用命根换来的财富呢？

田成业走出家门，突然想好好看看这个熟悉的村庄。那些高大的杨树、槐树和椿树，那些有点破旧但规整的土坯青瓦房子，那些散落在打谷场边的碌碡，那口被绳索、水担磨得井口发光的御井和井台边上的石礅子，还有那村前成片的平整的田地……这些地方都留下过自己年轻时的脚印，也记载着他流逝的青涩岁月，这让他更生了些伤感。轰鸣的柴油机声从村外传来，那里有好几台推土机在平整着建设桃李新村的地基。喜欢看热闹的村民聚在村口，整晌午地看着"西洋景"。已经有好几波村民邀田成业一起去看景致，婆娘翠翠也去了。田成业找借口说自己有事没有去，其实他的内心有种说不出的滋味，觉得此时的心情有谁能知，又有哪个能够倾诉呢？

田成业走出了村子。他没有去那热闹的工地，而是径直向南山坡上走去。他想上到坡顶，居高临下地望望勾着自己魂魄的甜泉水村。

等他到了山顶，发现山顶上有两个人，一个是周山泉，一个是周青松。叔侄俩看见田成业，都有点惊讶。没等他们开口，田成业喘着气问道："山泉叔，你爷儿俩不在村口去看热闹，上这么高，不怕被风吹凉着了？"

周山泉脸上没有笑意。他看着田成业，带着几分愧疚说道："成业啊，我先人让你先人当长工，到现在我见你都不好意思啊！"

田成业走到这爷儿俩身边，接了周山泉的话，说道："山泉叔，你咋还记着这些陈芝麻烂谷子？我爹一个逃难的，能被你周家收留有个容身之处，我感谢都来不及呢，以后可再别提这事了。"

周山泉脸上有了点笑容，可还是掩盖不住心中的忧伤。田成业看在眼里，故意问道："山泉叔，你和青松一大早跑到这山顶来图敞亮，是不是有啥心事啊？"

周山泉并没有回答田成业的问话。他抬起手，指指山坡下的甜泉水村，话没出口，眼里好像泛起了泪花。

山下，向北延伸的是那秦东河长年冲刷出的白色飘带般的河床，镶在上面墨绿色的是昼夜不停的秦东河水。甜泉水村被秦东河和山脚拥抱着，这个好似睡梦中的孩子般的甜泉水村，就在这醉人的景致中养育着一代代的村民。如今，轰鸣的机器声和不时冒起的阵阵黑烟，把沉睡着的村庄吵醒了，也把有些人安静的生活惊扰了。

周青松让田成业站到他九爸身边，说道："成业哥，我九爸是看着咱这甜泉水村的良田要建房子，心里难受呢！毕竟这是几辈老先人耕种养命的根子，这些田地里留着几辈人的身影，我田叔的身影也在这田间呢！"

心中伤感的田成业让周青松这么一说，眼里也快要泛起泪花来。他握着周山泉的手，有点激动地说："山泉叔，辛苦过后知不易，你我两家在旧社会是主仆，可对这土地都是有感情的。如今这土地上要盖房子，这多么可惜啊！"

周山泉"唉"了一声，说："是啊，成业，我想你那么小就离开了村子，可能都不记得这些事了，没想到你还是个有情有意的人。"

田成业苦笑着说："山泉叔，要不是这，我也不会回村来养老。"周青松听着两人的对话，也不知道怎么安慰他们，只能站在边上。

周山泉调整了一下自己的情绪，他对田成业说："成业，不管咋说你现是甜泉水村的支书，我想给你个建议，不知当讲不当讲。"

田成业摇了摇头说："我这个书记是挂名的，不过我真想听听你的建议。"

周山泉握住田成业的一只手说："成业，你这个挂名支书从今儿起不要再挂名了，你认真地当一回甜泉水村的支书，把咱这村子好好照看照看，让咱这村子不要破落了。"

田成业本来就有这个想法，周山泉这么一说，他也有点激动，对周山泉说："山泉叔，我成业能干多长时间我定不了。可正如你说的，我想为这村子做点事，做一点能让离开这个村子的人生乡愁，回来能够见乡情的事。"

周青松看着这两个长辈，心里也平静不下来了。他当着两个长辈的面说："九爸，成业哥，我支持你们的想法，有啥事需要我青松尽管说。"

周山泉脸上堆满了笑，他夸道："青松真是一个好后生。"

田成业看着周青松，语重心长地说："青松，你年轻有思想，甜泉水村的将来还要靠你们这些娃娃。你做事是一方面，另一方面也要积极提高自己的思想觉悟，有空写个入党申请书，入党对你、对甜泉水村都有好处。"

村主任杨根良也没有去看热闹，他和孙建业一大早就去了镇政府，贾旺书记捎话让他们去的。杨根良和孙建业放好自行车，来到贾旺书记的办公室门前。白色的门帘随着夏天的离去也收起来了。杨根良用手敲了下门，听着屋子里椅子挪动的声音。不一会儿门开了，贾书记看着门口的杨根良和孙建业，忙招呼进屋坐下，然后叫小宋把李镇长请过来，自己亲手给杨根良和孙建业倒茶水。

孙建业抢过热水瓶边倒水边说："书记你坐，我自己倒。"

贾旺松了手，回到自己的办公桌后面，开口问道："根良，村里的工作有什么困难没？"

杨根良在沙发里直了下身子，恭维着说："有贾书记和镇上的支持，工作开展得都很顺利。建桃李新村的地基正在平整，来年春节后动工没问题。村子里征地款全部发到了每户手里，大家都很满意，现在有好多家都张罗着要盖房呢！对了，书记，要说困难，我们村的宅基地可能是个困难，以前没这么集中批过，镇上在指标上是不是给我们村上倾斜点？这个矛盾有点突出。"

杨根良刚说完，李镇长进了屋，他跟杨根良和孙建业打过招呼就坐下了。贾旺看着孙建业给李镇长倒上水，大家坐定，才开了口说："根良，今天叫你们俩来，我和李镇长已经碰过头了，就是一件事。"

贾旺停下喝了口水，从椅子上站起来，抬高嗓门说："甜泉水村平地被征了一大半，虽然有补偿款，但从长远看，村民以后的日子需要现在就着手打算。要利用好现有的坡地，节约仅有的平地，在种什么上做点文章，让村民们有个稳定长期的经济来源，为下一步秦东河水库大坝的建设创造一个平安环境。我本来要让成业和你们一起来，成业说他身体不舒服。你们回去后，开个会，集体讨论讨论，给村子下一步发展制订个方案或者规划。"

杨根良用笔记本记着贾旺书记提出的要求。贾旺说完了，李镇长接着说："我和贾书记对甜泉水村这大半年来的工作很满意，希望你们继续把工作做好。要提醒的是，甜泉水村在秦东河水库工地的中心上，从现在征地到水坝建设，肯定要和村上打交道，难免有些经济上的来往。根良和建业要把账目弄清楚，公私要分开，定期向村委和村民公布，千万不能在这上面犯浑。"

　　杨根良听完两位领导的讲话，收起笔记本，在沙发上调整了下自己的身体，表态道："感谢书记和镇长对我和建业的厚爱。我们一定按照你们的要求，把事办好，把账管好，把村子的未来谋划好。我们甜泉水村将借这次秦东河水库建设的有利机遇，努力建成咱们镇村风正派、邻里和睦、日子红火的文明村，请书记和镇长放心。"

　　贾旺肯定了杨根良的表态，然后又说到宅基地的事："原则上还是在原来的宅基地上盖，确实人多要分户的，你们先摸摸底，看到底有多少户，然后让镇上分管的镇长和相关工作人员去实地调研调研，让他们拿出一个方案来，镇上集中研究一次。"

　　杨根良说："那太好了，我们等着镇上的调研组来，这个问题解决了，村上的事就顺当多了。"

　　事情就这么多，李镇长先忙去了。贾旺书记问杨根良："你们村今年庙会准备唱几天戏啊？"

　　杨根良说还没和村"两委"的人商量，不过今年这情况，他的想法是五天六晚。一来今年大家高兴，二来准备把物资交流会的规模再搞大点，这样既可以活跃气氛，同时给村上也增加点收入。这村子里没点积蓄，好多事情没办法开展。

　　贾旺听了杨根良的打算，他说："好，那戏最后订的哪的？""订咱县剧团的戏。上次县剧团响玲书记亲自到村上，人家看得起我们，我们当然得给人家面子。这庙会马上就到了，开戏那天，贾书记你一定要来啊。"贾旺听杨根良订了县剧团的戏，脸上带着满意的笑，说："没问题，我一定去。"

　　杨根良高兴地站起来。贾旺也从办公桌后面走过来，握着杨根良的手，说："那你们先回吧，村上发展的事和成业他们好好商量商量。听说你们村的侯春来、孙建国也都退了休，也经常回村里。多听听他们的意见，在外面工作的人见多识广，要发挥好这些人的作用。"

　　杨根良说："嗯，我和成业书记还说起过这事，想让这些退休回村的人成立一个咨询组，参与村上的事务。"

　　贾旺点了点头说："这个想法很好，有什么困难需要我出面尽管说。"

　　杨根良和孙建业离开镇政府，回到村里，看着推土机将坡底高处的黄土向去年还在打粮食的平整的良田里推。孙建业高兴地说："村主任，这工程一开始，咱这村上来钱的路子就宽了。"杨根良没有接孙建业的话，他站在田边，静静地站着，直到金凤在村口喊他回家吃中午饭才动身。

三 十 六

　　甜泉水村的庙会到了。戏台搭在刚刚平整过的田地里，比往年学校的操场宽展了很多。王勇良提着一桶干白灰，按着胡满堂的指示，在场地里划分着摊位。尹世文跟在王勇良后面，不时提醒他线没画直。王勇良边画线边对尹世文说："世文哥，东娥嫂子的生意做大了，也不来赶咱村上这庙会，把你闲得在这呢！"

　　尹世文听出王勇良在耍笑自己，就笑着说："勇良你娃娃现在也长本事了，跟哥也敢说耍话了。"

　　胡满堂接了尹世文的话："世文，你没事站远点，别耽误我和勇良做事。"尹世文没意思地说了声"好，你们忙"，袖着手往戏台那边去了。

　　做生意的村民再也不用占地方了，他们按照先来后到依次听从着胡满堂的安排。王勇良跟在后面，手上拿着一张写着"十元"字样，盖着红色的甜泉水村印章的白纸片。从今年开始，收费将是甜泉水村庙会的新事物。虽然村民做的都是小本生意，不习惯赶庙会收费的事，但他们还是交了钱，毕竟甜泉水村的庙会是秦东县最大的庙会，他们每年在甜泉水村庙会上的收获也是最丰厚的。

　　戏台正前方留了上亩的地，两辆解放卡车正在往地上卸东西。这是从遥远邻省来赶会的马戏团。他们的场地还没搭好，高音广播里已经在宣传着他们的节目。印着演出画报的展板一溜排开，村民们稀罕地看着上面炫人眼目的演出照。演出的猴子、山羊、狗熊和老虎装在铁笼里，人们蜂拥过去，马戏团的人用赶猴的鞭子驱赶着人们，然后迅速地用挡布围起来。村民们挤着向围挡中看，他们的好奇心被调动到了极点，已经有好多人在打听演出票是多少钱，啥时候演出第一场。

对面戏台下的村民显得很少。以往戏台搭好了，大人们会来戏台下面转转，看看今年戏台搭得咋样，宏大不，好看不。重点是贴在戏台边上的黄纸，上面写着庙会期间演出的剧目。看到县剧团最有名的角儿要出演，还没看戏的村民都说今年这戏订得好。

但是，今年最吸引人的是第一次出现的马戏团，男女老少都被吸引过去了。戏台这边就冷清了许多，只有戏团人和村上安排帮忙的村民在忙活着。他们把一长串射灯吊在台口，把戏幕一层层地挂在台口两边，给两边栽在地里的木杆挂上高音喇叭，一边一个。电工试着灯光，管音响的人试着音响。喇叭里并没有播放村民们喜欢且熟悉的秦腔，而是在放着流行歌曲。看来这县剧团的日子是不好过了，马戏团把观众吸引走了，连团里的工作人员也好像是厌倦了年复一年听着的秦腔，在试音响的时候抽空听起了流行歌曲《跟着感觉走》。

进入冬天的秦东县，地里没啥农活要做。闲下来的村人就打听哪个村过会唱戏。他们为了晚上看戏可以走十公里的路，看完戏顶着月亮和星星，在不太平整的土路上深一脚浅一脚地往家赶，等回到家里，往往已经过了半夜十二点。

甜泉水村过庙会，村民们秋收完后都要请自家的亲戚来逛会。以前吃得少、住得紧，请亲戚来看戏是一件很难场的事。可你不去叫亲戚来逛会，他们出于礼行也会来。在庙会上碰见了，没叫亲戚的村民脸上挂不住，来看戏的亲戚也不自在。因此，请还是得请，亲戚来不来两厢心里都好受点。今年闲着的甜泉水村村民很早就到亲戚家打招呼，说庙会上戏要唱五天六晚，还有马戏团，过会的时候一定要抽空来看看。村民的热情是真心的，来看戏的亲戚也心安理得。每家每户都来了很多亲戚，彼此脸上都堆着真诚的笑容，都在享受着征地带来的滋润日子和难得的自得时光。

　　田成业在镇上给儿子一家挂了个电话，说有空回来逛村上的庙会。以往三天四晚的戏很难错到周末，今年多了两天戏。田成业查了日历，正会的那天刚好是周日，他很希望儿子一家能回来逛逛，他们已经好几个月没见了。田国栋没有给田成业准话，说"到时候再看吧"。田成业能够理解，自己也在外面干了几十年的事，虽然是在铁路上干，跟儿子国栋在省城机关里干有些差别，但时常计划赶不上变化。

　　田国栋现在是省城旅游局办公室副主任。自从进了这个单位，田国栋基本上没好好休过假，周末也经常被占用。当科员时，他总是第一个到办公室，取报纸、烧水、拖地、擦桌子都是他干。那时还没结婚，一个人也没啥事，早到点多干点，他还觉得很充实，从没感觉到劳累和心烦。有时候办公室里年长点的同事让他帮着干点活，他觉得这是同事看得起他，是很愉悦的一件事。可时间长了，他慢慢感觉到自己多干点，有些跟自己一个级别的同事却不怎么领情。

　　有一次，田国栋和同事们在外吃了午饭。一个王姓的同事喜欢喝酒，而且喝得有点多，回到办公室趴桌子上就睡了。快上下午班时，这个同事还没醒。这时，有一个人来给王姓同事送资料，田国栋看着喝多了的王姓同事就说："他这会儿睡着了，要不你先放我这，他醒了我转给他。"

　　送资料的人刚要把资料给田国栋，睡着了的王姓同事猛然抬起头，红着脸生气地说："这是送给我的资料，你管这事干什么？"

　　送资料的人都觉得有点惊讶，田国栋尴尬地僵在那里。被吵醒的其他同事安慰了下田国栋，让送资料的人把资料放下。收了资料，王姓同事趴桌子上又睡了。田国栋那个难受劲，他真想和这个不讲理的同事打一架。等他冷静下来，细细地思量了会儿，隐约意识到，他在处里积极地干着那么多事，在王姓同事眼里是有故意表现的嫌疑吧。自那以后，国栋只是干，很少再多说话，在主任科员位子上磨了六年才坐到了办公室副主任的位子上。

田成业给儿子挂完电话，就往村委赶。晚上贾旺书记要来村上。今年剧团也不让村上管饭了，他们自己开灶。为了表示对县剧团的重视，杨根良和田成业商量了下，给剧团送了头大肥猪。田成业刚到村委门口，周青松从院子里出来，看见田成业，问道："成业哥，村主任陪着贾书记到庙会场地去转了，你没碰见？"

田成业听青松这么一说，边转身边说："青松，那你先忙你的，我去戏台那边看看。"田成业加快了步伐，走到戏台后面的时候，副书记田文喜也刚好赶到，他给田成业说贾书记在台上检查呢，两个人就上了戏台。

贾旺和李镇长站在戏台中间往对面的马戏团那看，杨根良介绍着庙会组织的情况。田成业上了台子，紧赶了两步，走到贾旺和李镇长跟前，抱歉地说道："两位领导来村上，没能迎着你们，有失礼行啊。"

贾旺转过脸，笑着对田成业说："成业到底是在外面上过班的人，说话就是客气。"然后继续听着杨根良的汇报。

在台上听完了，贾旺和李镇长就走下台，来到戏台两边正在摆摊的商贩跟前，问是哪里人，货是从哪进的，赶会能挣多少钱。商贩们并不知道问话的是谁，但看这阵势知道是个领导，就边低头整理货品，边答着贾旺的话。

很快，他们来到马戏团的场地上。杨根良叫来掌事的，说"这是我们镇上的书记，你把你这马戏团给介绍介绍。"马戏团掌事的就说他们这个团原来也是公家的，随着事业单位改制，演出越来越少，好多人就走了。他们几个舍不得马戏团破败下去，商量后承包了这个烂摊子，在河北一个叫吴桥的地方请了几个耍杂技的内行，就走村串县搞演出。收入还行，但辛苦得很，一年年都在外面。

贾旺听完掌事的话，叹着气，低沉着嗓音说："现在挣钱都不容易啊，特别是原来公家办的文艺团体。"说完转过头对陪着自己的人说："县剧团也有这困难，不然台柱子响玲书记也不会亲自来村上要演出。"

杨根良让马戏团的人忙着，接了贾旺书记的话说道："这改制我不太懂，只是感觉咱这农村一改就活了，城里一改好像却不行了。"

贾旺没有接杨根良的话，他知道杨根良说得很对，但这深层的东西杨根良不一定懂。是啊，这可能就是人们常讲的"三十年河东，三十年河西"吧。让农村养活惯了的城里人，可能要吃点苦头了。

三十七

甜泉水村的庙会在热闹、平安和喜庆的氛围中结束了。村民们在自家亲戚面前重新捡回了自尊，村子也得到了实实在在的好处。以往过会需要村子出钱办，今年村上没出一分钱，通过庙会还净挣了五千元钱。原先给村上庙会帮忙的村民只是混个油水肚子，没想到今年村上还给了每人五十块钱辛苦费。更重要的是甜泉水村在河口镇，也可以说在整个秦东县的名望达到了极盛。

过完庙会的一个月后，那个为自己儿子陈小安娶媳妇熬煎了五六年的陈宋良，要给娃娃接亲了。这是冬闲时节甜泉水村迎来的第一个给娃娶媳妇的喜事。陈宋良提前半个月去找了孙建国，虽然他们之间没有血缘关系，可在人前还是堂兄弟，孙建国也很礼行地叫了声"宋良哥"。

孙建国没想到儿子要开商店，他们手头那点钱都先紧了娃娃的事。回村给田成业回了话，说盖房的事先缓缓。这一缓也给田成业解了围。孙建国从省城回来的第一天，陈宋良就找上门来。孙建国让媳妇蜡梅给陈宋良把水倒上，就问："哥，你来是有啥事吧？"

陈宋良把凳子挪了挪，笑着说："建国，小安今年二十五了。上半年说下了桃李村的一个女子，人家大人也很通达，没要多少彩礼，答应下半年把亲结了，我请媒人让先生给定了个日子，就是阴历十一月十八。这不还有十来天，我来给你说一声，主要还是想听听你的意见，看娃娃这事咋办好。"

孙建国看着陈宋良，有点吃惊地说："小安都二十五了，真快啊！我在外面三十多年，把娃娃的年龄都忘了。"

陈宋良不自然地笑着说："可不是，娃娃长起来快着呢。"

孙建国思量了会儿问道："哥，你是个啥打算？我听听。"

陈宋良见孙建国让自己先说说打算，想了想，说道："建国，我家虽然姓陈，其实也是孙家的人。我想娃娃的事就是咱门户里的事，得先给你们说说。村主任根良和书记成业都在咱小组，这个是不是得去请下？小组长青松是个能行娃，我也想把他请来。让他们来管这事，你看妥当不？"

如果陈宋良是个外姓人，跟孙家没这层关系，他想请这些人来主持娃娃的事基本不可能。他们能说不忙，过事来一下，特别是村主任杨根良能出面已经是很给面子了。正因为跟孙家有这么一层关系，如果事过得太寒酸，没点体面的样子，别人可能会说陈宋良这是把孙家的人丢下了。这正是陈宋良要当面来向孙建国说娃娶媳妇这事的原因。

孙建国喝了口茶水，看着陈宋良说道："哥，你想得还挺周到。我觉得这些人都得请。你给娃娃娶媳妇，就是咱孙家门里娶媳妇。我爸如果在世，他肯定会亲自操持这事。"

陈宋良脸上生出了笑容。"孙家门里娶媳妇"这话，他讲出来跟孙建国讲出来，那可是有天壤之别。如今孙建国这么讲了，这后面请人的事就容易多了，特别是根良和成业，他基本上可以不为请二人犯愁了。

正如陈宋良所想，孙建国开了口，他说："哥，你跟我一块儿去一趟根良和成业家，把人家面子给足，然后再说后面的安排。"

陈宋良高兴地说："建国，太麻烦你了，你看要不要我准备点啥东西，去人家家里空着手不好吧？"

孙建国说了句"哥你这就见外了"，然后起身说道："哥，我这有点烟，你给根良拿两条。成业不抽烟，人家也不缺啥，你把蒸的馍馍提一竹笼就行了，最好把馍蒸白点。"

陈宋良很是感动，这一刻，他才真正感到他这个顶门的山里人变成了孙家人。他高兴地起了身，说："建国，那我这就准备去，你看啥时候去合适？"

孙建国说："根良那事多，明天晚饭后去吧。成业那今晚过去一下。娃娃的事就剩下十几天了，得往前计划，不然到跟前忙不过来。"

陈宋良幸福地与孙建国道了别，出了孙建国家的门往家赶。他此刻觉得整个甜泉水村是那么亲切，走在寒意渐浓的街道上没感觉到一点冬天的寒意。

孙建国和陈宋良进了田成业家的门，问："成业在家不？"

田成业正在看《新闻联播》，忙起身让两个人坐下。孙建国看着电视，说："成业，你跟我一样，在外面上班时就爱看《新闻联播》，养成习惯了。"

田成业接了话头，笑着说："我现在回到村里，基本上是两耳不闻窗外事，一心只享故园春。上半年儿子回来跟我拉家常，觉得我现在思想观念都跟不上时代了，说让我每天看看《新闻联播》，不一定能改变思想观念，但一定能防老年自闭症。"

田成业说完，大家都笑了起来。孙建国往灶台上看了看，问："翠翠没在家？"

田成业叹了口气，带着点无奈说："到她弟勇良家去了。自从回村后，我看她把我放第二位了，她弟家的事比我重要。"

田成业说完，大家又笑了起来。孙建国笑着说："成业，你这老了老了还吃起醋了。"

见气氛很好，孙建国开口继续说道："成业，我哥的娃娃小安准备十来天后娶媳妇，我和他一块儿来请请你，到时候过去给照应照应。"

田成业已经听说了，他说："我听青松说了，我到时过去帮忙就行了。还让你们来跑一趟，这不是跟我见外了？"

陈宋良说："成业，你是在外面干事的人，是咱这村上见过世面的能行人，现在又是咱村上的支书，你去了那是给我家撑门面的事，我当然得专门来请你一趟。"

孙建国接了陈宋良的话说："我哥把意思都说明白了，我这先替老孙家谢谢你了。"田成业听到"老孙家"几个字，就明白了他们的来意，一口应承了下来。

第二天陈宋良去请杨根良，他答应得也很爽快。临出门时，陈宋良把带来的两条烟放在杨根良手里，说道："根良，咱都是邻里乡亲，不见外的，这是我的一点心意，你收下。"

杨根良接也不是，不接也不是，正为难的时候，孙建国说道："根良，这烟是从我家带来的，也是我的一点心意，我现在也常在村上住，没准儿以后还要麻烦你，你就收下吧。"

杨根良听孙建国这么一说，收了烟，笑着对孙建国说："建国哥，你这是看得起你兄弟我，你烟多那我就收了，有啥事尽管给兄弟我说，你交代的事跟老书记说的事一个样。"

孙建国来杨根良这也就是走个程序，他不来请，根良也会去。但人家现在是村主任，请一下面子上更好看。听杨根良提起自己的父亲，孙建国感觉杨根良是说给自己听的，意思很明显，老书记对他的好他没忘！

孙建国为这话生了几分感动，他握着杨根良的手说："根良，咱这村上以后有啥事用得上你老哥的，说就是了。不管咋说，我能出去是咱甜泉水村村民送出去的。我知道这恩情，也愿意为咱村上做点力所能及的事。"

杨根良很高兴。他感谢孙建国能说这话，也能感觉到大家的那份恭维，对于这一切他是很受用的。

尹世文听说陈宋良要给娃娶媳妇，还请了成业和根良来主事，他这个稀松惯了的人也意识到这场婚事不简单。他跑到县上找到媳妇东娥，说："媳妇你看，虽说陈宋良给他娃娶媳妇，可这背后是孙家在过事，这村上大大小小的能行人都请了，咱是不是也得表个态啊？"

东娥没明白，说表个什么态，给人家把忙帮好就行了。尹世文吊起脸说："帮忙我是肯定要去，可我还是觉得咱这力度不够。咱这村上，孙家是大户，得罪不起。你现在也不经常回村上，咱和邻家的关系都有点淡了，以后咱要在村上有个事，会不会给咱难看呢？"

东娥边收钱边说："那你的意思是？"

尹世文接了媳妇的话说道："我的意思是你过几天回村上去一趟。我先回去，问问陈宋良他家过事做席面的人定下了没，如果没定下，是不是你出马一趟？"

东娥停下手中的活，愣愣地看着这个不成器的老汉，想要生气的样子，再一想却慢慢地缓了缓脸色，她收着钱，没抬眼，对尹世文说："依你的意思，你回去问吧。人家定下了，我也回去帮个厨。你这一提，想想这半年真没回村了。"

尹世文高兴地两手拍了下，得意地说道："我就知道我媳妇是聪明人。娃娃晌午回店里吃饭不？我跟娃见个面再回去。"

东娥说："娃晌午不一定回来。是这，过几天凑个周末我和娃一块儿回去。他也好久没回去了，前段时间还说想回去转转呢。"

服务员给尹世文上了份鸡蛋醪糟和一个肉夹馍。尹世文吃完起身跟媳妇道了别，高高兴兴地回村去了。东娥看着有点得意、迈着步子走远的老汉尹世文，觉得这个她平时不太正眼看的人还是有几分让人心疼的地方。毕竟她做什么这个人从来没反对过，她生意能做到今天这份上，尹世文也是有功劳的。

阴历十一月十六日，陈宋良拿着香烟，在总管周青松的引领下，一户户地请着帮忙的邻里。从早上开始，周青松和陈宋良把甜泉水村四组全部人员和三组部分人员的家跑了一遍，半下午才回到陈宋良家。没多少家务和农活做的乡邻很快到了陈宋良家，一组和二组的组长听到风声也来了。到了的乡邻有的打着麻将，有的喝着熬得很浓的茶水。男人们大多数围在一个用树根堆起的火堆旁议论着"国家大事"和"国际风云"，妇女们忙着洗菜烧锅，为这些请来帮忙的乡邻准备晚饭。

周青松和副总管孙建业在商量人员分工的事。东娥给陈宋良和负责买菜的杨根娃说着要准备的菜和肉。陈宋良养着一头年猪，按照秦东县传统席面的做法，一头大肥猪基本上满足了席面从头至尾所需要的肉品。除了孙家亲戚和乡邻外，陈宋良家山里还有亲人，需要多做几席饭。东娥边说杨根娃边记，记完后，他按照当下的价格算了算，对陈宋良说："宋良哥，这些东西明天上午得准备下，可能需要二百多块钱。"

陈宋良从口袋拿出一沓钱，数了数递给杨根娃，笑着说："根娃，这几天我操不上这心，你明天就操心辛苦下，按你东娥嫂子说的把菜和肉给咱买回来。"杨根娃说："宋良哥你放心，我一定把这事办好。"

侯春来和田成业在街上碰到了，就结伴进了陈宋良家。孙建国让陈宋良把这两位请到屋子里，刚转过身，村主任杨根良也到了。

杨根良给打牌、烤火和喝茶的人问了声好，就走到周青松和孙建业身边问道："青松、建业，都安排好了没？"

周青松先开了口："都安排好了。等吃了晚饭，给大家明确下，然后让春来叔用红纸把分工写好贴在大门边上，明天按照分工忙就是了。"

杨根良脸上带着笑说："我和成业哥就负责些场面上的事，你和建业多操些心。"

这时孙建国和陈宋良也来到了他们身边，杨根良跟着这两人进屋去了。周青松看院中的四张小桌上凉菜上齐了，向打牌的人喊道："收摊吧，吃饭了，吃完饭还要开会分工呢。"

打牌的人说这一局完了就结束，喝茶烤火的人就向饭桌上围。这时候，天上飘起了雪花。有人开玩笑说："这雪可别下大了，不然桃李村那山路就上不去了。"又有人附和着："看来陈小安这小子小时候骑过狗，娶媳妇天就下雪了。"院子里哄笑一阵，来帮忙的乡邻开始吃陈宋良家过事的第一顿饭了。

三 十 八

入冬的第一场雪下得比较扭捏，起初落着零星的雨点，慢慢才变成了糁子雪粒。雪下了一会儿，平时并不太齐整干净的街道，被这层薄薄的雪粒子遮盖得素净。雪粒子稀稀拉拉地撒着，天灰蒙蒙的还没有亮，陈宋良家的院落里已经忙碌开了。来得早的乡邻给帮忙的村民准备着早饭，负责挑水的村民一担担从御井往陈宋良家的水缸里挑着清甜的泉水，他们得赶在村民早晨挑水前准备好过事要用的水，不然到时水供不上，那大家就要数落了。

鼓风机嗡嗡响着，往用土坯垒起的灶里吹着凉风。灶膛里呼呼地燃着柴火，锅上飘着白白的蒸汽。院子里忙碌的人们已经能够闻到红豆糁子稀饭的香气。另一个灶台上放着笼屉，散发出来的醇厚的蒸馍味儿溢满了整个村子。东娥带着几个手脚利索的妇女准备着早饭要吃的菜。

放在平时，甜泉水村的村民早晨是不太吃菜的，吃个凉拌萝卜丝或者弄个油泼辣子浆水菜就行了。萝卜是秋天收下放在地窖里过冬吃的。切下的萝卜缨子被洗净煮熟放入缸中，倒入凉开水和从别人家要来的浆水引子，这些在城里人看来没多少用处的萝卜缨子就被做成了秦东人最爱吃的浆水菜。村民晌午饭大多是吃面。讲究的人家会炒点葱花，在锅里下点油菜薹或者院子菜地里秋天种下的菠菜。日子过得紧巴的村民连炒葱花都免了，煮熟的面里放点盐和醋就算是午饭了。晚饭和早饭差不多，馒头稀饭浆水菜，爱好的人家会弄点油泼辣子，用馒头蘸着就算是菜了。虽然平时日子过得紧巴，可遇到婚丧嫁娶娃娃过满月，再穷也得讲究讲究，这就是乡下人讲的"穷讲究"的来历吧。东娥让那几个手脚利索的妇女准备早饭要吃的菜。凉菜有凉拌萝卜丝、面子菜，两个热菜是大肉烩菜、醋熘土豆丝。东娥安顿好早饭的菜品，得开始准备明天席面上的正席了。

吃过早饭，乡邻按照昨晚上的分工忙活开了。东娥进屋看到陈宋良，问："宋良哥，你算算，明天得多少席？"

陈宋良扳了扳手指头，有点不自信地说："我算了算，可能得十五席，再预留点，准备十八席行不？"

东娥想了想，说："除了请来帮忙的人，一组和二组还要来些人，山里的亲戚一家不止一个人，桃李村娘家送亲的人可能也要预留些，不如就按二十席准备吧？”

陈宋良称心地笑着说："好，还是东娥你经常做席想得周到。那菜、肉还要买不？还有就是咱家里的条件你也清楚，可席面也不能做得太穷气。"

东娥听了陈宋良的话，明白了他的意思。本来按照陈家的家底凑合下，把席面上的样数凑到就行。可这后面还有个孙家，太穷气孙家门户里人的脸面没法搁。陈宋良的难处东娥知道，她对陈宋良说："宋良哥，我知道了，我来虑当（想想怎么办）。"陈宋良很是感激，他没想到东娥会放下县城的生意回村来帮他这个忙，还这么理解他过这事的艰难。

秦东县地处西周起家的周原边上，听老人们讲这农村过事的礼仪和席面都是从那时流传下来的，真假已经没有人去考证了。对于现在的秦东县人来讲，这都是祖辈的规矩，不管富贵贫穷，只要你在这片土地上活着，就得去遵守和传承，只是这礼仪和席面因家庭地位和经济条件的不同在场面上和丰俭上有区别。东娥和陈宋良商量着席面的丰俭，其实就是肉多肉少、肉厚肉薄的事。人们的日子都过得艰苦，一般人家过事肉比较少也比较薄，村民们大都理解。但过于穷气，村民会说这家人也太抠了，毕竟这过事邻里还是要送礼金的。席面上菜肉丰富，肉块方正，肉片肥厚，一年里吃不上几次肉的村民，吃了席，用手抹着嘴，走在街上欢喜地相互赞叹着人家这席好。过事的主家听了村民的谈论也很开心，这是很有面子的一件事，过事不就是图个排场和面子嘛！

东娥按照秦东县席面的规矩，给帮忙的妇女安排着要准备的肉和菜。秦东县席面是乡人们嘴里说的"八碗十八碟"，一头完整的猪是席面必不可少的肉品。这八碗大名叫"八大碗"或者"八大蒸碗"。"八大蒸碗"有红烧方肉、红烧条肉、清蒸丸子、清蒸酥肉、清蒸花肉、清蒸杂碎、粉蒸杂骨、油炸豆腐，都要装在蒸碗里，上蒸锅蒸一晚上。开席后将蒸好的"八碗"翻倒在青瓷或者白瓷碗中，八个蒸碗一块儿上到八仙桌上。东娥得先把这"八大碗"装好上锅蒸上，这是席面的面子，用时长、费人力、讲究多，这席吃得好与不好，蒸碗是关键。东娥把自己选出来的几个妇女招呼到案板边，在已经分割成大块的猪肉中取了块带肋骨的，将猪膘最厚的那部分取下，切成方块，然后将肉块中部有膘有瘦肉的部分也切成方块，最后将靠近猪肚子那部分瘦肉很少、褶皱较多的肉去皮切成小手指粗细、中指长度的小条。她叫两个妇女照着自己的吩咐把肉切好，又把另两个妇女叫过来，拿起刚才切割下来的猪肋骨，用一把厚一点的厨刀将其剁成水果糖大小的小段，让二人把切掉肥肉的肋骨和其他骨头剁成这样。东娥在边上看了会儿妇女们切好的方肉和肋骨，挺满意，便走到另一个案板前，把猪肚子、肠子、猪头、腿和后臀肉放在案板上，让剩下的两个妇女把没弄干净的猪毛拔干净，然后将猪肚子、猪头、腿和分割好的后臀肉下到锅中，放入用纱布包着的大料，给烧火的妇女说："开了锅看时间，再煮一根香的工夫，捞到瓦盆中。"

切割猪身子肉的妇女们忙得差不多了，东娥揭开身边铁锅的盖子，将四四方方的肉块下到锅中。如她在县上店里做腊汁肉一样，先煮开一次去掉血沫，然后再煮到七八成熟。出锅下到用红糖和酱油熬制的汁中煮制半个小时，肉皮红亮后捞出滤干汁。她让分割这肉的妇女将最肥的肉块切成九方格，切到肉皮时留一点连着；肥瘦相间的方块肉切成一片一片的条子肉，肉皮也连着；然后将这两种肉分别盛在不同的蒸碗中，肉皮贴着碗底，然后装上切好的红薯块，再上蒸锅蒸——这两碗就是红烧条肉和方肉。最碎的肥肉条子经葱姜、桂皮、花椒和米酒腌制后裹上加鸡蛋制成的面糊，放入油锅炸黄，然后装入蒸碗，盖上红薯块，这就是清蒸酥肉了。清蒸花肉、清蒸杂碎同清蒸酥肉做法一样，用料为去了皮的五花肉和剩下的杂碎肉。桃花炸着丸子，她以前做过，东娥就没操心，让她自己把丸子炸好就行了。用干馍渣、鸡蛋和瘦肉加葱花、姜末、盐、酱油和成稠糊，用手挤出来下油锅炸制成丸子，然后每个蒸碗中放八个，上面加红薯块，这道蒸碗叫清蒸丸子。粉蒸杂骨主要用的是猪脊梁骨和剩下的不规则的骨头，剁成核桃大小下开水锅去血沫后，裹上用淀粉调制好的糯米粒，然后放在蒸碗底部，上面盖上红薯。油炸豆腐是将豆腐切成厚两厘米、长五厘米的方块下油锅炸黄，然后切成八片上蒸碗。所有的蒸碗都要备二十份。

从早上忙到半下午，需要上蒸锅的"八大碗"都装好了。东娥取出泡好的大枣和花生米，在蒸碗底部放入青红丝和八个大枣，边上放一圈花生米，然后将泡了一晚上的江米盖在上面，这就是秦东人说的蒸甜米，一席一份也要备二十份。做好的二十席蒸碗，除蒸甜米外，每个里面加一勺煮肉的高汤，这汤中加点盐就行，然后按照红烧方肉、红烧条肉、清蒸丸子、清蒸酥肉、清蒸花肉、清蒸杂碎、粉蒸杂骨、油炸豆腐和蒸甜米的顺序，一席席从下到上垒在蒸锅里。东娥亲自上着蒸锅，她知道这顺序很重要，不然第二天翻碗子的时候就会乱了，影响正常开席呢。上完蒸锅，东娥给烧火的邻里说："你把火烧好，等气圆了不断火就行。"那人应了声，他知道这火一直要烧到明天开席才能停，这烧火是一件很苦的差事。

男人们在院子里吃着晚饭。东娥还歇不下，她让姐妹们提前吃了点饭，"十八碟"还没完成，她这心就放不下。"十八碟"已经准备好了一个蒸甜米，因为这个要翻在碟子里，它就算是一碟。其他十七碟就是开席时最前面的九道凉菜，加上凉菜和"八大碗"之间有八道热菜——如果按这样的规格那正好是"八碗十八碟"。席前面八道小凉菜和桌中间摆放的面子菜这九碟得先上桌，然后在热油激过的醋、酱油汁中放入盐和蒜苗花或者葱花，浇在凉菜上，就可以开席了。热菜数量是可以增减的，这就要看主人家的光景咋样。秦东县冬天本来蔬菜就少，一般人家过事都上不了八道热菜。陈宋良跟东娥商量了下，上四道热菜、两道匙子汤。这也说得过去。只要前面那九个碟和后面的"八大碗"齐全，这事过得就算体面了。九道凉菜都是炸蒸煮好的料，放在八道凉菜中间的面子菜已经装碟摆在案板上了，剩下的油炸小排、猪头猪耳、水晶冻肉、五香花肠、凉拌杂碎、爽口三丝、过水藕片、过油薯片装碟就算完成了。东娥留下几个手脚麻利的妇女，她们要熬夜把凉菜配好，还要炸果子。预算摆不起水果糖，这果子每人一份，算是替代品了。

三 十 九

陈宋良的上房里换了一个大灯泡，平时为了节省电费时常漆黑的房子亮堂多了。东娥推开上房的门进了屋，一盆木炭火在屋子中间，红红的炭火把屋子烘得暖暖的。甜泉水村的几个当家人都在屋子里。陈宋良忙活着往一个盘子里倒花生、瓜子和水果糖，另一个盘子里放着山里下来的亲戚带来的核桃和柿饼；孙建国给杨根良和田成业递着柿饼；周青松给大家添着开水；其他几个组的组长说笑着吃着花生、瓜子。东娥看这阵势，就掩上门，刚要转身向院子里去，孙建国起身喊住她。东娥没办法就进了屋，大家都站了起来，她在这么多男人中觉得还有点不适应。她从前是日子恓惶怕见人，现在是很少回村怕人见。要不是老汉尹世文跑到县城叫她回来，陈宋良家娃娃接亲，尹世文帮个忙、行个礼也就过去了。这次回来给陈宋良家做席面，她能感觉到村上的男女老少心都宽了很多，愁眉苦脸低头走路的没有了，村民大大方方地打着招呼，说话时脸上都浮着笑容，这倒让她有点不习惯了。是啊，她为了做生意，已经很少回甜泉水村。当然，在县上做生意，她家的钱可能是村上最多的。这有了钱，还想挣得更多。她在县城忙着生意，与这个村子和村子里的邻里好像也疏远了似的，难怪她回来大家都把她当稀客一样招待。

东娥进了屋，挨个问候了一遍，然后有点紧张地说："你们坐吧，我问宋良哥个事。"

一帮男人应声坐下。杨根良笑着说："东娥嫂子，你县上的门店生意还好吧？"

东娥也笑着说："好着呢,好着呢。你们上县去一定到我那吃饭，不要花那吃饭的冤枉钱。"

田成业开着玩笑说："东娥，咱这村上的人都去你那白吃，不把你们家吃垮了？"田成业的话把在场的人惹笑了。

孙建国等大家收了笑容，说："东娥，我出去上学的时候你还没嫁到咱甜泉水村，我退休回来才听蜡梅说咱村上有你这个好厨子。你把县上的生意撂下回来帮我哥这个忙，我得谢谢你。"

东娥脸上堆着笑，手攥着围裙，说："建国哥你这话说得见外了。你在外面不常回村，我刚做这小买卖的时候，赶庙会摆摊的地方都是我宋良哥给占的。"

东娥话音没落，在座的又笑了起来。陈宋良忙说："东娥，那算啥，都是顺捎着的事，你给哥帮的忙才叫忙，我看着都觉得累得很，可又帮不上手。等事过完了，让小安好好把你答谢下。"

田成业接了话说："宋良哥说得对，是得好好感谢一下。我有个想法：咱村上地少了，东娥的生意大了，你那儿缺人手就把咱村上你能看上的多用些，让村上没门路找钱的人家也搭搭你这车。"

"成业哥说得对着呢。我给世文说了，已经让他在村上找了。前段时间我宋良哥还说让嫂子去呢，等娃娃的事忙完，你就让嫂子来县上。"东娥回了田成业的话，顺便把陈宋良给她老汉说的事也定下了。

陈宋良听了东娥的话，高兴得不知道说什么好，给东娥拿个苹果说："东娥你吃个苹果，把嗓子润润。你快回去歇下，这我照看着。"屋子里的人都说今天把东娥忙坏了，让回去赶快歇着，明天开席的时候还要忙一阵。东娥和大家道了别，出了院子招呼姐妹们把菜肉收拾好，才回了家。

第二天，接亲的人早早来到陈宋良家门口。接亲的小四轮车上铺了两张新席子，上面盖了床粉白相间印着富贵牡丹的床单，车前后挂着新买的绣花门帘。这车是一组胡满堂新买的，准备用来耕地和碾麦子，接亲还是第一次，他亲自上手开车。车装扮好了，胡满堂坐在驾驶位上抽着香烟。拉嫁妆的手扶拖拉机发动有困难，几个人轮流用摇把摇着，这辆"蚂蚱腿"终于吐出了黑烟，驾驶员踩了油门，生怕熄了火。王勇良点着鞭炮，唢呐响起，迎亲的车队就出发了。随着唢呐和拖拉机的轰鸣声远去，帮忙的村民在客棚里摆开借来的八仙桌和木条凳，在每桌上席的位子上摆着两把椅子，这是留给重要亲戚坐的。侯春来已经在礼桌上叠着红纸。他回乡后经常练毛笔字，写礼单他当仁不让。配合他的是孙建社，负责收礼金。到最后礼单上的数额和孙建社收的数额相等才算他们把这事办圆满了，不然多了少了都没办法交代。

院子里摆满了碟子，东娥和妇女们一样样地装着调好切好的凉菜。烧蒸锅的在灶膛添上柴火，进屋倒在炕上补觉去了。客棚正中央挂上了双喜，红纸黑字的对联贴在两边，下面的八仙桌铺着新床单，上面四个小碟里放着炸果子、核桃、红枣和瓜子，瓜子里还拌着一分两分的硬币。孩子们已经围在了桌边，他们在等着婚礼结束去抢桌子上的吃货。

所有人有条不紊地忙碌着。礼桌上已经有人在行礼，侯春来问着姓名，孙建社唱着钱数。村民们在接亲的队伍没回来前先把礼行了，不然忙起来就没空了。陈宋良山里的亲戚提前一天就下山了，他把几人安排在村子里房子宽展点的邻家和自家门户人家里。这些常年住在山里的村民，来到甜泉水村算是开了眼界。就拿这过事的场面来说，山里就没有这阵势。山里本来人就少，住得又散，人气上没这山外足，加上山里头的日子比山外还艰难，他们出山到陈宋良家，这几天看到的、吃到的都让他们很是羡慕。

离村子还有一公里路，迎亲的队伍响了三声炮，乐声响起，告诉着人们新媳妇接回来了。闲着的、娃娃和老人们站在路两边，观看着迎亲的车队。胡满堂嘴里叼着烟，一只手握着方向盘，慢悠悠地把车挪到陈宋良家门口。新媳妇被接下车，领着进屋洗漱去了。送亲的人被安排在客棚里。他们昨天已经在新娘家吃过席面了，今天是受新娘家的邀请来送自家的姑娘到婆家。这些人都是新娘家很要紧的亲戚，有些以后还要经常走动，新郎家当然不能怠慢。按习俗先要给每人下一碗秦东臊子面，这叫"送客的饺子迎客的面"，先得让送亲的人感到亲切。

送亲的客人们吃了臊子面，被安顿到邻里家里喝茶休息。客棚里早已收拾干净，婚礼将在这里举行。陈宋良和媳妇都换上了

紫红底子的棉袄，陈宋良还戴了顶新买的火车头棉帽，媳妇扎着
新买的红花头巾。礼仪先生让两人坐在客棚正中八仙桌的两边，
然后让陈小安站在陈宋良的对面，手指着乐人说"起乐"。新媳
妇洗漱后，在蜡梅的搀扶下到了客棚，两个新人站在两个老人的
对面，面对着大大的红色双喜。这是他们人生中永远都会记着的
一天，幸福就从今天开始，苦难也是从今天开始，从今天开始彼
此将要分享幸福和苦难了。乐人吹得很起劲，等新人站好，礼仪
先生示意乐人停下吹奏，然后宣布婚礼仪式正式开始。王勇良适
时点燃准备好的鞭炮，乐声再次响起。鞭炮燃完，乐人们也停了
吹奏。先生宣布，仪式第一项，宣读结婚证书。周青松紧走了几步，
到客棚中间，面对着两位新人宣读了结婚证书。先生示意乐人奏
乐，然后进行第二项仪式，行拜天地、拜高堂、互拜礼仪。在拜
高堂的时候，陈宋良的媳妇不知道是难受还是高兴，情不自禁地
掉下了眼泪。最后一项仪式就是入洞房。随着先生这一句话落地，
等得不耐烦了的娃娃们冲到供桌前，开心地抢着桌上的吃货。

新娘被扶着回了新房。村民们把客棚收拾干净。执盘的村民
按照东娥的安排，开始一盘盘给各个桌子上着九碟子凉菜，席面
正式开始了。

四　十

天空中的雪粒子变成了雪片，随风飘扬着，弥漫在整个村落
里。孙建业带着乐人来回在街上请着客人，他们身上都积了一层雪，
也没有去拍打。等客棚里坐满客人，整个村子白茫茫一片，只有
陈宋良家的院落和客棚间被来行礼的、送亲的和帮忙的踩出了带
着黄土色的路。客棚中间的八仙桌是最为重要的位置。上席留给
男女双方的媒人，剩下的六个位子是陪媒位，这可不是随便安置的。
按照秦东的规矩，这六位分别是新郎自家门户里年龄最长的叔伯，

辈分最大的姑父、最大的姨父、最大的舅舅，以及村子里能请来的最重要的人物。两家的媒人已经坐定。孙建国被安排在紧邻上席的位子上，他把田成业和杨根良安排在自己的身边。陈小安的姑父、姨父、舅舅都是山里下来的亲戚，就挨着杨根良坐了。这个重要的桌子坐满客人后，礼仪先生示意乐人起乐。新郎和新娘从屋子里走出来，顶着雪花来到客棚门口。先生示意乐人停止奏乐，对着客棚里的客人说道："今天是甜泉水村陈家为儿子陈小安成婚大礼之日，主人家备下薄席淡酒招待各位亲朋好友。一对新人开席之前来到客棚，行礼为谢。乐起。一鞠躬，再鞠躬，三鞠躬。新人答谢完毕，请各位宾朋动筷品席。"礼仪先生说完，乐人奏着欢快的乐曲，端着一盆盆醋水的执事进了客棚，在需要浇汁的凉菜上浇上调制好的醋水，坐在上席的动了筷后，大家就吃了起来。

乐人们停下吹奏，在客棚外面的小棚里也吃起了席面。广播里放着秦腔戏，那是从村委借来的录音机在放着磁带。王勇良、孙建业、胡满堂没有去端木盘上菜，他们各自拿着一个白瓷细脖的酒壶，来到送亲的客人的桌子前面，一个个敬着酒。这是礼行，不能让来送亲的人觉得甜泉水村人冷落了他们。敬酒的过程中，这三个人也在寻找着送亲的客人中能喝酒爱热闹的人。给客人敬酒，王勇良他们并不喝，送亲的客人中能喝的或者好热闹的就说你这敬酒的也得喝，这时王勇良他们就会喝了这杯酒，然后说划两拳。划拳是秦东乡党们在过事时为了助兴而生的，也叫猜拳，目的就是罚酒。划拳的两个人出着手势，嘴里唱的数和两个人出的手指总数相等就算赢，输了的一方就要喝一杯酒。当然出拳也有规矩。如果不出拳就是五指紧握；要出拳不论你出几个手指，大拇指一定要出，这是尊重对方；此外中指不能单独出，秦东人认为出中指是在羞辱对方。这出拳的规矩定下，然后就是"数梅"。"数梅"就是嘴里喊出拳令。为了喜庆，这拳令也很讲究，秦东人给它们起了很有历史文化和吉祥味儿的词令。双方不出拳头叫宝一对，出拳总数从一到十分别为一点梅、两相好、三桃园、四季财、五魁首、六六顺、七巧媒、八大仙、九大运、十满堂。

乐声响起，一对新人脚下踩着白雪来到客棚，礼仪先生伴着乐声，让一对新人再次答谢冒雪而来的亲朋。客棚里吃席的人们有的已经站了起来。广播里响起秦腔《花亭相会》时，亲朋们起身相互道别。送亲的客人们这时望见这铺天盖地而来的大雪，想着接亲的车子是上不了山了，他们得自己走回去。当然，对于习惯了走山路的桃李村村民，这点雪是挡不住他们的。

陈宋良和两个娃娃招呼着自家亲戚。山里来的陈宋良家门中的亲戚晚上还要在甜泉水村住一晚，他们中好多人要到河口镇和县城去采办日常用品，因为出一次山不容易。新娘家的客人大多在桃李村，晚上他们要赶回去。陈宋良让车子把客人送到山脚下，能省几步路就省几步路。胡满堂发动了他的小四轮，客人们一个接一个上了车。新娘眼里已经噙满了泪水，随着小四轮吐出一团黑烟，向阴灰的雪幕中驶去，热泪掉在了洁白的雪上。

入冬的第一场雪从开始的扭捏到后来的心安理得，好像没有停下来的意思，忙完了陈宋良家接亲大事的村民们早早就睡下了。狗儿都躲进了台阶上的麦草窝里，人们坐席的时候它们也在桌子下"过着年"，这会儿吃得饱饱的也睡了，走在雪地里的人也引不起它们"汪汪"的叫声。整个村子好像都累了一样，雪花落在麦草垛和玉米秆上时，"沙沙"的声音都很清晰。杨根良送走送亲的客人就回了家，给陈宋良说自己有点事就先走了。陈宋良感谢杨根良能来，而且在他这待了一天。

离开了陈家院子，那优美的秦腔《花亭相会》也渐渐离他远去。媳妇金凤还在帮忙，杨根良一个人静静地走在没人的街道上，任由这飞来的雪片落在身上。他觉得自己好像发了烧，雪花落在他的脸上，如同水滴落在烧红的铁上，似乎听得见"刺刺"的声音。他在今天的席面上见到了一个人，这个人周青松应该也认得出来，虽然他没有去问，周青松也没有跟他说起，但彼此之间应该是心知肚明的。他也想上前去打个招呼，可最终还是没有那个勇气。周青松在客棚里忙前忙后，应该是打了招呼吧，或许也没打招呼吧！杨根良矛盾地想着，盲目地走着，不知道是应该回家还是在这空寂的街上再走走。

正如杨根良所想，周青松在安排送亲的客人吃臊子面时就认出了这个人，那个他和杨根良想起来心里就平静不下来的女子蒋艳的爹，那个在他们读小学时送李子、桃子的青年汉子，那个在他们上中学时去桃李村摘五味子、野葡萄时护着他们的壮年男人——如今发苍苍、目晃晃，走动时腰已经有点弯了。

周青松喉咙发酸，心头好像有东西堵着，他定了定神，走上前，说："蒋叔，你还记得我不？"

老人抬起头，脸慢慢地舒展开来，笑着说："咋能认不得呢，你是青松。我刚才还看见根良了，他在院子里忙着，我没打搅他。"

周青松激动地握着蒋艳她爹的手问："叔啊，你跟我宋良哥这儿媳妇家是啥关系？"

"我是娃娃她舅。"蒋艳爹答道。

周青松脸上有了点笑容，他说："那娃娃的娘是你的姐姐还是妹妹啊？"

蒋艳爹直了直腰，脸上的皱纹舒展了点，说："是我的二妹。我们姊妹七个，我后面有两个妹子、一个弟弟。"

"哎呀，那你这是一大家人啊，过个年过个事应该是很热闹了。"周青松和蒋艳的父亲说着话，把招呼客人的事都给忘了。要不是王勇良问他下不下面的事，他和老人都还沉浸在幸福的回忆中。他松开蒋艳她爹的手，说："叔，你先坐，咱吃完饭再好好聊聊。"

老人用手拍了拍周青松的肩膀，说："你和根良都出息得很，可惜我家蒋艳没这福分。"

说这话的时候，周青松能够感觉到老人是痛苦的。他不忍心让老人难受，就安慰说："叔，我们还经常联系着呢。蒋艳有个啥事，有我们这帮同学在，你不用操心的。"

蒋艳爹听说他们还经常联系着，脸上舒展了点，说："那就好，蒋艳有你和根良这么好的同学也是她的福分了。"说完走到一张桌子的上席坐下，从口袋里摸出纸烟给自己点上，慢慢地吸着。

杨根良从陈宋良家出来往自己家走的当口，周青松正陪着蒋艳爹往桃李村去。送亲的客人们一群人在前面走着，周青松陪着老人在后面走着，他们迎着雪花，说笑着，比刚见面时轻松了很多。

到了山脚下，蒋艳爹停下脚步，说："青松，你回吧，以后咱们就都搬一起了，见面的机会更多，有空咱爷儿俩再聊。"

周青松说："好，明年新村就建好了，到时我帮你把家搬咱甜泉水村来。"

两个人说完话，老人沿着上山的小路缓缓地向自己家走去。周青松在雪中看着老人走出了他的视线才转了身。

杨根良吸着烟，独自站在黑黑的街道边，任由冰冷的雪花落在头上脸上。

四 十 一

五月的天，温暖而舒适，风吹着已经长得较为饱满的树叶，"沙沙"声让人听了很是愉悦。秦东县中学操场上的柳树叶子修长而嫩绿，自然垂下的枝条随着和煦的微风随性地摆动着，如一个多情的少女，让人看了很是心动。只是缺少了省城曲江之水，也可能是缺了那水边的丽人，不然这绿柳簇拥着的秦东县中学操场，与"三月三日天气新，长安水边多丽人"的景致有什么差别呢！

一年一度的高中毕业考试结束了，这是高三毕业生最后一次返校，学校里处处是照相合影的人。县城照相馆的师傅全家上阵，师傅、媳妇、儿子三个人一人一台照相机，在高三毕业生的引领下，在学校的花坛边、杨柳下、教室前为他们留下这最后的青春时光。他们大多是农民的子女，就是那些吃商品粮的孩子，父母大多也只是县城里的普通职员。这么多的学生，参加完毕业考试，百分之二十才可以参加真正意义上的高考；而这百分之二十的同学中，只有百分之三十的人能上那遥不可及的大学。其他同学只能拿到一份高中毕业证书，就此结束寒窗十多载的读书岁月。

杨根良、周青松和蒋艳是骑着自行车来学校的。杨根良骑着蒋艳家的自行车，蒋艳坐在后座上，周青松骑着他九爸家的自行车。他们这次返校要把住校时的铺盖带回去。三个人都没有预选上的把握。杨根良考完试当天就把铺盖拿回家了；蒋艳那周没骑车子；周青松对自己还有点期望，想等毕业考试成绩出来，返校时再收拾铺盖。三个同学一大早就相聚在甜泉水村的秦东河畔，蒋艳让杨根良骑着自己的车子带着她，周青松骑着借来的车子跟在后面。秦东河边上的杨柳枝垂在河水中，在河面上划出一道道波纹，如手指轻轻划过胸膛，让人有一种发痒发酥的感觉。他们追逐着，沿着向县城方向流淌着的秦东河骑车往学校赶，蒋艳轮换坐在杨根良和周青松的车子后座，如同一只欢快的燕子在树林间穿梭着。

十来公里的路程，很快就到了学校。熟悉的宿舍外，墙上贴着经过毕业考试后被选上参加高考的学生名单。杨根良和周青松没敢去看。蒋艳下了车子毫无顾忌地跑过去，挤着钻进人群里，看了会儿又挤出来，飞快地跑到杨根良和周青松身边，说："你们猜猜咱仨有没有上榜的。"杨根良看着蒋艳没开口，周青松涨红着脸没说话，蒋艳看着他们俩说："我上榜了。"

听到蒋艳上榜了，两个后生脸色回到了平常的状态，他们微笑着，扶着车子，不约而同地恭喜蒋艳。杨根良说："这下你不用嫁个吃商品粮的了，自己就有可能考出去吃商品粮。这两个月你好好加把劲，争取考上大学。"

蒋艳笑开了，说："我哄你们呢，上榜的是周青松同学。"

这突然的变化让杨根良脸上浮现着的笑容僵住了，愣在那。虽说他有这个思想准备，觉得周青松可能会预选上，可真的预选上了，他还是觉得心里酸楚得很。他第一个念头就是：莫非蒋艳要嫁的吃商品粮的后生就是周青松？这让来时一路上的欢乐心情像是被搅拌进了黄连一样。蒋艳走近周青松，冲着脸上挂着笑容的周青松说："周青松，你要是考上大学了，能娶我不？"

周青松没这准备，他难为情地说："艳子，这八字还没一撇呢。预选上的人能上大学的也是十里挑一，我看我就是多在学校待两个月也就回村上去了。"

蒋艳更开心地笑开了，她说："周青松，看把你吓得。你真要是考上了，我还不一定嫁你呢！"

杨根良已经回过了神，他腾出一只手，伸向周青松说："祝贺你，青松。咱从小学就在一块儿上，如今这最后一步只有你给咱争气了。你好好复习，等你上大学的那一天，我和蒋艳去送你。"

周青松也伸出手。他们这两个生在一个村子、相伴长大的后生，一路比着走完了这十多年的寒窗苦读岁月，第一次双手握在了一起。

周青松的铺盖暂时不用拿回去了。杨根良和周青松把车子放在女生宿舍门前，两个人站在粗大的柳树下等着收拾铺盖的蒋艳。到了下午，同学们要分别了。心理脆弱的女生好多拥在一起哭泣着；男生们大多脸上挂着不舍，互相道别，有的骑着车子就出了校门，有的步行着到学校门口去乘班车。杨根良和周青松看着同学们一个个离开了校园，心里好像失去了什么，空落落的。这十一年的读书岁月是那么漫长，漫长得让他们总觉得时间好像凝固了。小学、初中、高中，他们焦急等待着毕业和长大的那一天。如今真的来了，才猛然觉得这十一年漫长的读书岁月过得如此之快，真好像做了一个梦。那梦中能够留下的，也就那几个相好的同学和留着自己足迹的校园，当然还有整天管着、帮着他们的辛苦的老师。蒋艳收拾好自己的铺盖，一个女同学帮着她拿了出来，杨根良忙撑好车子，拉开后座上的夹子。蒋艳把铺盖放在后座上，杨根良放下夹子，然后用绳子把铺盖又绑了绑。杨根良和周青松推着车子往校门走，蒋艳和同一宿舍的女同学道着别。女同学眼内都噙着泪花，蒋艳却开朗地笑着，还用手为女同学抹着眼泪。

杨根良和周青松在校门外等着蒋艳。看着离校的同学一波接着一波，他们没有看到蒋艳的身影。周青松放好车子，说他去找找。杨根良说算了吧，她又丢不了。可能是要道别的同学比较多吧，毕竟这个俏俊、开朗的女子结识的同学比他们俩要多。学校里已经很少有学生出来了，这时杨根良和周青松终于看到姗姗而来的蒋艳，她的身边还有一个男生。杨根良和周青松眨了眨眼睛，不敢相信自己看到的情景是真的。蒋艳走出了校门，来到这两个后生跟前，她大方地对杨根良和周青松说："我给你们俩正式地介绍下，这是比咱们高一级的董永远同学。"杨根良和周青松呆在那儿，他们没有说话，他们也不想说话，他们并不是对蒋艳产生了反感，而是看见她身边的这个男生，感到一阵愤怒和恶心。

站在蒋艳身边的正是和杨根良打架的那个男生，也就是打断周青松胳膊的那个男生。这个整天不好好学习的男生，其实与杨根良和周青松也没什么关系，让这两个后生如此愤怒和恶心的原因是他整天爱找蒋艳。两个后生对蒋艳的好并不是出于恋情，而是一种纯朴的乡情和友情，他们当然希望蒋艳将来会嫁一个可靠的男生。就他们了解的情况，董永远的父母在县城上班，董永远除了有个商品粮户口，学习和品性都很差。蒋艳看出这两个人的不友好，她对董永远说："你先走吧。"董永远转过身，手不情愿地离开了蒋艳的肩膀。

这时，沉默着的杨根良，突然推开车子，蒋艳的铺盖连同车子一同倒在了地上。他迈开大步，上前揪住董永远的衣领，另一只手紧握着拳头，像是要击在董永远的脸上。周青松忙支好车子，他想上前去挡架，可心里真希望杨根良能痛打这小子一顿。蒋艳冲上去拉着杨根良的手，求着让杨根良放了董永远。杨根良放下拳头，另一手没有松开董永远的衣领，还故意往上提了提。董永远痛苦地踮着脚，脸上堆满了恐惧和胆怯。

杨根良盯着董永远，咬着牙狠狠地说："董永远，老子警告你，对蒋艳好好的，不然小心你小子这条狗命！"说完猛地往前一推，没有站稳的董永远差点倒在了地上，蒋艳扶了下董永远，让他快走，董永远头也没回就匆忙地进了校门。

蒋艳走到自己的自行车前，弯着腰去扶倒在地上的铺盖和车子。杨根良抢前一步扶起车子，赔着笑对蒋艳说："没吓着你吧？"

杨根良骑上车子往前走了，周青松也上了车子，蒋艳小跑了两步坐上周青松的车子。身后的学校离他们越来越远，很快就消失在视线中了。

太阳挂在西边的山头上，余晖被云彩映得火红一片，从秦东河谷吹出的柔风梳着河边的柳枝，多么美的景致啊！可对从学校往家赶的三个人来说没有丝毫美的感觉。

到了甜泉水村村口，杨根良和周青松下了车子。蒋艳走到自己的车子和铺盖前，从杨根良手里接过车子，紧走了两步，骑上车，向着秦东河谷里的家骑去。

杨根良和周青松傻傻地站在那儿，任由那出了河谷的凉风吹着。望了望远去的蒋艳，两个人转头默默地进了村。

一起读书的岁月就这样结束了。分别了，再次相见和相聚的机会就少了。清清的秦东河，秀秀的终南山，你们是不是已经见惯了相逢和分离？不然河为什么那么淡定地流淌着，不然山为什么那么威严地矗立着？目睹着这一方乡亲的悲欢离合，你们是麻木了，还是痛彻了？

呼呼的风儿刮过，但愿他们能在这风中长大，经受住人世间的冷暖，给自己创造一个还算满意的人生吧！

四 十 二

岁月在无声中随着甜泉水村旁的秦东河流向远方。陈宋良给儿子接完亲的一个月后，娃娃们盼望着的春节到了。没有以往的作难，甜泉水村的村民刚过腊八就到河口镇街道上去备年货了。

王勇良带着自己的小儿子，从河口镇街道的南头走到北头。娃娃看着街上卖苹果的就跑过去，王勇良没等娃娃开口就问摊主多少钱，然后从口袋里掏出一沓钱满足娃娃的要求。娃娃高兴地吃着果子，在街上蹦跳着。王勇良自得地在后面看着，不时提醒娃娃小心路过的卡车和农用四轮。摆摊的都好像认识王勇良似的，跟他打着招呼。

王勇良走到街道裁缝的门面前，问道："师傅，甜泉水村巧姑家娃娃的衣服做好了没？"

裁缝停下缝纫机，望了望王勇良，回问："你是巧姑的……？"

没等裁缝问完，王勇良就说："我是她男人。"裁缝问王勇良要他开的那个白条条。王勇良在口袋里翻了会儿，拿出一个白纸团，说："师傅，是不是这个？"

裁缝展开纸团，看了看王勇良，心里好像在说："你这人齐整点好不好，把这么重要的凭证揉搓成这样。"然后转过身，在身后一摞做好的新衣服里找了会儿，拿出三件放在王勇良面前，问："是不是这三件衣裳？"

王勇良展开看了看，两身女娃娃的，一身男娃娃的，就笑着对裁缝说："师傅，就是这三身，你忙，不打扰你了。"

师傅在缝纫机上忙着活路，没抬头应了声，王勇良转身带着儿子走了。他拿着儿子的新衣服，在儿子面前显摆着，嘴里说着："我娃娃今年过年有新衣服穿了。"

王勇良提着绑娃娃衣服的绳子，走到南街口，那里有一家山里下来的人，在卖自己家养的年猪肉。王勇良路过的时候已经给人家说好了，猪腰部带板油的地方，给留十五斤肉。他先付了钱，说等会儿回来取肉时多退少补。山里卖肉的人家爽快地答应了，他们也喜欢这样的买主，这样猪肉能快点卖完，可以有时间置办年货，也可以早点回到家里去。王勇良来到肉摊前，问卖肉的肉打好了没。卖肉的抬眼见是交了钱的王勇良，说打好了，在那放着呢。王勇良看木架上单独挂着那块肉，猪膘有足足四指厚，板油有两指厚，肋骨和里脊上的瘦肉油光光透着枣红色。他让卖肉的用刀把这块肉一分为二，一块十斤，另一块五斤，然后补了钱。娃娃在前面走，王勇良嘴里哼起了秦腔跟在后面。

路过村主任杨根良的家门口，王勇良往院子里看了看，杨根良正在劈柴。王勇良让娃娃先往回走，站在门口笑着问道："根良哥，准备过年用的柴呢？"

杨根良转过身，看着王勇良站在门口，手里提的东西，知道王勇良这是置办年货回来了。他一边劈着柴，一边笑着说："勇良，今年这么早把娃娃的新衣服就置办下了，这肉也割了？"

王勇良把娃娃的衣服往肩上一甩，满心自得，笑着说："我这是饿汉过年，娃娃都等着新衣服呢。"

杨根良继续劈着柴，笑着对王勇良说："哥得感激你，这准备盖房的砖都拉到宅基地里了，为了这砖还让你和窑上人打了架，哥欠你这人情咋还啊。"

王勇良嬉笑着回了话，说："根良哥，看你说的，都乡里乡亲的，说这见外话，你不是也给老弟我划了块宅基地吗？这我也得感激你呢！"

杨根良笑着放下手里劈柴的斧头，起了身，走到门口，拍了拍王勇良肩膀，说："勇良，这宅基地是你自己出钱买的，哥这砖是你给匀的，这是两码事，这个你根良哥记着，有机会一定还上你这人情。"

王勇良听杨根良说完，哈哈笑着说："根良哥，你忙你的，娃娃在前面走着呢，我先回了。"说完王勇良就离开了杨根良的家。

田成业也没什么事，在家喝着茶看电视，王勇良进了门就喊："姐，哥，在家没？"

田成业在屋里听见了没吭声。翠翠从后院的厨房跑出来，看见勇良提着给娃娃做的新衣裳，忙接了过来，用手翻了翻，说："还是巧姑眼头高，布料好花色也好，这下娃娃们过年终于有新衣裳穿了。唉，咱爹妈要是赶上这日子，那该是多么舒心啊！"王勇良说："姐，你看你，这日子过得难场，你心不宽；这日子好了，你还是高兴不起来。"

翠翠用手抹了下眼眶，脸上生出了笑说："我哪里不高兴了？我这是为你高兴才想起爹妈过的那恓惶日子呢！"

王勇良放下手里提着的肉，说："姐，我在街上看这肉好，这是山里人自己家养的猪，膘厚肉鲜。我割了十五斤，给你这留五斤，就不用我姐夫上街去割肉了。"

翠翠对屋里看电视的田成业喊道："成业，你还看电视呢！

勇良把肉都给咱割回来了，你问问勇良多钱，把钱给他。"

田成业起身出了屋子，看着勇良送过来的肉，有点意外地说："勇良，你今年这肉割得也太早了吧？"说着从口袋里拿钱，顺口问这肉多钱。

王勇良拉住田成业掏钱的手，说道："哥，姐，这么多年都是你们帮我。我小的时候不懂事，后来懂事了也没能力帮你们，还时常让你们为我操心受累。你们支持我订砖，算是让我翻了身，加上征地补偿款，我除了房没盖现在什么都不缺，日子想咋过就咋过。这往后你们就多给自己操操心，不要再为我费神了。这肉就算是我的一点心意，你们要给钱我就把这肉拿回去了。"

田成业把手从口袋里拿出来，高兴地看着这个小舅子，他有一种如释重负的感觉。翠翠高兴得眼里噙满泪花，田成业拿过毛巾递给翠翠，说："你这人爱动情得很，动不动就掉眼泪。"

翠翠擦完眼泪，对田成业没好气地说："谁爱动情了？当初不是你爹让人来我们王家，你以为我愿意进你田家这门？"

王勇良知道姐姐说的是气话，可气话也不能太过分。他忙让他姐去厨房做饭，自己跟田成业谝会儿闲传。

翠翠走到房子后门口，忽然转过身，说："勇良，你跟你哥有啥谝的？你快回去给巧姑说声中午不要做饭了，我这包饺子呢，正好你割下了肉，我再剁点肉馅和萝卜，你让他们娘四个都过来吃。我和你哥回村后，咱们还没在我家吃顿团圆饭呢。"

王勇良说巧姑可能已经做下饭了。田成业心里高兴，催着勇良回去把娃娃们领过来。王勇良提了衣服，拿上肉，笑着说："那我一家五口来吃饭，你们可别嫌弃，哥你可别为这跟我姐生气。"说完出了房门。田成业对出了门的王勇良说："我要爱生气早被你气死了。"然后转过头笑着对翠翠说："唉，这总算是有点盼头了，你这心病也该好了吧？以后这饭点准时点，功夫下深点，做得可口点，这要求不高吧？"

翠翠心里正高兴，听田成业这么一说，故意端着脸说："啥时候误了你的饭？啥饭你吃着不可口了？你现在是不是当了支书有

甜

泉

189

点当官的神气了？我给你说你趁早收了这心思，把桌子收拾收拾，把吃货先放桌上，等会儿给娃娃们吃。"说完自己到后厨忙去了。田成业转身进了内屋，把过庙会时儿子国栋拿回来的水果糖、水晶饼和花生、瓜子往八仙桌上摆。

田国栋一家三口在甜泉水村庙会期间回来了一趟。那天正好是甜泉水村庙会的正会。他借了朋友的车，一家三口吃完早饭就往回赶。到河口镇街道上时，人就多了起来。往南走，摆摊的越来越多。再往前走，路中间立着一个告示牌：进山车辆请绕行村西。田国栋顺着指示的路线绕道进了村子，到家门口时刚过了上午十一点。

村外庙会上戏还没结束。高音喇叭把本来就声响较大的秦腔传得更远，站在家门口都听得清唱的是啥戏。田成业知道娃娃们要回来，和翠翠上街买了点菜，早早准备着中午要吃的饭。车子刚停在院门口，翠翠就迎了过来。琳琳叫过奶奶，田国栋和唐静把带给老人的东西提下车，就跟着妈进了院子。田成业在房门口笑着摸了摸孙女的头说"又长高了"，田国栋和唐静叫了声"爸"便进了屋。

翠翠问娃娃们中午吃油泼扯面咋样，田国栋说好。琳琳一听要在家里吃中午饭，拉着脸说庙会上的东西好吃，她要到庙会上去逛呢。唐静也想去庙会转转，给田国栋说："要不我带娃娃去逛逛，中午你在家吃就行了。"

国栋看了看他妈，有点遗憾地说："妈，要不咱都去逛逛吧，下午回来再吃面？"

翠翠说："这也行，今天是正会，我也想去逛逛呢。"说完就解了围裙。田成业没说什么，跟着儿子出了门，站在院子里等翠翠。唐静和琳琳站在街道上，期待地向庙会的地方张望着。

过甜泉水村的庙会，唐静和琳琳是第一次。会上有炸麻花、油饼和油糕的，也有卖面皮肉夹馍的，还有卖豌豆和荞麦凉粉的，娘儿俩见啥都想吃。琳琳和她妈一人拿了一个油糕，翠翠就赶忙付了钱。国栋说："妈我来给钱。"田成业就说："让你妈给，我们这钱用不完。"

　　马戏团的高音喇叭和县剧团的高音喇叭唱着对台戏。琳琳听到马戏团表演就要开始了，拉着她妈说要去看。田成业和国栋就先到了马戏团的门口。刚到门口，琳琳就发现了往马戏团帐篷里张望的周鹏和兰兰。田成业这时发现马戏团门口的人比看戏的还多，大多是大人带着娃娃，上了年纪的人只在外面张望张望，然后看看要钱买票，就向戏台那边去了，毕竟看戏是不要钱的。田成业在门口也看到了周鹏和兰兰，还看到了勇良的两个女子。娃娃们都听着广播里的介绍，焦急地向帐篷里张望着。里面的驯兽师也会适时将些动物牵出来在入口处转转，惹得孩子们眼巴巴瞅着，看了很是让人心酸。琳琳拉着周鹏和兰兰高兴地蹦跳着，田成业数了数孩子的数量，然后给娃娃们买了票，让周鹏领着去看。周鹏拿了票，举过头顶，喊着每个人的名字。娃娃们听说可以进去看马戏表演，高兴地叫唤着，听话地站成一排排。周鹏清点完人数，带着甜泉水村的这一队小人马就进了马戏团的帐篷。

　　见娃娃们进了马戏团的帐篷，唐静对翠翠说："妈，我和国栋在这看着，你和我爸去转转。"田国栋回来田成业就高兴得很，他没想要国栋陪自己，唐静这么一说，他就给翠翠说："那咱俩看会儿戏去。"

　　翠翠看了看田成业，转过头给唐静说："静静，娃们出来了，你就领着琳琳回家，我跟你爸看会儿戏也就回了，晚饭咱在家里吃。"唐静说："妈，你和我爸放心去看戏吧，娃们出来我和国栋带回去。"

　　田成业摆着糖果，正回想着国栋回来逛庙会的情景，王勇良的两个女子就进了门，她们叫着姑父，就去吃桌上放着的糖果。巧姑领着小儿子也进了门，王勇良走在最后。娃娃们看见糖果都听话得很，王勇良给娃娃每人分了点，然后让娃娃在院子玩去，说饺子好了叫他们。

　　娃娃们拿着糖果就到院子里玩去了。王勇良跟着田成业进了屋子，给田成业的茶杯里加上热水，给自己也倒了杯水，坐在沙发上，望了望看电视的田成业，说道："哥，你知道不，现在咱这西边窑上一千砖多少钱？"

田成业转过头，问道："现在多少钱？"

王勇良伸出四个手指，说："四十元！哥，我看这等到明年底，上五十元没问题。"田成业看着王勇良，心想：这小子，这么说这砖让他已经挣下两三千元了。

四 十 三

田成业上砖窑上问了当下的砖价，一千砖四十，一手交钱一手交砖，他这才相信勇良给他说的是真话。如果明年涨到了五十元，那这订下的砖勇良要挣四千多元了，这是白白赚下了一座砖瓦房啊！王勇良把国道边的宅基地"卖"了，又赚了两千多元。这钱也来得太多、太快、太突然了点，田成业一时还没反应过来。

桃李新村平整地基那天，他和周山泉站在山梁上，看着他活了大半辈子却没有什么变化的甜泉水村，心想这难过的旧日子是要过去了。

在这个当口，他想起当年生产队粮食丰收的年份，过年时都要组织社火、信子和竹马表演。是啊，丰收了才会有闲情去耍这些。现在村子里人们手头有了点钱，日子也宽展了，是不是应该把这些老少喜爱的东西拾起来呢？

田成业第二天就去了杨根良家，把自己的想法大体给他说了说。杨根良高兴地说："成业哥，我也有这个想法呢。现在咱这村上农活是少了，可我感觉耍钱胡逛的人也比以前多了，正月里没个事做那只能去耍钱胡逛荡了，这日子久了会给人惯下瞎毛病。"

田成业接过杨根良的话说："根良你想得对着呢，我也是担心这事，老辈人讲'无事生非'就是这个理。那咱开个会，把这正月耍社火、信子和跑竹马的事议议。这离过年还有二十天，现在开始着手，初五后应该能练出来。"

杨根良想了想，说道："那就让建业通知下'两委'的人，尽快把这事定下来。老哥你见过咱村上耍社火、信子和跑竹马的热闹，就当个总管，下面的事你安排就行。"

田成业有点兴奋地说："行，这事我来总协调，你姑父和建国哥原来都是小演员，再把村上的老人发动些，当当顾问，我想这热闹的档次应该不会低。我记得那时候咱村上的表演是河口镇最有名的，我们当年晚上跑竹马从天黑开始，走村串户要演到半夜十二点以后才回到村上。"

看着田成业的高兴劲儿，杨根良也动了情，他说："成业哥，你们离开村子后，生产队还耍过几次热闹。后来这粮食一年年不够吃，人也就没心思弄这些了。今年，咱把这热闹拾起来，也算是甜泉水村蒸蒸日上的一个标志吧！"

田成业点了点头，说："根良，还是你想得远，好得很！那今天咱就先说到这，到会上再把这事定定。"

甜泉水村的社火、信子和竹马传说起源于唐朝皇帝从秦东河谷逃往古巴蜀时。那些宫中给皇帝表演的伶人，走不过云岭深谷就留在了甜泉水村，不会种地的他们就结合农耕节气在乡村表演自己的手艺，后来就形成了社火、信子和竹马表演。社火是白天表演，由村民们化装扮成秦腔戏中的角色和传说中名气较大的人物，如黑脸包拯、红脸关公、花脸二郎神、红脸皇帝赵匡胤、白脸小生许仙、白娘子白素贞、寒窑里的王宝钏、长着黑痣的媒婆等，骑着马，在锣鼓队的引导下，走村表演。那时基本上是免费表演，到了哪个村子最多给一条香烟和几捆麻花。

自从包产到户，养马的人家变少了，社火就耍不起来了。信子也是白天表演，由五至十岁的小孩扮成和社火一样的角色，用钢筋固定在离地五米高的架子上，然后用五彩纸和松树枝把钢筋和木架包饰起来，在锣鼓队的引导下走村表演。后来有了农用的"蚂蚱腿"和小四轮，村民把信子固定在车上，不用费劳力抬了。耍信子时间长，娃娃们会犯困睡着，村民就会用高高的扶手顶着孩子的双臂，让娃娃清醒或者休息会儿。如果娃娃哭闹得厉害，村民们会把收来的麻花用扶手递上去给娃娃吃。

只有竹马是晚上耍，这是秦东县乡亲们最喜欢的热闹。鉴于现在村子里没几匹马，耍信子要人抬着或者借车，加之是白天表演，而村民们正月里还要走亲戚，村"两委"成员决定要耍热闹就耍大伙都喜欢的跑竹马。田成业给各个小组安排了要出的劳力和小孩子，然后说这耍热闹还需要花点钱，想让村上把这费用出了，看大家同意不。

生产队时期，做竹马的竹子也是生产队上的，只要派人去砍就行，做竹马记着工分，糊马和旱船也就用点彩纸。如今啥都包产到了户，耍竹马什么都需要用钱，田成业提出的这个问题大家都想到了。杨根良就说："装竹马要花的钱由村上出，耍热闹收下的钱和东西分给参加的大人和娃娃们，大家看这样行不？"

以前村上没一分钱，征地和划分宅基地后村上也有了些钱，大家觉得这样挺好就同意了。散会前，田成业给各组的组长又叮咛了下，装竹马的人手和跑竹马的娃娃，一定要赶在腊月十五前定下来，娃娃们编排跑马的队形得半个月。

开完会的第二天，田成业把村上敲锣鼓的人叫到村委，派他们分头到四个组把能用的锣鼓集中起来，由尹世文招呼着，每天下午来集中练习一阵。王勇良毛遂自荐当了娃娃们跑竹马的教头。田成业找到几位编过竹马的老人，把正月耍竹马的事告诉他们。老人们很兴奋，说好多年都没耍这热闹了，都乐意地应承下了编马的事。

过了腊月就是正月，这日子过得快得很。正月初三晚上，田成业和杨根良很早就到了打麦场，这是甜泉水村竹马排练以来的第一次着装排练。用竹子编好的竹马已经用彩纸糊好了，装在竹马里的电灯泡亮着，竹马在夜色中发出了漂亮的五彩光。娃娃们穿上骑手服，从竹马肚子留着的圆孔中钻出来，将系着竹马的彩绳挂在脖子上，用马肚孔边的夹子将马固定在腰上，急不可耐地练着队形。

装扮成旱船中女子的胡满堂抽着烟和一些看热闹的村民拌着

嘴；玩牛斗虎的杨根娃、周青松正穿着牛和老虎样的裤子，老虎头和牛头放在身边；田文喜和他的对手穿好鹬蚌相争的行头斗上了；为场地照明的村民将竹竿上的灯笼放在地上，相互点着灯；孙建业领着五个打流星锤的村民往铁笼里放着炭火；锣鼓队架势已经摆好，就等着田成业说开始。

田成业和杨根良把跑竹马的一个个环节都看了一遍，得到大家的确认后，田成业大声喊道："甜泉水村迎新春竹马表演现在开始！"

掌灯的村民在场地上站成了一个圆圈，孙建业领着手拿流星锤的村民们进场沿灯打场子，装着炭火的铁笼在空中画着圆圈。从铁笼空隙里飞出的火星在夜空中形成了明亮的彩圈，这并不是表演，而是为了让看热闹的村民往后站，让出表演的场地。流星锤舞过，文武场面后面响起十声震耳的铁炮声，锣鼓队敲起欢快有力的表演鼓点，随着陈小安手中马号传出阵阵马鸣，穿着引马服的王勇良打着旋子进场，边上来看热闹的村民立马鼓起了掌。王勇良亮完相，面对场边排好队的竹马，挥动着手中的马鞭，向后一步一步地退着。娃娃们架着五彩的竹马听着指挥跑进了场子，随着紧凑的鼓点和马号的声声嘶鸣，竹马在王勇良马鞭的指点下变换着队形。王勇良不时玩着高难度的武术动作，孩子们卖力奔跑着。马号声和着锣鼓声，喜庆的气氛不断升腾，引得场边的村民不断叫好。田成业和杨根良脸上都堆着笑，两个人还不时咬着耳朵在说着什么。随着王勇良嘴中哨子一声长响，竹马分成两队从场子边上向中间集结。王勇良打着旋子从竹马队中间翻到锣鼓队前，向看客鞠躬致谢，娃娃们则从两边下了场。田成业和杨根良很满意这场表演，他们拍着王勇良的肩膀，把集结于王勇良身后的娃娃们夸赞了一遍，吩咐勇良把从家里带来的吃货发给娃娃们。

锣鼓的节奏慢了下来，随着一声"船家娃来了"，两个扮成船夫的村民引着旱船进了场地。胡满堂跟着船夫在场地里走着八字形和蛇形，把所有的花子走完，他停在场地中间，两手晃动着旱船，两个船夫就说起怪话（笑话）来。一个说某某家的媳妇好看，比船家娃还蛮（漂亮）。另一个接了话说："人家媳妇长得心疼，还不跟别人胡来。"说着说着就开起熟人的玩笑来，引得在场的村民都笑开了。说完怪话，船夫一句"开船了"，胡满堂跟着船夫扭着蛇形步下了场。鼓点慢了下来，田文喜和对手上了场。河蚌一张一合，田文喜扮着的鹬脖子一伸一缩，互相试探着。在大家没注意的当口，"河蚌"猛地一合，夹住了"鹬"嘴，"鹬"扑棱着翅膀挣扎着，"河蚌"用力地夹着不松口，双方在场地里"厮打"着。趁着"鹬"不注意，"河蚌"突然张了口，用力收着脖子的"鹬"向后退着倒在地上，引得村民笑成了一片。鼓点突然又快了起来，周青松和杨根娃扮的老虎和牛进了场。随着急促的鼓点，周青松和杨根娃在场中左冲右突，一场老虎和牛的战斗开始了，当"老虎"扑过来时，高大的"牛"突然趴在地上，"老虎"从"牛"身上飞了过去，场边顿时响起了掌声。当鼓点放慢停下来时，周青松和杨根娃从道具里钻出来向村民点头致谢，这场表演就结束了。

表演进行了大约一个小时。田成业很满意表演的效果，他很感谢大家这段时间的辛苦排练，然后叮咛大家把身子保护好，不要生病，初五晚上正式在村外桃李新村的地基上向村民表演。杨根良补充道："今年河口镇耍竹马的村子有五个，镇上初步说让各个队伍正月十五到镇政府对面的广场去表演，最好的听说还要给发奖品，大家这段时间边表演边改进，争取在镇上表演时拿个第一回来。"王勇良带头喊："没问题！"

整个正月的竹马表演都很顺利。竹马队的表演不仅获得了村上的叫好声和掌声，镇上做生意的店面和一些个人办的小厂也请他们去表演，还给了演出费。甜泉水村乡亲在自己热闹开心的同时还挣了点外快，这让参与耍热闹的大人和娃娃们都很高兴。

在正月十五的会演中，甜泉水村的竹马队获得河口镇迎新春第一届竹马表演第一名。贾旺书记还专门见了带队的田成业和杨根良，他说："县上决定农历二月二龙抬头桃李新村开工。我看这竹马表演也能在白天演，把这些道具收好，开工仪式那天再表演一次，让县委吴江山书记也见识见识咱河口镇的精神文明工作。"

田成业高兴地应承道："行，不过白天表演效果我可保证不了。"贾旺也笑着说："热闹第一，效果跟上，你们放开表演就是了。"

这是包产到户以来甜泉水村村民过的最为舒心的一个春节。享受着征地带给他们的宽展日子，欣赏着久违的热闹的跑竹马表演，感受着邻村乡亲们羡慕的眼神，他们一个个走路好像腰都挺直了一些。好多人家都准备着盖新房子，想做个小生意的也都有了本钱。有的年轻人过完十五已经上省城去了，他们再不需要困在土地上劳作，省城的建设给他们提供了好多来钱的路子，他们心中只有一个目标，就是多挣点钱，把这日子过到人前面去。

四十四

距离桃李新村开工仪式还有一周时间。

虽说仪式主要活动是镇上在安排，甜泉水村没什么紧要的事要做，可这仪式在甜泉水村地面上，田成业觉得还是应该有些准备，毕竟县委吴江山书记要来参加开工仪式，这对于一个村子来说是很重大的一件事。县委书记要忙的事很多，走遍秦东县的每一个村落是不大可能的。到哪个村子去都是因为有重大活动和任务。除此之外，就是年底看望困难户或者住在乡下的离退休老领导。

田成业想了想，给婆娘翠翠说他到青松家去一趟。周青松没在家，他正在毛桃苗地里锄草松土。田成业出了村，沿着田边的土路去找周青松。

周青松老远就看见田成业，他停下手中的活计，两手放在锄头把上，问道："成业哥，你咋到这地里来了？"

田成业走到地头，对地里的周青松说："我去你家里找你，桃花说你在地里呢，我这就转过来了。"周青松放下手中的锄头，走到田边，在小河渠里洗了洗手，上到路边等着田成业。

正月快完了，上午的阳光暖意渐浓。南山上耐不住性子的山桃花一簇簇地点缀在枯黄的山坡上。山风从秦东河谷吹来，虽仍有点凉意，但对于干着农活的庄稼人来说，感觉清清爽爽的。田成业看周青松收拾着田里的作物，活动着窝了一冬天的胳膊腿，享受着阳光和山风，便下到地里，拿起锄头干起来。

周青松从路上下到地里，说："成业哥，你歇着吧，这点活我一上午就干完了。"

田成业没听周青松的，依旧下到地里，然后说："你让我干干，出点薄汗，舒服着呢。你回去再拿个锄头来，咱俩边干边说，我有个事想和你商量商量。"

周青松知道田成业是想享受这劳动的快乐，就上路回家取锄头去了。田成业嘴里哼着秦腔曲牌的调调，悠闲地锄着毛桃苗地里的草。

周青松不一会儿就回来了，下到地里和田成业并排锄着草，开口说道："成业哥，我给翠翠嫂子说了，让桃花中午给咱包饺子吃，你中午就在我家吃。"

田成业锄着地，停下嘴里的秦腔调调，转头说道："这不是又麻烦你们了。"

周青松说："麻烦啥啊，自家鸡下的鸡蛋，这地里锄下的荠荠菜。"

田成业笑着说："好得很，你这一说我都流口水了，好久没吃这野菜饺子了。"

周青松接了话说："这城里人好吃的吃多了，有的还专门到乡下地里来剜这野菜吃。还有咱南山上的白蒿，这个时节也是抢手货。"

田成业开着玩笑说："看来城里人日子不好过，来乡下和村民抢着吃野菜了。"

周青松锄着地说："这人啊说不清楚，没吃的的时候觉得这野菜难吃，有白面大肉吃了反倒觉得这野菜好吃了，真是想不明白。"

两个人说笑着，手里的锄头没闲着。田成业还把锄掉的荠荠菜拣出来，放在一块儿，准备锄完地把这菜带回去让翠翠收拾干净弄着吃。

周青松锄着草，问田成业："成业哥，你刚不是说还有事和我商量，是啥事？"

田成业锄着地没抬头，过了会儿，他停下手里的锄头，望着周青松说："桃李新村开工仪式的事你知道吧？"

周青松也停下手里的锄头，点了下头说："听说了，跟咱村上没多大关系，是不是你和根良参加下就行了？"

"镇上安排我参加，我说我不合适，让根良去参加了，只是我觉得咱还得准备准备。"周青松没等田成业说完，把锄头往地上蹾了蹾，锄头就插在地里了，然后问道："成业哥，你说说，咱村上还要准备什么？"

田成业也把锄头蹾在地里，说："可能得做两件事，我现在也没定下来，想听听你的意见。"

"你说说，我看帮不帮得上忙。"周青松回了话。

田成业想了想，说："你肯定能帮上这个忙，难就难在其他组。我想这开工仪式和甜泉水村关系不大，可毕竟在咱村地面上。计划是县委吴江山书记要出席，我想这么大的领导来咱村上出席开工仪式，也很有可能来村上转转，就是不转，下了车也会看到甜泉水村的村容村貌。"

周青松好像听明白了，插话道："成业哥，我明白了，你是要把这村上的卫生搞搞，免得领导看见了对咱村有看法。"

田成业说是这个想法。他想让每户村民先把自己家的院子收拾整齐，各小组再组织一些人把街道上的卫生和杂物规整规整；再就是他想在村外和村里显眼的墙上写些宣传标语，倡导村民提高环保意识。

周青松欣喜地说："成业哥，你不愧在外面干过事，想得就是周到，我支持你这个想法。四组没问题，墙上写宣传标语的事我来办。写的内容是不是你得把个关？"

"你先写出来，我看看就行，最好是大家一看就明白的。"田成业算是提了要求。

周青松说："好，下午我就把写的内容弄出来，明天叫大伙收拾自家庭院，让勇良带头找几个人，把街上的环境整理整理。只是其他小组得你或者根良去说。"

田成业听完周青松的安排，接了话说道："这事没给根良打招呼呢，我想他会同意的，现在村上闲劳力多。"

这两个人说着话，没感觉就到了饭点。翠翠站在村口，朝着地里的田成业喊道："哎——成业，叫青松回来吃饭！"田成业看了看村边的翠翠没应声，周青松就回了翠翠的话。两个人把锄头扛上了肩，沿着田间的路往村中走去。

到了村口，翠翠有点生气地说："你没听见我喊你啊？"

田成业说："我又不是听不到，你以为还是叫我起床上学呢！"

周青松听他爹说过田成业上学起不了床的事，就笑开了，对翠翠说："嫂子，咱回，你别生我成业哥的气，他这是嫌你声大了。"周青松这么一说，翠翠才知道往常她这么喊叫着田成业不答应的原因，就再没说什么。

田成业和周青松把锄头挂在房檐下，在脸盆里洗了手，坐在院中的小方桌边。田成业问周青松："老人在家没？"

周青松说："我妈前天让我姨叫去了。"这时，翠翠把吃饺子的蘸汁和油泼辣子放到桌上，桃花端了两碟冒着热气的荠荠菜饺子走到桌边，周青松站起来接了饺子。桃花说："成业哥，你们俩先吃着，上午我和嫂子包得多。"

田成业给自己调着蘸汁，说："娃们有没？"

桃花说："娃中午在学校吃，晚上回来，我给留着呢。"说完转身和翠翠回厨房去了。

田成业调好蘸汁，又用小铁勺挖了一勺油泼辣子倒在蘸汁里，用筷子夹个饺子，在小碟中蘸了下，然后咬了一半，细细地咀嚼着，慢慢咽了下去，看着金黄的鸡蛋和翠绿的荠荠菜饺子馅，说道："多新鲜啊，真好吃。"

周青松已经吃下了几个，听田成业这么一说，也给自己弄了个小碟，学着田成业的样子吃了一个饺子，然后笑着说："成业哥，按你这么一吃，确实香得很。原来我吃荠荠菜饺子没感到好吃，是学了猪八戒吃人参果了。"

翠翠和桃花给自己煮好了饺子，田成业招呼坐到桌子边上，桃花说："我和嫂子这碟子里有蘸水了。"

周青松现学现卖，说："你这就是老外行了，看看成业哥是咋吃的，咱这吃法把多少好东西都浪费了。"说完四个人都笑了起来。

温暖的阳光洒满了周青松家的院子。一群寻找吃食的麻雀扑棱棱从墙头飞到院中，低头啄了几口吃食，又扑棱棱从院中飞回墙头。田成业吃完饺子，喝了两口饺子汤，说这顿饭吃得好，饺子味好得很。

说完田成业出了周青松的院子，他得趁吃饭的当口去找下根良，把自己的想法说一说。

村主任杨根良刚吃过饭，乡下人没养成中午休息的习惯，他站在院子里抽着烟，看着还没长叶子的葡萄树。田成业看见杨根良在院子里闲着，就走了进来，顺口说："根良你在家啊！"

杨根良转过身，看田成业进了院门，问："成业哥，你吃过了没？"田成业说："我吃过了，你吃了没？"杨根良回复也吃过了。

杨根良进屋拿了两把杨树枝窝成的小椅子，给田成业递了把，在院中坐下，喊着金凤给田成业倒点茶水。

田成业坐下对杨根良说："桃李新村的开工仪式没几天了，我想虽然这仪式跟咱村上没多大关系，可毕竟在咱村地面上，听说县委吴书记要来剪彩。咱是不是让四个小组把咱村的环境卫生整理整理，各家各户院落收拾收拾？再就是在显眼的墙上写些宣传标语？"

杨根良听田成业说完，把手里的烟头放脚下踩了踩，说："成业哥，你想得还真是周全，是应该把村子的卫生环境整治整治。像现在这样子，万一吴书记要进村看看，那咱这脸上确实不好看。"

杨根良想了想，说："是这，成业哥，你就不用跑了，让建业通知下，毕竟咱俩同意的事也就是村上的意见。在墙上写宣传标语的事你给青松把把关，让他去写就行了。"田成业也很满意杨根良的安排，他说那行，没有别的事他就先回去了。

杨根良起了身，把田成业送出院门。

田成业转身，说了句"根良你回吧"。杨根良却没有转身回去，他看着田成业，想说什么，又没开口。

田成业看出了杨根良的心思，问："根良，你还有啥事要说？"

杨根良见田成业开了口，他有点难为情地说："成业哥，前段时间忙咱村上热闹的事，你我都没个闲工夫。我入党转正的时间到了，这几天村上也没啥事，你看啥时间方便？"说完从上衣口袋里拿出两张纸，递给田成业。田成业接过杨根良递过来的两张纸，打开看了看，是杨根良写的转正申请书。

田成业把杨根良的转正申请书收好放到自己口袋里，说："根良，你看这忙的，差点把你转正的事给误了。这几天大家要收拾自家院落和整治村里的环境卫生，要不你让建业通知一下全体党员，咱放到明天晚上开个党员大会，你把申请念下。"

杨根良脸上恢复了笑容，他说："那好，我让建业通知小组长搞卫生的时候，一并把明天晚上这会的事通知了。"

四 十 五

二月初二龙抬头，阳光很好，南山很青，悠悠的秦东河水静静地从甜泉水村旁流过。平整好的桃李新村的场地上搭着一个简易的主席台，后面铁架子上挂着写有"秦东县桃李新村建设开工仪式"的红色横幅。

桃李村村支书和村主任带着二十位村民代表，一大早就被镇上接出了山，在河口镇街上吃了早饭，不到九点就到了甜泉水村旁的工地上，等着开工仪式开始。甜泉水村相邻村的干部也被请来参加开工仪式，镇上相关单位的领导都到了现场。贾旺书记和桃李村的支书、村主任说着话，田成业和杨根良也在边上陪着，李镇长不时和杨根良说着什么。

上午十点整，一辆北京吉普和一辆崭新的桑塔纳轿车驶进了开工仪式现场。吉普车停下，县委办的主任和几个人打开车门迅速下了车。后面的桑塔纳也停了下来，副驾驶门打开，一个小伙下车走到后排拉开车门，从车里下来一位头发向后梳着的中年男人。

贾旺书记快步走过去，伸出两手握着中年男人的手，高兴地说："吴书记好！欢迎你到河口镇来视察指导工作。"

周围没见过、不认识县委吴江山书记的镇村干部和村民，有的嘴里自言自语，有的交头接耳议论着。贾旺问候过吴书记，松了手，然后侧过身，给吴书记介绍自己身边的干部。吴书记一个个和新认识的干部握着手。介绍到后面时，贾旺对吴书记说："书记，最后这四位是桃李村和甜泉水村的支书和村主任。"

贾旺让这四位自己报了名字，吴书记同他们一个一个握着手。吴书记对桃李村的支书和村主任说："我代表省城人民感谢你们，感谢你们舍小家顾大义，你们做出的牺牲和贡献将会永远记在省城和秦东县的历史中。"桃李村的支书说："不用感谢，我们山里人能搬出大山还要感谢县上领导、镇上领导，特别是吴书记的关心呢。"桃李村的村主任在一旁不住地附和着。

吴江山走到田成业和杨根良面前，握完手，对田成业和杨根良说："我代表省城人民、桃李村的村民感谢甜泉水村乡亲在这次移民安置点建设中给予的支持和配合。县上在加快建设桃李新村的同时，也会关注和帮助甜泉水村发展，及时解决因征地和水库建设给甜泉水村带来的困难。"

田成业和杨根良感谢了吴书记的关心，并说一定按照县上和镇上的要求，配合好新村建设。

吴江山指着甜泉水村墙上的标语，说："我刚才从车里看到这些标语，很亲切。亲切是指这些标语没有以往的官话，村民一看就懂。有一句：耍钱输掉万贯钱，胡浪毁掉百年业。这话就是村民自己的话。而且这些标语很及时，征地给大家发了补偿款，但不能把这钱当洋财来胡花，不然过不了几年，甜泉水村村民的日子又会紧巴起来，那时再来教育就晚了。看来甜泉水村的干部水平很高啊。"

贾旺书记等吴书记说完，汇报道："吴书记，甜泉水村的支书田成业在外面工作了三十多年，去年老支书孙有福去世后，他就接了这个担子。"

吴江山看着田成业，伸出手指指着田成业，给在场的干部说："不容易啊，退休后还能记着回来，回来了还能为村子做事，更说明甜泉水村村风好啊！"

等吴书记说完，贾旺指着杨根良向吴书记介绍说："这是村主任杨根良。高中毕业后差点就考上了大学，回村后一直从小队长、大队会计干到现在的村主任。桃李新村建设用地都是他一手在经办，按时完成征地任务不说，村子里没产生一点群众矛盾，为今天这开工仪式立了功。"

吴江山拍了拍杨根良的肩膀，微笑着说："后生可畏啊，这么重的任务完成得这么好，工作能力一定没问题。甜泉水村有一个见过世面的老党员支部书记，一个这么年轻能干的村主任，一定能把村子的事办得更好，把村子发展得更好。"

大家为吴书记热情的讲话鼓起了掌。吴江山转过身，在镇长的引导下，在贾旺书记和分管水利的宋副县长的陪同下走上了主席台。除县上和镇上的领导，站在主席台上的还有桃李村的支书和甜泉水村的村主任。

李镇长看主席台上的领导和村代表们站好了，就走到话筒前说道："尊敬的县委吴书记，各位领导，各位乡亲，今天我们在这里举行秦东县桃李新村建设开工仪式，县委吴书记专程来参加，让我们以热烈的掌声表示欢迎！"

台上台下响起了掌声，李镇长等掌声结束，一一介绍了主席台上的其他人和台下参加仪式的单位和村民代表，然后说道："仪式第一项，由桃李村村支书讲话。"桃李村的支书走到话筒前，他的讲话不长，基本意思和他与吴书记仪式前讲的差不多。

李镇长等支书回到原位说："仪式进行第二项，请县政府宋副县长讲话。"宋副县长拿出讲稿，说了秦东河引水工程的重要性，表扬桃李村和甜泉水村的大局意识，同时对新村建设提出了要求。

李镇长等宋副县长回到原位，对着话筒提高嗓门说："仪式进行第三项，请县委吴书记宣布新村建设开工！"

吴书记向前走了一步，对着专门给自己准备的话筒，平稳有力地说道："我宣布，秦东县桃李新村建设开工！"

随着吴书记话音落地，工作人员点燃了摆放在主席台对面的鞭炮。顿时蓝色的硝烟四起，锣鼓响起，藏在铁架后面的娃娃骑着五彩的竹马在王勇良的指挥下在台前穿梭而过，来回变换队形。站在台上的吴书记满脸都是笑容。

硝烟散去炮声远，串串鞭炮成红泥。仪式结束后，吴书记走下主席台，在工程建设负责人的引导下，先看了看新村规划图，然后在工地上转了一圈。他再三强调建设单位要把质量放在第一位，对县委县政府负责，更要为做出牺牲的桃李村村民负责。

看完工地，吴书记给贾旺说："这一段时间你也辛苦了，我代表县上对你和你们河口镇出色的工作表示感谢。还希望你们继续把后续的工作做好，确保秦东河水库顺利建设，按时建成。"

贾旺赶忙说："感谢书记的肯定。这些工作是镇上领导干部一起做的，我们会把后续的工作做好，请吴书记放心。"

吴书记走到车边，从他车上下来的年轻人拉开后排车门，吴书记示意他不上车，转身对身后的贾旺说："我来河口镇的机会挺多，但走村串户不够，这是不是有些官僚啊？"说着就自己笑了，然后说道："今天时间还有点早，你陪着我到甜泉水村里去看看。"

贾旺示意田成业和杨根良往前走，他在后面陪着吴书记和宋副县长，很快他们就到了甜泉水村。看着整齐的街道和每家齐整的院落，吴书记笑着对田成业说："田书记，看来你们是准备好了啊！"

田成业实话实说："桃李新村建设开工是县上的大事。听说书记你要专程来参加仪式，就是不来我们村也得把环境卫生弄好，这是对参加仪式的领导和村民代表们的尊重，当然也是甜泉水村的门面事，不然让其他村子笑话，那我们的脸怕是就搁不住了。"

吴书记接了话，说："不管目的是什么，说明你们村上干部是有心人，为了村子着想，这是应该肯定的。"

一群人边看边说到了周青松家门口。看着院子里堆放整齐的柴火，吴书记问田成业："这家种了猕猴桃？"

田成业往前走了几步，说："嗯，种着呢。书记你眼力厉害啊，咋知道的？"

吴书记指着院台上堆放的柴火说："这不是猕猴桃修剪下的枝条嘛！"

跟着的贾旺接了吴书记的话，说："书记，你看得真仔细啊，我们要向你学习务实细致的工作作风。"

吴书记没有看贾旺，他继续说道："这次来河口镇我还有一项任务在电话里没给你们说。咱秦东县是农业大县，以往有秦东河水滋润着，能产粮，也获得了不少荣誉。如今改革开放，其他县上工业发展得很快，咱这仅依靠农业产业的秦东宝地，财政收入都落在人家后面了。秦东河作为省城的水源地，工业产业是限制性发展。现在在地里种粮食作物一来产值低，二来向二产和三产延伸附加值也不高。县上五年前就在推广猕猴桃种植，少数村民的积极性已经有了，但大多数还在观望。今年县上已经研究了，要大力发展猕猴桃产业，凡是栽种猕猴桃的农户，每亩果园县财政补助一百元。我来的时候在路过的镇村也看了，有村民在务猕猴桃，但只是星星点点。今年镇村要加大推广力度，争取三五年时间让猕猴桃果园成片，产业成熟。"

他说完，一队人从甜泉水村走了出来。吴书记在周青松的猕猴桃苗地边停下，指着地里的猕猴桃苗，转过头问田成业："田书记，这是你们村村民育的？"

田成业"嗯"了一声，转头让走在后面的周青松到跟前来，给吴书记介绍道："这就是猕猴桃苗的主人家。"

周青松作为甜泉水的村民代表，参加完新村开工仪式就准备回家了，没想到县委吴书记进了村，他只好跟着人群走。走到周青松家门口，吴书记问这家种了猕猴桃，田成业回了话后，示意周青松先不要回家，跟着他们一起到村上去看看，他怕吴江山再问起猕猴桃方面的事，说不清道不明闹尴尬呢。

看来吴书记还真是下乡调研猕猴桃产业来了。他没有像以往那样在田边查看小麦的长势，专寻猕猴桃果园，出了村没看到果园先看到了猕猴桃苗，就兴奋地停了下来。

周青松疾走了几步到了人群前，他望着吴书记说："吴书记好，我是甜泉水村四组组长周青松，这片毛桃苗是我育的。"吴书记伸出手，周青松忙两手迎了上去握住吴书记的手。

吴书记笑着问周青松："青松组长，你这眼界不错啊，把县上定的工作做到前头去了。"

周青松明白吴书记是说他育毛桃苗的事，就松了吴书记的手，说："书记，是咱县上的政策好。我是咱村上第一个种毛桃的，不过这几年下来邻里都看到了实惠，已经有十多家栽种了毛桃，现在都挂了果。有的村民也想栽，就问我苗子和技术的问题，我就请了县农科所的专家来指导，育了两亩毛桃苗。主要是为了解决乡邻之需，没什么眼界不眼界的。"听完周青松的话，吴书记带头笑了起来，他指着周青松对在场的人说道："看来栽种猕猴桃树的群众基础超过我的预期。河口镇在云岭北坡，是猕猴桃最适宜的生长地，镇上要把猕猴桃产业发展作为今年工作的重点，争取在全县起到示范引领作用。"

站在吴书记身后的贾旺书记和李镇长走到吴书记身边，激情高涨地说："有县委吴书记的关怀与指导，我们一定会把栽种猕猴桃树这件事落实好。"

吴书记也挺高兴，他说："有河口镇两位主事的表态，事办起来就不难了。今天咱就定了，我除了重点抓好秦东河水库方面的事外，今年另一个重点就是抓河口镇猕猴桃种植推广工作。"

压力可能是阻力，也可能是动力，但当压力伴有领导的期许和信任时，那一定会变成动力。贾旺书记快两年的辛苦疲惫，在吴书记的肯定中消失得无影无踪。他觉得现在交代给他的工作越干越顺心，越干越想干。

吴书记上车时，贾旺书记站在车门边。吴书记说："老贾，你把移民和新村建设这事抓紧抓稳，猕猴桃产业上的事多让李镇长操操心，镇上到时好好研究研究，统筹好。"

贾旺直直地站着说："好，按照书记的指示，我们明天就专题研究这两件事，一定让你满意。"前面的吉普车开动了，吴书记的车跟在后面。大家向领导挥着手，等吴书记走远了，剩下的人又以同样的方式送走了贾旺书记和李镇长。

田成业转过身，周青松还在，村主任杨根良已经转过身向村子走去了。

四 十 六

桃李新村的建设顺利进行着，地基出了地面，"小四轮"一车车地从甜泉水村西边砖窑往工地拉着红砖。王勇良蹲在自家院子里的碌碡上，看着来回拉砖的车，心里像是灌了蜂糖一样甜。他整晌午没挪动一下，经过的乡邻取笑着说："勇良，你这是寒号鸟晒太阳啊。"王勇良满脸堆笑说："嗯，这么好的太阳不晒晒，你们都忙啥呢，钱是能挣完还是儿媳妇在后面赶着？"

中午巧姑做的油泼扯面，王勇良很爱吃。以往做油泼扯面那得忍上半年，下个狠心才做一顿。如今只要王勇良想吃，巧姑早上就把面和好醒在那，中午吃的时候面光滑筋道才对勇良的胃口。油泼扯面也是秦东人爱吃的美食，这种美食费面粉、费工夫，日子紧巴时很少有人家做着吃。油泼扯面要做好，和面醒面是关键。勤快的女人会在早饭后就把面和好，揉到面光盆净，将面团分成比鸡蛋大一点的小团，将小面团揉光压扁，搓成如香肠般的面棒，抹上菜籽油，一个个整齐地码放在盆里，敷上拧干的笼布，盖上锅盖，让面醒到中午要吃的时候。醒面的时候正好准备吃扯面的臊子。将土豆、胡萝卜切成丁丁，下开水焯熟。鸡蛋下油锅炒散。猪肉也切成小丁，下开水锅去掉血沫，滤干，放入生姜、酱油、米酒腌制一个小时。然后油锅加热，放入一点白糖，待白糖发成沫状，将腌好的肉丁下锅翻炒，火不能太大，炒匀后倒入一点高汤，盖上锅盖等水分快蒸发完时，加入盐，翻炒均匀，臊子就做好了。到了饭口，拿出醒好的面棒，用手压扁，然后用小擀杖将面前后擀开，在面上压两道深痕，用手轻捏面的两端，轻轻用力向两边扯，面条中的深痕会变得很薄，在薄处稍用力就会撕开面条，一根扯面就扯好了。根据人的饭量定下面的根数，等水开三次，将面捞入老碗中，倒上热油激过的香醋，加土豆、胡萝卜、鸡蛋、臊子，然后放盐、干辣椒面和葱花，将油锅中的热油泼在上面，一碗香气四溢、光滑筋道、秦东县人人爱吃的油泼扯面就做好了。王勇良端着大老碗出了厨房门，又蹲在院中的碌碡上，看着过路的村民和拉砖的"小四轮"，不时还让人家到屋里去吃面。

吃完饭的王勇良把老碗放在身边的碌碡上，他等着巧姑来收拾，自己悠闲地晒着太阳。过了会儿，路上拉砖的车少了；又过了会儿，一辆拉砖的"小四轮"都没了，他想人家也要吃饭。

路上没了拉砖的车，就对他没吸引力了。王勇良进屋把碗放在灶台上，对正吃着的巧姑说："我到砖窑上去转转。"巧姑听勇良说要去砖窑就紧张起来，她从凳子上站起来，问勇良："你去窑上干啥去？是不是又准备打捶去啊？"王勇良笑着说："你净瞎操心，我没事跟人家打什么捶？再说了，上次不打不相识，窑上老钱跟我现在是好兄弟了，见了面就给我发烟呢。"巧姑听勇良说完，就放心了，说："那你忙去吧，跟人说话口气放好点，别惹事了。"

王勇良没回话便出了院子。去砖窑的路让拉砖的车碾轧出了两道深深的车辙，下雨就是水坑泥泞，天晴就是黄土飞扬。王勇良心想，这工地上也不拉点石子把路垫垫，这车还能过去吗？

王勇良到了砖窑，老板老钱吃过饭刚放下碗，看见他过来，有点紧张地问道："王老弟，吃了没？没吃叫厨师给你下面。"

王勇良说："吃过了，没啥事，我来你这看看，这砖现在紧张不紧张？"

老钱看看王勇良，说："紧张啊，老弟，你不是来拉砖的吧？"

王勇良晃了晃脑袋，漫不经心地说："不拉，下半年我盖房的时候再拉。你这砖不会再涨价了吧？"

老钱看了看边上没外人，压低声音说："老弟，你心里是不是巴不得这天天涨价？我现在一千砖四十元钱把你的砖票回收回来，咋个样？"

王勇良冲老钱笑笑，说："我手头要有活钱，四十元钱一千砖我还想再订十万砖呢。"

老钱有点惊讶地说："老弟，你这眼光长远，看来我得给你打工了。"王勇良满意地笑着。不管怎么说，订砖这件事是他成人以来干得最大最称心的事。当然他知道要感谢他姐夫田成业相信他、支持他，不然他这想法也就仅仅是个想法，看着砖涨价只能是心里难受了。

两个人拉着闲话，给工地拉砖的车还没过来。王勇良和老钱道了别，就沿着村中的路向新村工地上溜达。快到国道边时，拉砖的"小四轮"摆了一溜，司机在车上，路上横放着一根木头，车被堵在国道那边进不了村，孙建业正和承包拉砖的工头理论着。王勇良听了听，才知道孙建业嫌拉砖的车把门前的路轧坏了，他出门不方便，结果人家根本不理，照样来回拉着砖，生气的孙建业就用木头封了路。王勇良觉得孙建业做得有道理，你这么大的工地，把路轧成这样，拉点石子垫垫用不了几个钱，孙建业不堵，我还想堵呢。可他想想自己在窑上订的砖，还是觉得尽快让车去拉砖好。

王勇良走过去，让孙建业歇歇，他转身对拉砖的工头说："这路不垫垫，你这砖车也拉不了几天。大家各让一步，你派两辆车到秦东河去拉石子，其他车去窑上拉砖，行不行？"工头听了也平静了点，答应了勇良的条件。王勇良接着转过身对孙建业说："建业哥，工头派车去拉石子，咱把这木头挪了吧。"孙建业没答话，王勇良对工头说："你叫两个人，把这木头抬路边去。"

拉砖的车往窑上去了，工头留下两辆到河里去拉石子。孙建业没说话，回屋了。王勇良心里挺舒服，他觉得工头能听他的话，脸上很有光，孙建业也没挡他，不失面子。他向工头摆了摆手，转身往新村工地上去了。

天黑下的时候路垫好了，拉砖的车子加班赶着下午落下的活。

第二天早上，这些车子开到孙建业家门口时，路上又横着木头，这次还成了两根。

工头站在孙建业家门口，问孙建业："这木头是你放的吧？"

孙建业背着手，怒气冲冲说："就是我放的，咋了？"

工头摊开两手，无奈地说："路垫好了，你咋又把木头堵上了，是不是成心跟我过不去？"

孙建业听工头说这话，终于忍无可忍了，他指着工头说："这路原来就好好的，你轧坏了垫平整是应该的。你这砖车白天晚上拉，还让人睡不睡？我这门前的路不让走了，你看哪能走走哪去！"

工头见这人杠上了，就打听着又到王勇良家，叫王勇良再给说说。王勇良爽快地答应了。到了孙建业家，见了孙建业，王勇良客气地说："建业哥，你咋又把路挡上了？"

孙建业这次没有给王勇良好脸色看，他没好气地说："勇良，这事你不管能成不能成？这新村建设跟你有啥关系，你再三跟我过不去？"

王勇良一听这话，就傻眼了。孙建业不但不挪木头，好像还跟他生气了。毕竟是老孙书记家的儿子，王勇良识趣地出了门，对工头说："你还是另请高明吧。"

工头没办法，只好向秦东县镇东工程建设公司的郑先成经理汇报了这事。郑先成听完汇报气就上来了，这开工仪式前，县委书记吴江山还说让甜泉水村配合施工方，就是这配合法？他把桌子上的东西收拾了下，让工头带着进了甜泉水村。他先到了堵路的地方，让几个工人把木头搬一边去。工人们小心地试着去搬，还没抬起来，孙建业就从院子里冲出来，手里拿着一把铁锨朝着搬木头的人劈过来。工人们本来就不情愿，见这阵势拔腿就跑了。

郑先成指着孙建业说："让你能，看有人收拾你没！"说着就离开了现场，跑到村主任杨根良家，想让杨根良为他解了这个难。

杨根良正在院子里劈柴火，郑先成进了院门，看见杨根良，急急地说：“杨主任，你在啊！”

杨根良抬头看着郑先成，他认识郑经理，平整地基时他跟郑经理打过交道，没事不进门，有事白搭话，没留下什么印象。郑先成急急地进来，杨根良知道是堵路的事，他对孙建业堵路没反对也没支持，他想先看看事情能发展到什么程度。见郑先成急急地进了门，他就知道这事需要自己协调了。

杨根良放下手里的斧头，让金凤给郑先成倒杯水。郑先成没喝水的心思，说：“不麻烦弟妹了。”然后转头对杨根良说：“杨主任，我有点急事来找你。”

杨根良让郑先成坐下说。郑先成没有坐，他心里有事，没工夫跟杨根良拉闲话。没等杨根良回话，他带着略微责怪的口气说：“村主任，你们村的孙建业昨天堵路，说是工地上的车把村上的路轧坏了。我派人拉石子把路垫好，今天又堵上了，说吵着他了，不让车从村上过。村主任，你说，这路是他孙建业家的吗？他想堵就堵？”

杨根良等郑先成说完，自己喝了口水，又示意让郑先成缓缓情绪，也喝口水。郑先成端起水杯用嘴抿了下，然后放下水杯，让杨根良给论理。杨根良也放下杯子，对郑先成说：“郑经理，这路是村道，不是给工地上修的。你们拉砖是借道，村民有意见你应该能理解。你要觉得这路是工地上的，那我可能也管不了。”

郑先成听杨根良这么一说，有点慌了神，忙赔着笑脸说：“村主任，你说得对着呢。可开工仪式前县委吴书记不是也说了，让村上配合工地吗？咱不能就这样配合吧？”

杨根良见郑先成搬出吴书记，低着头边喝水边说：“吴书记是县委书记，他说是配合，也没说不顾村民的利益去配合。你们工地在甜泉水村，村上协调你们建工棚、拉水电、修进场道路。你说说工地那边给甜泉水村村民做啥好事了？你说村民不讲理，这话是不是应该反过来讲？”

郑先成没想到杨根良会将他一军。他口气软了下来，赔着笑脸客气地说：“村主任，你说得对，想想我来这好几个月了，给你们添了不少麻烦。是这，你让孙建业先放拉砖车去拉砖，我要求他们装少点，开慢点，晚上不要拉，然后再拉些石子把咱村上的路都垫垫，也算是个安抚。"

杨根良见郑先成放下了身段，就说："多谢郑经理的理解，我等会儿就过去看看。"

郑先成见杨根良答应去解决堵路的事，很是高兴。他说："晚上兄弟们一定要聚下，这往后麻烦你的时候还多着呢，咱兄弟先得把关系搞好。"

杨根良就说："那是这，我先给你去把堵路这事看看。"

郑先成站起来，说："我工地上还有事，就先走了，晚上见。"

杨根良也没客套，他起了身说："好，郑经理你先忙。"

杨根良放下水杯，出了院门，没一支烟工夫就到了孙建业家。他对院子里的孙建业说："建业哥，我给工地上说了，他们把村上的路都用石子垫垫，晚上也不拉砖了，你把这路上的木头收回去吧。"

孙建业站起来出了院门，对工头说："要不是我们村主任说话，你这砖车就别再想从我这门前过。"杨根良让工头找了俩工人，帮着把木头抬到孙建业的院子里。拉砖的"小四轮"发动了，突突地冒着黑烟开走了。

杨根良见人都走了，转过身对孙建业说："建业哥，你晚上和我，把田文喜和胡满堂也叫上，咱到街上吃饭去。"孙建业高兴地应承着，说那他现在就去通知。

杨根良补充道："你给田文喜和胡满堂说是我请吃饭，不是村上吃饭。"孙建业说："明白了。"说完和杨根良一块儿出了院门。

四 十 七

天刚黑，田文喜和胡满堂就在村口等着杨根良和孙建业。杨根良没那么急，他等天黑定了才出了门，孙建业在院子里等他，两个人没说什么就出了村。见田文喜和胡满堂在村口等着，杨根良说：

"文喜哥，满堂，让你们等了。"田文喜笑呵呵地说："等是应该的，总不能让村主任等我们吧？"

四个人说笑着往河口镇街上的川渝人家去了。

郑先成经理想着他做东，便先到了。和他一起来的还有一位年轻的女子，叫夏天，是郑先成公司的会计。郑先成喝着茶，抽着烟。夏天点着菜，点好了给郑先成报了下，他吐了口烟，点了下头。夏天放下菜单，问郑先成："经理，今晚上喝啥？"郑先成停了停，说等客人来了定。

话音刚落，杨根良四个人进了屋。郑先成忙从座位上站起来，拉着杨根良的手让他往上座。杨根良让都没让就坐下了，郑先成坐在他边上，夏天坐对面。大家坐定，郑先成说："我给各位介绍一下，这位女士是公司的会计夏天。"杨根良朝夏天笑着点了头，又对郑先成说："我把今天来的人也介绍下：我们村的副书记田文喜，会计孙建业，一组组长胡满堂。"郑先成随着杨根良的介绍一一握了手，和孙建业握手时说："咱们不打交道不相识啊！"

孙建业涨红着脸说："对不住郑经理，我也是实在没办法，这都好几天没睡好觉了。"

郑先成忙赔着礼说："怪我，怪我没想周到，今天兄弟你多吃点喝点，晚上就睡好了。"

这时一个操着四川口音的女子进来问："菜可以上了吗？"

郑先成说："上，先上凉菜，热菜我让上时再上。"

杨根良看了看郑先成，笑着说："郑经理，今天晚上这饭我请大家——"

没等杨根良把话说完，郑先成赶忙说道："村主任，说好的今天我请，咋变成了你请？不行不行，夏天，一定不能让村主任付钱，不然扣你这个会计的工资。"

杨根良等郑先成说完话，面带愧色地说："郑经理，你听我说。一是这新村建设前，县上吴书记有交代，一定要配合好工程队。今天建业哥堵路，我得给你道歉。二是郑经理你答应把村上的土路都铺上石子，这是给甜泉水村搞民心事，我得感谢。这次你说请村上干部吃饭，村上干部有的忙着，有的不在家，正好我还有点事要和今天村上来的干部说，咱就把这饭放一块儿了，这次由我来请，等下次人全了，郑经理你再请。"

郑先成听杨根良这么一说，很坚决地说："这次算我个人请。凉菜上齐了，根良你看咱喝个什么？"

杨根良看了看桌上的人，说："我喝酒不行，郑经理你看你想喝什么就喝什么。说好了，这饭我请大家。"

孙建业听杨根良说请大家吃饭，就说："早知道是根良请吃饭，酒在我二哥那拿就行了。"

郑先成听孙建业这么一说，问道："你二哥商店在街上吗？"

孙建业忙应道："没在街上，在我们村东口国道边上。"

郑先成有点歉意地说："不知道那个店是你二哥开的，以后我要去关照他的生意。"孙建业听郑先成这么一说，高兴地说："我替我哥感谢郑经理了，这堵路的事你不要计较。"

郑先成哈哈一笑，说："计较什么！你做得在理，是我们没想周到。那就喝西秦酒，咱秦东的酒。"

郑先成看了看夏天，夏天就端起酒杯，说："新村建设是我们镇东工程建设公司第一个大项目。在咱甜泉水村上搞工程，难免麻烦各位，我代表我们郑经理敬大家一杯。"

郑先成脸上挂着笑说："应该应该，这个提议好。"

杨根良端起酒杯，说："女的喝酒不多见，既然夏会计提议了，我们男同志是不是得积极响应响应？"说完五个男的站了起来，和夏天碰了杯。

夏会计是女的，喝得少，但五个男人都能喝，酒下得很快。

喝醉的郑先成趴在桌子上，杨根良见了对夏会计说："郑经理喝多了，他咋回去啊？"

夏天放下杯子，说："我们有车呢，你不操心了。你们是怎么来的？要不要我们送送？"

杨根良知道自己人太多，说："不用了，三四里路，我们走回去正好醒醒酒。"

说完大家就起了身。

刚走出饭店，杨根良突然对孙建业说："呀，建业，咱还没付账呢。"

孙建业就往饭店里走，准备去付钱。夏天拉住孙建业，对杨根良说她付过了。杨根良心里热乎乎的，嘴上埋怨道："夏会计，咱说好我们付账的，这多不好意思。"

夏天赔着笑说："谁付都一样，下次再说。"郑先成嘴里不知说着什么，手却拉着杨根良让上他的车。

杨根良见车上坐不下这么多人，说："不送了，就这么点路，我们走回去了。"

郑经理死活不松手，夏会计劝也不行。田文喜看郑经理拉着杨根良的手不放，就说："让村主任坐车吧，我们三个走回去。"

郑先成喷着酒气说："小夏，你让司机先把田书记他们三个送回去，我陪杨主任走回去。"杨根良说这不行，他让田文喜三个人先走，他和郑先成上了车。

车很快就驶到了村口，杨根良叫停下车，按住郑先成不让他下车，自己打开车门先下了，随后挥手示意司机开车。车子动了下又停下了，郑先成从车的另一边下来，让夏天先回去，他还要和杨根良说会儿话。夏会计伸出手向杨根良挥了挥，车子就走了。

郑先成拉着杨根良的手说："杨主任，杨老弟，你觉得你郑老哥这个人咋样？"

杨根良喝得不多，但酒劲还没退完。郑先成这么一说，他果断地说："老哥，你人好着呢！"

郑先成打了个嗝，郑重地说："那你愿不愿意和我这老哥交朋友？"

杨根良没料到郑先成问这个，觉得郑先成是喝多了，说酒话，就笑着说："老哥你有啥话啥事尽管说，只要我力所能及，一定会帮老哥的。"

郑先成在杨根良肩上猛拍了一下，对他说："老弟，老哥就喜欢你说这句话，你这个老弟老哥我交定了。老哥今天喝多了，但还没醉。老哥知道你在这个村上主事，可日子过得也不宽展，听说你过几个月要盖房，老哥就是盖房的，你有什么需要尽管说，老哥帮不了别的，盖个房还是小菜一碟。"

杨根良感激地紧紧握着郑先成的手，他知道这可能是酒话，等郑先成酒醒了不一定认账，但有这话，已经让他很感动了。他为郑先成能够理解自己而感动，也为这个有点头面的人物跟他称兄道弟而动情。

杨根良紧紧握着郑先成的手说："谢谢老哥这么理解老弟。是这，咱今天就到这，往后一家人不说两家话，你老哥有啥事尽管打招呼。"

郑先成一手摇动着杨根良的手，像是遇到多年没见的老朋友一样开心，另一只手从口袋里拿出一个信封，放到杨根良手里，说："老弟，这是老哥的一点心意，算是为你盖房行的贺礼。我这工地上忙，说不定你盖房的时候就把这事忘了。"

杨根良用手推着信封，说："老哥，我还没盖房呢，这行的哪门子礼？我不能收。"

郑先成停下摇动着的手，有点生气地说："你老弟盖不盖房？"

"要盖呢！"杨根良说。

"要盖你说老哥给你行礼你收不收？"没等杨根良说话，郑先成接着说，"你不收哥的礼那还交你老哥这个朋友吗？拿着，这是哥的人情，你不收就是打哥脸。"

杨根良没办法，想了想自己也准备盖房，经不住郑先成的热情，就收下了信封。郑先成松了杨根良的手，说："老哥先回去了，你啥时盖房一定告诉我。你说的一家人不说两家话，如果到时没跟老哥说，那就是你这个老弟不愿认我这个老哥。"

杨根良很感激郑先成这么热情，更重要的是郑先成给他行了盖房的礼，他说："老哥你行不行，要不我把你送回去？"

郑先成摇了摇手，说："不用了，我认得路，你回吧。"

杨根良觉得郑先成好像真没醉。他看郑先成回了工地，自己准备进村子，听见远处传来了田文喜三个人的声音。杨根良在村口等了会儿，四个人会集在村口，很快消失在村中。

第二天，杨根良起得比较晚。金凤知道他喝了酒，早饭和娃娃吃完就把饭放在锅里热着。杨根良醒了，下了炕，在屋子里给自己弄着洗脸水。在院子里洗衣服的金凤听见动静跑进屋子，见杨根良自己弄着洗脸水，忙接过热水瓶，往有凉水的盆中加着热水，然后用手试试，说"行了"。

杨根良往手上抹了点香皂，扑哧扑哧地洗起脸来。金凤等杨根良洗完脸，递过毛巾。杨根良擦着脸，金凤小声地说："我把你昨天穿的衣服洗了。"

杨根良两手在脸上停了下，"嗯"了一声，然后继续擦着脸。金凤站在边上，等杨根良洗完脸，有点胆怯地说："衣服口袋里有个信封，我取出来，里面有钱呢！"杨根良停住擦脸的动作，过了会儿问："多少钱？"

金凤往院子外面看了下，贴着杨根良的耳朵说："二百！"杨根良继续擦着脸，擦完把毛巾放在脸盆架上，心平气和地说："新村工地郑经理昨晚上请吃饭，饭后听说咱要盖房，硬是要给行礼，推不掉就收下了。"

金凤高兴地说："人家郑经理这人真好，给咱行这么重的礼，咱要有十个这么好的亲戚就好了。"听金凤这么一说，杨根良装着生气地说："你小声点，收着就行了。"金凤忙小声说："知道了，我放箱子里去。"

杨根良吃完饭，田成业就来了，一进门就有点迫不及待地说："根良，新村建设工程公司派车拉石子铺咱村的土路呢！没想到这郑经理还是个有心人啊！"

杨根良从凳子上站起来，故作惊讶道："是不是啊？成业哥，咱们去看看。"田成业和杨根良走到后街，乡邻们脸上洋溢着喜悦，正你一嘴我一嘴议论着铺上石子的路。

田成业用脚踩了踩铺好的路面，满脸高兴，他对乡邻说："这都是根良协调的结果。"

杨根良笑着说："是工程公司郑经理有心，看着咱村上这土路下雨没法出门，主动给咱说把这路用石子铺了。人家有心，咱们也要支持新村建设，不给镇上和县上添麻烦。"

来看铺路的村民越来越多，每个人都对工程公司铺路这件事感到高兴和满意。杨根良看了看来的乡邻，周青松没有来，他就问田成业："青松忙什么呢？没看见他人。"

田成业说他也没看见，可能没在家吧。

四 十 八

周青松这两天确实没在家，到他爹的舅家上林村去了。他春节走亲戚时，见了上林村舅爷的几个儿子，说了种毛桃的事。

上林村在秦东县的平川上，秦东河水通过干渠流到上林村。村民们种着小麦和水稻，对栽毛桃树并不看好，到现在村子里还没有一户人家栽毛桃树。周青松给他几个舅舅说："如果你们愿意栽，苗和技术由我来管。我现在还有一亩左右的苗子，村上地征了，没多少地能够栽。你们给我操个心，看咱上林村村上的机动地能不能承包，如果能我一次想承包十年，承包费按现在村上的夏秋两季最高产量算都行。"

前几天，上林村周青松的一个舅舅到镇上办事，顺路到周青松家。周青松问村上机动地承包的事，他舅知道周青松这是要承包地种毛桃，顺口说："村上机动地主要是人口增加和宅基地规划用，时间不能那么长，而且变化大。既然娃你能给两季的粮食，那不如在舅地里栽毛桃树，这样就没有什么麻烦事，万一有人说闲话，舅说是自己栽的，这样风险小点。"周青松听完觉得也好，就答应了他舅，过几天抽个空到村上去一趟，看看地。杨根良没看见周青松，便是因为他这几天正在上林村看地呢。

上林村的地一马平川，田间纵横交错着水泥板铺设的灌溉渠。周青松站在地边，对这么好的地很满意。周青松看地总共下来有十亩，他觉得这个规模对于自己来说就可以了，不然太多也看护不过来。

周青松和他舅商定，秋收后地就撂下，然后在地里起垄，把毛桃栽在垄上。雨水多时垄沟可以排涝，天旱时从灌溉渠里引水到垄沟也方便，这样可以保证毛桃需要的水分。他说了垄宽和行距，让他舅秋收后按这个要求先把地整理出来，忙不过来就请上几个人帮忙干，付给人家劳务费。周青松的舅舅说这点活自己就干了，不用请人。周青松安排好上林村栽毛桃树用地的事，顺便到县农科所去了趟。他拿了两瓶西秦酒和两条窄版金猴烟，得感谢感谢刘所长，已经麻烦人家两次了，不去看看这心里也过不去。再说了，他还想把种毛桃这事做大点，除了现在种的秦美毛桃，看还有没有什么好品种。

上林村离县城不到三里路，周青松骑车子一会儿就到了县府门口。他下了车，问值班门卫县农科所在哪。说话的当口，递上一支过滤嘴的金猴牌香烟。值班员高兴地接了烟，说："农科所是农业局下面的一个单位，没在大院里，你等下，我给局里打个电话帮你问问。"

周青松放好车子，值班的边拨电话边示意周青松坐。电话很快就通了，门卫问："是不是农业局？农科所在什么地方？河口镇的同志有事要办。"门卫说完，听着电话，过了会儿对着电话说"那好，谢谢"，就挂了电话。

放下电话，门卫笑着对周青松说："我给你问好了，农科所在出县城去河口镇的国道边上，我给你留个电话，找不到就找个公用电话亭问我。"

周青松忙哈了哈腰，说："太感谢同志了。"门卫点着烟，吸了一口，笑着说："咱这看门的就是弄这事的人，谢什么啊！"周青松向门卫招了下手，出了值班室。

农科所就在从县城去河口镇的班车停靠点边上，很好找。周青松到了农科所门口，向值班人员说明来意，门卫给他一个本子和一支笔，周青松看了看，按照上一行的样子填了自己的姓名和要找的人，门卫指着院中的两层办公楼，说："所长在二楼左首第二个房子。"

周青松道了谢，推着车子进了农科所的门，在楼下找了地方放好车子，提着礼当来到刘所长门前。他在门口停了下，稳了稳有点紧张的心情，然后轻轻敲了门。屋里有了响动，随即传出一句："进来。"

周青松推开门，看见刘所长低着头在看东西，轻轻掩上门，站在门边，等着刘所长忙完。刘所长看完桌上的东西，取下眼镜抬起头，见是周青松，问道："青松，你咋来了？去年移栽的毛桃苗成活率咋样？"

周青松高兴地说："基本上都活过来了，这得感谢所长你派的技术员！"

刘所长接了周青松的话说："我得感谢你周青松同志呢！"

周青松收住脸上的笑，问："所长，这话咋说呢？还感谢起我来了。"

刘所长轻轻拍着桌子说："青松啊，你不知道，咱县上农科所研究猕猴桃栽培二十多年了，一直想在县上推广栽种，几任所长都没办成。多亏省上你那个领导爸，当然主要是你青松敢于尝试，咱县上的猕猴桃栽种面积已经上万亩了。今年初县上召开经济工作会，县委吴书记专门提到这几年猕猴桃产业发展的势头好，还提了农科所的名。哎呀，你说老哥我高兴不高兴，是不是得感谢你？"

周青松听完刘所长的话，脸上再次浮现出笑容，兴奋地说："所长，前段时间秦东河移民新村建设开工，县委吴书记去了，视察完到我们村去看，还去到我那毛桃地里，专门问了我栽毛桃树和育苗的事，说是县上还要补助资金发展毛桃产业。我一听，高兴得晚上都没睡好觉。前几天我到上林村去了趟，在那儿说下了十亩地，今天来就是想听听所长你的意见，看看有没有更好的品种。"

刘所长从椅子上站起来，到茶几旁的另一个沙发上坐下，用手指着周青松说："你娃娃真有远见啊，你今天不来，我还准备捎话叫你呢！"说着转过身，从桌子上拿了一个小册子递给周青松，继续说道："所里正好培育了一个新品种，我想让你给试种一下。

苗子我们提供，管护技术所里支持，成功了收益归你，不成功按现在粮食产量给你补偿，你说咋样？"

周青松站起身，难掩心中的兴奋，他不假思索地说："太好了！所长，我愿意为所里新品种试种，成了我拿出一定的收益给所里作为技术支持费用，成不了不让所里承担任何费用。"

刘所长见周青松答应了这个试验，指着沙发，示意周青松坐下，自己出了办公室的门，过了会儿带着两个比自己年轻的男同志进了门，其中一个正是给周青松移栽毛桃苗的技术员胡科长。周青松站起身来迎，刘所长让大家都坐下，然后开了口："胡科长，我刚才把咱们新品种猕猴桃树试栽的事和青松说了，你猜青松咋说的？"

没等胡科长开口，刘所长说："人家青松说，不成咱所里不承担任何责任，成了还要拿出收益的一部分给所里，你说说咱到哪去找这么好的合作伙伴？"

胡科长听完，指着青松给刘所长说："上次你派我去给青松移栽苗子，我就看出他是个打心眼里喜爱种猕猴桃树的人，而且很愿意动脑子。咱现在要试验新品种，我觉得青松应该是个可靠的合作伙伴。"

刘所长听了胡科长的话，转过身向周青松道："青松，你说说。"

周青松在沙发上直了直腰，喝了口水，然后说道："所长，胡科长，武技术员，我很愿意承担咱所里新品毛桃树的试验栽种。还是刚才那句话，成了拿出收益的一半给所里，不成所里不承担任何责任。我栽毛桃树都是所里在帮忙，苗白给，人白用，给你们送点地里产的果子还要给钱。我周青松欠所里和你们的人情太重，这心里实在是过不去，这次一定要把收益说清楚，不然我这人情欠到啥时候去！"

周青松的诚意触动了刘所长，他停了会儿，对周青松说："青松，咱感情是感情，做事是做事。所里搞这个新品种是在搞科研，县上有这个费用，也不需要你去承担责任，拿收益给所里也没这个先例。是这，既然是科研项目，你和所里还得订个合作协议。"

他低头思索片刻，对众人道："我的意思是苗和技术支持所里提供，地和管护费用青松负担。试种成功了，新品种科研成果归所里，青松可以免费使用；试种不成功，所里按每年地里产粮的标准给予补偿。你们看看，这样行不？"

周青松还是坚持有了收益要给所里一部分，刘所长说："青松你的心意我们领了，你说的这个不符合规定，再这么坚持咱们就没办法合作了！"周青松见刘所长态度很坚决，就同意了所里的初步意见。刘所长办公室里洋溢着喜悦的气氛。刘所长说："中午就在我们灶上吃，还可以再聊聊。你进门提的啥东西？不要忘到我这了。"

周青松看着所长，满脸的不自在，也不知道咋回答了。刘所长打眼一看，知道这东西是周青松给他带的，他故意大着声说："是不是给我提的啥东西？你这娃心意还重得不行，我啥都不缺，你拿走。"

周青松说："也没什么，要来你这随便在街上买了点东西。"刘所长满脸堆笑，扭过头问道："随便买了点东西？我看你青松就不是随随便便的人。拿出来我看看。"

周青松难为情地把袋子提到茶几边。刘所长看了看，看着胡科长和小武技术员，指着周青松说："我就知道这小子不是随便的人，你们看看这是多重的礼。"

周青松情绪平复了点，说不知道给带点什么，不能空手来，这东西代表他这几年栽毛桃树的收益，所长一定要收下。

刘所长接了话："看来青松这几年务毛桃是挣下钱了啊！"说到这，刘所长纠正道："这青松把猕猴桃说成'毛桃'我也跟着叫起来了，青松，以后这'毛桃'在村上叫叫可以，往外销售、来人参观还是叫猕猴桃好些。"

周青松笑着应承道："好，往后叫猕猴桃。"所长继续说道："你这几年务猕猴桃肯定受益了，不然哪舍得买这么贵重的东西？这是你的心意，但对我来说收了是违反纪律的行为，你这是给我脖子下放砖呢！"说完，让青松提上买的东西下了楼。

四 十 九

秦东县桃李新村建设开工三个月后，省城大兴市在秦东河口举行了隆重的仪式。大兴市委书记宣布大兴市秦东河引水枢纽工程秦东河水库建设正式破土动工。大兴市市长、分管水务工作的副市长、秦东县委吴江山书记、施工方大兴市水利水电建设集团公司经理、秦东河水库库区移民代表在主席台上。大兴市、秦东县相关部门领导，河口镇贾旺书记、李镇长和相关人员，引水工程涉及村的干部和施工方的工人等，参加了开工仪式。

天刚入夏，秦东河口早上的风还有点凉意，领导们都穿着雪白的衬衣和笔挺的西装。甜泉水村的村民没有得到邀请，自发地站在山坡上看着这盛大的仪式。他们中好多人从来没见过这么大的场面，这并不是说他们没有见过这么大的场地和这么多的人，而是说他们没有见过这么大的领导、这么多的领导。如果不是桃李新村建在甜泉水村，他们可能都没机会见到县上的吴江山书记，他们一生中见到最大的领导可能就是镇上的书记和镇长了。

开工仪式很简短，村民们还没看过瘾就结束了。领导们坐上各自的车，车屁股扬起一团黄土就离开了现场。吴江山书记把省城的领导送上车，然后和河口镇的领导道了别，回县上去了。

贾旺书记看见杨根良就走过去。杨根良也看见了贾旺，忙把自行车撑好迎了过来，刚要开口，贾旺就问他："听说你这段时间在盖房？"

杨根良忙说："还没盖呢。老房子是我爹手上盖的，房上的瓦好多坏了，一下雨就往屋里漏，准备借着村上新街规划把老房拆了，在路边盖个平房。"

贾旺问："你们村现在盖房的人家多吧？"

杨根良说："就是，这征地后好多家都想把盖房的心愿给了了。"

贾旺徘徊了几步，说："也好，趁这个机会，好好规划规划，把村子建得好看点。"

杨根良跟着贾旺徘徊了几步，顺便把村上开会研究规划的事汇报了。贾旺停下脚步，用肯定的口吻说："很好，工作还是要未雨绸缪，你们做得不错。前一段时间成业来找我，说你已经转为正式党员了，村支书让你干比较合适。"

杨根良听说田成业要卸任，没等贾旺说完，立即表态说："书记，成业书记干得好着呢，还是让他继续干吧！他有经验、有眼界，带着我们做事我们也踏实。"

贾旺脸上满是对杨根良的赞许之色。他看着杨根良说："根良啊，看来你这觉悟提高得很快。我也是这个意思。成业刚任书记不到一年，按照党的章程，没有特殊的理由不能过于频繁地改选。你有这个想法我心里就有数了。目前甜泉水村的各项工作都在其他村的前面，你们两个领头人功不可没，抽时间我再给成业做做工作。"说完和杨根良道了别，上了车回镇里去了。

杨根良呆呆地站在原地，机械地向着贾旺离开的方向摆摆手。

直到贾旺的车子看不见了，杨根良从口袋里拿出一盒不带过滤嘴的金猴香烟，划着火柴给自己点了根，猛吸了一口，望着秦东河谷慢慢地吐出烟雾。他还是有点后悔刚才自己说了那些话！

蓝色的烟雾随着轻柔的山风，伴着缓缓流淌的秦东河水去了远方。他万万没想到贾旺来了个顺水推舟。再想到党员大会通过他转正的那天，田成业主持会议通过了周青松的入党申请，一年后，周青松也将转为正式党员。在全村的所有党员中，目前还没有哪个能和他杨根良比拼的，只有这个周青松，虽然只是小组长，但借着他务猕猴桃的本事，不少村民整天跟着，而且得了猕猴桃收益的村民越来越多。将来若是二人竞争，不知结果会如何……杨根良似乎感到了来自周青松的压力，他扔掉手中的烟把儿，准备推车子回村。忽然，秦东河谷中传来浑厚的钟声，那是坐落在秦东河畔来生寺的钟声。想着这秦东河水库建好，那寺院和它对面的桃李村都将沉入水底，杨根良心底生出了一丝丝伤感。这么美丽的秦东河，那幽静的山寺，寺院对面承载着他和蒋艳、周青松年少欢乐岁月的桃李村，随着今天隆重的仪式和开山的炮声，很快就会消失了……这怎么能不让人伤感呢？杨根良不由得哀叹了一声。

不远处就是桃李新村的建设工地，杨根良转身看了看静静流淌的秦东河，然后骑上车子往工地上去了。

新村施工方郑先成经理正喝着茶。杨根良进了门，郑先成忙起了身，指着沙发，说："这是哪股仙风把村主任老弟给吹来了？快坐下。"然后往门外喊了句："夏会计，快给杨主任倒茶。"

杨根良赔着笑说："哪有什么仙气，是你这郑经理的财气，发财的财。"

郑先成明显感觉杨根良说话的姿态低了些，以他的经验，杨根良找自己可能有事相求。他重新坐回椅子，哈哈笑着说："老弟，你这是要笑老哥呢，哥挣这点钱都是晒太阳换来的。"

杨根良在沙发里直了直腰，带着羡慕的口吻说："那老哥你也给老弟找个晒太阳的地方，让我也挣点。"

这时夏天把茶水放在了杨根良面前。今天夏会计穿着白色短袖衬衣，下身穿着筒裙，黑色高跟鞋，特别是那丝袜，杨根良第一眼还没看出来，以为夏会计光着腿呢。夏天可能发现杨根良在看她，抿着嘴，羞涩地说："我今天穿这衣裳把我的缺陷都暴露了吧？"

杨根良听夏天这么一说，知道自己失态了，脸上满是尴尬，有点不自然地说："夏会计是美女一个，能有什么缺陷！"说完三个人都笑了。夏天倒好茶水，跟郑先成和杨根良打了声招呼，出了郑先成的办公室。

杨根良目送着夏天出了门。这个长相可人的女子让他想到了自己的媳妇金凤，他心里想这郑经理整天有这么个美人陪着，该是多么舒心。

郑先成喝了口茶水，望着杨根良问道："老弟，你今天来有事吧？"

　　杨根良放下茶杯，犹豫了一下，还是开了口，说道："老哥，我还真有一件事想问你。"

　　郑先成也放下茶杯，心里想果然是有事来求他啊，不过还是装着急切的样子问道："老弟，你有啥事？说说看老哥能不能帮你。"

　　杨根良停了会儿，手在茶几上轻轻拍了下，对郑先成说："我有个门中堂弟根娃，初中没上完就回了村，现今跟村上的泥瓦匠给人盖房，砌得一手好砖。前几天找我，看能不能在工地上给他找点活干。我知道你这人手可能都齐了，也有拉关系的嫌疑，就没给你开这个口。但'举贤不避亲'，今天去参加水库上的开工仪式，他又找了我，我就过来问问你这里需不需要砌墙的人。"

　　郑先成听完，安排个人到他工地上干活不是个难事，但他想杨根良能亲自来，事情可能不是那么简单，他试探着问："杨老弟，这是个啥事嘛，你堂弟那几个人？"

　　杨根良没多想就说："一个人啊！"

　　郑先成疑惑地问道："一个人咋包活？"

　　杨根良知道郑先成理解错了，他直起身子，解释道："郑经理，我的意思是，能不能给根娃在你工地上找个活干？"

　　郑先成认真地看着杨根良，没急着说话。他思量了会儿，进一步确认道："真的就一个人？就给你堂弟根娃找个活？"

　　杨根良被郑先成问得有点不知所措，误认为郑先成办这事有困难，带着歉意说："郑经理，太麻烦就算了，不要让你为难。"

　　郑先成从办公桌后面走到杨根良边上坐下，看着杨根良说："老弟你今天来说这个事，老哥倒有一个想法看你愿不愿意听。"

　　杨根良忙侧过身子乖巧地说："老哥你见识广，我咋能不想听呢！"

　　郑先成身子向前探了下，问杨根良："村上的事现在多不多？"

　　杨根良说："现在也没多少事，今年征地稍微忙些，平时都在家闲着。"

　　郑先成有点兴奋地说："老弟，你能不能把村上会砌墙的人召集起来，承个头，组织一支正规的工队，来我这干活？刚好最近我也需要砌墙工人，活我来安排，你把人领好活做好就行，工钱统一给你，由你来发。这样我得了你这个帮手，村民也有个收入，于我于你于村民都有好处，一举三得。你看这事咋样？"

杨根良抬起头，微张着嘴愣了会儿。他没想到郑先成能给自己找这么个好活计，想到这，他从沙发里站起来，感激地说："郑经理，郑老哥，真有这样的好事？！"

郑先成让杨根良坐下，然后说道："我现在工地上请的人不得力还不听招呼，老干窝工活，为这，我正发愁着呢。老哥看你是个能行人，今天想听听你的意见，也算是给我帮个忙！"

杨根良听郑先成这么一说，兴奋地说："老哥，这哪是我给你帮忙，这是你给我们村找了条活路啊！我现在就回去，把砌墙的把式找找，看有多少，你先给安排点活干干，看能看上不。"

郑先成也有点兴奋地说了声"好"，然后对杨根良说："我还有个想法，如果你能忙过来村上的事，每天下午来工地上帮我监监工。"杨根良高兴地说："这有什么问题，我现在就答应你。"

郑先成站起来，杨根良也跟着起了身，郑先成拍着他的肩膀说："预祝咱兄弟合作愉快。公司现在除了新村工地，很快还要开一个引水洞建设的工地，一个标段十公里。这个活辛苦但简单，你看看村上有没有能下苦的，下个月可能就要开工。这些事都得你老弟多操操心。我人生地不熟，找人不知底，来了不好管。你在河口镇上名望比老哥高，村上的人应该也能服你管，这工程干起来我就省心了。"

杨根良高兴地说："你老哥看得起我，放心我，我也得把老哥的事办利索啊。"说完喝了口水，继续说道："你能不能写个招工启事？我带回去让建业抄几份贴村里墙上，愿意干的到我那报名，老弟争取一周给你回话。"

郑先成喊了声"小夏"，夏天从隔壁办公室走过来。郑先成交代了写招工启事的事，夏天就去办了。郑先成和杨根良闲聊起来，等着夏天写好的招工启事。

第二天一大早，孙建业骑着自行车满村转着贴招工启事。田成业看着上面招工的条件，觉得根良这是给村上办了一件大好事。现在没多少地种的甜泉水村村民，急需一个能来钱的活路，不然真可能应了贾旺书记说的"坐吃山空"那句话。没想到自己正发着愁，根良就把这个问题给解决了。他觉得自己年纪上和想法上都有点跟不上工作的要求，更想尽快把这村支书的位子腾出来，好让能行的根良大展身手。想到这，他背着手不由自主地朝根良家走去，在院门口看见根良正在院里洗脸，就进了院子。杨根良抬头看见田成业来了，就往脸上撩了两把水，用毛巾边擦脸边说："成业哥，早饭吃了没？"

田成业高兴地说："没吃呢，看见建业贴招工启事，这下可解决了咱村上劳力没事做的大难题了。"

杨根良放下擦脸的毛巾，说："这也是郑经理有心，我也没想到，倒是人家给我提了这个醒。"

田成业接了话说："不管怎么说，这事你办得好。我前几天给贾旺书记说了，现在你也转了正，也该是我卸任这支书的时候了，你就甩开膀子把咱甜泉水村上的事搞得红红火火的，我住在村里也心宽。"

杨根良听到田成业说卸任支书的事，把毛巾放在脸盆边上，起身说道："成业哥，我昨天碰见贾书记了，我给他说你这支书干得好着呢，得继续把这担子挑着，有你在前头领着，我们干啥事心里才踏实。贾书记也是这个意思，说现在咱村上工作都走在了前面，就是咱这班子好，还说抽空要给你做工作，你就不要推托了。"

田成业停了停，然后对杨根良说："这不行，我说好的只是过渡一下，贾书记不能说话不算数。"说完，他让根良先忙着，说上午就去镇上找贾书记，一定要把这个担子卸了。

杨根良看着田成业认真的样子，心里有些感动。新村建设工地招工的事也让他心里比较畅快。他端起脸盆倒掉洗脸水，把毛巾往肩上一搭，边往屋里走，边哼起秦腔来。

五 十

杨根良一时高兴答应金凤盖楼房，金凤就记下这事了，整天催问杨根良到底啥时间盖。

杨根良原来打算把旧房拆了，盖个"一砖匝"的红砖瓦房就行了，随着国道边进出秦东河谷的货车越来越多，想在路边盖房做生意的村民也多了起来。他和金凤商量后，给村上交了五百元，给自己也划了块靠路的宅基地。王勇良让出来的砖盖平房还有点紧张，他只好到砖窑又订了两万砖，想着先盖一层半，上面半层用旧房的木料和青瓦盖成屋架，一来少用点砖，二来也好防雨。

杨根娃带着五个人已经在新村建设工地上砌墙了。杨根良下午到工地上转了转，叮咛杨根娃一定要把活干好，不要赶时间，不然往后这工程上的活咱就没办法再给人家张口了。

两个人正说着话，郑先成到工地上来检查，他和杨根良打了招呼，看着杨根娃砌好的墙，满意地对杨根良说："老弟，你这堂弟活干得确实好，你让他再找找和他一块儿干砖瓦活的同行，新村后街马上也要开工，这人手还是有点紧张。"

杨根良高兴地说："没问题。我原来想让他们先给我把房盖了，然后你去看看活干得咋样，入了你的眼再来工地上干。没想到老哥这么放心我。"

郑先成问杨根良："你啥时间盖房？准备盖成什么样？"说着就往工地别的地方走了。杨根良跟着郑先成，边看工地上民工干过的活，边说："盖成跟你这新村一样就行了，一层平房，上面盖个屋架。"

郑先成看着杨根良，说道："你在街面上盖房就是为了往后做个生意着想，盖新村这样的房子不行。你要让我说，前面临街盖成两层楼板房出租做个买卖，后面盖个新村这样的房子自己住，不然就把那地方浪费了。"

杨根良听完郑先成的话，苦笑着说："好我的老哥呢，那得多少钱啊，你当是你在盖房。"

郑先成知道杨根良盖房不容易，他只是觉得在国道边盖房不能仅仅是为了住。听杨根良道了苦处，他忙笑着说："这是老哥的建议，你盖的时候先得规划好，前面两层楼板房盖不起可以把地方先留出来，把你住的房先盖了。"

杨根良看着郑先成，莫名说了句："郑经理，郑老哥，你咋给我把啥都想到了，看来你是老天爷给我送来的贵人啊。"

郑先成听完就哈哈笑起来，对杨根良说："照这么说，你也是老天爷给我送的贵人了！"说完两个人都笑开了。

田成业去镇上找了贾旺书记，态度坚决地说要卸任村支书这个担子。贾旺一直笑着，等田成业把话说完，终于开了口，他没有像往常那样称呼田成业为田书记，问道："成业老哥，你退休了不在城里待着，为啥跑回发展落后、生活条件差的甜泉水村？"

田成业被问住了，没想到贾旺会问他这个事。说实在话，田成业真还没有好好想想自己为什么要回村上来住。他觉得这退休了，回到甜泉水村，这是爹妈生活的地方，自己生长的地方、这很自然啊！

田成业想了想，对贾旺说："我回甜泉水村住最主要是因为我习惯农村的生活。当初在外上班住城里是方便工作，我住不习惯。"

贾旺说："成业哥，你说得有道理，但在我看来，你回村上住不仅仅是你习惯咱这农村的生活。"贾旺话没说完停下了。田成业看着贾旺，说道："贾书记，我真没有别的想法，你说说，我还真想听听你的高见！"

贾旺端起茶杯喝了口水，他还自然地笑着，看着田成业有点急的神情，不紧不慢地说："你的根在这，有个话叫故土难舍。我们生在这片土地上，吃她长出来的粮食，饮她流出来的泉水，经历着四季，感受着冷暖。我们至亲的人都在这地上地下，最深刻的记忆都在这一沟一畔。没走出去的，这方土地不会嫌弃，养活着他们；

走出去的，也是为了讨一个更好的生活，但在内心的深处，无时无刻不在回望着她。越离开得久，越走得远，这种念想就越强烈，到一定时间，能回来的一定会回来，回不来的死了也要把身子搬回来，搬不回身子的魂魄也要回到这里，不然你说我们肉体离开了这个世界，魂魄往哪去？离乡百回首，近村思更切，你说是不是这个理？"

田成业听得愣在了那，他不知道怎么接贾旺书记的话。他在外工作时经常会想起甜泉水村，但说不清为什么。贾旺书记这么一说，他似乎明白了。他的根在这，不管走到哪，魂魄已经寄放在了这片土地上。这并不是迷信，应该是常讲的精神层面的需求吧。他很感激贾旺讲了这些，但这跟自己担任支书有什么关系？

他收回思绪，对贾旺说："贾书记，听君一席话，胜读十年书。你这当书记是好领导，谈交情是好朋友，你不嫌弃我把你当朋友吧？"

贾旺说："老哥愿意交我这个朋友我当然情愿了，只是你如果真愿意把我当朋友，我还是那句话，这支书的担子继续挑上，而且要挑得有水平有成效。"

田成业又有点不明白了，贾书记这话是对他有成见了？他接了贾旺的话，说道："贾书记，我这一年虽然是过渡，但还是用心干着事，我这能力水平就这样。你还是让我卸了这个担子，让年轻人去干，可能对村上、镇上都更好。"

贾旺看着田成业，用坚定的口气说："你当这个支书，就是为这个村子做最大的事。"

田成业没明白贾旺这么说的道理在哪，他笑着说："贾书记，可不敢这么说。火车跑得快，还要车头带。我做些力所能及的具体事就行了，这支书的位子重要，我都这把年纪了，别误了村上的事。"

贾旺笑着说："成业书记，你说得好。火车跑得快，还要车头带。你这个车头好着呢。你想想，根良年轻，做事有精力、有动力、有魄力，可这村上的事不仅仅靠这些，还得团结、和睦、文明，这就是要做人的工作。你有见识、有热情、没私心，容易团结大家，有些事也好提醒。甜泉水村因秦东河水库建设得益，也很可能因其受害，需要一个能够为村上长远着想、无私奉献的人，你说对不对？应该能明白我的心思吧？"

田成业算是明白了，虽然在外面工作了多年，但听了贾旺的话，他感到自己的站位和思想与贾旺差的不是一点。他站起来，抱歉地说："贾书记，我想明白了，我接受你的意见，把这一届支书做好，把甜泉水村发展好，不能让你对甜泉水村的心白操了。"

贾旺也站了起来，高兴地对田成业说："看来我没看错人啊，成业老哥你这人心善良得很。甜泉水村的地是我征的，如果这个村子因建水库而破败了，我这良心上也过不去，有你在村上我就放心了。"

田成业也很高兴，非常感激贾旺看得起他，还给他讲了那么深刻在理的话。他说："贾书记，你要是能在咱这河口镇干一辈子就好了，河口镇老百姓那真是有福分了。"

贾旺哈哈笑了，他说："成业老哥，你这是不让我进步了？"

田成业止住笑，问贾旺："这么说你真要走了？"

贾旺说："走是肯定的，总不能待在这干一辈子，把年轻人的路都挡着，不好吧？"

田成业问："有方向了？"

贾旺笑着说："老哥你这是搞情报啊！"

田成业也哈哈笑起来，顺口说道："我当兵的时候就是侦察兵，有职业习惯！"

贾旺书记是要调走了，这一次他自己也没想到。或者世事就是这样，你老想着的事总是不能如愿，你不想了，这宽心顺气的事一个接着一个。

秦东河引水枢纽工程开工仪式那天，市委书记给吴江山说："市里准备成立大兴市水务集团，负责大兴市引水和市区供水任务。这个担子不轻，集团总经理的人选市里再三考虑，觉得你比较合适，你在水利系统干过，秦东河引水工程也清楚。"吴江山听了有点激动地说："感谢市委和书记对我的信任。"

吴书记要调走的消息很快就传开了。贾旺听到这个消息后内心还是有点怅然，他感激吴书记的知遇之恩，虽然他是镇党委书记，但每次县级干部开会他都参加。正是如此，这几年贾旺干工作跟年轻时的劲头一样，谨慎细致、按时保质完成了县委县政府交给的任务，特别是吴书记交给的秦东河移民搬迁任务，这一点不要说吴书记，贾旺自己也感到很满意，心里还生出了小小的成就感。他本想抽个时间借汇报移民新村事情的机会去见见吴书记，也算是道个别吧，没想到吴书记给他打了电话，让他去趟县委，说有事要商量。贾旺忙收拾了办公室，叫小宋把车备好，就往县上赶。

秦东县委和县政府在一个院子里，贾旺直接到了县委常委楼楼下，他让小宋和司机在楼下等着，自己一个人上楼去见吴书记。吴书记正在办公室批阅文件，贾旺把开着的门敲了下，吴书记抬起头，见是贾旺，招手示意他进来先坐下，然后低下头继续批着文件。吴书记批完文件，拨了电话，县委办的主任很快就来了。主任拿起批好的文件，问书记还有啥事没，吴书记说没了，主任转身对贾旺笑了笑，贾旺也微笑着点了下头。

吴书记等主任出了门，转过头问贾旺："新村建设和库区移民前期宣传工作进展怎么样？"贾旺就当面做了汇报。吴书记听完，对贾旺说："现在最重要的是做好库区移民的思想动员工作。特别是那些不愿意搬出山的村民，要从引水工程的大局和村民自身发展去做工作，不能因为思想工作不到位与村民产生矛盾和纠纷，也不能因村民不愿意搬迁影响秦东河水库的建设进度。"

贾旺在自己的小本本上记着吴书记的指示，等吴书记说完，他放下笔，说："书记你放心，我一定把村民的思想工作做通，一定做到应搬尽搬，每户人家平安出山。"

吴书记等贾旺说完，站起身，在办公室里来回走了一会儿，然后问贾旺："你可能也听说我要走了吧？今天上午市上的文件下来了，我调去市水务集团工作，县委书记由县长接任，经县委研究报市里，县政府班子成员也要调整。县上准备把你从河口镇调整到县政府任副县长，分管农林水方面的工作，协助县委书记做好秦东河水库建设过程中的相关工作。后面还要走组织程序，我想你应该能够服从组织的安排。"

贾旺赶忙站起来，他强压着心里的激动，望着吴书记，说："感谢组织和书记的厚爱，我一定按你的要求把工作做好，一定要对得起你对我的信任和关照。"

吴书记背着手坐到自己的椅子上，说："信任我接受，关照这话讲得不对。这是你自己干出来的，有目共睹。还是那句话，希望你一如既往地把工作干好。你分管农林水，我在水务集团，你以后可要支持我的工作啊。"

五 十 一

田成业回村再没提自己不干支书的事，村里的事有根良在前面担着，他就把村上邻里的关系和矛盾纠纷协调好。周青松忙着自己的猕猴桃苗和地里的猕猴桃，其他的劳力大多跟着杨根娃在新村工地上干活。王勇良没有去工地上干，他不会砌墙，去了一天让他和水泥筛沙子，累得回来躺炕上就不想动弹了，第二天杨根娃叫他的时候，他直接说病了。

田成业知道勇良嫌这活重，没再强求他去工地上。不干活的王勇良吃早饭时才起了床，吃完饭到村子里去转。村子里全是妇女在忙针线活，男劳力不在工地上，就在猕猴桃园里，他这个闲人觉得没什么意思，就到姐夫田成业这来转。

田成业看见王勇良进了院子，没抬头问道："我看你现在跟我一样退休在家了。"

王勇良知道姐夫在嘲弄他，装着没听见似的，笑着说："工地上的活确实太累了，我准备到省城打工去，人家那工地上条件好还挣得多。"

田成业继续忙着自己的事，没好气地说："只要你安生别惹事就行了，想得还长远得不行。"

王勇良觉得姐夫这次又把他看低了，也没好气地反驳道："哥，你就不能鼓励鼓励我？"王勇良这么一说，田成业也觉得自己有些刻薄，转过头看着王勇良，带着教训的口气说："我这是激将法，就看你啥时候能被激活了。"

王勇良嬉皮笑脸地凑到田成业跟前，说："我就说我姐夫不是没水平的人。我明白了，现在准备先把房盖了，等娃娃们住上新房，我出去心里也踏实点。"

田成业听勇良说要盖房，也觉得勇良应该先把房子收拾下。他停下手里的活，抬头看了看这个不成器没正形的小舅子，心里可怜这个家伙的情愫就生出来了，问道："房子是应该盖了，准备啥时间盖呢？"

王勇良想都没想说道："等麦子收完，那时也好请匠人，不然人家都忙着呢。"

田成业觉得勇良的考虑也对，就说："你打算盖成啥样？盖房有困难没？"

王勇良说："盖成跟新村的房一样的。困难你都给解决了，窑上的砖现在一千砖四十块钱呢！"

两个人在院子里说着话，忽然后街上传来女人的哭叫声，那哭声撕心裂肺的，让人听了发怵。田成业放下手中的活就出了院门，王勇良跟在后面，边走边说像是陈宋良的婆娘在哭呢。田成业没接话，他快步往后街走去。

哭喊着的正是陈宋良的媳妇，她从南山上一路奔跑一路哭叫，让邻里快去救他的老汉陈宋良。村子里的壮劳力都在工地上，妇女们也不知道出了什么事，都无助地劝着陈宋良的媳妇。田成业和王勇良赶过来，陈宋良的媳妇像是见了菩萨，指着南山，哭着说："成业哥、勇良，你们快去救宋良啊，他拉麦子把车翻沟里了。"

田成业问完大概在哪，然后给勇良说："你赶快找个架子车，我先去沟里看看，你快点上来。"

秦东县平地上已经有了收麦子的小型收割机，从秦西来的麦客少了很多。甜泉水村好多人家男的在外面干活，山坡上的地大多种上了油菜。陈宋良觉得麦子产量高，还是在坡地里种上了麦子。前几天麦子黄了，他不想耽误娃娃们挣钱，就捎话让婆娘从东娥的店里回来几天，帮着他把南山上的麦子拉回家。上山的时候媳妇牵着牛，牛拉着车，很快到了自家的地里。他让媳妇把牛拴在地边去吃草，自己和媳妇把成捆的小麦往架子车上装。陈宋良想少拉几次，就多装了点，媳妇还说是不是装得太多，陈宋良说没问题。车子装好了，陈宋良在前面拉着，媳妇在后面推着，车子从地里推出来后，上了下坡的山路，陈宋良用肩膀扛着车辕，媳妇站在架子车后面的辕尾，装满麦捆的架子车慢慢地向山下滑动着。

山坡上的土路不是很平整，陈宋良肩膀向上用力扛着车辕以增加辕尾的摩擦力，小心地一步步向下挪着。但毕竟是快六十的人了，陈宋良在下最后的长坡时有些体力不支，腿软了下，少了摩擦力的架子车速度就快了起来，慌乱中陈宋良肩膀向上顶时又没有顶到车辕，失控的架子车从他身上碾了过去冲下山坡，翻倒在路旁的沟里，他痛苦地蜷曲着身子趴在半坡上。吓坏了的媳妇哭叫着，陈宋良忍着痛给媳妇说："快去找人来。"

田成业近乎跑着到了山根，看见水沟里散了架的车子，人没在车边上，他抬起头才看见半坡上的陈宋良，紧赶着步子上了山，来到陈宋良身边，查看伤在哪了。陈宋良痛苦地捂着肚子，田成业看了看也没有流血，再看看发现陈宋良身上有条车印子，他明白了，装着麦子的架子车从陈宋良身上碾过去了，这么重的车，肯定是伤了内脏。他一边安慰着陈宋良，一边焦急地看着村口。

这时王勇良和几个妇女推着车子出现了，田成业大声地喊着："在这呢，快点！"王勇良听见他姐夫的喊声，弓着腰用力地拉着车子，后面的妇女卖力地推着，腿软走不快的陈宋良媳妇边哭边擦眼泪紧跟着。

车子到了陈宋良身边，田成业叫王勇良轻轻抱着陈宋良的肩膀，自己抱着陈宋良的两条大腿，陈宋良的媳妇轻轻扶着陈宋良的腰，几个妇女稳着车子，把陈宋良抱上架子车。

田成业让王勇良先把人往镇医院送，然后叫陈宋良的媳妇去通知娃娃，让他们也往镇医院赶。安排停当，他追着王勇良，小跑着也往镇医院去了。

陈宋良的媳妇到了新村工地，陈小安正在木架上砌着砖，儿媳妇槐花用铁盆往上运着水泥。见他妈哭着跑到工地上，陈小安从高墙上跳下来，这时他妈也到了墙下，哭着把陈宋良出事的经过简单说了下。陈小安撂下手中的瓦刀，拔腿就往镇医院跑，陈宋良的媳妇和槐花紧跟着陈小安。

工地上正干活的杨根娃停了活，跑到郑先成的办公室，没打招呼就推开了门。房子里空调制造出的凉风吹向满头大汗的杨根娃，杨根娃在门口打了个寒战。没等他说话，坐在房子里与郑先成说话的杨根良就不高兴地开了口，问："根娃，有啥事这么急？也不敲下门。"

杨根娃也觉得自己有点鲁莽，搓了搓手上的水泥渣子，对杨根良说："哥，宋良哥出事了！"杨根良一下子从座位上站起来，问杨根娃："出什么事了？"

"在坡上拉麦子，车子下坡时没架好，从身上碾过去翻沟里了。"杨根良听杨根娃说到这，嘴里"呀"了一声。他转过身对郑先成说："郑经理，我先走了，重车从身上碾过去了，人伤得肯定不轻，我去医院看看。"说着从郑先成的办公室冲出去，他让杨根娃回工地上把活干好，自己骑上车子急急地往医院赶去了。

杨根良赶到镇医院门口，陈宋良的媳妇和儿子、儿媳妇正从医院里急急地出来，往镇上街道走。杨根良下了车子，问陈小安："小安，你爸人在哪？"

陈小安红着眼说："刚被送县医院去了。"这时王勇良拉着车子也出了医院的门，杨根良问道："勇良，宋良哥伤得咋样？"

王勇良看了看陈小安，轻声地说："镇上医院说看不了，让救护车拉县医院去了，可能伤得不轻。"

杨根良转过身，说道："小安你坐我的车子，咱去县上。槐花你和你妈回家收拾下铺盖，坐班车送县上来。"说完杨根良骑上了车子，陈小安跑了两步坐在车子后面，两个人往县上去了。

田成业坐着救护车和陈宋良一同到了县医院。镇医院和县医院联系过了，车一到，医生和护士就推着陈宋良进了抢救室。门外面一个护士问谁是家属，田成业说家属还没到呢，他是村上的书记，有事先给他说也行。护士给了个单子，说到收费窗口把押金交了。田成业拿着护士给的单子到了窗口，收费员看了看，说先交二百元。田成业平时也不太带钱，摸了摸口袋只有二十多块钱，递给收费员说我这现在只有二十多块钱，等会儿钱就送来了。收费员看了看田成业，觉得他不像是不讲理的人，说那等会儿交也行。

田成业正交着费，杨根良和陈小安到了医院，看见田成业在收费窗口，杨根良急急地叫了声"成业哥"。

田成业回过头，看见根良和陈小安，忙说："根良你来了。"然后对陈小安说："小安，医院让先交二百块押金，我这只有二十多块钱。"陈小安从工地上赶过来也没带钱。杨根良摸了摸口袋掏出钱数了数，也就三十多块钱。田成业拿了整数五十块钱交了押金，说等会儿家里人送钱来，完了三个人就往抢救室跑。

陈小安焦急地在抢救室门口徘徊着，不时贴在看不到里面的玻璃上向抢救室里看看。田成业和杨根良坐在门口的长椅上，脸色都沉沉的。杨根良点了支烟，吸了口，开口说道："这个宋良哥，山上那地里能打多少麦子，连自己的身子骨都不要了。"

田成业看着对面的抢救室，接了杨根良的话："还是日子过得不宽展。现在村上家家户户都较着劲地往前赶，都想把日子过人前面。唉，可这各家各户情况不一样啊，往前赶没错，但也不能扛五十斤的本事非得扛一百斤啊。"

杨根良吐了口烟，无奈地说："成业哥，你说这包产到户，村民出工出力确实积极了，也都知道给自己过日子挣钱，可咱这人难道就是为挣钱活着？"

田成业转过头看着杨根良。对于杨根良提出的这个问题，他也想过。难道这人一辈子就是为了钱来走一趟？他知道肯定不是只为钱走一趟，但他还没有弄明白除了钱还为什么而奔忙。他收回自己的目光，看着抢救室的门说："可能生在农村的人一辈子就是为钱而活着吧！"

杨根良没有再问，自己吸着烟。这时候来了个护士，指着杨根良手中的烟说："医院里不能吸烟，快把烟灭了！"

杨根良把手里的烟放到脚底轻踩了下，抬起头满脸带着歉意说："不好意思，我不知道这不能吸烟。"话音还没落地，杨根良脸上的笑还没消失，抬着的头就僵在那了，两眼直直地看着这个白衣护士。那个白衣护士也愣在了原地，过了会儿指着杨根良说："你是根良？"

杨根良站直身子，不敢相信自己的眼睛，他又看了看这个白衣护士，嘴里慢慢地吐出四个字："你是艳子！"

这个护士正是杨根良和周青松内心深处藏着的那个俊女子蒋艳。杨根良做梦都想不到能碰到蒋艳，蒋艳也没想到会在这里碰到杨根良。蒋艳高兴地拍了拍杨根良的肩膀，问："你咋在这呢？"

杨根良看见蒋艳白皙的小手拍着自己带着汗渍和灰土的衬衣，脸上挂满了不自然。边上的田成业站起来问杨根良："你们认识？"

杨根良转过被太阳晒得红黑的脸，说："成业哥，我来给你介绍下，这是我和青松从小学到高中的同学，桃李村的蒋艳。"说完，他又转过头看着蒋艳，说："这是我村上的支书，成业、成业哥。"惊喜和激动让他说话都打起磕绊来。

蒋艳大方地叫了声"成业哥"，田成业忙笑着说："桃李村是个好地方，我小时候背柴经常在你村借水喝，说不定还在你家借过呢。"

蒋艳微笑着说："就是的，桃李村和甜泉水村在我心里就是一家子。听说现在新村建在甜泉水村，我想这是不是老天爷在圆我心里的这个念想呢！"

杨根良红着脸站着，心想艳子应该看不出他晒得红黑的脸有什么变化。蒋艳说完问根良："你们到医院有什么事？"杨根良说了陈宋良的事，蒋艳说人在抢救着就好，她在收费室，有事过来找她就行。

杨根良看着蒋艳，她还是那样开朗，身材比在学校时发了点福，但更好看了。那白净的脸和手，那梳得整齐的头发，那白衣里面干净平整的碎花衬衣，那脚上没有一点灰尘的棕色皮鞋，让她与他这个不经常洗头，太阳随便晒着，有什么穿什么的庄稼汉之间好像有一条巨大的鸿沟。他感觉有什么东西堵在了喉咙眼里，生怕艳子问起他现在过得怎么样。

蒋艳好像看出了杨根良的心思，她说："根良，你要不忙着回去，我下班后请你们吃个饭。"

五 十 二

陈宋良的媳妇和儿媳妇到医院后，根良给田成业说："成业哥，我在这看着，你这忙了一天，先回家休息吧。"田成业确实有些累，他给陈宋良的媳妇说："有啥困难就说，先把宋良的病看好，根良在这，我就先回了。"

陈小安把田成业送到医院门口，看着田成业上了班车，转身回到医院。

陈宋良出了抢救室，陈小安、宋良媳妇和槐花跟在医生后面到了病房。陈宋良从麻醉中刚醒过来，可能已经能够感觉到手术伤口带来的疼痛，脸扭曲着忍痛没出声。医生给陈小安说了病情，陈宋良两根肋骨骨折了，好在没有伤到内脏，但严重的是伤了脊椎，最理想的结果是能够恢复下半身的知觉，然后慢慢康复锻炼，看能不能站起来。一家人听了医生的话，都默默地回了病房，看着病床上的陈宋良。这个年前刚接了儿媳妇，日子正往好处过着的庄户人家陷入了深深的痛苦之中。

陈宋良从抢救室里出来时快晚上七点了。杨根良把他送到病房，让陈小安安心照看着，工地上他给郑先成说说，预支点钱，等能干活的时候再扣。陈小安和他妈很是感激。杨根良说乡里乡亲的，应该帮忙，更何况他是村主任呢。说完他出了病房，在院子里取了车子，让送他的陈小安回去，自己推着车子出了医院的门。

夏天的热情在一步步向秦东县走来，一年中最热的时节快到了。秦东河谷的凉风没能吹到十公里外的县城，半路上就被夏天的热情同化了。宽敞的柏油马路被太阳晒了一天，变得有点松软，热乎乎地向外散发着吸了一天的热气。整条街道弥漫着热腾腾的空气，走在路上的人们被烤得想脱光衣服。

马路边烤肉摊子上聚着几个光着上身、留着长头发的年轻小伙，他们吃着烤肉喝着啤酒，大声地叫着老板上菜上酒，说着自己能行的本事。杨根良也很想喝一杯，他一下午都没喝一口水。下午蒋艳说晚上请他们吃饭，杨根良很想答应，但话到嘴边又咽了回去，他这个样子在蒋艳面前怎么能吃下饭呢？他给蒋艳说："还不知道忙到啥时候呢，你不等我们了。"蒋艳说："那好，我先上班去了，下班了再说。"

他停下车子，问烤肉店老板啤酒一瓶多少钱，老板说："不来点烤肉，光喝啤酒？"杨根良说："忙着回去，来一瓶啤酒。"

老板拿了瓶啤酒问开不开盖，杨根良说打开，然后从衣服里摸钱，接过啤酒递上钱时，老板说钱付了。

杨根良抬起头，这才看见蒋艳在边上笑呢。杨根良忙把酒放在地上，把敞开着的衣服系了两个纽扣，憨憨地笑着说："你咋冒出来了？"边说边收回钱装到口袋里，准备去推车子。蒋艳让他快喝两口，帮他推着车子，二人往回河口镇的方向慢慢地走着。

到了去河口镇的汽车站门口，蒋艳放好车子上了锁，把钥匙交给杨根良，说："吃饭。"杨根良这才真觉得饿了，他中午饭还没吃呢。蒋艳要了饭店的菜单，问："根良，你想吃点啥？"

杨根良没思索就说来碗面就行了。蒋艳笑着说："这么多年了，还是一碗面。"她给服务员用手点了点，然后给自己点了个面皮，要了瓶啤酒和汽水，说快点上。

服务员转身走了，蒋艳哈哈笑着看着杨根良，杨根良把自己上下看了看，问蒋艳："笑什么，笑我把自己没收拾下？"蒋艳说："笑你跟以前不一样了，说话吞吞吐吐的，你原来那股豪气去哪了？"

杨根良没直接回答蒋艳的提问，他试探着问蒋艳："你啥都好着吧？"

蒋艳收起笑容，严肃地问杨根良："你是希望我过得好还是过得不好？"杨根良忙赔着笑脸说："当然是希望你过得好了。"

蒋艳若有所思地说："你心里一边想着让我过得好，一边又怕我过得好吧？"杨根良没明白蒋艳这话的意思。这时服务员端着菜上来了，就两个热菜：青椒炒回锅肉、宫保鸡丁。给杨根良上了白米饭和一瓶冰镇啤酒，蒋艳自己只要了面皮和汽水。杨根良见蒋艳只吃一份面皮，说："你咋不吃米饭呢？"

蒋艳含着笑说："我晚上不敢多吃，怕长胖。你饿了一天多吃点。"杨根良端起米饭吃了起来。蒋艳没有吃面皮，喝着汽水，两眼静静地看着杨根良，看着他一口口地吃着饭，她好像陷入了沉思。

杨根良吃着吃着速度慢了下来，停下手中的筷子，看着面前这个俊女子，问："又看我干啥呢？"

蒋艳收回眼神，放下汽水，拿起筷子挑起一根面皮放到嘴里，细细地咀嚼着。杨根良很快就吃完了，他看着碟子里剩下的菜，说："你看，你不吃，这菜剩下了多可惜。"

蒋艳放下筷子，说："剩下就剩下了。"然后拿出餐巾纸给杨根良递了一张，杨根良胡乱地擦了擦嘴，让服务员算账，蒋艳说钱付了。杨根良说："啥时候付的？你没离开桌子啊。"蒋艳说："你吃饭的时候付了。"杨根良想自己真是饿坏了，低头猛吃，吃相肯定难看得很，不然蒋艳付账咋就没看到。

杨根良和蒋艳出了饭店，天已经黑下了。天气炎热，县城里的风也是热的。杨根良把衬衣的扣子解了两个，走到车子旁开了锁，说："我回了，这县城里太热了，还是咱秦东河口凉快。"杨根良说完，推着车子准备走。这时，蒋艳突然问："那你带着我到秦东河口乘凉去，咋样？"

杨根良被问住了，推着车子不知道该咋回答蒋艳的话。蒋艳呵呵笑着说："看把你吓得，跟你开玩笑呢。"

杨根良僵着的脸舒展了许多，推着车子，蒋艳跟在边上。快到县城边上了，街上的人越来越少，只有一排排路灯像一个个士兵站在路边。杨根良停下车子，说："艳子，你说我想你过得好，又想你过得不好，我没弄明白。"杨根良带着疑问说完，等着面前的这个俊女子给他解释。

蒋艳抬着头，看着河口镇的方向，用脚踢着路边的石子，说道："你惦记着我这个人当然希望我过得好，我过得不好你会难受；我过得好了你又怕见着我，怕我看不起你。"杨根良仰起头，他说："你这么一说，是有点道理，不过我还是真心希望你过得好，那个董永远对你好吧？"

蒋艳抬头看着天上的月亮，说："离了，我们五年前就离了。"

杨根良很惊讶，他想问为什么离了，又觉得这样问蒋艳肯定不好受，就岔开话题问："娃娃呢？听同学说你家是个小子。"

蒋艳"嗯"了一声，然后说道："娃娃听话着呢。"说完看了看杨根良，说："你们不会可怜我吧？"

杨根良明白蒋艳说的"你们"包含周青松。他放下车子，在公路边来回走了两趟，仰起头说道："艳子，你咋能这么说呢，我们心里会这么想吗？这么多年了，我和青松就怕提起你，怕你过得不好。深埋在我心里的是我们的无忧岁月。我和青松有你这么个好女子陪伴走过读书岁月那是我们求不来的福分，只要想起你就会想起那段难忘的读书日子，我真希望日子就停留在那时，多好啊！"

蒋艳也好像被感染了，问杨根良："你和青松都过得好吧？"杨根良说："好着呢。我拉了一帮人在新村工地上干活，最近准备在河口镇街上盖间门面房，到时候看能做个什么小买卖。青松现在比我过得好，前些年栽毛桃树挣了钱，现在还育了毛桃苗，听说在县城边上的上林村还要栽十多亩新品种。"

蒋艳听完似乎情绪好了很多，她高兴地说："我就知道你两个人日子过得不会太差。放今天，你两个都能考上大学。"杨根良笑着说："青松和你还行，我就给咱种地，给你们供吃的就行了。"

听到这，蒋艳哈哈笑着说："你现在才像原来的根良。"

是啊，消除了十多年不见的陌生和局促感，杨根良和蒋艳好像又回到了秦东县中学的校园里，回到了那些清贫、青涩、平等的日子里，又可以无拘无束地说着自己想说的话。杨根良说："天不早了，你回去吧。"

蒋艳说："好，你给青松说说，往后来县上不要绕着门子走。"

杨根良说："好，你明天还要上班呢，快回吧。"说完推着车子紧蹬了几下，骑上车消失在夜色中了。蒋艳看杨根良走远了，转过身掏出纸巾，擦了擦满是泪水的眼睛，在昏黄的路灯下往城里走去。

当年从县中学毕业回家那天晚上，蒋艳和杨根良、周青松没有道别就回了桃李村。没过半年，在县变压器厂当副厂长的董永远的父亲，把她和董永远一起安排到县变压器厂上了班。虽然是临时工，但好在挣的钱除了够自己用还可以接济家里。上了三年班，她和董永远结了婚，生了一个男孩。董永远的父亲很高兴，让蒋艳在家专职看娃娃。后来娃娃上了托儿所，蒋艳说要去上班，可县变压器厂的正式工人好多都下了岗，想回厂里已经很困难。这时董永远拿着他父亲给的钱也下海做起了生意，开始还挣了些钱，可随着他父亲因年龄退居二线，生意越来越不好做，后来董永远还养成了酗酒的毛病，不顺心时就喝酒打人。蒋艳知道董永远生意不顺心就忍着，想生意好了董永远的脾气就会好起来。谁知这生意没有好起来，董永远的脾气却越来越坏，除了打蒋艳，有时候也拿娃娃出气。董永远的父亲为了孙子着想，花了五千元钱给蒋艳办了个商品粮户口，托人帮忙在县医院给蒋艳安排了个收费员的工作。本想着日子可能会好起来的蒋艳怎么也没想到，董永远做生意已经养成了抽烟喝酒、花钱大手大脚的毛病，挣的那点钱根本养活不了自己。他除了向父母要钱，还经常跑到县医院问蒋艳要。蒋艳不给，董永远就跟她在医院闹，她没办法只能给钱让他快点走人。没过多久，蒋艳发现董永远跟别的女人厮混在了一起，她实在忍不下去了，找到董永远的父亲说："爸，为了娃娃好，我想和永远离婚。"

董永远的父亲还算开明，想想不成器的儿子，也怕影响孙子的成长，就答应了。蒋艳和董永远离了婚，孩子归董家，跟蒋艳住一起。董永远的父亲见蒋艳上班忙，就承担了接孙子的任务，蒋艳下了班再去接孩子。今天在医院碰到了根良，蒋艳给老人打了个电话，说晚上有事可能晚点去接娃娃。娃娃已经上了初中，说晚上住爷爷家了，蒋艳给娃娃说那要听爷爷奶奶的话。下了班，看根良还忙着，她就在医院门口街边上等着。

她今天看见根良，心情是很复杂的。她说给根良听的话其实是她自己内心的想法。当初为了跳出山沟，吃上商品粮，变成城里人，没好好端详董永远这个人，她已经深深地后悔自己匆忙的决定。如果根良和青松的日子越过越好，她更会为自己的决定懊悔。她明白这样的心态是病态的，是不对的，可时常还是会这么想。可能随着年龄的增长，那些美好毕竟已经成为过往，留在当下的只有比好比差了。

人啊，往往都是用现在的好坏来验证自己年轻时的判断。特别是那些生长在社会底层的人，他们只能靠自己，靠自己的努力，靠自己的判断，因为他们可以依靠的社会关系很少。验证的结果可能是幸福，也可能是痛苦，而他们大多都会认为这就是自己的命了。

五十三

在秦东县大多数乡亲忙着收麦子、种水稻和玉米的时候，河口镇街上不务正业的闲人聚到了王勇良那两间草棚的后院。田文喜当着"宝官"，给新村拉砖的胡满堂忙里偷闲也在押着宝。王勇良给这些来耍钱的人烧好开水，摆着从田成业家拿来的茶叶。

王勇良不要钱，但过一两个小时，田文喜会说给主人家揭一宝，然后将押错宝的钱收起来递给王勇良，押对了的"宝官"也不赔钱。田文喜给王勇良递着钱，嘴里抽着烟，说道："勇良，你给咱把人看好。"

田文喜说的把人看好，是让王勇良站好岗放好哨，别让派出所的人抓到他们。王勇良数着"宝官"给自己揭来的钱，说："你们安心耍，我在院子给咱照看着。"说完进了屋往前院去了。

刚出院门的王勇良就被两个年轻小伙架住了，一个小伙压着声音说道："别喊叫，老实点，派出所的。"王勇良老老实实地站着，另一个年轻小伙把王勇良铐好，还有五个警察往后院去了。尹世文正好从王勇良家门口经过，看到有人把王勇良架住了，还以为是在打架。警察示意尹世文不要在这看热闹。王勇良看见尹世文，有意无意大声叫了声："世文哥，你这是忙啥去啊？"尹世文见王勇良喊他，忙问道："勇良，这是咋回事，咋还叫人给铐上了？"这时看管着王勇良的年轻小伙在王勇良头上敲打了下，说："谁叫你说话了！"

后院正在耍钱的胡满堂听见王勇良的喊叫声，觉得不对头，起了身往后院墙根跑过去。王勇良家的后院墙是用土夯起来的，主要是怕养的猪跑了，他这家里穷得远近闻名，贼是不会来的。胡满堂翻上墙头的时候，派出所的警察就进了后院，喊着"不要动，派出所的"。玩得投入的赌客见警察来了，就像一群受惊的麻雀，一哄而散，起身就往后院跑去。那些不经常耍钱的和跑不动的老实地蹲在地上。两个警察看管着没跑脱的，其他的警察冲出院子，追着在地里乱跑的赌客。胡满堂毕竟年轻些，对村子的情况也比较熟悉，很快跑到一户村民家躲了起来。田文喜年纪有些大没敢跑，老实地蹲在后院。

警察把抓回来的赌客和在后院的赌客集中到一起，让把裤腰带都解了，把钱都掏出来放地上，然后对没多少钱在边上看热闹的进行了现场教育，让走人。这些人还没从惊恐中反应过来，一听警察让走了，起了身跟跟跄跄跑出王勇良家的院子，飞快地回家去了，不然让更多的人看见多丢人。警察把"宝官"田文喜和保护赌场的王勇良押到派出所的吉普车上，让三个警察押着其余几个河口镇街上经常耍钱的赌客往派出所走。

田成业正在院子里侍弄菜地，尹世文慌慌张张走进院子，说："成业，你快去勇良家看看，勇良被人给铐起来了。"

田成业忙撂下手中的锄头，边洗手边问道："是啥人？"

尹世文惊恐地说："没穿制服，五六个年轻小伙子。"

田成业洗完手，两手甩了甩，和尹世文出了院门。刚到勇良家门口，吉普车就走了，他问后面押人的，才知道是河口镇派出所警察来抓赌。听说田文喜和王勇良被抓走了，田成业气得没和任何人说话，转过身回了家，尹世文紧跟着田成业，他一边说成业你不要生气，一边说耍钱的村民都是钱多烧的。

田成业回到家，坐在沙发上喝着水，尹世文边往田成业茶杯里续水，边轻声地说："成业，别为这生气。你回村子前，这事经常发生，这几年咱村上还好了些。农村就这个样，逢年过事办庙会都有耍钱的。只要缴点罚款，人就放回来了。"

田成业稳了稳情绪，看着尹世文，无奈地说："世文，不要怪人家派出所。你说说，一个是村上的副书记，一个是书记的小舅子，这要让镇上和村上的人知道了，丢不丢人？不仅仅丢自己的人，把村上的人都丢光了。"尹世文知道田成业这脸上挂不住，就说："这事你装着不知道。"田成业又看看尹世文，苦笑着说："好我的世文呢，咱刚从现场回来，咋还能说不知道呢？"说完田成业"唉"了一声。

在山坡上挖野菜的翠翠和巧姑回来了，她们说笑着进了院子。田成业给尹世文说："你先回去吧，派出所抓人的事你知道就行了。"尹世文说他知道，就出了屋门，和刚进门的翠翠打过招呼就回家了。翠翠问田成业："世文来弄啥呢？我看他咋有点慌慌张张的。"

田成业没好气地说："你那个争气的弟弟又给你脸上贴金了！"

翠翠听田成业这么一说，知道勇良又闯祸了。站在一旁的巧姑忙问道："哥，是不是勇良耍钱和人家又打捶了？"

田成业抬眼瞪着巧姑，说："勇良招那些耍钱的，你知道？"巧姑点了点头。田成业气得把茶杯重重地放在茶几上，刚要发火，又感觉这样不好，就用毛巾擦拭溅出来的茶水。翠翠忙拿过毛巾，田成业收回手，躺在沙发上说道："我说巧姑啊，你知道勇良做事不太想后果，咋就不劝劝呢？你说不下他，给你姐和我说说也行啊。明知道要钱就不是个正经事，还敢在家设赌场，这是犯法了！咋啥钱都敢挣！"

翠翠听到这慌了神，停下手中擦桌子的动作，问田成业："你说勇良又进派出所了？"田成业闭着眼点点头。巧姑听到勇良被派出所抓了，吓得哭了出来。田成业说："事已经出了，哭有什么用呢？这往后你可要把勇良看紧点。"

翠翠和巧姑听田成业这么一说，知道他要管这事，慌张的心神稳了些。翠翠示意巧姑先回去，巧姑胆怯地说："哥、姐，我先回去给娃娃们做饭去了。"田成业睁开眼，给巧姑说："哥刚才在气头上，你不要见怪。把娃娃照顾好，勇良的事我想想办法。"

巧姑感激地说："那又麻烦哥了。"说完就回自己家去了。

见巧姑走了，翠翠急急地说："成业，你还坐着干什么？快去派出所看看啊。"

翠翠这么一说，田成业气又上来了，他躺在沙发上，说道："你以为派出所是你家，想进就进，想出就出啊？这次让这小子在里面多待几天，好好受受罪，长长记性。"翠翠一听说要让勇良在派出所受罪就急了，她对田成业说："你不管算了，我去派出所，我替勇良受罪去。"

田成业知道翠翠说的是气话，可他肚子里也有气，指着门外面就说："你要去现在就去，不要给我说。"翠翠见没激着田成业，态度立马软了下来，求着田成业说："你再管一次好不好？看看勇良那身子，从小就没吃几天奶，长到十岁没吃几顿白面，咋能受住那罪？"田成业接了翠翠的话，说道："我又没说不管，这次先让人家派出所管管，明天我再去。"翠翠听田成业这么一说，也不好再说什么，转身去厨房做饭去了。

被派出所抓去的赌客好多是派出所的常客。田文喜如果不是当"宝官"，可能现场教育教育就给放了。可有句话说得好：擒贼先擒王。谁让你是"宝官"呢。王勇良虽然不是赌客，可赌场设在他家，这严重程度和"宝官"差不多。经常要钱的赌客已经熟悉了派出所的流程，交代了自己的身份后，就联系家里人送罚款到派出所来，尽量减轻处罚。

按照派出所的要求，田文喜和王勇良不仅仅要缴罚款，还要拘留一星期。田文喜听后吓坏了，一个劲说自己是第一次，以后再也不要钱了。警察看着吓坏了的田文喜，说道："鉴于你是初犯，拘留就算了，罚款不能少，你看叫谁通知你屋里人来缴罚款。"

田文喜说了联系人的名字和电话后，派出所警察出去了。另一个房间里，一名年轻警察把说给田文喜的话给王勇良说了一遍。王勇良傻傻地看着警察，警察看王勇良脸上有小拇指长一个伤疤，问道："脸上的伤是打架打的？"王勇良"嗯"了一声又傻傻地看着警察。

这时，从门外面进来一名年长些的警察，问道："你是王勇良？"王勇良抬头看了看进来的警察，想了想，笑着说："你是陈所长。"

进来的警察正是河口镇派出所所长陈群力，王勇良第一次打架进派出所，那事就是陈所长处理的。陈所长看着王勇良，说道："我说你个王勇良，咋就不能学学好呢？上次砖窑打架也是你吧？"

王勇良不好意思地笑笑说："那是他不诚信在先。"

陈所长说："我这你的案底都三个了。人常讲事不过三，你是不是要过三啊？"

王勇良忙赔着笑说："所长，你这地方谁喜欢来啊！"话刚出口他就觉得没说好，忙改口说："能来你这地方的人都是接受教育来了。我从今天起，争取不再让你们警察费心教育，一定做一个守法懂礼的好百姓。"

陈所长听了王勇良的话，对他说："我权且当真一回，下次再来我这，该咋办咋办。"说完示意年轻警察给王勇良把手铐取下来。

王勇良走出房门，看见田文喜也在院子里，凑上去讪笑着说："文喜哥，警察把你也宽大了？"

田文喜吊拉着脸，苦笑着说："勇良，你不觉得丢人吗？"王勇良听田文喜这么一说，收起脸上的笑，老实地和田文喜站在院中。

这时一个房间里传出说话声，说："感谢陈所长，我回去一定好好抓抓村民的法制教育。"

话音刚落，房门打开，村主任杨根良走了出来，看见院中的田文喜和王勇良当没看见一样，对身旁的陈所长说："陈所长，耽误你时间了，村上还有些事，我先走了。"陈所长说："那你慢走，我就不送了。"

杨根良取了放在派出所院子里的自行车，推出院门，骑上走了。陈所长转身也进了房子。审问王勇良的年轻警察对田文喜和王勇良说："不走还等着派出所给你们管饭啊？"

回过神的田文喜忙赔着笑对警察说："感谢政府宽大，感谢警察教导。"然后转身快步走了。王勇良见田文喜走了，对年轻警察说："同志你在，那我走了。"年轻警察笑着说："谁跟你同志呢，耍什么嘴皮子，还不快走。"

王勇良脸上赔着笑离开派出所回了家，见媳妇巧姑正在做晚饭，笑着在巧姑面前晃了晃。

巧姑见勇良回来了，高兴地问道："姐夫去派出所了？"

王勇良收起笑脸："没有啊，村主任根良去了。"

巧姑忙说："姐和姐夫为你的事还操心着呢，过去看看，就说你回来了，别让他们担心了。"

王勇良收了钱，来到田成业家时，田成业和翠翠正要吃饭。田成业看见勇良嬉笑着进了门，有点惊讶地问道："警察把你放了？"

王勇良得意地说："村主任根良去派出所，把我和田文喜保出来了。"

田成业一听杨根良去了派出所，这脸色立马难看起来，他没抬头看勇良，摆摆手，恨铁不成钢地说："你知道丢人不？"

翠翠站起来，拉着弟弟出了门，在院子里给勇良说："往后你能不能学得懂事点？都三个娃娃的爹了，老进派出所，你不嫌丢人，我和你姐夫这脸往哪搁呢？"

王勇良才反应过来似的，不好意思地对翠翠说："姐，让你和我哥难为情了，你们吃饭吧，我先回去了。"

翠翠看着走远的弟弟，再看看生着气的田成业，她觉得回村并不是一个很好的决定。

五 十 四

夏收结束了。周青松忙完猕猴桃地里的活，给媳妇桃花说有空给猕猴桃苗地里放点水，他要去趟县城。

周青松在县城买了点水果、牛奶赶到县医院。陈宋良在医院里住了快一个月了，内伤恢复得还好，只是损伤了的脊椎很难恢复了。周青松来到病房，陈宋良的媳妇正给半躺着的陈宋良喂着水。陈宋良看见周青松进了门，眼泪就掉下来了，带着哭腔说："青松你来了。"

周青松看到陈宋良这个样子，心里酸酸的，忙走到病床前，拉着陈宋良的手说："宋良哥，不难过了。家里的事有小安操心着，你好好养伤。"

见陈宋良的媳妇在一旁抹着眼泪，周青松安慰道："嫂子，你也不要太难过了，我宋良哥还要你照顾呢，你要倒下了，小安娃也就没心思在外面干活了。"周青松说完，陈宋良和他的媳妇情绪稍稍好了点。这时医生过来查房，周青松起身问了问陈宋良的病情，心里沉沉的。

陈宋良下半身不能动弹了。伤情稳定下来后，陈小安在父母的再三催促下和媳妇槐花回到工地上去了，他们多干一天，多挣一点，就能把这个家庭的窟窿补上一点。陈小安让他妈照看着陈宋良，说这个周末和槐花接陈宋良回家。除了必要的药费，还要给医院交床位费，知道病情的陈宋良一天都不想在医院里待了。他现在挣不了钱，看着娃娃下苦挣来的钱交给医院，心想当时还不如让车子碾死算了。

周青松放下给陈宋良买的东西，说他出去会儿。陈宋良两口子还以为周青松走了，过了会儿周青松进了病房，陈宋良问道："青松，你忙忙的，咋又回来了？"

周青松笑着说："宋良哥，我刚才到医院对面去了趟，在那给你订了个轮椅。"说着把一张收据递给陈宋良的媳妇，接着说道："嫂子，拿着这个票，出院的时候到对面医疗器械店选一辆合适的轮椅，回家我宋良哥进进出出方便点。"

陈宋良感激地流着眼泪，说："青松，这要花你多少钱呢？让小安娃到时还你。"

周青松走到病床前，拉着陈宋良的手说："宋良哥，你现在在难处呢。你知道我种猕猴桃挣下了些钱，能帮帮你我这心里也好受些。"陈宋良两口子一人拉着周青松一只手，夸着周青松说跟他爹妈一个样，心善得很。

周青松听了陈宋良的话，心里热乎乎的，说："乡里乡亲的，谁还没个难处呢。放四五年前，想帮还没现在的经济条件呢。你就好好养伤，有小安两口子在外面干，咬咬牙很快就挺过去了。"

周青松这么一说，陈宋良两口子脸上慢慢展现了笑容。他放开陈宋良的手，说道："宋良哥，我还要去趟农科所，不多陪你了，以后家里有啥需要我青松的地方尽管说。"陈宋良让媳妇送送周青松。出了病房门，周青松说："嫂子你回去吧，我宋良哥离不开人。"周青松出了医院，骑车往农科所去的路上，心情才慢慢好了点。

生长在泥土里的人们，可能很早就知道生活不易，对于身边的乡邻，在内心深处都有着一种同情。这种同情可能被平时忙碌苦焦的日子遮掩着，但当谁遇到难处时，这种内在纯朴的同情就会自然而然地显出来，让他们尽自己的力量去减轻乡邻的痛苦和负担。即使穷得拿不出一分钱，但那份安慰也是真诚的；如果有一分钱，也会掰一半给乡邻。这种感情不仅仅周青松身上有，田成业、杨根良、王勇良身上都有，当然陈宋良家的亲戚和孙家门户里的人也有，他们在得知陈宋良遭了难后，都拿钱拿物来看了陈宋良。躺在病床上的陈宋良虽然身体上是痛苦的，但看到这么多人来看他，而且都尽其所能来帮忙，他的内心又是温暖的。

周青松很快到了农科所，刘所长和胡科长都在，周青松把上林村土地的事给所长和胡科长汇报后，刘所长对胡科长说："你和小武这几天抽个时间，跟青松去上林村一趟，把试验新品种的地看看，然后尽快拿出一个规划来。这样青松也好着手整理土地，就不耽误秋后栽猕猴桃苗的事了。"

胡科长想了想，对刘所长说："我后天没什么事，要不定下后天去上林村，所长你看你有空没？"

刘所长翻了翻桌上的文件，想了会儿，说道："我后天没什么安排。是这，先定下后天你和小武去，我到时如果没事咱一块儿去。"

周青松听完起了身，高兴地说："太好了，那我后天早一点去上林村等你们。"

刘所长也陪着起了身，说："那好，咱先这样定下。我今天下午还有个会，县上专门要听听猕猴桃推广的事，不留你吃饭了。"周青松说："所长你忙你的，我先回去了，猕猴桃苗还要浇水呢。"说完和刘所长、胡科长道了别下了楼。

秦东县猕猴桃产业推进工作专题汇报会在县政府的常务会议室召开，分管农业的副县长贾旺坐在领导的位子上，这是他履新后召开的第一次专题会。吴江山书记已经到市水务集团上班了，临走时除了就秦东河水库相关事宜和贾旺进行了交流外，猕猴桃产业是吴江山专门交代贾旺要重点关注和推进的工作。贾旺本来很早就想召开这个专题会，可刚刚上任新的岗位，到分管的部门走一圈，一两个月就过去了。县农科所接到专题汇报会议预通知是在上个月，刘所长精心准备了一个星期，自己上手，晚上还加了班。倒不是想通过汇报给贾副县长留个好印象，而是想让贾副县长更好地支持县上猕猴桃产业的发展。这个搞了一辈子农业技术的刘所长，只有在猕猴桃栽培技术上才有了一点点成就感，不仅仅是因为县委原书记吴江山知道他、支持他，更重要的是他已经作为大兴市猕猴桃专家在省城大大小小的会上进行了好多次专题发言。以往从农业科技大学毕业分到省城农业部门的同学很少联系他，这个县级农科所的小人物也不太好意思联系同学。当他的猕猴桃技术在省城挂上名后，省城机关里多年不太联系的同学纷纷打来电话恭贺。他第一次获得了人生的快乐感，想了想，这可能就是所谓的事业成就感了。这一刻他才觉得这么多年的辛苦没有白费，也增添了把猕猴桃产业搞好搞大的动力。

贾旺副县长听完刘所长的汇报，说："县上已经下定了发展猕猴桃产业的决心，相关扶持政策马上出来了。现在是做大做强猕猴桃产业的关键时段，农业局要在人力、物力和财力上支持农科所的工作。后天上林村新品种试验园我也想去看看，到时如果没什么安排我会告诉你们。总之一句话，秦东县有秦东河，农业历来都是县上的主导产业，随着秦东河引水枢纽工程的建设，作为省城水源保护地，县上工业发展将会受到限制。发展高效农业，特别是种植适合秦东土质气候的特色农产品将是县上重点推进的一项工作，目前来看，猕猴桃产业应该是个方向。"听完贾旺副县长的讲话，刘所长可能是最为高兴的一个人。当然还有一个高兴的人，那就是还不知道贾旺副县长要去看上林村新品猕猴桃试验园的周青松。

周青松忙着猕猴桃栽种的事，就把盖房的事抛之脑后了。媳妇桃花已经问了他好几次啥时候盖房，周青松赔着笑总是说："这段时间太忙了，等年后吧。"

桃花听青松说年后才架势（准备）盖房，火就上来了，说："咱家就两个劳力，小的上学，老的下不了地，种那么多猕猴桃能照管过来吗？再说，你整天在外面忙着栽猕猴桃树的事，根良、勇良都盖房子了，你看见了就不急？"

周青松知道根良在国道边上开始盖房了。虽然现在盖房都包了出去，但还是要去看看，毕竟盖房、给老人送终、给娃娃娶媳妇是人活一辈子的三件大事。他打听到了根良和勇良"立木"的日子。秦东县乡亲们原来盖房都是土木结构，木结构组装屋梁那一天叫"立木"，意思是把木头立起来的时候，也意味着房子快盖好了。这一天木匠要在院子正中央摆一个小方桌，献上祭品，点蜡燃香焚纸告慰木匠的祖师鲁班，并祈求他保佑"立木"平安顺利。如今有的村民已经在盖楼板房，根良盖的就是。他们把架楼板的那天定为"立木"的日子。盖砖房带屋架的房子"立木"之日，则是上房顶大梁那天。这一天亲戚乡邻都要来祝贺行礼，主人家也会设宴招待前来道贺的人。席面与结婚娶亲的差别有两个：一个是桌子，娶亲用高腿八仙桌，"立木"用的是短腿小方桌；另一个是娶亲有"八大碗"，而"立木"没有"八大碗"，只是上完凉菜后炒几道热菜，最后上"糖见米"，席面就算结束了。

杨根良现在领着两支施工队，一支是桃李新村建设的瓦工施工队，另一支是挖引水洞的土方施工队。郑先成给他在新村工地安顿了一间办公室，随着施工力量的加大，工地上有个什么事商量也方便。杨根良自己负责着瓦工施工队和新村工地监工的事，并叫来媳妇的弟弟阳娃带土方施工队。瓦工队里的人大多是甜泉水村和附近村子的村民，土方施工队好多是外省来打工的人。相对来说外来打工的人好带些，这也是杨根良安排阳娃负责土方施工队的一个原因。郑先成知道杨根良要盖房，对杨根良说："你把需要的水泥、楼板、砖和沙石拉到宅基地上就行了，匠人从工地上找几个，需要什么机械从工地上叫。"

王勇良盖的不是楼房，活也包出去了，除了田成业给他操心外，啥事都得他自己张罗，就是买一包钉子都得亲自到河口镇街上跑一趟。原来把盖房想得很简单，就是砌砖架上楼板，然后用砖垒出个屋架把木头往上一架，然后棚椽铺板抹泥上瓦就行了，没想到需要置办的东西大大小小上百件，这把王勇良烦的。看着杨根良轻轻松松地盖房，而且最终决定盖楼房，王勇良才感觉到自己不如人的地方在哪了。好在还有田成业在帮忙照看，不然盖个房非得让王勇良生一场大病不可。

杨根良已经在新村工地上干了快半年了，现在的他坐在郑先成给自己安置的办公室里，除了自己监工的工资，两支施工队半年给他挣了五千块钱。上次在县医院碰见蒋艳，杨根良回村后就注意收拾起自己的穿戴。在县城商场买了一身蓝色的的确良衬衣和灰白色的长裤，加上不是很贵的黑色皮鞋、皮带，理得很短的平头，洗得干净还抹了点擦脸油泛着点光的脸，他感觉挺不错。如今他喝着茶水，气定神闲地坐在敞亮干净的办公室里，听听杨根娃和阳娃的汇报就行，他已经和郑先成一样，俨然一个老板的模样了。

五 十 五

忙碌的日子过得飞快，转眼间春节过了。周青松猕猴桃新品种试验园已经搭好了架子，架子下面新品猕猴桃苗有的已经长起了叶苞。杨根良带的两支施工队忙碌着，给甜泉水村村民带来收入的同时，自己也挣了不少。王勇良的房子也盖好了，一家五口在新房里过的年。田成业把国栋淘汰下来的家具让回秦东的顺路车捎回来给勇良用，自己则花钱给勇良家添置了台黑白电视机，让娃娃们过了一个很开心的春节。东娥在县城的生意做得很顺利，除了把村上的房子翻新了之外，还在县上自建了小两层的楼房。陈宋良不能动弹，好在有媳妇操心着，身上也没有长褥疮。日子就这样一天天地过着，秦东河谷的水库大坝一天天高了起来，桃李新村的房子一排排地建好了，听说正月十五以后村民就可以下山抓阄选房了。

美好的日子如源源不断的秦东河水一样，滋润着甜泉水村每个人的心田。在这个欢乐喜庆的春节里，久久不停的鞭炮声和不时划过夜空的烟花就是见证。

田成业想了很久，还是在过完正月十五后召开了一次支部会议，对村支部副书记田文喜带头要钱被派出所抓去这件事进行了讨论。田成业讲道："咱甜泉水村现在处在秦东河水库枢纽工程建设的区域内，为配合水库建设，村上土地被征了将近一半，村民得到了一些补助款。大家要知道这点钱是用咱祖辈赖以生存的良田换下的，咱不能因为得了钱就大手大脚地花，没黑没白地耍，甚至去赌钱胡吃闲打浪。"

田成业说到这，喝了口水，看了看来开会的人，见田文喜头低到桌沿边上，他为文喜同志能知道丢人还是生了些欣慰。田成业收回目光，继续说道："普通的村民可能觉悟认知低一点，咱们党员特别是党员干部要带好勤俭持家、勤劳正派的头，不然光有钱，这村风坏了，人品没了，活着还有什么脸面？"

田成业讲完，杨根良没有说什么。田文喜知道田成业这番话是针对他说的，他看了看几个支委，苦着脸说："这次带头要钱这事，我不仅自己丢了人，还把咱甜泉水村的名声给糟蹋了，我觉得自己再担任这个副书记不合适，建议组织考虑换别人来干。"

田成业看了看田文喜，觉得他组织觉悟还挺高。响鼓不用重槌，知错能改善莫大焉，就说道："文喜也是一时糊涂，我想他不可能再犯下一次。当然正如文喜自己说的，再担任副书记这个职务不太合适。我建议保留文喜支委职务，根良作为副书记人选，大家考虑考虑看合适不。"

杨根良没想到田成业会这样处理这件事。在他看来，农村人要钱是件很普遍很普通的事，这乡里乡亲的说说就行了，不至于这么正式严肃地来研究。但当田成业提出让他担任副书记职务时，他才感觉到田成业这样考虑是有道理的。党员和普通的村民还是有差别的，如果不处理，村上有些不好的风气就会蔓延，那村上的工作肯定会受影响。如果镇上出面点名批评了，田成业是退休回村的人，对他没有多大影响，但对于自己那肯定受影响，特别是在镇上领导那，自己的脸面也过不去。

想到这些，杨根良开口说道："成业书记说得很有道理，这不是给文喜难看，这是在教育咱全体村民。这次要钱事件看起来是坏事，咱支部这么一处理，可能还是件好事。文喜是会受点委屈，我想他应该能想通，这是他应该承担的后果，最重要的是对于咱甜泉水村村风文明建设有好处。至于副书记的人选，大家再议议，看有没有更合适的人选。"

田成业看着其他几个支委，他们都说好着呢，同意书记的提议。田成业说："那好，咱们找个时间开个党员大会，把这事定一下，然后向镇党委汇报一下。"

河口镇贾旺书记到县政府工作后，县委决定县水利局局长郑先功接任河口镇党委书记一职。郑先功是桃李新村建设单位郑先成经理的弟弟。

杨根良知道这个消息后，来到郑先成的办公室，笑着说："郑老哥，恭喜你的弟弟来咱河口镇接任党委书记。原来贾旺书记虽说是镇上的书记，可还兼着秦东河水库枢纽工程征地移民安置办公室主任，享受副县级待遇，看来你弟弟成为县级干部仅仅是个时间问题。你有空去镇上联系联系，或者咱一起去，我代表甜泉水村给新书记接个风。"

郑先成按捺住内心的欢喜。弟弟的成功说起来也是他郑先成的成功，这么多年，他自己受累受罪，就是想着弟弟能出人头地。如今弟弟在县上任了镇党委书记，他当然很高兴，只是不能表现得太明显。

他站起来走到杨根良旁边坐下，笑着说："根良，你这个心意，我先替我弟弟领了。他刚来河口镇，要了解的情况和要去看的地方比较多，过一段时间，等他熟悉完，我来安排，咱在县上找个地方聚一下。"

杨根良故意板着脸说："这咋能让你安排？就在镇上找个地方，我们村几个主事的一起去。"

郑先成放低声音，笑着说："镇上人多眼杂，就在县上吧。村上参加的人你一个行了，其他人不熟悉，范围太大也不好。"

杨根良听郑先成这么一说，觉得还是郑先成想得周到，没再说什么。这时夏天进了门，给郑先成说工地上有些账要签字。杨根良见郑先成忙上了，起身道别，回自己办公室去了。

王勇良盖完新房，去省城建筑工地上干了两个月，他受不了工地上那个辛苦劲，又偷偷跑回了甜泉水村。田成业见王勇良从省城回来没事干，怕闲出毛病来，给儿子国栋打了电话，问能不能找找关系，给他舅找个事干。国栋说现在像样点的单位都要文凭，轻松点的事挣不了钱。田成业想了想也是，自己在外面干过，还是个小头头，知道单位进个人不容易。看看勇良那出息，给儿子回了话，说那算了。

田成业把王勇良叫到自己家，给他说："你吃不了出力的苦，我看你跟青松学着务毛桃吧。听说青松在上林村搞了个新品种试验园，要不你也承包点地，务两亩毛桃看看？"

王勇良在家闲得发慌，田成业这么一说，正好瞌睡找着枕头了，说那行，只是这地他不知咋承包。田成业见王勇良答应了，说："地这事我来协调，你只要跟着青松把技术学到手就行。"

田成业出了院门，准备去找周青松商量让王勇良种毛桃的事，这时候尹世文骑着车子来找他。田成业等尹世文下了车子，问道："世文，你有啥事？急不？不急我这还有点事。"

尹世文把车子放院里，拉着田成业的胳膊，说："急，进屋说，这事重大得很！"

田成业知道尹世文说话时常没轻没重没虚没实的，端着脸说："你这是有啥重大的事？还要进屋说。"两个人进了屋，尹世文像在自己家一样，给田成业和自己倒上水，然后坐到沙发上，脸转向田成业，笑嘻嘻地说："我媳妇东娥知道咱兄弟俩关系好，全权委托我来找你。"

田成业听尹世文这么一说哈哈笑了，问道："你有啥正经事快说，我这会儿真有事呢。"

尹世文收了笑，调侃道："成业哥，你都是退休养老的人了，还有啥事？眼下我们家有一件事要求你，你可得给我个面子啊。"

田成业以为尹世文故意装腔作势，笑着说："东娥能行得很，把你闲得没事干，你家有事还能轮到我出马？"

尹世文喝了口水，很严肃地说："成业哥，你知道我跑跑腿还行，大事做不来。昨天东娥给我捎话回来，让我看看你这几天忙不忙，如果哪天不忙，她要回来见见你，有事想和你商量。"

田成业这才相信尹世文真有事，说："我整天在村上呢，你给东娥说，她有空回来就是了。"尹世文像考了满分的小孩，拍着自己的大腿，激动地说："那好，我这就上县上给我媳妇汇报去！"

尹世文骑车上县里去了，田成业关好门往周青松家走，路上他在想，东娥会有什么重要的事找他呢？

贾旺书记任秦东县政府副县长后，在县府大院门口做生意的东娥经常会碰到贾副县长。东娥出于农村人淳朴的情感，抽了个时间，买了点东西专门到贾副县长办公室看了看他。贾旺也很高兴，看着东娥县府大院门店的生意不错，对于自己当时正确的判断还是挺满意。东娥也很感激贾副县长能为自己这个农村生意人上心出主意，顺口说："贾县长，我一来是恭喜你当了县长，二来冒昧地请求你有空多来我店里做客，对我经营方面有什么好的建议尽管说，我愿意给你出咨询费。"说完她自己先笑了。贾旺说："我有空给你参谋没问题，咨询费算了。不过你这么一说，我倒是真有个建议。"

东娥高兴地问："县长，你说，我听着呢。"

贾旺喝了口水，在桌上拿了份资料递给东娥。东娥上过完小，字还是认识的，看了看，文件的题目是"秦东县县政府常务会议纪要"。贾旺让她看完再说。

东娥看完，把文件交给贾旺，满脸茫然地问道："贾县长，我看完了，但跟我门店有什么关联呀？"

贾旺笑了下，说："你那个门店是自主经营，证照齐全就行，县政府管不上你经营的事。我让你看的会议纪要是专门研究县招待所改制的事。现在好多公家办的企事业单位在经营上亏损严重，县上想通过改制救活这些经营出现困难的单位，县招待所就是其中一个。"

东娥还是云里雾里听不明白，她问贾旺："我不知道什么叫改制，只是县招待所跟我这门店也没多大关系。"

贾旺拿过会议纪要，说道："这正是我想跟你商量的地方。你现在两个门店主要经营的是咱秦东县的小吃，品种单一，不利于持续发展。你刚才要我提建议，我建议你经营上要放宽眼界，最好发展成一家餐饮企业，一家集秦东'八碗十八碟'、面皮、肉夹馍、扯面和其他小吃于一体的特色餐饮企业。"

贾旺讲着的时候，东娥都听愣了。当贾旺问她有这个想法没，她才回过神来，面带歉意地问："县长，你刚才最后问我什么？我没注意听。"

贾旺笑着说："看来我的建议你是听进去了。我是说你不妨把县招待所的餐饮部门承包下来，成立一家以秦东县特色饮食为主的饭店。"

东娥想了想，道："好是好着呢，可我这文化能力，开个门店都忙活不过来，就更不敢说经营一家饭店了。"

贾旺觉得东娥有这个顾虑很正常，等东娥说完，继续说道："经营一家饭店主要是两个方面：一是你卖的吃食人家喜欢吃，二是管理好员工。第一点我觉得你应该没多大问题，第二点你可能有些困难。"

东娥马上接了话，说："对，这管理上困难大得很！"

贾旺喝了口水，看着有点着急的东娥，笑着说："你可以请人帮忙管，如果放心人家给你管理员工，这开家饭店也就不难了。"

东娥想了想，觉得贾旺讲得也有道理，看了看他，问道："县长，你说得对着呢。我现在如果承包了县招待所的餐饮部门，让我当领厨的还行，管人这事我没这个本事。再说了，我这家里人都是农村人，扳着手指过了过，没一个比我强的。"

贾旺哈哈笑着说："有一个人我觉得合适，看你能不能请动。"

东娥急切地问道："县长，你说是哪个？"

贾旺拉长声音慢慢说道："你村上的书记田成业。"

东娥看着贾旺，停了好一会儿，然后说道："成业哥倒是个能行人，只是他退休了，现在还忙着村上的事，哪有工夫帮我这个忙。"

贾旺不紧不慢地说："你可以去试试，只是我还有个建议，你也可以考虑考虑。"

东娥忙说："县长，你说，我听着呢！"

贾旺看着东娥意味深长地说："你自己往前赶着过日子，这个没错，只是还得想想你是从哪长起来、走出来的，力所能及给村上帮些忙做些事，可能对你把事做得更好有益处。成业现在是村支书，为村上办事那是你给了他面子，他或许能给你这个人情。"

东娥愣愣地看着笑呵呵的贾旺，忽然一笑说："县长，我知道了，真不知道该咋感谢你。我想说句我自己的心里话，不一定对。"

贾旺微笑着说："你说说，我看有道理没。"

东娥往端里坐了坐，清了下嗓子，有些不好意思地说："对咱乡下人来说，村上有个好头人，整个村子人心宽；镇上有个好头人，全镇人心都宽。我真希望你当咱秦东县这个头人。"贾旺听东娥说完，脸上的笑容收住了，愣愣地看着东娥，好像不认识眼前这个村妇一样。

五 十 六

甜泉水村变成了大工地。那些本来相得益彰、错落有致的山川、沟壑、平原、河流、植被已经失去了原有的模样。平整的土地上建设着桃李新村，山坡上推土机和挖掘机为水库大坝起着土方，给土地造成一道道伤口，只是流出来的不是鲜红的血液，而是那取之不尽的黄土。很少有村民为之伤感，因为他们已经厌倦了这片让他们受苦劳作却换不来好日子的土地。

田成业回村的清静被打破了，熟悉的村落和乡土慢慢变成了记忆。然而正如贾旺说的那样，他的根在这里，尽管他讨厌这弥漫在空气中的黄土，但他依然爱着这里的山山水水。怕黄土的侯春来住回县上接了他班的儿子那去了，孙建国和媳妇去省城照看刚出生的小孙子也大半年了，年轻人大多到工地和省城务工去了，只有小孩和走不出村落的老人还在，这让田成业感觉农村好像要败落了。

前一阵，田国栋回村看望田成业和翠翠，看见满村飞扬的黄土，便叫老两口到省城去住住。田成业没答应，他是村支书，和侯春来、孙建国不一样。人家说走立马能走，他不行，除非这个支书不干了。

孙建国的儿子孙大亮不仅让孙建国有了个孙子，还因为工作干得出色转成了正式警察。儿媳妇程雪已经将不太挣钱的商店转让了出去，在省城比较繁华的玄武大街开了家二百平方米的足浴店。孙建国至今也没弄明白，洗个脚还要到专门的店里去洗？儿子邀请老两口去体验下，孙建国说他是黄土命，没那么金贵，就没去，不过听儿媳妇程雪讲，这个比商店挣钱容易，而且挣得也不少。孙建国没敢细问，只是隐隐约约听儿子孙大亮说一天就能挣二三百块钱。这段时间儿子两口子带着他们在省城看了不少建房的地方，最后在城墙外护城河边定了个一百二十平方米的房子。孙建国和媳妇蜡梅高兴得很，儿子要把拿他的五千块钱还给他，孙建国欣慰地收下了。儿子现在有钱，他要推让反而显得生分了，再说他在甜泉水村盖房的想法还在，只是这段时间看孙子要紧，等亲家换了班，他回村就准备把申请递上去。眼下国道边房子盖满了，听说在国道边上的小学因为安全考虑要从村东边挪到村西边去，老学校的地方说是准备卖给想盖房的人，补偿修建新学校落下的债。

经过整整一年的施工，桃李新村建设完工了。镇上在县汽车站租了五辆大轿子车，把已经确定要搬下山的桃李村村民拉到甜泉水村，让他们先参观房子的格局。村民看着红砖砌成的平板房、水泥街道和院子，以及院中的菜地和自来水设施，都乐呵呵的。他们中大多数人祖辈都没住上砖瓦房，看着这么好的房子，满意得巴不得现在就能住进去。蒋艳的父亲也来了，他没有跟着镇上的引导员去看房子，而是自己背着手从村西走到村东，从村南走到村北，把整个新村转了个遍。他也很满意这些房子，也很高兴新村建在甜泉水村，毕竟故土难离，他要想回老桃李村看看也不是很远，上了坡，沿着国道走半个小时就到了。听说有的新村建到了县城北渭川河的岸边，那才真叫离开故土了。

镇上新来的郑书记和李镇长很重视这次看房选房，这关系到下一步库区移民能否顺利平安出山安置。杨根良作为工地施工者和新村建设所在地的村主任，早早在工地上和郑先成等着两位领导的到来。在村民看房的时候，郑先功和李镇长在郑先成的办公室里喝着茶。因为有李镇长在，郑先成按照领导视察的要求接待着他弟和镇长，大家谈论着新村建设配套的相关事宜，特别是新村村民的吃水问题。

原来甜泉水村村民吃的都是泉水，每天早上都要去井里挑水。

随着人口增加，井水已经有些吃紧，如果桃李新村村民也吃井水，两方肯定会因缺水产生矛盾。因此在村民选好房、正式搬下山时，新村的机井必须打好。

郑先成给自己的弟弟和李镇长汇报机井已经出水了，水量还不是很大，估计再向下打几米应该就没问题了。安装深井泵工程量不大，主要是水塔建设起来困难大点。这时坐在边上没有说话的杨根良开了口，他说："我倒有一个解决水塔的方案，不知道可行不。"

两位镇领导和郑先成看着杨根良，杨根良继续说道："机井离南山不远，看能不能在山坡上建一个水柜，然后铺上上下水管就行。"

郑先成一听就高兴起来，说："这倒是个好办法。"

郑先功也觉得这样可能工程量小，花的时间也不会太长。他肯定了杨根良的这个方案，然后说道："方案很好，怕是要麻烦根良你在村上协调协调上下水管、水柜要占用的土地和补偿问题。"

杨根良见大家都同意了自己的方案，心里很是满足，他爽快地说："需要村上解决的问题我来协调，不会耽误村民正式入住新村的事。"

郑先功笑着说："我来河口镇之前，有人给我说甜泉水村有两个能人领导，今天见了一个，确实有头脑。"

听郑书记夸奖了自己，杨根良顺口继续说道："书记，这个方案也是为我们甜泉水村考虑的，本想到镇上去给你汇报汇报，今天说到新村饮水这事，我想把村上的事也给你汇报下，不知道在这里方便不方便。"

郑先功看了看杨根良，好像是犹豫了下，可觉得杨根良话已经说到这了，李镇长也在，不让他说不太合适，就说："这会儿没什么事，杨主任你说说。"

杨根良征得郑先功同意后，面带喜色地说："郑书记，甜泉水村村民原来吃水都是山泉井水。这十来年人口增长得快，井水明显不够用了，加上从南山脚下通过的引水洞工程，村民觉得把山泉打断了，为这还到工地上去闹过。好在引水洞土方是咱甜泉水村上的人在负责，还有些村民在工地上，我出面说了说，再没去闹。可我觉得这村民吃水的问题早晚要解决，想着能不能借桃李新村饮水工程的光，把甜泉水村的人畜饮水问题也解决了。"

郑先功思考了下，然后对杨根良说："你说的事，是个很重要的事。甜泉水村为秦东河引水枢纽工程做出了牺牲，村上因这遇到的问题和困难应该得到镇上的支持和帮助。是这，村上召开个支部和村委会，把这个事商量一下，然后形成一份报告上报镇里，李镇长安排个专人到水利局去一趟，我原来在水利局上班，我再给打个电话说说，争取给甜泉水村也打一口饮水机井。这个项目可能需要你们村上拿出百分之二十的配套费，得你们自己解决。"

杨根良很激动，他当即说："配套费村上来解决。我们尽快开个会，把报告报给李镇长。我在这先感谢郑书记和李镇长解决村上的困难，有你们的关心和支持，我一定把镇党委和政府安排的事落实好。"

郑先功看了看手表，时间是下午四点多，站起来说："我们到新村去看看。"大家刚出办公室不远，郑先成身上的传呼机响了，他给郑先功和李镇长说："移民办找我有个事，我就不陪你们了，让夏会计和根良村主任陪着，他们对工地上什么事都熟悉。"

李镇长看郑书记没说话，对郑先成说："你去忙吧！"

郑先成回到办公室，把自己桌上的东西收拾齐整，给副经理把需要办的事交代完毕，让司机开车回县城去了。郑先功陪着李镇长视察完新村，给桃李村的支书和村主任交代了注意事项，然后又看了看表，给李镇长说："快六点了，那咱们回吧。"

杨根良恭敬地站着，说："两位领导下次来工地，一定到甜泉水村坐坐。"

郑先功笑着回话说好，说完坐上贾旺原来坐的桑塔纳走了。夏天看镇上领导走了，轻声叫了声"杨主任"，杨根良转过头，夏天说："咱也坐车走吧。"

杨根良感到莫名其妙，他问夏天："咱们也坐车走？去哪？"

夏天低声说："郑经理今晚在县上请吃饭，专门交代我把你拉上。"

杨根良这才明白郑先成先走的真正原因，他装着难为情地说："我去合适不合适？"

他内心真的很感激郑先成对他的好。夏天听杨根良这么一问，头一甩，说："郑经理说了一定要把你拉上，你看着办。"说完进了工地办公室，收拾东西准备去县上。杨根良紧跟着进了房子，帮夏天收拾着茶杯，心想真是自己给自己找难看呢。

郑先成把饭安排在秦东县一家叫秦东河人家的餐馆，这家餐馆门面不大，三间两层，一层大堂里经营着秦东人常吃的面食和普通炒菜，二楼是隔开的六个独立的包间。郑先成订了一个叫"厚林人家"的包间，让服务员把菜单拿来。郑先成从前到后看完菜单，点了六个凉菜、四个热菜和一个汤，让服务员先上凉菜，热菜等他让上再上。

晚上七点钟，杨根良和夏天来到了餐馆。过了十来分钟，郑先功和李镇长也到了。又过了会儿，来了两个杨根良不认识的人。来人热情地与郑先功、李镇长寒暄着。

凉菜开始上桌。郑书记看大家都坐定了，说："吴县长，我把人给你介绍下。我、镇长还有我哥和夏会计你都熟悉，我要给你介绍的是这位，我们镇甜泉水村村主任杨根良。"

杨根良赶忙站起来点了点头。吴县长笑着说："是吴副县长。"然后示意杨根良坐下。

郑先功介绍和吴县长一起来的人，说："这是咱们县政府办牛副主任，专门负责吴县长日常事务处理和安排。"牛副主任站起来双手合十，向大家点了点头。

郑先功介绍完桌上的人，凉菜上齐了。郑先成转过脸，向吴县长解释道："吴县长，这是咱秦东县山里最南边厚林镇人新开的店，吃的东西都是厚林镇自产的，原汁原味。"

吴县长接了话说道："咱秦东县真是个风水宝地，要平川有平川，要河流有河流，要山有山，要塬有塬，有江南美景的厚林镇，有北国风光的河口镇。郑书记现在主事南北交通要道、有山有水有平川的河口镇，真的应该祝贺祝贺。"

郑先功赶忙笑着说："多谢吴县长常年关心、关爱和关注，我能来河口镇工作，你这个主管我的县长功不可没。今天这顿便饭先略表一下我的心意，来日方长，我定当永记吴县长的知遇之恩。"

五 十 七

秦东县街上洒满了昏黄的灯光，吃完饭的郑先功陪着吴县长站在街边。送完吴县长，李镇长、牛副主任也上车后，郑先功拉开自己身边的车门和杨根良握了手上了车，给夏天摆了摆手，车子"呼"的一声融进秦东县的夜色里。

喝多了的郑先成在饭店吐了。一帮人下楼的时候，夏天把郑先成扶上了车。走之前，吴县长红光满面走到郑先成的车边看了看，涨着通红的脸对夏天说："你们郑经理今天喝得高兴，喝多了点，晚上回工地上你和司机多留个心。"

夏天微笑着说："县长，你就放心。"

夏天送走了领导们，自己拉开车门坐在副驾驶位置上，杨根良上了车坐在嘴里说着胡话的郑先成身边。车子很快驶到了甜泉水村，夏天对杨根良说："村主任，郑经理喝多了，我就不把你送到家门口了。"

杨根良看了看郑先成，对夏天说："我和你一块儿先回工地上，把郑经理安顿好我再回去。"

车子停在工地办公室的门口，夏天下车拉开郑先成身边的车门，杨根良和司机两人一人一只胳膊架着郑先成，郑先成嘴里说着："我没喝多，我自己能走。"

杨根良把郑先成安置到办公室里屋的床上，盖上被子走到外面。司机去停车了，夏天坐在办公室沙发上。杨根良看着夏天，说道：

"夏会计，郑经理躺下了，你也休息吧，我也回了。"

夏天没起身，她打了个哈欠说："村主任，天黑你走路小心点，我在这再照看会儿郑经理。"

杨根良有点关心的意思，说："郑经理都睡下了还要照顾什么！你在这熬一晚看着郑经理？"

夏天站起身，伸了伸胳膊，笑着说："这又不是第一次了，每次喝多都这样。"

两个人正说着，郑先成在里屋喊道："我难受，我难受啊！"

夏天忙把桌子上准备好的温开水端进去。杨根良跟在后面，拿过水杯，扶起郑先成，把水杯放到他嘴边。郑先成喝了两口又倒下了，嘴里说着："我难受，给我打一针吧。"

杨根良望着夏天，问道："打针，郑经理要打什么针？"

夏天不紧不慢地说："打个葡萄糖吊瓶，解酒的。"

杨根良问夏天："那今天这样子要不要去打针？"

夏天往里屋望了望，没见郑先成再喊叫，就说："再等等，看能不能安然下来，如果不行再给医院打电话。"

说完两个人出了里屋。夏天打了个哈欠，对杨根良说："村主任你回吧，这儿我看着。"

杨根良看了看有点犯困的夏天，想想里屋的郑先成，就说："要不这样，我在这再等一会儿，郑经理如果安然了，我再走。"

夏天抱歉地说："那太麻烦村主任了。"

杨根良坐回沙发里，笑着说："这有啥麻烦的。农村忙起来经常熬夜，我高中毕业刚回村那会儿，晚上到粮站去缴公购粮，都是鸡快叫鸣了才往回走，睡个把钟头起来又上地割麦子去了。"

夏天呵呵笑着说："也只有你这平川地才会有那罪受，我们村的人想受你这罪都没机会呢！"

杨根良听夏天这么一说，没明白她的意思，正要问，夏天取了一个水杯给杨根良倒上水，拿过自己的水杯坐在另一个沙发上。过一会儿郑先成在里屋喃喃自语着说"我没喝多，我难受"。杨根良准备起身去看，夏天示意他坐着。杨根良重新坐回沙发上，他晚上也喝了不少，嘴皮也干干的，端起夏天给自己倒的水喝了两口，接了夏天的话说："我觉得还是山里人好，丰衣足食，要说不好就是出趟山不方便。"

夏天呵呵笑着说："那咱换换，你住山里去！"

杨根良开着玩笑说："你们村在哪？我考虑考虑。"

夏天知道杨根良是说着玩的，但她还是说道："我们村在贵妃岭甘峪村，你去不？"

杨根良听夏天说完，人在沙发上挪动了下，有点兴奋地说："你们村有个小学！"

夏天看着杨根良，有点吃惊地问道："你咋知道的？"

杨根良有点神秘地说："我去过你们村，还在你们村学校玩了几天。"

可能是提起了自己的故乡，夏天没了一点想睡的意思。她先站起来到里屋看了看郑先成，然后给杨根良添了点水，坐下，有点兴奋地问道："村主任，你说说，你咋到我们村去的？"

杨根良见夏天问自己，也来了劲头，喝了口水，面带笑意地说："我高中毕业那年，高考完了没能上大学，心情不太好，不知道下一步怎么走。你们村有一个男同学，叫什么名字我猛地想不起来了，平时在学校我们关系不错，他出山办事，中午在我家吃的饭，晚上回去时，说：'根良你现在也没啥事，要不到山里转转，这个季节五味子、山葡萄、八月炸和野毛桃都好了，咱们到山上摘野果去。'"

夏天听杨根良说到摘野果，好像回到了自己小时候，脸上笑开了花，说："我小时候经常去摘呢，想想有十年了，你要不提这个，我都快忘了小时候的这些经历。"

杨根良喝了口水，继续说道："是，我一想起从秦东河边进山去摘野果和挖中药就兴奋，好像自己又回到了小时候。"

夏天脸上的困意不知消散到哪去了，她兴奋地催着杨根良说："村主任，你说说，你到我们村有啥感觉？"

杨根良想了想，说道："我记得到你村那天天气不错，学校里没有娃娃。那天我和我们村的周青松，还有现在河口镇信用社的李主任，沿着秦东河边的公路，骑车骑了半上午，又沿着刘家河骑了个把钟头。快中午的时候看见路边山坳上有一排房子，门口挂着一块木板，写着'秦东县贵妃岭乡甘峪村小学'。看到这个牌子我们三个人兴奋得很，知道没走错路。记得你们村一块儿住的人家也就十来户吧，房子还不是我们甜泉水村这样一排排的，是两三家分散住在河边较平的地里。"

夏天就说："我们山里有那么一块平地已经是老天的赏赐了，我们家就在那呢！"

杨根良故作惊讶地笑着说："那说不定我们真还看见过你呢，想想你那时应该有七八岁了！"

夏天笑着说："这么说我和村主任这缘分结得早啊！"

杨根良喝了口水，看了看表，听见郑先成在屋里打起了呼噜，就说："夏会计，没想到啊，这一说咱还离得越来越近了。今天太晚了，有空咱再聊。郑经理睡下了，你也歇息吧，我回了。"

夏天兴奋的表情收了回去，有点不情愿地说："我还没听你说到我们村摘野果的事呢。是这，今天确实也有点晚了，你也喝了不少，等不忙的时候，把这故事给我讲完，行不行？"

杨根良站起身，伸了伸胳膊和腰，笑着说："没问题，就怕夏会计嫌我话多呢！"

夏天也起了身，她进屋看了下郑先成，关灯出来，和杨根良出了办公室，关上门，说："天有点黑，村主任你走路小心点。"

杨根良往村子的方向走着，说："没事，我闭着眼也能走回去，我在这片土地上走了三十多年了。"

夏会计老家贵妃岭乡也是秦东县一个有名的地方。杨根良年少时，每年冬天都要跟着他爹和他哥到山里去砍柴。他们不等天亮就拉着架子车沿秦东河谷进山，太阳爬上山头的时候，年少的杨根良躲在国道边山人废弃的土窑里看着架子车，他爹和他哥沿着上山的小路到山间去砍柴。虽然年幼，但他没有丝毫胆怯，因为在国道边，路上偶尔会有车辆经过，还有出山的老乡不时走过。

等到太阳落到西边山头上的时候，他爹和他哥才会从山上一段路一段路地把打成捆的柴运到放架子车的地方。等了一天的杨根良看见父亲和兄长下了山，总会高兴地迎上去。

他爹放下背上的柴，杨根良就会问："爹，你这柴在哪砍的？咋要走这么久呢？"

杨根良的父亲杨继业坐在地上，拿出旱烟锅，装上旱烟，杨根良帮着划着火柴，他爹用手压着烟锅上的旱烟，嘴吧嗒吧嗒地吸着，望着对面的山岭说道："我和你哥去贵妃岭上砍的柴。"

杨根良认真地看着他爹说："那岭上真有贵妃？"

杨继业从嘴上拿开烟锅，笑着说："听老辈人讲说有呢！"

贵妃岭上现在肯定是没有贵妃的，老人们传下来的说法没有人去追究。传说唐朝时，张柬之发动政变推翻他奶奶武氏统治后，那个足智多谋、多才多艺的玄宗皇帝李隆基，联合他姑姑太平公主除掉婶子韦后一家，逼父亲禅帝位于他，又为自己安危收拾姑姑太平公主，启开元盛世二十九载，却没能过美人关，立儿媳杨玉环为自己的贵妃，在骊山秀色和华清池中迷失了自我，滥封杨氏家人，失眼胡儿禄山，结果丢了帝位，死了美人，一世英名晚节不保。他那个贵妃正史上说死在了与秦东县隔着渭川河的邻县，但甜泉水村的村民不这样认为，他们说贵妃跟着玄宗皇帝从村后的峪口逃往岭南，走到贵妃岭时因天气酷热、舟车劳顿没能和皇帝一起翻过山岭，病死在了驿站，从此这片山岭就叫贵妃岭了。

留在秦东河谷古驿道上的故事是说不完的。曾经和现在生长在这片土地上的人们，只要有人提起自己的家乡，都会从内心深处涌出一股暖流来。他们这个时候不会再想到故土的贫穷，以及自己在这片土地上吃过的苦和受过的累，而都是满满的思乡浓情，处处是美丽的草木，处处是真诚厚道的村人，因为那一草一木、一人一事，都沾着自己年少青春的岁月踪迹。就如同蚕茧一样，只要你找到丝头，只需轻轻一拉，那情、那爱、那回忆就会接踵而来，泛滥到让自己都会感动流泪。

夏天回到自己的房间，没有一点困意。杨根良提起她的故乡，让她陷入了深深的记忆之中，她已经好久没有这么沉思过，已经很少有时间去想山中的故乡。她和杨根良说起贵妃岭和甘峪村，心中洋溢着的全是快乐和幸福，但自己一个人想着故土的时候，心情不知不觉却变成了苦痛和伤感。她想不明白，就这么一会儿的工夫，自己的内心为什么会有这么大的变化、这么大的反差啊！

五 十 八

进出秦东河谷的货车一天天地多起来，河口镇国道两边全建起了门面房。孙建社的小商店在国道与甜泉水村村道的十字角上，不到十平方米的小砖屋，每天可以挣回二三十块钱，跟村民们在工地上干一天活挣得差不多。

当然他的生意好，跟王勇良也有很大关系。

田成业找周青松给王勇良在上林村说下了两亩地。准备安排栽毛桃苗时，王勇良自己找到周青松说："青松哥，我看务毛桃是个技术活，我这没文化弄不成。那两亩地你要栽给你，你不栽给别人退了算了。"周青松把这话给田成业说了后，田成业气得脸都有些发青。他让青松把地处理了，给婆娘翠翠说："你弟勇良的事，以后不要再怪我不管。"

翠翠见田成业上了气，赶快跑到勇良家，见勇良在炕上睡着，没好气地说道："勇良，不是姐说你呢，你姐夫为你的事操了多少心，费了多少神，给你多少帮衬，你咋就不能给咱争点气呢？咋样样想干，样样不成呢？"

王勇良见他姐生了气，忙下了炕说道："姐，不是我不想干，我觉得我确实干不了。与其后面花一大摊钱，还不如没开始就收手。你看我在炕上躺着，我没睡觉，在想事呢，想我干个什么事好。"

翠翠被勇良说得还没话接了，她转过身，说："那我就看你能成什么精！"边说边出了勇良家的院子。

有些事可能就是为有些人准备的。国道上的货车越来越多，在秦东河谷出事故的也越来越多。公路大多建在山腰上，高出秦东河五六十米，有的地方高出上百米，站在公路边向下看秦东河，窄窄的，人还有发晕的感觉。南来北往的货车多起来后，每年发生在秦东河谷的翻车事故五六起都算少的，次次车都翻到了秦东河中，没有人能够被救回来。省上的公安交通部门为这事已经通报批评了秦东县。没办法，为了这事儿，在缺人手的情况下，县公安局在河口镇南边的甜泉水村设立了检查站，专门检查过往货车手续是否齐全，货物是否超载。河口镇派出所临时代管着，五个人都是合同制警察。

王勇良认识派出所的陈群力，平时没事干他经常到检查站去转，很快和这些警察认识了。他看见每天有好多大货车司机来检查站接受处理，有的找不到地方，有的找不到人，会问在检查站院子里没事干的王勇良。王勇良很乐意给这些外地司机指路认门，他也会问问司机是为什么事来接受处理。

有一天，一个司机问王勇良在哪缴罚款，王勇良说"我带你去"。司机问王勇良是不是认识警察，王勇良得意扬扬地说当然认识了。司机听说王勇良认识警察，像是遇到菩萨一样，说："老弟，你给说说看能不能少罚点。"王勇良随口就说了大话，说："这有什么问题。"

说着两个人进了值班室，王勇良笑呵呵地对正在处理违章司机的警察小梁说："小梁啊，这人是我在省城打工时认识的一个老兄，说来也巧，今天在检查站院子碰到了，说是来接受处罚，你看看这问题的惩罚标准，能不能少罚点？"

王勇良没有一点点把握，没敢说不要罚了。小梁给屋子中的司机开完罚单凭证，抬头看看王勇良，再看看后面跟着的司机，说："你把罚单拿过来我看看。"

司机把罚单递给小梁，然后退到王勇良身后。小梁看了看笑了，他对王勇良说："王哥，真是你在省城认下的老兄？"

王勇良忙赔着笑回应道："千真万确。"

小梁笑着说："王哥，你看，这车是邻省的牌照，你说你在省城打工认识的不是瞎说吗？"

王勇良满脸尴尬，涨红着脸说："小梁，实话实说，你王哥在院子遇到这司机了，他问我你的办公室，我这不是想长长脸面嘛，才夸了这个海口，没想到让老弟给看穿了，这人丢的。"

小梁看了看司机，说道："你这个问题也不是很严重，上山前把车牌上的泥土洗干净就行了。按规定，缴十元钱罚款。"

司机高兴地缴了罚款，拉着王勇良出了小梁的办公室。小梁喊着说："还有凭证呢，把凭证拿好。"

出了检查站，司机向王勇良说道："多亏老弟今天给我说话，这事儿处理得快。我以后还要经常走这条路，咱这以后就是兄弟了。我这有个传呼机号，如果有机会到我家乡去，呼我就行。"

王勇良没想到自己说了两句好话，还认下了开大车的老兄。司机说他还得赶路送货，有机会再过河口镇一定和老弟好好喝顿酒。说完小跑着往自己车的方向去了。

从那天开始，王勇良除了三顿饭在家吃，其他时间跟检查站的警察一样，按时到检查站，不知道实情的人还以为王勇良在那上班呢。田成业知道后心想：管他呢，只要不打架胡逛荡就行。

忙着新村交房的郑先成事太多，杨根良帮着处理了好多需要到镇上跑腿的事。郑先功和杨根良熟悉了，觉得杨根良来办事挺好，不然他哥经常往镇上跑找他办事影响不太好。郑先成刚忙完手头上的事，夏天拿着一沓发票账单就进了门。

郑先成坐回椅子上，翻着夏天送来的票据。他看了看，问："在秦东河人家吃饭的票呢？"

夏天走到桌边，说："根良村主任结了。说是你太关照他了，算是还你个人情。"

郑先成本想说下夏天，话到嘴边又咽了回去。他拿起笔边签字边说："那天从县上回来，根良在这照看着我？"

夏天笑着说："看来经理还没喝多，谁照看你都记得清清楚楚的。"

郑先成站起来，伸了伸胳膊，说道："杨主任这人不错，咱在这甜泉水村干工程，虽说有县上和镇上撑腰，可要没杨主任协调，咱这腰也挺不直。"

夏天带着点嫉妒说："咱不是也挺对得起他嘛！他管着两个施工队，一个月比我挣得还多。"

郑先成收回笑容，知道刚才的话伤了夏天的自尊，忙解释道："人家挣的辛苦钱，引水洞工程那是玩了命在干，你能下得了这个苦？"

夏天脸上重现笑容，她说："我就是说说，人家杨主任那天把你扶回来，给你端水，和我守着你睡下才回去的，这人心好着呢。"

郑先成"嗯"了一下，然后说道："等甜泉水村打机井的事批下来了，我想配套的那点钱咱公司给出一部分。到时我问问根良看缺多少，再定钱数。开支放在引水洞工程里，就说是补偿甜泉水村，解决人畜饮水问题，也算是给杨主任还个人情。"夏天说："那等你问清楚了我再处理这事。"

两个人正说着，杨根良进了屋。虽然已经立秋，杨根良骑着车子还是出了一头的汗。郑先成让杨根良回他办公室洗洗再说，杨根良还是先汇报了办事的情况，说："经理，事都办好了，我先给说一声，你就不着急了。"

郑先成这会儿也没事，跟着进了杨根良的办公室。杨根良边洗边说："经理，你没事吧？"

郑先成说："那天在县上吃饭，你咋把账结了？这让老哥怎么过意得去！"

杨根良笑着说："应该的，感激你老哥还没机会呢，就算是你给我机会！"

郑先成看着杨根良用毛巾擦脸，问道："根良，甜泉水村饮水配套的事你们研究了没？"

杨根良放下毛巾，笑着对郑先成说："莫非老哥想给甜泉水村再贡献点力量？"

郑先成看着杨根良，停了会儿，说道："有这个意思，于公于私我都有这个想法。引水洞从村南山坡根下穿过，肯定影响泉水量。你在工地上协调这么多事，我也很感激你。你们如果定下了配套的事，有困难公司帮忙给解决，这样你这个村主任脸上有光，我这个公司也能有个安心施工的环境。"

杨根良正为配套的事和田成业犯难呢，没想到车到山前有了路，他望着郑先成，说道："老哥，你说让我咋感谢你呢！"

郑先成摇摇手，说道："要说感谢，我也有好多事要感谢你，咱兄弟有缘分，彼此珍惜在一起共事的机会就行了。你尽快把村上饮水配套的事定下来，我听我弟说水利局已经批了打井的事，最好赶在新村入住仪式时让甜泉水村村民吃上自来水。"说完他出了杨根良的办公室。杨根良把郑先成送到他的办公室，自己转身回来，简单收拾了下，回村找田成业说饮水配套资金的事去了。

杨根良进了田成业的院子，翠翠正在院子里择菜，看见他就站起来。她还没开口，杨根良就问道："老嫂子，我成业哥在家没？"

翠翠笑着说："在呢在呢，正和东娥在家说话呢！"

杨根良向着屋里问道："成业哥，我东娥嫂子回来了？"

话音刚落，田成业在屋里说："根良，快进屋。"杨根良进了屋，东娥从沙发上站起来，问："根良，你家里啥都好着吧？"

杨根良笑着说："都好着呢。你县上的生意好吧？"

东娥笑着说："还能凑合。"

翠翠搬了把木椅子让杨根良坐。田成业给杨根良倒了杯水，然后让东娥坐下，自己也坐回沙发上，对杨根良说："你来得正好，我还准备去找你呢！"

根良说："找我？成业哥你找我有事？"

田成业点了点头，说："就是咱村上建学校、引水这两件事，村上现在虽然有了点钱，但你应该很清楚要办这两件事还是底子太薄——"

杨根良没等田成业说完，就插话道："成业哥，我找你也是为这事，没想到咱想到一块儿去了。"

田成业高兴地说："是不是？你东娥嫂子今天来也是为这个事。她这几年日子过得好了，老在县上，不经常回来，怕咱们不认她这个乡邻了，回来说看能不能给村上做点事。我就给她说了饮水和建新小学的事，这正说着你就来了。"

杨根良转过脸看着东娥，高兴地说："那太好了，我刚从工地上郑先成经理那来，他也愿意为村上饮水出点力。"

田成业喝了口水，兴奋地说："青松前几天从上林村回来，听了这事也说愿意尽自己的力。东娥和郑经理出一点，村民们再集一点，两件事应该都能办了，这么说这两个问题都解决了！"

是啊，看起来难办的事，有这么多好心人的帮助，变得容易多了。田成业高兴地说："是这，今天在我家咱吃顿饭，东娥把她做饭的手艺给咱们露露，菜让翠翠去街上买。根良你把郑经理请下，看人家愿意来不。我去把世文和青松叫下。我这有酒，咱们为甜泉水村这两件难事变容易感谢感谢郑经理和东娥。"

杨根良也很高兴，说："好，那我去工地，刚才郑经理还在呢。"

五 十 九

甜泉水村人畜饮水工程和小学搬迁所需资金解决了，村民听说过不了几个月就能吃上自来水还是很高兴的。毕竟在御井挑水是个体力活，现在男劳力大多外出打工去了，留下的老人和妇孺从井里吊起一桶水很难场，更不要说从井边还要挑上百米才能到家。

村民们见了田成业和杨根良，都说这又解决了村子里的一大困难，办了件大好事。田成业笑着说："这要感谢东娥、青松和新村工地上的郑经理，他们三个把需要咱村上配套的钱都出了。"杨根良也觉得应该感谢这三个人，只是听到周青松的名字心里稍稍有点不痛快，可周青松自愿出了不少钱，让他没办法说什么。虽说他现在是村主任，可要拿出点钱为村上做事还是有点吃力。他刚刚盖了房，只能和田成业一样象征性地捐了五十块钱，当然五十块钱在普通村民的眼里也是不少的钱数了。

再过一周就是清明节了，甜泉水村老书记孙有福三周年忌日也快要到了。甜泉水村村民家里老人下世后，要在每年的忌日连续祭奠三年，忌日那天亲戚和乡邻会来祭拜逝者，特别是第三年的祭日尤为重要，这个祭日的结束，预示着亲朋乡邻在下一年的忌日不会再来。从此以后，只有自己家的亲人会在每年的清明节、寒衣节和除夕到坟上去祭奠先祖。秦东人为什么要在这些日子祭奠逝去的亲人？这是老传统留下的，按照古时祭祀文化的要求，亲人去世了，要在家守孝三年，不外出做官、经商、周游。随着社会的发展和进步，一个人在家待三年守孝已经不现实了，人们就简化为三个忌日当日祭奠，表示为逝去的亲人守了三年灵、尽了三年孝。当然这样的简化对于重感情的人来说，总觉得没有尽到自己的孝心。

秦东人特别重视逝去先人第三年的忌日。这一天，亲戚乡邻都会如安埋逝者那天一样送花圈、纸锞等祭品，只是不再搭礼金。按照乡下人的规矩，花圈都是由男性亲戚家送，如堂侄、外甥、表兄弟；纸锞由女性亲戚送，如侄女、表姐妹等。虽然已经进入了新社会，但这些古老的规矩还在秦东这块大地上延续着，甜泉水村就是一个很重视这些礼仪的村子。

孙建业在他父亲三周年忌日的前两天晚上请了甜泉水村的村民来帮忙，周青松被大家推举为总管。晚饭结束后，周青松根据忌日的要求，给大家分了工。祭奠的灵堂设在孙建业家里，不需要搭建待客的席棚，村民们把自己家的小方桌和小凳子带来就行。来帮忙的村民没多少事做，喜欢打麻将的已经打了起来。田成业和杨根良在孙建业家的上房里和从省城专门赶回来的孙建国聊着天。他的儿子孙大亮专门请了两天假，开着借来的汽车把两口子送回来了。儿媳妇程雪要照看店面和孙子，就没回来，这让孙建国的内心还生了一丝的遗憾，不过儿子孙大亮回来了，他们这脸面上也过得去。

孙有福三周年忌日那天，镇上郑先功书记也来了趟甜泉水村，以自己的名义送了个大花圈，完事后在甜泉水村转了转，边看边听，很满意甜泉水村的工作。走到村小学门口时，他问田成业和杨根良，新学校建好后，这旧学校村上准备怎么处理。田成业说还没研究这事，不过建新学校还欠着钱，这地方不管怎么处理，先得把建新学校的债还了。

郑先功看着杨根良，问道："根良，你有没有什么考虑？说说你的想法。"

杨根良想了想说道："成业书记说得对着呢，不管怎么处理都先得把村上落下的债还上。至于怎么处理我还没好好考虑，我们准备开个会，看大家有什么好办法。"

郑先功转过身，没再问学校的事，说他到新村工地上去看看。田成业说："郑书记那你忙，我就不陪你去新村了。"郑先功说让根良陪着他去新村就行了。

郑先功走进了他哥郑先成的办公室，夏天给倒了茶水后，杨根良和夏天便退了出来。杨根良打开自己办公室的门，夏天跟着进来了，笑着说："杨主任，你那天说起我们村子，故事还没讲完呢！"

杨根良给自己倒上水，笑着说："我这事哪还能叫个故事。"

夏天有点兴奋地说："在我这就是故事，而且还是很好听的故事。"

杨根良坐到自己的办公椅上，说道："那好，长话短说。我记起来了，我那个甘峪村的同学叫陈进，那天他们家给我们做的豆儿糁子、炒的洋芋丝好吃得很，我到现在再也没吃过那么香的豆儿糁子。"

夏天坐在沙发上没说话，愣了会儿问道："杨主任，你确定你那个同学叫陈进？"

杨根良随口回答："我问过周青松了，就叫陈进。"

夏天从沙发里跳起来，惊喜地说道："哎呀，太巧了，陈进是我二哥！"

杨根良听夏天这么一说，也吃惊地问道："真的？"

夏天咯咯地笑着，没想到杨根良会是自己哥哥的高中同学，一时不知道说什么好了。杨根良看着开心笑着的夏天，问道："那你哥现在在哪呢？"

夏天收住笑容说：“我二哥高中毕业一直在我们村小学当老师呢！”

杨根良高兴地说：“那你啥时候回村，给你哥说声，我和周青松都好想他，有空出山来转转。”

夏天说：“我哥现在是校长了，经常要到县上去开会，只是现在县上到我们村一天就一趟班车，他没办法在甜泉水村下车。我到时问问他，如果到县上办事，我提前给你说一声，你们可以在县上见面。”

杨根良高兴地说：“那太好了。”他喝了口水，小心地问道：“夏会计，那你咋姓夏呢？”

夏天苦着脸说：“我们家娃娃多，生下就把我给我姨家了。”

杨根良觉得说到了夏天的痛处，忙开导说：“也不是外人，都是亲戚。”

夏天笑着说：“我姨家对我好着呢，供我上学，从山里上到县里，从县里上到了省城。要没有我姨家供我，我早早跟山里的女娃娃一样出嫁了，哪还有机会走出山呢。”

杨根良接了夏天的话，说道：“你姨家人真好！”

夏天得意地说：“我姨家就我和一个表哥，娃娃少，显得金贵。可能还因为我是抱养的，怕我们家说对我不好，我姨把我看得比我表哥还金贵。”说完幸福地笑着。

杨根良打破砂锅问到底的劲头有点上来了，问夏天：“你在省城读书，咋没想办法留在省城？”

夏天噘着嘴，责怪似的说道：“谁不想留在省城啊，只是没那机会。我上的是卫校，拼不过人家，只好回到咱县医院上班。”

听夏天提到县医院，杨根良想到了蒋艳，他继续问道：“县医院有个蒋艳，你认识不？”

夏天睁大眼睛看着杨根良，反问道：“你认识蒋姐？”

杨根良点了点头，说道：“我不仅仅认识蒋艳，而且从小学就认识了。你给你哥说一说，他可能也记得起来。”

夏天拍着手说：“哎呀，杨主任，这越说越近了，以后看来我得叫你杨哥了。"说完咯咯地笑开了。

杨根良故意板着脸说："按照我跟你哥的关系，你叫我哥太应该了。"

夏天接了杨根良的话，笑着说道："那以后我就叫你杨大哥了，你可不能不认我这个妹子。"

杨根良笑着说："我要不认你这个妹子，你哥知道了要收我在你家吃饭的钱呢！"

这时郑先成在办公室外叫了声"小夏"。夏天对杨根良说："我去看看。不过说定了，等我联系好了我哥，把蒋姐叫上，你们同学把我这个穿针引线的人好好请请。"杨根良看着跑出去的夏天，说道："没问题。"

郑先功和郑先成说完话走出了办公室。杨根良出了门准备跟郑先功道别，郑先功先开了口，说道："根良，你回去给成业书记说一声，让他最近有空到镇上来找下我，我有事要和他商量。"

杨根良不知道郑先功要和田成业说什么，回了话后就与郑先功道别了。

六　十

田成业并不知道郑先功叫他去镇上有什么事，在杨根良给他捎完话的第二天，带着疑惑骑车去了镇上。

郑先功没在贾旺原来的一楼办公室办公，而是在二楼。田成业爬上二楼，缓了口气，敲了敲郑先功的门。不一会儿，郑先功开了门，田成业问道："郑书记，根良村主任说你找我有事呢。"

郑先功把刚吸了两口的烟往烟灰缸里按了按，说道："成业书记，有匿名信反映你给小舅子私划宅基地，私下准备将小学出租。如果反映的事情有，我想你还是要处理好；如果没有，就当是给你提个醒。我和李镇长相信你老哥没问题，镇上将继续支持你和根良的工作。"

田成业听郑书记说完，脸色不好，手也抖了起来，怒气冲天地站起身，对郑先功说："郑书记，我田成业以党性原则给组织和你保证，这些事都是胡说八道。我现在向你正式提出一个请求，希望组织出面把问题搞清楚，甜泉水村这支书我也就辞了。"说完喝了口茶水，转身出了郑先功的办公室。

郑先功没想到田成业气成这样，忙追出去，在楼下挡着田成业的车子，说道："成业书记，今天请你来只是想给你提个醒，方便以后更好地开展工作。你别上气，甜泉水村当下还离不开你。"

田成业情绪缓和了点，放好车子，转身对郑先功说："郑书记，你不要生我的气，你来河口镇后应该也知道我是怎么接的支书这个职位。我从来没想利用支书这个职位给自己或者亲朋谋私利，我就想为甜泉水村做点让我心里能够安稳的事，没想到还有人这么说。"

郑先功笑着说："成业书记你还真生气了！"

田成业情绪好了点，脸上挂着笑说道："我是有点生气，不过我早就想通了，甜泉水村现在已经不是我刚回村时的甜泉水村了。如今村民的日子过得比较宽展，水电路已经改造，新学校正在修建。只是我心中想着如果有可能，这村上还是应该有个村集体企业，这样在村民自己奔前程的同时，村集体可以做好村上的基础设施、教育、老人养老及乡村文化等公益事业。我觉得，个人再富裕，日子再好，没有集体经济这条大船，如果遇到天灾人祸，仅凭个人和单个家庭是很难渡过难关的，看来这件事得让根良他们去做了。"

郑先功听了田成业的话有点惊讶，他说："成业老哥，你的思路和想法很好！我有时候也在想，农村的地分了，这村上支部和村委还有什么事要做，还能做什么事，你这么一说我算是明白了，甜泉水村的支书担子你就更不能丢下了，等你把村上集体企业谋划、办起来，你再休息。"

田成业摇摇手，叹了口气，这声叹息可能是在感叹别人的不理解，也可能是在感叹自己老了。他推着自行车往镇政府院子外走，见郑先功还跟着，停了下，扭过头说："郑书记，这次我是真的不干了。村上应该培养和锻炼一些年轻人，这有利于村上的长远发展，就是没这封信，我还要找你谈这事呢。"

郑先功见田成业说的是心里话，就说："那是这，我问问你，如果要选一个人来接你的班，你觉得甜泉水村现在哪个人合适些？"

田成业看着郑先功，想了想说道："根良就是个好人选，不过还得配个好助手。"

郑先功进一步问道："助手人选你有考虑没？"

田成业没有犹豫，果断推荐道："周青松！这个后生性情平和，乐于助人，自己的事也干得不错。"

郑先功看了看田成业，想了想后说："成业书记，不管怎么说甜泉水村有你在，镇上就不担心甜泉水村发展不好。你的想法我和李镇长商量商量，找个合适的机会村上开个党员大会，把这事议议，看大家的意见再定。"

田成业语气坚定地说："郑书记，人选问题可以议议，我的去留就不要议了。我今天已经把想法给镇上汇报了，算是正式提出了辞职要求，你就不要再为难老哥了。"

郑先功笑着说："成业老哥，你不为那信的事生气上火就好，甜泉水村班子的事，容我再考虑考虑。"

时令已到仲夏，田成业虽然穿着短袖，额头上还是布满了汗珠。他骑着车子没有回甜泉水村，而是沿着秦东河谷的石子山路向山里骑去。虽说那封信说的事他确实没有做过，可还是让他心情好不起来，他想到河谷去凉快凉快、清静清静。

熟悉的悬崖还在，秦东河水还在流淌，只是没有以往那么清亮。高出地面五六十米的秦东河水库大坝挡住了他的视线，已经不能看到山中的来生寺院。大坝两边裸露的山体下，庞大的工程卡车拉着石土在工地上飞驰着，扬起的黄土塞满了整个山谷。田成业推着车子，沿着大坝边上的施工便道前行着。一个穿着工程队制服的人挡住他，说这是工程重地，闲人莫入。田成业指指大坝的另一边，笑着说我回我家去。挡他的工人再没说什么，田成业推着车子上了大坝。

从河谷里冲出来的山风在大坝顶上翻滚，可能是受大坝阻挡的原因，坝顶的山风比谷底大了很多。衣服被吹得紧紧地贴在身上，头上的草帽被吹得挂在了脖子上。田成业放好车子，向远处看去，小时候熟悉的、清澈美丽的秦东河浮现在了眼前：没有了坝后的黄土，河谷干净明亮，山上青绿的树林伴着水面泛着白花的秦东河，让人如醉了般享受着一种清爽。田成业久久地站在坝上，看看坝南清澈的河水和青翠满目的山峦，转过头再看看黄土飞扬的工地，那裸露着山石的山坡，心中生出一丝难言的惆怅。

秦东河水库大坝很快就要建好了。水库蓄水后，这坝前蜿蜒曲折而清澈见底的秦东河将变成一个大水潭，青翠的山峦将变成一个个小岛。毫无羁绊向北流淌的秦东河将成为记忆。可能，只有如田成业这般上了年纪的人，才会留恋这陪伴着自己的生命流淌了大半辈子的秦东河吧。山谷中传来沉闷浑厚的钟声，田成业的思绪回到了现实中。水坝下面，秦东河畔那座古老的来生寺还在，那熟悉的钟声还在。田成业推着车子，沿着施工的便道，下了大坝，顺着哗哗欢唱着的秦东河，往来生寺去了。

田成业把车子放在寺院的对面，那两条木板搭成的小桥容不下人和车子同时过。寺院不知道来过多少次了，可他没认真打量过它。可能是因为这座山寺很快也如身边的秦东河一样要消失在自己的眼前，他才觉得应该好好看看它。虽然太阳很火辣，田成业却已感到凉快多了。山谷里的野风缓缓地吹着，把秦东河河水散发出的清凉送到山谷中的每一个地方，来生寺的院内也有阵阵凉爽。

来生寺坐落于秦东河口进山五公里一块难得的平坝上，南依青山，北临秦东河，右边小山坡上矗立着隋代的法王塔，另一面坡上就是桃李村。田成业小时候经常沿着秦东河进峪口，临着清幽欢腾的河水，穿过只能容一人经过的小石道，当天光重见之时，来生寺那高高在上的法王塔就会出现在眼前。虽然还不能看到寺院，但那清亮浑厚的钟声和着清爽的山风，被急着出山的河水拉扯着撞入耳鼓，伴着松涛，已是很能让人陶醉的一曲古乐。可能人小的时候无忧无虑，见这山水美景不留意；也可能是还没有体味人间冷暖、酸甜苦辣，有的只是"少年不识愁滋味，爱上层楼。爱上层楼，为赋新词强说愁"。田成业也一样，如今回了村，也算是明白了世事人情，也可能是尝到了酸甜苦辣，看到什么都会触景生情。

田成业走过寺人搭建的木头小桥，来到了寺院的正门前。来生寺不大，建筑也并不宏伟，但建造得很精致。青砖青瓦，朱红门窗，金色大殿，一派皇家寺院之气势。

田成业心想，贵族再没落，一眼也能看出不是等闲之辈。来生寺就有这个底蕴，虽然历经上千年风雨，无数次修葺，但皇家寺院的骨子还在。院中有一老柏，不知年月但满身沧桑，树下散布僧人从秦东河中捡来的白石，这是专为香客们休憩而准备的。老松对面有一木架，下挂一口两米大钟，钟身满是古文，初见山寺时听闻的钟声就是它发出的。田成业仔细端详了会儿，认得这是一口明代之钟，想这山寺也配得上这口老钟。

从前田成业进山摘五味子、山葡萄，每次都会路过来生寺，为了歇脚都会在寺院里转转，看着僧人们静静打坐，香客们频频叩首，丝毫没有感觉到这座寺院的神圣和庄重，只是听僧人讲起这寺院的由来，让他对这座寺院生了几分自豪。听僧人讲，这座寺院建于隋朝，后来那个从秦东河峪口逃难去往岭南的唐朝皇帝，为了死在贵妃岭上的美人，回都城后翻修这座寺院，改名为来生寺。听说唐朝那个叫白居易的诗人，其千古名作《长恨歌》，就是在此寺而作。

田成业聚精会神地看着寺院内用大理石雕刻的长诗，没有感觉到看门居士静静地站在他的身边。田成业看完诗转过头才看见居士，忙赔礼道："失礼失礼，我看得有点投入，没看见居士先生，不要怪我。"

居士用手理了理衣服，笑着说："没想到你还是个文化人，喜欢看这没几个人愿意看的东西。"

田成业转过身，说："什么文化人啊，我只是今天才知道这座寺院的不俗。眼见这秦东河水库就要建成，看着这个清静悠久的寺院要沉在水底，难免心中生了一点留恋。"

居士望着寺院中那棵合抱柏树，说："山寺破旧，如今没有一个正路上的僧人愿意住在这里。我白天在这看看，晚上也要回桃李村家里去，听说上面政府拨了钱，要把寺院搬到秦东河口去，那时就会变成一座正式的寺院，或许香火会重新旺起。"

田成业知道居士是桃李村人，笑着说："桃李村要搬到甜泉水村了，这么说我和居士也算是邻居了。"

居士半张着嘴，愕然地问道："你是甜泉水村人？"

田成业点了点头。那居士继续说道："我姓蒋，前段时间还到甜泉水村看过新村。房子建得很好，地也很平整。你老哥尊姓大名？我搬下山也有个认识的乡邻。"

田成业说了自己的姓名，蒋居士问道："你们甜泉水村有两个好后生，一个叫杨根良，一个叫周青松，你老哥熟悉不熟悉？"

田成业感到有点惊讶，笑着问道："居士你咋认得这两个娃娃？"

居士满脸喜色，兴奋地说："这两个后生和我家女子从小学开始就是同学，放假了有时还来我家玩耍。你们村陈宋良家儿媳是我妹妹的姑娘。看来，我跟你这甜泉水村缘分深啊。"原来这居士是蒋艳的父亲。

田成业热情地说："快了，可能过个把月你就搬下山了，咱老哥俩有的是时间见面闲聊。"

蒋艳的父亲笑着说："那你这个甜泉水村的老哥可不要欺负我这准备搬下山的生人。"

田成业哈哈笑了起来，笑声从空旷的寺院传出，顺着秦东河谷传到了远方。

六十一

秋收结束后，桃李村的村民大多搬进了新村。周青松收自家毛桃的当口，抽空到新村帮蒋艳的父亲安顿了新家。蒋居士很感激，他的儿子也认识了周青松，他让周青松帮他儿子务几亩毛桃，周青松一口答应了。

甜泉水村一年一次的庙会快到了。新村建成后，杨根良将两支施工队合并，起名为"河口镇甜泉水村工程劳务队"。郑先成把自己工地上的劳务人员全权委托给杨根良。李富民找到杨根良的时候，他正忙着安顿杨根娃带人去县城初中校舍建设工地上干活的事。李富民见杨根良忙着，就坐在杨根良的办公室喝着水等他。

杨根良给杨根娃交代完事，忙从办公桌后面起身走到李富民跟前，开着玩笑说道："李大主任，让你久等了。"

李富民忙站起来，调侃说："杨大村主任——不，现在应该叫你杨大队长，工地上的活这么多，你这个老同学钱不少挣吧？"

杨根良接了李富民的话，说道："我这就挣个管理费，大部分还是为村民找个挣钱的活路，不然在村上也不好干事。"

李富民拉长语气，庄重地说道："是啊，你是村主任，不光为了自己干，还得给村民想出路。见你这么忙，我就长话短说。再过几天就是你们甜泉水村的庙会了，这甜泉水村的庙会在咱秦东县可是名声在外，县城里的人每年都要来逛逛。我有个想法，在你们这庙会期间组织一次同学聚会，主要是咱上高中时的同班同学，能来多少就来多少，费用我提供，场地你安排。"

杨根良看着李富民，沉思了会儿，问："富民，你组织这个同学聚会和其他同学商量了没？"

李富民在沙发上欠了欠身，说道："没呢，这不跟你这个地主先商量。"

杨根良浅浅地笑着说："这都多少年了，谁还记得我这个人。是这，你这个想法挺好的，只是我有联系的同学很少，也不知道现在都在哪。你先联系联系，如果同学们有这个愿想，我来组织，你当好联络官就行了。"

李富民好像就等着杨根良这句话，兴奋地说："费用还是我来出。你把场地给找好，饭菜安排好，还得安排个照相的，到时你还得在聚会上讲个话，毕竟毕业快二十年了。"

杨根良并没有李富民那么兴奋，说："有这么复杂吗？同学聚会就是吃个饭说说话，没你说的那么多程序吧？"

李富民喝了口水，说道："根良，这同学聚会不仅仅是吃吃喝喝，重在交流联络。人是有圈子的，不能孤独奔跑，不然有再多的钱，再荣光，没有人观看和欣赏，那有什么意思。"

杨根良没明白李富民说这些话的意思，就说："不说那么多了，你去联系，最好能和青松商量下。女同学你和蒋艳联系下，让她打听打听。先把能来的人数定下，我好安排场地和饭菜。"

李富民起了身，说："好，我这就去联络。"

李富民刚出了门，正好碰见郑先成找杨根良，李富民笑着对郑先成说："郑经理，我正要去你办公室呢，这就碰见你了。"

郑先成也笑着说："李主任找老同学有事？"两个人正说着，杨根良循声从办公室里出来。

郑先成笑呵呵地说："我当是哪个在你办公室说说笑笑呢，原来是李大主任。"

杨根良忙解释道："富民今天过来找我，是想在村上庙会期间组织一次高中同学聚会，刚商量完。"

郑先成听说杨根良要组织同学聚会，喜滋滋地问："你们同学聚会，能不能邀请我友情客串下？"

杨根良没想到郑先成会说这个。他犹豫下，正在想他们同学聚会郑先成去合不合适，李富民接了话说："郑经理愿意参加我们同学聚会是我们的荣幸，我们还怕请你都请不来呢。根良，你说是不是？"

杨根良回过神，忙说那当然太好了。郑先成很高兴，对杨根良说："你和富民赶紧联系，聚会费用由我来出。我就喜欢热闹，这光工作没娱乐，人活得太乏味。"

杨根良本想客气下，见李富民示意他应承下来，就笑着说："那我先替我的同学们感谢郑老哥了。"郑先成摆了摆手，说道："根良你能不能不要老和我这么客气？"

甜泉水村的庙会已经成为河口镇例行的物资交流会。田成业向郑先功说了辞职后就没再管村上的事，镇上党委和政府安排的活现在由村主任杨根良一个人担着。虽然庙会一年比一年办得大，办得丰富，但越办反倒越轻松了。戏是送上门的，什么都不用管，给点演出费就行。马戏表演、录像厅和时下兴起的歌舞表演都要给村上交场地占用费。卖吃货、衣服、日用品和农具、秧苗种子的，都按天交着管理费。村上只需在庙会场地里划分好场地，剩下的就是收钱和维持秩序工作。杨根良在庙会前半个月召开了一次村干部会，田成业没有参加。会上决定由杨根良担任总指挥，周青松负责庙会秩序维护，联系镇派出所派民警协助村民维持庙会期间的秩序，孙建业负责收费管理，具体由王勇良和胡满堂收取管理费。

会开完，大家散了，杨根良叫住周青松，问道："青松，富民给你说没说同学聚会的事？"

周青松看着杨根良回话道："说了。"

"那你是个什么想法？"杨根良问道。

周青松想都没想说道："这是好事，你看需要我做些什么事。"

杨根良想了想，说道："郑经理友情客串，费用他出了，咱就找个场地，你看看放哪合适些。"

周青松脸上堆着笑说："咱这同学大多都在家务农呢，聚一次不容易，出点钱也不容易。这个郑经理真是个热闹人，他愿意赞助也好。场地要看富民联系得咋样，镇上的饭店只能吃个饭，加之过庙会，不一定能找下个宽展地方。"

杨根良也想到这些问题，镇上那些饭店他基本上都去过，没一家地方宽展的，可放到其他地方吃饭又不方便，他也没有个好办法。

周青松知道杨根良真的为场地犯难，就说道："我有一个想法，你看行不行。"

杨根良忙说道："你说说。"

周青松在村委办公室里走了两步说道："新村村委。"

杨根良也想到过这个地方。新建的两层小楼干净整洁，一层有个大会议室，桌椅现成，摆四五桌饭没问题，而且村委就在庙会主会场的边上，只是这吃饭是个问题。他问周青松："我也想到过这个地方，给新村说一声应该没问题，可这吃饭咋办？"

周青松看了看杨根良，然后收回目光，朝村委院子望着说道："咱这同学大多在农村务农，没那么多讲究，能来都是这么多年想念着。新村边上就是艳子家，咱买些肉菜、酒和汽水，在村上找个做饭的，就在蒋叔家做，做好了咱们自己去端就行，这样同学们可能也没那么拘束。"

杨根良听周青松说完，端着脸，犹豫不决地看着周青松，说道："那蒋叔会不会嫌麻烦呢？再说艳子如果不回来，他是不是更不情愿了？"

周青松沉思了会儿，转过身，怅然地说道："小安结婚那天不知道你看见蒋叔了没？我在客棚里见了他，吃完席我还送他到上山的路边。他很在意咱俩，只要咱俩给他说，他肯定愿意。话再说回来，聚会也不需要他忙，就是借他家个锅灶。"

杨根良顿了顿，走过会议桌，背着手走了两步，转过身问周青松："你知道了艳子的事？"

周青松点了点头。杨根良望着屋顶说："那天我也是去医院看宋良哥无意中碰到她，本想给你说一说，可一直找不下个机会。这次同学聚会我也很犹豫，她要是不来，在咱这村上组织这个聚会就没啥意思了。"

周青松没看杨根良，说道："根良，咱们同学这么多年，你应该知道她的脾性。只要你通知了她，她肯定来。她现在除了有过一个不成器的男人，没啥不顺心的事。"

杨根良听周青松这么一说，心中的顾虑就消除了，对周青松说："你找个不忙的时间，咱俩去蒋叔那一趟。"

周青松愉快地说："好，明天晚上行不？晚上他人肯定在，也没什么事，咱也能多聊会儿。"

杨根良说："行，我去镇上给蒋叔买点东西。"周青松从口袋里拿出五十块钱递给杨根良。杨根良说："算了，我去买就行了，你把钱收下。"

周青松笑着说："这也是我的一点心意,你去看着买点啥,我明天把地里的毛桃再带点去。"杨根良拗不过他,只好收了钱,两个人边说着话边出了村委的院门。

田成业不操心村上的事之后,和翠翠去了趟省城。自从回村后,他很少去省城。虽说儿子国栋请了多次,可他就是不愿去。那天从镇上回来后,他在家里待着不知道做些什么好。翠翠见他魂不守舍的样子,说去趟省城吧。田成业这次爽快地答应了。他在镇上给儿子打了个电话,说要到省城去办事,顺便在城里待几天。国栋很诧异,原来请都请不来,现在怎么主动要来了?他让媳妇唐静把小房子的被褥换了,自己搬到客厅住,女儿和媳妇住大房间。娃娃大了,不愿意和她妈住,田国栋劝说:"就几天,你爷爷奶奶来趟省城不容易,总不能让住酒店吧?"琳琳也就勉强答应了。

田成业到省城的第二天,带着婆娘翠翠去了省城出名的城墙、钟楼和鼓楼转了转。第三天早上起来,他给儿子国栋说:"我下午和你妈回甜泉水村了。这庙会快开始了,你有空带着娃娃和唐静回村来转转。"

国栋见父亲要走,带着歉意说道:"爸,你这才来了两天就要回,怪我和唐静没把你们陪好。这不马上就周末了,我准备带你们去趟华清宫呢。"

田成业没抬头看国栋,道:"那个皇帝和他女人泡澡的地方我去过了,我和你妈今天下午回了。不过有一事,你看能不能替我办。"

田国栋知道他父亲的脾气,就说:"那行,我上午抽个空去汽车站给你们把票买了。爸你说有个事要我办,是啥事?"

田成业看着儿子,思考了会儿,说道:"年底秦东河水库就建好了。甜泉水村平地被征了一半,加上这几年村民盖房、建学校、修路,平地就没多少了。坡地又长不了多少庄稼,为那点收成,你宋良叔被架子车轧了已经躺在炕上快两年了。我寻思着村上应该办一个集体性质的企业或者什么,为集体这个池子里注点水,村民万一谁家有个灾有个难也好救济下,村上的公益事情也有个出钱的地方。我看了看咱村的地形,既然村民都搬到平地上来了,山坡上的地种粮食又没产量，你能不能找个设计规划的单位或者专家，到咱村去看看，看能不能把山坡打造成一个种植、养殖和观光的景点，当然还有秦东河古驿道、来生寺和道家仙地东道宫这些古迹呢。"

田国栋看着田成业的脸，有点惊讶地问道："爸，这是谁给你出的点子？"

田成业没回答国栋的问题，道："你就说这事能不能帮忙。"

田国栋说："当然行了，我们是旅游局，专门有旅游规划开发建设的单位。"

田成业说："那好，这事你抓紧点，下午我和你妈自己去车站买票，你好好上你的班。"

六十二

田成业刚回村，尹世文就找来了，他笑嘻嘻地问田成业："这好几天没见你人，你这是忙啥去了？"

田成业爱答不理地问尹世文："世文，我又没在你家搭伙吃饭，这出个门还要给你请示。"

尹世文讪讪地笑着，知道田成业在耍笑自己。他走到田成业跟前，说："我咋敢让你请示我，今天还是奉我媳妇东娥的命令，她让我捎话，说贾县长让你有空去趟他那。"

田成业忙问是哪天捎的话，尹世文装着腔说："我还以为你不急呢。"随后撂了句："前天捎回来的话。"

田成业给翠翠说了声就上县上了。

田成业一进贾旺办公室门，贾旺就迎过来。两人握了手，贾旺把田成业让到沙发上，自己坐在另一个沙发上，笑着问田成业："老哥，最近啥都好吧？"

田成业喝着茶水，打量着贾旺的办公室，说："我这退了休的人，整天无所事事，吃了睡睡了吃，跟二师兄差不多了，有啥事能忙成你这样？"

田成业在沙发上端了端身子，又说道："县长大人专门叫一个村上的闲人到自己的办公室里来，这很不寻常啊，不是大喜就是大惊！"

贾旺起了身，坐回到自己的办公椅上，对田成业说："你先喝水，等会儿有人要见你。"

贾旺话音刚落，县剧团的响玲就推门进来了。田成业认得响玲，忙起了身。没等他开口，响玲满脸堆着笑说道："成业书记早来了啊。"说完和田成业握了手，自己坐到另一个沙发上，边放自己的包边说："成业书记这是忙啥呢，今年村上庙会唱戏的事咋没见你张罗？"

贾旺笑着说："成业书记闹情绪了，不干甜泉水村的支书，到省城旅游去了。"

田成业忙接了话，说道："现在村上庙会的事很简单，主要就是收费和维持秩序。年轻人都上来了，我就不操这个心了。"田成业转过头看了看响玲，问道："今年村上庙会没订剧团的戏？"

响玲"唉"了一声，说道："还唱戏呢，人都走光了。"

田成业忙问是咋回事。响玲往沙发里挪了挪，对田成业说："去年在你村唱完戏后，团里的几个年轻演员也不知道是被什么蛊惑了，全跑省城歌厅唱歌去了，老一点的演员也内退回家看孙子了，你说这剧团还能接戏吗？"

贾旺见响玲说得有点激动，就说："台柱子，先喝口水，这也不是你管得了的事。你给成业说说你的想法，看能不能办成。"

响玲喝了口茶水，对田成业说道："成业书记，我从小就喜欢这秦腔，八岁就进了县剧团，我舍不下这爱好和剧团。我自己有个想法，县剧团这个样子唱戏是唱不成了，我想以剧团的名义办一个戏校，唱不成戏了教戏总行吧？听贾县长说甜泉水村建了新学校，旧学校就闲下了，贾县长说你也爱戏，我想请你帮个忙，看能不能把村上的旧学校租给剧团办戏校。"

田成业等响玲把话说完，高兴地说："这是好事啊，我支持。"

贾旺见田成业愿意帮响玲这个忙，说道："成业老哥，这事本来不归我分管，可你知道我也爱戏。响玲找到我，我想了想只有你出面来说好些。你不会怪罪我吧？"

田成业想了想，看着贾旺说道："我现在已经不干这支书了，这事你是不是得找找根良？"

贾旺说："我想过了，你没正式卸任，现在就还是村上的支书。我想学校闲着，租给响玲办戏校一举两得，根良应该不会拒绝。"

田成业动了动身子，说道："这段时间我没太管村上的事，不过我听说他们想把那旧学校划成宅基地卖了还新学校的债，现在想要宅基地的人还挺多，这怕有些麻烦呢。"

贾旺听了田成业的话，有点生气地说："现在这是怎么了，农村想把村集体的那点东西卖光，城里急着想把办的那点企业卖掉，为什么非得要卖呢？现在连小学都要卖了，是不是下一步准备把村部也卖了？"

贾旺缓了缓情绪，对田成业说："你的那事镇上给我说了，我给郑先功他们说了你就不是那种人。你今天说到这了，我给你表个态，在这个问题上我相信你。响玲在甜泉水村旧学校办戏校的事你回去组织开会，看大家什么态度。如果能租最好；如果要划宅基地，你看看能划几家，需要给村上交多少钱，剧团能承受就买下来。"

贾旺说完看了看响玲，见她没发表意见，继续说道："看来咱秦东台柱子交给我办的事还有些麻烦啊。"

响玲笑着说："贾县长，成业书记，戏校我肯定要办，之所以看上甜泉水村旧学校，主要是考虑到旧学校的校舍是现成的，可以不用新建。还有就是甜泉水村依山傍水环境好，喜欢秦腔的村民多，这都有利于把戏校办好。当然困难太大也就不麻烦你们两位老哥了，我再想别的办法。"

田成业见响玲有些失望，接了话说道："响玲书记，村上别的事我现在不管了，你办戏校这件事我回去做做工作，争取把旧学校租给你们。万一我说不下来，还有贾县长呢，你急什么！"

贾旺看着田成业说："好你个成业老哥，你这是把担子压我头上了。"

响玲见两个人为自己的事上心着，说："不管怎么说，都得感谢二位老哥。说心里话，我就是喜爱这秦腔，放不下这么多年的辛苦，不忍心这剧团烂下去，特别是在剧团这个院子里住着，看着剧团这个破败样就难受。"响玲说完，眼眶里噙满泪水，她掏出手绢擦拭着。贾旺和田成业看着难过的响玲不知道说什么好。

田成业从沙发上站起来，对贾旺说："响玲书记办戏校这个想法很好，我这就回去，看看根良是啥意见，我尽力做做工作。"

田成业想得没错，旧学校那块地方村上好多人家都想要。国道边的门面生意越来越好，刺激了也想盖门面的村民。杨根良刚盖好的门面被镇上做生意的人租去了，如果旧学校要卖，出手的人可能更多。

他找到根良，把响铃办戏校的想法说了说。杨根良并没有马上发表自己的意见，对田成业说道："成业哥，旧学校那块地方现在是租是卖都得罪人，要不咱村上开个会，听听大家的意见再定？"

田成业说道："开会我不反对，问题是在大家都想着学校这块地方的时候开会，大家意见肯定是统一的——卖，至于卖给谁，那肯定就没个统一的意见。我觉得如果不卖，可能矛盾还小些。"

杨根良看了看田成业，问道："如果咱公开出售，谁出的价高给谁，会不会矛盾小些？"

田成业没看杨根良，说道："这样做表面上看矛盾不大，可是买得起旧学校那块地的是什么人？咱甜泉水村谁买得起？尹世文家、你、青松还是哪个？东娥心思没在占地盖房上，肯定不会去掺和。你和青松能去掺和吗？就是你们出了大价钱，那些买不起的村民能对你们没看法？"

田成业缓了口气继续说道："最大的可能是被外人买走，你想想，村上是多得了点钱，是不是又把乡邻得罪了？"

杨根良也为这事难场着，听田成业这么一说，觉得也有道理，问田成业："成业哥，就是租也有个租金多少的问题啊。"

田成业问杨根良是不是现在已经有人给他说要租了。杨根良点了点头，说："郑经理说过，是买是租他都愿意，他想在那盖个饭店。你也知道，我现在带的这个工程劳务队大多是咱村上的人，还仰仗郑经理给安排活。我要是反对他，这话是不是不好说？"

田成业想了想，这倒是个问题，给根良说："咱们先把大方针定下来，是卖还是租，然后再谈给谁的问题。"

杨根良好像轻松了点，他说："依你成业哥的意见，那就租，只是建国哥还有点其他的想法，这个咋办？"

田成业没多想，说道："他弟建业到时也要开会，如果会上定下来租，我想他应该能想通。"

杨根良说道："那好，庙会马上就开始了，咱这会放在庙会前面还是后面？"田成业说放前面吧，省得夜长梦多。

田成业准备卸下这支书的担子，心理上也轻松了许多，跟杨根良说话好像也随心了些，没有太多的顾忌。可能人就是这样，只要放下了，心态就会回归正常，心情也会随之好起来。田成业现在就是这种心情，他已经不计较那告黑状的事，一心想着让剧团的戏校办到甜泉水村来。如果这事办成了，村里爱看戏的老人天天都能看到戏听到戏，这沉寂的村庄是不是会生出一点生机？那时村上不就有了两所学校，是不是会多些文化气息？

他喜欢这样的村子。山清水秀、书声琅琅、戏曲悠扬、老人安详、孩子欢乐、男女劳作的景象，才是他心目中那个迷人的甜泉水村该有的。他生活在这样的村子中，也会被这种和谐和安逸感染吧，这才是他想要的乡村生活。

六 十 三

甜泉水村庙会正会那天，河口镇信用社李富民主任张罗的同学聚会在桃李新村村委的会议室如期举行。杨根良和周青松头一天把庙会上的事给胡满堂和王勇良安排了，早上起来，两个人赶到新村村委，杨根良查看着聚会现场场地安排的事，周青松到蒋艳家看饭菜还需要准备什么。蒋居士听说女儿同学聚会的饭菜在他家准备非常高兴，他请了村里饭做得较好的几个乡邻，杨根良和周青松的媳妇也被发动过来帮厨。蒋艳家里热气腾腾，不知道实情的村民还以为她家要过什么大事呢！

李富民在县城找了辆吉普车，郑先成也把自己的桑塔纳小车贡献了出来。李富民安排自己找的车到县城约定的地方去接同学，让郑先成的车走村串镇接交通不是很方便的同学。他给司机交代完联系人和地点，来到新村村委，见杨根良正在摆着会议室的桌椅，高兴地说："根良，这么早就过来，兴奋得没睡好吧？"

杨根良看见李富民，自然地笑着说："富民，不是兴奋。这么多年了，同学们好不容易聚在一起，而且在甜泉水村庙会上，我怕哪没想周到让同学们笑话呢！"

李富民边整理着桌椅，边说道："是啊，这都快二十年了。你想得对着呢，不过我想今天能来的同学不会太在乎场面上的事，主要是大家这么多年没见过面，都想在一起说说这么多年的念想。"

杨根良停下手里的活，看着李富民，说道："富民，真得感谢你这个老同学。我真没想到要组织这一次聚会。这么多年了，刚毕业时还会想想同学们都在忙活什么，都过得咋样，等自己成了家，有了小孩，为了生计忙碌的时候，就没时间去想了。你那天提起聚会这事，我当晚就没睡，对着毕业照，脑海里跟演电影一样，把每个同学过了一遍，有好多名字都记不起来了。"说完，杨根良看着窗外。李富民走了过来，他也看着窗外的山岭，此时此刻，真有一种"南山依旧在，青春随水去"的感觉。

两个人正在会议室里发呆，村委院子里传来两下汽车喇叭声，杨根良忙转身出了门。李富民找的那辆吉普车回来了，车里下来四个男同学，李富民高兴地一个个握着手，杨根良也激动地一个个握着手。李富民说："这个是咱班高二时去当兵的薛家宝，他爸是咱县上供销社的主任。"杨根良握着薛家宝的手说："胖了胖了，不过我记着你呢，上高二那年化肥紧张，你还给我和青松家弄了十多袋的平价氮肥。"

薛家宝哈哈笑了起来，说："根良，你还把这事记着，感动，感动啊。"说着使劲地摇着杨根良的手。李富民把剩下的同学一一做了介绍。杨根良和一个个相貌还算熟悉而名字已经记不太清楚的同学相互指着，迅速搜索着高中时期留下的深刻瞬间，每每回忆起一桩旧事便互相拍着肩膀，开怀地说着笑着。听到动静的周青松从蒋艳家跑过来，他和李富民、杨根良一样，和老同学一一握着手，说笑着，把他们请进会议室。

李富民把兴奋的老同学们安顿到座位上，杨根良往茶杯里放着茶叶，周青松添茶水，李富民一杯杯端到同学面前。

杨根良整个人已经兴奋起来了，说："同学们这么多年不见面，今天到了甜泉水村，我和青松尽尽地主之谊。当然这次聚会富民功劳最大，提议、联系、接送都是他在忙，等同学们到齐了，大家多敬富民几杯酒。"

李富民脸上写满了自得，爽快地说："好，这酒都酿了快二十年了，肯定好喝。"

吉普车去县上接第二波同学了。郑先成的车回到了新村村委，早到的同学挤出会议室，和车上下来的同学握着手，说着高中时期那些深刻的记忆，极力让对方尽快地回想起那美好的青春岁月。

周青松握着一个同学的手说："你是王敏？"

同学笑着说道："是我啊，你是周青松！"

周青松说："嗯，我是周青松，听说你现在在东道镇当镇长了。"

王敏笑着说道："是副镇长。"

周青松说："我还以为你记不起我了。"

王敏拍着周青松的肩膀说："咋能忘了你呢。你那时经常从家里带锅盔馍和辣子酱，我们大家经常星期一就把你三天的口粮吃光了，你没有嫌弃我们吧？"

同学们听王敏同学说起高中吃饭的事，嗓子都涩涩的。周青松见此情景，忙说："我那时还真有点舍不得，不过周一过了就不记这事了。"

王镇长拉着杨根良的手说："根良还是能力强。我在县上开会时经常听到你的名字，甜泉水村在咱县上名声好大，你这个村主任也是名人了。"

杨根良自嘲地说："再折腾也就是个村主任，你这是芝麻开花，好结果还在后头呢！"

大家说笑着进了会议室，三五成群地围在一起，如抽丝般把高中时期的美好记忆一点一点地从记忆中拉出来，彼此分享着那已远去的岁月酿造的甜蜜。

两辆摩托车开进院子里。周青松一看，是镇上的四个同学，三男一女，一个男同学在镇政府上班，剩下两男一女都是镇政府所在地秦西村的，平时大家经常见。周青松把四个同学让到会议室里。见来了位女同学，好多男同学激动起来，有的记着她的名字，就喊叫道："杨雪梅，你还记着我没？"

杨雪梅大方地笑着说道："你们我都记着呢，而且在心里最深的地方放着呢。"

夏天和她哥陈进进了院子。陈进为了这次聚会专门请了假，坐早上的班车从贵妃岭出了山。班车上还有两蛇皮袋子山货，一袋子今年刚打下的核桃，一袋子是自家种的木耳。他背上竹筐里还放着前一天煮好的腊肉，那是春节家里杀的年猪肉风干成的。杨根良和周青松忙接了陈进背着提着的东西，叫夏天把肉拿到蒋艳家去做，握着陈进的手，说着那年毕业去贵妃岭吃的那顿豆儿糁子真香。

李富民见是陈进，高兴地向同学们喊道："同学们，贵妃岭乡的陈进陈校长到了，他是今天赶来参加聚会同学里最远的一个！"

同学们都起了身，看着这个穿着洗得泛白的蓝色中山装的陈校长。他头上那隐隐泛白的头发，让大家猛然感觉到岁月是多么无情。

陈进向同学们弯腰致谢，指着两个蛇皮袋子说："我妹给我说根良和青松要在村上庙会期间把同学们聚一聚，我兴奋了一晚上，想想给同学们带点什么好。想想山外也不缺啥，就带了一袋今年刚打下的核桃和我家种的木耳。昨天我把春节杀的年猪做的腊肉煮好了，今天也带下山给同学们尝尝。山里没啥好带的，这是我一点点心意。"陈进话说完，同学们眼中好像渗出了泪水。

新村院子里又传来了汽车喇叭声，李富民兴奋地向大家宣布，班上的俊女子蒋艳到了。大家从沉默转为开心，刚准备起身出门去迎接这个美女同学，蒋艳和两个女同学就冲进了会议室。

蒋艳大声笑着说："同学们，我好想你们啊！"她一个一个认着十多年没见的同学，一个一个地握着手。她的出现使刚刚恢复的热烈气氛凝固了，大家一个个接受着蒋艳的热情。等和大家握完手，蒋艳才觉得同学们没她进门时活泼了。她笑呵呵地看着大家，说道："老同学们，这是怎么了，不高兴我们三个女生的到来？"

大家听蒋艳这么一说，从凝固的气氛中回过神，很快又恢复了热闹。蒋艳把同她一起来的女同学安顿在座位上，和其他同学打过招呼，然后说道："你们先在这聊着，我还没回我家呢，去给咱看看饭好了没。"

蒋艳到新村村委之前，周青松和几个男同学便把中午饭准备好了。蒋艳进了屋，她爸正和青松说着话。她放下手里给她爸妈买的营养品，走过去，开心地说道："爸，我回来了。"

蒋居士见是姑娘回来了，高兴地扔掉手中的烟，笑着说："你一个人回来的，没把娃娃带回来？"

蒋艳说："高中课业重得很，不是周末不让请假。"说完转过头，看着脸上浮着笑的周青松，笑着问道："你啥都好吧？"

周青松说："好着呢！我和蒋叔刚才还说你咋还没回来呢！"

蒋艳笑着说："我要不回来，你也不会到县上去见我吧？"

周青松说："我也才知道你在县医院，早都想去看看你，可忙起来就忘了。"

蒋艳笑着说："现在咱两个村跟一个村一样，以后有的是机会见面。饭准备得咋样了？我看同学们来得差不多了。"

周青松说："都准备好了。"蒋艳给她爸说桌子上那东西记着每天喝一次，她和青松到村委那边去了。蒋居士高兴地说道："你们忙去。"

李富民联系的同学基本上都到了。周青松和蒋艳来到村委，给根良说饭菜都准备好了。杨根良在李富民耳边说了几句，李富民满脸堆着笑说："同学们，大家静一下，今天咱们这个聚会，饭菜是根良和青松亲自买的菜，艳子她爸请的人在她家做的家宴。刚才青松说饭菜都准备好了，是这，咱们自己动手到艳子家把菜端上桌。"

李富民说完，同学们从村委走到蒋艳家去端菜。蒋艳领着几个女同学打开纸箱，把酒和饮料先放在桌子上。这时郑先成到了，他进了会议室，见几个女人忙着摆酒和饮料，就站在门口等着杨根良他们。

很快菜就上齐了，大家落了座。李富民用一个玻璃杯给自己倒了半杯酒，走到前台，兴奋地说道："同学们，咱这同学聚会现在就开始了。虽说是同学聚会，我还是建议宴会开始前搞个小小的仪式，没征求大家意见，我就自己做主了。先把这次聚会的情况向大家汇报下：这次聚会联系同学四十五人，答应能来的三十人，今天到了二十八人，基本上都到了，咱们这次同学聚会得到了甜泉水村根良同学和青松同学的鼎力支持，当然也得到了我的大力支持。"

同学们听到这都被惹笑了。李富民清清嗓子继续说："在这里，我还要向同学们介绍两位特别来客，他们是秦东县镇东工程建设公司郑先成经理和夏天会计，咱们这次聚会的所有费用都是由郑经理友情赞助的。"郑先成和夏天站起来，同学们鼓掌表示感谢。李富民说："本来这次聚会费用我和根良、青松商量由我们自己解决，但是没架住郑经理的热情。下面我想请咱们同学中的几个人讲讲话，定了四位，如果哪个还想说，四个人发完言后可以继续发言。"

王敏、陈进、杨根良都发了言。最后一位发言的是蒋艳，她真没准备，不过很愿意接受这个邀请，特别是在这个难得的聚会上。

六 十 四

　　会议室里静了下来，隔壁蒋艳家院子里嗡嗡响着的鼓风机声夹杂着做饭妇女的嬉笑声传了过来。农历十月，天气已有点阴冷，蒋艳穿着米黄色的风衣，开着的领口露出粉红色的手织毛衣，白色碎花丝绸围巾打着松散小结随意地搭在锁骨处，蓝色长裤的裤脚遮挡着米黄色半高跟皮鞋。她轻盈地走到会议室台子上，用手轻轻把扎起的头发向后捋了捋，然后笑呵呵地说："我今天有没有高中时漂亮啊？"

　　同学们喊叫着说比高中时更好看了，蒋艳笑得更开心了。李富民站在台边笑着道："同学们，艳子今天很像一个人，准确地说应该是那个人像艳子。"

　　同学们就喊着说李大主任就不要卖关子了，说说看像谁。李富民顿了顿，严肃地说道："电视剧《血疑》里的那个女演员！"大家静了会儿，然后齐声说道："就是，就是。"

　　同学们恢复了安静，蒋艳向台中走了一小步，她看着十多年没见的同学，一张张熟悉的面孔都添上了岁月的痕迹，好多同学头上都生了白发，她感慨道："同学们，我得先谢谢你们这么多年来对我的关注，我知道你们关爱我，惦记着我。在那青春肆意挥洒的年月，我们之间的友谊如秦东河里清澈的河水，没有一丝的矫情和造作。"

　　蒋艳说到这，有点哽咽。同学们静静地听着。杨根良和周青松眼中亮亮的，好像是泪花吧。蒋艳停了会儿，脸上重新浮起笑容，说道："这么多年，我也明白了一些道理。每个人面前有好多条路，但你只能选择一条。我们有时也看不清选定的路的前面是好是坏，但选择了也不能怨天尤人。我走出了大山，嫁到了城里，吃上了商品粮，但也有不称心如意的地方。不过还好，我没有失去亲情和友情，我的父母虽然曾经为我的短视窃喜过，但更大的痛苦没有让他们遗弃我；我亲爱的同学们，在我艰难苦熬的日子里，没有嘲讽和远离，都在想着帮助我。"

蒋艳朝向身边的李富民说："感谢富民同学，为我们张罗了这次聚会，也感谢同学们能来我们村，用我家的灶火做这次团圆饭。从今天开始，我们高中时代的岁月就算是续上了。祝我们今后的日子过得越来越顺心，工作干得越来越红火，娃娃们长得越来越懂事。"蒋艳向同学们深深鞠了一躬，笑着走到杨根良和王敏同学中间坐下，这时大家响起了热烈的掌声。

李富民向台子中间站了站，举着大半杯白酒，也感慨道："同学们，走过沧桑岁月，最真的是亲情，最纯的是同学情。让我们举起杯，为我们美好的回忆和艰难的生活干了这一杯。"说完，李富民一口喝下了半玻璃杯白酒。可能是被李富民的豪情感染了，男同学们都喝得很痛快。在欢笑和互相祝福中，同学聚会的宴席开始了。

近二十年没有相见，错过了人生中最为珍贵的年月。同学们在杨根良和王敏同学提议过后，每个人都拿起各自的酒杯相互敬着酒，两三个聚在一起感慨万千地谈笑着，本来只打算喝一杯，聊着聊着就喝了第二杯、第三杯。在酒精的催化下，多年不见攒下的话、积下的不易，在这一刻喷涌了出来。

李富民空腹喝了一大杯白酒，红着脸，大着舌头说道："同学们，同学们，热菜还没上，这三瓶西秦酒已经下肚了，酒有的是，大家今天喝好喝高兴。"

蒋艳和几个女同学到家里帮着端热菜去了。杨根良端着酒正和陈进喝着，又说起当年在陈进家吃的那顿豆儿糁子，说这么多年，他媳妇金凤怎么做都做不出那顿饭的香来。陈进说："现在交通条件好多了，有空你和同学们再来一次贵妃岭，我给大家再做一顿。"

周青松和薛家宝连喝了三杯，他感谢薛家宝给根良和他家解决化肥的事。薛家宝涨红着脸说："那算个啥事！我上学时你给我辅导作业，考试毫不犹豫给我看答案，那是怎样的感情？那就是战友战场上互相照应的'战友情'啊！"

薛家宝话一出口，同学们都哈哈大笑起来。周青松举着杯子说："当时觉得在帮家宝同学呢，今天看，是我把他给害了，不然他可能跟王敏同学一样了。"

王敏同学也喝得高兴，涨红着脸说道："同学们，同学们，艳子同学讲得好，我们出身和成长的经历各不相同，但我们有缘分在高中相遇，同窗三载。我们的人生真正起步就在那高中三年，今天的进步是我们班集体的进步，我们拥有的荣誉也是这个集体的荣誉。或许我是咱这个班目前干得较好的，根良现在有了施工队，青松现在是咱秦东县有名的猕猴桃种植大户，陈进同学是校长，艳子同学是咱县医院的科长，雪梅同学管着河口镇最大的村子的半边天，家宝同学是咱县上交通局筑路队副队长，富民同学那是管钱的。不管是在外面干事还是在村上干事，咱这同学就没一个不争气的，我为这个班集体感到自豪，我也学学富民，和大家喝个大杯。"说完拿过桌上的酒瓶，往自己空着的茶水杯里倒上酒。李富民叫着好鼓起了掌，同学们也喊着好。杨根良看快半杯了，拉着王敏同学的手说："行了行了。"

这时蒋艳和几个女同学端着热菜来了，金凤和桃花也跟着上热菜。蒋艳让大家静一下，然后说道："我给大家介绍下，这两位是根良和青松的媳妇，今天饭菜就是她们俩给做的。"

王敏同学马上接了话说："正好，这杯酒敬两位弟妹。"

金凤和桃花难为情地说自己不会喝白酒，李富民甩着大舌头说："两位嫂子，一杯，就一杯。我们同学近二十年没见，今天见了两位嫂子，难得难得。"

没办法，金凤和桃花端起酒杯，在大家的叫好声中喝下了一杯酒。两个人喝完伸着舌头，用手捂着嘴快步出了会议室。

同学们热情地边喝边聊。夏天和她哥说着话，劝她哥少喝点，下午要不就不要回了。陈进说："那怎么行，说好请一天假，明天还有课呢！"夏天说："那你就别喝了，我给咱两家老人买了点东西，你带回去。"陈进说行，然后看着这个妹妹，说道："你把你自己的事放心上，都快三十岁了，咱这地方哪还有你这么大没嫁出去的人呢？"

夏天笑着说："哥，你和家里别操心了，我的事自己知道咋办。"

蒋艳上完了菜，看见被冷落在一旁的郑先成埋头吃着饭菜，便端着饮料走过来。她笑着说："郑经理，你这是早上没吃饭啊？"

郑先成见是蒋艳，把嘴边的菜紧吃了两口，放下筷子站起来，说："不好意思，这饭菜太好吃了，确实比饭馆里的好吃。"

蒋艳举着酒杯说："感谢郑经理关照我同学根良，也感谢你这么热情参加我们同学聚会，我敬你一杯。"

听蒋艳说完，郑先成赔着笑脸说："我是遗憾自己没上高中，上了个初中就去了部队，现在没几个同学能联系上。"

这时李富民涨红着脸走了过来，他手扶着郑先成的椅子，半斜着身子说道："郑经理，我们班的俊女子敬你酒，小杯不行吧？"

这一说，郑先成拿过桌上的酒瓶给自己的茶水杯里倒酒。蒋艳忙说："富民，你咋叫谁都喝大杯？"说着劝郑经理喝小杯就行了。

郑先成好像是先前被冷落了没喝好，见这班上的俊女子跟自己喝酒，高兴地说道："没事，往常我和根良喝酒都喝大杯。"

李富民哈哈笑着，拍着郑先成后背说："我就知道郑经理不是喝小杯的人。"

蒋艳见郑先成非要喝大杯，便主动放下饮料，取了个小杯倒上白酒。李富民见蒋艳也倒上了白酒，站直身子，大声宣布道："同学们，同学们，艳子用白酒感谢郑经理对咱这次同学聚会的友情赞助。我提议，此处应该有掌声。"这时同学们把目光都集中到蒋艳和郑先成身上。杨根良问蒋艳能不能喝，蒋艳笑着说："整天在医院闻酒精味，还喝不下这杯酒？"

郑先成倒好酒，把杯子举起来，没有着急和蒋艳碰，而是看着大家说道："同学们，请你们接受我这样称呼你们。我郑先成很羡慕你们，羡慕你们有留下美好回忆的高中岁月。我没上高中，也没有参加过高考，初中上完就当了兵。当了十年兵转业回到咱秦东，就从农村进了城。这么多年在城里除了忙工作，除了自己家里的人，就没有别的念想。虽说这日子过得一天比一天好，可这日子越是好了，就越觉得缺少点什么。我今天算是悟出来了，我缺少的是友情，真心真意的友情，我为你们拥有这么纯真的同学情而感动，我这一杯敬各位同学。"

说完他和蒋艳碰了杯，自己一仰脖子把酒咽下肚了。蒋艳见郑先成喝得这么快，夸赞郑经理真是好酒量，然后大大方方喝了酒。郑先成看着蒋艳喝了酒，涨红着脸把同学们看了一遍，然后说道："我冒昧地说句话，如果同学们不嫌弃我，我愿意当一个你们编外的老同学。"

同学们笑着说好啊，以后聚会有先成同学，这费用就不愁了。夏天壮着胆，跟在郑先成后面说："我也算一个编外年轻同学，行不行？"

蒋艳笑着说："行，只是你和你哥成了同学，不知道的人还以为你哥小学上得扎实，和你一块儿上的高中。"说完把大家都惹笑了。

相聚时难别亦难。虽然有了这次聚会，下次聚会的间隔可能就会缩短，但在这次聚会中相聚在一起的同学下一次聚会谁也说不清会不会来。同学们都难舍难分的，上了车还拉着手不愿分开。要不是司机开动了车，真就没法分别了。杨根良、周青松和蒋艳送走了同学，夏天送走了她哥，郑先成喝得有点多自己回去了。时间快下午五点了，蒋艳对杨根良和周青松说："嫂子们都在，今晚就在我家吃饭吧。"

晚饭很简单，苞谷糁稀饭加馒头，中午吃剩下的凉菜和热菜。金凤和桃花看着蒋艳，一脸的羡慕，吃饭时就不由自主地打量蒋艳。杨根良和周青松喝得有点多，他们俩喝了口稀饭就没吃啥东西。蒋居士可能是最高兴的一个，姑娘回来了，这么多有头有脸的人到他家吃饭，从他脸上表情能看出是很受用这个场面的。杨根良和周青松吃完陪着蒋居士说话去了。蒋艳和两个嫂子边吃边聊，吃完一起收拾干净锅灶。杨根良和周青松说："天不早了，我们就先回了。"

庙会晚上的戏已经唱开了，蒋艳说："那你们四个回吧，我陪我爸去看会儿戏，好多年都没看过戏了，还怪想去看看的。"

六 十 五

田成业主持召开了最后一次党支部会议，按照他的设想，会议决定旧学校那块地方只能出租。郑先成得到消息后找到杨根良，说他愿意租下旧学校，用作公司的仓库。田成业把情况给贾旺县长做了汇报，鉴于租金太高，响玲只能先在县剧院办戏校。没有说下旧学校办戏校，田成业还是有点伤感，毕竟这是他担任支书以来最想做的一件事。可现在是拿钱说事的年代，他没有那么多的钱，只能眼看着谁出得多就归谁用了。

甜泉水村庙会结束后，镇党委对甜泉水村党支部进行了改选，杨根良被推选为党支部书记，周青松为副书记，田成业算是光荣地交了班。这个选举结果他是满意的。他有时候想，能干多少事，能干成多少事，对于他这个支书来说可能不是最为重要的，最重要的是选对一个能够真心实意、有本事为甜泉水村谋未来、求发展的领头雁。正因为他是这么考虑的，根良和青松的当选才让他可以安心地过上真正意义上的退休生活，不然如果没选好人，他哪还有脸面再住在这个村上。

闲下来在家没事干的田成业翻着院子里的菜地。东娥骑着车子进了院门，见田成业忙着翻地，笑着说："成业哥，你在外面干了那么多年，咋还没忘咱这农村人闲不下来的习惯呢？"

田成业放下手里的镢头，跨出菜地的小矮墙，到水池边洗了手，笑着问道："娥娥，找你哥有啥事啊？"

东娥给自己和田成业倒上茶水，然后坐下，把在贾旺办公室复印的《秦东县县政府常务会议纪要》拿给田成业看。田成业戴上老花镜，默默地看了起来。东娥静静地望着田成业。田成业看完会议纪要，摘下眼镜，问道："娥娥，你给我看这是什么意思？"

东娥接了话，说道："我想把县招待所的餐饮部承包下来，成立一家秦东尹氏饭庄餐饮有限公司。餐饮这块我可以撑得起，现在缺少一个行政管理的人手。我想请你出山，帮我这个忙。"

田成业抬头望着东娥，过了会儿，摘下眼镜，回过头喝了口水，说："娥娥，眼见你把这餐饮生意做大，我为你高兴得很，于情于理我都得帮你这个忙——"

东娥高兴地打断田成业的话，说道："成业哥，你答应下就行。待遇跟现在县招待所的所长取齐。你每天去转转，把员工心思掌握清楚，尽量让大家在我那干得顺心如意就行。"

田成业让东娥说完话，接着说道："娥娥，我还没说完呢。餐饮行业都是年轻人，你看我现在都六十岁的人了，不要说管理，站在他们面前都影响员工的心情。我觉得你还是要敢于起用年轻人，他们有朝气有闯劲，有利于饭店持续发展。"

东娥听田成业这么一说，觉得也有道理。不过她觉得贾旺县长能给她推荐成业哥，肯定也有他的道理。思量了下，还是开了口："成业哥，你刚才说得也很有道理，只是，县上的贾县长为什么给我推荐你呢？"

田成业看着东娥，笑着说："娥娥，我就知道你不会想着去承包县招待所，也想不起让你成业哥去帮这个忙。"他端起水杯喝了口水，继续说道："贾县长知道你刚开始没管理员工的经验，只是让我给你打打下手，帮着把台子先搭起来，这个我答应你。但我还是建议你要敢于起用年轻人，这个我可以帮你物色。咱先说好了，你这个饭庄正常经营了，得让你哥按时退休，不然你翠翠嫂子又要生哥的气了。"

田成业说完，东娥高兴地应承道："那就按你说的，你先帮我把这摊子铺开，正常营业了，你就给咱当个名誉顾问，这个行吧？"

田成业笑着说："没问题，当顾问是光得名不出力的活，适合退休人群。"

在甜泉水村庙会期间，来城里看孙子的孙建国夫妇实在待不住了，老两口给儿子孙大亮说村上过庙会呢，想回去逛几天。孙大亮知道自己儿子把父母劳坏了，就让媳妇动员丈母娘来看外孙。孙建国夫妇在省城待了大半年，孙大亮的丈母娘也不好常来看外孙。女儿说让过来照看外孙，把老两口高兴得连夜就搬了过来。

回了村的孙建国在庙会上转了几天。等庙会结束，他到弟弟孙建业家问宅基地的事。孙建业难为情地说："哥，村上开会定的，旧学校只租不卖，我一个人也不好在会上坚持卖。你如果真想在街上弄块宅基地，我听说镇上原来供销社那些旧房子要卖，只是要十一间房子整体出售，不如你考虑下。"

孙建国看着孙建业，然后说："那就算了，大亮给我们了一点钱，在老地方盖个新房子钱也够用，你就不操心这事了。"

孙建业苦着脸说："哥，你这个弟弟没本事，你交代的这点事也办不成，你不怪我吧？"

孙建国看着弟弟，脸上浮现出笑容，说："建业，哥咋会怪你呢？村上的事又不是你能定下的。"说完起了身，孙建业陪着把他送到院子。孙建国停下脚步，转身说道："建业，你不送我了。"

说完话，孙建国并没急于走出院门，停了会儿，又说："建业，你虽然是村上的支委、会计，但忙完村上的事，把家里的事也上上心。前天我到沟口看见你那两亩毛桃，地里草长过膝盖了，木头搭的架子好多朽坏了，有些树在地上趴着。你跟人家青松好好学学。"孙建业红着脸，没再说一句话。孙建国出了院门，孙建业很清楚地听他哥"唉"了一声。

周青松收完自己地里的毛桃，在村西砖窑上订了五万砖，准备开春把房盖了。村上大多数村民都盖了新房，有几家还盖了楼房。周青松盖楼房也没问题，只是觉得在村子中盖那么多房子，没人住，闲着也是浪费，准备盖个和田成业一样的屋架砖房。

田成业见拖拉机往周青松老房边上拉砖，找到青松问道："这是准备盖房了？"

周青松笑着说："我这房子也该收拾收拾了，不然桃花不跟我过了。"

田成业说："以你娃娃的实力，前几年盖房都没问题，但你把自己的事业放前头，这个想法对着呢。盖房子是个面子事，你看看咱这村上，盖了房子的你去屋里看看，好多家屋里空空的，就是个架子。"

周青松收拾着地上的砖，说："毕竟这盖房对于咱村上的人来说是一辈子的大事，谁都想一次盖得像个样子。"

田成业"嗯"了一声，说："娃，你说得也在理，这也是传统，一时半会儿没办法改过来。"说完走到正在卸砖的小四轮跟前，问青松："你现在拉这砖一千多少钱？"

周青松有点抱怨地说道："都涨到五十五块钱了。说是熟人，我现在拉一半，过完年再拉下一半，给算的五十块钱。"

田成业回过头，有点吃惊地问周青松："真涨到五十多了？"

卸砖的司机边卸砖边说："听窑上人说还要涨呢。我这拉了五年砖，挣下的钱还不如早先订些砖！"说完摇起头来。

田成业想着王勇良在窑上订下的二十万砖，除了给根良和他自己盖房用的，还有十万砖没拉，心里为勇良的眼光暗暗高兴，又为青松掏了高价而难受。他搞不明白，这勇良为什么没青松这么辛苦，却真真挣下了自己盖房的砖钱。

他从小四轮车边走到周青松的院子里，转过身问青松："你准备盖哪？"

周青松没有考虑就说道："把这旧房子拆了，在原底子上盖。"

田成业回过头，看着周青松家的房檐，说："你这房子砖碹门窗，现在还有些人家盖不起你这房呢。我倒有个建议，你听听看行不。"

周青松看着田成业道："成业哥，你说说。"

田成业没看周青松，说道："走，我带你去看个地方。"说完背着手出了周青松家的院子，周青松紧跟在他后面，两个人也没说话，朝着村子中间走去。

很快两个人到了御井边。吃上自来水后，这个水井很少有人来挑水了。小路边铺满了各种野草，车前草已长满了井边，那个开会时周青松常坐着的石礅也快被草爬到头上。井边那棵两人合抱的槐树高高地站在原地，像是在看守着半年前还是甜泉水村村民命根子的这口御井。

田成业在井边站住，伸着脖子向井里探了探，很久没有人来挑的井水离井口好像近了点，平静的水面把他清晰地倒映在井里。田成业收回脖子，回过头示意周青松过来看看。周青松学着田成业的样子向井里看了看，回过头高兴地说："成业哥，这水真清真汪啊！"

田成业脸上也浮现出笑容，他说道："青松啊，哥把房子已经盖了，不然哥就盖在这井边。你看看，这棵槐树多好，像不像一个老人眺望远方盼子归？这口井，那被绳索磨得光亮的井台，像不像一个光着膀子的汉子？特别是这汪清泉，是多么无私。第一个来到甜泉水村的人家，有了这口井，栽了这棵树，树下这个石礅可能就是这家妇人闲时照看娃娃和做针线活时的凳子，然后才有了第二家、第三家，才有了今天的甜泉水村。"

周青松叹了口气说："现在还有谁会想着这口井！"

田成业接了周青松的话说道："我真不愿意这井、这树和这石墩孤独地待在这荒草中。我想，如果你要盖新房，能不能盖到这井边来？老哥这人不讲迷信不信风水，如果真讲风水，这里就是最好的风水，不然甜泉水村第一户人家不会选在这里繁衍生息。"

周青松听完田成业的话，感慨地说："成业哥，也只有你有这个见解了。我定了，把房子盖到这来。"

田成业高兴地望着周青松说："真是一个好后生啊。"

两人分别后，田成业背着手往回走，快到门口碰到骑着车子的侯春来，他问道："春来，你啥时候回来的？"

侯春来说："回来快两个月了。镇上老年协会准备春节在镇街道举办一次春联义写活动，自乐班准备办一次河口镇秦腔擂台赛，让我在县上跑点经费。这都快忙活一个月了，钱还没要下来。"

田成业笑着说："对不住你春来，接了村上这支书就没去成你那协会，别怪罪我。"

侯春来说："哪敢怪罪你，你当村上的支书担子比在协会唱戏重要多了。你真要去了，怕是把你这人才给浪费了。"

田成业哈哈地笑着，说道："春来你就会取笑我。"

侯春来没有急着走，他放好车子，对田成业说道："我还有个烦心事呢！"

田成业看着侯春来说道："你这个县组织部退下来的领导再有烦心事，那我这个铁路工人还咋过啊！"

侯春来收起脸上的笑容，说道："成业，不是我家里的事，是镇上协会的事。"

田成业说："协会有困难找镇上党委，他们应该有办法解决。"

侯春来说："镇上我去了，也没办法。"

田成业看着侯春来，问道："春来，是个啥事，能把你难场成这个样子？"

侯春来"唉"了一声，难为情地说道："镇老年协会原来在供销社闲置的房子里搞活动。前几天，供销社的人说县供销社把房子和地都卖了，我听了就有点气。到县供销社去问，那领导还是我考察过的干部，说是河口镇供销社的老职工反映房子和地闲置着，他们现在生活有困难，看能不能把地方处理了给职工安个家，向县上汇报后才同意的。"

侯春来停了会儿，看着田成业，田成业也看着他。侯春来又"唉"了一声，说："成业，你知道那房子和地是谁买了？"

田成业摇摇头。侯春来有点气愤地说："建国买了。我本想看看还有什么余地没，一打听是河口镇甜泉水村孙建国买了，我还能说什么？真是有钱啊。"说完转过身推着车子，对田成业说："成业，那我走了。"

孙建国买了镇供销社的地方，田成业还是有点吃惊。钱是一个方面，他能感觉到孙建国这次是冲着村上旧学校来的。

想到这，他向已经走远的侯春来喊道："春来，村上旧学校租出去还闲着，你问问根良看能不能给协会借几间。"说完他又觉得自己这话是多余的，怏怏地回了自己家。

六 十 六

冬天的西北风把秦东县城打扫得干干净净，街上就没几个人，没什么紧要事的人们都躲在自己家的蜂窝煤炉前。上班的人穿着厚厚的棉衣，即使这样还得在屋里来回走动，跺着脚取暖。还不到下午六点，天已经黑下了，蒋艳收拾完最后的票据，给上夜班的护士交代完，从衣服架上取下围巾把脖子裹严实，拿上手包去医院车棚里取自行车。这时大门口响了两声汽车喇叭声，她下意识回头看了看，郑先成在汽车边向她招手。她犹豫了下，还是转身出了院门，笑着朝郑先成走过去。

郑先成见蒋艳出了医院大门，小跑着转到副驾驶位置，拉开车门，说："请艳子同学上车。"

蒋艳站在车旁，看着这辆崭新的红色小汽车，问郑先成："你换车了？"

郑先成边开车门边说："没有，公司买了这辆奥拓车，平时夏天他们办事方便。今天车闲着，我开过来让你试驾一下，要觉得好，给你也定一辆。"

蒋艳撇了撇嘴，微笑着说："你是印钱的啊，买个车就像是打个哈欠一样？"

郑先成没接蒋艳的话，说："天冷，还是请艳子同学上车吧！"

蒋艳不好意思拒绝，就上了车。郑先成小跑着回到驾驶位，关好车门，准备开车。蒋艳问道："你今天是不是专门来堵我的？"

郑先成发动了车，没看蒋艳说："你要愿意这样说也行，看这天多冷，路上有几个骑车子的人？"

蒋艳带着责问的口气说："天冷就不上班了？我看医院里上班的人大多是骑着车子来的。"

郑先成开动了车，笑着说："别人我管不了，你是我同学，看着同学受冷我这心里过不去。"

蒋艳看着车窗外的街道，说："那天同学聚会，郑经理一个人坐着没多少话，今天这是怎么了，谁把你的话匣子给打开了？"

郑先成说："你啊！——去吃火锅？"

蒋艳说："还是送我回家吧。小孩上高中了，得陪着做作业。"

郑先成说："娃娃要陪，可饭也得吃啊。咱随便吃点，完了我送你回去。"

蒋艳转头对郑先成说："那说好了，你开车送我，我请你吃饭。"

郑先成高兴地说道："就按艳子同学说的办。"

车子没开一会儿，在一条窄小的街道上停下来。郑先成停好车，蒋艳先下了车。郑先成下车关好车门，指着路边一个小门面说："艳子同学请。"

蒋艳进了店门。一楼没有店面，只有一座木质的楼梯，暗红色扶手，墙上挂着装有剪纸、脸谱和皮影戏人物的相框，有点农家风格，但比农家装扮的档次高多了。上到二楼，已经有好多人吃上了，原来这是一家新开的麻辣烫店。郑先成选了个靠窗的小桌，从楼上可以看到楼下停着的车。他先让蒋艳坐下，然后让服务员拿了本菜单递给蒋艳点菜。

蒋艳看了看菜单，这麻辣烫还是第一次吃，不知道怎么样，就说："郑经理，还是你点吧。"

郑先成肯定是来吃过了，很快点好了菜，然后问蒋艳喝点什么。蒋艳看看郑先成，说："有粥没？"

郑先成摇摇头，说："一人一杯热果汁吧？"

蒋艳说："好。"

点的麻辣烫有的烫好了，最先上来的是豆腐皮。蒋艳看着郑先成用筷子把竹签上烫好的豆皮刮在小碟中，然后用筷子夹着吃，自己就拿了一串，学着吃起来。她是第一次吃这个，麻和辣她都能接受，不过秦东的麻和辣一般是分开的，这种混在一起的麻辣吃在嘴里有一种溢香的感觉。除了吃着香外，香气会从人的鼻子往上蹿，让人额头有种想出汗的感觉。接下来的蘑菇、小丸子、火腿肠、毛肚让人越吃越想吃。蒋艳有点忘了还有郑先成在，等热果汁上来，她喝了一口，才发现郑先成微笑着看着她。

蒋艳慢慢又喝了一口果汁，然后有点不好意思地笑着说："真不错，我吃得把你这个人差点都忘了。"

郑先成笑着说："我第一次来吃，吃得和你一样快。"

饭很好吃，可肚子有限，不到一个小时蒋艳就吃得差不多了。她叫过来服务员说结账，服务员说这位大哥已经结过账了。蒋艳就把手里的钱推到郑先成面前，郑先成示意蒋艳收起来，蒋艳低声说："咱俩说好的，不然咱以后别见了。"

郑先成见蒋艳很认真，便收了钱，把多出来的退还蒋艳，说："那下次我来请。"说完两人起了身，拿好各自的东西下了楼。郑先成打开车门，发动好车，蒋艳拉开副驾驶车门上了车。郑先成笑着说："你指路。"蒋艳说往前开，十字路口右拐，县变压器厂门口停。郑先成说了声好，车就开动了。

街道上没几个人，只有几对在饭店吃了饭的小情侣在街道边依偎着。爱情就像冬天里的一把火，再冷，有爱情在，都不怕。蒋艳看着窗外熟悉的街景，车里的暖气让她感觉有点晕晕的，这时候才觉得有点累，好想睡一觉。这时车停下，郑先成转过头，对困意十足的蒋艳说："到了，艳子同学。"

蒋艳把围巾按了按，拿好自己的包包，推开车门。郑先成并没有下车，在车里向蒋艳招了招手，示意她快点往回走。蒋艳走到厂门口，回过头见郑先成下了了车，站在车门旁向自己挥着手，她也举起手示意郑先成走吧。郑先成上了车，按了下喇叭，车子很快消失在昏黄的街道里。

看着郑先成的车消失在夜色中，蒋艳并没有着急进厂门回家。她在人行道上慢慢地走着，风不时把她的围巾吹起。她向前走了会儿，转身又向厂门方向走回来，来回地走着。其实她并不急于回家。孩子虽然在县城读高中，但晚上要上自习，下了自习快十点了，走在路上不安全，还有她那个前夫时不时会到家门口来闹事，她怕孩子看见了不好，让孩子住校了。董永远找蒋艳就是为了钱，他不上班，还吸上了大烟，那个和他同居的女子也吸大烟，败光了他挣下的钱，时不时还要找父母要，谁家有多少钱能经得起这样折腾。

冬天六点天就黑下了，路上人少，蒋艳回家还觉得好受些。夏天六点下班，天还亮堂得很，路上和厂区内经常会遇到熟人，大家见面虽然笑着打招呼，可神色像是要躲着她。她并不怕别人指点自己说些闲话，主要是娃娃大了，有时候陪着娃娃出厂门，别人异样的眼神娃娃好像能够看懂了，就拉着蒋艳的手说："妈，咱回吧。"每当这个时候，蒋艳心里跟针扎似的，有时候想，要不是有这么个懂事的娃娃，她活着还有什么意思？

李富民通知她参加同学聚会，她在内心调整了好几天，她不能让同学们同情她、怜悯她。如果表现出了痛苦和悲伤，即使获得同学们的同情又有什么用呢，那跟当年自己读的《祝福》里的祥林嫂有什么两样？只有在这路灯下，在自己一个人住着的家里，她才会失声地哭出来。她已经养成了在马路边消磨时间的习惯，只要娃娃不在家，她会等到厂门关闭的那一刻才回家。

同学聚会结束后，周青松不忙的时候，眼前也会浮现出蒋艳的身影。十多年没见过面，见了后他的内心没有产生一点愉悦感。脸上挂着的笑容，他自己都能感觉到很勉强。他能够看得出，这个陪伴过他十多年的女子，就如同蜗牛一样，坚硬的躯壳下，藏着多么柔弱的生命。他不知道根良是怎么样的一种感觉，就他而言，蒋艳每一次开心的笑都是给他吃一把黄连。他知道自己不是同情蒋艳，只是没有办法帮到她，这才是周青松最为痛苦的。这种痛苦的感觉促使他有空就会到新村去一趟，和蒋艳的父亲闲谝一会儿。老人高兴起来了，他好像也轻松了点。他没见蒋艳之前觉得把事做大做风光是件愉悦的事，可现在觉得他干得越成功，日子过得越好，这心里反倒越难受。他有时候想，如果自己把日子过得稀烂可能更好些。不知道自己怎么会生出这样的想法，他想这是不是就是人隐藏的善良天性，看到自己的同类受到伤害，连牛羊猫狗都会流泪的天性吧。

日子就这样一天天地过着，转眼间春节又到了。不缺吃穿的日子，年味却似乎越来越淡了。不过这个大年初一，对于蒋艳、杨根良和周青松来说应该是欢乐和幸福的。他们带着娃娃，去了趟十多年没有去过的东道宫，在那冬日苍翠一片的竹林里，寻找着中学时在竹子上刻下的印迹。蒋艳小时候，只要父亲讲起这寺院道观的故事来，年少的她和杨根良、周青松都会听得着迷。

三个人当年初中毕业时，心血来潮说到东道宫去转转。东道宫离甜泉水村十五里路，那时虽有班车从村口经过，但两毛钱的车费已经很高了，手头紧的农村娃娃哪舍得花这个钱。于是就约好一大早走着去东道宫。三个人好像不知道累，走到东道宫腿不疼腰不酸。快到时，东道宫门前四五百年的古柏撑着满是裂口的身子，头上已经不太多的柏树毛在风中轻轻地挥舞着，像是在夸这帮娃娃。走近才看清楚，这几棵仙柏其实在东道宫正北方，齐刷刷站了两排，如同修炼了千年的道家人，那柏树毛可能是它们手中的拂尘掸，虔诚地守在道观前。真正的东道宫对他们没有多少吸引力，让他们兴奋的是那看不到边的竹海。在道观的西侧，沿着云岭北蔓延而上，便是看不到尽头的竹海。竹子直直地立着，每一株都有一二十米高；壮壮的，每一株都有十多厘米粗。来过这里的人们都把自己的名字和感慨刻在了竹身上面，有的字已经伴着竹子一天天长高长粗也长大了。几个同学也兴奋得不得了，捡起地上有棱角的石子，费了好大力气才刻上了自己的心愿。

上了高中的娃娃自己跑东道宫去寻那炼丹仙炉去了，蒋艳、杨根良和周青松在竹林里寻找着当年刻下的"杰作"。可能是竹子被砍伐过，只有蒋艳刻字的竹子还在。她兴奋地喊着："根良、青松，我找到了，找到了。"开心的样子似乎又回到了当年，只是竹子上那裂开的"杨根良周青松是坏蛋"几个字像是吸走了这么多年的岁月，显出沧桑的样子。

六 十 七

秦东河引水枢纽工程的核心——秦东河水库建成了。正式蓄水那天，省城大兴市市长带着一帮人站在水库大坝上进行了一个简短朴素的仪式。仪式中没有桃李村和甜泉水村的代表，只有大兴市和秦东县委县政府及河口镇的领导和相关部门人员。

大兴市市长站在水库大坝上，望着脚下离自己二百多米山谷中的秦东河，那原来泛着白花奔跑着的河水，在大坝前已汇聚成了一座小湖。他豪情万丈地说："秦东河水库的建成，解决了我的心腹大患，除去了我在大兴市的一块心病，感谢大兴市水利建设集团的干部职工，感谢秦东县委县政府的支持和配合。你们为大兴市的发展腾飞做出了巨大的贡献，市委市政府不会忘记你们，大兴市的全体市民感谢你们！"跟在市长后面的干部职工听完讲话纷纷鼓掌，热烈的掌声回荡在幽深的秦东河谷之中。

清澈明亮的秦东河水欢快地从山谷中奔来，在水库大坝前变得温顺和幽怨，不然为什么明亮清澈的河水会在坝前变成幽绿一片？高高的大坝后面，那彻夜歌唱着的河水失去了歌声，白花花的河床裸露着。那些每年一次来到秦东河口享受爱情的鱼儿不会再聚到这河口，那高高的水坝让它们一生再也无法游到这河口了。

水库大坝后面早年修成的拦水坝，拦着仅有的一点河水，把它们逼到东西两条干渠中。习惯了整年满满河水的村民，猛然看到见底的干渠，还有点不适应，好多人聚在渠边望着，有的村民下到渠底搬弄着石头，捉着不能藏身的鱼儿和夹八。时常垂在水面上的柳树枝，高高地挂在空中，随风飘动。田成业和周山泉见村民聚在渠边，出于好奇，也转了过来。捉鱼村民的兴奋劲和围观村民脸上的开心笑容并未感染二人，他们俩并没有跟着笑起来，这两个老人知道这是秦东河水库蓄水了，那滋养了秦东千年的秦东河水，将会穿山过洞去往那遥远的省城。周山泉的哥哥全家、田成业的儿子都生活在那里。省城经常断水，在他们看来也是一件伤心的事，毕竟自己最亲近的人生活在那里，因而他们能够理解和支持省城引走秦东河水。只是看到村前那长年流淌的河，如今却裸露着渠底的石头，心中难免也会生出些伤感来。他们只能心中叹息一声，心想这可能就是古书里讲的"鱼与熊掌不可兼得"吧。

随着秦东河水库的建成，车辆喧闹和黄土飞扬的工地安静了下来，清新的空气和青青的南山又回到了甜泉水村，随之清静下来的还有穿越秦东河谷的那繁忙的国道。

秦东河水库不是一般的水利水库，它担负着向大兴市几百万人供水的重任。为了保证水库安全供水，大兴市专门出台了《秦东河库区管理条例》，其中有一条就是禁止载有有毒有害物品及化学品的车辆通行秦东河谷，严查进入秦东河谷的超载违规车辆。加之离秦东县二十多公里的穿岭高速公路的贯通，进出秦东河谷的车辆一天天少了。在河口镇街上开饭店修车的门面大多关了门，好多都贴着写着"转让"和"停业"的白纸。河口镇派出所代管的检查站也失去了往日的辉煌，好多人员调整到繁忙的路段去了，留下三四个人，每天摆个桌子在国道边值班，毕竟秦东河谷那汪清水最重要，虽说违规车辆少了，为防万一还得有个值勤的岗位。

王勇良又闲下了，整天坐在值勤桌子边上，看着冷清的国道，陪留下的民警聊天，彼此发着牢骚。田成业上街去办事，看见闲着的王勇良就觉得不顺眼，当没看见一样。虽说王勇良糊弄了点钱，可那闲着的状态还是让他感觉到不舒服。是啊，王勇良现在钱是有点，可在田成业看来，自己住在村上，看着只是有点钱、没点正经事做的小舅子，心里哪能舒坦起来？

各人有各人的命吧，田成业这样想着，心里舒服了点。他今天还有件事要去办。郑先成在秦东河引水枢纽工地上的工程都建完了，他的办公室搬回了县城公司院内，还专门在二楼给根良整理了一间办公室。他们现在是紧密的合作伙伴，郑先成的工程建在哪，杨根良的施工队就要跟到哪。

随着甜泉水村国道边上清静下来，郑先成原来租下临时做仓库、远期想建饭店的旧学校没多大用场了。田成业听青松说，郑先成已经有了退租的想法。

今天郑先成的公司要撤走了。田成业早饭吃完，没给翠翠打招呼就出了门，到了郑先成办公的地方，见根良正安排着人往卡车上搬家具，走过去问道："根良，郑经理在不？"

杨根良转过头，见是田成业，忙应道："是成业哥啊。郑经理刚到水库上去了，过会儿他还回来。"

田成业对杨根良说："那你先忙着，我等会儿。"

杨根良忙去了。田成业背着手看着工人搬家具，忽然发现蒋居士也在车的另一边看着，便笑着大声喊道："蒋老哥，你在那望啥呢？"说着就向蒋居士走过去。

蒋居士听有人喊他，转过头见是田成业，忙笑着说："田老弟啊，我闲着没事瞎看热闹呢！"田成业笑着说他顺路过来转转，没想到碰见老哥了。

蒋居士见田成业闲着没事，说道："你老弟没事做？那咱兄弟俩下盘棋？"

田成业爽快地说："好，等郑经理回来，我问个事。然后咱哥俩杀五盘，五局三胜制。"

蒋居士笑着说："好，那你先在这说事，我回去把棋盘摆好，把茶水倒上。"

田成业正看着往回走的蒋居士，后面传来汽车的声响，他回过头一看，郑先成已经下了车。田成业走了过去。郑先成见田成业在这，笑着问道："成业书记，你这是来跟老弟道别？"

田成业笑着说："是啊。不过现在去县上很方便，想见你的话不到个把钟头就见上了。"

郑先成感慨地说："成业书记，我在咱这村上干活前前后后三年多了，你和根良很照顾我。我想找个时间在镇上把村上的新老干部请一下，也算是道个别，感谢这么多年来大家对公司和我本人的支持与配合。"

田成业脸上浮现着笑容，说："你要说感谢，甜泉水村更应该感谢你和公司。这村上的路、水和新学校的建设，哪一个没你先成经理的热心肠？真的很感谢。先成老弟，我有一事想和你说说，你这会儿有空没？"

郑先成看了看手表，对田成业说："成业书记，你说吧。"

田成业赔着笑脸说："先成经理，你这公司要撤回到县上了，村上旧学校还做仓库吗？"

郑先成没直接回答，他看了会儿田成业，说："不用了，成业书记想租？"

田成业摆摆手说："我租这地方做什么用？不过你老弟没退租，别人也租不成啊！"

郑先成就笑了，问田成业："难道成业书记真的想租？"

田成业向郑先成靠了靠，轻声说道："你老哥我喜欢唱几句戏。前年县剧团想租学校办戏校，结果你出的租金高，加上剧团日子也不宽展，就没来村上。你现在工程完工了，如果学校不用了，你看能不能转租给剧团？"

郑先成看着田成业，问道："剧团什么时候租？"

田成业急忙说："那当然越快越好。我先前到县上去办事，顺便到剧团去了下，学戏的娃娃还挺多，只是地方小，团长正发愁着呢。"

郑先成刚要说话，蒋艳的父亲在门口喊着田成业说棋摆好了，茶水都快凉了。田成业向蒋居士摆了摆手，说马上就来了。

郑先成看见蒋居士，对田成业说："老哥，你等会儿我。"

郑先成走到自己车边，打开后备厢，拿出两盒茶叶和两瓶西秦酒，锁上车，走到田成业身边说："老哥，走，到你下棋那去。"

没明白郑先成的意思，田成业跟在他的后面，很快二人到了蒋艳家院子门口。蒋居士以为是田成业一个人来了，头都没抬，摸着棋子说："成业，你也太慢了！"

田成业说："这不来了，看把你急的。"

蒋居士笑着抬起头，见郑先成进了家门，他聚了聚眼神，还是没记起这是谁。郑先成笑着说："蒋叔叔，根良同学聚会那天，我来你家吃过饭。"

蒋居士忙笑着说："你是我家艳子的同学？"

郑先成笑呵呵地说："是啊，咱这新村就是我们公司建的。"

蒋居士看了看郑先成，夸奖道："这房子建得好，看来你是盖房的好手。"

郑先成忙解释道："人家设计得好，工人活干得好。"说完把拿着的东西放在棋盘边上，然后说道："上次根良同学聚会把你忙下了，我在这建房把成业书记也忙下了。就要搬回县上了，这点东西送给你们老哥俩，算是我的一点心意。"

田成业赶忙站起来，说："郑经理，这咋能行呢？我们不能收。"

蒋居士也站起来，说："这不能收，我家艳子说了不能随便收同学拿来的东西。"蒋居士转过头看着田成业，笑着说道："你们村根良和青松的可以收。"这话把田成业也逗笑了。

郑先成见两位长者不愿意收他带来的东西，脸上有点挂不住，忙说："这是我送给你们俩的，我们公司在咱这待了三年多，太麻烦成业书记了。"

田成业见郑先成蛮有诚意的，就说："老弟，我刚才和你说租学校的事，你咋个考虑？"

郑先成看着田成业说："我决定了，退租。你和村上去谈租金的事。戏校办在甜泉水村，你们也有个看热闹除心慌的地方。"

蒋居士听说要在旧学校办戏校，拍着田成业的肩膀说："成业，你这是给村上又办了件好事啊。"

田成业忙指着郑先成说："老哥，要谢也要谢郑经理。他这人心善，给我村办了三件大事，加上这一件就是四件美事了。"

郑先成被说得有点不好意思，接了田成业的话说道："成业书记，蒋叔，你们要觉得我这个人心善，认我这个人，就把我这点心意收下。"

田成业转头看了看蒋居士，说："老哥，郑经理难得一片热心，那咱哥俩就领了这份情。东西放你这，咱慢慢享用郑经理的这份心意。"

蒋居士见田成业应承下了，跟着说："那我先收着。"郑先成看了看表，说道："蒋叔你和成业书记下棋，我先走了。我还急着回县上，有空再来看你们老哥俩。"

田成业和蒋居士把郑先成送到院门口，见郑先成走远了，两人进了院，田成业想了会儿，问道："郑经理称呼你老哥叔？哎呀，那往后我得称呼你蒋叔了！"

蒋居士笑着说："他是蒋艳的同学，乱叫呢，你别认真啊。"又指着棋盘说："快下棋，到中午饭还不知道能不能下五盘呢。"田成业说："那正好，你把我中午饭管上。"

六 十 八

杨根良正收拾自己在县上的办公室，夏天进了门，开着玩笑说："老杨同学，收拾好了没，要不要我帮忙啊？"

杨根良抬起头，一看是夏天，笑着说："你还真把自己当成我和你哥的同学了。在我面前你就是个小妹子，以后见面要叫哥。"

夏天笑着说："是，杨哥，老杨哥。"

杨根良说道："你呀，以前也没觉得你这么滑头。"

夏天笑着说："杨哥，说正事，郑经理让你过去一下。"

杨根良进了郑先成的办公室，郑先成指着桌上的电话说："接电话，你村孙建业打来的。"

杨根良拿起电话，"喂喂"地喊了两声，然后就听着电话里孙建业说事。接完电话，他有点抱歉地对郑先成说："郑经理，村上有点事，我得回去一趟。这边工地上的事有根娃领着，没什么问题，需要我做的事你打电话到村部，我忙完就赶过来。"

郑先成说："好，你忙你的，有事我打电话找你。"

杨根良骑上刚买不久的摩托车，不一会儿就到了村部。

孙建业从抽屉里拿出镇上发的文件递给他，他看完后说："建业哥，你通知一下支部和四个小组的组长，晚上到村部开会。"

杨根良接到的文件是镇上复印的县政府的文件，主要内容是做好坡度三十度以上坡地退耕还林工作的通知。文件要求，凡是坡度在三十度以上的坡地，今年秋收后一律不再耕种，明年开春全部栽上树苗。考虑到村民的损失，每退耕一亩坡地补助五十元钱，补助三年。栽种的树苗可以是果树，品种主要有杏、桃、核桃、栗子等。夏收前各相关村要把栽种果树和其他树苗的亩数统计上来，由镇上统一采购并免费发放给村民栽种，成林后所有权归村民所有。

杨根良坐在村部的椅子上，拿起电话拨了郑先成办公室的电话号码，接通后说："郑经理，我刚才回村上看了文件，镇上要求马上开展退耕还林工作。晚上我得先开个会，可能要忙几天，给你先说下。"

郑先成说："那你先忙你的。工地上一切都正常运转着，你过来也是在办公室。有急事我再找你。"

杨根良走出村部，伸了伸腰，骑上摩托车往家走。这时听到旧学校那边传来了秦腔，他感到很惊讶，郑先成刚把学校腾出来一个月，这戏校就搬过来了？本想着回家，摩托车却把他驮到了旧学校。

他把摩托车停在学校门口，给看门的说："你把车子给我看下，我到里面去找个人。"

看门的说："你是谁啊？先登记下，车子丢了我可管不了。"

杨根良按门卫的要求写了自己的姓名，看门的忙赔着笑说："是杨主任啊，你进吧，车子我给你看上。""那先谢谢你了。"杨根良说着就进了学校的大门。

杨根良看着这些土坯砌起、砖碹门窗的校舍，猛然想起了自己小时候读书的情景。他走进一间自己曾经上过课的教室，水泥压光再刷上黑色油漆的黑板还在，趴着上课的水泥桌子也在，只是有的已经倒塌了，有的从中间裂成了两半。看到这个情景，他有点后悔把学校租给郑先成。他想，如果当初直接租给戏校，这些他小时候用过的教室和水泥桌可能保存得会更好些。他不自觉地摇了摇头，心想就是这些东西完好着，又有什么用场呢！杨根良走出教室，循着唱戏的声音走到最南边的一排砖砌的教室前。这一排青砖砌起的教室共有九间，其中六间是大教室，其他三间原来是老师办公的地方。戏校用蓝色的涂料把青砖刷了一遍，除了房上的青瓦有些土色，刷过的墙跟新的一样。两间教室里正在上课，杨根良放轻脚步走了过去，伸了伸头向教室里看去，原来这间教室正在排戏，另一间教室里娃娃们正在练功。杨根良站在排戏的教室最后面的窗户下，听着老师指点娃娃们唱腔，听出来在排秦腔《二进宫》这出戏，戏刚唱到李艳妃、徐延昭和杨侍郎对唱那段。杨根良很喜欢这出戏。老师让娃娃们停下给他们讲评时，杨根良才发现田成业和蒋居士坐在教室后面的两把椅子上，喝着茶听着戏，杨根良不想打扰他们，下了台阶，轻着脚向学校门口去了。

晚上安排完退耕还林的事，杨根良让周青松留一下。孙建业见杨根良和周青松有事，就笑着说："根良，我问下，我沟口那两亩毛桃地算不算退耕地？"

杨根良看着孙建业，反问道："建业哥，你的意思是算还是不算？"

孙建业看着杨根良和周青松，说道："我那地在坡底，要说是平地，长毛桃不咋行；要说是坡地，坡度好像又不够。"

杨根良笑着说："我知道你的意思了，到时算上就行了。"

孙建业满意地笑着说："那你们俩忙，我先回了。"

等孙建业走出村部，杨根良说："青松，现在就咱两个人，我想问你一件事。"

周青松笑了笑，说："根良，你有啥话尽管说。"周青松这次并没有称呼杨根良为"根良叔"，也没有叫根良"书记"或者"村主任"，杨根良还有点不习惯周青松这么直接地称呼他，愣了下，很快就回过神，笑着说："是这，我这村主任马上就届满了，村上要重新选村主任，你觉得如果换届，谁作为候选人好些？"

　　杨根良说完，眼睛盯着周青松。周青松有点不知怎么回答。杨根良问他这事是什么意思？是让自己继续支持他，还是试探自己想不想选，还是真的要自己推荐一个人选呢？

　　周青松想了会儿也没想出个名堂，见杨根良一直看着自己，就喝了口水，装作思量了下，说道："根良，现在村主任是村民一票票选出来的，想选谁都可以。这不是我说了算，是票说了算。"

　　杨根良就笑了，说道："我只是说如果要选，你觉得哪个人合适，并没说让你定哪个是村主任。"

　　周青松看着杨根良，有点为难地说："这个我还真没想，你也知道，我现在务着二十多亩毛桃，平时没多少时间关心村上的事。这一点我也觉得对不住大家，虽说是个副书记，给村上做的事还不如建业哥做得多做得好。"

　　杨根良见周青松提到了孙建业，就问道："那你觉得建业这个人选咋样？"

　　周青松看了看杨根良，他在想，根良说这个话是说自己不再竞选村主任了？但他又想了想，以他对根良的了解，村主任这个位子根良是不会轻易撂下的。现在他这样问自己，难道是想叫自己支持孙建业竞选村主任？他看着杨根良，一脸的茫然，真不知道说什么好，就顺着杨根良的提议说道："建业哥也是个好人选，老书记的儿子，人本分老实，村上的事上心尽力，如果他选应该有很好的民心基础吧。"

　　杨根良喝了口水，说："你不参加这次的竞选？"

　　周青松的情绪没有丝毫波动，也没看杨根良，两手抱着水杯，慢腾腾地说道："那二十多亩毛桃把我劳得快趴下了，哪还有时间忙村上的事？我从来都没想过当这个村主任，就连小组长也是大家硬让干着，早想撂下了。"

　　杨根良看着周青松，觉得眼前的周青松不像是从前的周青松了。从前的周青松明里跟他和和气气，暗地里老和他较劲。如今他是书记、村主任，周青松勉强答应担任副书记，可从来不太掺和村上的事。在别人眼里毛桃就是他的全部，没一点要和谁争抢什么的意思，这倒让杨根良觉得干着这个书记和村主任缺少了点自得感，是不是因为无敌最寂寞呢？当然杨根良从来没把周青松当敌人，最多算是追赶超越的对象，可当自己超越了对方时，人家没有丝毫介意，还微笑着祝福自己，这反倒让杨根良觉得自己有点小家子气了。

杨根良从椅子上站起来，来回走了两步，看着周青松说："我工地上的事也较多，书记和村主任一肩挑也忙不过来，今年年底的村主任换届我不参与竞选了。我觉得你应该参与下，以你的能力和为人，应该没问题，这样我也有个好帮手，村上的事和咱自己的事就能两不误了。"

周青松听杨根良说完，两手继续抱着茶杯，保持着刚才的表情。他的大脑飞快地运转着，想着怎么接这个话，可脸上如御井里的水一样平静。他想到了站在甜泉水村山梁上俯瞰甜泉水村的周山泉，想到了站在御井边跟他诉说心境的田成业，想到了那些和他学着务毛桃、想过上好日子的村民，再想想自己现在的日子，他倒是有过给这个村子做点事的想法。让他担心的是根良仍然是书记，他的想法和见解如果得不到根良的支持，那干起来难免窝工费神伤感情，这点让周青松犯了难，他不想因当了村主任而让他和根良好不容易缓和下来的关系再起波折。

杨根良可能猜到了周青松的顾虑，坐下继续说道："青松，你我现在都是马上四十的人了，古人讲四十不惑，咱俩应该把什么都看透了吧？不为这个村子，说实话，我这个书记也不想当了。忙自己的事是给自己挣，村上虽说给干部一点补助，在建业那是个钱，在咱俩这那就不算个钱。你我都是吃御井水长大的，咱是不是尽己所能给这个村子做些事，不然还有哪个能担起这担子？"

周青松双手松开水杯，缓缓坐直了身体，抬起头看着根良，想了会儿说道："根良，今天你说到这了，我周青松就答应你。只是这选举要看票，我只提一个要求：顺其自然。你不要给我在下面做工作。选上了我干，选不上咱也不抱怨，咋样？"

杨根良把面前的水杯往前推了推，手搭在周青松的肩膀上说："好，我答应你。"说完起了身，两个人走出院子，在夜色中向各自的家走去。

村上开完会第二天，周青松吃过早饭，给年前联系过的匠人打了个电话，说："这几天有空过来下，咱把我这盖房的事定一下。"匠人说："这段时间活不太多，你要盖我后天就把人马拉过去，争取三个月把房盖起来。"周青松说："那不行，一个月，你先紧我这盖，砖、沙子、白灰和水泥我都拉到底摊上了。"匠人再不好推托，勉强答应说尽力而为。

周青松挂了电话，给门口择菜的桃花说："咱也盖个楼板房吧。"正在择菜的桃花听到周青松说盖楼房，撂下手里的菜跑过来，高兴地问："你说盖楼房？"

周青松笑着说："楼房，跟国道边那些门面房一个样。"

桃花兴奋地问："那啥时候动工？"

周青松说："刚和匠人定下了，后天进场。"

桃花高兴劲还没过，忙问道："你今天有事没？"

周青松看了看桃花，问道："你有事？"

桃花说："你骑上摩托带我去我妈家一趟。"

周青松问："回你娘家有事？"

桃花红润的脸上满是笑容，激动地说："把咱要盖房的事给老人说一声，让他们也高兴高兴。"

周青松也觉得这么多年住老房子让桃花脸上没光，虽说家里现在挣下些钱，可房子没盖，他丈人家来人到甜泉水村，总觉得桃花这日子过得还不洋活。

六 十 九

甜泉水村退耕还林会议开完没几天，陈宋良去世了。虽说媳妇把他照料得很周到，去世时身上也没长多少褥疮，可长年躺在炕上的陈宋良心情也好不起来。他为了少花钱，自出了医院就再没去检查和做过康复治疗；为了少麻烦媳妇照料，自己不多吃不多喝。一天天躺在床上，他越来越觉得自己是个累赘。

陈宋良躺在床上的时间久了，村民从当初的伤感到同情再到习以为常，直到今天听到他离世的消息，并没有多少村民感到惊讶。对于他的媳妇来说，悲伤是肯定的，但悲伤之中也有种解脱的感觉。

杨根娃也听说了这个不好的消息，对在工地上准备回家的陈小安两口子说："你们快回家吧，把老人的后事安顿好，定下哪天安埋给我说一声，我回去把宋良哥送送。"陈小安两口子收住悲痛，和杨根娃道了别，回工棚把铺盖收拾好，就急急地赶回家去了。

陈小安回到家中的时候，孙建国兄弟已经在他家里了。陈小安的媳妇槐花一进门就哭上了，惹得陈宋良的媳妇也流起了眼泪，山里赶下来的亲戚中的妇女也随着槐花的哭声哭了起来。悲伤的声音很快传遍了甜泉水村的每一条街，把陈宋良去世的消息告知给每一位乡邻。

女人们哭了会儿，别人劝了劝后停了下来。孙建国兄弟三个坐在陈小安的房子里，陈小安把孙建国兄弟叫了"二爸、三爸、四爸"，给三个人倒好茶水，坐在自家的小凳子上，说道："二爸，我爹走得突然，家里还没有准备好棺木。清明已经过了，天也慢慢热了，我想在镇上棺材铺里看一副，虽说家里经济有点困难，但我还是想看一副差不多的。我爹他这辈子也没享啥福，离开了就给他备副好棺木。"说完话，陈小安眼中噙满泪水。

孙建国看见泪汪汪的陈小安，心里也难受起来，安慰道："小安，你爹他走了，也是解脱了。你和你妈也尽了力，孙家人也罢，村子里的乡邻也罢，都看在眼里。"

孙建国起了身，对陈小安说："小安，我和你建社爸先回了。有事跟你建业爸好好商量商量，把要请的人和要办的事理一理，最好明天就和你建业爸去把帮忙的人请来，有些事可能得紧着时间往前安排。"陈小安"嗯"了一声。陈宋良的媳妇和槐花见孙建国和孙建社要走，就和陈小安将人送到了院门口。等两人走远了，孙建业和陈小安一家回了屋，商量着孙建国安排的事。

杨根良睡了个懒觉。两个女儿一个上了高中一个上了初中，这家里就他和金凤两个人。早上媳妇金凤叫吃早饭，杨根良让她先吃，自己多睡了会儿。等从炕上起来，洗完脸，金凤已经把饭菜放在了小方桌上。

他进屋坐下，拿了个蒸馍，夹着土豆丝吃了起来。金凤在桌子边坐着，看着他吃。杨根良吃着吃着，觉得金凤今天有些不太对劲，边吃边问道："你没事了？在这看着是没见过我吃饭？"

金凤没有生杨根良的气，说道："宋良哥昨天晚上去世了。早上我听见哭声，一打听才知道，怕打搅你的瞌睡就没叫你。"

杨根良夹着菜的筷子在空中停了下，然后加快了吃饭的速度，吃完放下碗对金凤说："你收拾下，我去趟宋良哥家。"

杨根良出了门，没有直接去陈小安家，而是先走到周青松盖房的地方。最近杨根良忙着施工队的事，经常在县上，周青松盖房他听说了，也想找个时间去看看。还是那句老话，甜泉水村乡邻一生中就三件大事，这盖房就是一件，跟给娃娃婆媳妇一样重要。杨根良盖房的时候，虽说活承包出去了，但架楼板那天亲戚乡邻和对劲的朋友来了不少。周青松来了不说，还在建房的地方帮了一下午忙，这让杨根良有点感动。毕竟周青松现在务着二十多亩毛桃，要做的事也不少。

杨根良走到周青松盖房的地方，看着忙碌着的匠人，问道："主人家在不？"

匠人边砌着墙边说："刚才还在呢，好像说是谁家人去世了，他过去看看。"杨根良对匠人说："那你先忙。"就离开周青松建房的地方，往陈小安家去了。

杨根良到陈小安家里，带着伤感的口气说："宋良哥受罪了。你说这退耕还林政策要早下来几年，宋良哥可能也出不了这事。"

周青松接了话说道："是啊，还是蒋叔的桃李村好啊，早早都务上了果树，挣得多，人还轻松些。"

蒋居士把烟锅在地上磕了磕，说道："桃李村算是山里的村子，村民想种啥自由点。"

杨根良接了蒋居士的话说道："蒋叔说得对着呢。"说完他看着陈小安，问道："你爸的事你准备咋安排？"

陈小安把孙建国兄弟三个来时定的事说了一遍。杨根良说好着呢，只是这打墓的得先定下，村上现在在家的男劳力不多。

周青松听杨根良提到打墓的事，就对陈小安说："勇良在村上，我看整天在国道边也没个啥事，让他找两个人去打墓。"

杨根良也赞成周青松的主意，说："就是，勇良虽然体力上有点弱，让他带个人还行。"

东娥把县招待所的餐饮部承包下来，成立了秦东尹氏饭庄餐饮有限公司，包括两个门店和招待所的餐饮部。田成业临时负责着行政部的工作，县招待所餐饮部的经理作为助理帮着田成业。田成业的意思是等公司的业务和管理理顺当了，就让这助理贾先德接手，他就回甜泉水村了。

他来县上快三个月了，事情按照他的想法在一步步进展，而且进展得很顺当。贾先德这个年轻人悟性不错，田成业只要提出个思路，贾先德就能把事情办得很妥帖。东娥将原来招待所的菜品和面点进行了调整，菜品除了关中"八碗十八碟"的凉菜、热菜和蒸碗外，加了川菜中的辣子鸡、麻麻鱼、麻辣串串和南方人爱吃的清蒸鱼、虾。她让县上的班车司机每天从省城水产市场拉回订下的水产，尽量保证鲜活。她还专门把县招待所留用的两个厨师送到省城一家大饭店里学习去了。全新的餐厅布局和菜品，加上服务态度和服务礼仪的提升，由县招待所脱胎换骨而来的秦东尹氏饭庄餐饮有限公司旗下的秦东饭庄，在不到一个月的试营业期就有盈利了。

东娥高兴地跑到贾旺县长那感谢贾县长对她的支持，邀请他去饭店检查检查工作。贾旺也高兴地说行，但是饭钱要自己付，至于东娥能给多少优惠那是饭店的事，不过也不能太离谱。东娥说："好，那我就等县长你的电话了，你要来提前半天给我说一声就行。"

田成业交代完事，出了办公室的门到饭店大堂。他每天都会在大堂和操作间转转，了解大家的想法，同时也算是个检查督促。二楼设立了十多个包间，他一个个看完后把领班和服务员夸赞了一番。员工们觉得这个老头子还蛮有人情味的，也慢慢喜欢上了行政部这个田老汉。

田成业到县上帮东娥后，尹世文也搬到了县上。他也是田成业的一个助理，主要负责跑腿，办些出力不太动脑子的事。每天田成业给尹世文安排完事，尹世文愉快地抓紧时间完成，然后回到饭店坐在田成业的办公室里，给自己沏上茶水，给田成业服务着，乐呵呵地，像个快活的小孩子。东娥有时有事找到田成业办公室，看见老汉尹世文就当没看见一样，和田成业商量完事就走了。尹世文在东娥和田成业说事的时候，茶都不喝一口，安静地坐在沙发上，等媳妇出了门，然后抬抬身子向田成业桌上望望，问田成业："老板又安排什么事了？"

田成业笑着说："你是老板的男人，什么事能安排到你头上？"

尹世文献着殷勤说："不管什么事，你看着我能办的，尽管吩咐。你现在不给我安排事，我都觉得六神不安，心里空得很。"

田成业笑呵呵地说："世文，你好好干，等过一阵我向老板建议让你来当这个行政部的头头。"

尹世文紧喝了两口水，放下杯子，向门外面望了望，嬉笑着说道："成业，你就不要耍笑我了。我这人没多少本事，可我知道自己能干什么，你干的活，我学到下辈子也拿不动。"

田成业收住笑容，看着尹世文说道："世文，你这个孬人为什么这辈子就能娶到东娥这么好的媳妇呢？"

尹世文听了这句话，神情有点自得起来，脸上浮现着笑容，端着茶杯说："成业，这就是咱的命。咱这命好，没办法。想当初她们家还说彩礼随便给点就行了。"说完探起身向门外又看了看，压低声音说道："成业，这话我只给你一个人说了，你知道就行了。"他用手指指门外东娥的办公室，带着讨好的意味继续说道："别让老板知道了！"

田成业看着尹世文，两个人偷偷地笑着。田成业指着尹世文说："你啊，你脑子不是不够用啊！"

两个人刚说完，脸上的笑容还没收，东娥手里拿着一个信封就进来了。她看着笑呵呵的尹世文，问道："你在这跟成业哥又胡诌什么了？"

尹世文把身子从沙发上直起来，屁股担在沙发边上，严肃地说道："我正在向我的领导汇报交办的事，没有在背地弹嫌（挑剔）老板。"

田成业听尹世文这么一说，禁不住又笑了，站起来问东娥："娥娥，你还有啥事要交办？"

东娥笑了笑说："听你手下这么一说，是不是在背后说我的不是呢？"

田成业笑着说："你晚上回家再问世文去。"

东娥笑了，说道："跟成业哥说笑呢！"说完，她脸色阴沉了下来，放缓语气说："成业哥，刚才青松打电话来了，说宋良哥昨晚去世了。"

田成业听到陈宋良去世，还是有点吃惊，他问道："娥娥，那你听说哪天安葬？"

东娥说："青松说还没定呢，今天晚上才请帮忙的，可能要等到明天才能定了。我是这样想的，我这忙不过来，如果需要厨师，从饭店调一个去就行。你把这几天的事安顿安顿，下午我让咱货车司机把你和世文送回去。人去世了，活着的家人会很在意乡邻能不能去帮个忙。"

田成业点了点头，说道："娥娥，你说得对着呢。那我收拾收拾，世文你也收拾下，咱俩吃完中午饭回村上去。"

尹世文听说陈宋良去世了，喃喃道："这么好说话的人走了。想到他给咱家让赶庙会摆摊的地方，我这心里就难受……"

东娥对自己的老汉尹世文说："别难受了。回去替我和娃娃给宋良哥买个好花圈，再给行个礼。我等会儿给你准备点钱，到时交给老嫂子。"

尹世文说："那好，这几天我就在村上帮忙了，等宋良哥安葬了，我再和成业哥一块儿下来。"

东娥让老汉世文先去收拾自己的东西，然后把手中的信封递给田成业，说道："成业哥，这是一千块钱。给你发工资你不要，这钱算是给你、老嫂子和勇良娃娃买点东西的费用。你收下，不然我这心里亏欠得很。"

田成业没有推让，笑着说："好，我收下，只是这是不是太多了，我这三个月不值这么多吧？"说完取出了五百块钱放回东娥手里，没等东娥说话，继续说道："东娥，哥在村上当支书，你很支持村上的事，没少花你的钱，哥在这也算是还你的人情。你也知道哥有退休金，要那么多钱没什么用。你正在起步爬坡，要用钱的地方还多，就不要太客气了。"

东娥听田成业这么一说，就收了钱，说道："成业哥，你收拾好了，给贾经理说一声，让他叫车把你和世文送送。"田成业笑着说："行，谢谢老板关心。"

七 十

快到周末了，郑先成跑到县医院，早早约蒋艳周末吃饭，完了用那辆红色小汽车拉着蒋艳去学车。蒋艳起初还拒绝郑先成的邀请，随着来往的密切，她慢慢了解了郑先成的情况，也对他产生了一点好感。

郑先成老家也在农村，兄弟两个。郑先成上完初中，两个老人先后得肺结核去世了。那时郑先功还在上小学，为让弟弟能好好上学，郑先成当了兵。

郑先成苦难的家庭让他早早知道了努力。从当兵第一天开始，他早晨第一个起床抢着连队的扫把清扫院落，晚饭后大家休息娱乐的时候他拿着自己的脸盆冲洗厕所，周末雷打不动到炊事班帮厨。他在训练场上从不认输：练队列，别人休息了他一个人自己加点练；四百米障碍，到了铁丝网，他迅速扑倒，硬邦邦的地面在他眼里跟海绵似的，两个肘部和膝盖天天旧疤变新伤；两米宽两米深的弹坑他没有丝毫犹豫就跳下去，爬出来时也会用尽全力；为了快速通过高低墙、独木桥，他从不减速，失误摔下来是常事，而且他连土都不拍，站起来再来，那绿色训练服的肘部、膝盖渗出的鲜血时常带着泥土，看起来很显眼；五公里越野跑对于他这个农村娃娃也不是难事，可为了连队整体成绩，他会主动把落在后面的战友的步枪扛起来。三个月新兵连训练结束，他各项军事项目考核都是全连第一。分兵时团里要把他选到特务连，连长哪能放了这么好的兵，硬是与团司令部的参谋红了脸，把他留了下来。郑先成也没辜负连长的厚爱，团里组织的考核比武，只要郑先成参加，奖状锦旗就都空不了。郑先成也年年被评为团训练标兵，年年获得嘉奖，当兵第三年立了三等功，连队把他当成志愿兵的苗子留了下来。

五年后郑先成转了志愿兵，七年后提了干。他没多少文化，只能靠自己实打实的训练和硬功夫。可到了连长这个位置，他的文化短板越来越明显，没办法只好转业回到了秦东县城建局。那年他二十七岁，但他心里明白自己实际只有二十五岁，二十五岁的郑先成还算是小伙子，只是还没找到对象，在秦东县没找到对象的人里，他算是年龄比较大的了。

郑先成虽然回到了自己出生长大的秦东县，可在部队上养成的习惯和作风没丢下。他每天最早到办公室，不管是自己的事还是别人的事，只要领导交代了就认真仔细去做，完了汇报，从不误事拖事。局长起初对部队上下来的人还有点成见，觉得他们文化水平不高、性格刚烈、不好相处，可转到他这的小郑，除了文化水平不高，什么都是称心的，觉得这个部队下来的小伙不错。局长家有两个孩子，大的是女儿，小的是儿子。女儿今年二十三岁了还没对象，不是没人来说媒，可听到娃娃得过小儿麻痹，就没后话了。虽说经过治疗女儿康复得还行，走路慢一点，如果不太注意基本看不出得过病，可县城就那点大，还是局长家的姑娘，基本都知道这个情况，城镇户口的人家哪个愿意要一个腿有残疾的儿媳妇？局长也不太愿意把女儿随便嫁了。就这样，娃娃的年龄一天天大了，二十三岁还没结婚，在秦东县那已经算是老姑娘了。局长就想到了郑先成。

找了个机会，郑先成的科长把局长的意思给郑先成说了说。郑先成开始不太愿意，可他想想自己如果不当兵就是个农民，加上这文化程度，没父母没积蓄，没人愿意把女儿嫁给他。想到这，他对科长说："行，我们先见见，看处得来不。"

科长高兴地跑到局长办公室，好像完成了县上交给的重大任务一样得意，笑着对局长说："局长，小郑同意了，同意和咱家小吴处处。"

局长当然更高兴，回家给媳妇和娃娃说了这事，怕娃娃不愿意，特意说见见面再说。

郑先成和小吴姑娘见了面，才知道局长家的姑娘叫吴丽娜。吴丽娜高中毕业后就在县政府办当机要员。她身体有残疾，但心理健全，不管别人怎么看她，整天都乐呵呵的。她爸妈着急上火操心着她的婚事，她却从不着急。她知道自己还找不到心上人，就是因为自己腿上这点毛病，如果自己是个健全人，她家的门槛可能早就被说媒的踏破了。

郑先成那天见了吴丽娜，还仔细看了看她走路的样子，觉得跟正常人没啥差别，不像他们村子里那些得了小儿麻痹的孩子，要不就得用拐，要不走起路来左右晃着上身。两个人吃着饭，没什么顾忌地聊着，郑先成喜欢丽娜的坦诚和开朗。临别时郑先成主动要结账，丽娜笑着说："如果这次账你结了，那咱们是不是就没下次了？"

郑先成看着认真的丽娜，说道："我这次结了，还有下次，下次还由我来结。"丽娜再没有阻拦郑先成。郑先成结了账，陪着丽娜走到家门口，看着她进了院子才回了自己的宿舍。

郑先成和丽娜两个人处了快一年，没到局长家去过一次。快到春节了，郑先成跑到县政府办找到丽娜说："丽丽，年前我想到你家去一趟，你看行不？"

丽娜正在分文件，没抬头就说："好啊。你准备哪天去？我给我爸妈说声。"

郑先成想都没想，直接说："腊月十八吧，正好星期天。"

丽娜抬起头，说道："你带点水果就行了，家里什么都不缺。你那个弟弟还在上大学，不要乱花钱。"

郑先成应了声："知道了。"转身就回了单位。

郑先成并没有按照丽娜说的办，带了些水果，还给局长带了两瓶西秦酒，给丽娜她妈带了条丝绸围巾。他进了门，没等局长开口，就说道："局长……"

吴局长马上就打断了他的话，说道："小郑，这是在家里，不要叫我局长，叫吴叔。"

郑先成叫了声吴叔，觉得好别扭，缓了下情绪继续说道："吴叔，我今天来是想把我和丽娜的事给您二老说说。"

局长放下手中的茶杯，有点忐忑地看着郑先成。郑先成稳了稳自己有点紧张的情绪说："本来这事应该请个人来说，我父母去世得早，想了想还是自己来说好些。我决定了，我想娶丽娜为妻，不知道您二老是个啥意见？"

吴局长看着郑先成，问道："你和丽丽商量过了？"

郑先成说："还没说，今天来就是给她和您二老说说这个想法。如果你们没意见，我想过了春节就把婚结了。如果丽娜看不上我，您二老觉得我不太理想，那我今天来就是谢谢局长和丽娜对我的好。"

吴局长听郑先成说完，脸转向厨房说道："丽丽，你和你妈过来下。"

吴局长等娘儿俩坐下，把郑先成来家里的意思简单说了下，看着女儿问道："丽丽，你是个啥想法？"

吴丽娜丝毫没有害羞的意思，大大方方地说："先成愿意我当然愿意了。"

局长脸上轻松了点，说道："那你娘儿俩去忙吧。"然后看着郑先成说："先成，你和丽丽都愿意，我们老两口就没啥意见了，只是这婚礼咋办？"

郑先成思量了下，说道："我父母都不在了，我想这婚事简单点办。老家那边我叔伯、姑家、舅家和姨家各请个代表就行了，吴叔你看咱这边亲戚朋友咋个安排？"

吴局长本想把女儿的婚事办得隆重点，听郑先成这么一说，怕搞得场面太大伤郑先成的自尊，就说："你这个想法也好，那就把婚礼仪式放在县上，你到时让老家的亲朋早点过来，我这边也把主要的亲戚和朋友请一下就行了。"

郑先成等局长说完，问道："叔，你看十席够不？"

吴局长想了想，说："够了。"

郑先成和吴局长说定了自己的婚事，喝了口水说道："叔，我和丽丽结了婚后，就搬到我宿舍那边去了，我们自己过自己的。房子是小了点，可也够住，你就不为我们再操心了。家里有事，我们离得也不远，说一声就回来了。"

吴局长本来还想问房子的事，郑先成这么一说，他觉得这个娃娃真是懂事。两个人正说着，丽丽说开饭了，两个人就起了身。

结婚后，郑先成两口子住在分配的宿舍里，不知道的人根本就不相信这是吴局长的女儿和女婿。后来吴局长到县人大任副主任，两口子还住在单位的宿舍里。郑先成也没有因为自己丈人是局长和县人大副主任而升职，在局里一直当着一个小科长。

幸福的日子不知道为什么总是那么短暂。结婚一年，县政府要送一个急件到省城，吴丽娜和司机急急上了国道往省城赶。快到省城时，一辆大货车为了避让路边冲出来的骑车人，正面撞上了吴丽娜的车。车子被撞得翻到了路边的树林里，两个人被送到医院，司机没救过来，吴丽娜虽然保住了性命，可完全瘫痪了，说话别人也听不懂了。郑先成听到这个消息，人几乎晕了过去，他强忍着悲痛，在医院守了妻子半年，完了接回自己的宿舍，一边照料一边上班，然后每周末带她到县医院进行按摩和器械训练。这一坚持，十年过去了。这期间夏天护士听了郑先成的情况，很同情也很佩服他。郑先成忙的时候，吴丽娜住在医院就由夏天照理。郑先成只要工作忙完，就安静地守护在妻子的病床边，直到妻子离开人世。

吴丽娜走了三年，退了休的丈人让人劝郑先成再成个家，一个人过着太孤单，还得要个小孩。郑先成说："爸、妈，你们不操心我这事了，有合适的我会决定。"这之后郑先成离开了局机关，到新成立的镇东工程建设公司当了经理。当时企业工资比机关事业单位高。公司正在招人，他问夏天愿不愿意到建设公司来，没想到夏天真愿意，就把她从医院调到了公司。

杨根良同学聚会那天碰到蒋艳，郑先成觉得这个女子不一般，后来打听因男人不成器离了婚，就有了娶蒋艳的想法。

这两个进城的乡下人，都经历了一段刻骨铭心的婚姻。随着交往的频繁，二人彼此产生了一种由互相同情到相互倾慕的情感。郑先成的热心、体贴让蒋艳感到了作为一个女人被人爱着的幸福，蒋艳的开朗、真诚和对郑先成的同情、赞许也让郑先成重新燃起了成家的念头。

蒋艳接受了郑先成的求婚，和郑先成专门回了趟她家，把这个消息告诉两个老人。老人高兴地给郑先成打了四个荷包蛋，郑先成吃着的时候，蒋居士问郑先成准备啥时候办事，郑先成边吃边说让艳子定吧。蒋艳看了看父母，然后看着郑先成说："等董新高中毕业再办这个事吧。"

郑先成放下碗说："行，等新新上了大学再说，别为了咱俩的事分娃娃的心。"

七 十 一

陈宋良刚被安葬在南山自家的地里，甜泉水村退耕还林登记就展开了。村上安排四个小组的组长负责各小组村民栽种树木品种登记，然后由孙建业汇总，经村上研究后报镇政府。

同征地一样，杨根良给孙建业争取了些误工补贴。孙建业很感激，说："书记，你放心去县上忙你的，退耕还林这事我给咱操心着就行了，等汇总完我给你去电话。"杨根良也很欣慰，孙建业虽然是村上的会计，可给他帮了不少忙，替他办了不少事，这才让他能够有更多的时间忙工地上的事。杨根良一直想找个机会感激下孙建业。本来想在处理旧学校时给孙建国划块宅基地，也算是照顾下孙建业的面子，没想到成业书记和其他村干部没有同意划宅基地，这样不仅没能让孙建业长脸，还像是把孙建国得罪了一样，不然孙建国能花大钱买下镇供销社的房子？

杨根良回到县上，先见了郑先成，说自己回来了，然后打开办公室的门，打了一脸盆水，用抹布清理着桌椅沙发上的灰尘。

夏天找郑先成签完字，回来见杨根良办公室门开着，把头探进门里，看见杨根良正在忙着清理灰尘，笑着说道："杨哥，亲自打扫卫生呢？"

杨根良边擦桌子边说道："哥走了十来天，你也没说把哥这房子给打扫下，还说风凉话！"

夏天站在门口，用脚踢着墙根说道："我倒是想打扫下，你走也没给我提要求，我怕你这房子里有什么贵重、私密的东西，让我看见了不好。"

杨根良拿着抹布在脸盆里洗着，笑着说："我这有啥贵重的东西，你那才是贵重东西放置的地方。至于秘密，我倒想问问你，你有对象没？这可是你哥交代给我和青松的任务，完不成没脸见他了。"

夏天收起笑容，朝院子看了看，然后走到杨根良身边，悄悄地说："郑经理有对象了。"

杨根良拿着拧干的抹布，有点惊讶地问道："郑经理不是说这辈子不找了吗？"

夏天叹息了一声，说道："男人啊，说不找是没个上心的；女人啊，说不找是没个懂自己的。如今咱郑经理发现了让自己上心的女人，能不动心吗？"

杨根良继续擦着桌子，像是自言自语地说道："郑经理早都应该给自己找个了。你看他平时乐呵呵的，喝了酒才是真性情，那苦才倒出来了。"说完把抹布挂在脸盆架上，看着夏天，笑眯眯地问道：

"是不是郑经理向你表白了？"

夏天马上黑下了脸，撇着嘴说道："我倒是想呢！"

杨根良有点不知所措，觉得郑先成要找媳妇就应该是夏天。他知道夏天一直黏着郑先成，只是郑先成从来没把夏天当恋人，两人关系准确点讲更像是兄妹。夏天说郑先成找了对象，他也猜到可能不是夏天，但他也猜不出是哪个，就半开玩笑地说了自己的判断，没想到把夏天给惹生气了。他忙赔着笑脸说："妹子，哥说错话了，哥向你保证尽快也给你物色一个懂你的人。"

杨根良这么一说把夏天给逗笑了，她有点伤感地说："咱这郑经理保密工作做得好啊，我要早知道了也就不费这心思了。"说完叹息着出了杨根良的办公室。

杨根良看着夏天的背影，同情心就泛滥了。这么好个妹子，郑先成咋没看上呢？他郑先成能找个什么样的？人家夏天可是个大姑娘啊，年轻、能干、通情达理。郑先成是让谁迷了心窍？杨根良想到这，出了办公室，他在郑先成门口停下，犹豫了会儿还是敲了门。

杨根良进门后，好像下了很大的决心似的，问郑先成道："老哥，你不是说你不找了吗？听说你现在找了，是谁把你给迷了，夏天这么好的妹子你都没看上？"

郑先成并没急于回答杨根良的话，脸上挂着微笑，喝着茶，等杨根良平复了会儿，他才说道："根良，老哥先感谢你为我操的心。夏天是个好女子，可不适合我，这个夏天也应该知道，我却没办法让她改变想法。这么多年我也给她介绍了好多小伙子，可她每次和人家见个面就没下文了，这事我也犯难着呢！"

杨根良听郑先成这么一说，心情稍稍好了点。他也能理解郑先成，只是觉得郑先成不找也就算了，要找，没找夏天这个好妹子，他心理上一时过不了关。听郑先成一说，他好像是尽到了义务一样，把夏天这事就放下了。他笑着对郑先成说："郑经理，我明白了，只是我有点替夏天可惜，就冒失地说了不该说的话，你不要见怪。"

郑先成还是笑呵呵的，他从椅子里站起来，说道："根良，那夏天有没有告诉你我找的人是谁？"

　　杨根良也站了起来，随口说道："没说，找婆娘这事，没必要征求别人的想法，我也没必要打听着你找了谁。"然后笑着就往门外走。

　　郑先成犹豫了下，还是叫住了杨根良，看着杨根良说道："我找的人是蒋艳！"

　　杨根良听郑先成说找的对象是蒋艳，有点不相信自己的耳朵，他想是不是自己听错了，确认道："经理，你说是蒋艳？"

　　郑先成点了点头，杨根良脑子轰的一下，觉得有种血往头上涌的感觉，出气都有点不顺畅了。听到曾经在意过的女子将要嫁给别人，他有些酸楚，一时接受不了这个消息。

　　杨根良站了起来，没说一句话出了郑先成的房间，回到办公室简单收拾了下自己的东西，下了楼骑着摩托回甜泉水村了。他径直骑上了山梁，看着起伏的山坡，好似自己现在的心情。

　　山坡上田里的油菜收了。还没到种秋的时间，地里除了留下的菜秆茬，满是盛开着的紫色田旋花，这种花很像村民在自家院中种的牵牛花，只是野花蔓不是很长。这些田旋花紧紧地抱着油菜茬，伸长着的蔓尖随风摇摆着。没了油菜秆的完整躯干，风中的田旋花像是没有依靠的孩子，惶恐不安地想尽快找到可以稳定下来的支柱。杨根良从来没有留意过这满地的田旋花。他走到收割了的油菜地里，蹲下身子，用手轻轻地扶着随风摇摆的田旋花花瓣，那惶恐着的田旋花在杨根良手里安静了下来。杨根良看着手里的田旋花，猛然觉得这没有依靠的田旋花，就像蒋艳一样。

　　杨根良心情慢慢平复了下来，他觉得蒋艳一个人带着娃过，挺不容易。郑先成现在也一个人过，通过这几年打交道，杨根良觉得这人也不错。两个人能走到一起相互也有个依靠。想到这，他骑上摩托，下了山梁，到了县医院。

　　蒋艳像往常一样平静地忙碌着，偶尔向缴费的人询问两句，大多数时间就是收钱开票。杨根良在收费窗口对面的椅子上坐下，拿出香烟，刚要给自己嘴里塞一支，忽然想起送陈宋良看病那次的情景，又把烟重新装回烟盒。

他安静得像个小孩一样，等着蒋艳下班。离下班还有半个小时，他又想起了周青松。他往收费窗口里看看，蒋艳还忙着。杨根良站起身，在医院门口的电话亭给周青松打了个传呼。

过了五分钟，周青松回过来电话。杨根良接了电话，问道："青松，我是根良，你忙不？"

周青松在电话里说道："房子刚建好，正在院子里收拾呢。"

杨根良把蒋艳有对象的事给周青松说了说，然后问道："青松，我现在在县上，想晚上请蒋艳吃个饭，算是个祝福吧，你看你能来不？"

周青松没有犹豫，在电话里说道："那你定个地方吧，然后给我回个传呼，我现在就往县上赶。"

杨根良高兴地说："好，那我定下地方给你回话。"杨根良放下电话，不知道为什么此刻心情特别好。

七 十 二

杨根良走回到医院的收费窗口。虽然快下班了，可缴费的人还不少。杨根良在窗口玻璃上轻轻敲了下，蒋艳抬头见是他，笑着刚要说话，他把写好的字条递进去，蒋艳看了下，然后点了点头，就忙自己手头的事了。杨根良得到蒋艳的确认后，又跑到医院门口的电话亭，给东娥打个电话，说晚上在她那定桌饭，四五个人。杨根良定好吃饭的地方，回到医院门诊部，坐在椅子上等着蒋艳下班，这时周青松来到了医院。

杨根良没回他电话，周青松判断杨根良和蒋艳可能还在医院里。放好摩托车，来到门诊部，见杨根良在椅子上坐着，他问道："根良，地方定好了没？"

杨根良抬眼见是周青松来了，站起来，说道："定了，在东娥嫂子那。"

周青松带着笑容说："嗯，好着呢。听说东娥嫂子承包县招待所后没一个月就有盈利了，饭菜肯定没问题。"

杨根良接着说道："就是的，东娥嫂子自己辛苦创业，咱也帮不上什么忙，多在她那吃吃饭也算是给她捧捧场了。"

周青松想了下，问道："成业哥也在饭店呢，要不要晚上一起吃个饭？"

杨根良不知道这样好不好，说道："咱今天是同学吃饭，叫上他好不好？"

周青松说道："都是甜泉水村的人，再说吃饭人少了没气氛。"

杨根良说道："你知道艳子找的谁吗？"

周青松说："这个没听说。"

杨根良往收费窗口里看了看，有点惆怅地说道："郑先成，就是那个建新村的郑经理！"他故意把"郑经理"三个字说得很慢很重。

周青松听到也有点惊讶，不过很快就回过了神，笑着对根良说："也挺好，我看郑经理这个人比较实诚，经济条件也不错。艳子该找个能靠得住的人。"

杨根良没有看出周青松有一点伤感的意思，问周青松："你说晚上要不要把郑先成邀请下？"

周青松说："好啊，就看你能不能请动他。"

杨根良没接周青松的话。他出了医院，在电话亭里打了个电话，准备进医院门时，遇上了下班的蒋艳和周青松。杨根良笑着说："艳子，你选，是坐我的车还是青松的车？"

蒋艳笑着说："我坐哪个的车，都得得罪另一个。是这，你们把车先放在医院，咱们坐先成的车。"蒋艳话音刚落，门口传来两声汽车喇叭声。三个人往院门口一看，夏天正站在车门口向他们招手呢。

杨根良给蒋艳递了字条。她就趁缴费人少的工夫给郑先成打了个电话，说晚上请根良和青松吃饭。郑先成让夏天去医院接人，他把手头的事忙完再自己开车过去。正收拾着，杨根良的电话就打来了。郑先成很是感激地在电话里说一定到，问了吃饭的地方，下了楼自己先到饭店点菜去了。

郑先成到县招待所定下的房间时，发现田成业也在，笑着问道："田书记，你也是来吃饭的？"

田成业笑着说："我是来服务的。听说今天这个房间里有重要客人来，没想到是郑经理啊！"

郑先成忙摇了摇手，赔着笑说："今天晚上重要的客人是甜泉水村的人，我也是来服务的。"

田成业不明白了，他看着郑先成说道："不管重要客人是谁，你先到了就先坐下，我让服务员来给咱把茶水先倒上。"

郑先成从自己的包里拿出两小包茶叶，对田成业说："让服务员把我带来的茶泡上。"

田成业笑着说："郑经理这是专门准备的好茶，怕我们饭店的茶不好。"

郑先成有点不好意思地说："不是这个意思，饭店里掏钱的茶也好着呢。这不是能省点就省点。"

田成业说道："没想到郑经理也是个节俭人。"

郑先成说："都从农村出来的，这小气的毛病很难改了。"

两个人喝着茶说着话，夏天推开房门，蒋艳三个人进来了。郑先成忙站起来。

杨根良不好意思地说道："郑经理，我在这给你道歉了。"

郑先成拍着杨根良的肩膀，动情地说："我真为艳子有你和青松这么好的同学骄傲呢！"

田成业也站起来，让根良和青松坐到自己边上，让夏天挨着蒋艳，然后对郑先成说道："郑经理，本来你应该往上座，可你说今天你请客，那就坐主位对面吧。"

郑先成高兴地说："好，咱今天就不要抢着结账了。"

话音刚落，贾旺县长、响玲、东娥和尹世文进了屋。大家站起来迎接，贾旺和大家握了手，田成业把县长引到主位上，东娥在主陪位上坐下，尹世文笑呵呵地拉着田成业让他坐副陪位上。田成业坐在副陪位边上没有动，指着副陪位说道："世文，今天你得坐这，你不往这坐，别人座位没办法安顿了。"

尹世文看了看媳妇东娥，然后弯着腰笑着对贾旺说："县长，既然我们领导没反对，我就坐你边上了。"他话刚说完，桌上的人笑成了一团。

贾旺转过头，笑着对东娥说："你看你把你家世文管教的，礼行还到位得不行。"

东娥笑呵呵地说："我忙得哪有功夫管教他。"说完东娥招呼大家都坐下。

响玲挨着东娥，蒋艳挨着响玲，夏天坐在蒋艳和郑先成中间。桌子这半边，田成业挨着尹世文，杨根良挨着田成业，周青松坐在杨根良和郑先成中间。

大家落了座，服务员把凉菜上齐了。贾旺看着大家说道："今天这酒是我带来的，十年前的西秦酒，总共两瓶，多了也没了。想喝的就主动点，不要等到没了后悔。"说完他给自己先端了杯。

尹世文给田成业端了杯，然后看着东娥给自己也端了杯。东娥这边都喝饮料。贾旺看大家都端上了酒、倒好了饮料，端着酒杯说道："今天这话应该让东娥先讲，我进门时她非得让我先来发这个话，客随主便，吃饭不听主人家招呼也不行啊。"说完大家都笑了。贾旺顿了顿，有点感慨地说："我在河口镇工作快十年，赶上修秦东河引水工程，有幸与各位结缘，现在看这缘是善缘，今天凑在一起，真的是很高兴。我这杯酒有五层意思：这第一层意思是感谢东娥、世文邀请我们来做客，祝生意兴旺；第二层意思是感谢甜泉水村支持秦东河引水工程和我贾旺；第三层意思是感谢郑经理对甜泉水村和戏校的支持；第四层意思是感谢甜泉水村对戏校的支持；第五层意思，也是今天最重要的一层意思，是祝福郑经理和蒋护士有情人终成眷属。请大家举起杯，来，我们干了这一杯。"房间里顿时充满了欢乐的气氛，大家相互碰着杯。

贾旺看着周青松说："你们甜泉水村就是个风水宝地，出了你们这么多能行人，而且都为这个村子争气呢。"说完话，他看着独自吃饭的夏天，问东娥道："我忘了让你给介绍下了，这个女子是？"

东娥忙放下筷子说道："呀，看我忘了给你介绍了，这个是郑经理公司的会计夏天，是根良他们同学的妹妹。"

贾旺端起酒杯，笑着说："我得单独敬下夏会计，不然她会生我的气呢！"

夏天忙起身走到贾县长跟前，笑着说："我应该先敬县长你呢！"

贾旺笑着说："夏会计家在县上？"

夏天有点难为情地说："我家在贵妃岭甘峪村。"

一旁的杨根良忙接了话，说道："贾县长，夏会计老家在贵妃岭，自己想把家安在县上呢，你看有没有合适的给物色个。"

贾旺看了看夏天，问道："夏会计还没成家，准备找年龄多大的对象？"

杨根良没等夏天回话，替夏天说："三十岁左右就行。"

贾旺高兴地说道："这就巧了，小宋一直跟着我，在河口镇耽误了，回县上也跟着我忙得没时间，家是咱县城的，今年三十一岁还没处上对象，我回去说说，争取当回红娘，也挣双鞋穿穿。"夏天不好意思地和贾旺碰了杯，说那先谢谢贾县长了。

大家出饭庄门时，天上已布满了星星，夏天的夜晚风热乎乎的，就如同大家的心情一样。

七 十 三

尹世文的儿子尹宏轩在省城西北商学院上大二时，东娥派到省城大兴饭庄学习的两名厨师学成要回秦东县。东娥给尹世文说："你去省城给娃娃送些钱，顺便去大兴饭庄把咱派去的人接回来。"

尹世文愉快地接受了任务，跑到田成业那，问道："成业，你家国栋那有事没？我今天要到省城去办事。"

田成业笑着说："我也想去趟省城，前段时间让国栋帮我做的东西他弄好了，说是等周末抽空送回来。现在娃娃马上高考了，我想就不麻烦他了，自己去一趟。"

田成业拉上门，两个人就往楼下走。尹世文有点不高兴地说："我还想着今天可以坐在副驾上呢，看来得让给你这个领导了。"

田成业笑着说："没有人不让你坐副驾啊！"

尹世文快快地说道："谁坐副驾这点规矩我还是懂的。"

田成业笑着没说什么。他们下了楼，司机把新买的面包车开到了楼前，田成业拉开后门就上了车。尹世文伸着头看着已经坐下的田成业，脸上浮现着笑容问道："成业你咋坐后面了？"

田成业笑着说："你把我当领导，那你就坐前面带车。"

尹世文高兴地拉开副驾驶位的门上了车。司机示意尹世文把安全带系上，尹世文听话地系上了后，觉得有点被绑上的感觉，苦笑着说："早知道要绑着，还不如坐后面去。"话还没说完，车子就驶出了饭店的大门。

国道刚刚翻修过，路况很好，没两个小时就到省城了。田成业叫司机先把他送到国栋单位上，给尹世文说："你办完事，打我传呼，我告诉你在哪接我。"尹世文说："好。那你先忙你的，我先走了。"

车子很快开到了商学院。快到吃中午饭的时间，尹世文让司机在学院门口找个好点的馆子，然后自己去学院找儿子。

尹世文很快找到儿子，他拿出信封，把东娥准备的钱放到娃娃手里，满心自得地看着娃娃说道："这是你妈让带来的，你收好了。"

尹宏轩嘴里说着"我还有钱呢"，手上还是把钱收下了。尹世文跟着娃娃把钱存在学校的银行里，然后说他在大学门口定了饭，说了地方后尹宏轩说知道这个地方，带着尹世文过去了。

三个人吃过饭，尹世文对司机老梁说："我在学院跟娃娃说说话。你开车去大兴饭庄，让咱那两个人把铺盖行李收拾好，从饭店走的时候给我回个话，我告诉你在什么地方接我。"

老梁说了句"行"就开车走了。尹世文跟着儿子进了大学的门，两个人在一条顶上藤蔓密实的走廊里坐了下来。尹世文问娃娃学习压力大不大。尹宏轩说这学期新开了些课，有点忙，不过还能对付过来，完了问他妈好着没。

尹世文满脸都是笑，对儿子说道："你妈啊，现在心宽得很，整天就在办公室安排事，很少下厨做饭了。"

尹宏轩带着体恤的口吻说："爸，你和我妈也不要太忙了。现在开饭店主要在管理上，把主要部门的主管选好用好就行了，不要像咱原来开小饭店那样啥事都要自己操心动手。"

尹世文忙说道："现在就是这个样子，你爸我现在就听你成业叔的安排。"

尹宏轩听他爸尹世文这么一说，就笑了。他看了看手表，说："爸，我快要上课了，你要不急，在我们学校转转。"尹世文说："你快上课去吧，我自己转转。"

尹世文找了个电话亭给司机老梁打了个传呼，没多长时间，司机老梁回复说可能两个小时后才能走。尹世文给老梁说："不要着急，安全第一，走的时候回个话。"说完就出了大学的门，在人行道上漫无目的地闲转着。

省城马路边上停着好多汽车，一辆辆公交从尹世文身边驶过，还是骑自行车、三轮车的，把宽宽的马路堵得很拥挤。尹世文看着这阵势，心想：这人住城里吵不吵、急不急、心慌不心慌啊？他看着路边停着的汽车，车窗上一张彩色的纸片撞进了他的眼中。和东娥一样，尹世文上过完小。他伸头看了看，纸片上写着"贵妃休闲足浴"，上面还印着一个露着肩膀的年轻女子。尹世文不好意思地收回自己的双眼，想着这人为啥都往城里来，原来有这些东西吸引着。他笑着摇了摇头，不知道是为城里人感觉到悲哀还是对这不感兴趣。

尹世文沿着马路胡思乱想着往前走。忽然有一只手伸到他面前，是一个穿着黑色西服的小伙把一张与汽车窗上一样的纸片塞了过来，他没反应过来就接了纸片。小伙热情地指着身后的店面说道："大哥，我们店今天搞活动，洗脚二十元，新来的技师，手法一流，保证哥你不白花钱。"

尹世文朝他指的方向抬头看了看，"贵妃休闲足浴"几个金字很醒目，门头是传统木质的，看上去很有排场。他不由自主地往门头前走了几步，小伙就半拉着他进了门，沿着铺着红地毯的楼梯上了二楼。小伙不知道从哪拿来一双拖鞋，让尹世文换上，尹世文像是被迷了，乖乖听从小伙的安排。

换好鞋，小伙把尹世文领到一间小房子里。尹世文觉得这跟县招待所的房子差不多，只是灯光是昏黄色的，有一张半撑起的木床，上面铺着白色的床单。小伙把尹世文安排好，不一会儿带来三个年轻女子，她们都穿着露肩的粉色裙子。

看着这阵势，尹世文猛地害怕起来，从床上起了身，给那个小伙说道："我还忙着呢，今天就算了。"

小伙没有了在楼下的热情，冷冷地说道："大哥，咱不带这么玩的吧，你都进了包间，我也报了号，技师也来了，这怎么行？"

一个女子也附和着说："大哥，来都来了，就轻松下，二十块钱现在能干个啥？"尹世文可能是被小伙镇住了，没办法只能指着说话的那个女子说："那就快点，我还忙着呢。"

很快，年轻女子端着一个木盆进了屋，往盆里热水中放了点什么，然后让尹世文把脚放进去。尹世文端端地坐着，女子走到尹世文身后，跪在床上，给尹世文按着背。按着按着，尹世文慢慢有了舒服的感觉，心想：他娘的，这城里人真会享受，洗个脚还有这名堂。这时女子问尹世文是哪人，做什么生意的。尹世文当然不敢说自己是秦东甜泉水村的，说就是本地人。按着背的女子让尹世文躺下，然后按他的两条胳膊，说起自己家在山里，穷得没办法到这城里来打工，可也挣不下多少钱，才学了这侍候人的手艺。尹世文一听，心里挺同情这女子的，觉得这人都活得不容易，精神就慢慢放松了，闭着眼享受着女子的按摩。

女子按完两条胳膊，出去了下，进门提着一个暖水瓶，往木盆里添了点热水，然后用刚才给他按背的双手在木盆中揉搓着尹世文的双脚。尹世文能够感觉到那双手柔软而细嫩，每一次的揉搓都让他身上像过电一样，麻酥酥的。女子揉搓了会儿，抬起尹世文的双脚用毛巾擦干，在自己带来的小篮子里拿出一个瓶子，挤了点什么涂在尹世文脚上。尹世文起初感觉有点冰凉，女子用双手搓着，慢慢他的脚又热乎了起来。女子边给尹世文按着脚，边一口一个"大哥"地叫着尹世文，猜着尹世文的身份，说着自己挣钱的不容易。

两只脚都按了，尹世文的同情心也上来了。女子试探着问："大哥，你再加个钟吧？"

尹世文不明白，问加钟是什么意思，女子说："就是再给你做一次，这次不洗脚了，给你把全身好好按按。"

正在这时，他衣服里的传呼响了声，他知道是老梁快到了，起身给女子说："我得走了。"

尹世文像做贼了一样，给了女子二十块钱，跑着下了楼，慌慌张张地离开了。他在路边找了个电话亭，给老梁说商学院门口见。

七　十　四

田成业从省城儿子那拿回甜泉水村乡村休闲观光旅游开发的规划，给贾旺县长送了一份。贾旺拿到规划翻了翻，很惊讶地问道："成业老哥，这个规划是哪个单位做的？准备什么时候开发呢？"

田成业说："这个规划是我让儿子找单位设计的，只是我的一个想法。今天给县长你送来一份，想让你给参谋参谋，看这规划实现的可能性有多大。如果能按照这个思路做，你这个管农林水的县长得把政策资金向村上倾斜啊！"说完脸上堆起了殷切的笑容。

贾旺听田成业说完，从办公椅上站起来，到田成业边上的沙发上坐下，手里拿着规划又翻了翻，然后把规划放茶几上，看着田成业，说道："老哥，你太厉害了，我自认为只有我有这个想法，没想到你也想到了，还走在了我前面。"

贾旺说完，给自己点了根烟，吸了口，若有所思地说道："咱秦东县现在是省城的水源保护地，工业发展受到了制约，农业一产附加值和产业链短。守着这良田青山、丽水古韵，我就在想能不能走一条一产向三产转化的发展路子。你这个规划太好了，不仅仅为甜泉水村往后的发展指出了一条路子，还可以说为秦东县的未来发展提供了一个样板。"

田成业笑着说："县长你说得太玄乎了，我今天来就是让你先看看这规划，然后多多支持我们就行了。"

贾旺看了看田成业，问道："你这个规划要实施，需要一个开发主体，你有没有想好让谁来开发呢？"

田成业看着贾旺，说道："这仅仅是我的一个设想，后面具体怎么弄我还没想。"

贾旺想了下，说道："老哥，你把规划放我这，我好好看看，方便的时候我给上面的县长和书记汇报下。你先把这事跟村上根良和青松他们商量商量，看看困难在什么地方。"

田成业高兴地说："好，那县长你给多举荐举荐，争取到县上的支持，这事就成了一半。"说完他起了身。贾旺把田成业送到门口，回转身拿起规划又看了起来。

田成业从县政府出来，没有急着回饭店的办公室，而是先到了郑先成公司的院子。郑先成见是田成业，忙从椅子上站起来，走过来握着田成业的手说道："成业书记，你咋来了？"

田成业微笑着说道："郑经理，我这是来感谢你。那天晚上在饭店吃完饭，我也就是随便说说，没想到你却记心上了。勇良到你这上班都快一个月了，我都没时间过来下，老弟你要见谅啊！"

郑先成把茶水端给田成业，坐在沙发上，高兴地说："成业书记，说到勇良，我还要感谢你呢。原来工地上经常丢东西，周边的群众也经常来骚扰。这勇良来了一个月，东西就再也没丢过，周边来骚扰的群众也少多了。我现在让他负责工地和公司大院的保安工作，小子劲头大得很！"说完一脸的满意。

田成业听说勇良干得不错，心里也踏实了点，笑着说道："郑经理，勇良是我回村以来的一块心病，没想到你给我治好了。"

郑先成乐呵呵地说道："老哥，要说心病，勇良来我这才是除去了我的一块心病！"

田成业见郑先成这么高看勇良，就说道："郑经理，还得感谢你帮了我这个忙。勇良没多少文化，性子又有点烈，容易上气动手，不过心里善良着呢。你用好他是一个方面，还得多管教管教，让他把事做好，脾气最好也改改，这样他在你这我就放心了。"

郑先成爽快地说："没问题，有我管着他，你就放心吧。"

田成业很感激郑先成，却不知道怎么表达，只能在心里记着郑先成的好。他知道郑先成比较忙，就起了身，再三感谢郑先成后，出了公司回饭店去了。

王勇良给陈宋良打完墓后，就很少再去国道边检查站值班的地方。他能感觉到别人看他时的异样眼光是在笑话他。人常讲："人活脸，树活皮。"谁愿意被别人瞧不起呢？媳妇巧姑一天三顿、尽心尽力地侍候着她的这个男人，从心里到外表没有一点埋怨自己男人的样子，只有田成业和翠翠看着勇良这个样子心里就急。

那天在东娥饭店吃完饭，喝多了的郑先成拉着谁的手都是满口感谢。在饭店门口上车的当口，他拉着田成业的手，一个劲感谢在甜泉水村建新村时给他的支持和帮助，说有什么事尽管说。田成业心中突然就想到了王勇良，便说他这个小舅子在家闲着没事干，看郑经理能不能在公司给找个事做。田成业本来是随口说说，没想到第二天郑先成就打电话过来，让田成业通知勇良到公司来一趟。王勇良听说是建筑公司，心里就不大情愿，可碍于田成业的面子，还是到郑先成的公司转了圈，没想到郑先成居然答应了田成业的请求，让王勇良在工地负责安保工作。王勇良干了几天，不但活不重，而且有种当警察的感觉，觉得挺有意思的。人可能就是这样，只要遇到自己喜欢的事，责任心就上来了。王勇良干得很上心，郑先成索性把公司整个安保工作都安排给王勇良，没想到王勇良不仅没嫌事多，还感谢郑先成对他的信任和厚爱。

孙建业在村上忙着退耕还林的事。孙建国晚上找到他这个弟弟，让和根良联系一下，说是他想到县上去找找根良，有点事想商量商量。孙建业说那行，明天他到村部去给根良打个电话。

孙建国的儿子孙大亮做出了一个大胆的决定，辞了自己原来梦寐以求的公职。孙建国知道这个消息后，生气是肯定的，这也是孙大亮没有给他说的主要原因。当然孙大亮也有自己的理由和想法。他在省城大街上值勤已经快十年了，整日就是站马路，周末经常加班，待遇不高，升职的空间也不大，自由还受限。媳妇的足浴店已经开了三家，随着娃娃一天天长大，根本就忙不过来。孙大亮回到家，媳妇时常抱怨他那工作干着没什么意思，还不失时机地动员他辞职回家打理自家的生意。随着从警时间的增加，孙大亮看着自己在单位没多大成长空间，在媳妇的动员下，下定决心辞了公职。孙大亮的辞职不仅在他父母和亲戚中引起了震动，在单位更是化为"传说"。那些想辞职又不敢行动的同事非常佩服孙大亮的胆魄，这让孙大亮那点后悔的情绪彻底消失了。

很快，孙大亮在省城把店面增加到了五个，一天挣到的钱跟他半年的工资差不多。他周末经常把原来的同事们请来吃饭，喝了酒的同事们脸上都是满满的赞许和羡慕，这让孙大亮很是受用。也就是在这个当口，孙建国说了在村上旧学校没弄成宅基地的事。孙大亮豪气地说："爸，村上那地方咱不伤那脸了，我找找人，在镇上买块地方。"

眼见着儿子的生意越做越大，生气儿子辞了公职的孙建国心情也慢慢好了起来。他只要有空就会回村转转，和村民说起娃娃弄成的世面，村民满是赞许，孙建国也很受用。不过在他心里，光有钱还是缺了点什么。儿子既然辞了公职，再回去的可能性基本上是没有了。每每想到这，他还是觉得儿子这个决定是错误的。在他看来，日子有钱那只能是富，拥有公家职位那才是正道。自己父亲虽然清贫一生，可在甜泉水村，乃至于整个河口镇，说到孙有福的地位，孙建国觉得比有万贯家财还高兴。他时常在儿子面前流露出这样的想法，儿子孙大亮也觉得他说得有些道理。孙大亮可能看懂了他爸的心思，在安埋完陈宋良后给他爸说："让我三爸把根良联系下，找个机会咱请根良吃个饭。"

孙建国问道："为啥请根良吃饭？"

孙大亮说："爸，你和我二爸、三爸现在经常在村上，咱孙家也得延续我爷留下的家业吧，这样是不是我爷在九泉之下也会舒心些？"

孙建国没太明白儿子的意思，说道："让你三爸联系根良，我咋觉得有点低三下四的。"

孙大亮看了看自己的父亲，知道他爸在机关干了一辈子，走什么路、怎么走都是他爷给安排打理的，没有太多自己的想法，就说道："爸，不管怎么说，根良现在是支书和村主任，今年年底还有大事。"

孙建国半张着嘴，看着自己的儿子，像是明白了什么，说道："好，我这就回村给你三爸说去。"

杨根良接到孙建业的电话，想了很长时间。孙大亮现在在省城见的世面很大，甜泉水村家喻户晓，镇上的书记和镇长也经常提起。杨根良心里并没有因为孙大亮很有钱而产生巴结的心思，倒是觉得没给孙建国弄成宅基地像是亏欠了人家点什么。加之孙建业在村上打理着日常事务，他这个书记和村主任才得以有更多的时间忙自己的事。他内心早有感谢一下孙建业的想法，也很想当面给孙建国道个歉。在他心里，孙家在甜泉水村是支很强的力量，谁都得罪不起，他根良也一样。

孙建业给杨根良打电话，说了孙大亮想找个机会吃饭的事。杨根良想了下就答应了，给孙建业说："时间和地方让建国哥定，我来请客。"

孙建业高兴地说："根良，只要你能去就行。"

孙建业把联系的情况给孙建国说了。孙建国给儿子孙大亮打电话，孙大亮在电话里给他爸说："那就这个周末晚上，你和我三爸在县上找个好点的地方。我从省城开车回去。咱们家就你、我和我三爸三个人参加，根良那边让我三爸问问看有几个人。你们把吃饭的地方联系好就行了，其他就不管了。"

孙建业有点不自信地给孙建国说："哥，你问问大亮，吃饭的地方放东娥那行不行。"

孙建国没问出口，孙大亮就挂了电话。孙建国转身对孙建业说："咱请根良吃饭，放东娥那，这不成了向村上人说咱请根良吃饭了？"

孙建业听他哥这么一说，也觉得自己这脑子不够数，不自在地看着他哥。孙建国看着孙建业，觉得自己刚才那话伤到了弟弟，缓了缓口气说道："建业，哥不是怪罪你。"

孙建业笑着说："哥，我知道你都是为我好，为咱这孙家好。我知道你心里也苦着呢，只是我没办法为你分担点什么。"

孙建国看了看这个弟弟，手放在他的肩上，深情地说："你以后肩上的担子重着呢。这以后凡事多想想，想想咱爹是怎么个想事办事的。"

孙建业"嗯"了一声，不知道是明白了还是没明白。

七 十 五

娃娃们在大人们奔波操劳的日子中慢慢长大了。董新高考那几天，蒋艳请了一周假，天天给他在家做饭。孩子很懂事，说："妈妈，你上你的班去，我自己在家能照顾自己。"蒋艳笑着说："妈知道你能照顾自己，可妈人在单位上着班，心就静不下来。"董新知道母亲是替自己操着心。他高中三年，母亲头上悄然间生了白发，每当母亲洗完头，让他给看看头上有没有白发时，董新心里都是满满的难受，可他脸上还得露着笑容。他每拔一根白发，就跟针在心上扎了一下一样，他知道母亲看着拔下来的白发会难受，有时便会故意错拔一根黑发，给母亲笑着抱歉地说失手了，然后再拔下白发时，就用失手来做幌子不给母亲看白发，尽量让母亲感觉头上的白发并没几根。

娃娃们现在参加高考不用预选了，大学好像也容易考了。以前一个村子好几年才会出一个大学生，城里邻里之间也很少听说哪家的娃娃上了大学，可当新的世纪到来之际，上大学的娃娃一年年多了起来。杨根良家的兰兰和周青松家的鹏娃也参加了高考。父母们都忙着，参加高考那几天，两个小孩提前一天自己搭车到了县城，按照老师的安排在考场附近找了家个人开的招待所住下。考完试，两个小孩又一同坐班车回了村。在路上，两个小孩相互说了自己考试的情况，都觉得自己正常发挥，又以往年的分数线估摸着自己能不能考上，能考上什么样的大学。周鹏看着窗外，不时会看到地里成片的猕猴桃园。当兰兰问他想上什么大学时，他看着窗外没有回头，说道："西北农业科技学院。"

兰兰脸上并没有太多的诧异，她也望着车窗外，笑着说："我也报西北农业科技学院。"

听兰兰这么一说，周鹏回过头看着兰兰，脸上倒是露着诧异之色，他反问道："你个女娃娃家，报农业大学把脸晒花了，谁娶你啊？"

兰兰笑着说："没人娶，就嫁个跟我一样把脸晒花的，谁也别嫌弃谁。"说完笑了。

周鹏没有接兰兰的话，继续看着窗外，田地里刚出土的玉米苗还不能挡住枯黄的小麦茬，不时出现在眼前的猕猴桃园绿得很养眼，清澈的秦东河水在干渠里流淌着。正是天热的时节，庄稼需要河水的滋润，秦东河水库加大了下泄的河水量，长年没多少河水的干渠水汪汪的。

车快到甜泉水村了，周鹏先起身往车门口挪动着，杨兰兰紧跟着周鹏到了车门口。售票员喊着："甜泉水村、桃李新村到了，有下车的乘客往门口挪动！"

售票员话音刚落，车就停下了，两个人下了车往村子里走。走了一阵，周鹏对杨兰兰说："你回去跟你爸商量下，我觉得你还是不要学农好。"

杨兰兰说："那你说说你为什么要学农。"

周鹏没有思考就答道："我爸就务农着，我想大学毕业帮帮他，这样他会轻松些。"

杨兰兰反问道："那娃娃没上大学的务农人家谁来帮？你不用劝我了，你不报农业学院，我也会报的，我喜欢跟庄稼打交道。"

见周鹏再没说什么，杨兰兰继续说道："报志愿的时候给我说一声，咱俩一起报。"说完拐到另一条路上，朝着自己家走了。周鹏看着杨兰兰走远，自己才转身往回走去。

董新参加完高考的第二天晚上，郑先成在秦东河人家定了一桌饭，蒋艳带着娃娃，算是给犒劳一下。郑先成在饭桌上给董新分析了报考的专业。一个是建筑类，这是他干的行业，按他的分析，将来要盖的房子和要建的基础设施会越来越多，毕业了不愁没人要；另一个是国际商贸，中国正在与世贸组织谈"入世"的事，将来跟国外做生意的机会很多。蒋艳倒没想那么多，娃娃能上一个不错的大学就行。董新吃着饭没有说什么。这时，董永远出现在了饭桌前。蒋艳紧张地看着董永远，生怕这个不着调的当众发飙。董永远看了看桌上的菜，然后冷冷地看着蒋艳。董新抬起头，叫了一声"爸"。董永远脸上的皱纹好像舒展了些，他手在口袋里摸了会儿，拿出五百元钱放在桌子上，强笑着对董新说："这是爸给你的一点心意，上了大学给自己买点生活用品。"

董新放下手中的筷子，把钱收起来，起身拉着董永远出了饭店。蒋艳紧张地走到窗户边。不一会儿，董永远和董新出现在饭店门前的马路边上，董新从一沓钱中取了几张，把剩下的钱塞回到董永远的口袋里，然后和董永远说了些什么。董永远一把抱住儿子，好像还流下了泪。蒋艳看着他拍了拍儿子的背，松了手转头走了，才松了口气。

这时郑先成结了账，两人便快步下了楼。刚要上楼的董新看见他妈下了楼，就站在饭店门口等着。蒋艳看着儿子，想问董永远和他说了什么。郑先成向她摇摇头，她就没开口。三个人上了车，郑先成把母子俩送到变压器厂门口。二人下车后，董新站在车跟前笑着说："谢谢郑叔叔，谢谢你给我妈妈带来的开心。"

郑先成笑着的脸有点僵在那，不过他很快反应过来，笑着说："你才是你妈妈的开心宝贝呢！"

蒋艳微笑着向郑先成招了招手,郑先成招了下手,车子就走了。母子两人进了厂门,董新开了口,说道:"妈,如果我能考上大学,我想报一所医学类大学。"

蒋艳没有思考说道:"医学类专业学习时间长,出来了整天跟病人打交道,咱家有我在医院工作就行了。我觉得你郑叔叔说的国际贸易不错,将来出国的机会可能会大些。"

董新并没有直接反对他母亲,低着头慢慢地走着,快到楼门口时,抬起头看着蒋艳,平缓而坚定地说道:"妈,为了你,也为了我爸,我决定报一所医学类的大学。如果能医好我爸,对你,对我,对我爷爷奶奶,对我爸自己,对咱家所有的亲戚都是件好事。男子汉要修身齐家治国平天下,我想先把咱们这个家'医'幸福了。"

蒋艳看着比自己高半头的儿子,猛地发现娃娃长大了,真正成了一个男子汉。她深情地抱着娃娃,两眼之中满是泪水,轻轻抽泣说:"新新,妈妈支持你的志愿。"

蒋艳不知道,董永远那五百元钱是从郑先成那弄来的。那天王勇良从工地到县上办事,见门卫正和一个人在争吵,王勇良没客气,上去抓住和门卫争吵的人,用了点力,那人差点倒在地上。郑先成听见了吵闹声,出了办公室的门,正看见王勇良在拉扯找他的人。他给王勇良示意放开那人,让上来。王勇良放开人,那人骂骂咧咧地进了院。王勇良心想:要不是郑经理让放了你,你他妈不要说骂人,就是嘴硬下看老子不打你个满地找牙。

找郑先成的人正是董永远。他把认识的人都找遍了,只有一个目的,就是要钱。郑先成有次送蒋艳回家,在变压器厂门口碰见过董永远。他起初并不认识,蒋艳大方地说这是她前夫。董永远看着开车的郑先成,再看看蒋艳,眼睛好像看到了猎物的豹子,脸上浮现着轻蔑之色,说道:"这就是你找的那个大老板吧!"

郑先成听到董永远说出这句话,有种想吐的感觉。他给蒋艳招了招手,说:"我先走了。"董永远听郑先成要走,急忙走到车子边上,手扶着车头。蒋艳赶忙在包里翻了翻,拿出几十块钱递给董永远。董永远迅速收了钱,精神一下提起来了,离开郑先成的车子，笑着说："艳子，我知道你也挣不下几个钱，这以后我就找郑老板了。"说完转身走了。

蒋艳看董永远走远了，回头看着郑先成，不好意思地说道："先成，让你难堪了。"郑先成下了车，拍着蒋艳的肩膀说："是让你难堪了。"

从那天起，基本上每周董永远都会到郑先成那骚扰一次。起初郑先成除了给钱，还和董永远在办公室聊会儿，想着把董永远给劝上正路。可抽了大烟的人，没犯烟瘾时跟正常人一样通情达理，犯了烟瘾只认得钱，你说什么都没给钱实在。郑先成慢慢地也不想再见董永远，就给门卫交代："看见这人就说我不在。"董永远知道郑先成躲着自己，就经常在门口闹。实在不行了，郑先成让人把钱送到门卫那，让董永远赶快走人。王勇良听郑先成这么一说，也挺为难的。他也算是在社会上混的人，知道抽大烟的人犯了瘾就没个人样，只能安慰郑先成，说尽量少搭理就是了。

董永远这次并没有见钱就走，而是向郑先成借五百元，说是给娃娃买东西。郑先成知道再多的钱在董永远那都跟流水一样，大多都抽了烟，就不想给他。这次要这么多，还说是借，郑先成内心暗自嘲笑董永远。

不过当董永远提到董新时，郑先成冷着的心像被烫了下似的，看着屋顶，心想：我就再信这厮人一次。他便从包里拿出钱给了董永远，说道："不用你还了。"

董永远没客气拿了钱，笑着说："谢谢郑经理。"

郑先成没想到董永远还真是为了娃娃向他借钱用。他在饭桌上没有说什么，可心里在问自己：不是说抽了烟的人只认钱不认人，没点人情味吗？难道是我郑先成看走了眼？虽说董新没有把钱全部收下，剩下的钱董永远可能会拿去抽大烟，可他能把借来的钱给娃娃，这已经让郑先成从心里不那么反感董永远了，还产生了怜悯同情的情绪。不过他很快就说服了自己，觉得董永远不是真心把钱给娃娃，可能也知道娃娃不会收他的钱，只是做做样子而已。再说如果董永远真的悔过自新了，蒋艳会不会回到他身边去呢？

这让郑先成很是不痛快。

郑先成在为董永远心烦的时候，工地上出了件让他更心烦的事。干活一向谨慎细致的杨根娃，这一次在搭建脚手架时，为了把螺丝拧紧点，用力太大，扳手从螺帽上滑脱了，最要命的是他还没系安全带，结果从三层楼高的脚手架上摔了下来，人当场就昏迷不醒了。

杨根良叫了救护车，把杨根娃从工地上送到县医院，才打电话通知郑先成工地出了事。郑先成挂了电话，把董永远的事就抛到了脑后，急忙让夏天开车把他送到了医院里。

郑先成赶到医院，杨根娃还在抢救室。他问在门口的杨根良人伤得怎样。杨根良满脸的内疚，说伤得不轻。郑先成听了再没说什么，他拿出香烟给自己点了根。这时蒋艳从收费室出来，她没有制止郑先成抽烟，把费用清单放在根良手里，拉着郑先成进了自己的办公室。

郑先成在蒋艳的办公室抽完烟，出了门走到杨根良跟前，轻声问道："根娃受伤这件事都谁知道？"

杨根良想了想说道："就村上和他一起干活的几个人。"

郑先成在抢救室门口走了两个来回，然后停下来看着杨根良，慢慢说道："根良，你不用担心，根娃看病有公司担着，医院这我和勇良看着。你回工地一趟，给那几个知道根娃出事的村民说说，让他们知道就行了，不要再给别人说了。"杨根良见郑先成表了态，松了口气，说："那我先回工地上去了。"

郑先成看着杨根良骑摩托走了，转过头看着抢救室，一脸的无奈。

七 十 六

人的生命只有一次，每一个生命都是集天地之精华、附苍生之烟火而来到这个世界上的。看似脆弱渺小的人，却是这个世间最为精致的生命。但我们自己多数时候并不这样认为，而是有些许迷茫，或许应了那句"不识庐山真面目"的诗句。其实，活着的人谁不想拥有一个属于自己的美好的人生？谁甘愿活得不如猪狗，被同类怜悯，被他人嘲弄？谁愿意让天生平等的自尊一点点被掠夺，而成就别人的优越，使得攫取了你的自尊的人反过来同情你，轻视你？持着这样的生命观，越是低贱穷苦的人，似乎对于生命的终结越是坦然。或许他们把自己人生的终结看成是自己捆绑受虐心灵的一种解脱，是一种对生命负担的丢弃。

杨根良从工地上再回到秦东县医院的时候，杨根娃已经离开了人世。杨根娃的媳妇在医院号哭了一阵，在金凤的规劝下总算收起了哭声。从各自家中陆续赶来的娘家人，把郑先成围在医院抢救室门口，激愤地数落着郑先成的罪孽，有的甚至举起拳头朝着郑先成砸去。郑先成也好像真的成了一个罪人，没有躲闪的意思。幸亏有王勇良拉架，他才没有被杨根娃媳妇的娘家人伤到。

杨根良进了医院，看到抢救室门口这阵势就知道杨根娃不行了，内心有一种说不出的难受。堂弟这个得力的帮手给他带来了财富，也带来了面子，让他这个甜泉水村的村主任真正感受到了什么叫活人，而且是活得很体面的人。在他看来，甜泉水村的老孙书记除了拥有威望之外就没有什么可以撑面子的东西，可他杨根良不一样，他在甜泉水村是领头人，是能行人，也是河口镇甚至秦东县上的小名人。对于一个跟黄土地打交道的人来说，拥有这些，应该算是一个不错的人生。他时常想，如果当年上了大学，会有今天这样称心如意吗？看看村上回来养老的田成业、孙建国和他的姑父侯春来，到最终还不是要和他打交道？以他的感觉还有点求着他的意思，特别是孙建业说了孙大亮要请他吃饭的事，让他的这种感觉更强烈了。就在这种美好的感觉蔓延的时候，杨根娃出了事。离开人世的杨根娃好像什么也没有带走，可在杨根良的心里，这个堂弟的离开，好似把他脸上的自得和如意也揭走了，让他已经习惯了仰着的头不得不低下一点，端着的脸重新温和起来，特别是面对着杨根娃的父母、媳妇和没有成人的娃娃们，还有那个被围攻的郑先成的时候。

杨根良在门诊大厅平复了下自己的情绪，终于对着人群喊了一声。抽泣着的杨根娃媳妇，围攻郑先成的娘家人，还有医院拉架的人听见他的喊声，安静了下来，齐齐地看着这个脸带苦色的中年汉子。

杨根良看了看安静下来的人群，极力地控制着自己内心的不安，慢慢说道："弟妹，弟妹娘家的乡党们，根娃出了这么大的事，我和你们一样，心里难受得很。这事千错万错都是我根良的错。人是我带出来的，活是我承包的，我却没到工地上去多转转提醒，我这罪大得很。我对不起根娃，对不起我伯、我伯母，对不起弟妹和娃娃们，也对不起郑经理。"说到这，杨根良提高了嗓门："你们谁有什么不快和难受就往我身上发，我根良会担着！"

杨根良说完，眼中白茫茫一片。毕竟是甜泉水村的当家人，也是杨家门户里的能行人，杨根良的坦诚和自咎让人群安静了下来。

郑先成从人群中走到杨根良身边，他向杨根娃的媳妇深深地鞠了一躬，然后看着人群说："乡党们，我对不起大家。我管理不善，让根娃出了这么大的事。我在这里只想说一句话，我们公司愿意承担一切责任。"

杨根良和郑先成的表态就如一阵暴雨，浇灭了人们心中熊熊燃烧的怒火，亲戚们有的开始安慰杨根娃媳妇。杨根良在人群中找到杨根娃的大舅子，和郑先成三个人说了些什么，然后示意金凤把杨根娃媳妇送回村上。

金凤把杨根娃媳妇扶出医院的当口，杨根娃的大舅子对来助威的人说道："亲戚和乡党们，感谢大家对我们家的支持。根良和郑经理说的大家也听到了，人家有这个态度很难得。大家各回各家吧，根娃的事我和根良会安顿好。"

围着的人群慢慢散了，有的说着闲话，有的去医院车棚取自己的摩托车了。医院抢救室门口很快安静了下来。这时杨根良才看见蒋艳一直站在他的身后，他强迫自己尽量把脸色放得温和些，对蒋艳说："你忙你的吧，我和郑经理来处理这事。"

蒋艳看了看杨根良和郑先成，说道："那我先忙去了，你们要商量事就到我办公室去。"说完把钥匙递给根良，自己回收费室去了。

杨根良让医生先把人放太平间，自己垫付了费用，然后到了蒋艳的办公室。王勇良给他们倒上水，退出了房间。

这年高考的娃娃们很争气。杨根良家的兰兰和周青松家的周鹏都考上了西北农业科技学院，周鹏报的专业是农业育种，兰兰报的是园艺设计。杨根良在医院处理杨根娃的后事时，周青松正在家里给娃娃收拾上大学的行李。兰兰早就收拾好了，一大早跑到周鹏家刚盖不久的新房里帮周鹏收拾东西。周青松看着两个娃娃高兴地说笑着收拾东西，自己内心也很宽慰。同时他也为杨根良感到宽慰，毕竟他两个娃娃都考上了大学。他在门口试着给娃娃新买的行李箱，家里的电话响了起来。周鹏接了电话，向门口的周青松喊道："爸，我勇良叔找你。"

周青松起身走到电话跟前，拿起听筒问道："勇良，有啥事？"

王勇良在电话里把杨根娃出事的消息给周青松简单说了下，然后挂了电话。周青松拿着电话听筒，呆在那。周鹏看他爸拿着电话听筒发呆，说道："爸，我勇良叔把电话都挂了！"

周青松听娃娃这么一说才回过神，对两个娃说："你两个先在家收拾着。鹏娃，你让你妈给你和兰兰把饭做上，我有事出去会儿，不在家吃饭了。"周鹏应了声，周青松推着摩托出了门。

杨根娃的后事很快商量出了结果。杨根娃的大舅子好像早有打算，在郑先成提出有什么要求尽管说之后，他有点不好意思地说道："根良，郑经理，我作为根娃这面的代表，有些丑话就先说了，你们也不要笑话。"

杨根良接了话说道："弟妹她哥，自家人是自家人，但这毕竟是关系到人命的事。你把弟妹的想法说说，我这没一点问题。"

郑先成也说没问题，让杨根娃的大舅子放开说。杨根娃的大舅子见两个人这么说了，就喝了口水，清了清嗓子继续说道："我提三条：一是村上和公司要为根娃搞个悼念仪式，给乡邻们有个交代；二是安葬人的所有费用公司要承担；三是为安顿老人和娃娃们今后的生活，公司应该给予一定的补偿费。"

杨根良听完，对杨根娃的大舅子说："老哥，这三条都在理。我有一点考虑，根娃是我带出来干活的，不是村上派出来的，村上出面这一点我觉得不是很妥当，以公司的名义可能合适些。"说完看向郑先成。

郑先成在沙发里端了端身子，说道："三条我都没意见。"

杨根娃的大舅子想了想，说道："根良说得在理。那就让公司出个面，好歹也算是为了公家才出的事。"

郑先成忙说道："这个没问题，安葬那天我一定亲自去。"郑先成喝了口水，看着杨根娃的大舅子，问道："老哥，咱们也不是什么外人，你说说，根娃这事公司给补偿个什么数好？"

杨根良心里正在考虑着这条。他觉得杨根娃的大舅子应该跟他来谈这事，因为人是他杨根良带出来的，跟公司没有直接关系，只是郑先成碍于他的情面，才和他一起与杨根娃的大舅子谈这事。他内心很是感激郑先成，可也明白自己应该承担的坚决不能让郑先成和公司担着。公司是县上城建局下属公司，也算是个公家单位，加上有郑先成这个好老哥，有这个好老哥的好姿态，他杨根良更不能这么做。

郑先成提出了补偿问题，杨根良心里已经有所准备。他知道杨家人会借这个机会能多要就多要些，毕竟人不在了的时候，钱就放在了第一位。

杨根娃的大舅子有点难为情地看了看杨根良，然后对郑先成说道："郑经理，有根良这层关系，咱就说个实在的数。我打听了下，我村上有人在煤矿上挖煤出事的，煤矿上除了安葬人之外，一次给补偿了十五万元钱，以后就跟煤矿上没什么关联了。"他说完，看着杨根良和郑先成。

郑先成看了看杨根良，像是在考虑这个价的合理程度。杨根良也没有急着开口，他知道，在秦东县，车撞死了人，干活出了事，一般赔人命也就十万元钱左右。杨根娃的大舅子说的事也有，但毕竟煤矿上有钱。

这事放在别人身上，十五万元钱这个命价，杨根良肯定要商讨商讨，可杨根娃是他的堂弟，这还能说什么？只是郑先成这脸上能搁住不，会不会觉得要得太多呢？他看郑先成望着自己，对杨根娃的大舅子说："老哥，是这，我和郑经理出去商量下，你在屋里等会儿。"杨根娃的大舅子"嗯"了一声，杨根良和郑先成出了屋门。

在门外的王勇良见两人出了门，从排椅上站起来，看着杨根良和郑先成走到医院院中，他进了屋给三个人续上水后又出门坐在排椅上。

杨根良和郑先成站在医院车棚边上，杨根良先开了口，说道："郑经理，我根良真是给你添乱了，让你受这委屈。"

郑先成看着杨根良，没有说客套话，直接问道："根良，你觉得这个钱数能接受不？"

杨根良看着郑先成说："我觉得对公司来说这个数是有点多。"

郑先成摇了摇头，看着杨根良继续说道："我只是问你这个钱数你能接受不，没问你公司能不能接受。"

杨根良面有难色地说道："根娃是我亲堂弟，人都没了，我还有什么不能接受的。"

郑先成听了杨根良的话，把手中从树上扯下的枝条往地上一扔，说道："那好，就这么定了。你回去给人家回话，公司接受这三个条件。安葬人的事你去安排，定下下葬的时间跟我说一声。"说完就往蒋艳的办公室走去。

杨根良忙拉住郑先成，说道："郑经理，根娃这事我也有责任。我这拿五万元钱，到时说钱都是公司出的，不然我这心里安稳不下来。"

郑先成转身看着杨根良，拍着他的肩膀说："难得你老弟有这份心，我真为艳子有你这同学高兴。你的心意我领了，钱就算了。你这几年也不容易，从工地上挣的钱大多都分给了村上来的人，再加上盖房和娃娃上学，老哥知道你日子也宽展不到哪去。"

　　杨根良并没有感激郑先成，坚决地说道："郑老哥，钱我一定要出，不然我这一辈子心都不会安稳。根娃安葬的事你就不操心了，我来处理。"郑先成见杨根良这么坚决，又拍了下他的肩膀，没再推让，说："咱进屋去。"

　　当杨根娃的大舅子脸上带着笑容和杨根良、郑先成出来的时候，周青松出现在了医院门口。杨根良看着周青松，想说什么，却不知道该怎么张口。

七 十 七

　　田成业听说杨根娃出了事，和婆娘翠翠收拾好自己的东西，给儿子国栋说："村上有点事，我先回了。修改规划的事你就给操操心，完了让班车司机送回来，打贾旺县长秘书小宋的电话就行，他会安排专人去拿。"

　　田成业把甜泉水村发展乡村休闲观光旅游开发的规划给贾旺看了后，给东娥说自己年纪大了，让把饭庄自己负责的事交给贾先德，回村一门心思谋划发展休闲旅游的事了。

　　上周，贾旺打电话让他去了趟县上，把县上主要领导和农业局、旅游局等相关部门的建议说了说。田成业很高兴，这事能得到县上的重视是他没有想到的，他甚至感觉这事好像已经成了一半。

　　田成业第二天和婆娘以看孙女的名义去了省城，翠翠高兴得一晚上都没睡好。国栋和唐静告知父母：孙女琳琳今年高考成绩不错，上国内一流的大学没什么问题。按照国栋的想法，娃娃在省内上一所好大学，出来参加公务员招录考试，跟他一样在政府机关谋个工作。女孩子家，而且他就这么一个娃娃，离得太远他总免不了操心，当然心里也很难舍得。唐静的想法和国栋截然不同，她在私人企业上班，接触与了解的人和事要比国栋多。她坚持认为将来的中国跟建都在省城的大唐帝国一样，交流开放是大趋势，孩子有全局视野和丰富经历有利于将来的生存和发展，最后报了南方的一所名校。

琳琳也很愿意去省外读书。她觉得上海是个不错的选择，上海是个国际大都市，与世界的交流紧密，是我国改革开放的前沿阵地，很适合年轻人去闯。

田成业两口子听说孙女要去上海读书，也不大情愿。翠翠还带着点哭腔对琳琳说："琳琳啊，婆想你了可咋办啊！"

琳琳笑着说："奶奶，我又不是不回来了。有寒暑假，放假了我就回来看你。"

田成业说要去省城看孙女，翠翠当然高兴了。不过田成业还有他自己的事，那就是让国栋按照贾旺的建议把规划再给修改完善一下，争取得到贾旺县长的肯定和县上的支持，这是他现在心里最急的事。

来省城刚两天，琳琳领着翠翠在城里逛个没完。本来要拉上田成业，他赖在家里说自己腿痛。琳琳和翠翠前脚出门，田成业后脚就离家去了旅游局找儿子国栋。

田国栋在办公室工作，早上八点前就得到单位。机关一天的工作需要办公室早早地安排，领导们在上班的第一时间必须看到办公室分给他们的文件，然后才能交代相关处室去落实。处室把领导交办的事办好了，还得办公室印发这些文件，好多文件和领导指示明天必须发下去，下班时间国栋得盯着。如果印发的文件格式和文字内容出了错，那对于他来说将是致命的。特别是上报大兴市政府的文件，这要出了差错，那就不只是出洋相的问题了。

田成业到了儿子的办公室，国栋正在处理文件。国栋给田成业倒好水，说："爸你先坐会儿，我把手头这几个比较急的文件处理下。"田成业悠闲地喝着茶水，看着来找儿子办理文件的工作人员一个个笑着站在办公桌边，心里美滋滋的。儿子从事的工作太重大了！

国栋手上的文件算是处理得差不多了，起身领着田成业出了办公室。

田国栋在办公楼里转了几个弯，在一扇房门上敲了下，听到回话后领着田成业进了办公室。田国栋笑着对坐在办公椅上的人说道："原处长，这是我爸。上次麻烦你联系设计院给村上做的规划，县上提了些建议，我爸今天来当面给你汇报一下，看能不能再麻烦设计院，给完善完善。"

原处长听田国栋这么一说，拿起电话拨了个号码，等电话接通后说道："李院长，上次交给你做的那个乡村休闲观光旅游开发规划可能还得完善完善，我让人到你那给说说，你尽力给办办。"

原处长挂了电话，对田国栋打趣说："田主任，老哥重视你这事吧？"

田国栋忙欠了欠身，脸上满是笑容，说道："原处长，小弟和家父太感谢你了。"

原处长也笑着说道："不用感谢。田主任，上周分给我们市长批办的文件，我想还是应该由产业政策处牵头，你看能不能给协调一下。"

田国栋有点为难，本想给原处长解释下为什么批给规划处，可人家刚给自己办了事，就说道："处长，你不管了，我尽量来协调协调。"原处长从椅子上站起来，笑着说："那先感谢田主任了。"

田国栋带着田成业出了原处长的办公室，回到自己办公室，给小李说："你把我爸领到设计院去找李院长，我还有点事要处理。"田成业知道儿子可能要协调原处长的事，就和小李去了设计院。

田国栋看着他爸和小李出了办公室，就打电话给产业政策处。他平时跟产业政策处处长关系处得不错，就说了自己的难处。产业政策处处长也知道机关好多事都扯不清，有时也得办公室给协调，就答应了田国栋。

田国栋协调好文件的事，给原处长回了个电话，原处长在电话里像是很高兴地感谢了田国栋，完了一句"这事就应该产业政策处办"让田国栋如吃了苍蝇一样，不过他不能在电话里表现出这样的情绪来。

设计院的李院长很热情地接待了田成业，让做规划的具体人员到办公室听了田成业的汇报，然后说一周后来取修改后的规划。田成业再三感谢李院长后回到儿子家，本想着可以陪着孙女到处转转，没想到勇良打电话来说杨根娃出了事，他想了想，还是决定明天回村里去。

田成业让翠翠在城里再待几天，翠翠说："那不行，你回我也要回。"还说要不让琳琳和他们一块儿回村上去转转。唐静说娃娃还有好多事情要办，毕竟娃娃是第一次出这么远的门。可琳琳听爷爷奶奶要回甜泉水村，还要带她回去，高兴地答应了。

七 十 八

夏天算是过去了，可燥热的气温并没有降下来。

杨根娃的大舅子与郑先成的公司达成了协议，双方在协议书上签字后，夏天把准备好的十五万元钱交给对方，当然这里面有杨根良拿来的五万元钱。杨根良安排王勇良将买好的棺材运回了甜泉水村，和杨根娃的父亲商量后，决定把杨根娃的遗体从医院运回后的第二天就下葬，在这之前墓要打好，要给亲戚去报丧告知逝者安葬的日子，还要准备好招待亲朋的饭菜，当然还要请乐人等。

田成业回村的那天，正好赶上杨根娃成殓。他回到家稍稍收拾了下，叫国栋把娃娃看好，自己往杨根娃家去了。

琳琳听到村子里有广播放着秦腔，还时不时传来女人的哭声，非得跟着田成业去看看。田成业没办法，对国栋说："你不经常回村，可你毕竟在甜泉水村住了好几年。今天村上根娃成殓，你们小时候可能还一起玩耍过，碰到这事你还是去下好，不然邻里看你回来了没露面，会说闲话。"说完从口袋里拿出五十元钱，让国栋等会儿交给杨根娃的父母。国栋说："那行，我这有钱，要不给行一百算了。"田成业说："五十吧，不能坏了乡下的规矩，你行五十元都算是多了。"

田国栋和女儿琳琳跟着田成业准备出院门，田成业好像忘带了什么，让两人等下，自己回屋了会儿，出门后把一包香烟放国栋手里，让见了村上的乡邻给发根烟。三个人很快到了杨根娃的家，田成业跟乡邻打着招呼，不忘把跟在身后的儿子和孙女介绍一番，国栋叫着叔、姨，然后把手里的烟发给邻里。

琳琳看着这么多穿白戴孝的人觉得很稀罕。在城里哪家有人去世了，只在院子里摆上花圈，静静地，过不了两天就收走了。农村不仅有灵堂，还有乐人和自乐班，还有这么多的人在院子里忙碌着，她觉得这比城里对待逝去的人隆重多了。

田成业领着儿子和孙女走进正屋，在杨根娃的灵前燃上香。杨根娃的儿子才上小学，杨根良让他大哥的儿子帮着在瓦盆里燃了张黄纸钱。田成业看着瓦盆里的纸钱燃尽了，领着儿子和孙女向杨根娃的灵位行三鞠躬，杨家的两个小辈陪在边上行了三叩首礼。

田成业上完香，来到两个老人的房子，国栋拿出钱交给老人说这是自己的一点心意。老人收了钱，嘴里一个劲说着"成业你和娃娃们心长得很"。

大人们正说着话，琳琳忽然抽泣了起来。田成业忙转过身小声问娃娃怎么了。琳琳尽量平复了下自己的情绪，小声说："爷爷我难受呢。"田成业没再问什么，让国栋带着娃娃先回，他在这要帮忙呢。琳琳跟着他爸出了院子，国栋往回走，琳琳说想去找找周鹏和兰兰。国栋说陪她一块儿去。琳琳说："这村子你不一定比我熟悉呢！"

琳琳看到杨根娃的小儿子，那个还没上完小学的小男生，在他们行礼时还看不出有悲伤的小男生，却没有了爸爸，就替小男生伤心起来。在田成业和杨根娃的父母说话时，想着小男生，看着两个白发老人，忍不住难受得掉了眼泪。这会儿出了院子，她的心情可能因为要去找周鹏和兰兰而好了点，笑着向她爸说了声"拜拜"后往村子中去了。

田成业跟院子里的人打完招呼，杨根良把出事的情况简单给他说了说。田成业说事已出了，只能把逝者的后事打理好，把生者的生计安顿好了。

周青松安排着下午成殓、献饭、献果、献酒、献茶的事，完了和司仪先生商量晚上送黄昏纸、明天起灵下葬的安排。

侯春来也早早到了杨根娃家，和孙建社负责收礼，这是明天的事，这会儿见大家都忙着，就进屋和杨根娃的父母说话去了。杨根良和田成业见周青松安顿着各项事务，也进了屋，和两个老人说了些安慰的话。

成殓还有点时间，几个人在屋里拉着家常。侯春来没能从县上要下钱，老年协会的地方也没了，就辞了这个名头回村替媳妇宝莲干点家务，余下的时间在家练毛笔字，逢年过节、婚丧嫁娶他都会露一手。他写对联挽联的时候，乡邻便围着他，随着他手腕起伏发出赞许声，他还是很受用这些赞许的。

田成业听侯春来不在协会干了，说："春来啊，你把我这个学生收下咋样？我现在也没多少事，跟你练练这文化活儿。"

侯春来爽快地说："能行，只要你成业愿意拜我这个半路出家的老师。"

杨根良见两位长者拉着家常，给他们添了水，完了自己抽着烟。他忽然觉得，整天忙碌着挣钱的日子也是很乏味的。特别是杨根娃出了事后，他感觉自己就好像鼓着的气球被扎了一针，多年来的辛苦和打拼，到头来好像没剩下多少能让自己满足快乐的东西。

杨根良默默地抽着烟。说着家常的田成业和侯春来感觉到他情绪有点不对劲，心想根娃是他带出去干活的，发生了意外他心里肯定不好受。二人本想着安慰安慰杨根良，这时院门口传来了汽车的喇叭声。

一辆银灰色的小汽车停在街边，孙建国站在副驾门边，他的儿子孙大亮正从驾驶位上下车。孙建业陪在他哥身边，见杨根良从院子里出来，忙打了招呼。

杨根良见是孙大亮回来了，先向孙建国问了好，然后笑着走到车头前，伸出手，说道："大亮回来了。"

孙大亮也紧走了几步，跟杨根良握了手，说道："根良叔，本来想着这几天请你在县上坐坐，没想到根娃叔出了这事。"

杨根良叹了口气，苦笑着说："不提这事了。聚会的事，现在只能往后推了。"

孙大亮说："不急不急，现在我自由多了。门店有媳妇打理着，我有的是时间。"说完走到孙建国身边，说道："爸，你带着我到根娃叔灵前上个香吧。"

孙建国"嗯"了一声，杨根良领着两人到了灵前。孙建国上完香，到正屋安慰了下两位老人。

田成业和侯春来已经给孙建国和孙大亮倒好了茶水。孙建国从上房出来，侯春来忙把他让到杨根娃的房子里，杨根良和孙大亮紧跟着也进了屋。三个退了休的人互相问候着，杨根良让孙大亮坐下，把准备好的茶水端过来，孙大亮双手接了水。

周青松安顿完司仪先生交办的事，来到杨根娃的屋里，向孙建国问过好，指着孙大亮，笑着说道："建国哥，你家大亮出息得很，是咱甜泉水村目前把世事弄得最大的后生了。"

孙建国笑着没说什么，孙大亮站了起来，和周青松握了下手，接了周青松的话说道："青松叔，你和根良叔弄的世事也不小。"说完屋子里的人都笑开了。

村子里现在大家要聚在一起，也只能靠谁家过事和每年一次的庙会。即使是过春节，在外务工的村民们有好多为了节省路费也不一定每年都回来。虽然是白事，但杨根娃的去世给大家创造了聚在一起的机会。对于还不能真正体味失去亲人意味着什么的孩子们来说，看着大人伤心哭泣的样子，他们会被感染而流下眼泪，但因为年龄太小，还不能真切地感受到亲人离去的悲伤。杨根娃的媳妇那当然是很伤心难受了，自己的丈夫去世了，意味着这个家失去了顶梁柱，不过因为有那一笔补偿款，她的日子还能继续下去，她的日子也必须要继续下去。生活在底层的普通乡邻大多每天面对着柴米油盐，不能过多地沉浸在悲伤之中，他们得为生者过好每一天而打算着。灵柩被抬起，被放入南山打好的墓道的那一刻，他们会真情实感地表现出为生离死别的伤心悲痛。过了那一刻，过了那一天，他们将被忙碌劳累的日子继续纠缠着。

杨根娃成殓仪式完成后，田成业和侯春来、孙建国围在一张桌子上吃着饭，孙大亮说有事要走，田成业才想起儿子和孙女晚上也要回省城去，忙起了身，给侯春来和孙建国说家里还有点事给忘了，要赶紧回去。

田成业急忙赶回家。国栋的车还在门口，他们还没有走。田成业进了院子，没有看见儿子和孙女，正碰上要出门去帮忙的翠翠。他问翠翠："娃娃呢？"翠翠有点生气地回话道："不是跟你一起出的门？"

田成业没再理会媳妇，出了院门往御井边青松新建的房子赶去。刚到井边，院子里就传来娃娃们开心的笑声。桃花给娃娃们蒸的面皮，烙的手工饦饦馍，烧的绿豆稀饭。

田成业闻到馍香就感觉到饿了，走到院门口，大声喊着问道："桃花，还有烙的饦饦馍没？"

围在小方桌上的三个孩子和国栋见是田成业来了，孙女琳琳大声回话道："有呢！"

桃花听见声音，从屋里拿了个小凳子送出来，让田成业坐下，忙回屋去给田成业调面皮。

三个孩子边吃边谈论着将来的大学生活。田成业看着儿子国栋吃得也很可口，一种愉悦的感觉油然而生。他心想，这是不是就是幸福的感觉呢？这是他退休以来第一次真正有这么好的感觉。可惜娃娃们都大了，而且很快就要去上大学了，这样的场景什么时候才能再现呢？

七 十 九

安葬完杨根娃，村民们都急着忙自己的事去了，很快村子里安静了许多。不能出远门的老人和要带娃娃的妇女被"拴"在这个村庄里，他们每天没什么要做的事，吃了饭的媳妇们会三五成群聚在一起打麻将，老人们则聚在村子里的槐树下拉闲话，他们等待着节日和假期，那时他们又可以见到自己想念和惦记着的亲人了。

周青松没有出远门去做工。现在上林村的毛桃已经挂果了，前年每棵树上结了五六斤毛桃，果形和口感比老品种"秦美"要好。农科所的刘所长把十多亩地的果子全部回收，每斤的价格是秦美的五倍，这让周青松着实吃了一惊。

他跑到县农科所找到所长，满脸担心地问道："所长，咱说好这三年承包地的费用由我来负担。这果树刚结头茬果，你每斤给这个价格也太出格了吧？这让别人知道了，要说我周青松占国家的便宜呢！"

刘所长看着有点担忧的周青松，哈哈笑着说："青松，我以为是什么事让你生气呢，原来你嫌我给你这果子价格太高了。"

刘所长说完，从办公椅上站起来，让周青松坐下，然后给他倒上水，自己也坐在沙发上，笑着说道："青松，经过所里科研人员研究，报上级批准，咱现在地里这新品种猕猴桃名字定下来叫'红阳'。相似品种的猕猴桃，省城商场里的价格是一斤五六元钱，新西兰进口的价格在十元钱左右，你说说，咱现在地里的果子一斤三元钱多不多？"

周青松听完刘所长的解释，半张着嘴，愣愣地看着刘所长。过了会儿，他把自己大腿一拍，坐直身子，高兴地说道："照所长你这么说，咱岂不是要发大财了？"

刘所长笑着说："准确地说，是你周青松要发大财了。县农科所是吃财政饭的，我们这成果也是县上的，如果这个品种推广得好，我们会有些奖金。"

周青松有点不平地说："这不是有些亏了你们？"

刘所长笑着说："青松，你这是只算了经济账，我们搞科研就如同教养孩子，付出的心血和劳累能教养出一个出息的娃娃，这就是最大的欣慰了。"

周青松听刘所长这么一说，觉得自己在刘所长面前矮小了很多。从内心来说，他只是想通过种毛桃多挣些钱，把自己的日子，并且帮自己的亲戚朋友把日子过得体面些，基本上没有想着为更多的人去做些什么事，更不要说把做事当成自己的什么理想目标。不知道怎么感谢刘所长和帮着他的科研人员，在他看来，唯一能做的就是出钱帮着刘所长搞科研。

当然，周青松知道刘所长是公家的人，不好拿他的钱，他便试着问刘所长有没有需要自己帮着干的事。刘所长没有急于说什么，喝着水，站起来看着窗外，然后缓缓地转过身，对周青松说道："谢谢青松。我在省城里上班的同学，有好多如你说的到私人企业去了，有的也在自己干，他们也曾动员过我，而且有好多农业公司也看上了咱县农科所的科研成果，也有想要我这个人的。可我总说服不了自己，总觉得这样做有忘恩负义的感觉。你想想，公家出的科研经费，给我发的工资，没成果出来咱也没把花费的钱给退回去，出了成果就拿出去给自家弄好处，这是不是不美气？让别人知道了是不是要戳脊梁骨？"

周青松听刘所长说完，真不知道再说什么好了。他站起来，激动地说道："所长，你说得对着呢，人生下来不能只知道做事，还得会做人。我周青松有你老哥的帮助，把事做得还行，可这做人还得好好向你看齐。以后所里有什么需要我青松做的事尽管说，我也愿意出钱做些好事，不为留名，只为让自己这内心更安稳和充实些。"

刘所长笑着指着周青松说："真是个好后生，知恩图报，好样的。"他说完有点犹豫地看着周青松，想说什么又没说出来。周青松看出刘所长心里有话，就问道："所长，你有啥事尽管说，我一定尽力帮忙！"

刘所长见周青松看出了他的心思，就坐下来，有点不好意思地说道："青松，我前段时间回村看望老父老母，老人高兴得很，现在不缺吃少穿，地里也没多少活要做，我就说让他们把身体养好，好好活着，让我们多尽几年孝。两个老人说现在这世道好得很，让我不用操心了，有空多回村几次。"

周青松听刘所长说起孝敬父母，很是感动。他现在日子好了，可他的父亲周甜泉一点也没享到他的福。每每想起这事，周青松就觉得现在这好日子真的没多少值得高兴的。好在母亲还在，周青松把父亲没能享受到的全落在母亲身上，母亲想做什么他会尽量满足，地里的活和家务尽量不劳母亲去干。他听刘所长父母都在，心里很是羡慕。在刘所长喝水的工夫，周青松问道："所长，啥时间我去看看二老！"

刘所长笑着说道："青松，难得你有这个心思，老哥有件事正犯愁呢！"

周青松见他有事要自己帮忙，高兴地说道："老哥，你尽管说，我青松尽力而为。"

刘所长从沙发上站起来，在屋里来回走了两趟，面带歉意地说道："青松，我现在有空经常回家，父母也很高兴。只是他们觉得我在外上班这么多年，问我能不能给村里办点好事。"

周青松听刘所长这么一说，笑着应道："老哥，老人说得对着呢，我们村现在有好几个在外上班退休回来的，都在尽力为村上做事呢。你说，需要我做点什么？"

刘所长重新坐回沙发上，看着周青松说道："青松，我们村子正在建新学校，现在钱不够，发动村上在外面弄事的人捐款呢！我已经捐了二百块钱，可要建学校的钱还差一万多元钱。前段时间我回了趟村，村支书和村主任找到我，看能不能给拉个企业赞助一下。"

周青松听到这，不假思索地接了话，说："所长，你说需要多少，我来捐这个钱。"

刘所长激动地从沙发上站起来，握住周青松的手说："谢谢！青松，你这是给老哥——不，应该是给我老刘家脸上贴金了。"

周青松笑着说："老哥，要没你帮着我，我就是有这个心也没这个能力。"

刘所长说道："那这个钱捐出去，要在我们村学校的碑记上把老弟的名字刻上。"

周青松看着刘所长摇了摇手，笑着说道："老哥，这个就不用了，咱农村有句话叫'人怕出名猪怕壮'。我倒不是怕这个，主要咱是农家出身，只是尽自己的力量做点好事，不为图这个名的。"

刘所长看着周青松，不住地点着头，能看出，他是打心眼里感激周青松。

田成业心里也有事牵着，早晨起来早早吃过饭，给媳妇翠翠说他有事就出去了。田成业出了院门，直接走到了杨根良家。

杨根良见田成业有事找自己，放下手中的筷子，从厨房里拿出一个小凳子，让田成业坐下，问道："成业哥，这么早你吃了没？"

田成业坐下说吃过了，让杨根良吃自己的饭，说："我就怕你忙着不在家，才来这么早。"杨根良拾起筷子，边吃边问道："成业哥，啥事把你着急的？"

田成业说道："我前段时间让国栋找人给咱村上弄了个乡村休闲观光旅游开发规划，贾县长也提了意见。我在想，咱这村上没个集体的事业，各家单打独斗，过好了还行，如果遇到个天灾人祸那还是很难扛过去。我寻思着咱甜泉水村有这么好的山水古迹，发展乡村旅游条件不错。如今要退耕还林，想借退耕还林这个机会，把各家各户地里要种的树规划下，种上桃树、杏树、李子树和樱桃树等，这样春天可以来看花，夏秋可以卖果子，等果林成了规模，在山上和村子边上再开发吃、住、玩的地方，这样乡亲们就有个长远收入的门路了。"

杨根良静静地听着。等田成业说完，他看着田成业没有说什么。田成业以为杨根良有什么顾虑，就继续说道："根良，这事按照我的设想要成形也得好几年，咱现在得借退耕还林的政策把底子先打好。我想村民们可能看法不一致，这事还需村上出面做些工作。"

杨根良让媳妇金凤把饭菜收拾回厨房，把田成业让到自己的屋子里，倒上茶水，若有所思地说道："成业哥，你这想法不错。我也一直想着咱这村子得弄个什么事。特别是根娃出了事后，我总觉得这人在外辛苦不是长久之计，可村上也没个什么能够来钱的门路。你倒是给想了个好办法。只是现在这地都在各家的名下，栽什么树可能还容易做工作，可将来如果要在山上修路建房子，可能就会有问题。还有，如果要建成个旅游区，村上在其中起什么作用？又扮演个什么角色呢？毕竟这地都分到了村民家里，而且如你设想的，后期建设的钱从什么地方来呢？又由谁花这个钱来建呢？建成了跟村民能不能处得来呢？"

杨根良把刚才自己思考的问题一股脑儿地倒了出来。田成业听完心里挺高兴，想杨根良肯定是同意了这个事，不然不会去思考这么多。

田成业本来只是想先说说种树的事，后续的设想慢慢跟杨根良和村上的干部商量，但既然杨根良问到了，他就说道："根良，按照规划的设想，最后要建成一个集农业、旅游、休闲和商贸于一体的村。村民自己干不行，村上自己干也不行，让哪一家公司单位来建也不行。我想要把这事做成，需要村民、村上和有实力的公司一起来干，当然最重要的还是要得到县上的支持。"

杨根良认真地听着，没有插话。田成业喝了口水，继续说道："县上我已经跟贾县长沟通过了，他愿意来协调这事。现在最紧要的是先把村民动员起来，按照规划把树栽好，然后村上出面找公司进行开发。"

杨根良听田成业这么一说，脸上露出了笑容，说："成业哥，看来你把这事都想透了，我觉得现在最大的困难就是怕县上不支持。"

田成业笑着说："这个贾县长已经答应了。这几天抽个空，咱要不一起去给他汇报汇报？"

杨根良犹豫了下，问道："我听郑经理说，贾县长已经到政协上班去了，这事他还管不？"

田成业愣了下，自言自语道："这么快就退了！"然后看着杨根良说："贾县长虽然到了政协，我想他会给咱说这个话的。"

杨根良说："是这，成业哥，不管贾县长能不能应承下这事，咱还是要去一趟，毕竟他在河口镇这么多年，而且很看重咱甜泉水村的发展。"

田成业点着头，说道："根良，那你定个时间，我闲着呢，定下了给我说一声就行。"

杨根娃出事后，杨根良没一点去工地和县上办公室的心思。竟杨根娃是他的亲堂弟，自己领出去的人出了这事，还是自家门户里的人，这让他很沮丧，他甚至动了离开这行的念头。田成业的一席话让他好像有了一个方向。

八　十

田成业从杨根良家出来，心情挺好。他来到旧小学，想听一会儿县剧团演员排练秦腔戏。

县剧团新排的《芒水情》在县上乃至市上演出很成功。在京城的秦人商会专门邀请秦东县剧团到北京，给老乡们演了整整三天。许久未听着熟悉的乡音乡调，在京城扎了根的老秦东乡党们眼中全是泪水，周青松的八爸没落下一场。演出结束了，这些多年在外的游子拉着演员的手，用有些变调的家乡话问着秦东县的现状，也感激着演员们的精彩演出。对于这些已经上了年纪的老秦东人，有生之年能在京城再看到家乡的剧团演出，可能就成了一种奢望了。

动人的剧情，精湛的演技，精彩的表演——当时快四分五裂的县剧团硬是在响玲书记、团长的坚持下，最终度过了最为艰难的岁月。从京城演出回来，县剧团的演出时间表已经排到半年之后。省电视台专门邀请剧团录制了一期《秦之春》，这档上星的节目起到了推波助澜的作用，西北五省区都知道了秦东县秦腔剧团戏唱得好。很快，响玲将领着这些年轻的演员坐火车到邻省去演出。

田成业来到学校，演员排练快结束了。响玲看见田成业，热情地将他领到排练室。年轻的演员们大多都在这里，响玲动情地向大家说："小伙子、姑娘们，甜泉水村的老支书田书记来了。他经常来看咱们排练，但大家不知道，我们这个排练的地方，这甜泉水村的老小学，是他想方设法给咱们留下来的。咱剧团能有今天，要感谢的人很多，可要说最应该感谢的就是田书记。"

响玲说完，让田成业站在排练场地的台中央，自己和演员对着田成业，深深地鞠了一躬。田成业没想到响玲会这么做，忙从台上走下来，面带笑容地说："响玲书记，各位演员，这怎么行呢？我田成业没这么大的本事，也没这么大的功劳。要说帮着租下这个学校，那也是因为我喜欢秦腔，我从小听它长大，秦腔已经渗进了我的骨髓。我为你们能够坚持下来，而且能够重振秦腔事业，给你们鞠躬了。"

响玲忙拉住田成业，年轻的演员们都围了过来，大家不约而同地说道："只要田书记想听戏了，我们就给你演。"

田成业感动得喉咙哽住了，响玲对田成业说："田书记，我在这里给你保证，只要甜泉水村看得上县剧团唱的戏，每年甜泉水村庙会期间，剧团免费给村民们唱！"

响玲的话音刚落，杨根良和周青松进了排练室。杨根良接了响玲的话，说道："我代表甜泉水村所有的村民感谢响玲书记给甜泉水村的这个面子。听镇上书记说，戏校要搬回县上去办了，我和青松也是听戏长大的，也舍不得你们走。我看成业书记往戏校这边来了，就和村上几个干部商量了一下，戏校今年的租金就免了，也算是甜泉水村村民这么多年来白看你们戏的一点心意。"

周青松面带遗憾地说道："真不情愿你们搬到县上去，我也没啥能表达心意的，今年我在上林村新种的毛桃给大家每人准备了一小盒，你们尝尝。"

响玲和学员们被感动得流下了热泪，这热泪是有感于他们经历的辛酸和艰难，但更多的是被美丽的甜泉水村和淳朴的村民感动了。响玲从口袋里拿出手帕，在眼睛上拭了下，然后说道："我本想找一个合适的时间，正式地跟甜泉水村村民道个别，没想到你们都知道。也好，那我就把我的一点心思在这说说。我们戏校搬到县上去是县文化局定的，校舍是原来县初中的老校舍，剧团也有了新办公楼，条件肯定比咱村上的学校好，但从心里说我还是不太情愿走的，可这事我定不了，那我就把我能定的事在这说一下。在搬到县上去之前，村上能不能定下一个时间，让我们剧团和戏校给咱甜泉水村村民再唱上两天三晚上戏？这样我们走了心里可能会好受点。"

听响玲说完，杨根良看了看田成业和周青松，满脸都是笑容，说道："成业哥，青松，这是好事啊。咱甜泉水村村民能听到西北最有名的剧团唱的戏，有眼福耳福啊！"

田成业也高兴地说："根良说得对着呢。我有个想法，唱戏的那几天，把县上关心过剧团的领导也请请，贾主席我去请，顺便我还有事找他。"

响玲接了田成业的话说道："还是老书记想得周到。县上的领导，除了贾主席，其他我来请，镇上的领导……"

杨根良笑着说道："这个你安排就行。"说完众人向响玲书记和学员道了别。

孙建国的儿子孙大亮回村给杨根娃家走完人情，就回省城了。孙建国没跟儿子一块儿回省城，而是在村子里自己的老屋住下了。白天没什么事，孙建国就在村子溜达，到了谁家门上都要停一会儿，拉拉闲话，如果主人家不是很忙，他还会到家中坐坐。孙建国毕竟是老孙书记的儿子，也是甜泉水村仅有的几个上过大学、在外面把事弄得还挺体面的人，村民们觉得孙建国的到来也是看得起他们。当然孙建国也去过田成业家和杨根良家。在田成业看来，孙建国这次像是要住下来的样子。田成业在外面上过班，知道待在城里受罪的感觉，别人可能不理解孙建国更愿意住在农村的想法，田成业能理解。

在新规划的村子中转了几天，不大的村子很快走了一圈，该去的人家都去了，孙建国才想起在御井边上盖了新房的周青松来。想到周青松新盖的房子，孙建国不由自主想起小时候每年夏天，大人们忙着地里的庄稼，娃娃们像是没王的蜂一样疯逛着，口渴了就在小队的打麦场上摘些小麦秆，一个一个接起来，趴在御井边，把用小麦秆接成的吸管伸到井中，然后用力地吸吮着，清凉甘爽的井水就到了口中。喝饱了水的娃娃们会坐在井台边，一个个脸红得像刚刚杀下猪的肺一样。孙建国想到这，脸上不经意浮现出了惬意的笑容，他已经有了想去周青松家看看的念头，更想去看看那口养大他的老井，在那找找自己少年时的身影，那是让他一想到便心情舒畅的记忆。

出了家门，走过新修的街道，沿着向南上坡的沙石路，不一会儿工夫他就到了那口井边。那棵硕大、粗壮、茂盛的老槐树很快映入他的眼帘。这棵槐树的大小跟他离开甜泉水村时没有多少变化。毕竟是上百年的老树，每年能够发出新芽已实属不易。或许这树和人一样，已经到了生命的极限，再也长不高、长不粗了，只能一年年用枝头的新绿向村民们默默地说着："我还活着。"老槐树下的那口御井还在，通往御井的小路两边长满了杂草，不过被人收拾过，都平平地铺在地面上。井口长满了绿苔，那个供人休息的石礅还在。一切都是几十年前的样子，只是没了那时的热闹和喧哗。周青松家的新房就在井的正南面，红砖砌成的围墙和门楼把院子遮挡得严严实实，站在井边的孙建国只能听到有人在院子里劈着柴火。

孙建国犹豫了下，还是走到了门口，他用手在黑色的铁皮门上敲了两下。院子里的劈柴声停了下来，紧接着传出周青松的声音，问道："谁啊？"

孙建国没有出声，他听到周青松的脚步声逐渐近了。很快门开了，周青松见是孙建国，忙笑着说道："是建国哥啊，快进来快进来。"

孙建国笑着说道："这么多年了，没来看看这口井，今儿来看了，跟原来的样子没一点变化。这要不是你青松住到这，我看这井都要被荒草埋了。"

周青松把孙建国让进院子，往屋里喊道："桃花，建国哥来了，把茶水倒上，再把从上林村摘下的毛桃给拾一篮子。"说完从台阶上拿过一个小木凳让孙建国坐下。

孙建国并没直接坐下，背着手在院子里转着看着。院子里用水泥在两边砌出了一块菜地和一个花园。菜地里长着红红的西红柿和紫紫的茄子，有一片新种的蒜苗已经出了土，很整齐地排列着。

花园里有十来根黄金竹，竹子的下面长着几簇已经长了花蕾的菊花，几株散落的月季在墙根随意地开着几朵粉红色的花。

台阶上码放着周青松劈下的柴火。一层半的砖房外贴着白色的瓷砖，枣红色的木质前门上镶着蓝色玻璃的铝合金窗子，屋顶上的脊瓦是棕红色的，让人感觉很乡土又很现代。

孙建国入神地看着，周青松默默地站着。这时桃花倒了水，出了前门，问着"建国哥来了"，把水和毛桃放在小方桌上，到后院忙自己的去了。

孙建国这时才缓过神来，不好意思地笑着对周青松说："哎呀青松啊，你把这院子收拾得跟《桃花源记》里的仙境一样了。这房盖得虽说不是楼房，可跟咱这甜泉水村的环境很协调，让人来了就有想住下的欲望。"

周青松把孙建国让到小凳上，笑着说道："建国哥，你这是把我夸到天上去了。"

孙建国坐下后喝了口水，问道："我老姨人呢？"

周青松带着抱怨的口气说："说不下，前天就到咱村后山上的来生寺去了。听说寺院来了两个佛学院毕业的年轻尼姑，我妈像是得了两个女儿一样，没几天就要去听她们诵经，回来就带好几本经书，遇上不认识的字还经常让娃娃和我给查字典。"说完周青松摇了摇头，他这是既佩服老母亲的执着，又有点无奈。

孙建国听周青松说完，说："这人老了就得有事做。只要不是搞迷信，走走转转，看看经书，这对她老人家身体好。"

周青松苦笑着说："也只能这样了。"说完让孙建国尝尝他栽的新品毛桃。

孙建国小时候跟周青松一样经常到南山上摘野果，对毛桃他很熟悉，也吃过，就随手拿了个有点肉感的毛桃撕开皮。金黄色的果肉亮亮的，一看就知道糖分很高。孙建国轻咬了一口，淡淡的酸味中透着浓浓的甜味，他细细品了品才咽了下去。看着紫红色的果心，他连声叫好，说从来没吃过这么好吃的毛桃。特别是听周青松说毛桃一斤要三四块钱后，他感到惊讶，接着就不住地赞叹。当他要走的时候，周青松让桃花用小纸箱给他装了一些毛桃，让带回去给蜡梅嫂子尝尝。

出了周青松家的院门，站在井台边，看着手里的毛桃，孙建国心里有一种说不出的感觉。

八 十 一

秋天是秦东县最美的季节。从平地到山坡，放眼望去是金黄和深绿，到处是成熟的果子和庄稼。

平地里大多栽种上了猕猴桃。这个季节，国道上、乡间小道上停满了外地牌照的车辆，果农们脸上堆着笑容，收果子的商贩把猕猴桃一筐筐装上车，完了从腰间的钱包里拿出整沓的人民币，递给这些刚刚从庄稼汉转变过来的果农。乡亲们咧嘴笑着，用手蘸着口水点着钱，嘴里还数着张数。此刻，一年的辛苦被这厚厚的票子驱赶得无影无踪，剩下的只有满满的幸福了。

周青松种下的老品种有固定的商贩。两口子和桃花她娘家的亲戚帮着摘猕猴桃，不到两天，十多亩的猕猴桃就被客商拉到外省去了。剩下的新品种产量不多，农科所刘所长专门请了十多个乡党下果子，装在了定制的小纸箱里，用所里的小面包车往县城里送。这新品的毛桃是第二年结果子，能吃上的人并不多，加上价钱太高，一般人家不买这个品种的毛桃。周青松想到了自己的同学，特别是在县医院上班的蒋艳，觉得应该给同学们送点毛桃，让他们也尝尝自己种的这个果子。

刘所长送完毛桃回到地边时，周青松说了自己的想法。刘所长责怪似的说："青松你太客气了，你想送人尽管拿就是了。"

周青松赔着笑说："那怎么好意思，毕竟你刘所长把钱给了我。"

刘所长指着周青松说道："青松，我经了这么多果农，就数你厚道。"

周青松笑了笑没说什么，往自己摩托车后座绑了个大木筐，把装好毛桃的小纸箱摆放在木筐里。他在心里数了，十箱就够了。摩托车后座的木筐只能放八箱，他在自己胸前的车脖子上放了两箱，发动着车往县城去了。

周青松到了县城，先到同学薛家宝那。薛家宝自己弄了个面包车，把男同学们的毛桃全送了。周青松往县医院赶。到了医院，蒋艳没在，打听了下，说是请了几天假收拾房子去了。周青松想是不是蒋艳和郑先成要结婚了，便骑着摩托去了郑先成的公司。刚到门口，王勇良挡在了车子前面。周青松下了车，问勇良郑经理在不。

王勇良老远就看见了周青松，从门卫室出来专门给他来开门，见他要找郑经理，笑着说：“经理在呢，上二楼右拐后第二个房间。”

周青松仔细看了看王勇良，见他穿着海军蓝的保安服，笑着说：“勇良，你穿上这身看着挺英武的啊。”

王勇良笑着说：“再英武也就是个把门的。”

周青松说：“你不要埋汰自己了。”说完就推着车进了公司的大门。

周青松放好车，抱着四箱毛桃就上了楼，到了门口，用脚轻轻碰了碰郑先成的办公室门，很快门就开了。郑先成见是周青松，高兴地把他让进门，接了怀中的纸箱，问道：“青松，这是弄的什么东西啊？”

周青松放下毛桃，才发现蒋艳也在。见他进了门，蒋艳起身给他去倒水，等把毛桃放在地上，蒋艳把水杯递给他，笑着说：“青松，你这是给拿的什么啊？”

周青松接过水杯喝了口，笑着说道：“没啥，自己地里出产的毛桃。”

蒋艳接了话，说道：“哎呀你看你，这段时间县城街上全是毛桃，你这是把石头往山里背呢！”

蒋艳这么一说，周青松脸上有点挂不住。郑先成看了出来，忙说道：“艳子，可不能这么说。街上的跟青松送来的那怎么能一样呢？青松这毛桃里有情分在呢！”

蒋艳看着郑先成，带着点气说：“就你会说话，我和青松是啥情分我不知道？"

周青松知道蒋艳是快嘴热心肠，听郑先成这么一说，他指着地上的毛桃说："这是咱县上农科所育出来的新品种，产量不多，我那二十多亩试验园的毛桃被刘所长全收了，这是我特意留下送给同学们的。"

说完他打开纸箱，在里面翻了翻，找了一个能吃的递给蒋艳，笑着说道："艳子，你尝下，不好吃我就拿回去了。"

蒋艳接过周青松递过来的毛桃，用手轻轻去撕毛桃皮。郑先成忙从桌子后面走过来，从蒋艳手里拿过毛桃，用桌子上的水果刀把毛桃从腰间一分为二，然后拿出两个小勺子，递给蒋艳一个，自己拿着一个掏着果肉，道："毛桃是这样吃的。"

蒋艳看着打开的毛桃，金黄的果肉，紫红色的桃心，跟她经常吃的黄心绿肉的秦美毛桃就是不一样。她学着郑先成的样子掏了一小勺，放到嘴里品了品，睁大眼睛看着周青松问道："青松，你这毛桃还有没？再给我弄几箱来。"

周青松笑呵呵地说："那有什么问题，我回去就给你送来。"

蒋艳边吃边说这毛桃好，吃完了一个毛桃，她说道："你这新品毛桃真好吃。我跟你开玩笑呢，这几箱就行了。"

郑先成让周青松坐下，说道："青松，我给钱，你给我弄上二十箱，我也要送人。"

周青松爽快地说："没问题，你看你什么时间去拉。不过后天可能果子就下完了。"

郑先成说："今天没时间了，明天上午我开车到你毛桃地里去。"

周青松说："那好，上午九点我在国道去上林村的路口等你。"

送完了毛桃，周青松起身准备回地里去。蒋艳让周青松坐下，说有个事要给他说说。周青松又坐回沙发上。蒋艳看着郑先成，郑先成好像明白了什么，对周青松说："青松，我和艳子原来就打算娃娃们高考完了定个日子把婚结了，娃娃们现在都上了大学，我们定了个日子，农历十月十八，也就是甜泉水村庙会结束后，到时候你和根良一定要来。"

周青松转过头看着平静的蒋艳，说："好啊，我一定来，只是不知道你们给根良说了没。"

郑先成说："根良就在对面楼上办公，前几天就说了。"

周青松看了看郑先成，又看了看蒋艳，说："那今天我在这先给你们道个喜。"说完起了身，说地里请了十几个人正下毛桃呢，先回了。

蒋艳和郑先成也起了身，把周青松送到楼下，看着他发动了摩托。蒋艳冲着他举起手摇了摇说："到时你和根良一道来啊！"周青松说没问题，一定到。

周青松话音刚落，大门口传来了争吵声，他熄了火，三个人往大门口赶。快到门口时，蒋艳看到那个熟悉却令她痛心的董永远正往公司院里闯，王勇良死死地揪着他的胳膊，抽大烟的董永远根本就动不了。郑先成拉住蒋艳，说："你回我办公室去，我去见见他。"蒋艳已经怕了董永远，根本就不想看到这个人，郑先成这么一说，她就往院子里去了。

郑先成和周青松到了门口，动弹不得的董永远见郑先成出来了，破口骂道："郑先成，你这个王八蛋，抢老子的媳妇，你还是人吗？"郑先成就当没听见，给王勇良说："你把他放开。"

王勇良松了手，董永远把胳膊甩了甩，指着郑先成说："姓郑的，你听好了，你让人打我，抢我的婆娘，我跟你没完，我要到法院去告你。"

郑先成知道董永远想要什么，他走到董永远的面前，低声说道："蒋艳已经和你离了婚，这个女人跟你现在没什么关系，你不要在这胡言乱语。你想说什么心平气和地说，我能帮你会帮你。只是有一点，从今往后不要再找蒋艳，也不要到我公司来耍死狗（耍无赖）！"

董永远听了郑先成的话，面带不屑地说道："那好，既然你郑经理这么说了，我就给你提个条件，你一次性赔给我精神损失费一万元，往后咱谁也不欠谁的了。"

郑先成听董永远要这么多钱，说道："姓董的，咱们之间不存在欠的问题，我是看你可怜，一千块钱，你要了就拿上走人，不要了我还忙着呢！"

董永远听郑先成说只给一千块钱，没思量就说："不行！"

郑先成听到董永远说不行，也没思量就转身要走。董永远见郑先成要走就急了，在大门边拾起一块砖头就去追郑先成。站在边上的王勇良见董永远要伤人，紧跑了两步，飞身腾空两只脚猛地蹬在董永远的腰上。董永远举着砖头还没来得及吓唬郑先成，自己头和身子先重重地砸在水泥地面上。他身子蜷缩着，痛苦地呻吟着，鼻子和嘴里很快就出了血。郑先成听到响动转过身，董永远已倒在了身后。毕竟跟自己生活了十多年，在阳台上的蒋艳看到倒在地上痛苦挣扎的董永远，本能地冲下楼，抱着满脸是血的董永远，对郑先成大声哭喊着："还不找个车把人往医院里送！"

董永远在蒋艳怀里抽搐着。事情发生得太突然，大家都愣在了原地，听到蒋艳的喊叫声，郑先成、周青松和王勇良才回过神。周青松发动好自己的摩托车，让王勇良抱起董永远坐在后座上，自己屁股担在油箱上，开着摩托就往县医院赶。

送走董永远，蒋艳瘫在地上，她眼眶隐隐有泪光，却没能哭出来。郑先成叫来夏天，把蒋艳扶到办公室，自己下了楼也忙往医院赶去。

王勇良因为过失伤人进了看守所，到医院带走王勇良的是县公安局刑侦大队的队长陈群力。陈队长吃惊王勇良怎么会跑到县上来惹事，了解完了他才知道王勇良现在是保安。王勇良见是陈群力，面带愧色招呼道："是陈所长啊！"

陈队长看着王勇良，心里想着他当初说过的话，没想到一语成谶，王勇良再三之后还真有了再四，不过这次犯事跟前几次有区别。

八　十　二

又到了下秋雨的季节。从北方吹来的冷空气和不愿回到岭南的暖湿空气在秦东县的上空打起了架，不知道是哪个打输了流下泪水，还是两厢打得起劲流下了汗水，在这个季节交替的日子，缠绵的连阴雨淅淅沥沥下个不停。秦东河年年到了这个时候就要涨大水，住在附近乡镇的村民到了这个季节日子都过得提心吊胆。上涨的秦东河水每年都要摧毁不少人家的房屋，还没有成熟的苹果园和毛桃园只要大水游逛一趟，青色的果子就会随着洪水去了县城北面的渭川河。

秦东河水库修好了，以前年年被洪水袭扰着的村民不再为每年到来的洪水而担心。虽说到了雨季，秦东河照样涨着水，但是那洪水被拦在了水库里。除了往省城大兴输送饮用水外，水库还要下泄多余的水。经历了夏天用水高峰，时常不太多水的秦东河河道和东西两条干渠这时恢复了旧颜，河水满满当当地向北流淌着，密密的水网把秦东县编织得像是江南水乡。

甜泉水村被笼罩在细细的雨雾中。街上空荡荡的，偶尔会有几只湿透的狗儿在路上晃荡着；路边的野草长得很旺，很少有村民来割了。如今村民种地大多都用上了机器，麦客没了，牛也很少了。明年就要退耕还林，需要村民出力气的活越来越少，人们的身材也随着农活，特别是体力活的减少一天天富态起来。除了被太多阳光晒得黝黑的脸和身上看着时尚但质量一般、不太合体的服装之外，人们感觉乡下人的日子跟城里人没多大差别了。

雨没完没了地下着，甜泉水村的村委会里坐满了人。如今要把大家召集在一起开个会，也只有节假日和雨雪天了。

杨根良见雨下了两天没个要晴的样子，走到孙建业家。泥泞的院子没有铺上水泥，老旧的房子还是孙有福当年盖下的，台阶上放着零乱的柴火，养着的狗没精打采地躺在柴火垛里。在雨中，杨根良看到孙建业的这个家，心中不知怎的生出一点悲来。他本想让孙建业通知村委的人开会，看到这番情景，转过身回自己家了。

杨根良回到自己国道边的屋里，想起刚才看到的孙建业家的情景，孙有福的样子浮现在了脑海里。这么多年了，村上有事都是孙建业跑前跑后联络，平时都是孙建业照看着村上的摊子。虽说孙建业把日子过成这样有自己的问题，可村上也拖了他的后腿。想到这，杨根良越发觉得他这个书记、村主任也是有责任的，他也对不起孙建业。

杨根良给有电话的支委和村委会成员打了电话，没电话的他自己跑了一趟。吃过晚饭，村委会成员相继来到村委，大家相互问候过后坐在自己的位置上。孙建业热情地跑前跑后给大家倒着水，看在眼里的杨根良心里难受劲又上来了。人还没到齐，干部们相互问着彼此营生咋样。胡满堂是最后一个到的，他没打伞，身上淋了一层雨水，进了村委的门，用力在地上跺了跺脚，低下头用手把头上的雨水抹了抹后落了座。

杨根良看了看，开腔说道："现在大伙都忙，今天这会我就先说，咱们争取早点结束。"说完他示意还在倒水的孙建业坐下，自己拿起面前的水杯喝了口水，继续说道："大伙都知道，前段时间安排退耕还林登记工作的事各小组都报上来了，咱们今天开会集中讨论下，如果没什么意见就报镇上了。第二件事大伙可能也知道，就是今年咱村上村委会换届的事。我在这里明确一下，今年村委换届我不参与了，想竞选村主任的人先到建业那报个名，具体换届时间等镇上定，咱这一届村委在镇上的指导下把换届工作搞好。"

杨根良把会议的议题说完，拿过水杯又喝了口水，刚要开口，胡满堂转头看着他说道："书记，我觉得你德才兼备，已经是咱村的主心骨，这村主任还是你继续干吧！"

杨根良放下水杯，笑着对胡满堂说："满堂，感谢你这么多年支持我的工作。我说了，我现在是书记，加上自己还有些事，精力顾不过来。我已经决定了，大家就不要再劝了。我在这里明确一下，参与下一届村委换届的人，主要是村主任人选，这个月月底前在建业那报个名。"

孙建业马上说道："书记你放心。"

杨根良说完，大家议论了起来。杨根良看了看大家，清了下嗓子，会议室立马安静了下来，他说道："村委换届这事就先说到这，如果还有什么要补充的会后再说。下来我把退耕还林的事说一说。"

这时胡满堂又开口说道："村主任，我这个组没什么补充的，你问问其他几个组要不要补充，没补充的就这样定下吧，完了我还有车货要送县城去。"

杨根良看着胡满堂，有点生气地说："满堂，开会你就静下心来开会，要去拉货就去拉货，不要人在曹营心在汉。现在村上也很少开会，既然召集大家来一趟不容易，咱就安心把会开好，把要说的事、要议的事拿出个像样的结果来。"

胡满堂感觉到杨根良生气了，忙赔着笑脸说："书记，村主任，我不是急着走的意思。你不是说早点结束嘛，我就先把我的意见说了。"

杨根良再没理会胡满堂，继续说道："各组上报的退耕还林登记表我看了下，基本上按照镇上下发的通知要求做了，选栽的树种也在范围之内。我在这里要说的是，前段时间成业书记上省城给咱村上做了个乡村休闲观光旅游开发规划，县上有关领导看了，成业书记跟我也商量过，我觉得挺好，虽然下一步怎么个搞法还没个成熟的意见，不过现在得先把基础工作做好，也就是把山坡上种什么树、怎么种落实下来。"

杨根良说完，把几张纸发到各个小组长手里，说道："大伙先把原来登记的树种和这规划图上的树种对照一下。与规划不相符的地块，各个组长把今天会上的意思给主人家说一说，实在说不好的给我说一声，我再出面去协调。"

周青松拿过杨根良给自己的规划图，看了看说道："我先说下我个人的意见。"

杨根良见周青松要说话，就让大家静静，然后说道："青松，你说说你有什么想法。" 正在看着规划图的几个小组长放下手中的图纸看着周青松，孙建业也放下手中的笔。

周青松把水杯往桌子中间推了下，说道："我觉得成业书记这个规划很及时，也很适合咱甜泉水村。咱们村原来在山坡上种地，产量一亩不过一百斤，还伤了宋良哥的身体。现在上面要退耕还林，这是好事，能固土防水，还能换回青山，让咱村再回到从前老辈人说的'青山碧水神仙地'的好环境。只是这各家分散经营也只能是收些树上的果子。"

周青松说到这，会议室里就议论起来，杨根良让大家先不要说话，让青松说完。周青松喝了口水继续说道："按照成业书记的想法，村民们能收果子，村上又能发展乡村旅游，群众得利村上聚财，让个人和集体都壮大起来。自己能往前奔的尽管往前奔，自己奔不动的有壮实的村集体帮着，这才是大家心目中的甜泉水村，才是让大家都过上好日子的甜泉水村。叫我说，咱们这几个村干部先统一一下思想，做还是不做。做，咱就下功夫把乡亲们的想法往这个图上靠。咱们要统一不起来，我看这事就难。我自己的意思是做，就按这个图上做，这可能是咱们甜泉水村的将来，而且很有可能是一个不错的将来。"

杨根良听了周青松一席话，不由自主鼓起掌来，随后孙建业和其他干部也鼓起了掌。周青松忙站起来，两手抱拳，上下摇着笑着说道："大家抬举我了。"

杨根良放下双手，看着甜泉水村这几个能行人，动情地说道："咱甜泉水村在河口镇的乡党眼里是有山有水，有坡有平，旱涝不饥，民风淳朴。如今各人干各自的，日子都过得比以往好多了，可咱这村上要办个啥事手头就不宽展了。上次建新学校，要不是世文、青松和郑经理，到现在可能只是个想法！我也在想咋改变这个窘迫劲。成业哥给想了个好主意，如果按规划落实了，那咱村每个村民不仅能从树上得一笔钱，还能从旅游公司那分点钱，咱这村上也有积蓄。我和青松的意见一样，咱还是按照规划图把各家的树种统一起来，这样将来开发成景区就有了基础，不然到建旅游景区时再砍树栽树太费工费时了。"

杨根良说完，田文喜说没意见，只是这重新摸底动员村民可能还得点时间。杨根良说这没问题，给镇上说说，晚上报几天。

杨根良看着胡满堂问道："满堂，你是啥想法？"

胡满堂以往都是抢着发言，这次却落在了后面，杨根良点了他的名，他才回过神，整理了下衣服，说道："我看这个想法好着呢，只是我现在老要跑车，不太清楚按照规划图上要做多少家人的工作，怕误事。另外，我听说我们组里有些村民把地租了出去，还是外面来的人租下了，我不知道别的组有没有这事。"

杨根良听胡满堂说有外地人到甜泉水村来租地，心里还是惊了一下，这是他最担心的事。如果有外人来租山坡上的地，那以后要建乡村休闲观光旅游的景区跟村民就没多大关系，这样村民虽然一次性得了一笔钱，可后续的收入就没保障了。更为头痛的是，这些外来租地的人会影响景区整体规划和建设，如果胡乱要价，那村上这个规划要实施，困难自然大多了。

虽然按照规划图上种树要做些群众的工作，村委干部最后还是同意了周青松的意见。杨根良给大家两周的时间，还答应从退耕还林经费中给大家发些误工费。吃过中午饭请大家到村部开会，本想很快就结束了，没想到会开完天快要黑了。雨还在淅淅沥沥地下着，杨根良说散会，大家起身就往外走，杨根良转头却叫住周青松和胡满堂。

孙建业收拾着桌子上的杯子，杨根良让两人坐下，然后有点焦虑地问道："满堂，你们组上哪个把地租出去了？"

胡满堂想了想说："也没准，我整天在外跑车，听我媳妇说了一嘴，她还动员我也把地租了算了，省得上山劳人呢！"

杨根良思量了会儿。收拾完水杯和凳子的孙建业准备出门回家，杨根良叫他也坐下，然后说道："村民往外租自己的地，按政策，只要还是在地里种庄稼栽树，村上也没办法管。如果没有村上发展旅游这事也就算了，既然大家都觉得成业书记这个想法好，咱就得把工作做到前面。满堂你回去把这事落实好，弄清楚是哪家把地租出去了，有多少户，租给了谁。青松、建业和我一起把村上开发乡村旅游的规划简化简化，让村民们能看懂，争取后天发到各家，让大家看在村子将来发展和后辈们有更好日子过的情分上，按规划图种树，不私自出租规划区内的土地，如果要租，优先租给村集体。"

胡满堂本来忙着要去拉货，听杨根良这么一说也觉得这事能行，就爽快地答应了。完了他问如果有村民要把地租给村上，钱从哪出呢。

八 十 三

秦东河峪口的大坝，在流淌着秦东河水的山谷拦起了一座壮观的湖泊。昔日桃李村村民要费半天工夫才能爬上的大山，如今变成了湖中的小岛。村民大多都搬到了甜泉水村边上的新村。原来那些住在山顶，生活不太方便的村民，如今依水而居，门前就是国道。随着节假日到山里赏景避暑人的增多，这些人家大多在自家的院中开起了小饭店，偶尔也会拿出自己家吃不完的木耳、核桃、桃子等土产卖给这些来游玩的人。山外有些头脑的人看到了商机，把还没有搬下山的村民的房子租下来，开起了有点像样的饭店，还给来吃饭玩耍的人们提供钓鱼工具，把客人们钓上来的鱼做成可口的烤鱼。客人中，大人可以坐在院中核桃树下乘凉打麻将，孩子们则能和主人家的小猫小狗小鸡玩耍，有时也会拿起主人提供的葱叶喂食装在竹笼里的蚂蚱。

来生寺就建在离这些村民家不远的山梁上。秦东河水库工程在建造时给来生寺搬迁预留了经费，这笔钱除了把法王塔和来生寺原样搬到山梁上，还用在了寺院边的博物馆上，县上文物局还专门成立了来生寺博物馆领导机构，负责门票和日常管理。那静静矗立在山梁上的法王塔和依原样建造的寺院，还如在秦东河畔时一样，孤寂地守望着这山这水这群人，只有每逢农历初一、十五，蒋居士会来把佛堂和院中的杂物、灰尘清扫一下。

不知从哪天起，来生寺那多年没有敲响的大钟又响了起来，浑厚的钟声顺风传来，整个河口镇的人都能听到它的声响，甚至住在十多公里外县城的人有的也说听到了来生寺的钟声。

打开来生寺院大门撞响那口大钟的，是两位从省城佛学院毕业而来的年轻尼姑。

蒋居士把看护来生寺院的事交了出去，甜泉水村的古庙会也开始了。女儿蒋艳回家给了老两口钱让在庙会上买几件过冬的衣服，庙会开始当天的晚上陪父母看了场戏。戏是县剧团免费送的，前面折子戏唱的《柜中缘》，本戏唱的是在京城演出时新编的《芒水情》。蒋艳虽然很少看戏了，不过看着《芒水情》眼中就生出了两汪泉水。戏以河口镇乡亲为秦东河水库建设做出的牺牲为主线，主要反映了贫困的两家世代乡邻，在秦东河水库建设的过程中，光景发生了变化，两个青梅竹马的娃娃被逼迫分了手。剧中的情景虽然跟现实生活有很大差别，但蒋艳还是能从戏中看到她和根良、青松成长的影子，也能看出秦东河水库建设中桃李新村和甜泉水村乡亲思想上发生的变化。由身边人身边事演绎出的故事，怎能不让生活在这片土地上的人们动容呢？

第二天早饭后，蒋艳到镇上乘班车回县医院去上班，还没走到车站，老远就看见根良站在车站等着。蒋艳走过去，杨根良笑着说："我知道你昨天回来了，想着你要陪老人，没去打扰你。我今天要上县跟郑经理说说勇良的事，没想到你也回县上去。"

蒋艳微笑着问："你咋没骑你的车呢？"

杨根良说："前两天村上调查退耕还林的事，我让会计用我的车去通知干部，没想到会计避车时把车骑到路边的沟里去了，好在人没事。我觉得还是坐班车方便些，骑摩托危险挺大。"

两人正说着，班车到了。杨根良先上了车，掏出钱买了两张票，蒋艳也没推让。车上人不多，但没座位了，两个人只能站着。车开了，人随着车子的晃动也晃动着，两个人静静地看着车窗外的田地，没说一句话。

车到县城，两人下了车，杨根良对蒋艳说道："现在最苦最难的就是你了，你要想开点，董永远成了废人也好，以后就不胡跑惹事了，只是董新娃娃和他的爷爷奶奶那让你作难了。"

蒋艳把头发捋了捋，笑着说："根良，你别担心，我这么多年都过来了，应付得了。"

　　杨根良抬头看了看蒋艳，说道："那就好，那我先走了。"蒋艳"嗯"了一声，也转身往医院去了。

　　本来结婚的日子都定了，现在却取消了。如果没有董永远到郑先成的公司去闹事，如果郑先成狠狠心把钱给了，如果王勇良下手轻点，甜泉水村庙会后，郑先成和蒋艳的婚事就办了。可世间哪有如果的事呢！郑先成坐在办公室里，一根接一根地抽着烟，门和窗子都关着，屋子里塞满了蓝蓝的烟雾。他想着亡妻，想着蒋艳，觉得自己是幸运的。这两个可心的女人都深深地打动了他，他也深深地爱着她们，只是这美好愉悦的日子总是去得很快，这让郑先成不得不怀疑自己的命是不是就该如此。他已经把辞职报告报到城建局了。虽然自己在这公家的公司有股份，钱数也很可观，公司的未来也不错，郑先成却决意不干了。他现在不需要那么多的钱，也不需要人前的面子，他想静一静，想住到秦东河谷中的山村里，看着清澈的秦东河水，看着苍翠起伏的大美山岭，看着那纯白自在的云朵，让这清舒的山水和云彩，理顺他杂乱纷扰的心情。

　　正当郑先成遐想着的时候，门开了，浓浓的烟雾像被关了好久的猫儿，一股脑儿地向门外冲去。郑先成只能看见烟雾中一个模糊的身影，不过这个模糊的身影是熟悉的。

　　杨根良推开门，差点被冲出门的烟雾呛得咳嗽，在门口换了口气。他知道郑先成这段时间心情肯定不好，可也没有什么好办法，只能尽力找些有利于王勇良的资料让法院从轻处罚，尽快把这事处理了，让郑先成不再纠结于这件事上。

　　办完堂弟杨根娃的后事，杨根良本想找个机会把离开郑先成公司的想法说出来，没承想出了王勇良这事。他不想再给郑先成添乱，就把这个想法埋在了心里。进门见郑先成抽着闷烟，他忙拿起暖水瓶，给郑先成的杯子里续了点水，然后给自己倒了杯水，坐在沙发上，等郑先成回到办公桌后面坐下，才开口说道："先成经理，我刚从看守所过来，把村上五百村民给王勇良求情的信交给了检察官，争取能够从轻点处理。我和艳子一块儿坐班车下来的，一路上我看她心事也挺重。如果没勇良这事，再过几天你们就要成婚了。遇到这事大家心里都不好受，不过我劝你还是要想开点，等勇良这事过去了，你找艳子好好说说，再定个时间把你们俩的大事办了。"

郑先成看着杨根良，听他说完，没急着说什么。杨根良见郑先成没说什么，接着说道："郑老哥，前段时间我忙根娃和村上的事，现在能抽出身了。你把勇良的事处理好，工地上的事你尽管给我说。"

郑先成点了根烟，说道："根良，老哥感谢你做的这一切。今天你来，老哥就把心里话给你说说。我打算辞职休息了，我想住到秦东河谷去，想静一静。"

杨根良听郑先成这么一说，直直地看着他，心想：我还没说出自己不想干的心思，郑经理你倒先说了出来。

他知道郑先成心里难受，可能是说气话呢，就安慰道："老哥，你要心里堵得慌那就歇几天，等勇良的事结束了，你心情好点了再上班，有什么事你给我说说行了。"

郑先成抽着烟，没有看杨根良，听完杨根良的话，把没抽完的烟放到烟灰缸里，说道："根良老弟，你不用劝我了，哥能干到今天这份上已经满足了，就是将来再干，老哥也不想干这活了。你堂弟根娃出了事，哥这心里就觉得对不起这帮乡党，不但挣钱不容易，还把命搭上了，我这心里安稳不了。如今又没把董永远这事处理好，为了几个钱斗气惹出这么大的事，对不起勇良，更对不起艳子。我能理解，在一起生活了十几年，人还是有感情的，如今董永远永远躺在了床上，我理解艳子的心情。我看只能先离开，等大家都平静下来再说后面的事吧！"

杨根良听完郑先成的话，知道他已经下了决心，叹了口气说道："老哥你这么说我能理解。那是这吧，我跟夏会计说一声，让她哥在贵妃岭的学校给你找个住的地方，你到那休整一段时间。"

郑先成听杨根良这么一说，脸色好看了点，说道："好，你不用劝了，我给夏天说一说，听说过段时间她要带小宋回老家去看父母，正好，我让她开我的车去。"

八 十 四

冬日里的阳光一年比一年温暖。甜泉水村的庙会过了一个多月，雪的影子还没看到。这要放在十年前，雪已经下过好几场了。田成业把发展甜泉水村乡村旅游的事给杨根良说了后，觉得这事可以放放了，等明年退耕还林，村民们按照规划栽树就行了，后续的开发要看县上的支持和村上能不能成立一个实体机构或企业来做这事。

田成业忙完了这件大事，心里就想起了自己的事。王勇良已经被法院判决了，有村上出面求情，有董永远父母谅解，王勇良最终因为过失致人重伤被判服两年刑期。田成业有心理准备，不过判决下来还是很难受，毕竟王勇良是他的小舅子，而且还是他操心让王勇良到郑先成的公司去做事的。每每想到这一点，他是满心愧疚，觉得对不起婆娘翠翠，对不起王勇良的媳妇巧姑，更对不起王勇良那三个娃娃，他得去看看王勇良。

田成业想着走着，没多大工夫到了县看守所。

等王勇良坐下，田成业把巧姑和三个娃娃的情况说了说，然后让勇良在这好好改造，争取早日出来。王勇良自然地笑了笑，对田成业说道："哥，你放心，我会好好改造的。你给巧姑带个话，让她把娃娃带好，一定让娃娃把书念好，我勇良这辈子欠她的，一定不会让她等到下辈子。"田成业听着王勇良说完，猛然觉得坐了快半年牢的勇良像变了个人。

出了看守所，田成业的心情跟天气一样灰蒙蒙的。西北风打起了精神，呼呼地叫着，把马路上不多的行人往房子里赶。田成业推着自行车，漫无目的地走着。他不急于回甜泉水村，怕看到翠翠和巧姑说起王勇良的事，可他也想不出到什么地方去消磨会儿时间，就这样在风中漫无目的地推着车子走着，让冰冷的西北风剥落他内心向外散发着的燥热。慢慢地，他的心情平稳了下来。他把车子放在县城马路边上，在一个没有开门营业的店铺的台阶上坐了下来，凝视着街上匆匆来往的过路客，思绪却随着风儿不知飘到哪去了。

忽然，风中飘来一声"成业哥"。田成业收回神，两厢打望了下，除了马路边多了一辆白色轿车，路上并没有他认识的人。这时那辆白色轿车的门打开了，下来的人他认识。

田成业忙从台阶上站起来，顺手把衣裤上的灰拍了拍，下了台阶，笑着问道："是东娥啊，你这是去哪呢？"

东娥从车边走过来，看着田成业反问道："成业哥，我倒想问问你，大冷天你在这做啥呢？"

田成业苦笑着说："东娥，哥不瞒你，我刚从看守所出来。"

东娥忙接了话说道："成业哥，你不说咧，我知道了。那你在县上还有啥事没？"

田成业想了想，说没什么事了，就是想自己静静，过会儿就回村上去。东娥说道："成业哥，这也快到中午了，你从饭庄走后就很少再去我那。是这，中午就在饭庄吃个饭，我把贾主席也请过来，你们两个老哥谝会儿闲传。"

田成业脸上浮现出了笑容，说："好，我也想见见贾主席呢！"说完，推了自己的车子，让东娥先走，他后脚就到。东娥说天冷，车骑慢点，她回去亲自弄桌菜。田成业向东娥摆摆手，说不要太复杂了，就咱自己家里的农家饭就行。

贾旺在办公室看报纸。明年开春就要换届了，那时他就会退下来，还没有想好不上班了干什么呢。他从基层上来，一路忙忙碌碌，自己也没培养一个雅兴。现在机关里练毛笔字的人多了起来，看来都是为退休做准备。贾旺眼睛看着报纸，心里胡乱想着，桌上的电话就响了，是东娥打来的。贾旺爽快地答应了，他也想见见成业。不知道为什么，贾旺觉得自己退下来，能够让他不觉得寂寞的地方可能就是甜泉水村，毕竟那里有他这一生中最值得称道的功绩。

贾旺和田成业很快到了秦东饭庄。东娥把两个人安顿在自己的办公室里，泡上茶，上了苹果、毛桃、花生和瓜子，然后自己亲自去做中午的饭菜。两个人在开着暖气的房子里热情地聊着，想着甜泉水村真能如他们心中想的那样，或许这会是他们这一辈子最值得骄傲的谈资。

东娥很快把饭菜准备好了，四个小凉菜——五香花肠、水晶皮冻、蒜泥猪脸和农家浆水菜，两个热菜——秦东烩四喜、农家待客菜，一瓶西秦酒。秦东烩四喜不是席面上的菜，却是秦东人很爱吃的一道菜。这道菜不是席面"八碗十八碟"里的菜，一般只有过年走亲戚或者在饭店里才会吃到。虽说平常家里的妇人都会做，但要做得色香味俱全，那可不是件容易的事。东娥经常给村上的人家做席面，又喜欢动脑子，这道秦东烩四喜就做得拿手，做这道菜，要把白菜去叶洗净，然后将菜帮切成手指宽的条；把农家老豆腐切成手指长短的方条，下油锅炸至金黄捞出；将新鲜的猪皮洗净，切成两指宽三指长的条后放生姜、白酒，加一点盐、蜂蜜，腌半个小时，下油锅炸至金黄；然后炸丸子。等这四样都收拾好了，在炒锅内加自家菜籽压榨的油，等油冒淡淡的蓝烟，散发出浓浓的香味时，放入花椒、蒜、姜末，下葱段翻炒均匀后倒入准备好的白菜帮，加少许盐，等白菜出水后焖一会儿，然后倒入炸好的猪皮、豆腐和丸子，轻轻翻炒几下就好。完了加入煮完鸡后的清汤，漫过锅中的菜，按照个人口味加适量盐，煮沸后出锅装盆撒点葱花末，秦东烩四喜就做好了。另一道农家待客菜也不是席面上的菜，却也是秦东人喜爱的一道菜。正月初二走舅家是秦东人雷打不动的规矩，这么隆重的礼仪舅家当然也不会不上心，最能让人感受到重视的就是这道农家待客菜。放在十年前，也只有正月初二这一天才会上这道菜招待来走亲戚的小辈们。东娥给贾旺和田成业做这两道热菜，特别是农家待客菜，是知道他们都是从那个缺少油水的年代过来的人，吃着菜感受今天的好日子，难免会记起过去的苦难日子，这吃的就不仅仅是一顿饭那么简单了。

东娥把菜做好，叫已经是助理的贾先德也过来陪着两个老前辈，四个人就动起了筷子。

不出东娥的意料，尝了第一口凉菜后，贾旺和田成业脱口而出说吃到了小时候的味道。东娥笑着端起手中的酸奶，说道："贾主席、成业哥，东娥本来只是个农村妇女，多亏两位兄长指点，才有了今天这光景。"

贾旺先开口说道："成业、东娥，我明年开春就退了。在河口镇工作那阵，根本就没想到我会坐到今天这位置。虽然在别人眼里我贾旺命好，遇到了好领导吴江山书记，可我心里明白，没有甜泉水村和桃李村老乡的理解和支持，没有你们把省城交给县上的移民搬迁工作落实好，我贾旺就不会有今天。为这，我晚上时常做梦，生怕两个村的乡亲们没把日子过好，要是那样我当了这个官怎么能睡得安稳呢！好在两个村子的村民现在日子过得还行，在这我感谢成业老兄在河口镇对我的支持，也感谢你把村子带得这么好。"

田成业笑着说："你这个贾主席，我知道你是对乡亲们好，硬是把我赶上架。可回头想想，如果我只是在村上闲着过退休日子，这十多年那就是虚耗了。你不要感谢我，我才应该感谢你给我这辈子留念想的机会。"

两个人说完碰了杯，四个人说笑着吃起菜来。东娥见凉菜吃得差不多了，让身后的服务员把热菜上上来。

田成业和贾旺看到上来的秦东烩四喜，眼睛都直了，不住地说着好久都没吃到这菜了。东娥拿过两个小碗，给两个人一人盛了一碗秦东烩四喜，两个人连一声感谢也没顾得上说，就高兴地端着碗吃起来，嘴里不住地说着"好吃"。两个人狂吃的样子把东娥都惹笑了，她说："慢着吃，别把两位兄长呛着了。"

"成业哥，你给推荐的先德在管理上没的说，人也实在。现在饭庄的日常管理大多是他在安排，我现只是把个菜品关就行了。"

田成业说："那就好。我听国栋说，现在公司要做好做大，不能完全搞成家庭式管理，要引进懂经营管理的专业人手。"

东娥笑着说："现在饭庄引进了一些专业的厨师和管理人员，前段时间专门开了个研讨会，想在省城大兴市开一个分店，还没定下来呢！"

贾旺听东娥说要在省城开店，说他赞成。田成业也赞成，只是他说还是要突出秦东特色。东娥说她也是这个想法，如果在省城开店，会以秦东特色为招牌。

大家正说着，农家待客菜就上来了，然后上了一盘小蒸馍。田成业和贾旺不约而同地拿了个蒸馍掰开，把农家待客菜里的红烧五花肉夹了一片放在热腾腾的馍中间，迫不及待地咬了一口。

东娥喝了口酸奶，笑呵呵地看着两个人。田成业吃完一个蒸馍，又拿了第二个，掰开后，拿起筷子准备夹肉的时候却停了下来，想到了什么，把已经掰好的蒸馍放在碟子里，转过头问东娥："世文咋没在呢？"

东娥收回笑脸，有点生气地说："你走后，这人就没个准点。你要找他时看不到人，回来了问就说是到县剧院看戏去了。"

田成业边听边说："你家宏轩快毕业了吧？"

东娥见田成业提起儿子，脸上的皱纹马上就舒展开了，有点自得地说："娃娃快毕业了，只是娃娃想自己干，不想考公务员！"

田成业笑着说："这好着呢，说明娃娃有主见。"

贾旺也笑着说："我看成业说得对着呢，现在好多娃娃想当公家人，这观念得改。现在成全自己的路子多着呢，非得千军万马挤这独木桥？"

边说边吃，时间过得就快。快到下午两点了，贾旺看了看表说："下午我还得上班，今天就到这。"

话说完大家就起了身，这时天空中飘下了雪花，下了楼，田成业的车座上已有了一抹白，贾旺高兴地说："这天就该是'一盆炭火煮清茶，几杯醇酒品秦腔'的日子。"田成业也为这迟来的雪感到兴奋，随口说道："那要不你联系响玲书记看下午有戏没？"

贾旺说："成业你也真是的，我说个风，你就是雨。我现在还不能像你一样自由自在，得去上班。"

八 十 五

白雪茫茫，四野清静，雪下了整整一晚上。娃娃们大多住在学校里，村民们也就懒得早起，街道上和乡间的路上只有狗儿留下的脚印，村子已淹没在雪的世界里。勤快的妇女们燃起灶火，青烟飘在村子上空，如一床淡蓝的被子盖在甜泉水村头顶。此刻，山梁上来生寺浑厚的钟声如期响起，在这个安静的冬日显得更为动听。

田成业昨天从县城回来时天快黑了，雪片越来越大，到河口镇街上的时候，马路上已积了雪，他只好推着车子步行回家。早上他没有像往常起得那么早，婆娘翠翠也觉得有点怪，本想叫醒他，看到他睡得香甜的样子就没忍心，自己摸索着下了炕，到厨房弄早饭去了。

甜泉水村的村民大多跟田成业一样睡着懒觉，杨根良却没有睡。他把郑先成送到贵妃岭小学后，从工地上把自己施工队的人带了回来。他也跟公司打了招呼，想继续干的村民和公司只是用工的关系，不再与他的施工队相关。他也想好好地静一静，对他来说，当下最紧要的是把镇上安排的村委换届组织好。

从工地上回村的那天晚上，孙建国的儿子孙大亮拿着两条金猴香烟、两瓶西秦酒，还有一个装着五百元钱的信封到了他家。媳妇金凤知道孙大亮要和老汉谈事，说是到堂妹家还东西就出了门。杨根良给孙大亮倒上茶，两个人坐下。孙大亮给杨根良递上烟，完了打着火给杨根良把烟点上，等杨根良吸了第一口烟，不急不忙地说道："根良叔，我今晚上来是来感谢你的。"

杨根良把烟从嘴边拿下来，转过头看着孙大亮。孙大亮笑着继续说道："根良叔，我爷生病、去世没少麻烦你；我爸退休回来在村上有个啥事村上也很关照；我三爸人老实，你把他放在村上当会计。这些我爸经常跟我谈起，本来他想找个机会把这话给你说一说，可你也知道他在外面上大学、上班，情面上有点薄，把这话说不出口，总觉得说出来了显得与你见外。"

杨根良听孙大亮这么一说，把手里的烟放地上，用鞋底轻轻踩了下，说道："大亮，你在叔跟前说这话就真的见外了。你爷老书记给咱这村上操心了一辈子，把谁放我这位子上也会这么做。

就是到今天，咱村上的大多数人都记着老书记的恩德。要说感谢，咱甜泉水村所有的人都得感谢老书记的好。"说完端起自己的茶水喝了口。孙大亮也喝了口水，笑着说道："根良叔，话是这么说呢，但我爸内心的这个结还得解开。我今天来也没带什么，这烟酒算是我爸的一点心意。"说完从随身的包里拿出一个信封，说道："这个是我的一点心意。这么多年在外面也没回村几次，就是回来也没专门过来看过你和婶子，你就看着给婶子和娃娃们买点什么，我这心里也好受些。"

孙大亮放下东西就起了身，说："天不早了，我还得回省城去，明天新开的分店装修验收我得亲自去看看。"

杨根良见孙大亮要走，拿起放在桌子上的信封说道："大亮，这烟酒我收下了，这钱你还是拿上。"

孙大亮说："根良叔，你也知道我在省城一天挣上千元，这只是我的一点心意，给得少我拿不出手，给太多显得见外，你不收下我这脸就没处放了。"

杨根良知道孙大亮在省城把世事弄大了，现在还是县政协委员，只要县上、镇上的领导知道他回来都要来看看。杨根良想想如果当面直接回绝了，确实人家会觉得脸面上过不去，就说道："是这，大亮你等等。"

杨根良说完转身去了厨房，出来时手里提着两块风干的腊肉，笑着说："前几天我去贵妃岭高中同学家，人家给了几十斤年猪腊肉，现在城里人觉得这肉还是稀罕物，给你带点儿尝尝，也算是我的一点心意。"

孙大亮高兴地说："根良叔，这是好东西啊，你同学给你带的，我尝一块就行了。"

杨根良推开孙大亮的手说："家里还有三块呢，现在我和你婶子也吃不了多少，你把后备厢打开我给你放上。"

孙大亮很高兴，没有再推辞。杨根良把两块腊肉放好，趁孙大亮不注意，把装着钱的信封放在后备厢，顺手关了门，跟孙大亮道了别。

次日早上，杨根良边想着往事边从炕上起来，媳妇金凤在厨房里忙着。他推开门，雪还在下着。他拿起铁锨从门口把雪往两边清理着，很快院子里有了一条可以走到国道上的小路。杨根良站在院门外面，路上来往的车辆很少，马路上的雪被车轮轧过，露出黑色的沥青。在雪白的地面上，两条黑色的雪带让人瞧着很不舒服。杨根良转过身进了屋，对厨房里的媳妇喊道："饭好了没？我上午得去镇上一趟。"

镇党委和镇政府还在一起办公，只是老式的旧瓦房已经变成了三层两栋的楼房，镇党委、镇人大、镇政府和镇政协的四块牌子挂在大门口，院子里和门口的雪已经被门卫和保洁人员清扫走了，天上虽然还零星地飘着雪，但来办事的人行走还是很方便的。

杨根良给镇党委书记郑先功打过电话，从小路步行到镇党委。他看见郑先功房子外面的空调外机呼呼地响着，把脚上的雪跺了跺，用手轻轻敲了下门。

郑先功在屋里说"请进"。杨根良在门口把身上的大衣整理了下，推开门，笑着说道："郑书记好！"

郑先功见杨根良到了，没起身，指着办公桌对面的沙发说："快坐下。路上好走不？"

杨根良说："路上雪还比较大，我从小路上过来的。"

郑先功放下手中的笔，说："那冻美了吧？你在我这屋里先暖和暖和，我叫人把镇长叫过来。"

不一会儿，李镇长进来了。杨根良跟镇长握了握手，两个人坐在沙发上。郑先功让人倒上水，自己坐回到办公桌后面，问道："根良书记，你们村委换届竞选村主任的人选定下了没？"

杨根良喝了口茶，动了动身子说道："我们村上根据报名的情况研究了，目前有三个人选：一个是周青松，另一个是孙建业，还有一个是胡满堂。周青松和孙建业的情况郑书记和李镇长可能熟悉些。胡满堂是一组的组长，也是村委的委员，原来没有报名，不知道为什么最后期限快到的时候报了名。村上研究觉得三个人都符合要求，今天来就是把情况给镇上报告一下。如果没什么，村上准备正式给镇上交个东西，镇上定时间，派个人和村上把换届这事了了。"

郑先功看了看杨根良，问道："你这次咋不参加竞选呢？"

杨根良说自己原来忙工地上的事，书记、村主任一肩挑忙不过来，已经给村民说了不参加换届选举。郑先功看了看镇长，问道："李镇长，你觉得甜泉水村换届这事安排得咋样？"

李镇长看了看郑先功，又看了看杨根良，挺为难的样子。郑先功没等李镇长开口，继续说道："甜泉水村这样安排也好，具体事情让村主任干，既能培养干部，也能让根良腾出手为村上长远发展想想点子。只是我听说周青松参加这次竞选不是很主动，根良，你觉得如果周青松选上了，能把村上的事做好不？"

杨根良抬头看着郑先功，不知道郑先功是支持还是不支持周青松。杨根良不好表态，想了想说道："周青松和孙建业谁选上都应该能把事干好。"

郑先功盯着杨根良，然后有点生气地说道："根良书记，我是在问你，这两个人哪个更合适，你是村支书，对这两个人也了解，你的意见很重要。"

杨根良回看了郑先功一眼，也有点不舒服，本来他是不想把自己的想法说出来的，既然郑先功想听听他的意见，他就说道："这三个人谁能当选得由村民说了算，我这只有一票，最多可以左右下我媳妇，我觉得周青松和孙建业谁选上都行。"

很显然，郑先功对于杨根良的回答不是很满意，不过他也没有再问。他问李镇长还有什么要说的，李镇长说没有啥要说的，他就站起来，说道："根良书记，那你回去抓紧把换届的事给镇上交个报告。李镇长，你安排专人协助甜泉水村把这事组织好。"

杨根良也站了起来，从衣架上拿下大衣，跟镇长和书记道了别，就出了门。郑先功把杨根良送到门口，看着杨根良穿上大衣走出大门，转身进了自己的办公室，见李镇长跟了进来，便问道："老李，你有事？"

李镇长听郑先功第一次把自己叫老李，猛然想起自己也快五十岁的人了，顿了下，说道："书记，我刚才进屋的时候，孙总来了。根良在你屋里，我就让人先把他领到我办公室了，这会儿让他过来？"

郑先功转过身，问道："孙大亮？"

李镇长点了点头，郑先功说："好，河口镇这地方邪，想谁谁就来，你快让他过来。"

李镇长出了门，没一会儿，孙大亮就进了郑先功的办公室。郑先功从办公桌后面绕出来，伸出手，说道："这是什么风把孙总吹来了？"

孙大亮笑着握着郑先功的手，说道："郑老哥，不要总孙总孙总，叫小孙，或者叫大亮也行，你叫我孙总我就不自在。"

郑先功把孙大亮让到沙发上，让人给倒好水，等人出了门，问道："大亮，这下雪天，你不在省城的暖气洋房里舒服着，回来是有事？"

孙大亮呵呵笑了笑，说道："老哥，整天待在屋子里才没意思呢。我也是在家守不住，才回来转转。想想这下雪天，想请你去东道宫泡个温泉，完了喝个茶打个小牌。"

郑先功指了指孙大亮，哈哈笑着说道："也只有你有这个闲心。你没看这下雪天来镇上办事的人一个接一个？唉，马上还要退耕还林。"

孙大亮是从体制内跳出来的人，当然能理解郑先功的苦，笑着说："明年换届，老哥努力下，脱镇进县就会轻松点。"

郑先功摇了摇手说道："进县城在哪个部门，不用自己多想，组织就会考虑，进到县级干部里那就不容易了。"

孙大亮站起身，笑着说："郑老哥你在河口镇干得这么出色，晋升县级问题不大，如果需要我做什么尽管说。今天正好周末，就别想这事了，我车在院子里，你收拾收拾，咱上东道宫转转去。"

郑先功笑着说道："大亮，你这生意做得好，话也说得好啊！"郑先功看了看表，快下班了，收拾了下桌子，拿起电话给副书记说他到东道宫镇去办个事。

孙大亮下了楼发动了车开上暖气，郑先功没一会儿到了车边，孙大亮下车打开车门，郑先功上了车，问孙大亮还有谁。

孙大亮说："只有县上一个领导。"郑先功想了想，说道："那走吧！"

孙大亮看了看郑先功，问道："把李镇长也拉上？"

郑先功说算了。孙大亮说了声"好"，随手关上门。车子很快就钻进了灰蒙蒙的雾中。

八十六

连阴雪仍下着，虽不大，但过一阵就会从空中飘几片雪花下来。

周山泉起得很早，吃过早饭，骑着自行车往上林村赶。听说村里要换届，可他那个务毛桃的侄子一点动静也没有。胡满堂前天晚上到他家里打招呼，让他给投投票，走的时候还放了一包金猴烟和一包点心，出门的时候还说："要是能选上村主任，你老哥有啥事尽管说。"周山泉心想：胡满堂都争着抢着选村主任，青松咋就没动静呢？他不明白为什么青松不大愿意去竞选这个村主任，他这个周家门户里还待在这村里的仅有的长辈得过问过问。

周青松的毛桃示范基地已经有五十多亩，县农科所在示范基地盖了三间简易科研工作室。平时所里的人员不来基地，周青松为了管护毛桃就经常住在这里。

周山泉很快就到了上林村，到了毛桃园，看见青松已经在地里查看毛桃树有没有溃疡病。周山泉放好车子，边往地里走，边喊道："青松，你咋还在这忙呢？"

周青松循声转过身，见是周山泉，忙走过来笑着说："九爸，这天冷的，路滑的，你跑这弄啥来了？"

周山泉站在田垄上等周青松走过来，缓了口气说道："你这个娃啊，光知道务你这毛桃！"

周青松站在田垄下，半仰着脸，带着笑问道："九爸，啥事叫你这么上心动气呢？"

周山泉叫周青松从地里上来，然后有点生气地说道："村子里这么大的事你不知道？"

周青松收回目光，说道："知道，半年前我就知道了。"

周山泉显然更生气了，反问道："你知道是什么事？"

周青松笑着说："村主任换届的事，对吧？"

周山泉转过头，有点诧异地看着这个门中侄子，继续说道："你知道为什么就没点动静？胡满堂昨天晚上都找我打过招呼了。听说建业也参选。你想想，这根良当村主任，那杨家门户里人个个都像是当了村主任一样。我看了看，咱这周家门户里就数你有出息，也有这个实力，你要竞选村主任机会挺大，你不好意思去走动，九爸去给你打打招呼。"

周青松看了看天，空中零星地飘着雪花。他没有看周山泉，说道："九爸，你看我这毛桃园，我哪还有精力去办村上的事。"

周山泉静下来想了想，青松说得也有道理。这么大的园子，这场面，青松两口子都忙不过来，除草、施肥、授粉、下果子都要请人来干。周山泉想到这，心里平和了很多，看着这个侄子说道："青松，九爸知道你忙不过来，只是想想这人一辈子也不能光为了挣钱。孔子说得好，先得修身学做人，然后是齐家过日子，完了还得想想治国平天下。你现在是不是也得想想为咱周家门户里做点体面的事？不然光过好日子，活得总是有些美中不足。"

周青松转过脸，笑着说道："九爸，你的心思我明白，咱周家人也算是半耕半读的人家，自己光景好了肯定会想着邻里，我也想为村上多做点事。可求人给咱投票，这事我脸面拉不下来。我给根良说过了我参选，选不选得上顺其自然吧！"

周山泉看着这个后辈，心里忽然涌出一股暖流。他没有想到青松心中已有主意，更没想到青松想得比自己还深些，他为门户里有这个后生心里暗暗高兴。两人聊到快到中午了，天空中没了雪花，太阳像是要露脸的样子。周山泉走到车边，开了锁对青松说："那你忙，九爸先回了。"

周青松忙扶住周山泉的车子说："九爸，你在这吃中午饭吧，桃花在地里挖了些过冬菠菜，中午咱们做菠菜臊子面。"

周山泉重新把车子放好，高兴地问道："我咋没看见桃花呢？"

周青松笑着说："九爸，你火急火燎地来，没看见她。咱俩说话的时候她正在地里弄菜呢！"

周山泉和青松进了屋，桃花正在案板上擀面。加了菠菜汁的面泛着淡淡的绿，自己磨下的麦面的香味飘在屋中。周山泉对青松两口子说："看来九爸今天是来对了。"

甜泉水村村委换届的告示贴了出来，村子里没几个人围过去看。三个参加村主任竞选的人大家都知道了，选举的时间也知道了，出告示只是在走程序。第二天就要投票，杨根良找来未参加竞选的干部开了小会，安排几个人明天拿投票箱。粉红色的选票已经发到了各家，投票基本上都是以家庭为单位，村民们很少被集中起来，当然想集中也很难集中了，只能由村上和镇上的干部挨家挨户去收票。

选举进行得很顺利，并没有出现抵制选举和哄抢票箱的事，镇上来监督选举的干部终于放下了心。记录完投票结果，等大家都散了，杨根良拿着统计结果，一个人在村委会办公室里看着。三个人，三个数字，一目了然，杨根良却一遍又一遍地看着。过了会儿，他放下手中的统计结果，拿起村部的电话打给周青松。最后一个数字按完，杨根良"唉"了一声，喝了口茶水，把听筒放到耳朵边。很快周青松接了电话，听声音是杨根良，周青松问道："书记，这么晚了有事？"

杨根良心想：你个周青松，有事没事你还不清楚，故意让我说结果吧？杨根良就开了口说道："青松，选举结果出来了。"

周青松没有停顿，直接说道："是建业哥吧！"

杨根良"嗯"了一声。周青松说："应该是这个结果。建业哥在村上忙了这么多年，群众都看在眼里。我整天忙自己的，跟建业哥比肯定有差距，其实这也是我真心想的结果，也算是给老孙书记一个交代。"

杨根良知道周青松会平静地接受任何结果，只是最后一句"也算是给老孙书记一个交代"深深刺激了他。正如周青松说的，他确实也有这个想法，虽然他当村主任时，孙有福并没太把他当回事，可也没在镇上说过他的不是。他能够顺当地成为村主任，完了顺当地接任书记，孙家也给了他很多面子。特别是当孙大亮到他家后，他已经感觉到应该给孙家一个回报，虽然他在心里觉得周青松当村主任可能更适合点。杨根良放下电话，在桌子上拿起烟盒抽了根放在嘴边，顺手在自己的衣服口袋里摸打火机，这时才想起吃饭的时候可能把打火机放自家桌子上了。他从嘴边拿下烟，在鼻子下边闻了闻，然后放回烟盒里，将选举统计结果放到办公桌里锁好，关了灯，走出村部，抬头看了看天。

天空中不知道什么时候布满了星星。今天是农历的月末，月亮还没到出来的时候，天空里的星星显得格外耀眼，天河白花花一片，北斗七星那长长的勺子很显眼。杨根良在想是不是天河也会涨水，已经好久没有看到过这么明亮的天河了。他觉得今天晚上的天空跟小时候看到的很像，只是自己现在已经没有多少时间望着夜空数星星了。这时天边划过一道亮光，城里人把这叫流星，如果数量很多就叫流星雨。但是在农村，流星有一个不好听的名字叫扫帚星，预示着不好的兆头。杨根良生长在农村，虽然不太相信老人说的，但看到这流星心里还是有点不舒服。他收回目光，本来想唱几句秦腔的兴致也没了，匆匆地回了家。

杨根良把选举结果报到镇上后，来到田成业家。田成业正在院子劈过年的柴火，见杨根良进了院门，忙放下手里的活让杨根良坐下，往屋子里喊着"翠翠倒水"。

杨根良忙说："不用了成业哥，我今天来是想跟你说说咱村上发展乡村休闲观光旅游的事。"

田成业拿过一个小板凳叫杨根良坐下，笑着说："根良你不来找我，我还想去找你呢，我也想跟你说说明年落实栽树的事。"

杨根良说："那咱俩想到一块儿去了。"

这时翠翠拿出了热水瓶和杯子，杨根良站起来接在手里，说："老嫂子你忙你的，我自己来。"杨根良一边倒着水，一边问田成业："成业哥，我想听听你是个啥打算。"

田成业没怎么想就开口说道："根良，咱这甜泉水村现在各家的日子在整个河口镇来说是让人眼红的，但这仅仅是当下。平地里的村子大多都种了毛桃，这几年已经在挂果，比起种庄稼收入那可多多了。可咱这甜泉水村坡地要种树，平地盖了桃李新村，加上镇上这几年发展占用的地和咱们自己村民的宅基地，一个人不到两分平地，如果这样下去，怕是要坐吃山空了。前几年你带着大伙务工是个办法，可出了根娃这事人心里也不好受。我在想，咱这农村人还是爱待在家里弄事，就是外出也最好是在离家不远的地方。我思前想后村上还是应该弄个什么事，能解决村民的收入，同时能给村上集体攒点积蓄，这样村子里有个啥事也方便些，也能得到村民的支持，是吧？"

杨根良听田成业这么一说，也有点激动起来，说："成业哥，你说得对着呢。今天我来就是想跟你商量发展乡村休闲观光旅游的事，这样办既能落实县上镇上退耕还林的政策，还能把咱这青山绿水变成村民的摇钱树。"

田成业高兴地站起来，拉着杨根良的手说："根良，你把这事办好了，甜泉水村后辈儿孙那都得记着你的功劳呢！"

杨根良双手拉着田成业的手说："成业哥，应该是记着你的功劳呢！没你想这个长远的规划，我和青松都想不到这去。"

田成业激动地说道："根良，你和青松没上大学，这可能是老天爷专门为村上留下来的。有你们俩，咱这村子永远都是甜泉水村。"

杨根良让田成业坐下，说道："成业哥，我下午想请你和我去一趟县里。我想在村里成立一个观光旅游开发咨询小组，想请贾主席来当这个组长，这样县上的事他能给咱出面协调；你当副组长，全权负责村上这一块；我和青松——对了下一届建业是村主任，我们三个人来抓落实。第一步咱先把这树种好，有了这个底子，可能就成功了一半。"

田成业高兴地说:"我也有这个想法。那就在我家吃中午饭,下午咱早点去。"

杨根良说:"家里有饭呢,就是不知道贾主席在不在。"

田成业说:"你等下,我给他打个电话。"不一会儿田成业从屋子里出来,满面笑容地说道:"贾主席下午在,也没事,他说在办公室等咱们。"杨根良说那好得很,他回去收拾下,吃过饭过来接田成业。

八 十 七

来生寺悠长的钟声在每个清晨响起。伴着钟声,来生寺的香火也旺盛起来。

在红墙绿瓦枣红色大门的博物馆的隔壁,金色琉璃瓦屋顶、青砖木结构的来生寺大殿高高地矗立在秦东河水库的山梁上。四周红墙绿瓦护着寺院,柱子和窗户都刷了枣红色的油漆。寺院大门跟博物馆一样,只是那门楼和木门更高更宽了点。院中两厢是修行人起居的地方,也是青砖青瓦木结构,青砖铺设的地面很平整。院中栽着十多棵从村子里买来的大槐树,与两棵高大的松柏一同把院子装点得很幽静。人工砌起的花栏里月季还开着。

省城来的两个尼姑和自愿来帮忙的居士正清扫着院子,紧闭的大门外忽然传来汽车的喇叭声。两个尼姑放下手中的扫帚,开了寺门,见两辆车子已经停在了寺院门前的草地上。

原来是孙大亮陪省城来的李总来许愿。两人烧完香就下了山,一行人直接到了县城。秦东县城新开了一家饭店,以南方菜为主,吃不惯鱼虾的秦东人慢慢也接受了海鲜,而且是喜爱得不得了。这在十几年前,谁家过事上个鱼虾什么的肯定要被村里人骂几天,可如今这席面上没鱼倒成了弹嫌的话头。孙大亮在电话里定好了包间。到县上的时候县人大的王主任已经到了，两个人相互问了好。孙大亮把李总介绍给王主任，李总顺手把自己的名片递给王主任，王主任拿起来看了看，问道："是做园林的？"

李总"嗯"了一声。孙大亮让王主任先坐下，顺口问道："老郑还没到？"

王主任笑着说："郑书记是忙人，刚才给我打电话说十二点准时到。"

正说着，包间的门开了，郑先功走了进来。没等他说话，王主任看了看手表说道："郑书记是掐着点来的，差五分钟十二点。"

郑先功带着歉意说："到年底了事比较多，让主任久等了。"

王主任问孙大亮："还有人吗？"

孙大亮说："就咱几个人。刚才我三爸打来了个电话，说是在县上办事，我让他办完事过来吃饭，给他留个座位就行了。"

热菜上来的时候，孙建业才到。他把怀里抱着的四箱毛桃放在地上，喘着气，两手不知道放哪。孙大亮见他三爸来了，又看到地上的毛桃，有点不高兴地说："三爸你坐这。"

孙建业向桌子上的人点头哈腰，轻轻坐了下来。孙大亮给王主任和李总介绍了孙建业，孙建业不自在地笑着说："大亮说跟朋友吃饭，我想咱农村也没什么好带的，这是咱自产的新品毛桃，领导们尝尝。"

孙大亮没有看孙建业，王主任看了看地上的毛桃问道："老孙，你这毛桃是红心毛桃吧？"

孙建业马上直起腰笑着应道："就是的。主任还是行家啊！"

王主任说："你们务毛桃的才是行家。我也是前年农科所给送了点尝了下，两个字：好吃！"

孙大亮听王主任这么一说，脸上露出了笑容，对孙建业说："三爸，家里还有吧？过几天给王主任和郑书记再弄点。"

孙建业红着脸高兴地说："有呢！"

王主任忙摆了摆手说："尝个鲜就行了，剩下的趁价好多卖点钱，我知道乡下种点毛桃费工得很。"说着端起酒对孙建业说：

"我先感谢下孙主任的毛桃，咱喝一个。"孙建业忙端起酒杯，站起来小心地跟每个人碰了杯，喝完才坐下。

吃完饭送走王主任和郑书记，孙大亮红着脸说："三爸，你现在是咱甜泉水村的村主任了，我和我爸都很高兴。今天把你叫来也是和领导们加深下印象，过几年争取把书记当上。"

孙建业听到这愣了下，不知道怎么回答他这个侄子的问题。要不是孙建国和孙大亮鼓动他，参选村主任他都没勇气，更不要说下一步当书记了。孙大亮说完就上了车，摇下车窗给孙建业说："三爸你路上骑慢点。"话音刚落，车就启动了。

孙建业骑着摩托车，迎着寒意渐浓的西北风往家赶。他不大能喝酒，孙有福在的时候他从来不喝酒，一个重要的原因是怕喝多了出洋相丢他爹的人。今天喝了点酒，脸就红扑扑的，心中好像有一团火似的，丝毫没有感觉到空气的冰凉。他这时想着孙大亮给他说的话，想着他爹孙有福在村上当书记的场景，似乎明白了大哥孙建国和侄子孙大亮的心思。是啊，他爹孙有福在世时，甜泉水村大大小小的事都得经他爹的手，邻里们见了他爹都是满脸的笑容。他爹去世后，虽然邻里们对他还是很友善，不过也能感觉出来那只是礼行一下，村民们明显更向着杨家和周家那边了。孙建业想到这，心里猛然亮堂了很多，有一种难言的舒服。现在自己是村主任了，那些只是礼行的感觉可能也会随之逝去，接下来或许就会体验到他爹在世时的感觉了。

在娃娃们焦急等待过年的日子里，大人们却觉得日子过得真快，一抬眼，年就到跟前了。村民们已三三两两到街道上置办年货了。蒋居士闲着没什么事，每天早上往南山上走一段，看看变化中的来生寺，再望望水库中间桃李村的位置，然后背着手往山下走。这天他没急着回家，虽说现在吃穿都不紧巴巴了，可到了过年的时候还是得准备点年货，毕竟这个时候娃娃们要回来，团圆饭太简单总会让人感觉没年味。

蒋居士正在街上转悠，背后有人叫道："蒋叔，你也来置办年货啊！"

蒋居士回头一看，原来是蒋艳的同学陈进。蒋居士见小陈置办年货背着大背篓，有点不解地问道："小陈啊，如今到贵妃岭天天有班车，你咋过年还要一次置办这么多年货？"

陈进笑了笑说："我顺便给郑先成郑经理置办点。"

蒋居士有点惊讶地问道："郑经理不在县上忙他公司的事，跑你那山里弄啥去了？"

陈进也有点吃惊地盯着蒋居士，猛然觉得自己不应该提郑先成。他看到蒋居士的表情，已经猜出蒋艳没有把郑先成辞职到山里躲清闲的事告诉她爸。想到这，陈进脑子一转，忙笑着说："郑经理到我那去看看学校，我们学校明年开春要重建，他是施工方。"

蒋居士应了一声，还是有点疑惑，嘴里道："看来你们学校的工期紧张，不然这大过年的还要待在山里。"

甜泉水村很快就有了年味。街道里飘着肉香和蒸馍的香味，性急的娃娃们零星地燃放着炮仗，出门在外务工和上学的都回来了，村子里明显热闹了很多。孙建国和媳妇早早就从省城回来了，儿子孙大亮开着新换的小轿车把年货和两个人一起送了回来。

下了车，孙建国把给二弟、三弟和陈小安家带的东西让孙大亮给送过去，碰见邻居的娃娃们都会送一包糖果，上点年纪的男人会给发包香烟，女人也会给送一条小围巾。村民们能够感觉到孙家人的热情，能够感觉到这个年孙家人最高兴。其他村民跟往年一样准备着一切，只有杨根娃家、王勇良家没有过年的感觉。当然，田成业也没多少心思置办年货，对联和门神还没有去写和请，儿子国栋前段时间回来带了点东西，他觉得已经足够了。本来田成业是很欢喜过年的，主要是儿子一家能够回来，可王勇良还被关着，这让他提不起欢心来过这个年。他现在唯一的念头就是把发展旅游的事情做好，这是他最大的念想。

没有过年心思的田成业在院子里收拾着柴火。侯春来不知道什么时候悄无声息地进了院门，笑着说："成业你这是扫灰钱呢！"

田成业转过身，见侯春来手里拿着几副对联，就知道侯春来这是给自己送对联来了。他放下手里的扫把，把侯春来让进屋，倒了水，说道："春来老哥，你那协会上的事怎么样了？"

侯春来摆了摆手，有点无奈地说道："成业，你不用提这事了。我现在真正退休了，就练我的字。"侯春来说着把自己写的对联打开。田成业看着，诧异起来，侯春来的字比起刚回村的时候那是有了天壤之别，他真没想到人退休了还能练出一手好字。

田成业接过对联，先感谢了侯春来，然后笑着说："老哥，我现在正式拜你为师，跟你好好练练毛笔字。"

侯春来端着脸，严肃地说："我收你这个徒弟，你要练，到我那去就行了。娃娃们把房子翻盖了，地方大着呢，笔墨纸砚都有。"

田成业笑着说："那好，我去多了你可别嫌烦。"

侯春来说："请你都请不到还敢嫌烦？"说完看着田成业，有点为难地说道："成业，村上下一步要发展旅游，我不在协会这人闲着还有点心慌，你看我能做些什么不？"

田成业手里提着对联，把侯春来看了好一会儿，然后说道："你没跟根良说？"

侯春来说："说了，根良让我给你打个招呼。"

八十八

密集的鞭炮声伴着零星的烟花送走了除夕，夜空重新变得漆黑，鞭炮声随着旧岁而去，新的一年扑面而来。

尹世文一个人躲在县城自家的二楼房间里，他没回甜泉水村去请先人。

尹世文在省城担惊受怕地享受了贵妃足浴的服务后，半个月都没敢正眼看婆娘东娥，生怕东娥看出来他在省城办下的伤风事。不知从什么时候起，秦东县城北面打出了温泉，有些眼尖的人开起了温泉足浴。尹世文没事经常晚上去城北遛弯儿，看见这些足浴店，门面虽然比省城差，却还是勾起了他对在省城漂亮女子给他洗脚按摩的舒服劲的回忆。离上次进足浴店已经过了半年，尹世文没感觉出来东娥对自己有什么怀疑，口袋不缺钱的尹世文管不住自己，就偷着进了城北的一家足浴店洗了一次。他觉得服务还行，加之婆娘东娥又忙，他便隔三岔五就去洗一回脚。

县城这地方说大也小，尹世文时不时进足浴店洗脚的事就传到了东娥的耳朵里，还有人说尹世文专找漂亮年轻的技师服务。东娥差点气晕过去。她没一点心思打理生意，等尹世文回来，怒火从心头忽地一下就上了头，从桌子后边站起来，骂道："你是个畜生啊！你害臊不害臊啊？在外面让人家小姑娘给洗脚，你不要脸，我还要脸呢！你干这事，让我和娃娃咋活人啊！"

尹世文知道自己办了错事，蹲在地上一句话也不敢说。东娥骂过了，看着蹲在地上蜷缩着身子的尹世文，猛然感觉到自己也没什么理由去发这个火。虽说老汉不该去那地方，可这么多年，她为了生意确实没把这个男人放在眼里、心上，除了忙不过来需要他帮忙的时候。

儿子宏轩过了这个年就快毕业了，娃娃正在找实习单位，她开车到省城跟娃娃谈了很长时间，主要就是表达她这么多年忙生意没时间照顾尹世文，想好好尽尽当媳妇的心，希望娃娃回到县城打理生意，也为下一步接班做些准备。儿子宏轩起初很不情愿，但看着眼中泛着泪花的母亲，最终理解了母亲的心思，答应回饭庄实习。

尹世文在房间里胡乱地想着，好像没有听到除夕的花炮声，不知道什么时候睡了过去。醒来的时候媳妇东娥收拾着屋子，尹世文知道在婆娘这过了关。他赔着笑，抢过婆娘手中的扫把，说："你歇着去！"东娥没有松手，继续扫着地，说："你下楼洗脸去，饭在桌子上呢！"

尹世文穿好衣服，下楼洗了脸，走到餐桌边，拉了个凳子坐下。饺子还热着，尹世文坐着大口大口地吃了起来，嘴里还不住说着"好吃"。

尹世文刚吃完饭，听见有人敲门。他急忙走到门边，开了门，田成业、根良和青松站在门外面。东娥见是村上人来了，高兴地说："成业哥，你和根良、青松先吃着水果和瓜子，我把饭桌收拾下。"田成业笑着说："我和根良、青松大年初一来，是有点事跟你商量商量。"东娥收拾完饭桌，洗了手，拉了个凳子坐下。

杨根良脱下身上的大衣，坐在沙发上，说道："东娥嫂子，你也知道开春咱村上就要退耕还林，可能也听说了成业哥给咱村上规划发展乡村休闲观光旅游的事。我们在家商量了，现在有些村民不想栽树，想把地租出去，也有些村民已经私下把地租出去了，这样下去会影响到整体规划。成业哥的意思是把咱村上手头宽展的人找找，集一部分钱，可以算是村上借的，也可以算作给自己租地，这样就不影响后期的整体规划，看你有没有这个想法。"

东娥听完，没多思量就说好着呢，完了说需要多少钱，她愿意出。

田成业见东娥爽快地应了，高兴地说道："我就知道东娥是个识大体的人。是这，现在往外租地的人还不多，根良、青松各出了五万元钱，你也出五万元钱就行了，你春来叔和我也出点。"

东娥说："那行，我这就让娃娃准备去，如果不够，根良你再说就是了。"

杨根良高兴地说："咱甜泉水村就是水好，净养好心人。我回头到建国哥那看看，大亮现在弄得也不错，他如果能再添点钱就够用了。"

几个人从县城回来，根良让田成业和青松先回，说他到建业那去一趟。孙建业这几天正在忙着收拾村上的账务，再过几天要把账交到胡满堂手里，自己以后就忙村主任该忙的事了。

杨根良进了院门，站在院子里问建业哥在不。孙建业从屋里慢跑着出来，笑着说："书记来了，快到屋里坐。"

杨根良跟着孙建业一边走，一边笑着说："建业哥，以后村上开会集体场合叫我书记还行，其他时间还是叫我的名字好些。"

孙建业也笑着说："叫习惯了，以后按你说的改。"

两人进屋坐定后，杨根良说道："建业哥，你现在是村主任，这是大伙对你的信任，我在这还是要给你道个喜。今天我来有两件事。第一件是村上的事得专门开个会交接下，等镇上手续办完再定开会的时间。第二件也算是村上的事，就是退耕还林。我原来跟你说过，现在有些人不想自己栽树，想租出去。为了将来咱村上发展乡村休闲观光旅游，村上想先把村民想往外租的地承包下来，为整体规划打个底子。这样村上得有点钱。你问问大亮有这个想法没，算村上借的也行，算大亮自己租的地也行，只是栽什么树得按村上规划栽。"

孙建业听杨根良这么一说，高兴地说道："根良，这事大亮肯定支持。你等下，我先给我哥打个电话，让他联系下大亮。"

电话很快就接通了。开始孙建业说的时候脸上还挂着笑容，慢慢地，脸色就有些难看了，完了有点无奈地放下电话，回过头，看着杨根良，满脸难堪地说道："根良，我想这钱对大亮来说可能也不算多，应该没问题，没想到我大哥说大亮刚新开了两家店，装修还借钱呢！你看这事……"

杨根良没有怪罪孙建业的意思，真诚地感谢孙建业能给他哥打电话，完了说大亮正用钱着就不为难人了，现在村上凑的钱应该差不多，如果真不够用到时候再说。说完起了身往门外走，孙建业跟在后面也出了门。杨根良说："建业哥，你回吧，这几天你把账目理一理，尽快让满堂接了。"

孙建业满脸的歉疚，却也不好再说什么。

春节已过，甜泉水村的年轻人拿着铺盖陆续到省城和省外务工去了。村子里安静了很多，留在家的老人或蹲或坐在朝阳的台阶上，看着还没有到上学年龄的娃娃们在院子里疯玩着。猫眯着眼懒散地躺在台阶上。狗安静地趴在地上，院子里来个人，也只是眼睛转转，嘴里连一声"汪"也懒得叫。

孙建业忙碌着，骑着车子挨家挨户地安排着退耕还林的事，这是他当村主任后的第一件大事。镇上要求的时限和任务是明确的，不管怎么说，到柳树吐芽时山坡上都得种上树。孙建业眼见村里的壮劳力都出了门往城里去，这山上的树谁去栽啊？他晚上没睡着觉，天刚亮吃了早饭，就骑着自行车一个组一个组地跑。组长们都说没问题，村民们嘴上也答应会把树栽上，可孙建业心里还是没底，生怕这村主任刚当上就出丑。

孙建业专门跑到杨根良家。杨根良正在吃早饭，孙建业急急地进了屋。杨根良把手里端着的碗放桌上，让孙建业坐下，然后给媳妇金凤说道："给建业哥打饭。"

孙建业忙挡住要起身的金凤，说自己已经吃过了，而且已到四个组跑了一趟安排栽树的事。杨根良听孙建业火急火燎催村民们栽树的事，就想笑，心想：建业你心里咋就担不住事呢？栽树的事年前都说了好长时间，况且栽什么树镇上给拉树苗，那点活对村民来说不算是重活，你着什么急啊！

想是这么想，嘴上忙说道："建业哥，你操心对着呢，现在村上集体安排的事确实不好弄。"

孙建业听杨根良这是在夸他，脸上露出满意的笑容，有点不好意思地说道："根良，村上的事我刚接手，你还得多给我点拨点拨。"

杨根良把饭碗和筷子放在桌上，起身示意孙建业到屋里头去说。金凤见老汉吃完了，放下自己手里的馍馍收拾起桌子来。

进到屋里，杨根良把孙建业让到沙发上，给他倒了水，笑着说道："建业哥，你现在是村民选出来的村主任，村上的事也清楚，大胆地干就是了，叫我点拨你就太见外了。"

孙建业笑着说："以往有你在前头，我跟着把你安排的事落实就行，如今真让我担了这个担子，这心好像被掏空了一样，不知道咋干了。"

杨根良笑了笑说："建业哥，我刚当村主任的时候跟你现在一样，好在有有福叔带着，这时间长了就好了。"

孙建业听杨根良提到他爸，在沙发里端了端身子说道："根良，那你更应该给你老哥我指点指点了。"

杨根良也是无意中提到孙有福。孙建业这么一说，他意识到孙建业是想多了，不过也不好再去解释，笑着说："建业哥，你大胆干就是了。"

送走了孙建业，杨根良拿起电话，犹豫了一下，还是把电话拨了出去。电话很快就通了，杨根良问道："青松，忙着没？"

不知电话那头说了什么，过了会儿，杨根良说道："是这，我到你那去一趟，咱见面说。"杨根良放下电话，披上夹克外套，给厨房里收拾的媳妇金凤说他出去会儿。

八 十 九

冬天算是过去了，不多的田里小麦缓过了劲，伴着回升的气温将要起身。杨根良看着这点泛绿的麦田，不由得生出了点惆怅，不自觉地走到田里，俯身看着他已经多年不太留意的麦子，伸出手在将要起身的小麦上拂了下，缓缓直起身子，转身准备走，又回头望了望麦田。

杨根良走过麦田，很快就到了周青松家。他没有急于敲门，而是站在那口曾经人声鼎沸的御井边。他用脚把井口的茅草踩了踩，向前探了下身子。那汪清凉通透的泉水安静地躺在井里，偶尔有水黾从水面掠过，水面被划出八字形的波纹，只是这波纹很快就消失了，井水很快恢复到原样，如镜面一样平整。杨根良看到这，有了想喝一口井水的想法，可身边没有能打水上来的工具。他又看了眼井里的水，心里想还是这井水好，看着就让人喜爱。

杨根良转过身，看着井边石磴的地方，茅草长得快到膝盖，他刚跳了下跨过茅草，周青松家的门就开了。周青松走出院子，看见杨根良，笑着说："我想你快过来了，没想到刚开门你真到了！"

杨根良在地上把脚跺了跺，笑着说："我来了一会儿，在这口井边看了看。还是这井水好，我真想喝一口。"

两个人边说话就进了院子。杨根良看着院子里务得很整齐的菜地和月季花，看看房檐下码放整齐的柴火，就连那蹲在房檐下看门的黄狗也有一个木板搭下的住所。他看在眼里，心里想：这个周青松真是个会过光景的人啊，你看看，把院落收拾得多么齐整。在杨根良心里，农村人讲究不讲究，会不会过光景，看看院子收拾得咋样就知道了。他没有恭维周青松，也没有必要这么做。他们俩一路走来，相互在心里都较着劲，可能就是有这么个可以比拼的对手，才成就了他杨根良的今天，不然他也许会忙在那几亩田里，如今只过着婆娘娃娃热炕头的懒散日子。

杨根良坐下，周青松的热水就放在了他的面前。杨根良端起喝了口，看了看坐在沙发上的周青松，说道："青松，村上开发旅游的事我想了想，咱可能还得请一个搞过企业、懂管理的人来牵这个头。咱们这些'土包子'做些具体事还凑合，要说管人搞经营，这道道深，咱这村上我看还没这样的人。"

周青松看了看杨根良，若有所思地停了停，然后开口说道："根良叔，你说得对着呢。我务毛桃已经感觉到了这个问题，在地里管护咱没问题，可说到销售咱就成了门外汉。要不是县农科所和我九爸动员亲朋，这到了秋天毛桃快成熟的时候我也熬煎得很。"

杨根良笑了笑说："你比我在这方面强多了。我在工地上就是个带工的，你毕竟还得考虑经营的事。是这，我想了想，咱要不去贵妃岭找找郑先成？我觉得这人还是搞经营的把式，他现在不给公家干了，咱看能不能请他出山帮咱村上把旅游开发的事管管。"

周青松把身子往杨根良身边挪了挪，高兴地说："好啊，那就看人家郑先成愿不愿帮咱了。"

杨根良见周青松同意了自己的提议，也有些兴奋，放下手中的水杯，把手放在膝盖上，直了直身子说道："我想请你跟我去趟县上！"

周青松不知道杨根良让他一起去县上做什么，一时没回话。杨根良笑着说："咱们去看看艳子，她如果能陪咱们去一趟贵妃岭，这事就有眉目了。"

周青松真没想到杨根良会有这个主意，不过他觉得也挺好，再说他也有大半年没见过蒋艳，也想去看看她过得咋样。想到这，周青松说道："根良，是这，我收拾一下，咱上午就去。"

杨根良笑着说："我也是这个想法，你看看你那好吃的毛桃还有没，给艳子带点儿。我这屋里就没个能拿出手的东西给她带。"

周青松说："这个没问题，咱去县上时到我基地去一趟，冷库里还有些毛桃。"

杨根良出了周青松家的院门，看了看那口御井，好像摇了摇头，背着手走了。

杨根良想着去县城找蒋艳的事，没太留意村子里村民们都在忙着什么。两个穿着公安制服的人站在他家院门口。杨根良想着事，没太注意，到了家门口自然就往自家院子里走。这时两个公安中那个年龄大的问道："你是杨主任？"

杨根良这才发现了这两个公安，脸上挂着笑说："我原来是村主任，现在村上有新村主任了，他姓孙，叫孙建业。"

那个年长的公安说："那你是村支书？"

杨根良笑着说："嗯，我现在是村上的支书。"

那个公安说道："村上的事给支书你说也行的。是这，我是咱县公安局刑侦大队文保上的。前段时间省市县三级公安联合开展打击盗挖倒卖文物专项行动，有一件文物涉及咱们村，需要村上出庭做个证。"

杨根良想了想，甜泉水村有什么文物？从他记事起就没听说过。这几年虽然村民盖房也挖出了一些坟墓，但都是一般百姓家的私家，最多也就有些铜钱之类的东西。今天能来两位公安，应该不是他想到的这些。杨根良让两位公安进门说话，其中一位从包中拿出一份文件，说道："支书，我们就不进门了，你把这文件签收了，我们还有几个村要去。"

杨根良拿过文件签过字，两位公安就开着车走了。杨根良站在家门口，打开文件看了看。他看完定在那，自语道："真是个宝吗？"

杨根良把文件放回家里。周青松开着微型面包车停到了他家门口。听到车响，他拿了包边出门边给媳妇金凤说中午不给他做饭了。

新扩建的国道比原来的路宽了一倍。路上车不多，周青松一脚油就到了他的毛桃基地。装好毛桃，杨根良上了副驾，周青松上车发动，车很快就到了县城。把车开到县医院里停好，两个人来到门诊大厅，看见蒋艳用手打了招呼，两个人就坐在大厅里的排椅上等蒋艳。

不一会儿，蒋艳就出来了，笑着问道："你们俩今天这是有什么大事，一块儿跑到县上来了。"

杨根良笑着说："你收拾收拾东西，中午咱在外面找个馆子，边吃边说。"

蒋艳很爽快地说："行。"

周青松站起来笑着说："冷库里还剩下点毛桃，我给你带了些，你看看放哪合适。"

蒋艳说："年前拿的还没吃完，在冰箱里呢！"

杨根良忙接了话说道："青松这毛桃一般人买不到，你看看给医院的同事拿点不。"

蒋艳说："那也行，有几个好姐妹倒是说过，她们知道我有一个务毛桃的同学呢。"

县城里还残留着年味。街上车子响着喇叭催着在车头前慢悠悠逛荡着的人们，街边卖小吃的、卖菜的大声地吆喝着，小吃摊的锅灶里冒着热气，好多人坐在摊前的长木凳上吃得很投入。周青松在蒋艳的指挥下，把车子艰难地开进一条小巷里，顿时喧嚣散去，静得跟甜泉水村南边山里一样。周青松在一处放着杂物的地方停下车。蒋艳领着两个大男人进了一个小院。门口站着的服务员笑着说："艳子姐来了。"忙把三个人让进屋里。原来，这个有点像农家小院的小两层是一个饭店。看来蒋艳是这的常客。服务员把三个人安排在一楼一个小房间里，完了就开始上菜。杨根良问蒋艳："咱还没点菜，这菜咋就上了？"

蒋艳笑着说："我打电话让他们先准备好了。"

很快菜就上齐了，三凉两热：秦东荞粉、五香熏肥肠、面子菜；两个热菜是清蒸条子肉、农家烩菜。完了蒋艳给服务员说道："主食秦东饦饦，等我们招呼了再上。"

杨根良看着这菜，高兴地说："这就是咱屋里的饭啊！"

周青松说："这还要饦饦干啥呀，上几个蒸馍吃这菜就美得很了。"

蒋艳说："蒸馍有，饦饦也上，这地方饦饦就一小碗，跟咱家里用老碗上是两回事。"说完打开半斤装西秦酒给两个人倒上，顺手给自己也倒了杯，说："今天我陪你们俩喝一杯。"

九 十

山野零零星星显出金黄，是性急的迎春花开放了。紧跟着，粉色的山桃花也开了，山谷中鸟的鸣叫声清脆了起来，太阳也温暖了很多。这个季节正是走出家门看美景的日子，当然这是久居在城里的市民的想法。对于生长和生活在自然之中的村民来说，这个季节正是准备一年生计的日子。

蒋艳如约回到桃李新村，看了自己的父母，在家给根良和青松打了个电话，说她回来了。不一会儿，周青松开着他的微型面包车拉着杨根良到了蒋艳家门口。两个人刚下车，蒋居士和蒋艳就开了院门。见院门打开，杨根良和周青松紧走了两步来到蒋居士面前，各拉着老人的一只手，笑着问老人家身体还好吧。蒋居士笑得满脸都是皱纹，眯着眼说："好着呢，好着呢！"

蒋艳走到她爸身边，把她爸的手从两个同学手中牵出来，带着微笑对她爸说道："爸，你先回家歇着，我和根良、青松今儿还有点事。我们上贵妃岭一趟，回来了让他们俩再陪你拉闲话。"蒋居士一听，忙说："你们快忙去。"催着三个人上车。

车子沿着新铺了柏油的国道缓缓地前行着。周青松认真地开着车，杨根良坐在副驾驶位上，蒋艳在后排坐着。等车子上山的时候，蒋艳坐到后排中间的位置上，两手扶着前排的两个座椅，头从座椅中间伸到两个人中间，向前看着车窗外的景致，不时兴奋地说着经过的地方是她年少时打猪草和上学走过的地方。杨根良不时接着蒋艳的话，说他小时候也常来这地方，还说起跟周青松到桃李村摘桃吃李子的事。

两个人正说着，周青松插话道："桃李村到了，要不要停下看看？"

蒋艳激动地说："快停下，自从我家从山上搬出去，我还没回来看过老家变成什么样了！"

蒋艳话音刚落，周青松就把车停放在了一处废弃的宅基地上。车还没熄火，蒋艳拉开车门就冲了出去，激动地小跑着到了国道边。举目遥望，枯黄的山上隐隐可见一簇簇粉色的山桃花，秦东河依偎在山脚下，山的影子清晰地映在水中。蒋艳指着水库中四周被水围着的小山头说："你们还记得不，那山下面就是我家，山的对面就是来生寺，这个季节咱们这脚下应该是桃花漫山野了。"

杨根良和周青松不忍心打扰蒋艳，没有接她的话，他们知道这个女子已经很久没这样笑过、喊叫过了。两个人脸上堆着笑，顺着蒋艳手指的方向看着，不时从地上捡起一块小石头，扔向蒋艳手指的方向，嘴里验证着问是不是这地方。

看着石头落下的地方，蒋艳拍手跳着笑着说就是那里。看完这个自己出生长大的地方，她带着点伤感的语气说："走吧，在这站的时间长了，心里还有点不好受呢！"

听蒋艳这么一说，周青松忙去开车了。杨根良看了看蒋艳说："当初修水库的时候我还觉得这是件好事呢。如今看来是整个大兴市市民的好事，唯独不是咱这河口镇乡亲们的好事。"

蒋艳转过头，收起脸上的笑容，看着杨根良说道："根良，我原来也是这个看法，但如果你生活在县城里，就会理解省城为什么要引秦东河的水到城里去。咱这镇上有水吃，不知道城里缺水的难场劲。咱们的娃娃们现在都在城里，将来也可能就要生活在那，不为其他人着想，为咱娃娃着想，这水库也得修。"

杨根良脸上有些不自在，本想安慰下这个有点伤感的女子，没承想让自己有点难为情了。没等他再说什么，蒋艳拉着他的胳膊说道："上车。塞翁失马，焉知非福。这水库也一样，说不定好事还在后头呢！"

周青松把车开到国道边，杨根良和蒋艳上了车，他加了脚油，车子在蜿蜒的山路上向山中驶去。车子翻过一个垭口，开始走下坡路，水库的水面离车子越来越近，很快水库消失在了车子后面的山谷中，清澈欢快的秦东河水恢复成熟悉的模样。

国道沿着河谷延伸着，一边是山，一边是秦东河。蒋艳兴奋地说道："这才是咱小时候的秦东河啊！"

杨根良也高兴地说："要不咱停下来到河坝上去看看？"

周青松听见后放慢车速准备停车，蒋艳说："算了，贵妃岭马上到了，陈进那个小学就在河边呢。"

周青松重新加了脚油门，说道："好，那就等到了甘峪村咱再好好在河里玩会儿。"

春天算是到了，可贵妃岭乡的春天要比山外河口镇的晚一个多月。这里的迎春花零星地开了几朵，山桃花还没开，整座山除了点缀了几处常年翠绿的冬青外，树都光秃着。河水也很细，只是格外清澈，散漫地躺在河道里的石头被河水洗得白白净净，一个个呆头呆脑地相互簇拥着。郑先成穿了身运动装，沿着河边的小道小跑着，不时捡起路边的小石头往河中扔去，河水中溅起一朵朵水花。他对着河对面的大山"噢噢"地喊着，躲在树丛中的鸟儿听到喊声仓皇起身向远方飞去。郑先成扔完石头，喊完，继续慢跑着。快到自己住的小学时，路边一辆小面包车按了两下喇叭，郑先成下意识地抬头看了看，那几张熟悉的面孔让他停下了脚步，脸上很快露出了笑容。

杨根良先下了车，指着郑先成说："郑经理，你在这修身养性，心宽得很啊！"

郑先成笑着没说什么，看着站在车门边的蒋艳，脸上生出了几分不自在。

周青松没有下车，探出头对郑先成说："郑经理，上车，到你住的地方去看看。"

郑先成正为难着，听周青松这么一说，忙说道："根良、艳子，咱先上车。"

蒋艳上了车，郑先成和她坐在后排。杨根良问道："郑经理，我那个当校长的同学在没？"

郑先成忙说道："在呢，我出来转的时候他还问我中午吃啥饭呢！"

杨根良说："中午能吃点熏肉烧土豆就行了。"

郑先成说："那没问题，我现在熏肉都吃怕了！"这话惹得大家都笑了。

蒋艳说："这么好的东西还能吃怕了，是这地方让你待怕了吧？"

三个人正说着，车就驶到了学校。娃娃们正在上课，陈进刚给四年级讲完数学，转过身又给五年级讲语文。正领着娃娃读课文，抬眼看见三个老同学站在院子里，他就边领读边用手指了指办公室的方向。

郑先成知道陈进的意思，对三人说："咱先到他的小会议室去坐坐。"

杨根良和周青松说行，蒋艳却说："还是先看看你隐居的地方吧！"

杨根良和周青松被蒋艳的话逗笑了。郑先成脸好像红了点，笑着说："那行。"

郑先成的屋子在陈进办公室的隔壁，青砖墙面没有粉过，屋子里木梁可见，一盏电灯挂在木梁上，窗户用塑料纸封着挡风，床周用旧报纸糊了半圈，一张两个桌斗的课桌挨着床头，一旁是一个农家木匠做的旧式衣柜和脸盆架，地面用青砖铺过。虽然房子有点旧，不过郑先成毕竟当过兵，收拾得很干净整齐。

几个人在屋子里看了一遍，蒋艳用手按了按床板，转过身问郑先成："老郑，你也没弄个厚点的褥子，这山里的天气比山外的冷。"

郑先成笑着说："有电热毯，还有一张狗皮褥子在下面。"

几个人正说着，陈进进了屋，说："学校老师少，带了两个年级的两门课，让你们久等了。"他把带着粉笔灰的手搓了搓，继续说道："今天中午到我家去吃顿饭。"说完领着几个人，沿着秦东河边的山路往平坝里的村庄走去。

陈进的媳妇忙着做饭，青瓦屋顶的烟囱冒着青烟，山风很温柔，把缕缕青烟赶得在村子里乱窜，土菜籽油的香气也随着风四处飘荡，很能勾起人的食欲。陈进带着几个同学在村子里转了转让大家熟悉熟悉村子的地形，完了顺着秦东河边的小路下到河里。那些性急出来游荡的鱼儿吓得往河中间逃去，有的傻乎乎地钻到石头下。陈进搬起一块大石头，往河中的石头上砸去。水花溅起的当口，周青松跑过去用手搬起河中的石头。两条十五厘米长的鱼儿被震晕了，亮着半个白肚皮侧躺在河水里。周青松用手捞起鱼，兴奋地说："陈进啊，这才是我小时候记忆中的秦东河啊！"杨根良也兴奋起来，也搬了块石头往河中的石头上砸。蒋艳在河边捡了根木棍，撬起杨根良砸过的石头，一条鱼半躺着没方向地游审着。蒋艳喊着"有鱼，鱼跑了"，三个男同学和郑先成哈哈笑着去抓乱游着的鱼。

几个人正高兴地震着鱼，陈进的媳妇喊"老陈，饭好了"。他们用一根柳树枝把捞上来的鱼串起来，边说笑边往村子里走。

中午饭很农家：土豆锅巴米饭、干豆角烧熏肉、竹笋炖土鸡。天气还冷，山里没什么青菜。大家看到这饭菜，才觉得饿了，抢着接过陈进媳妇手里的木勺子自己盛起了饭。蒋艳拉过陈进的媳妇说："嫂子，麻烦你了。"说完从面包车里取下从县城买来的礼品搬进屋里。

陈进看见了感激地说："艳子，你看你心长的，给你嫂子捎这么多贵重的东西。"

蒋艳笑着说："老同学，也有你的呢！"几个正在打饭的人也笑了起来。

陈进把小方桌放到院子中间。太阳很好，暖暖的，很舒服。菜和饭都上了桌，他打开一瓶西秦酒，笑着说："这酒还是郑经理进山时带来的。"

大家说这酒好，除了开车的周青松喝茶水，陈进笑着给每个人都倒了一杯。郑先成对着厨房里的蒋艳问道："艳子同学喝不？"

杨根良一听郑先成叫"艳子同学"，端着脸说："老郑，什么艳子同学，你这是把我们艳子当外人啊！"然后对陈进说："给艳子同学先倒上。"

郑先成红着脸说："根良，你能不能把你老哥饶了？你看看青松，给艳子把饭都打好了。"

杨根良笑着说："老哥，这又是你不对了，这饭就该你去打。"

郑先成被杨根良说得没办法了，笑着说："我到后院厨房去帮忙把鱼收拾收拾。"

陈进拉住郑先成，让他坐下，说："老郑，不用了，咱四个男人先坐下，让你弟妹忙去。"

周青松指着陈进说："老同学，你现在也敢指挥弟妹了。"

陈进嘿嘿笑着说："今天是你弟妹和艳子主动下厨，我是难得休息一天。"

陈进说完话，杨根良边笑边举起酒杯说："那咱四个男人先喝一杯，陈进你致个辞。"

陈进整了整衣服，端起酒杯，脸上满是笑容，动情地说："两位老同学，感谢你们从山外这么远来到我们村我的家，也感谢老郑这快一年时间在这寂寞的大山里陪着我。我陈进为有你们这么好的同学感动，为能结识老郑感动。我知道艳子来山里也就是我和老郑说再见的时候了，在这里我祝咱们同学友谊如身边的秦东河水潺潺不息，也祝郑经理和艳子能心如青山相依伴。"

陈进说完，满眼的泪水，他一仰脖子，酒就下了肚。杨根良和周青松对视了下，看了看郑先成，三个人端着杯子碰了下，什么也没说酒就下了肚。陈进见三个人喝完，笑着说快吃菜，天冷凉得快。

郑先成给自己倒了三杯酒，又一起倒在桌上的小碗中，端了起来，说："感谢根良、青松带着艳子来看我，也感谢这段时间老陈的照顾。"

说完自己喝了碗中的酒，用手抹了下嘴，转过头道："根良，你说说今天你们来山里到底有啥事。"

杨根良倒好酒，笑着说："郑老哥你这眼力真好，我和青松就不瞒你了。我们村想搞旅游开发，需要个懂经营管理的人，我们觉得你挺合适。"

郑先成看了看这两个人，摇了摇头说："我现在没那心劲了，再说你们村上的事我一个外人不好掺和。"

杨根良给周青松倒上酒，两个人端起杯说道："郑老哥，这也是艳子的想法，你总不能在这山里躲一辈子吧？"

郑先成听杨根良说完，想了想，站起身，看了看四周的大山，又看了看陈进的院子，给自己再倒了半碗酒，说道："陈校长，陈老弟，这碗酒敬你和弟妹，感谢你们对我的照顾。"

陈进说："郑经理，你这么说就把我当外人了。来，咱们喝酒吃菜，完了让艳子和我媳妇把你行李收拾下。"

九 十 一

甜泉水村山坡上新栽的果树好多长了新芽，不过还有不少地里没有栽上树。孙建业到每个小组和关系对劲的村民家中去催了好几次，得到的回话大多是有人已经把他们的地承包了，栽树的事得联系承包地的人。孙建业多方打听，承包村里山坡地的人是河口镇街道上秦西村的村主任，他也多次到这个村主任家去商量，问啥时间安排栽树的事，没想到这个村主任一推再推，没有栽树的意思。孙建业看着快要旱死的树苗，没办法，先在自家地里把剩下的树苗像壅葱一样栽上。

杨根良几个人把郑先成接回县城，郑先成勉强答应给他们当个助手。田成业到县城快跑断了腿，退了休的贾旺总算是答应当村上的顾问。

小宋现在是河口镇的镇长，前年和夏天结了婚，也有了小孩。小宋到河口镇上任的第二天，杨根良就去看了他。小宋说："根良支书，咱都是蒸笼里伸出头——熟人了，一块儿把上面安排的事弄好就行了。"

杨根良爽快地说道："这个请你宋镇长放心。建业你也熟悉，是个很上心的人，事干不好晚上都睡不着。我虽然现在不太直接管村上的事，不过只要是镇党委和政府安排的事，你放心，你老哥我绝对不会给你拖后腿。"

小宋镇长笑着说："这点我想没什么问题。贾主席在镇上主持修建秦东河水库的时候，你的能力和水平大家都看在眼里，佩服到心里了。"

他说完从桌子后面站起来，从自己的衣柜里拿出一个红塑料袋，伸手进去拿出两条带过滤嘴的金猴烟，说道："你知道我是不经常抽烟的，这个就算是老弟给你的一点心意。"

杨根良忙从沙发上站起来，满脸都是笑，说道："镇长，以后要是还有烟尽管给我。"

小宋笑着说："你这个老哥咋就没个拘谨劲。这烟要不是我老同学拿来的，说什么我都不会收，往后我也不会收了，你老哥要戒不了就自己想办法吧！"

杨根良哈哈笑了笑说："小宋镇长，你老哥烟还是买得起，只是抽着你老弟给的烟，那味道不一样。"

这段时间杨根良把村上发展旅游的事忙得有个眉目了，才想起孙建业给他多次说的栽树的事。吃过早饭，他给媳妇金凤说去村部一趟。

孙建业很早就到了村委会，收拾完卫生，烧好水，准备把村上的事理一理。山上栽树的事让他心里很不美气，现在又有几个村民申请宅基地。要拿政策说，这几家都不符合条件，只是住得太靠山边，没有住在国道边的人家出行方便，当然更主要是卖眼（在门口看街景）不方便。孙建业已经说了不行，可这几家人就像没把他放在眼里一样，有一家在自家的地里把基础都弄好了。

孙建业还有个头疼的事。年初杨根良叫他去县上公安局，把村上御井边上被人偷走的石磙拉回来。村民们不知道从哪得到风声，知道这是个宝贝，都想分杯羹。其他几个组的组长，特别是一组的胡满堂给孙建业说:"那口井虽说在四组,那可是咱甜泉水村的井,那石礅当然也是村上的,要是能卖上个好价,那应该全体村民都有份。"

这段时间有好几个文物贩子找过孙建业,孙建业带着点气说道:"那几个弄走我村上石礅的人都判刑了,你们咋还这么大胆弄这事?不行!"

孙建业正想着事,杨根良就进了村委。杨根良看了看收拾得干净整洁的村委,心里很是感激孙建业。看着低头写东西的孙建业,他喊了声"建业哥"。孙建业抬起了头,见是书记根良,忙站起来,笑着让根良快坐下,然后转身给杨根良倒水去了。

杨根良知道孙建业忙活了好一阵了,忙拉住孙建业,让他坐下,然后说:"建业哥,我自己来。"

杨根良倒好水,孙建业就着急地把村上这几件头疼事说开了。杨根良静静地听着,等孙建业说完,关切地说:"建业哥,你先喝口水,有事咱慢慢商量。"

孙建业喝了口水,用手把嘴抹了抹问道:"根良,你当这个家的时候我看你就轻松得很,到了我这咋难事一个接一个往外冒?"

杨根良笑了下说道:"建业哥,一样的。你刚接手,有些事可能没经验,时间长点就好了。"孙建业有点不太相信,自言自语道:"真像你说的就好了。"

杨根良拿出小宋镇长给的烟,自己点了根,完了把烟推给孙建业。孙建业也抽烟,只是手头上时常很紧,烟抽得少还抽得差。看着杨根良推过来的金猴烟,他轻手拿起烟盒,取了根烟,放鼻子前闻了闻,笑着说:"还是这烟好。"两个人点着烟,院子里就有了人声,孙建业往外看了看,是周青松和其他几个组的组长来了。

杨根良把烟拿起,猛吸了几口,然后在烟灰缸里按灭烟头,喝了口茶水说道:"今天叫大家过来,主要是把村上最近半年的事说说。"杨根良说完看着孙建业,问道:"事先没把今天要说的事跟大家通报一下?"

孙建业有点紧张，轻声说道："书记，你没给我先说，我没准备呢！"

杨根良笑着说："你把刚才给我说的再给大家说一遍。"

孙建业这才松了口气，喝了口水缓了下神，把给杨根良说的头疼事又说了一遍。等孙建业说完，杨根良道："大家都说说，看看这几件事咋办好。"

胡满堂清了下嗓子，看着桌子上的水杯说："种树的事我是尽力了。有些人家不愿栽，咱去说两次，人家再不听，咱这脸就没地方搁了。我看这也正常，林子大了啥鸟都有，总不能让村上人家中午都吃一样的饭。至于石磉，我觉得能卖还是卖了，省得让贼惦记着，咱还得有人看着，麻烦。村民在自家地里乱盖房的事没法说，咱乡里乡亲的得罪人干啥。"胡满堂说完，端起水杯喝了水。

田文喜自耍钱被公安抓了后，就觉得在村民跟前说话没底气，啥事都是商量着干。说到村上现在的难缠事，他看了看大家，轻声说道："我看满堂说得有道理，有些事现在不宜管得太多太宽。"

杨根良边听边喝着水，听完几个组长的意见，看着周青松道："青松，你说说。"

周青松想了下，说道："明面上看，咱甜泉水村是河口镇日子过得靠前的村，上面交代的事也办得不错。可毕竟地包产了十年多了，我总有种感觉，不知道对不对，就是地包产了原来在农业社时的齐心劲也一样分了。虽说大家各奔前程也没犯什么毛病，可我总觉得这里面还是有些什么丢了。可能我有点多心吧，就怕各家的日子都过上去了，咱甜泉水村这个集体却倒下去了。从办乡村旅游和石磉事件看，为这个村子做长远打算的人还是少了些。"

周青松说完，一脸的无奈，毕竟他不是书记和村主任，有些事情只能急在心头。今天根良开会谈这些事，他本不想多说，可眼前关乎甜泉水村往后的几件事，让他心里也挺着急。

杨根良听完大家的想法，整理了下衣服，说道："前几天小宋镇长把我叫去了。虽说大家都是熟人，可工作上的事还得按规矩办。他明里把村上表扬了下，实际上是打我的脸呢，我当时听了脸烧得不行。当然村上有些工作落在其他村的后面跟我也有关系，我得担主要责任。可大家都算是村上的主心骨，光靠我和建业两个人怎么行。"

杨根良停顿了会儿，继续说道："退耕还林，今年入冬前补栽上。村民没时间没劳力，咱们干部帮。地承包出去的也要抓紧催栽，入冬前没栽的地，村上花钱先栽上，有事让承包地的人来找我。石磙是咱村上老先人留下来的宝贝，公安上的人给我说了，这是汉朝的东西，咱不能卖。我给来生寺博物馆馆长说了，让他们先给保管上。大家想想这石磙在咱这村上守护了多少年，咱能忍心把它卖了？"

杨根良接着喝了口水，缓了缓语气说道："村民乱盖房的事确实很头疼，咱这情面上也下不了手。我想让成业哥去找找这几户人家的老人，把娃们劝劝。咱村上修秦东河水库，地被征了一半，加上宅基地，现在一人就两分地，再这样占下去，咱村里人都成了没地的农民了。"

杨根良说完，孙建业满脸的笑容，早上来时的难受劲被杨根良一席话赶得无影无踪，他高兴地说道："我坚决同意根良书记说的。"

周青松接了孙建业的话说："需要我周青松做什么村上尽管打招呼。"

其他几个人没说赞同也没说反对。杨根良看了看手表，说："那今天这会就到这，你们几个组长下去再催催，如果不行就按今天会上定的办。"话音刚落，胡满堂先起身出了门，田文喜也起身走了。周青松说没别的事他到上林村基地去，这段时间毛桃快开花了，得找人手授粉去。杨根良说："你忙去吧，我跟建业再说个事。"

等大家都出了村委的院子，杨根良站在院子里问孙建业："你知道是谁承包了咱坡上的地不？"

孙建业停顿了会儿，说道："这个我打听了，是镇上秦西村的村主任。我去了几回，他说得很好听，就是不栽树。"

杨根良看了看孙建业，转过身看着南面的山坡。虽然树还很小，但嫩绿还是一点点染了山坡。那几块大的没有栽树的地，像人头上长的癞子，显眼而刺目。杨根良看了好大一会儿，然后转过身，说道："建业哥，我打听了，这地后面的老板姓李，是省城一个搞园林开发的。不过这个人也是帮人出头，我听说实际的老板是你那个省城里弄大事的侄子大亮。"

孙建业听杨根良这么一说，满脸的惊讶，他没了从前的软弱和犹豫，果断地说："这咋可能，这咋可能呢？！根良，你这是听谁说的？我哥，我那侄子大亮还想着给村上做些善事呢，这咋可能，是不是有人说瞎话想糟蹋我孙家人呢？！"

杨根良没看孙建业，继续说道："大亮是不是也打电话给你，说过想买那个石礅？"

孙建业半张着嘴顿了下，说道："是有这个话，不过我当时就回绝了。根良，这事你咋知道的？"

杨根良没直接回孙建业的话，心想看来这事是真的了，醉后吐真言，郑先功说的没虚话啊。

杨根良收回目光，转过身对孙建业说："建业哥，我知道说这些你心里难受，可我想了想，还是得给你说说，毕竟你现在是村主任，有些事咱自己不带头，村上那些不好说话的人就有靠头。你也不要说是我说的，问问大亮，让他还是为村上考虑，让那个李老板把地退给村上，我想你能说动他。"

孙建业不知道从哪来的底气，很坚决地说道："根良，你不操这心了。如果真是大亮在后面弄这事，那就好办了。"说完径直出了村委的大门。杨根良看着急火火走了的孙建业，不由自主地"唉"了一声，嘴里自语道："真是难为他了。"

九十二

天慢慢热了起来，秦东河东西两条干渠的水也丰沛起来，河边的柳树叶已经从嫩黄变成了深绿。田成业没什么事，吃过早饭溜达到了蒋居士家，在门口喊着"蒋居士在家没"。听到喊声的蒋居士小跑着出了屋门，笑哈哈地问道："田书记这是来下棋了？"

田成业笑着说："你那水平，我没时间教你！"

蒋居士把小方桌放在院子的阳光下，摆好棋，说道："今天是这，谁输谁管饭！"

田成业说："好，一言为定。"

蒋居士往屋里喊叫道："艳她妈，中午到镇上去吃饭。你给成业家翠翠打个电话，我们俩谁输了谁请客。"

蒋艳她妈在屋里笑着说："我正不知道中午做啥饭呢。说好了，我这就给翠翠打电话了。"

田成业接了话说道："你给翠翠说声把钱带够！"

蒋居士听田成业这么一说，哈哈笑着说："成业你这是甩手掌柜还是无产阶级？"

田成业走了棋，说道："你不用操心钱，有人给你管饭就行，当头炮你走。"

两个人正下得开心，门口有停车的声音，田成业边放棋子边问道："老蒋，来汽车了？"

没等屋里的蒋艳她妈出来，郑先成和蒋艳就进了院门。蒋艳先叫了声"成业叔好"，郑先成问候蒋叔好后，蒋艳把买的香蕉取出来给两位老人放在棋盘边，问道："成业叔，你中午想吃啥？我给咱做去！"

田成业摇着手笑呵呵地说："艳儿你不忙了，你爸请咱们在镇上吃。"

蒋居士继续下着棋说道："谁请还没定下呢！"

蒋艳听着，明白两个老人今天打赌了，说："你们下，我爸输了我请，成业叔输了先成请。"

田成业指着蒋居士笑着说："这下你爸没压力了！"

蒋艳妈出了屋门，忙接住娃娃手中的其他东西，让两个人坐屋里头。郑先成自己拿了个板凳坐在棋盘跟前,给蒋艳她妈说:"姨,你跟艳子说话去,我在这看我两个叔下棋。"

蒋艳和她妈就进了屋,蒋居士对郑先成说道:"观棋不语真君子,你光是看就行了。"

郑先成笑着说:"行。"给两个老人水杯续热水,把香蕉剥开递到两个人手中,就不言语光看棋了。

蒋居士提车要田成业的将,郑先成看见车在田成业的马蹄下,没等蒋居士松手就咳了两下。

蒋居士问道:"先成你是感冒了?"说完就松了手中的棋子。田成业眼疾手快就吃了蒋居士的车,蒋居士忙从田成业手里要自己的车,嘴里说"明车暗马偷吃炮"。

田成业不给棋子,说:"这是你走到我马蹄下了。"

蒋居士见抢不回来,就对边上的郑先成说:"你咋就没提醒我呢?"

田成业哈哈笑着说:"这是你定的规矩——观棋不语啊,先成他敢说?"

蒋居士无奈地说:"这盘算你赢,再下一盘,下一盘再看谁收拾谁。"

屋子里的娘儿俩说笑着。蒋艳帮她妈往衣柜里收拾着衣服,问弟弟有没有打电话回来,她妈说一周打一次电话。地里的毛桃树还小,蒋艳弟弟两口子就先到南方的工厂打工去了,本想把娃娃放家里让两个老人带,可又怕累着他们。

蒋艳一提起弟弟,她妈眼里全是泪水,她忙从口袋里拿出面巾纸,边帮她妈擦着眼泪,边说道:"我听根良说,甜泉水村正在省城跑乡村旅游开发的事。如果真要建了,我帮着他们在村上开个农家乐,这样能挣钱,也不用出远门。"

蒋艳妈把手里的面巾纸放在炕边,说:"那还是没眉目的事,谁知道啥时能建起呢!"

蒋艳说:"妈,根良我知道,只要是定下的事那说干就干了,还有青松这个帮手,就这一两年吧!"

蒋艳妈喃喃："但愿能快点。"

这时蒋艳拉着她妈的手，低头在老人耳边说："妈，我和先成准备结婚了。"

女子的婚事比儿子在外面打工更让她操心，听娃娃说要结婚了，蒋艳妈脸上马上浮现出了笑容，忙问："日子定下了没？"

蒋艳说："就这个阳历五一节。"

蒋艳妈掐着手指算了算，说："那不到半个月了。你这娃娃咋不早说，妈好给你准备些东西。"

蒋艳笑着问："妈你给我准备啥呀？"

老人说："那还不得给你准备一床褥子和两床棉被？"

蒋艳笑着说："这些县城商店里都有，随到随买，来得及。"

老人说："那不行，自己家做的棉花好，也放得多，冬天盖着暖和。妈别的就不给你准备了，棉被我给你缝。"

蒋艳双手搭在她妈肩上笑着说："行！"

收拾完衣服，蒋艳给翠翠姨打了个电话说往镇上走吃饭。放下电话，蒋艳妈拉着女儿的手轻声问道："那永远咋办？他父母年纪也大了，没个人照看他不行。"

蒋艳看了看她妈，很轻松地说道："妈，我和先成商量好了，我们结婚后就把永远从他爸妈那里接过来跟我们一起住。"

蒋艳妈用手指了指外面，有点担忧地说："永远现在动不了说不了，先成不会嫌烦吗？"

蒋艳说："妈，这点我相信先成，他是真的对我好。"

蒋艳妈脸上又浮现出笑容，说："走，叫你爸和你成业叔收拾摊子，不然你翠翠姨该等急了。"

河口镇街道上虽没县城里热闹，但发展的步伐慢慢也在向城市看齐。村民们原来固定下来的农历二五八逢会的规矩已经落伍了，如今天天都有人在街道上做生意，有的把自家地里种下吃不完的菜拿到街道上来卖，有的来贩些水果。虽说一天挣不下多少钱，可总比在家闲着好多了，更重要的是能卖卖眼，毕竟比起乡村里没多少年轻人的寂静，街道上的热闹会让人心情宽畅些。

国道两边盖起的门面都被做生意的人抢占了，大多是美发的、开饭店的、卖衣服的。卖农具和化肥种子的门店很少了，能看出来种地已不是乡村人们忙碌的第一要务，即使家里还有些地，大多也种上了猕猴桃、杏和李子之类的杂果。在地里不需要劳作的日子里，村民们大多都到工地上干些运砖、和沙子水泥的体力活。他们没有多少文化，体力是唯一用之不竭的财富，只要三顿饭咥一碗黏面，晚上睡上一觉，体力就如泉水一样很快就生了出来。

田成业和蒋居士还在说着下棋的事，蒋艳陪着她妈和翠翠跟在后面拉着家常，郑先成走在前面领着一帮人往镇上走去。已经到了饭点，各家饭店门口都摆上了桌子。太阳很好，吃客们边吃饭边感受着阳光的抚摸，这也是一种难得的惬意。

几个人说笑着就到了饭店。郑先成在店里占了一张大圆桌，这时候楼上包间里吃完饭的人从楼梯上走下来。眼尖的田成业一眼就认出来走在前面的小宋镇长，本想打个招呼，可小宋镇长并没看到他，他就低下头又吃了起来。正吃着饭，听有人叫郑先成的名字，田业成抬头一看，正是小宋镇长。小宋镇长这时也看到了田成业，忙走过来笑着说道："成业书记也在呢！"

田成业忙站起来和小宋镇长握了下手，笑着说："听说你来当镇长很长时间了，就是没个拜见的机会，没想到在这碰到了。"

小宋镇长忙接了话说道："我早应该去看看你，从县上来的时候贾主席专门请我吃了一顿饭，他说到了河口镇，一定抽个时间去甜泉水村把你看看。你看我这都来了半年了，主席交代的事还没落实，到县上碰见他可别告我的状啊！"说着两人松了手。

小宋镇长转过头笑着问郑先成："今日是你请客？早知道我们镇上就少破费点！"

郑先成笑着说："这没问题，我叫前台把你的账结了。"

小宋镇长笑着说："我要的就是郑经理这句话。今天就算了，算我请客。"说完他往后看了下，一个夹着钱包的中年人就往前台去了。

郑先成忙拦住那人，转过脸笑着说道："镇长，今天这饭还是由我来结，请老人们吃饭这还是头一次，这个机会你还是要给我留着。"

小宋镇长听郑先成这么一说，对那个人说道："李经理，那下次吧。"转身对郑先成说道："下次郑经理你把根良书记叫上，咱们聚聚，甜泉水村发展旅游的事贾主席也很上心，咱们在一起把这事说说。"

郑先成说："那没问题，根良前段时间刚和我商量过。"

小宋镇长说下午还有好几个人要见，就不多说了。郑先成跟在后面把小宋镇长送到门口，目送小宋镇长过了马路，正准备进饭店，又听见小宋镇长喊道："郑经理，你晚上要是没啥事把根良叫一下，咱晚上坐坐。"

郑先成听小宋镇长喊自己，转过身听他这么一说，忙回话说："晚上没事，下午我去村上找找根良，晚上我来安排，定好了我给你打电话。"

小宋镇长说："好，那就这样定下了，晚上你和根良，再加上成业书记，我这边可能也就三四个人。"

郑先成说："那安排在县上吧！"

小宋镇长说："现在县里查干部晚上在位不在位呢，就在镇上找个地方吧！"

郑先成边吃饭边用手机给根良打电话，根良说他在村上，晚上没什么事。转过头说："成业叔，晚上你也去！"田成业放下筷子，说："晚上你们去，我就算了。"郑先成说这是小宋镇长的安排，田成业也就不再多说什么。

只是把饭安排在镇上，这把郑先成给难住了。说实话，河口镇上还真没一个他觉得能安排这顿饭的地方。蒋艳看出了他的难处，放下筷子说道："先成，晚饭安排在'桃李人家'咋样？"

郑先成没说行也没有反对，蒋艳说："下午也没啥事，陪我去桃李老村子转转，顺便考察考察'桃李人家'咋样？"

郑先成这次很爽快地说道："行！"

九 十 三

小宋镇长回到办公室，让通信员给自己和李经理倒好茶水，两个人喝了口。通信员问镇长还有什么事，小宋镇长挥了下手，通信员很懂规矩地出去，随手闭了门。

小宋镇长从烟盒里取了根烟，点上抽了口，然后把烟盒推到桌边，示意李经理自己想抽自己取。李经理从口袋里拿出一包中华烟，说金猴烟不错，只是自己抽不习惯。

小宋镇长桌斗里也有中华烟，只是他很少抽烟，特别是有人的时候更不能抽好烟。他看不习惯李经理这种发了财的商人的做派，可又没办法。他本来不认得这人，是郑主任向他推荐的。郑主任就是原任郑先功书记，如今是县人大的副主任。

全秦东县好几百名正科级干部，一年能提到县级的也就一两个。有的镇书记、局长论年龄资历已经是元老级干部了，眼看着县上空出来了个副县级位置，想着这次可能差不多了，但往往不是要提拔年轻干部，就是来了"空军"。这些离退休还有五六年的老局级干部也只能叹息一声，认命罢了。这也是这几年有些这个年龄段的干部经常出些问题的一个原因。他们会想：当不了县级领导就弄点钱，也算是给自己和家人一个安慰，这么多年也算没白辛苦。没想到这手一伸，就被人举报或被组织发现，这些干部的下场总能让还在位置上的老局级干部们唏嘘一阵子。

郑先功是幸运的。当然除了郑先功的个人条件外，河口镇在秦东的地位也是一个重要原因。

还没正式去县人大的郑先功就接到了孙大亮的祝贺电话。孙大亮在电话里顺便说了李经理在甜泉水村包地搞旅游的事，让他给在县上协调协调。郑先功认为这是好事，跟小宋镇长交接班的时候，专门交代了这些事。小宋镇长也想把甜泉水村旅游的事推进一点，这不仅仅是老领导贾主席的要求，也是自己到河口镇来后想抓的一个亮点工程。他正头痛甜泉水村乡村旅游发展这事进展太慢，郑主任给他推荐了李经理。小宋镇长觉得这人还算靠得住，就爽快地应承下帮李经理开发甜泉水村乡村旅游这事。上午聊得很好，中午去吃饭又碰到郑先成，他觉得这事都在向好的方向发展。小宋镇长知道杨根良请了郑先成来帮着村上搞开发，郑先成是郑先功的亲哥，李经理这事郑先成应该会帮忙。

"桃李人家"是最早在桃李老村国道边开的一家饭店。简易的木结构瓦房，用茅草搭起的棚子，乡人们过事做席面的饭菜，不知道为什么惹得县城里的人隔三岔五就来这里吃一顿。蒋艳和郑先成把老人和田成业送回家，开着车就到了山上的"桃李人家"。天还不太热，来这里吃饭玩耍的人不多。老板见有人开着汽车来，知道是来吃饭的，很是热情。郑先成说明来意，老板说现在他们家有几道招牌菜，郑先成让老板说说。

老板看了看四周没人，放低声音说："秦东河里的鲑鱼、刚打下的野兔和野鸡，还有从深山里买来的土猪熏肉。"

听完老板的介绍，郑先成问道："好东西能做出好味道不？"

老板嬉笑着问："你今晚来几个人？"

郑先成伸出两个手掌，老板笑着说："十个人啊。是这，我先给你弄个小盘熏肉你尝下，看看我这掌勺的咋样！"

郑先成说："行，不要弄得太多，我们刚吃过了。"

老板应承道："你们俩在这先看看风景，我给你们弄吃的去。"

蒋艳和郑先成坐在茅草搭起的棚子下，一边是国道，一边就是秦东河水库。国道上偶尔会有去山南的汽车经过，除此之外就是山风，所到之处，树儿都会点头哈腰。风吹过平静的水面，泛起层层波纹，把和煦的阳光揉成碎碎的金片，在水面上若隐若现。山已经从灰黄变成了绿色，清脆的鸟鸣在山谷回荡着。蒋艳眯着双眼，斜躺在椅子上，看着那随风而动的桃林，有一种陶醉的感觉。郑先成猛然明白了为什么那么多的城里人周末都愿意跑到这里来，他们来这里不只是为了吃一顿饭，而是为了躲开城市的喧哗，洗去一周的疲惫，让柔和的山风吹去尘埃，让清爽的空气涤去怨愁，让那一泓秦东河水冷却浮躁的凡心，让这青山翠树舒缓满眼的困倦。郑先成想到这里，看了看陶醉着的蒋艳，起身到车里拿出墨镜递给她。蒋艳抬起手轻轻摇了摇，轻轻地说道："看着本色的自然更好。"

郑先成收回眼镜，把自己的外套盖在蒋艳的膝盖上，说："天气还没热起来，山上这风还是凉的。"

蒋艳笑了笑，眼睛眯成了缝，脸上被阳光照得泛起红晕。她的样子让郑先成心里痒痒的，很想俯下身子去亲吻一下这个心爱的人。没想到这时老板把肉端了上来，郑先成看着平时见了就想吃的肉，猛然间没了胃口，他在心里说：你这肉上得也太没眼色了。

蒋艳听说肉上来了，拿起膝盖上的衣服站起来，转过身，睁大眼，拿起筷子就尝了口。老板在边上有点胆怯地笑着，生怕这个女子说不好吃。郑先成也吃了一口，慢慢地嚼着，两个人脸上都浮现出了笑容。蒋艳放下筷子，问郑先成："好吃不好吃？"

郑先成看了看老板，心里不爽快但也不能违心，端着脸说："还行。"

蒋艳说："那晚上的饭？"

郑先成说："就定在这，只是安排在中午就更好些。"

蒋艳笑着说："那改天把老人们都接到这来吃一顿。"

郑先成拖着声音说："行。"完了看着蒋艳问道："你说的老人除了蒋叔和姨还有别人没？"

蒋艳站起来，走到茅草排档边上，看着秦东河水库，轻轻说道："当然还有永远他父母，只是不知道他们愿意来不。"

晚风吹起，刚过清明节不久，山中还有些凉意，不过"桃李人家"的包间里一点都不冷。杨根良接完郑先成的电话就给周青松说了晚上吃饭的事。周青松说毛桃地里活太多，怕忙得太晚，说他就不去了。杨根良说那不行，晚上不是吃饭的事，谈的是村上的大事，副书记不来那怎么行。周青松随口问了句建业去不。杨根良说去，他是村主任不去也不行。周青松想了想说那好，他把浇地的事安排下。

郑先成把蒋艳送回桃李新村，到县上家里拿了一箱放了十多年的西秦酒和两条带过滤嘴的最好的金猴烟，先到了桃李人家。他看着厨师下料配菜，完了还和老板把包间打扫了一遍，摆好桌椅放好茶杯，烟每人一包，酒先放了两瓶在桌上，完了打电话给根良说都准备好了。

说话间，凉菜已经上好了，人也到齐了。小宋镇长还请来了李书记，也就是原来的李镇长。大家起哄让李书记说两句。李书记看了看每个人，有点感慨地说道："河口镇这地方好，甜泉水村更好。根良、建业、青松，这能人好人都出在甜泉水村了，要是其他村也能出个把这样的村干部，我这书记就好当多了。"说着转过头对田成业说："成业书记，没你这个退休回村想着这个村子，想着为这个村子做事的人也不行啊。还是老孙书记那句话，咱这甜泉水村出去的人和没出去的人，都是为着这个村子的荣光活着呢！是这，大家端起杯。甜泉水村又到了一个关键的时候，发展乡村旅游的事县上领导很重视，镇党委和政府把这事当工作亮点抓，你们这些人都是主心骨。我给大家敬个酒，这酒虽说是郑经理的，可也是甜泉水村让郑经理挣下的，咱为了甜泉水村下一步更好的发展喝了它。"

大家齐声说："书记讲得好。"相互碰了杯，酒下了肚。书记拿起筷子指了指菜说："快吃，这菜都是好菜，县城里想吃还吃不到。"

菜不错，酒喝得也好，抽烟的也燃起了烟，蓝色的烟雾在灯光周围飘动。田成业不抽烟，有点受不了，把窗户打开了点，一股清爽的山风吹了进来。喝了酒的书记说这风舒服，田成业就大大方方地开了窗子，屋子里的空气立马清爽了起来。

李经理一个个敬着大家。跟孙建业喝酒的时候李经理有点兴奋，他跟孙建业在县城喝过酒，知道这是孙大亮的碎爸。李经理给孙建业的酒杯里加了点酒，红着脸笑得露出牙齿说："建业主任，大亮跟我多次说起你，村上的事还劳你多费心。"

村上发展乡村旅游的事正缺钱，大亮说李经理有意投资，今天真来了，孙建业当然很高兴。他是村主任，这事搞好了，面上有光的除了根良，下来就是他了。

杨根良看着大家喝酒，没有多说一句话。他想：这个李经理真的能为甜泉水村投资这钱吗？正思索间，李经理走到了他身边，涨红着脸说："杨书记，咱哥俩喝一个。"

九 十 四

五一到了，这一天县城里结婚的人挺多，时不时就会有一阵鞭炮声响起。蒋艳和郑先成前一天去县看守所见了王勇良，说了两人要结婚的事，带了一条金猴烟和一包糖果，还给王勇良准备了点钱。王勇良感谢了蒋艳和郑先成，说："你们要结婚了，我总得给你们行个礼吧。"

郑先成面带愧色地说："勇良，你这心意我们领了。说心里话，我和蒋艳明天结婚，唯一对不住的人就是你勇良。你放心，我们会经常去你家里看看。你就好好在这待着，争取能早点出来。"

王勇良脸上好像并没有什么伤感，笑着说："那感谢郑经理了。我已经减刑了，春节前就能跟娃娃们见面了。"听到这话，蒋艳的心里好受了点，毕竟王勇良是为了她的事才进了监狱。

五一这天，东娥很早就安顿了饭菜，已不太下厨的她自己上手准备了秦东待客菜和面子菜，一热一凉，虽然如今这两样已经不是很金贵的菜，但东娥知道今天来的人肯定爱吃。蒋艳和郑先成在饭庄大厅里招呼着来的亲戚和客人。蒋居士两口子早早就让周青松用车拉到饭庄了，两个老人专门给自己置办了一身新衣服，能看出来他们很高兴。

蒋艳把老人先安顿在饭庄楼上的房间里歇着。周青松在大厅门口招呼着来道贺的老同学。杨根良在郑先成那干的时间长，帮忙招呼着郑先成的朋友们。郑先功也早早到了，招呼着自己老家来的亲戚们。

没一会儿贾旺主席和小宋镇长来了。郑先成高兴地握着贾旺的手说："劳主席大驾了。"

贾旺哈哈笑着说："劳什么大驾，如果不是你先成和艳子结婚，我这大半年还没人请吃过饭呢！"

跟在贾旺后面的小宋镇长一是陪贾主席来，同时也是陪着媳妇夏天来。杨根良脸上带着笑说："这镇长家算是谁家的客人啊？"

夏天是谁家的客人还真不好说。她一开始在县医院跟蒋艳是同事，后来是郑经理的下属，再后来因她哥跟蒋艳是同学又加了层关系。夏天听杨根良这么一说，知道是开玩笑呢，就笑着说道："我算艳子姐的客人。"说完走过去拉着蒋艳的胳膊。

小宋镇长见媳妇和蒋艳说起了话，笑着说："那我当然算是郑大哥这边的客人了。"说完对郑先功说："主任，你认我这个穷客人不？"

郑先功跟贾旺握完手，拉着小宋说："咱两家都是从黄土里拔腿出来的人，我和我哥还怕小宋你嫌弃呢！"话刚说完，杨根良开了口，说："各位亲朋，请大家先落座吧！"

贾旺刚落座，田成业就到了。他在饭庄院子放车子的时候被贾先德经理看见了，贾经理小跑着出去帮田成业放好车子，田成业笑着问贾经理："现在干得咋样？"

贾经理满意地说道："好着呢，如今省城里的分店已经装修完了，再过几个月就能开张，我可能会到省城去协助宏轩打理生意。"

田成业笑着说："这是东娥看重你。"

这时李经理陪着孙大亮进来了。郑先成跟孙大亮不太熟。郑先功跟贾旺说了句什么，站起身走到门口，兴奋地说道："大亮你咋也来了？"

孙大亮先跟杨根良和周青松打完招呼，转过头对郑先功说："李经理给我说你哥今天办喜事要来一趟，我想我跟你郑主任这么深的交情，郑经理我们见过面，这事知道了不来，你老哥肯定要在背后说我呢！"

郑先成感谢孙大亮能来，把身边的蒋艳给孙大亮介绍了下。孙大亮点着头笑着说："我听说了，艳子姨是我根良叔、青松叔的同学，我这也算是娘家人了！"说着从口袋里拿出一个红包交给郑先成，说："这是我的一点心意，祝郑经理和艳子姨新婚快乐，万事如意！"

蒋艳高兴地说道："我早就听说咱甜泉水村有个大亮在省城做大事呢，事做得排场，今天一见，人长得也排场！"

杨根良等蒋艳说完，给大亮说："咱先上桌坐吧！"

孙大亮跟着杨根良走到婚礼大厅，郑先功把孙大亮拉到贾旺身边坐下，介绍道："主席，这就是甜泉水村孙有福书记的孙子大亮，秦东县数一数二的大老板，现在世事都在省城上呢！"

贾旺忙站起来，伸出手笑着说道："久闻大名啊。我早就知道有福书记有个孙子辞了公职自己干，勇气和胆识不一般，如今有了这么大的世事，真是一脉相传。还是我原来在河口镇说的那句话，甜泉水村风水好，养人，也出能人！"

孙大亮握着贾旺的手笑着说道："贾主席，我爸早就对我说过你，我一直想找个时间专门看看你。听我爸说你在河口镇给老百姓做了不少实事好事，如今好多村子的老百姓一提起这路啊、水啊的都说那是当年贾书记给修的。"

贾旺和孙大亮寒暄了一阵，郑先功把两个人安排坐在一起。贾旺边坐边问道："我听说大亮你也想给老家办些事，如今根良和你三爸正在为村上发展旅游缺钱的事头疼。你入些钱，一来算是投资，二来也是为甜泉水村做好事，两全其美的事，大亮你有考虑没？"

孙大亮笑着说："我做梦都想给村上办些事，只是这两年我扩大了几个店面，手上的活钱没多少，自己投不了钱。这不给村上引进了个投资伙伴李经理，专业做园林设计和开发的，身价上千万呢！"

贾旺转头看了看李经理"哦"了一声，李经理忙弯腰递上自己的名片。贾旺拿远看了看，嘴里念道："大兴市福地园林设计开发公司。"

杨根良和郑先功把客人们安排好，看着大家都落座后，杨根良走到前台。墙上红纸黑字写着"恭贺郑先成先生蒋艳女士大婚之喜"。杨根良拿着话筒，用手拍了拍，然后说道："各位亲朋、各位领导，今天我们聚在这里，见证先成和艳子的大婚之喜。先成对我有知遇之恩，艳子跟我是知己同学，他们安排我来主持今天的大事，我得感谢他们，感谢他们对我的看重。"说到这，杨根良对着郑先成和蒋艳鞠躬致谢，完了对着话筒说道："黄道吉日，高朋落座，郑先成先生和蒋艳女士成婚大礼现在开始！司乐，恭请两位新人入场！"随着秦腔最欢快的曲牌《大开门》响起，蒋艳手挽着郑先成的胳膊缓步走到台子中央。

两人站定，音乐停下，杨根良说道："两位新人行成婚之礼，一拜天地。"

两人对着台子上的喜福行三鞠躬礼。

杨根良看着两个人行完礼，继续说道："二拜高堂。"

郑先成的父母都不在了，两个人对着台子上的双喜行了三鞠躬首礼，完了来到蒋艳的父母身边。两个人弯腰的一瞬间，蒋艳她妈的眼泪就流下来了。两个人行了礼，郑先成改口叫了蒋居士两口子爸妈。两个老人脸上堆满了笑，急忙从各自口袋里拿出准备的红包，给两人一人发了一个。

郑先成和蒋艳回到台子中间，杨根良说道："三行成婚礼，互敬互爱。"

郑先成面对自己挚爱的人，深深鞠了躬，然后拿出准备好的钻戒给蒋艳戴上。那一刻蒋艳的泪水如滂沱大雨般滚落下来砸在郑先成的手上，郑先成拥着蒋艳用面巾纸给她把泪擦干。这时台下坐着的亲朋中有人喊叫着"亲一个"，郑先成大大方方地在蒋艳额头上亲了一下，蒋艳露出一脸幸福的笑容。

杨根良看到这里，为蒋艳能找到这么个可靠的人而高兴。等两个人重新站在台子中央，杨根良继续说道："今天，先成和艳子给大家准备了淡茶薄酒，感谢大家光临致贺，请两位新人行感谢之礼。"两个新人向来宾三鞠躬后，杨根良说："大婚之礼成，请各位亲朋动筷品席。"

欢快的秦腔曲牌又响了起来，大家端杯喝酒，开始吃菜。郑先成和蒋艳在杨根良的带领下给亲朋一个一个敬着酒。二人到了孙大亮桌边，孙大亮主动站了起来，端着郑先成敬上的酒高兴地说："这个一定要喝。"话音落地酒就下了肚，完了孙大亮对杨根良说："根良叔你先忙，等会儿我得给你敬个酒。"

杨根良笑着说："那有啥问题。"

来参加郑先成和蒋艳婚礼的人都很高兴，他们是真心高兴。

周青松帮郑先成和蒋艳送着亲朋，喝了些酒的孙大亮和李经理拉着杨根良在边上说着话。杨根良笑着说："大亮侄子，我都听明白了。你抽个时间让李经理把他的方案给村上汇报一下，听听大家的意见，咱再决定能不能合作。毕竟这么大的事，我一个人不能下定论。"

孙大亮听杨根良这么一说，转过身向李经理说道："李总，你觉得定个什么时间合适？"

李经理说道："明天就行。"

杨根良想了想说道："明天可能不行，这事我得先给大家说说，得让大家有个思想准备。是这，下周末咋样？"孙大亮兴奋地说行，李经理也附和着说没问题。

杨根良和周青松忙完蒋艳的婚事，当天晚上就召集甜泉水村的"两委"人员开了会。杨根良把孙大亮引荐李经理合作的事说了说，让大家考虑考虑，等下周末面对面谈了，再看能不能合作。

孙建业很兴奋，杨根良能看出来。他这个人有点事心里装不下，喜怒哀乐都写在脸上。侄子引荐了这么个大老板给村上投资，这是老孙家的荣光，也是他这个当村主任的三爸的荣光。这是他当村主任后的第一件大事，没想到侄子这么得力促成这事，他怎么能不高兴呢？他已经发现他爹孙有福在世时孙家的威望和自己那种人见人敬的感觉回来了。

会散了，孙建业并没有像往常一样收拾好会议室最后一个走，而是跟在杨根良后面，第二个出了门。出了村委院门，他脸上兴奋的表情还在，对前面走着的根良说："根良书记，我就不陪你了，今晚上家里还有些事，我先回了。"杨根良"嗯"了一声，孙建业转身就走了。

孙建业一个人在街上走着，不由自主哼起了秦腔《二进宫》的唱段，把"侍郎官大胆比齐王"一句哼得尤其有力。他没有回家，要到他大哥孙建国那去一趟，得跟他哥分享这全家族的快乐，这种快乐他一个人装在心里憋得慌。

九 十 五

天气暖和起来了，但到了晚上，秦东河谷吹出来的山风还很清凉。杨根良和孙建业分了手，也没有回家。他看着孙建业消失在黑夜中，慢慢抬起头，看着繁密的星星，特别是那明亮的北斗星，猛然觉得自己是那么渺小。他回想着自己年轻时那个要强劲，觉得有点好笑。得罪人干什么？甜泉水村也不是杨家的，更不是他杨根良的。可不知道为什么，遇到村上的事他总是管不住自己，想多说几句，多管点闲事。他又转念一想，怎么能说是闲事呢？他立即否定了自己的想法。为了甜泉水村，也为了自己在世上不白活一趟，人还是要做点事，要做些让人记得、给后辈儿孙积德行善的事。想到这，他想去田成业家一趟。田国栋在省城，他应该能够了解到这个大兴市福地园林设计开发公司的底细。他虽然不想把孙大亮和李经理往坏处想，可为了村子的将来，他得把情况摸实了，不然如果有个什么差池，虽然他没有特别大的损失，可村子和乡亲们怎么办呢？想到这，他加快步伐往田成业家走去，他想这会儿田成业可能都睡下了。

很快，杨根良就到了田成业家的院子外面，他看见房子的灯还亮着，就走了过去。田成业家的狗刚要搭声，见来人是认识的杨根良，就"哼哼"了几声卧回去了。

杨根良喊道："成业哥在不？"

田成业在屋子应声说:"在呢!是根良吧,我给你开门。"

杨根良在门口等了会儿,田成业披着衣服开了门,嘴里说:"真是根良啊,快进门到屋里头去。"

杨根良进了屋门,抬头见周青松也在,笑着问道:"青松,开完会没见你走,咋还走到我前头来了?"

周青松说:"你和建业走后,我想着今天这事重大,想听听成业哥的看法。"

杨根良坐在沙发上,田成业给倒上茶水,杨根良就开了口,说道:"成业哥,既然青松把事给你说了,我就一句话,你明天打个电话或者去省城一趟,让国栋给打听打听这个大兴市福地园林设计开发公司可靠不。"

田成业接过杨根良的话说道:"青松刚才也是这个意思,刚巧我也想到城里去。前段时间国栋单位一把手调走了,原来领导说国栋有可能接任办公室主任,没想到开会时没他这个人选。娃心情有些不好,我也想去看看。"

杨根良说:"那好,明天让青松送你去,费用村上出。"

田成业说:"算了,现在去省城的车走高速,两个小时就到了。你们两个今天都在这,我想多说一句话:你们两个心地都善良得很,年轻时为各自比着干,成家立业后比着给村子干,你们俩一直是比赶超,往后要能比学帮就更好了!"

杨根良转过头看了看周青松,周青松正好也在看他,两人对视了会儿,杨根良先开了口,说道:"成业哥,你说得好!这不怪青松,主要毛病还出在我身上。小时候青松比我学习好,这一直是我的心病。从那时起我总想在其他方面比他强一些,我知道是青松让着我呢!"

周青松听杨根良这么一说,脸上生出了歉意,说:"根良,我也不对,明着看像是我让着你,可暗里我也跟你较着劲,这心有些时候还是没往一处想,劲肯定也不是一直都往一处使。今天成业哥把话说透了,这是对咱俩好。从今往后我配合你把村上的事搞好,让咱这甜泉水村水永远甜,人永远美。"

杨根良听到这站起来，伸出手说："青松，咱俩较劲几十年，今日才算是明白了该怎么活人。"说着他转过身，对田成业说："成业哥，我俩给你保证，往后把自己的事搞好，更要把村上的事搞好，让乡邻都跟我们一样过上好日子，让甜泉水村永远是河口镇民风最淳朴、日子最宽展的村子。"

田成业看到两个后生双手握在了一起，心里那个高兴。他没有什么好说的，想了想问了句："根良、青松，你们那两个娃娃今年就要毕业了吧？"

杨根良笑着说："成业哥，你记错了，是明年，跟你家琳琳一年大学毕业。"

田成业用手拍了拍头笑着说："真是老了，这脑子净忘事。不过也快了，现在国家不分配工作了，我不知道你们给娃娃们咋安排的。"

周青松说："我们在农村没什么见识，就看娃娃们自己咋想的，他们干啥只要喜欢就行。"

田成业没有反对，笑着说："是这，我明天去国栋那，看国栋能不能给娃娃们在省城了解一下就业情况，提前给娃娃们参考参考。"

杨根良和周青松听田成业这么一说，感激地说道："成业哥，你这是把我们最头痛的事解决了。"

田成业第二天到了省城，他跟国栋说了根良和青松娃娃的事。国栋心情不太好，本不想管这事，可看着他爸那个期盼劲，不舍得让老人失望。他给田成业续了点水，然后拿了个小凳子坐在田成业对面，赔着笑脸说："爸，是这，两个娃娃在西北农业科技学院上学，专业可能会跟我们旅游系统有关联，我给留个心，如果有招聘信息，第一时间告知你。"

田成业见国栋笑着应承了两个娃娃的事，脸上也舒展了，他说："国栋你也要理解你爸，我回村本想图个清静，可就清静不下来。不知道为什么甜泉水村的事就像咱家的事一样，乡邻的事就跟我自己的事一样，看在眼里就会急在心头。"

国栋抚摸着田成业手背上鼓起的血管，说道："爸，我理解。你生在甜泉水村，你这个人就是甜泉水村的人，那里的一草一木、一山一水都留着你年少时的记忆，也有我爷我婆的影子。我不一样，我从小就离开了村子，对甜泉水村没多少记忆，要不是你们回了村，我可能回去的念头都不会有，你回去了也把我带回去了。我那次跟你去我爷我婆坟上烧纸，我就在想，古语讲'慎终追远'，人不能忘了自己从哪里来。你今天来，肯定还有事，你说说看我能帮你不。"

田成业笑着说："真是我的娃娃，把你爸的心思看透了。你知道村上搞旅游开发的事，这钱有些困难。根良、青松和你东娥姨出了些，可还是有缺口。建业——就是老孙书记的三儿子，现在是村主任，说他可以给侄儿大亮说说投资些钱。没承想大亮新开了几个足浴店，也不宽展，就介绍了省城一个李经理去投资。根良跟这个李经理打过几次交道后觉得有点不可靠，让我来找你给查查李经理，查查他那个大兴市福地园林设计开发公司实力咋样。"

田国栋听到大兴市福地园林设计开发公司，心头惊了下。前几年他没来办公室时就知道这家公司。原先大兴市正南的山边规划要建一座植物园，没想到半路上杀出了个程咬金，就是这家公司。这公司不知道有多大的能耐，硬是在那块地上建起了一座陵园，一个平方的墓穴比城里活人住的整间房子还贵，就这，要订一个墓穴，活人还得托关系。田成业说到这家公司，田国栋就明白他们参与甜泉水村的旅游开发可能是个借口，说不定是想在秦东县建一座陵园出售墓穴。

田国栋放开田成业的手，站起来在屋子里走了两个来回，看着他爸的脸，缓缓地说："爸，这家公司我原来知道，是一家专门设计开发陵园的公司，就是建墓穴卖给城里人放骨灰的。我不能确定他们是不是想在村上建陵园，但可能性还是有。是这，我明天上班到民政上去查查。你要不急在我这住几天，等我把情况搞清楚后你再回去。"

田成业一听要在南山搞陵园就急了，起了身，给国栋说："我今天就回去把这事给根良和青松说说，如果真建陵园，他李经理投资多少钱都不行！"

田国栋知道田成业的脾气，就说："爸，我把你送上车，你回去也别声张，等我的准确消息再说。"

田成业"嗯"了一声就去收拾自己的东西了。

这事最终还是没瞒住。听说要在南山上修建陵园，村民们分成了两个阵营。不赞成建的村民说好好一个村子搞成了一个墓地，这还能住吗？赞成的村民觉得建陵园山地比平地还值钱，有钱不要这是脑子有问题；再说了，南山上就是埋人的地方，多埋几个怕什么？

孙建业听到这个消息，跑到杨根良家问有没有这回事，杨根良说："还没定下来，只是大亮给引荐来的那个李经理是开发陵园的，我想他会不会在咱甜泉水村也搞这东西。"孙建业脸色难看起来，他"哦"了一声，然后有点胆怯地问道："根良，那你是个什么想法？"

杨根良看了看孙建业，反问道："建业哥，你觉得修陵园这事好不好？"

孙建业转过头，看着南山说道："毕竟咱祖辈老小都生养在这个地方，修陵园确实不美气。"

杨根良听孙建业这么一说，接了话头说道："建业哥，李经理想在咱这村上建什么大亮应该清楚。你要是方便给大亮打个电话问问，如果是想建陵园，你还是劝劝他不要为李经理张罗这事了。"

孙建业有了上次的教训没有直接答应，想了想慢慢说道："那我去试试，看他咋说。"

跟杨根良道别离开，孙建业先去了趟他哥孙建国家，没有得到肯定的回复。临走时孙建国还说了句："不是还有根良书记，你就不要多管这事了！"孙建业心想，当初大家起哄他当这个村主任不就是想让他做些对村子村民有好处的事，也为咱孙家争点面子，如今咋都是让他往后躲呢？他越想越想不通，回到家给大亮打了个电话。跟孙建国一样，孙大亮让他不要管这些事，至于下一步李经理在甜泉水村做什么事，孙大亮态度很坚决，说："三爸你不反对就行。"

九 十 六

夏天到了，阳光刺眼且热烈。村子里的老人、娃娃和狗猫们从院子里的台阶上搬到了树荫下。有风吹过，坐在树下的老人们感觉很舒坦。周青松把御井边上的草收拾了，井口用水泥做了个高出地面的围栏，在那棵老槐树下置办了几张水泥桌和石头凳子，水磨石的桌面上画着棋盘。老人们吃过早饭就到树下下棋乘凉，娃娃们则围着那口御井疯跑玩耍着，狗儿和猫儿安静地趴在老人们的脚下。

周青松要去上林村的基地给毛桃浇水，出门看到老人和娃娃们在大槐树下安逸的样子，感到很温馨。但不知道为什么，温馨过后，他的心情就会很快由春天转为冬天——他总会想起那受苦的父亲周甜泉。想到父亲，周青松转身回到家里，给媳妇桃花说中午看妈想吃什么就做点什么，完了进了上房坐在炕边，看着年轻时想吃没吃的，现在有好吃的却忌口的老母亲。在炕上端坐着，偏着头，聚精会神地看着经书的母亲没注意她的儿子又回来了。周青松坐了会儿，给他妈说道："妈，我给桃花说了，你中午想吃啥就让她给咱做啥。"

周青松的母亲这才发现要去地里的儿子又回来了，把经书放在炕边，不紧不慢地说道："你们想吃啥就吃啥，不要顾及我，你们跟着我吃没荤没香菜的饭不习惯。"

周青松是有些吃不习惯这样的饭，可他没有这么说。看着母亲日渐消瘦的样子，他也没什么好办法，只能让媳妇每天给做两个荷包蛋。可当他两口子不在家时，老人就忘了给自己弄，凑合着下点挂面放点盐和醋。每次看到七十多岁的老母亲吃这个，周青松心里就很自责，想放下自己做的事，来专心照顾母亲，可母亲要是看见周青松三天不出门就会催着他去做自己的事，不然就生气，啥也不吃了，这怎么行。周青松只好让桃花尽量不要出门，在家照看着母亲。

周青松陪母亲坐了会儿就出了门，把家里亲戚送的礼当拿到院门外的大槐树下，让老人和娃娃们当零食吃，自己开着车往上林村基地里去。

天气很好，周青松站在毛桃地的渠边，看着清澈的秦东河水，很想脱光衣服跳下去。他已经过了年少时那无忧无虑的岁月，也少了年少轻狂的冲动。他缓步走下台阶，伸手掬了捧河水泼在脸上，很爽，还是小时候那凉爽的感觉。他在河边蹲了会儿，起身用工具打开闸门，欢快的秦东河水像早晨从鸡笼里放出的鸡一样向四处漫去。看着渐渐远去的河水，周青松蹲在毛桃架下沉思起来。

前几天村上和李经理商讨了合作开发南山的事，田国栋查了李经理的公司，民政局说这家公司没有在秦东县开发陵园的项目，这让杨根良心里更不踏实。他不知道从哪来的感觉，心里认定李经理早晚会把南山开发成陵园。他在会上听完李经理的构想后，让大家都说说，赞成和反对的都有。只有田文喜和周青松反对，也不能说是反对，这两个人只是说看看需要不需要再引进一个投资客商。胡满堂是第一个赞成的，孙建业到最后还是在杨根良的追问下才说觉得有李经理参与可能会把事做得快一些。

杨根良见大家说完了，自己喝了口茶水，看了看所有人，对李经理说："李经理，很感谢你能为甜泉水村开发旅游出钱。你也看到了，村上的意见还不是很一致。我的想法是再容我们想想，如果以我们村现在的实力能自己干我们还是想自己干，如果确实有困难我们会第一时间找你合作，你看咋样？"

李经理和陪他来的两个人愣了会儿，可能在他们的心里这次来就能把这事定了。一个离省城上百公里的山村，能有他们的投资，不敢说下跪叩头来感激他们，也会欢笑鼓掌吧。让他们没想到的是这个村子不领情，听书记这意思，合作不合作还不一定呢！李经理脸色有点难看，提起放在腰后的包，起身说："根良书记，那你们再商量商量，我还有些事先走了。"杨根良能看出李经理是不愉快的，但他内心对于李经理的离开是感到愉快的。他脸上却显出很失落的样子说道："李经理，让你劳心了。"

听说要在南山建陵园，好多不愿意的村民围住了村委会，在开会的时候有人喊叫道："我们坚决反对在山上修陵园，如果要修我们就到县政府去上访。"杨根良听到了，更觉得自己的判断是正确的，心里生出一丝宽慰的感觉来。可李经理出门时给他撂下了一句话："建不建不一定是村上说了算。"李经理的这句话让他想不通，让他有些不安地琢磨着，那谁说了算呢？

地里的水很快漫到了周青松的脚下，感觉到冰凉时他才发现鞋子里渗进了水，拔脚从毛桃架下跳到田垄上。这时一辆公务用车停在了果园边的马路上，周青松看见从车上下来两个人向自己走过来，心想不会是来找他吧。

这两个人确实是来找周青松的。来人说是纪委的干部，想了解些村上的情况。周青松从田垄上走到路上，来人拿出工作证让他看了看。周青松脑子里飞快地转着，首先想到的是自己有没有什么问题，怎么想也没想出来能让纪委找自己的事，他又想到田成业，又想到杨根良、孙建业……

正想着，来人问能不能去县上谈谈。周青松没直接回答去不去，而是问道："二位领导能不能说说是什么事？"

那个年轻点的干部看了看年长点的，似乎是得到了眼神授意，开口说道："有人举报你们村支书杨根良有贪污问题，我们想找你了解些情况。"

周青松头轰的一声木成了一片，直到来人叫他上车才缓过神，问道："能给我说下根良书记在哪吗？"

那个年轻的干部又看了看年长的，说道："这个目前暂时不能告诉你。"

周青松说："那好，你们先走，我回一趟家，随后去县上找你们。"

那个年轻点的干部最后一次看了看年长点的，给周青松说行，他们在单位上等着，到门口就说找小胡。

杨根良是前一天在家门口被县纪委的人带走的。那天早上他刚吃完早饭，门口就来了一辆车，两个穿着得体的人下了车，问站在院门口的杨根良："这是不是甜泉水村杨根良的家？"

杨根良不认识来人，就回话道："是，你有事？"

来人说："有点事找他了解下，你是？"

杨根良笑着说："我就是杨根良，有事就说吧！"

其中一个人说道："我是县纪委的，这位是镇上的干部。前段时间我们接到实名举报你的信，有些事需要你说清楚。是这，你回去收拾下，我们在门外等着你。"

杨根良听到这，第一念头就是旅游开发的事，他觉得又没什么事需要纪委出面，可能有人在诬陷他。他坦然地说："那你们等下，我回去给媳妇说声。"没一会儿，杨根良就出了院门，他媳妇金凤都没有出门，几个人上了车到了相邻镇的田家河林业检查站住了下来。

杨根良到检查站的当天才知道有人举报他贪污村上钱的事。他怎么想也没想出来有这回事。纪委的人说："你再好好想想。"杨根良说："我想清楚了，我没有乱花更没有贪污村上的钱。"纪委干部看杨根良可能是真忘了，就提醒他："想想你家盖房时的事，有没有从村上拿钱？"

杨根良回想着自己盖房时的情景，除了收了同学李富民的钱给拉了个存款再没什么事了，这事也不能算是贪污吧，这能算是贪污吗？他自己都不能接受。那还有什么呢？杨根良想得头痛，纪委的人继续说："你想想，是村上的钱，你有没有拿过？"

杨根良看着办案的干部，猛然想起来在孙建业手上拿过三千块钱，可他又觉得不可能，他明明叫媳妇金凤当年年底就把钱还了啊！想到这，杨根良心里明白了，他对办案的干部说："唉，我想起来了，当年我盖房的时候手头上倒不开，拿过村上的钱顶了几个月，我年底就还了，要说贪污我不接受，要算也是挪用钱啊！"

纪委干部笑了笑说道："根良书记，用了就用了，还要说还，你敢断定还了吗？"

杨根良坚定地说："我能打这个包票，我是看着我媳妇把钱送给孙建业的，不信你可以去问问孙建业。"

纪委干部说："我们都问过了，孙建业说有这回事，说你媳妇当年还钱时他说了句'你家里正紧着用钱不急着还'，你媳妇就把钱拿回去了。"

杨根良听到这，心里那个懊恼劲，他把头狠狠地撞向墙，殷红的血从头发中间渗出并顺着额头流了下来。两位办案的干部被吓坏了，等反应过来才上前把杨根良按住，喊着："外面来人帮个忙！"

杨根良伤得不重，办案的干部把他送到医院撒了点消炎粉又带回检查站，生怕他再出什么意外，派专人看着他。杨根良躺在木板床上，紧闭着双眼，牙关紧咬着，脸色青紫很是难看。他脑子里不停地飘过那张自己写的借条的样子，他想快十年了，孙建业真心细啊！唉，这跟人家孙建业有什么关系，这是人家的职责，你媳妇没还钱还找人家事！想到这，他又恨起自己的媳妇金凤来。气完了媳妇，他又想到了孙建业，难道他是为了李经理说出了这事？不可能吧，他也没有对不住孙建业的地方，怎么可能做这事坑他呢！但不是孙建业又能是谁，别人怎么知道有这张借条？杨根良越想头上的伤口越疼，一把抓掉医生贴在他头上的胶布和纱布，任由血流，他恨不得现在就死了，这个样子回村上哪还有脸啊！

杨根良被纪委叫走了，甜泉水村的村民都传是公安抓走了杨根良，有的说贪了村上的钱，有的说在外面乱搞女人，什么样的说法都有。最难受的是杨根良的媳妇金凤，她没想到自己的老汉贪村上的钱不告诉她，还在外面搞女人。

周青松从县上回来进了杨根良家，看见哭得半死的金凤说道："金凤姨，不要哭了，我刚从纪委回来，根良叔的事也不大。"

金凤抹着眼泪说道："还不大，拿村上的钱就算了，还去搞别的女人，他对得起我吗？娃娃们以后咋活人啊！"

周青松惊讶地问道："谁这样说，这不是想害人吗？！金凤姨，你不要听别人乱说，根良叔是拿了村上的钱，可那钱是让你去还，建业哥没收才惹的事。在外面搞女人那是有人给他头上扔屎。你跟他过了这么多年还不知道他是个啥人？"

听周青松这么一说，金凤有点吃惊地问道："我还钱孙建业没收，把根良抓了？啥时间的事，我咋不知道！"

周青松"唉"了一声，说："快十年了，你肯定记不起来了，那年你家盖房在村上拿的钱。"

金凤想了想，猛然大哭起来，嘴里喊叫着："这都是我的错啊，我这是造孽啊，把娃他爸害了啊！"

周青松见金凤又哭上了，就说："金凤姨你也不要哭了，根良叔的事公家会弄清楚，不是他想拿这个钱，处理不会太重的。"

周青松说完出了院门。杨根良家的院子外面聚了好多村民，周青松一出来，大家都准备散了。周青松喊道："各位乡邻，根良书记他是好人，给咱甜泉水村做了多少事费了多少心，大家听信那些没边没沿的话不好吧？"

九十七

有些事情并不复杂，杨根良的事很快就说清楚了。杨根良的媳妇金凤把三千块钱和这么多年来的利息一起送到村委。孙建业愧疚地说道："弟妹，对不住啊！"

金凤勉强笑着说："建业哥，这事也不怪你，是我们没做好。"说完放下钱，转身出了村委的院子。

有村委和贾旺求情，杨根良被免于承担刑事责任，但按照党的纪律规定还是要处理。从秦东县检查站回来，杨根良整天待在家里，觉得没脸见村子里的乡邻，英明快半辈子的他没想到出了这么大的丑事。虽然不愿意见人，可当媳妇说有人来看他时，他却答应了。来看他的这个人不是别人，正是甜泉水村的村主任孙建业。孙建业现在不仅仅是村主任，还是这个村的代理支部书记。

孙建业一进门就不自在起来，能看出来他是真的内疚。他推开房门，看见杨根良一个人坐在沙发上抽着烟，易拉罐剪成的烟灰缸里塞满了烟头，屋子里飘着浓浓的烟味。金凤跟着孙建业进了房子，杨根良摆了摆手叫她出去。金凤出去后转身关了门。杨根良用手指着另一个沙发让孙建业坐，起身给孙建业去倒水。孙建业忙站起来说自己来，杨根良没再坚持。孙建业给自己倒上开水，然后给杨根良续了点水，又坐回沙发上。

杨根良吸了口烟，把烟头轻轻按在烟灰缸里。虽然说是轻轻把烟头按下的，但孙建业还是看到杨根良的手指在抖，孙建业能够感觉到杨根良在尽量地压抑着自己的情绪，至于压抑着什么情绪他现在还不是很清楚。

杨根良灭了烟头，看着对面的墙缓缓说道："建业哥，你能来看我，我这心里热乎得很。现在你接了我弄的这个烂摊子，难为你了！"

孙建业见杨根良开了口，忙说道："咱甜泉水村咋能是烂摊子呢？不管咋说咱这村也是瘦死的骆驼比马大！"

杨根良看了看孙建业，脸上露出一丝笑意说道："建业哥，瘦死的骆驼比马大有什么用？咱要的是活着的骆驼，还得把它养得结结实实，让它在河口镇，甚至整个秦东县一直走在其他骆驼的前头。"

孙建业听杨根良这么一说，脸红红的，微微点着头说："根良，我这个比方没打好。"

孙建业说完，两个人沉默了一会儿，杨根良又给自己点了一根烟，顺手把烟推到孙建业面前，孙建业没有去拿烟抽。杨根良吸着烟看着房顶说："建业哥，你不是抽烟吗？你自己取。"

孙建业有点无措，拿了根烟放到嘴里，取出火柴，划了几下也没划着。杨根良把自己燃着的烟递过来，孙建业对了火，把烟还给杨根良，自己猛吸了几口，生怕自己的烟灭了再借根良的火。

孙建业猛吸了几口，看自己的烟确实着了才放缓了气息，有点胆怯地说道："根良，老哥今天来也是给你赔不是来了，都怪我当时让金凤把钱拿回来了，没想到惹这么大的事。"

杨根良吐了口烟说道："建业哥，这事不怪你，你不要为难自己。"说完又吸开了烟,脸朝着房顶像是思考着什么。

孙建业看了看杨根良,思量了下说道:"根良,凡事想开点。哥知道你这阵难受,可也不要把身子熬坏了。你好好歇着,我先走了。"

杨根良听这话知道孙建业要走,把手上的烟放在烟灰缸边,转过身直直地看着孙建业。孙建业被杨根良看得有点发慌,怯怯地问道:"根良,你是不是觉得这事是老哥给告的?"

杨根良收回目光,看着墙说道:"建业哥,我知道这事肯定不是你做下的。可我还是想不通,这么多年前的借条,谁又能拿到呢?"

孙建业听杨根良这么问,自言自语道:"我也觉得怪得很,这事就咱俩知道,这条子我都记不得了,谁能拿到呢?"

杨根良转过来,脸上勉强堆出笑容说道:"建业哥,你也不要为这事作难。事已经过去了,我根良也没少个什么。要说这村上的书记,我也有卸下来的念头,只是没想到会是这么个收场法。你让我好好歇歇,过几天就好了。"

孙建业说:"那好,根良你好好歇歇,我先走了。"

杨根良站起来,把孙建业送到院门口,看着孙建业走远了才转回到屋里。是哪个捅出来这事,是图什么呢?难道仅仅是把我杨根良拉下来这么简单的事吗?应该不会仅仅是想把我杨根良搞下台吧!想到这,杨根良在心里坚定地说道:绝对不仅仅是这事,肯定还有更为重要的什么事在后头,只是现在还看不太清楚罢了。

孙建业回家路上脑子里都在过电影,想谁能得到那张借条。说心里话,要不是杨根良被纪委带走,那几千块钱的事孙建业也忘了。那天来人问他,他也是头脑发木,从来人的眼神中,他能够觉察到这事跟他也有关系,或许纪委的人把他和举报人当成一伙的了。孙建业从那天后心就难受起来,晚上也睡不着了,他想给乡邻说这事不是他举报的,可谁能相信呢?孙建业的内心跟杨根良一样都被那张借条折磨着,今天去杨根良家也是想表明态度,让杨根良知道这事真的不是他做的。可当杨根良说这事肯定不是他做的时,孙建业心头并没有轻松下来的感觉，反倒觉得自己更让杨根良怀疑了。

甜泉水村的古庙会要开始了。杨根良不愿出门，孙建业也为那张借条的事想不通，没心思管这事。倒是胡满堂跟没事人一样，一个劲往孙建业家跑问今年庙会咋办。孙建业心烦，索性给胡满堂说："这事你看着办吧！"

胡满堂像得了圣旨一样小跑着出了孙建业家，把村上几个组长和要好的乡邻叫到一块儿，安排了庙会上的事。戏是县剧团每年免费送的，现在办庙会就是划分摊位收钱。

庙会越办越大，每逢过会，街道上全是卖日用百货的小摊位，戏台前的广场上有玩海盗船的、玩碰碰车的、打台球的和演马戏的，当然更少不了引得成年男人挪不动脚收不回眼的现代歌舞表演。那些穿得不多、化着娇艳浓妆、做着夸张挑逗动作的年轻女子在台子上扭动着。门口那个挡着的帘子故意留出一条小缝，好多没有买票的男人向里看着。站在椅子上留着长头发的小伙拿着喇叭高喊着："演出马上就要开始，还没买票的赶快买票了。"一旁卖票的桌子边好多小伙递着钱在买票。站在门边上向里看的一个老汉，烟锅不知道什么时候灭了，口水顺着烟嘴流着，他可能被那没见过的场景灌醉了。

晚上已有冬天的感觉，除了在村外看戏的人们外，摆摊的大多收拾睡了，只有卖吃货的还在为看秦腔和歌舞的人们准备着吃的东西。杨根良不愿见人，庙会上人多，他更不愿出门。孙建业白天还得到村委去看看庙会上的事，不管怎么说他现在是村主任，这么大的会要是出个事他也担不起。晚上他也没心思去看戏，早早回家吃饭，躺在炕上就想那张借条的事。想着想着，他猛然想起交账给胡满堂，会不会是胡满堂发现了然后交给了纪委？这有可能吗？交账的时候是自己一本本一笔笔交的，他这么心细的人都没有发现，胡满堂能发现吗？再说胡满堂就是发现了，会不会举报杨根良呢？他又为什么要举报杨根良呢？孙建业想到这，决定等庙会完了去找找胡满堂问问这事。可他转念一想，如果不是胡满堂干的，他这么一问就得罪了人，但不问，他这心里又安生不下来。这事就像一个碾盘压在他身上，他本来就是一个心小的人，担不起什么事，这陷害杨根良的事他孙建业怎么能承得住呢！

甜泉水村的庙会结束了，甜泉水村的村委里摆着收来的钱。胡满堂高兴地咧着嘴笑着说："建业，今年这庙会有史以来最大，你看看，摊位费收了近三万，这钱给村上留些平时用，是不是得给镇上相关的人和咱自己办会的人发点？"

孙建业心里有事，没思量就说："满堂你看着办，只是把账记好就行。"

胡满堂高兴地说："没问题，钱这事肯定不能马虎。"

孙建业看胡满堂把钱放到保险柜里，就张口想问村上交账的事。话刚到嘴边，他忽然想起动过这账的人不光有胡满堂，在自己整理账本准备交账的那段时间，他那个侄子大亮来过他家，还顺手翻过几本陈旧的账本。他记得大亮还笑他这个三爸也太细心了，十几年的账还放在家里。

想到这，孙建业给胡满堂说把村委的门锁好，自己先回了家。一进家门，就拿起电话给大亮打，可按了几个数字又停了下来。他不相信大亮会做这事，可再想不出还有谁动过这些账本。他媳妇麦苗应该不会，她从来不管这些事，再说没有他的同意，麦苗是不敢动他的东西的。想到这，孙建业还是拨通了电话，等待孙大亮接电话的时候，他心里很复杂。

很快电话接通了，孙建业迫不及待地说："大亮，三爸问你个事。"

没等孙建业说完，孙大亮说道："三爸，什么事？你慢慢说。"

孙建业稳了稳心神然后说道："大亮，三爸就问一句话，根良那事是不是你举报的？"

孙大亮在电话那头笑了起来，他问道："三爸，你咋这样问呢，你觉得我能干出这事？"

孙建业听孙大亮这么一说神情轻松了点，他说："我也不相信这事跟你有关，只是我想了想，动过那些旧账本的除了胡满堂就只有你了。"

孙大亮在电话里笑了笑说："三爸，咱孙家是什么人你应该最清楚。心中没冷病，不怕吃西瓜。根良这事你好好睡你的觉，咱坐得端行得正，心里坦然就行了，至于别人怎么看怎么说不要管他。"

孙建业听侄子这么一说，心情舒坦了点，他近乎自语道："我想咱孙家人也做不出这事。"

九 十 八

入冬没有下过雪，春节就到了，这在往年很少见。好在秦东县村民大多种上了毛桃，不然放在五六年前，地里麦子的叶子肯定黄成一片了。村民们给地里的毛桃上了农家肥就没什么事了。从腊月初八开始，河口镇街道办年货的人慢慢多了起来。甜泉水村的村民也一样，好多都在街上闲转着，半天买一捆葱、一把扫把或者别的什么小东西，到了吃中午饭的时候拿着采办的年货往家走。

王勇良从看守所释放回来了。翠翠让田成业去县上接下勇良，田成业高兴地答应了。巧姑说她也要去，翠翠说："巧姑你就在家吧，送客的饺子迎客的面，你给勇良擀点细面，弄点肉臊子。"巧姑不知道是难受还是高兴，抹了把眼泪说那行。

田成业给周青松打了电话，很快青松就把车开了过来，田成业上了车，两个人就往县看守所赶。到了看守所门口，门卫撂了句话："你要接的人已经走了。"

田成业有点茫然地问道："走了？啥时间走的？"

门卫把登记本合上，看着田成业，有点不耐烦地说："一上班就放走了。"

田成业听门卫这么一说，上了车给青松说勇良自己回了，完了有点自责地说道："咱下来的时候也没在路上留个意！"

周青松笑着说："勇良自己回去肯定是搭班车，咱咋能看到。"

田成业和周青松赶回村时，王勇良已吃上了巧姑给做的手工臊子面，见田成业和周青松进了屋，忙放下手里的碗让两个人坐下。田成业和周青松坐在小桌旁，巧姑和翠翠忙到厨房去下面了。

田成业指着碗说："勇良你先吃饭，时间长了面就不筋道了。"

王勇良"嗯"了一声说那他先吃了。田成业看着王勇良，他这个小舅子脸上少了轻狂多了稳重，说话也不再是大大咧咧的，举止也稳当了很多，更主要的是那被风吹日晒的脸白净了，头发也理得很整齐，如果不是那身穿旧了的棉衣，看起来很像是在城里上班的人。

周青松见王勇良吃上了就起身到厨房去端饭，翠翠拦下他，说："青松你坐着。"

周青松说："都是自家人，没那么多讲究，我自己来。"

不一会儿桃花也过来了，她给巧姑提了些毛桃。她进门看见王勇良便说道："勇良兄弟你受苦了。"王勇良放下碗笑着说："桃花嫂子你来了。"他接过毛桃，有点愧疚地说道："当初要是听我哥的话跟着青松哥务毛桃，就不会受这苦了。"

桃花说："都过去了，再说你也不是做下什么见不得人的事进去的。"

田成业听王勇良和桃花这么一说，接了话说道："唉，要怪就怪我，悔不该硬把勇良赶到郑经理的公司去！"

王勇良放下毛桃，接了田成业的话说道："哥，你就不要这么说了，你这么说我这心里就更难受了。自从你回村，我就没让你安生一天，我这一年多在里面想的最多的就是对不住你和我姐，我生怕因我的事把你和我姐气出病来，要那样我咋给南山安埋的老人交代呢！"说完，一向刚强的王勇良眼睛里噙满泪水。

田成业拍了拍勇良的肩膀说："勇良，啥话咱也不说了。你这一年多虽然受了些苦，可哥能看出来你懂事了，这就好，往后你姐她就不会在我跟前叨叨了。"

这时周青松从后院端着两碗面过来，田成业忙给自己接了一碗，两个人从桌子上的辣子碗里各挑了一筷子油泼辣子。周青松边搅面条边问桃花："你吃了没？"

桃花有点生气地说："你当家的没吃我敢吃！"

田成业边搅面条边说："桃花，要不你先吃哥这碗？"

桃花笑着说："成业哥你快吃，我是说笑呢！"说完就到厨房去了。

几个人吃着面，王勇良收拾了碗没什么事就说："哥，姐，你们吃着，我到院子里看看。"王勇良出了门，在院中四下看着。院子里台阶上摆放着劈好的木柴，墙根用红砖隔出两块菜地，蒜苗长得很绿，那笨菠菜趴在地上，还有几朵开败了的紫色菊花簇拥在一起，虽然干枯了，但还保留着本色。王勇良看着收拾整齐的院子和那两块整齐的菜地，心里热乎了起来，嗓子眼发涩，鼻子一阵酸味，眼里盛着泪水，他为自己有这么一个好媳妇而感动了！

正在院子里动情着的王勇良听门外有停车的声音。他走出院门，见门口停着一辆黑色的小汽车，车门打开，郑先成和蒋艳下了车。王勇良忙疾走了两步，兴奋地说："郑经理，你们咋来了？"

郑先成握着王勇良的手看了又看，说："兄弟，你受苦了，我知道你今天出来，可到那人家说你已经走了。"

王勇良脸上带着笑说："这算什么苦，当年我跟人打架耳朵都快被揪掉了也没眨下眼。"

郑先成拍着王勇良的肩膀说："还是那个性情中人勇良，好，你哥就爱跟兄弟你这样性子的人打交道。"

蒋艳打开后备厢，拿出西秦酒和金猴烟说："勇良兄弟，这是你郑哥给你准备的。"完了拿出几套衣服说："这些是给巧姑和娃娃准备的。"

王勇良感激地说道："郑哥，你这是把我的年货都置办齐了，我到街上割些肉这年就过了。"

郑先成说："哥给你拿这点东西算什么？哥这一辈子都没办法还你这人情债。"

王勇良脸上有点不高兴地说："郑哥，你要再这么说那我就不能收你这东西了。"

郑先成哈哈笑了起来，指着王勇良说："你这性子哥喜欢。"

他说完锁了车门，三个人就进了院子。田成业和周青松听见门外有人说话，吃完面放下碗准备出门去看看，抬眼见是郑先成和艳子来了，高兴地说进屋里坐。蒋艳和郑先成经常来王勇良家，认得巧姑，只是很少见到桃花。周青松跟蒋艳打过招呼，给桃花说："这是我和根良叔的同学蒋艳。"桃花说："我们见过面的，在桃李新村你们同学聚会时！"

蒋艳也记起来了，忙说："我记起嫂子了！"

众人说笑间，像是忘了今天是来看从看守所释放回来的王勇良。看来美好的日子回来了，没多少人心里有烦心事，每个人的心情和院子里的阳光一样，灿烂且温暖。

吃完饭，周青松给桃花说："我还有些事，你先回吧！"

桃花脸色就变了，问："啥事啊，还不能让我听？"

周青松笑着说："我和成业哥等会儿去根良叔家一趟，有些事要说说。"

娃娃们还都在学校里，王勇良把所有人送走后，把院门关上，抱着媳妇巧姑就往炕上按。巧姑在怀里哼唧着，王勇良动作就更大了，两个人就在炕上翻腾了起来。

田成业四个人走到杨根良家，见院子里摆着盆盆罐罐和被褥农具，知道这是在扫灰钱呢！田成业在院子里喊了声："根良在屋没？"

不一会儿戴着白色棉口罩的杨根良跑了出来，他头上身上落了一层土灰，手里还提着把刷白灰的刷子。见蒋艳两口子和周青松也来了，他摘下口罩笑着说："你们咋没打个招呼就来了，你看我这家里正在扫灰钱，连个落脚的地方都没有！"

田成业见杨根良比刚从检查站回来时精神了很多，就笑着说："老哥没啥事来看看你，你心宽着就好。"

杨根良笑着说："心宽不宽这日子也不会停下来。"

蒋艳笑着说道："根良，你能想开，我这心里也就不担心了。有个事给你说一声。李富民——他现在是县信用社的主任了，说同学们自从在甜泉水村庙会上聚了下就再没聚过，明年咱们高中毕业就二十年了，想在正月里同学们聚一下，看你有啥建议？"

杨根良用手把身上的灰土轻轻拍了下，笑着说："现在同学们一个个干得越来越好，我这个样子能让我去参加就高兴得很了，还有啥意见。"

蒋艳听杨根良这么一说，知道他这是自惭形秽，就端着脸说道："根良，你意思是说你没同学干得好就不认这些同学了？你心胸没那么小吧！"

杨根良也觉得自己刚才的话没说好，忙纠正道："我就说说，哪能小心眼到你说的这地步。同学们干好了，跟我干好一样，有这么多能干的同学，我根良躺着也能把事干好！"

蒋艳笑着说："躺着怎么能行，你得跟以前一样，我和青松都相信你不会干得比别人差。"

周青松接了话说道："根良，我知道你不是随便认输的人，咱甜泉水村发展旅游的事还等着你出主意呢！"

杨根良看着周青松说道："青松，别的事我根良肯定会尽力而为，村上的事我不会再掺和了。"

田成业接了话说："根良，你这么说老哥不高兴。你现在虽说不是村干部，可还是村上的人，每个人都各顾各，咱这村就散了，到那时大家后悔都没办法了。"

杨根良不自然地笑了下说："有建业和青松，我想不会到成业哥你说的那个地步。"

田成业看着杨根良，坚定地说："难说，到那时，咱对不住先人也对不住后人。"

郑先成觉得气氛有点僵，忙打着圆场说道："今天咱就把艳子同学们聚会的事定下。甜泉水村的事有村委会，咱今天就不谈这事了。"

郑先成这么一说，大家的注意力又回到了杨根良院子里。田成业说他没什么事，看能帮着干点啥。杨根良说不用了，这点活他和媳妇金凤一会儿就收拾好了，又对蒋艳说："艳子，你还是和先成回去多陪会儿老人。"

活确实也不多，四个人没有再待下去的理由，就离开了杨根良的院子。

九 十 九

日子如秦东河水一般从不停步。有的人在追着日子过日子；有的人懒散地跟着日子过日子；也有的人曾经追着日子，如今却慢慢望着日子过日子；当然也有的人生下来就没把日子放在眼里，是在混日子。不管怎么说，甜泉水村身旁的秦东河水从不等人。虽然它没有改变村后的山岭，也没有改变天上的星河，却在不知不觉中改变着人们的容颜。那些曾经年少轻狂的后生，头上都染上了雪霜，即使这样，他们也没有空好好在镜中看看青春逝去的自己，因为日子催促着他们，因为日子还过得不是他们心中想要的样子，当然有的不光想着自己的日子，还想着跟自己生活在这片故土上的乡亲。

整个正月对于无正经事可做的村民来说都是在过年。他们早上睡到太阳上了东山头，从热炕上不情愿地起来，往掉了釉的搪瓷脸盆里倒点热水，用手掬几捧水把脸打湿就算洗了脸面。完了热一热腊月里蒸下的年馍，熬一锅玉米糁子，弄些浆水菜，不怕烫吸溜吸溜地喝完。男人吃完撂下碗，迈开腿往已经响了几阵锣鼓的村民家赶。锣鼓就是勾魂药，村民知道锣鼓过后打麻将玩纸牌的人就聚齐了。

周青松早早吃过饭，跟爱热闹的村民敲了会儿锣鼓。边敲边看着聚拢着的人群。已过了正月初五，他还没看到杨根良来过。放往年，杨根良早早会到放锣鼓的村民家来，让把锣鼓收拾收拾，把鼓用火烤烤，鼓声会更脆更震撼。周青松心想，杨根良还没走出被处理的阴影。

王勇良从县看守所回来，没点觉得丢人的样子，腊月里没事就在村子里转，见人不是发烟就是闲谝，只是很少去打牌耍钱了。

田成业正月初二上午送走儿子一家，在家也闲着，也会来敲敲锣鼓。

侯春来毛笔字练得不错，可就是学不会这锣鼓。不过他也慢慢爱热闹起来，只要锣鼓一响，便走出院子来围观，完了把儿子带回来的好烟发给大家。有的村民也慢慢跟他开玩笑说："春来叔，你不抽烟，别把烟放霉了。"

侯春来听到后笑着说："你们等着，我给你们再拿去。"过会儿整条的烟拿出来，给抽烟的村民一人发一包。村民们接着烟，满脸都是笑容。有个村民高兴得飞着唾沫星说："春来叔，我那个上大学在外面弄事的哥出息得很。"这时侯春来也满脸是笑，那笑是很惬意的笑。那笑村民们看不懂，田成业能看懂。他有时也会让儿子国栋跟村民打打交道，不是他想让娃娃给自己长脸，只是怕人家说成业的娃娃在外把事弄大了看不起咱这乡下人，可国栋好像没想这么多，很少没事去串门子。

周青松还没有看到杨根良来耍热闹，拉了拉田成业的衣袖。田成业知道周青松有话要说，放下手里的铜锣走到了路边。

周青松说："成业哥，这正月里根良也没来耍会儿热闹。上午你有事没？没事我想和你去看看他。"

田成业把衣服往下拉了拉，说："好，我也有这个想法呢。"

周青松往敲锣鼓的方向看了下，对田成业说："我春来叔也在这，要不叫上？"

田成业知道青松这是让他去叫，笑着说："行。"

不一会儿，侯春来和田成业说笑着过来了。周青松问候了侯春来，三个人说笑着就往根良家走。

杨根良过年没去耍热闹，可听村子里锣鼓一响，嘴里就打起锣鼓的节奏来。媳妇金凤看在眼里，边洗衣服边说道："你这是何苦呢？想热闹就去，不当这书记我看还轻松了。"杨根良继续嘴里打着拍子，不时喝着热乎乎的茶水。后院的阳光不错，他在躺椅上摇着，心情跟被调查前一样，只是不愿走出院门。娃娃们一个上了大学，一个快高中毕业了，他则无官一身轻。他心里想，这日子就应该是这样吧！

锣鼓声结束了，杨根良叫媳妇把收音机弄来，找了找台，熟悉醉人的秦腔戏就飘满了整个院落。他故意把声音放得很大，他喜欢这样。虽然他不愿意走出院子，可飘出院子的秦腔表达了他的心情，这旋律在村子的上空和街道上审跑，把杨根良的心情一家家地告诉着。

周青松三个人走着走着听到了秦腔《下河东》的唱段，田成业随性就跟着唱了起来：

……
周文王哭的伯邑考，
周武王又哭姜太公。
成王哭的周公旦，
康王也曾哭召公。
郑庄公哭的考叔勇，
齐王又哭老晏婴。
赵王哭的廉颇将，
魏王又哭孙伯灵。
吴夫差哭的名辅将，
哭王翦本是秦子婴。
吴广哭的是陈胜，
楚霸王乌江岸边哭范增。
汉高祖被困荥阳哭纪信，
……

侯春来见田成业唱上了，笑呵呵说道："成业，我看你在村上过得心宽得很。"

田成业收了腔，笑着说道："春来你说，你心宽不？"

侯春来没想到田成业会这样问，顿了下，指着田成业说："成业，你这是将我的军呢！"说完侯春来哈哈笑起来。

周青松从没见过侯春来这么肆意地笑过，在他眼里，侯春来永远都是那个在县上当官的部长，稳重、不苟言笑，见人打招呼满是谦逊，今天这景象还是第一次见。他还没想明白的时候，侯春来又开了口："成业，你说我从邻村到咱甜泉水村，不是在外面上个班，这头恐怕都不好抬。照着我这面子，宝莲也没干什么体力活，老大也保送上了大学，我打心眼里感恩甜泉水村。退了休，起初在村子里住不惯，可宝莲在城里也住不惯，没想到这住着住着也就习惯了——"

田成业没等侯春来说完，插话道："春来，咱这代人跟娃娃们不一样。咱是在农村长大的，村子里的记忆是抹不掉的，从骨子里讲，我们还是农民，有农村情结，毕竟我们的父母埋在这山梁上，这山水之间都有我们儿时的身影，亲切啊！"

侯春来有点兴奋地说道："成业，你说到我心尖上了。我和宝莲两个人心宽得很，只是原来是两个人心宽，我现在才感觉到，咱得让村子里的乡亲们都心宽起来！"

田成业转过脸，看着侯春来，忽然抬起双手拍着侯春来的两条胳膊说："春来啊，你咋也说到我心尖上去了。"

田成业眼中好像泛起了泪花，侯春来也激动得手有点抖。周青松见两个人都动了情，心中生出莫名的高兴。

不知什么时候秦腔戏停了。三个人回过神时，杨根良站在国道边远远地看着他们。田成业喊了声："根良啊！"

杨根良急急忙忙走过来，有点愧意地说道："我在后院听戏呢，金凤说你们过来了。"

没等田成业开口，侯春来兴奋地说道："根良，你不能再这样了，甜泉水村正需要你和青松呢。我和你成业哥说了，咱得让全村的乡亲们心宽起来，让咱甜泉水村这日子永远过到人前头去。"

杨根良没有侯春来那么激动。他在家闷了快半年了，看似放下了村上的事，没事就在后院听听戏、晒晒太阳，可金凤回家说到村上的事他还是留在心里、想在心头，他有时候在心里骂自己怎么就这么贱。

村上发展旅游的事到了关键节点，他没办法不让自己想这事。今天听了他姑父的话，杨根良平静地说道："成业哥，让你和我姑父操心了。我没事，虽然我脸面上确实不好看，可也还没稀松到混天天的地步。村上的事只要建业和青松需要我，我会尽力去做。今天你们来了，我让金凤给弄几个菜，咱们喝几杯。"

田成业高兴地说："根良，我就知道你不是那服输的娃娃。走，进屋说话。"

侯春来说："要不我回屋去一趟，春节娃娃们给拿回来了两瓶好酒。"

田成业说："这事还征求什么意见！"

周青松看这场面很舒心，问杨根良："金凤姨一个人能忙过来不？"

杨根良想了下，说道："青松这一说倒提醒我了。姑父，你回去把我姑也叫来。"又转头对周青松道："青松，你把翠翠嫂子和桃花也叫过来。咱今天都到我家吃饭，今年我这还没热闹过！"

正午的太阳很热情，虽然还在正月里，坐在后院，风被挡在了院外，院子里暖烘烘的。杨宝莲很少出门，到了根良家，金凤不让她和翠翠上锅灶。桃花和金凤在厨房里忙着，两个没事的女人在后院说着家长里短，不时呵呵地轻笑着。

田成业、侯春来、杨根良和周青松四个人说着村上的事。周青松看着杨根良说道："根良，你看要不要把建业叫过来？"

杨根良没回话，田成业说："要不我去一趟？"杨根良抬起头看了看天，慢慢说道："今儿晌午就算了，晚上我去一趟吧！"田成业说那也行。

孙建业这个春节过得也不舒心。腊月跟前他大哥孙建国来了趟，说大亮太忙，春节回不来。

孙建业听说大亮的生意遇到了些困难，说："哥，嫂，你们去吧，安心在城里过年。"

晚上孙大亮开车回来接孙建国。孙建业心想：以往大亮都是大上午回来，还要到对劲的邻里那去转转，今年咋这么晚回来，还接了孙建国不停歇就要走？孙建业随口问道："大亮，李经理是不是出了事？"

孙大亮没正眼看他三爸，说道："三爸，你操这心干什么！"

孙建业觉得有点不太对劲，但也不能多问。他把自己家蒸好的年馍和新压榨的菜籽油放车后备厢，孙大亮就发动了车准备走。这时孙建国又下了车，给孙建业说了几句话然后上了车。

孙建业看着红红的车尾灯，眼里模糊得什么也看不清。等车开远了，他才发现自己眼里全是泪水。他哥跟他说的话，麦苗没有听到，他也不想让她听到。大亮在城里的生意违了法，被公安查了。那个开发甜泉水村旅游的李经理出了事，大亮在他公司里也投了钱。虽然是他大哥家的事，但在孙建业看来，这跟自己家出了事一个样。不管怎么说，这事让村子里的人知道了，老孙家这脸就没处搁了。

晚上，杨根良到孙建业家的时候没有见到他人，听麦苗说吃过晚饭就出去转了。杨根良想：这家伙能去啥地方呢，不会在村部吧？没一会儿，杨根良到了村部，他已经好久没来这地方了。院子收拾得很齐整，杨根良很是佩服孙建业这个齐整劲。村部院子里的灯亮着，房子却黑着，孙建业没在这。不打牌、不喝酒、不胡逛的孙建业能到哪去呢？杨根良实在想不来。

杨根良没有见到孙建业，也没什么事了，顺着国道闲走着。这时风儿从山坡上吹下来，把来生寺大殿四角的风铃叮叮当当的声音带了过来。杨根良迎着风，向着山坡走去，他已经很久没有站在梁上看这美丽的村子了。他很喜欢站在山顶看炊烟缭绕的甜泉水村，那缥缈着的青烟如同他的生命一样，紧紧地缠绕着村子。每每此时，杨根良都不羡慕那些考学出去的同伴，这里更让人留恋不是吗？成业和他姑父现在不也爱住在村里！

胡乱想着的杨根良不知不觉走到了山梁上的果园里。性急的杏树和桃树花苞和叶芽都鼓了起来，杨根良觉得它们跟怀了娃娃的媳妇一样，这是快要生了。他心想，这开了花的山梁一定很美，那些城里闲着的人肯定会来这转，那时，甜泉水村就不会这么寂静了。他在果园里闲走着，忽然听到有人在哭，他停下来静静听了听，发现竟是孙建业的声音。循声而去，哭声是从老书记坟头传来的。杨根良停下脚步，他不知道孙建业为什么这么晚了在这哭，但他觉得肯定是遇到什么不顺心的事了。

来生寺喇叭里回荡着"南无阿弥陀佛"的经曲，随着山风飘到河口镇的上空，把人们送入了梦乡。

一　百

春天还是到了。山梁上的杏花零散地开了，紧跟着的是桃花和李花。村民习惯了每年房前屋后这些果树的花儿，没觉得有什么好看的，可清明节从城里赶回来上坟的人哪里见过这么多的杏花和桃花？他们上坟烧完纸钱，拿着照相机，拍着山梁上的果树，又在树前摆着村人看着就想笑的姿势拍着照，欢笑着，欣赏着。

田成业打电话给县上退下来的贾旺，说没事到甜泉水村踏青来。

贾旺在电话里高兴地说："好啊，你给我准备什么吃的？"

田成业说："从山梁上果园里挖下的荠荠菜做的饺子。"

贾旺听说有荠荠菜饺子吃，说："你等着，我马上到。"

没一会儿工夫，小宋镇长把贾旺送到了田成业家。田成业听见车的声音出了院门，见是小宋把贾旺送来了，笑着说："贾主席，你退下来了还把小宋当通信员。"

小宋笑着说："今天我要从县上回镇里，顺道去看了下主席，他说让我把他捎上。"

田成业高兴地说："那中午都在我家吃饺子！"

贾旺脸上满是笑意，说："行。"

定下了中午饭的事，贾旺背着手就往南山走。田成业问他："在屋里喝口水吧？"

贾旺指了指口袋说："有呢！"

田成业紧走了几步，跟上贾旺，说："你看你这心急的，要不在我甜泉水村给你弄个地方，也搬乡下来？"

贾旺没有回头说："好，成业你这么说，这事就靠你办了。"

旁边的小宋笑着说："主席想回镇上散心说声就行了，政府里有招待房。"

贾旺没再说什么，顺着村后的土路就上了山。田成业看着小宋说："你忙的话就先回？"

小宋没回话，贾旺在前面说道："今天我把他专门叫上来陪我的。"

很快就到了山梁上。蜜蜂在果园里匆忙地飞着。紫红色的桃花、粉白色的杏花，还有开了一点的奶黄色李花。果树虽然很小，每棵树上也只开了不多的花，可放眼看去，满眼已是惹人喜爱的花海了。

贾旺看在眼里，脸上浮现着笑容，指着山坡下的河口镇说："我在镇上工作那么多年，这山梁上就没有这么美过。唉，那时候粮少，还得靠这山地喂肚子，如今农村都缺吃了，山坡上退了耕。还是成业有眼光，让村子栽上了这些果树，不仅乡亲们卖果子有收入，我看这城里人来这看风景怕是也要送钱给甜泉水村——不对，应该是送钱给秦东县了。"

田成业笑着说道："贾主席，你还得继续给甜泉水村出谋划策，帮帮忙呢！"

贾旺看着山脚下的秦东河和河口镇，慢慢说道："小宋，县上的干部大多到了你这层次就受限制了，好多干部都觉得没出路。心态很消极，不是给自己谋算个能得实惠的位子，就是想找个轻松点的地方去混日子。你是我看着成长起来的，你应该不会这样。我今天让你陪我来，就是想告诉你，镇上的主官只要想干点事，还是能做成一些让百姓受惠的事。甜泉水村乡村旅游这事就是一件好事，你得把它好好用心抓一抓。"

小宋有点激动地说："主席，没有你的培养，我小宋一个农村娃娃不会有今天。甜泉水村发展旅游这事你放心，我会尽力去做。"

贾旺没有回头，继续说道："前段时间那个李总也说想搞开发，这么好的风水宝地，不为活人谋算好日子，非得搞什么陵园。人大的王主任因这事还受了处分。"

田成业有点诧异地问道："那县上是什么想法？"

贾旺说："我找了江山老书记，他在市上给领导把这事反映了。那个李总就是搞陵园出身，你们村那个孙大亮，有福书记那个能行的孙子，也是股东，让王主任在县上办这事。王主任也是糊涂啊，怎么还能收钱呢！"

小宋脸上有些挂不住，低着头说道："主席，在这个事上我也有不对的地方，可我确实没有想过李经理会在甜泉水村搞陵园开发，要早知道……"

贾旺摆了下手，说："小宋，这事跟你没关系，你也是为甜泉水村早点弄成旅游的事心急，只是没看清人家想干什么。今天你来了，也看了，这么好的地方，这么好的景致。你就把县上协调好，给甜泉水村把这个事办成了，那比我当年修秦东河水库的功劳还要大。"

村口翠翠叫着成业吃饭了，贾旺笑着对田成业说："你这个婆娘声音还是这么大，身体好！"

田成业哈哈笑着说："农村人，这个习惯改不了。"

贾旺拍了拍裤腿上的野草籽，说："好，下山吃荠荠菜饺子。"

杨根良和周青松一听小宋镇长陪着贾旺主席到了村上就往田成业家赶，到了才知道一行人上山去了。刚到坡下，见贾旺他们正往山下走着，两个人就在坡下的沟口等。贾旺早看见了这两个后生，转过头看着田成业说道："成业，你们村有这两个后生，那是村子的福气啊！"

田成业自得地说："那当然。河口镇有你这么个老书记，那也是咱全镇人的福气啊！"

贾旺哈哈笑着说："成业你现在咋也学会奉承人了。"

　　春去夏来，秦东河谷中的风还是凉爽的。秦东县甜泉水村乡村休闲观光旅游开发公司成立典礼在来生寺博物馆的广场上举行。推土机、挖土机和几辆拉土的卡车挂着红花。甜泉水村游客接待中心就在博物馆的边上，南面就是一泓清水满眼秀山的秦东河水库，北面山坡上是果园花海景区。果园里的木结构廊桥已经动工，点缀在果园中的农家特色饭馆也在打地基。东娥的秦东饭庄负责配送食品，村上出地，各占一半股份。县上和大兴市的饭庄由娃娃宏轩打理，有贾旺的侄子贾先德当着助手，东娥很放心。当然东娥知道贾先德是贾旺的侄子后很生贾旺的气，说："贾主席你这是把我当外人了。"贾旺笑着说："我就是把你当外人呢！"尹世文早早把村上的房子收拾好了，和东娥要搬回村上住，两口子觉得还是住在村上眼宽心顺。

　　县长和市上旅游局规划处处长到了，河口镇的李书记和小宋镇长迎上去。县长下了车，给大家介绍旅游局规划处的田处长。

　　田成业那个高兴劲。他知道儿子当了处长，但没想到村子里公司成立典礼儿子会来。昨晚上他得到消息，一夜都没睡好。他没有告诉任何人，包括婆娘翠翠，生怕传出去让村子里的人知道了有什么不好的影响。

　　新当选村支书的周青松见市上来的领导是国栋，高兴地握着国栋的手就不放。田国栋笑着说："青松叔，你看我还得跟根良叔握手呢！"周青松忙松了手。

　　田国栋又对着杨根良笑着说："根良叔，我不常回村，听说你受了些委屈！"

　　杨根良哈哈笑着说："国栋，你叔是什么人你爸应该跟你说过，这点事叔扛得住。"

　　周青松接了话说："国栋，你根良叔是咱村上公司的总经理！"

　　田国栋说："我爸早给我说了。我今天来也是想给村上打打气。市上肯定会大力支持乡村旅游，不光是咱甜泉水村，云岭北坡的村子都支持。咱村上要把这事搞成一个典范，好在咱全市推广。"

田国栋和村主任建业握完手，跟着县长上了主席台。田成业看着田国栋，脸上满是笑容。小宋镇长给田国栋介绍了邀请来的贾旺和县剧团名誉团长响玲，完了笑着说："你爸我就不介绍了。"县长笑着走到田成业跟前，跟田成业握了手，说："你这个儿子出息得很。"完了跟老领导贾旺和侯春来握了手。

周青松往台上看了看，领导和邀请的客人都到齐了。他走到话筒前，拿出一张纸念道："乡党们，今天在这里举行咱们村乡村休闲观光旅游开发公司成立典礼，得到了市、县、镇上很多领导的关心和支持，也得到了乡亲们的理解和支持。在仪式正式开始之前，我先把今天到场的领导和请来的客人介绍一下：咱县上的领导张振兴县长、分管旅游的王敏副县长、县旅游局李局长，咱村上特别邀请来的县政协原主席、咱河口镇原来的书记贾旺主席、原县组织部部长侯春来，还有咱县剧团名誉团长响玲团长，还有咱镇上的李书记、宋镇长……"

周青松介绍完来的领导和邀请来的客人，放下手里的纸，高兴地说道："我还要给大家介绍下咱省城来的领导，也是咱甜泉水村的人，成业哥的儿子，市旅游局规划处处长田国栋。"

台下的村民一个个脸上都是赞许。田成业极力地控制着自己的兴奋，这一刻他想到的是在不远处山坡上睡着的父母。如果受了一辈子苦，没享过一天清福的老人能够听见，那该是多么欣慰啊！

周青松介绍完来的人，宣布："秦东县甜泉水村乡村休闲观光旅游开发公司成立典礼现在开始。请县分管旅游的王副县长致辞。"

王副县长把县上重视乡村旅游的事讲了讲，重点夸了夸河口镇和甜泉水村敢为人先的勇气和胆识，完了不忘夸杨根良和周青松两个老同学干得好。讲完话，周青松宣布请张振兴县长和田国栋处长给公司揭彩。

张振兴和田国栋走到台子中间，两个人用手轻轻拉下红布，白底黑字写着"秦东县甜泉水村乡村休闲观光旅游开发公司"的牌匾亮了出来，台上台下都鼓起掌来。周青松让村民把亮过相的牌匾抬到一边，说道："下面请公司总经理宣布公司领导成员。"

杨根良从座位上站起来，转身向台上的领导和客人鞠躬致敬后，走到话筒前，从口袋里拿出一张纸展开，念道："秦东县甜泉水村乡村休闲观光旅游开发公司顾问团团长：贾旺主席。团员有响玲团长，还有咱村的田成业、侯春来、孙建国和周山泉同志。"

杨根良介绍完顾问团的成员，双手鼓起了掌，台上台下就跟着鼓起了掌。等掌声停下来，杨根良继续念道："秦东县甜泉水村乡村休闲观光旅游开发公司总经理杨根良，总经理助理孙建业村主任、郑先成先生，行政财务部部长田文喜，餐饮部部长东娥，后勤事务部部长王勇良。宣读完毕。"

周青松等杨根良回到座位，对着话筒说："今天咱们甜泉水村乡村休闲观光旅游开发公司就成立了，往后的事还要各位乡邻大力支持。"说着转过身，继续说道："当然更需要各位领导的关心和支持。现在我宣布，甜泉水村乡村休闲观光旅游开发公司成立典礼圆满结束！"

王勇良点燃准备好的鞭炮，周青松和杨根良陪着台上的领导和客人去游客中心工地参观。广播里播放着田成业、贾旺和响玲三人录下的秦腔《二进宫》，是李艳妃、定国公徐延昭和侍郎官杨波的一段唱：

徐：太平年间把荣享，

杨：国太为何加愁肠。

妃：说什么太平年间把荣享，朝有大祸不安康。

徐：有什么大祸从天降，

杨：宣太尉进宫作商量。

妃：我的父奸心赛王莽，他要夺大明锦家邦。

徐：太尉国老为皇丈，

杨：难道说他有此心肠。

妃：你说他无有此心肠，斩断水火困昭阳。

徐：你父他把良心丧，

杨：说与徐杨无良方。

妃：朝有九卿和四相，唯有你徐杨二位忠良。

徐：从前徐杨拿本上，

杨：你言说徐杨是奸党。

妃：过去的话儿再休讲，提起了前言我脸无光。

……

伴着田成业、贾旺和响玲唱的《二进宫》，太阳的余晖洒在甜泉水村旁的秦东河上，河面泛着金波，河水静静流淌。山坡上已是翠绿一片，如今虽然还有些地方没有栽上树，但明年，明年那里将会填补上树苗，花儿将开得更加繁盛和浓艳，那里将孕育出甜泉水村美好的未来，也必将流淌出甜泉水村乡亲们想要的幸福日子……